全圖解

我的第一本
親子日文單字4000

給讀者的一席話

這本書的特色

前言

我們都知道，判斷孩子的是否聰明的根據之一，就是「能夠掌握多少表達的詞彙」。那麼，究竟孩子應該要了解多少用語才算是足夠呢？

按以往的研究中可以得知，到上小學之前，最理想的是幼兒應該要了解約五、〇〇〇個「詞彙」左右。但是，到目前為止，市面上所為幼兒而設計的「詞彙書」中，因為受「插圖」限制，因此編排上還沒有任何一本能夠超過收錄四、〇〇〇個詞彙。有鑒於小學生使用的字典已經高達三〇、〇〇〇字，但是卻沒有任何一本字典能夠滿足父母親們對幼兒詞彙教育上的需要。因此本書的問世便大大地值得期待。

這本《全圖解我的第一本親子日文單字4000》可以一邊看可愛的插圖，一邊學習。也是同類書籍中最豐富，收錄了約四、一〇〇個詞彙。此外，詞彙具釋義（語義的解釋）及例句應用皆有中日對照，等同是一本切合實用於幼兒詞彙教育的「用語字典」。

這些年來，讓學齡前的幼兒以「查字典學習」的方式已經蔚為風潮。所以我們編纂了這本拙作。希望您能加以應用，並對府上的幼兒學習有所助益。

《全圖解我的第一本親子日文單字4000》監修者　深谷圭助

❶ 收錄約四、〇〇〇個詞彙，為同類書籍最詳盡的字典

本書所收錄近四、〇〇〇個詞彙，是同類書籍中最詳盡的作品，所有詞彙皆為3～6歲的學齡必學用語。若府上的孩子能掌握本書中所提供的所有詞彙，那麼不只是日本語能力的提昇，在學習其他領域的知識時，也有極大的幫助。

❷ 應用幼兒也很容易懂的說明

本書中，詞彙有刊載釋義（語義的解釋）及使用的例句。皆使用簡單易懂的用語，讓小朋友一個人自己讀也沒問題。同時，也是父母對孩子說明用的最佳輔助教材，甚至於在說明的過程中，也加深自身對詞彙了解的程度。

❸ 加上可愛的插圖，讓學習變得更加快樂

有了插圖的輔助，讓詞彙的學習跟實際生活更容易兩相結合，印象學習使記憶更加牢靠。

可將「查字典學習」的概念，導入學齡前的幼兒身上

❶找出口語的用語吧！

可以跟孩子一起找出像「おやつ」、「おもちゃ」這樣的口語用語，然後在上面貼上便利貼或是貼紙。並同時記錄日期，這樣也能成為孩子的成長記錄。

❷指出喜愛的用語吧！

指可以隨機翻開本書，跟孩子一起找出他喜歡的頁面後親子共讀吧！研讀一起找到的詞彙，用語言或是動作讓孩子了解後，再貼上便利貼或是貼紙作標記吧！

❸用已經貼上便利貼或貼紙的詞彙來玩遊戲吧！

在學習過的這些詞彙中，可以再與孩子在玩遊戲中做複習。例如可以問孩子，「狗狗是什麼樣的動物呢？」、「跳是什麼樣的動作呢？」等等。用已經學過的詞彙出題問問孩子。當然也可以跟其他的孩子一起用這些學過的詞彙透過肢體語言的表達，達到玩樂學習的效果。

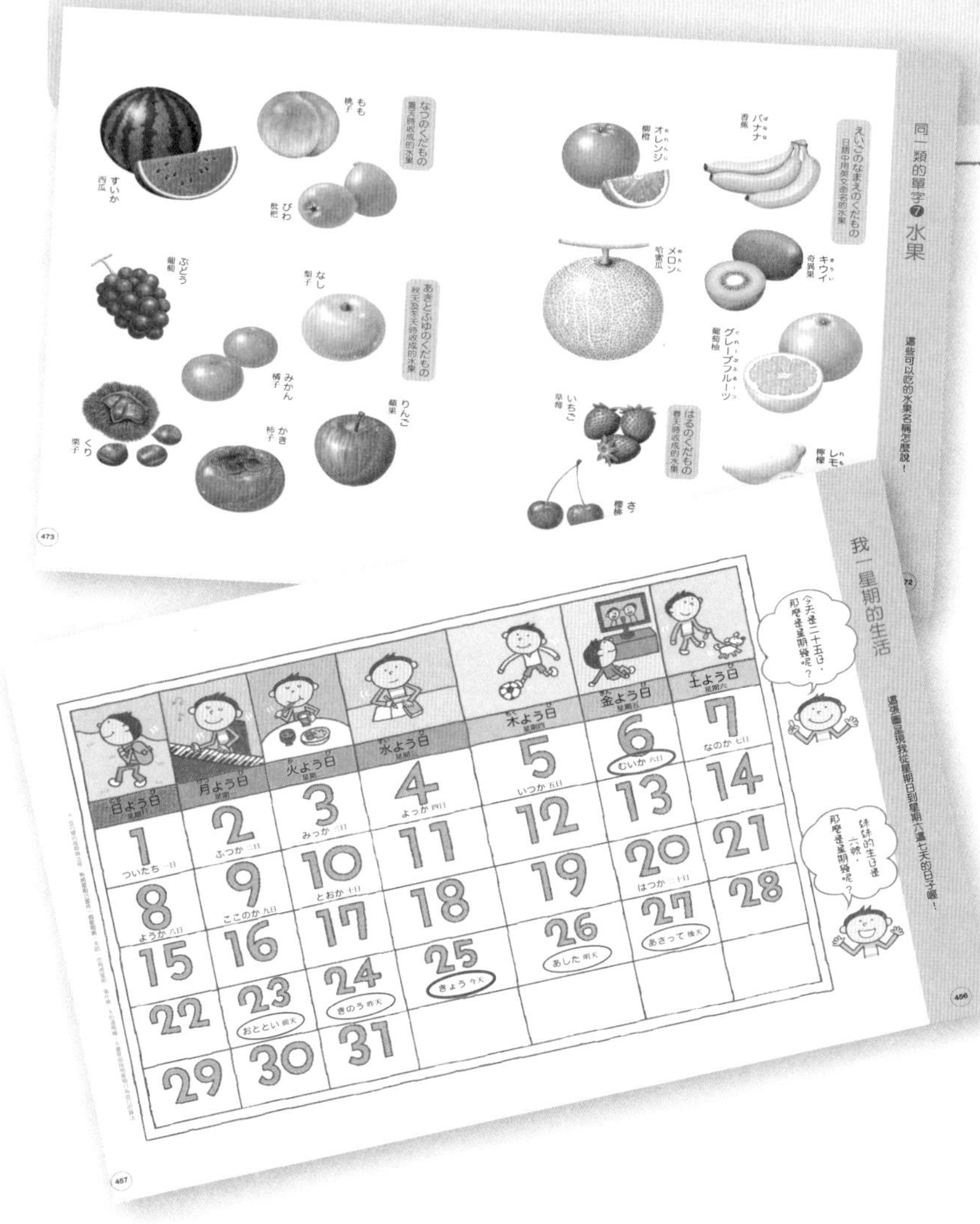

❹也可以學習漢字及英語！

孩子的學習可以比別人更早出發，書中收錄日本小學一年級需要學會的80個日本漢字。此外，片假名及與幼兒息息相關的單字也都附上了英文單字。

❺依分類學習單字吧！

附錄收錄日文50音表及數字的表達、星期時間、及身體各部位等圖鑑型的「單字分類」頁面，另外也收錄了日本地圖的部分。

本書使用說明

本書頁面指引

あ

ア

平假名

片假名

在書中，這個提示大圖會出現在該行詞彙的開頭處。

詞彙

詞彙的意思

詞彙意思的中文說明

詞彙的使用方法

詞彙造句的中文翻譯

あと 1 後面 ⇔ **さき** 0 前面

じゅんばんがうしろのこと。

㊟指順序在比較後方的意思。

ともだちの**あと**にならぶ。

㊫排隊排在明友的後面。

*

詞彙的重音標記

反義詞

表示詞彙的插圖

將插圖及例句用法連結記憶吧！

同時了解反義詞該怎麼說吧！

其他頁面說明指引

からだ 0 身體 ⇓ 請參考454頁。

指表示的頁碼頁裡有相關說明。

あっち 3 那裡（較一般的，與平輩或晚輩使用）⇓ **あちら** 0 那裡（較禮貌的，與長輩或陌生人使用）

指「あちら」所在頁面有更多相關的說明。

日本漢字與英文

あお【青《あお》】 1 blue 藍色

いろのなまえ。そらやうみのいろ。

㊟指顏色的名稱。像天空或海洋那樣的顏色。

*

あおのペンキ《ぺんき》でかべをぬる。

㊫將牆壁漆成藍色。

此處標示出日本小學一年級必學的漢字

英文字

目　錄

同音不同義的詞彙會分開說明

會分成兩個不同的格子，分別說明不同意義的詞彙

あき 1 autumn 秋天

なつとふゆのあいだのきせつ。9《く》がつから11《じゅういち》がつまでのころ。

注 位於夏季及冬季之間的季節。九到十一月之間的時候。

＊

あきは、やさいがたくさんとれる。

譯 秋天可以採收到許多的蔬菜。

あき 0 空（著）

ものがつまっていなくて、からのこと。

注 指沒有滿塞，空蕩蕩的狀況。

＊

せきにあきがでる。

譯 有座位空著。

あがる 0 爬（樓梯）、上 ⇕ ① **おりる** 2 ①下、退 ② **さがる** 2 ②下降

①したからうえのほうへいく。

②おんど、にんき、ねだんなどがたかくなる。

注 ①從下往上移動。②溫度、人氣、價格上升。

＊

①2《に》かいにあがる。

譯 ①爬上2樓。

①

詞彙有兩個意思以上時，會列出①、②分別做出說明。

反義詞也是一樣會附上號碼。

圖的右下角為了讓人明白了解這是哪一個詞彙釋義的例圖，會在這裡加以標記。

爸爸媽媽們請注意：

① 本書中各詞彙（所羅列出來的單字），和語、漢語以「平假名」表記，外來語則以「片假名」表記，並皆以50的音順序排序。

② 本書中各詞彙（所羅列出來的單字）與一般的國語辭典具有共融性。例如：「おはなやさん」這類的字，書中在單字的大項上先記載正式的「はなや」，而在例句中則以生活實用的「おはなやさん」加以例舉應用。

③ 英文單字的念法上，標記紅字的是需要念重音的部分。

あ
ア

ああ [1] 哇

うれしかったり、すてきとおもったりしたときに、しぜんにでてくることば。

㊟感到開心，或是覺得有什麼事情很棒時，自然脫口而出的發語詞。

*

ああ、よかった。

譯 哇，太棒了。

あいかわらず [0] 依舊

いままでとかわらないようす。

㊟到現在為止都沒有改變的樣子。

*

おじさんは、**あいかわらず**げんきだ。

譯 叔叔還是那麼的充滿活力。

あいこ [0] [3] 平手、平分秋色

たがいにかちまけのないこと。

㊟指雙方沒有輸贏。

*

じゃんけんで**あいこ**になる。

譯 我們猜拳後平手。

あいさつ [1] 問候、打招呼

ひとにあったときや、わかれるときにいうことば。

㊟指遇到人、或與人分開時要說的話。

*

せんせいに**あいさつ**をする。

譯 跟老師打招呼。

あいず [1] 暗號、信號

きめておいたやりかたで、あいてになにかをしらせること。

㊟將已經定好的作法，透過某些方式讓對方知道。

*

あいずのふえがなる。

譯 信號笛聲響起。

アイスクリーム《あいすくりーむ》 [1] [5]

ice cream 冰淇淋

ぎゅうにゅうとたまごからつくる、こおったたべもの。

㊟用牛奶和蛋做出來的冷凍食品。

あいだ [0] 之間

ふたつのものにはさまれたところ。

㊟位於兩個物體間的中間之處。

*

きときの**あいだ**のみちをあるく。

譯 走在樹與樹之間的道路上。

あいて [3] 對方、伙伴、對象

いっしょになにかをする、もうひとりのひと。

㊟一起做某些事的另外一人。

*

はなしの**あいて**になる。

譯 成為談話的對象。

あいにく 0 真不湊巧、出乎意料

おもうようにいかないときに、つかうことば。

㊟表示與所想像的不一樣時的用語。

＊

あいにくのあめで、そとであそべない。

㊖因為下了一場出乎意料的雨，沒辦法到外面去玩。

アイロン《あいろん》 0 iron 熨斗

ねつとおもみで、ぬののしわをのばすどうぐ。

㊟利用加熱及重量，使布上的皺摺變得平坦的家電。

＊

シャツ《しゃつ》にアイロン《あいろん》をかける。

㊖用熨斗燙襯衫。

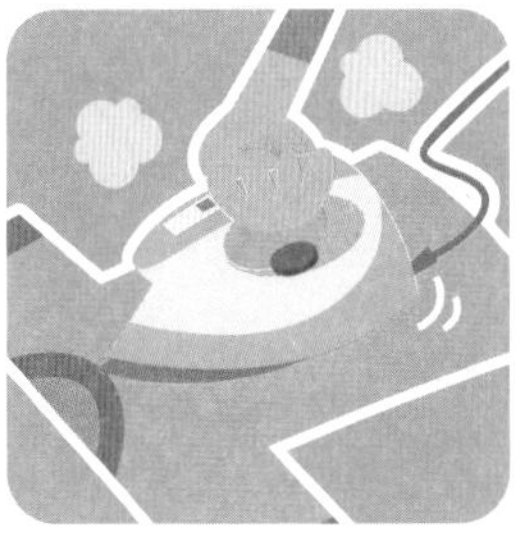

あう 1 適合、合身

ふたつのものが、ぴったりとはまる。

㊟指兩個物體能相當吻合地貼合或嵌入。

＊

ガラス《がらす》のくつが、シンデレラ《しんでれら》のあしにあう。

㊖玻璃鞋剛好合灰姑娘的腳。

あう 1 見（面）

ちがうばしょからきたひとと、ひとつのばしょでいっしょになる。

㊟跟不同地方來的人，在一個地方會合。

＊

みちでともだちにあう。

㊖在路邊與朋友相見。

アウト 1 ①出局 ②結束 ⇔ ①セーフ《せーふ》 1 ②

out 安全

①スポーツ《すぽーつ》のルール《るーる》で、だめになること。②ものごとがだめになること。

㊟①在運動比賽的規則中，失去資格下場的意思。②指事物已經無法挽救的意思。

＊

①バッター《ばったー》がアウト《あうと》になる。

㊖打者出局。

①

あお【青《あお》】 1 blue 藍色

いろのなまえ。そらやうみのいろ。

㊟指顏色的名稱。像天空或海洋那樣的顏色。

＊

あおのペンキ《ぺんき》でかべをぬる。

㊖將牆壁漆成藍色。

あおい 2 藍色的

あおのいろをしているようす。

㊟呈現出藍色的樣子。

＊

あおいふくをきる。

㊖穿藍色的衣服。

あおぐ 2 仰視、仰望

うえをむいて、たかいところをみる。

㊟朝著上方，看高的地方。

＊

そらをあおぐ。

㊖仰望天空。

あおぐ 2 扇

うちわやせんすなどをつかって、かぜをおこす。

注 搖動團扇或是扇子，藉以產生風。

＊

うちわで**あおぐ**。

譯 扇團扇。

あおしんごう 3 綠燈

しんごうのあおいろが、ひかっていること。すすんでもよいしるし。

注 指紅綠燈呈現綠色燈的狀態。可以前進行走的信號。

＊

あおしんごうにかわるまでまつ。

譯 等待變成綠燈。

あおぞら 3 晴空

くもがなく、よくはれたそら。

注 指無雲、晴朗的天空。

あおむけ 0 仰臥

⇔ うつぶせ 0 趴著

おなかをうえにして、よこになること。

注 指躺著，肚子朝上的樣子。

あおむし 2 幼蟲

ちょうなどのようちゅうで、ほそながい、みどりいろのむし。

注 指蝴蝶等昆蟲裡，身體細長、呈綠色狀幼齡期的小蟲。

あか【赤《あか》】 1 red 紅色

いろのなまえ。トマト《とまと》やりんごのいろ。

注 指顏色的名稱。如番茄或蘋果等的顏色。

＊

いちごのいろは、**あか**だ。

譯 草莓的顏色是紅色。

あか 2 體垢

からだについた、あせやよごれがたまったもの。

注 指由汗水或汙漬堆積在身體表面上的污垢。

＊

おふろで**あか**をおとす。

譯 在洗澡時清洗體垢。

あかい 0 紅色

あかのいろをしているようす。

注 指呈現出紅色的樣子。

＊

しょうぼうしゃは**あかい**。

譯 消防車是紅色的。

あかしんごう 3 紅燈

しんごうのあかいろが、ひかっていること。とまれのしるし。

注 指紅綠燈裡亮出的紅色的燈。指停止的信號。

＊

あかしんごうでくるまがとまる。

譯 車子碰到紅燈而停下來。

あかす 0 2 坦白、坦誠

かくしていたことをはっきりとさせる。

注 指將隱藏住的事情坦白說出。

＊

ひみつを**あかす**。

譯 坦誠說出秘密。

あかとんぼ 3 紅蜻蜓

からだが、あかっぽいいろをしているとんぼ。

注 身體呈現紅色的蜻蜓。

⇒請參考466頁。

あかり 0 燈光

まわりをあかるくするひかり。

注 讓周遭變亮的光線。

＊

あかりをたよりにあるく。

譯 依著燈光行走。

あがり 0 向上、昇高、上昇

したからうえへ、たかくなること。

注 指從下往上，變得更高。

＊

きおんの**あがり**さがり。

譯 氣溫上昇及下降。

あがる 0 爬（樓梯）、上 ⇕ ①おりる／さがる 2 ①下、退 ②さがる 2 ②下降

①したからうえのほうへいく。

②おんど、にんき、ねだんなどがたかくなる。

注 ①從下往上移動。②溫度、人氣、價格上升。

＊

①2《に》かいに**あがる**。

譯 ①爬上2樓。

①

あかるい 0 3 明亮的 ⇕ くらい 0 暗的

ひかりがあって、まわりがよくみえるようす。

注 有光線，四處能夠看得很清楚的樣子。

＊

まんげつのよるは**あかるい**。

譯 滿月的夜晚相當地明亮。

あかんぼう 0 baby 嬰兒

うまれたばかりのこども。あかちゃん。

注 剛生出來的小孩。也稱為「あかちゃん」。

＊

あかんぼうがなく。

譯 嬰兒哭泣。

あき 1 autumn 秋天

なつとふゆのあいだのきせつ。9《く》がつから11《じゅういち》がつまでのころ。

注 位於夏季及冬季之間的季節。九到十一月之間的時候。

＊

あきは、やさいがたくさんとれる。

譯 秋天可以採收到許多的蔬菜。

あき 0 空（著）

ものがつまっていなくて、からのこと。

注 指沒有滿塞，空蕩蕩的狀況。

＊

せきに**あき**がでる。

譯 有座位空著。

あきかぜ 2 3 秋風

あきにふく、さわやかなかぜ。

注 指秋天時所吹拂，涼爽的風。

＊

あきかぜがふく。

譯 吹起秋風。

あきばれ 0 秋天的晴空、秋高氣爽

あきにそらがあおく、さわやかにはれること。

注 秋天時出現的涼爽晴空。

＊

きょうは、**あきばれ**のひだった。

譯 今天是個秋高氣爽的好日子。

あきらめる 4 放棄、死心

しようとしたことを、だめだとおもってやめる。

注 因為覺得不行了，而將想做的事中止。

＊

おいかけるのを**あきらめる**。

譯 不追了（放棄追逐）。

あきる 2 厭煩、膩了

おなじことをしてきていやになる。

注 一直做一樣的事，而開始感到討厭。

＊

ゲーム《げーむ》ばかりで**あきる**。

譯 一直打電玩打到都膩了。

あきれる 0 驚呼、無言以對

ひどいことや、おもってもみなかったことがおこって、びっくりする。

注 因為一些程度太誇張或意想不到的事而吃一驚。

＊

へやのきたなさに**あきれる**。

譯 對房間的髒亂感到大吃一驚。

あく 0 空出

あったものがなくなって、からになる。

注 指原有之物，消失後空出的狀況。

＊

ブランコ《ぶらんこ》が**あく**。

譯 鞦韆空出來了（玩鞦韆的人離開鞦韆了）。

あく 0 開啟 ⇔ しまる 2 關閉

しまっていたものが、うごいてひらく。

注 關著的東西打開。

＊

もんが**あく**。

譯 門開啟了。

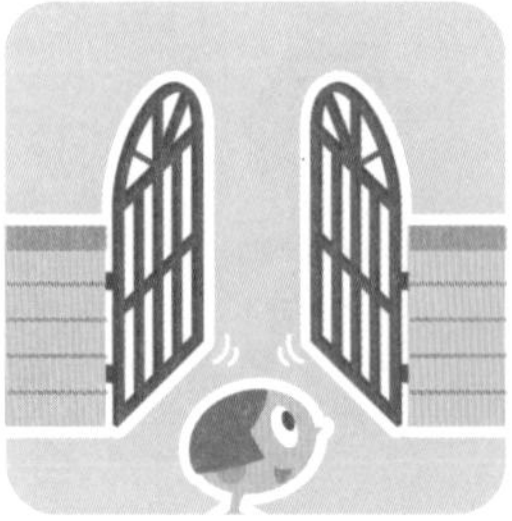

あくび 0 打哈欠

ねむいとき、しぜんに、くちがおおきくひらいてでるいき。

注 想睡的時候，自然大口呼氣的動作。

＊

おおきな**あくび**をする。

譯 打一個大大的哈欠。

あくま 1 惡魔

ひとのこころをまよわせて、わるいことをさせようとするまもの。

注 蠱惑人心，促使人們做壞事的魔物。

＊

あくまとてんしのものがたり。

譯 惡魔與天使的故事。

あぐら 0 盤坐

りょうほうのひざをひらいて、あしをまえでくむすわりかた。

注 展開兩側的膝蓋，兩腳伸到前端交差的坐法。

＊

おとうさんが**あぐら**をかく。

譯 父親盤坐。

あけがた 0 破曉、黎明

よるからあさになるころ。

注 從夜晚到天亮的那段時間。

＊ あけがたににわとりがなく。

譯 雞在破曉時啼叫。

あける 0 日出、天亮

たいようがのぼって、あさになる。

注 太陽昇起變成早晨。

＊ よるがあける。

譯 天亮。

あける 0 打開 ⇔ しめる 2 關閉

しめていたものをうごかしてひらく。

注 將關閉、封鎖的東西打開。

＊ まどをあける。

譯 開窗。

あげる 0 放到高處 ⇔ ①おろす さげる 2 向下移、放在低處 ②さげる 2 降低程度

①したからうえへうつす。②ていどをたかくする。③「やる」のていねいないいかた。

注 ①從下往上放。②提高程度。③「やる」的鄭重說法。

＊ ①ふとんをあげる。

譯 ①將棉被收到高處。

①

あご 2 chin 下巴

くちのしたのぶぶん。

注 嘴巴下方的部位。

アコーディオン《あこーでぃおん》 2 4 accordion 手風琴

りょうてでかかえ、おりたたんであるところをのびちぢみさせながら、けんばんやボタン《ぼたん》でえんそうするがっき。

注 一種需要用兩手抱著，將琴身折疊的地方伸縮，並按琴盤和按鈕加以演奏的樂器。

あさ 1 morning 早上

たいようがのぼってから、しばらくのあいだ。

注 太陽昇起後的一段時間。

＊ あさ、はやおきをする。

譯 早上早起。

あさい 0 2 淺的 ⇔ ふかい 2 深的

いちばんしたまでのながさが、みじかいようす。

注 到最底的深度相當地短的狀態。

＊ このかわはあさい。

譯 這條河流很淺。

あさがお 2 morning glory 牽牛花

なつにさくはな。あさにさいて、ひるのまえにはしぼむ。

注 指一種在早上開，在中午之前枯萎的夏季花朵。

⇒ 請參考468頁。

あさごはん 3 breakfast 早餐、早飯

あさにたべるしょくじ。
注 在早上吃的飯。

＊

かぞくといっしょに、あさごはんをたべる。
譯 跟家人一起吃早飯。

あさって 2 後天

あしたのつぎのひ。
注 指明天的下一天。
⇒請參考456頁。

＊

あさってはうんどうかいだ。
譯 後天是運動會的日子。

あさひ 1 朝陽

あさのたいよう。
注 早上的太陽。

＊

りょうてをひろげて、あさひをあびる。
譯 張開雙手，沐浴在朝陽中。

あし【足《あし》】 2 leg 腳

じめんにつけてあるいたり、はしったりするからだのぶぶん。
注 身體的部位中，用來走路或跑步，接觸在地面的部位。

＊

あしをひらいてたつ。
譯 張開腳站著。

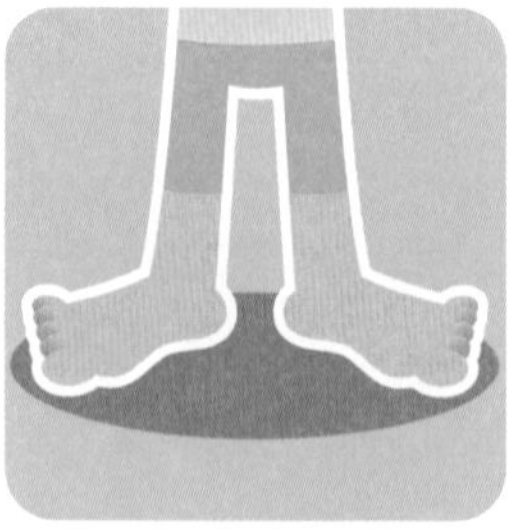

あじ 0 味道

したでかんじる、あまい、からい、すっぱいなどのかんじ。
注 用舌頭感受到的甜、辣、酸等的感覺。

あしあと 3 腳印、足跡

あるいたあとにのこる、あしやくつのかたち。
注 走過後所遺留下來，腳或鞋子的印子。

＊

うさぎのあしあと。
譯 兔子的腳印。

あしおと 3 4 腳步聲

あるくときに、あしやくつがじめんにあたって、でるおと。
注 走路時，腳或鞋子接觸到地面時所發出的聲音。

あしか 0 海獅

きたのうみにすむどうぶつ。ちいさなみみをもち、あしは、ひれのかたちをしている。
注 指棲息在北方的海洋的一種動物。身上有著小小的耳朵、腳的部分像鰭一樣。
⇒請參考460頁。

あしくび 2 3 腳踝

あしのかかとよりうえの、すこしほそくなったところ。
注 指腳跟以上較細的部分。

＊

あしくびをひねる。
譯 扭到腳踝。

あじさい 0 2 紫陽花、繡球花

なつのはじめにさくはな。むらさきやあおいろで、たばになってさく。
注 夏初所盛開的花。開成紫色或青藍色束狀的花。
⇒請參考468頁。

あした ③ 明天

きょうのつぎのひ。

注 今天的下一天。

⇒請參考456頁。

＊

あしたはあめになりそうだ。

譯 明天好像會下雨。

あしぶみ ③⓪ 踏步

そのばで、りょうほうのあしをかわりばんこにうごかすこと。

注 兩隻腳固定在原處相互交替的動作。

あしもと ③ 腳邊

たったり、あるいたりしているあしのまわり。

注 指站立時、或走路時腳周圍的部分。

＊

あしもとがすべりやすい。

譯 腳邊易滑。

あずける ③ 寄放

たのんで、じぶんのものをひとのところに、おいてもらう。

注 將自己的物品委託他人保管在該人處。

＊

にもつをあずける。

譯 寄放行李。

アスパラガス《あすぱらがす》 ④ asparagus 蘆筍

くきからほのぶぶんをたべるやさい。

注 從莖部到穗部都能吃的蔬菜。

⇒請參考第470頁。

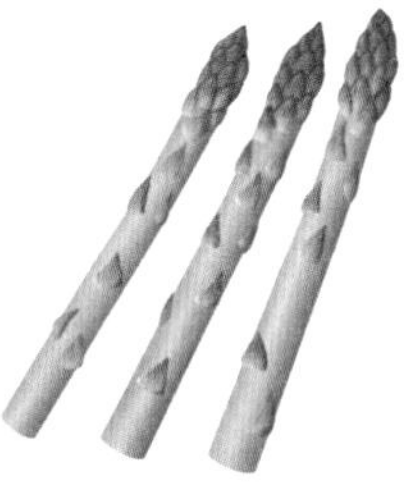

あせ ① 汗

あついときに、からだのなかからでてくる、みずのようなもの。

注 熱的時候從身體中冒出來的液體。

＊

あせをかく。

譯 流汗。

あぜみち ② 田埂

たとたのあいだの、ほそいみち。

注 指田與田之間，細長的小路。

あそこ ⓪ （遠處的）那裡

とおくのばしょをさすことば。

注 指示遠處時的用語。

＊

あそこにふじさんがみえる。

譯 在那裡看得見富士山。

あそび ⓪ 遊戲、玩樂

すきなことをして、たのしむこと。

注 指做了覺得喜歡並感到開心的娛樂。

＊

ぼくのすきなあそびは、トランプ《とらんぷ》だ。

譯 我喜歡玩的遊戲是撲克牌。

あそぶ ⓪ 玩耍

すきなことをして、たのしむ。

注 做喜歡的事並得到開心。

＊

おにごっこをして、あそぶ。

譯 玩鬼抓人。

あたえる 0 給予、（對動物）餵

ほかのひとやどうぶつに、ものなどをあげる。

注 將物品交於其他的人，或是動物。

＊

うしにえさを**あたえる**。

譯 餵牛吃飼料（草）。

あたたかい 4 溫暖的、暖和的 ⇕ すずしい 3 涼爽的

あつくもなくさむくもなく、きもちがよいようす。

注 指不熱也不冷，能感覺到舒適的溫度。

＊

ひのあたるところは、**あたたかい**。

譯 有太陽照射的地方很溫暖。

あたたまる 4 變暖、取暖 ⇕ ひえる 2 變冷、變寒

ちょうどよいくらいに、あたたかくなる。

注 溫度變成舒適暖和的程度。

＊

たきびにあたって、**あたたまる**。

譯 貼近篝火取暖。

あたためる 4 弄暖、加溫 ⇕ ひやす 2 使…變冷

つめたいものをあたたかくする。

注 將冷的東西加溫。

＊

みそしるを**あたためる**。

譯 將味噌湯加熱。

あたま 3 2 head 頭

くびようえの、かみのけがはえているところ。

注 頭部以上，會長頭髮的部分。

＊

おふろで**あたま**をあらう。

譯 在浴室裡洗頭。

あたらしい 4 新的 ⇕ ふるい 2 舊的

できたり、おこったりしてから、あまりじかんがたっていないようす。

注 指物品完成或是事情發生後還沒經過很多的時間的狀況。

＊

あたらしいくつをはく。

譯 穿新鞋子。

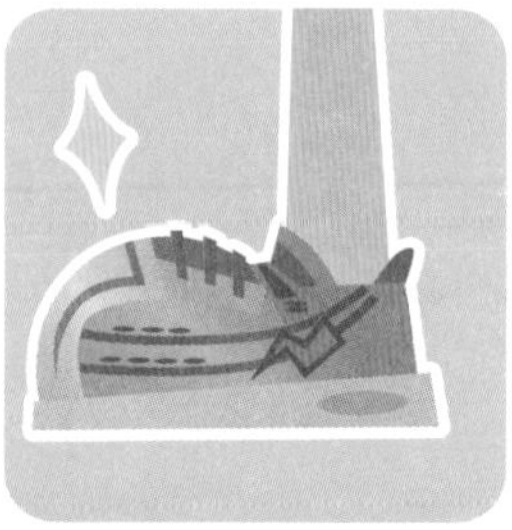

あたり 0 附近、周遭

あるばしょのまわり。

注 指某個地方的周遭部分。

＊

あたりはまっくらだ。

譯 周遭一片漆黑。

あたり 0 中、猜中、打中 ⇕ はずれ 0 沒中

おもったとおり、ねらったとおりになること。

注 像想的一樣，或是預計的一樣的結果。

＊

くじをひいたら、**あたり**だった。

譯 抽起籤後，結果中籤了。

あたりまえ ⓪ （理所）當然

みんながしっている、ふつうのこと。

注 指大家都知道，一般普通的事。

＊

かりたものをかえすのは、**あたりまえ**だ。

譯 借來的東西當然要還了。

あたる ⓪ 打中、中 ⇔ ② はずれる ⓪ 沒中、變成跟預想的不一樣

①うごいているものがぶつかる。

②おもったとおりになる。

注 ①移動中的物體碰撃到的動作。②變成像預想的一樣的結果。

＊

①となりのひとに、ひじが**あたる**。

譯 ①手肘去碰到旁邊的人。

①

あちこち ② ③ 四方、四處

いろいろなむきやばしょ。

注 各個方向及各種場所。

＊

こいぬが、**あちこち**はしりまわる。

譯 小狗四處亂跑。

あちら ⓪ （遠處的）那裡

とおくのばしょをさす、ていねいなことば。

注 指向遠處時的鄭重用語。

＊

えきは**あちら**のほうですか。

譯 請問車站是在那裡嗎？

あっ ① 啊

きがついたり、おどろいたりしたときに、しぜんにでてくることば。

注 察覺到時或是嚇一跳時，不自主發出聲音的發語詞。

＊

あっ、ごきぶりだ。

譯 啊！有蟑螂。

あつい ⓪ 厚的 ⇔ うすい ⓪ ② 薄的

おもてからうらまでのあいだが、ながいようす。

注 從表面到背面之間的長度相當長的狀態。

＊

あついほんをよむ。

譯 念一本很厚的書。

あつい ② 炙熱的 ⇔ さむい ② 寒冷的

まわりのおんどがたかく、からだがあつくかんじるようす。

注 周遭環境的溫度高，身體感受到熱的狀態。

＊

きょうは**あつい**。

譯 今天好熱。

あつい ② 熱的 ⇔ つめたい ⓪ ③ 涼快的

もののおんどがたかいようす。

注 東西的溫度高的狀態。

＊

あついおふろに、はいる。

譯 進入熱澡缸裡。

あつかう ⓪ ③ （熟練地）操作

どうぐやきかいなどを、じょうずにつかう。

注 熟練地操作工具及機械。

＊

おとうさんは、パソコン《ぱそこん》を**あつかう**。

譯 父親操作電腦。

あつくるしい 5 悶熱的

くうきがあつくて、いきがじゅうぶんにできないようす。

注 空氣溫度高，造成難以呼吸的狀態。

＊

でんしゃがこんでいて、**あつくるしい**。

譯 電車內好擠，且很悶熱。

あっさり 3 清爽、清淡、淡泊

あじやいろがうすくて、さっぱりとしているようす。

注 指味道或是顏色很淡，很舒爽的狀態。

＊

あっさりとしたものをたべる。

譯 吃清淡的東西。

あっち 3 那裡（較一般的，與平輩或晚輩使用）⇒あちら 0 那裡（較禮貌的，與長輩或陌生人使用）

あつまり 3 0 集合、群聚

たくさんのひとやものが、ひとつのところによったもの。

注 指許多的人或是東西，全部靠近同一個地方。

＊

あまのがわは、ほしの**あつまり**でできている。

譯 銀河是星星聚集而成。

あつまる 3 群聚、集合

たくさんのひとやものが、ひとつのところによってくる。

注 指許多的人或東西，向同一個地方靠近的動作。

＊

むしがあかりに**あつまる**。

譯 昆蟲都向著光源群聚。

あつめる 3 收集

たくさんのひとやものを、ひとつのところにまとめる。

注 將許多的人或東西，聚合在同一個地方的動作。

＊

どんぐりを**あつめる**。

譯 收集橡實。

あて 0 目標

いこうとおもっているところや、やろうとおもっていること。

注 想去的地方或是做想的事。

＊

あてもなく、あるきまわる。

譯 漫無目標地四處徘徊。

あてな 0 收件人

てがみや、にもつをおくるあいてのなまえ。

注 指寄信件或是行李運送指定為目標的那個名字。

＊

ふうとうに**あてな**をかく。

譯 在信封上寫收件人。

あてる 0 使…中

①ねらったところにものをぶつける。②ただしいこたえをいう。

注 ①打中了瞄準的目標　。②說到了正確的答案。

＊

①まとのまんなかに**あてる**。

譯 ①正中紅心。

①

あと 1 痕跡

ものについて、のこったしるし。

注 指事物所留下來的跡象。

＊

ゆきみちに、タイヤ《たいや》の**あと**がのこる。

譯 在積雪的道路上，留有車輪的痕跡。

あと 1 後面 ⇔ さき 0 前面

じゅんばんがうしろのこと。

注 指順序在比較後方的意思。

＊

ともだちのあとにならぶ。

譯 排隊排在朋友的後面。

あとかたづけ 3 4 事後清理、善後

なにかをしたあとで、もとのとおりにかたづけること。

注 指在做了某些事之後，將狀況恢復成原來的樣子。

あとまわし 3 延後

じゅんばんをかえて、あとにすること。

注 指將某事物的順序改變，移到更後面再進行。

あな 2 凹洞、洞

①へこんでいるところ。②むこうまで、つきぬけているところ。

注 ①凹陷下去的地方。②指無阻隔，可以穿過到對面去的一個區塊。

＊

②しょうじにあながあく。

譯 日式格狀推門破了一個洞。

②

アナウンサー《あなうんさー》 3 announcer 主播

テレビ《てれび》などで、ニュース《にゅーす》をつたえるひと。

注 指在電視上或其他機構裡，播報新聞的人。

あなた 2 you 你

めのまえのあいてを、ていねいによぶことば。

注 鄭重稱呼眼前談話對象的用語。

＊

あなたも、ひとついかがですか。

譯 你也來一個如何呢？

あに 1 哥哥 ⇔ おとうと 4 brother 弟弟

としうえの、おとこのきょうだい。

注 指年紀比自己大的男性手足。

＊

わたしのあには、ちゅうがくせいだ。

譯 我的哥哥是中學生。

あね 0 姊姊 ⇔ いもうと 4 sister 妹妹

としうえの、おんなのきょうだい。

注 指年紀比自己大的女性手足。

＊

ぼくには、あねがふたりいます。

譯 我有兩個姊姊。

あの 0 （遙遠的）那…

じぶんからもあいてからも、はなれたばしょにあるものをさすときにつかうことば。

注 指表示離自己跟談話對象都遙遠的人、事、物的用語。

＊

あのやまできょうそうだ。

譯 比賽看誰先走到那座山。

あのね 3 我說呀、跟你說喔

なかのよいひとにむかって、はなしはじめるときにつかうことば。

注 指跟自己交情較親近的人開始講話時的發語詞。

＊

あのね、ないしょのはなしだけど。

譯 跟你說喔！這件事是秘密喔！

あばれる 0 動粗、動手動腳

とてもらんぼうなうごきをする。

注 做出非常粗魯的舉動。

＊

けんかをして**あばれる**。

譯 吵起架來，並動手動腳。

あひる 0 duck 家鴨、鴨子

ひとにかわれ、みずうみやみずのちかくにすむとり。みずかきでおよぐ。

注 指為人類所畜養，生活在湖畔或水邊，以蹼划水的鳥類。

⇒ 請參考464頁。

あびる 0 浴、淋

みずやゆを、からだにたくさんかける。

注 身體大量地淋上冷水或熱水的意思。

＊

シャワー《しゃわー》を**あびる**。

譯 淋浴。

あぶない 0 3 危險

よくないことやきけんなことが、あるようす。

注 會發生不妥當的事情或是造成危險的狀況。

＊

あぶないから、はいってはいけません。

譯 請勿進入，以免發生危險。

あぶら 0 油

とうめいでどろりとした、もえやすいもの。

注 透明有黏性的易燃液體。

＊

えびを**あぶら**であげる。

譯 用油炸蝦子。

あぶる 2 火烤

ひにあてて、すこしやいたり、こげめをつけたりする。

注 將東西貼近火源加熱，使其稍微變焦的動作。

＊

するめを**あぶる**。

譯 烤魷魚。

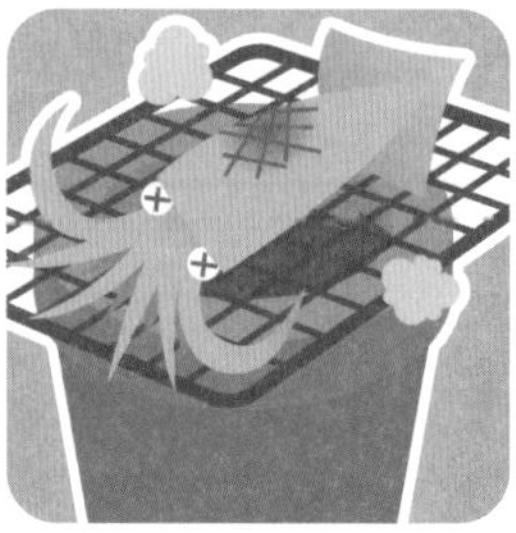

あふれる 3 滿溢、滿出來

いっぱいになってこぼれる。

注 指太過多了而造成溢出的狀態。

＊

コップ《こっぷ》からみずが**あふれる**。

譯 水從杯子裡溢出。

あべこべ 0 相反的

じゅんばんやむきが、ひっくりかえっているようす。

注 指順序或是方向，呈現反過來的狀態。

＊

くつが、みぎとひだりで**あべこべ**だ。

譯 鞋子的右腳及左腳反過來了。

あまい 0 甜的 ⇔ からい 2 辣的

さとうやはちみつのようなあじがするようす。

注 指嚐起來像是砂糖或蜂蜜那樣的味道。

＊

なまクリーム《くりーむ》がたっぷりの、**あまい**ケーキ《けーき》。

譯 這是塊塗滿鮮奶油的甜味蛋糕。

あまえる 0 撒嬌

かわいがってもらいたくて、そばによってきたりする。

注 因希望得到他人的疼愛，於是依偎在他人身旁討歡心的動作。

＊

おかあさんに**あまえる**。

譯 跟媽媽撒嬌。

あます 2 （將東西）留下來 ⇓

のこす 2 （將東西）留下來

あまだれ 0 雨滴

やねやきのえだなどからぽたぽたとおちる、あめのしずく。

注 從屋簷或是樹枝上等處一滴滴落下的雨水。

＊

あまだれがおちるのを、ながめる。

譯 靜靜地望著雨滴垂落。

あまど 2 擋雨板、擋風板

つよいあめやかぜなどをふせぐために、まどのそとにつける、と。

注 為了遮擋強風豪雨而在窗戶外加裝的板子。

＊

あまどをしめる。

譯 關起擋雨板。

あまのがわ 3 銀河

よるのそらに、かわのようにみえる、たくさんのほしのあつまり。

注 出現在夜晚的天空上，像河流一般的星群。

＊

あまのがわをみながら、たなばたのはなしをする。

譯 仰望著銀河的同時，說七夕的故事。

あまやかす 4 0 寵、溺愛

きびしくしないで、わがままにさせる。

注 指對待不嚴格，放任其做任何想做的事。

＊

いもうとを**あまやかす**。

譯 溺愛妹妹。

あまやどり 3 躲雨

あめにぬれないばしょで、あめがやむのをしばらくまつこと。

注 在不會淋溼的地方，暫時等待著雨停。

＊

きのしたで、**あまやどり**をする。

譯 在樹下躲雨。

あまり 3 多出、剩餘

おおすぎてのこったぶん。

注 指多餘的部分。

＊

あまりはひとつだ。

譯 多出一個。

あまる 2 剩下

たくさんありすぎてのこる。

注 量太多而殘留。

＊

おやつが**あまる**。

譯 點心有剩。

あみ 2 網子

いとやはりがねであんだもの。

注 用線或是鐵絲編織出來的物品。

＊

あみでちょうをとる。

譯 用網子抓蝴蝶。

あみもの 2 3 編織（品）

けいとのようなほそいものをあんで、ようふくなどをつくること。

注 指用毛線等細狀物體織成的衣物。

あむ 1 編、織

ほそながいものとほそながいものをくみあわせて、かたちをつくる。

注 將細長物相互打結，塑造出造型的動作。

＊

かみを**あむ**。

譯 編髮。

あめ【雨《あめ》】 1 rain 雨

そらからおちてくる、みずのつぶ。

注 從天空落下來的水珠。

＊

あめがふる。

譯 下雨。

あめ 0 糖果

くちのなかでなめてとかす、あまいかし。

注 放在口中含著使其溶化的甜點。

＊

あめをかう。

譯 買糖果。

あめんぼ 0 水黽

みずのうえに、あしでたってうごくむし。みずたまりやいけでくらす。

注 指浮在水面上，用腳站立移動的昆蟲。通常棲息在積水處或是池塘裡。

⇒請參考466頁。

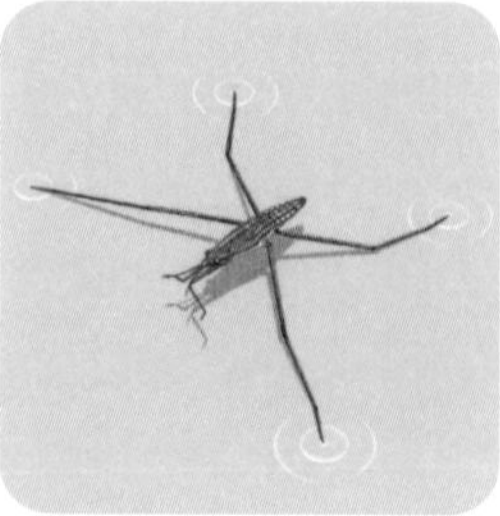

あやうい 0 3 充滿危險感的、差點就要

いまにもこわれそうなようす。

注 看起來好像快壞掉的樣子。

＊

あやういはし。

譯 看起來快垮掉的一座橋。

あやしい 0 3 詭異的、可疑的

こわくてへんなようす。

注 看起來怪怪的，又有點可怕的狀態。

＊

あやしいばしょには、ちかづかない。

譯 不要接近一些很詭異的地方。

あやす 2 哄（小孩）

ちいさいこどものきげんをよくしたり、よろこばせたりする。

注 做讓小孩開心的事加以討好。

＊

あかちゃんを**あやす**。

㊟譯 哄小嬰兒。

あやとり 3 （遊戲）編花繩

わにしたひもを、ゆびやてくびにかけて、かたちをつくるあそび。

㊟注 將花繩套在手指或是手腕上，編出形狀的遊戲。

＊

ともだちと**あやとり**をする。

譯 跟朋友們玩編花繩。

あやまる 3 道歉、謝罪

じぶんのわるかったことを、ゆるしてくれるようにたのむ。

注 跟對方表明自己的不好，並請求對方的原諒。

＊

ともだちに**あやまる**。

譯 向朋友道歉。

あゆ 1 香魚

みずのきれいなかわにすむさかな。こは、ふゆにうみですごす。

注 生活在乾淨河川裡的一種魚。冬天時，幼魚會游到海裡棲息。

＊

かわで**あゆ**をつる。

譯 在河裡釣香魚。

あら 1 0 咦、不是吧

おもっていたこととちがったときに、しぜんにでてくることば。

注 感受到與預想的事實不符時，順口脫出的發語詞。

＊

あら、そうだったの。

譯 咦！是那樣嗎？

あらい 0 2 荒亂的

いきおいがはげしくて、うごきがらんぼうなようす。

注 氣勢激盪、動作粗暴的樣子。

＊

うみのなみが**あらい**。

譯 海浪波濤洶湧。

あらう 0 洗

みずやせっけんなどをつかって、よごれをおとす。

注 使用水或是肥皂，將髒污洗掉。

＊

あさおきたら、かおを**あらう**。

譯 早上起床之後，就去洗臉。

あらし 1 暴風雨

はげしいかぜやあめ。

注 很激烈的風和雨。

＊

そとはすごい**あらし**だ。

譯 外面的刮起很劇烈的暴風雨。

あらす 0 使…凌亂、使…荒亂

きれいだったところをくずしたり、こわしたりする。

注 將乾淨整齊的地方弄得變亂，或是破壞掉。

＊

いのししがはたけを**あらす**。

譯 山豬把田地弄得亂七八糟。

あらそい 0 3 爭、爭執、爭吵

あいてにかとうとしてする、たたかいやけんか。

注 為了求勝而產生的戰鬥或吵架。

あらそう 3 爭、爭執、爭吵

あいてにかとうとして、たたかいやけんかをする。

注 為了求勝而進行的爭鬥或吵架的動作。

＊

かけっこで1《いっ》とうしょうをあらそう。

譯 在賽跑中爭第一名。

あらたまる 4 改變、更新

ふるいものから、あたらしいものにかわる。

注 從舊的東西，變成新的東西。

＊

としがあらたまる。

譯 過新年。

あらためる 4 改正

よくなるようにかえる。

注 改變為更好的狀態。

＊

あさねぼうのくせをあらためる。

譯 改除掉睡懶睡的壞習慣。

あられ 0 霰

しろくてちいさな、こおりのつぶ。

注 小的白色冰粒狀物。

あらわす 3 表現、展現

ほかのひとがみたり、きいたりしてわかるようにする。

注 為了讓別人看了、聽了後能夠理解而做的動作。

＊

おもったことをことばであらわす。

譯 將思考中的事情表現出來。

あらわれる 4 ①出現 ②登場

⇔①かくれる 3 躲藏

①なかったものやひとが、みえてくる。②そのばにでてくる。

注 ①看到剛剛沒看到的東西或是人物。②指在該場合下現身。

＊

②ヒーロー《ひーろー》があらわれる。

譯 ②英雄登場。

②

あり 0 ant 螞蟻

じめんのしたにすをつくってくらす、ちいさなむし。

在地面下築巢生活的小型昆蟲。

⇒請參考466頁。

ありがたい 4 值得感謝的

とてもうれしいきもち。

注 指相當喜悅的心情。

＊

おみまいにきてくれて、ありがたい。

譯 感謝你前來探病。

ありがとう [2] 謝謝

れいやうれしいきもちをつたえることば。

注 指想要傳達給別人謝意或喜悅之情時的用語。

＊

おかあさんに「ありがとう」という。

譯 對媽媽說：「謝謝！」

ありさま [2] [0] 樣態

もののようす。

注 事物呈現的樣子。

＊

ひどいありさまだ。

譯 相當糟糕的情況（樣子）。

ある [1] 有 ⇔ ない [1] 無、沒有

めでみたり、てでさわったり、かんじたりすることができる。

注 能夠憑眼睛所見、用手感覺得到的。

＊

はこのなかに、みかんがある。

譯 在箱子裡有橘子。

ある [1] 某

はっきりしていないことをさすときに、つかうことば。

注 指一個不明確的人、事、物時的用語。

＊

あるひ、おじいさんはやまへいきました。

譯 在某一天，老爺爺到了山裡面去。

あるいは [2] 或是

または。べつのばあいは。

注 指其他的、另一種情況下。

＊

うみ、あるいはかわへいこう。

譯 去海邊，或是河邊吧！

あるく [2] 走

あしをじゅんばんにうごかしてすすむ。

注 兩腳依序向前移動的動作。

＊

こうえんのなかをあるく。

譯 在公園裡行走。

アルバム《あるばむ》 [0] album 相簿

しゃしんなどをはって、きねんにとっておくためのほん。

注 可以將照片等嵌入，作為紀念用途的薄冊。

アルファベット《あるふぁべっと》 [4] alphabet 字母

えいごのもじ。アメリカ《あめりか》やイギリス《いぎりす》などでつかわれる。

注 英文的文字。在美國或英國等國家使用的文字。

あれ [1] [0] 咦！

おどろいたときや、ふしぎにおもったときに、しぜんにでてくることば。

注 指吃驚，或感覺不可思議時，順勢脫口而出的發語詞。

＊

あれ、おかしいな。

譯 咦！真是奇怪！

あれ [0] （遙遠的）那個

とおくにみえるものをさすことば。

注 指示遠處能看到見的物體的用語。

＊

あれはなんですか。

㊟那個是什麼呢？

あれる 0 狂暴、（海浪）洶湧

はげしいあらしなどで、ようすがとてもわるくなる。

㊟因為激烈的暴風雨等，而造成環境惡劣的狀態。

＊

うみのてんきが**あれる**。

譯大海上的天氣狂暴。

あわ 2 泡泡

なかにくうきがはいった、ちいさくてまるいたま。

㊟內部含有空氣的小型圓狀體。

＊

せっけんの**あわ**。

譯肥皂泡。

あわせる 3 使…合而為一

ふたつのものをひとつにする。

㊟將兩個東西合在一起。

＊

せいくらべで、せなかを**あわせる**。

譯兩個人的背貼合在一起比身高。

あわてる 0 慌張

びっくりして、おちつかないようすになる。

㊟驚嚇後變成不穩定的狀態。

＊

じかんにおくれそうで、**あわてる**。

譯好像快來不及了，所以變得慌張。

あわれむ 3 憐憫、同情

かわいそうにおもう。

㊟感覺到很可憐。

＊

まいごのねこを**あわれむ**。

譯同情迷路的小貓。

あん 1 餡

あずきなどのまめを、さとうといっしょににてつぶした、たべもの。

㊟將紅豆等豆類與砂糖一起煮爛後的食品。

あんき 0 背、背誦

なにもみないでいえるように、おぼえること。

㊟在不看任何東西的情況下記誦。

＊

ほんを**あんき**する。

譯背書。

あんしん 0 安心 ⇔ しんぱい 0 擔心

こわいことや、しんぱいがなくて、ほっとすること。

㊟沒有任何害怕及擔憂的情事，可以鬆一口氣的狀態。

＊

おかあさんがいるので、**あんしん**だ。

譯因為有媽媽在，所以很安心。

あんぜん
0 安全 ⇔ **きけん** 0 危險

あぶなくないこと。

注 不危險的狀態。

＊

あんぜんなみちをあるく。

譯 走在安全的道路上。

アンテナ《あんてな》
0 antenna 天線

テレビ《てれび》などの、でんきのなみをだしたり、とらえたりするもの。

注 可以發射或接受電視等電器電波的物品。

あんな
0 那樣地

あのような。

注 那麼樣的。

＊

あんなおおきなどうぶつは、みたことがない。

譯 沒見過那麼樣大型的動物。

あんない
3 指引、導引、帶

いきかたをおしえてあげること。

注 指告知該怎麼走的動作。

＊

みちを**あんない**する。

譯 帶路。

あんまり
3 太過於…

ちょうどよいぐあいを、こえているようす。

注 稍微有點超過適當的程度。

＊

あんまりいそぐと、あぶないよ。

譯 走太過快的話，是很危險的喔！

い
イ

い
0 胃

おなかのまんなかにあって、たべたものがはいるばしょ。

注 指肚子裡，食物進入的器官。

＊

うしには、**い**がよっつもある。

譯 牛有四個胃。

いい
1 好的 ⇔ **わるい** 2 壞的、不好的

とてもすばらしかったり、うまくいったりするようす。

注 指很棒的、很順利進行的狀態。

＊

いいおんがくをきく。

譯 聽（音質）好的音樂。

いいあらわす
5 表達

ことばでわかるようにつたえる。

注 用話語傳達給別人了解。

＊

うれしいきもちを**いいあらわす**。

譯 表達出愉悅的心情。

いいえ [3] 不是的 ⇔ はい [1] 是的

ちがうということをつたえることば。

(注) 傳達出與事實不合的用語。

＊

「**いいえ**」とこたえる。

(譯) 回答「不是」。

いいかげん [0] 隨隨便便、馬馬虎虎

こまかいことをきにしないようす。

(注) 不太注意小細節的狀態。

＊

いいかげんに、ほんをかたづける。

(譯) 將書本隨隨便便地收拾。

いいかた [0] 說法

ことばのしゃべりかた。

(注) 話語陳述的方法。

いいきかせる [5] 勸告、囑咐、勸誡

ていねいにせつめいをして、わからせる。

(注) 鄭重地說明告知，使其了解。

＊

しずかにするように、**いいきかせる**。

(譯) 出言勸誡保持安靜。

いいだす [3] 說出口

ことばにしていいはじめる。

(注) 指開始把話說出。

＊

「いぬをかいたい」と**いいだす**。

(譯) 開口說出「我想要養狗」。

いいつけ [0] 囑咐、命令

おややとしうえのひとから、するようにいわれたこと。

(注) 由父母或是長輩所交待的事情。

いいつける [4] 告密、告狀

ほかのひとがしたわるいことを、おとなにおしえる。

(注) 將別人所做的壞事報知給大人知道。

＊

おかあさんに**いいつける**。

(譯) 跟媽媽告狀。

いいわけ [0] 藉口、辯解

しっぱいしたわけを、わかってもらおうとはなすこと。

(注) 將任何發生的失敗，試著說成別人可以認同的理由。

＊

「ねこがやった」と**いいわけ**をする。

(譯) 推說「這是貓咪弄的」。

いいん [1] 委員

しゅうだんのなかからえらばれて、きまったしごとをするひと。

(注) 在一個集團中被選出，處理固定事務的人。

いう [0] 說

おもっていることを、ことばであらわす。

(注) 將想的事情，用語言呈現出來。

＊

せんせいにおれいを**いう**。

(譯) 跟老師問（說）好。

いえ 2 house 家

ひとがすむたてもの。

㊟人所居住的建築物。

*

いえにかえる。

譯 回家。

いか 0 花枝

10《じっ》ぽんのうでをもつ、うみのいきもの。てきにすみをはく。

㊟棲息在海底，具有十隻觸手的生物。會對攻擊牠的敵人噴灑墨汁。

⇒請參考467頁。

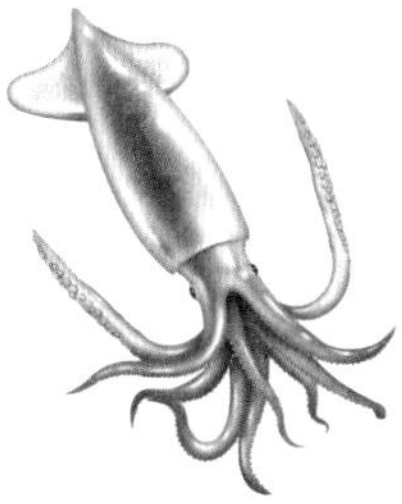

いかが 2 如何

ぐあいやようすをたずねることば。

㊟詢問身體狀況及事態狀況的用語。

*

けがのぐあいは、**いかが**ですか。

譯 受傷的情況怎麼樣了呢？

いかす 0 發揮、活用

ちからやよいところを、じゅうぶんにだすようにする。

㊟充分運用能力或長處。

*

おしえてもらったことをえに**いかす**。

譯 將學到的技巧發揮在繪畫上。

いかり 0 船錨

ふねをとめておくためにしずめる、おもいてつのどうぐ。

㊟為了停船，使其沉入海底的鐵製沉重用具。

いき 1 呼吸、氣息

くちやはなからすったり、はいたりするくうき。

㊟從口或鼻中吸入或吐吶出的空氣。

*

みずのなかでは、**いき**ができない。

譯 在水中無法呼吸。

いき 0 去⇔かえり 3 回

いこうとおもっているところまで、いくこと。

㊟前往到想要到達的地方。

*

○○こうえん**いき**。

譯 開往某某公園。

いきおい 3 強勁的力量、氣勢

ものをうごかす、つよいちから。

㊟使物體動作的強大力量。

*

いきおいをつけてブランコ《ぶらんこ》をこぐ。

譯 用很強的力道擺動鞦韆。

いきかえり 0 去回

いきとかえり。

㊟去與回來。

いきかえる 3 0 復活

しんだようになっていたものが、げんきになる。

㊟從一個死掉或瀕死的狀態中，回復到健康的狀態。

*

あめがふって、はながいきかえる。

譯 下了雨之後，花朵都得到了新生。

いきちがい 0 錯過

ひとやものがすれちがって、であえなくなること。

注 指人、事、物擦身而過般而無法相見及碰到。

＊

いきちがいになる。

譯 錯過了。

いきどまり 0 無法通行、沒路了

みちがふさがれていて、さきにすすめないところ。

注 指道路呈現中斷的狀況，無法再往前走。

＊

このさきはいきどまりだ。

譯 前面沒路了。

いきなり 0 突然地

とつぜん、なにかがおこるようす。

注 指無預警地，突然發生了什麼事的樣子。

＊

いきなり、ボール《ぼーる》がとんできた。

譯 突然間，有顆球飛了過來。

いきもの 3 2 生物

いきているもの。

注 指有生命的東西。

＊

ちきゅうには、たくさんのいきものがいる。

譯 地球上有許多種生物存在。

いきる【生《い》(きる)】 2 活 ⇕ しぬ 2 死

いのちがある。

注 指有生命。

＊

さかなは、みずのなかでいきる。

譯 魚生活在水裡（活在水裡）。

いく 0 去 ⇕ くる 1 來

いまいるところから、めざすところにむかう。

注 指從目前所在的地方，往打算去的地方移動。

＊

がっこうにいく。

譯 去學校。

いく 1 幾

かずがはっきりとわからないときに、さいしょにつけることば。

注 在不知道實際的數量時，最先提示的一個不定量的用語。

＊

なおるのに、いくにちか、かかった。

譯 雖然復原了但也花了幾天的時間。

いくつ 1 幾個、幾歲

もののかずや、ひとのとしをきくときに、つかうことば。

注 在詢問東西的數量及人們的年齡時的用語。

＊

おじいさん、としはいくつですか。

譯 爺爺幾歲了呢？

いくら 1 多少錢

もののねだんをきくときに、つかうことば。

注 在詢問物品價格時的用語。

＊

このパン《ぱん》はいくらですか。

譯 請問這塊麵包多少錢呢？

いけ 2 池塘

じめんがくぼんで、みずがたまっているところ。

注 指地面向下凹，積了許多水的地方。

＊

いけで、こいがおよいでいる。

譯 鯉魚在水池裡游動。

いけない 0 3 不行

よくない。

注 因為不好（所以不允許）。

＊

がっこうには、してはいけないきまりがある。

譯 在學校裡，有規定一些不應該做的事！

いけん 1 意見

じぶんのかんがえ。

注 指自己的想法。

＊

みんなのまえで、いけんをいう。

譯 在大家的面前表達意見。

いさましい 4 勇猛的、武勇的

あいてやきけんをおそれず、いきおいよくすすむ。

注 完全不畏懼對手及危險，強勢向前的樣子。

＊

けんどうをするおにいさんは、いさましい。

譯 有在打劍道的哥哥相當地武勇。

いし【石《いし》】 2 stone 石頭

じめんにある、すなよりもおおきくて、いわよりもちいさいかたまり。

注 存在於地面上，比砂還要大、比岩石還要小的塊狀物。

＊

いしをひろう。

譯 撿石頭。

いじ 2 意志

じぶんのかんがえるとおりにしようとするきもち。

注 貫徹自己想法的決心。

＊

いじをはる。

譯 固執己見。

編註 「いじをはる」在日文中是一組慣用表現，即為「固執己見」。

いしけり 3 4 跳格子遊戲

じめんにかいたかこみに、いしをけって、いれながらすすむあそび。

注 將石頭踢進畫在地上的格子裡，然後一邊跳一邊前進的遊戲。

いしころ 3 4 （小）石塊

どこにでもある、ただのいし。

注 平凡可見，到處都有的石頭。

＊

いしころをける。

譯 踢小石塊。

いしだん 0 石階

いしでできたかいだん。

注 用石頭做成的階梯。

いじめる ⓪ 欺負

つよいものが、よわいものにいやがることをする。

㊟較強的個體，對較弱的個體做一些讓他難過的事。

＊

よわいひとを**いじめる**のはだめだよ。

㊞不可以欺負弱者。

いしゃ ⓪ 醫生

びょうきやけがをなおすしごとをしているひと。

㊟指工作是幫忙治療疾病或外傷的人。

＊

いしゃに、からだをみてもらう。

㊞看醫生。

いじょう ① 以上

かずやりょうが、それよりもおおいこと。

㊟指數或量，比一個界限值更多的狀態。

＊

6《ろく》さい**いじょう**はのれます。

㊞六歲以上才可搭乘。

いじる ② 擺弄、撥弄

てやゆびでさわったり、うごかしたりする。

㊟用手或是手指觸碰，或是使其作動。

＊

おとうさんのパソコン《ぱそこん》を**いじる**。

㊞打爸爸的電腦（鍵盤）。

いじわる ③ ② 惡意的、壞心的

あいてがいやがることをわざとして、こまらせること。

㊟為了讓對方難過，故意做一些讓對方困擾的事情。

＊

おにいさんが、いもうとに**いじわる**をする。

㊞哥哥壞心地欺負妹妹。

いす ⓪ chair 椅子

すわるためのどうぐ。

㊟指用來坐的家具。

＊

いすにすわる。

㊞坐在椅子上。

いずみ ⓪ 泉、泉水

じめんのしたから、みずがでているところ。

㊟從地面下冒出水源的地方。

＊

いずみのみずを、てですくう。

㊞用手撈泉水。

いせい ⓪ 氣力、朝氣

げんきがあって、いきおいがよいこと。

㊟相當地有活力，並有氣勢的樣子。

＊

こどもたちが、**いせい**よくかけだした。

㊞孩子們活力充沛地奔跑。

いそがしい ④ 忙碌的

することがたくさんあって、ひまがないようす。

㊟要做的事情非常的多，完全沒有空閒的樣子。

＊

おとうさんは、いつも**いそがしい**。

㊞爸爸總是很忙碌的。

いそぐ ② 急著趕往

はやくする。

㊟加快腳步前進。

＊

おくれそうなので**いそぐ**。
譯 感覺好像要遲到了，所以加緊前往。

いた 1 木板、板子

きをきって、うすくたいらにしたもの。
注 將樹木砍下來，做成平薄狀的塊狀物體。
*
いたをくみあわせて、いれものをつくる。
譯 將木板拚湊成一個盒子。

いたい 2 痛的

からだのどこかがけがやびょうきでわるくて、とてもつらいようす。
注 指身體的某處因為受傷或是生病變差的關係，變成非常難受的狀態。
*
うでが**いたい**。
譯 手臂疼痛。

いたす 2 （鄭重用語）做

「する」のていねいないいかた。
注 「する」的鄭重說法。
*
ごあんない**いたし**ます。
譯 就由我來為您帶路吧！

いたずら 0 惡作劇

わるいとわかって、ひとがこまることをすること。
注 明明知道是不好的，但是故意做讓人困擾的事。
*
じてんしゃに**いたずら**をする。
譯 惡搞腳踏車。

いただき 0 頂部

いちばんたかいところ。
注 指最高點的地方。

いただきます 0 我不客氣了、我收下了

しょくじのまえにいうことば。
注 在用餐之前的講的話。
*
おおきなこえで「**いただきます**」という。
譯 大聲地說出「我不客氣了！」。

いただく 0 （鄭重用語）收下

「もらう」のていねいないいかた。
注 「もらう」的鄭重說法。
*
おばあさんに、おいわいを**いただく**。
譯 收到奶奶給的禮物。

いたのま 0 木地板的房間

ゆかにいたをはったへや。
注 地板是用木板鋪設的房間。

いたむ 2 痛、疼痛

からだのどこかがいたくなる。
注 身體的某處發痛。
*
ぶつけたところが**いたむ**。
譯 撞到的地方感到疼痛。

いためる 3 弄痛、弄傷

からだのどこかを、けがなどでいたくする。

注 弄傷身體的某處而感到疼痛。

＊

ボール《ぼーる》があたって、ゆびを**いためる**。

譯 手指被球打中，很痛。

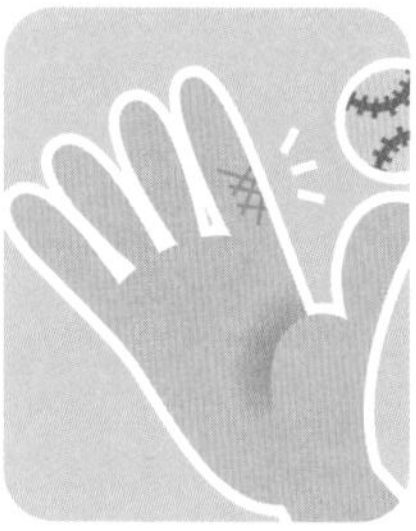

いたわる 3 體恤、愛護、慰勞

よわいひとやつかれたひとを、だいじにする。

注 珍重弱者或是疲累者的行為。

＊

おじいさんを**いたわる**。

譯 體恤爺爺。

いち【一《いち》】 2 one 一

かずのなまえ。さいしょのかず。

注 數字的稱呼。最初始的數字。

＊

1《いち》から10《じゅう》までかぞえる。

譯 從一數到十。

いち 1 市場 ⇒ いちば 1 市場

いちいち 2 逐一地

ひとつひとつ、ぜんぶに。

注 一個一個地，全部列出。

＊

いちいちもんくをつける。

譯 將事情一件一件地拿出來抱怨。

いちがつ 4 January 一月

1《いち》ねんのさいしょのつき。

注 一年中，最一開始的那個月份。

＊

1《いち》がつはとてもさむい。

譯 一月時非常地寒冷。

いちご 0 1 strawberry 草莓

あかいくだもの。ちいさなたねが、まわりにたくさんついている。

注 指一種紅色的水果。周邊附著著許多小小的種子。

⇒ 請參考472頁。

いちど 3 一次

1《いっ》かい。

注 指一回。

＊

このはなしは、**いちど**きいたことがある。

譯 這件事我曾聽說過一次。

いちどに 3 同時地

どうじに。

注 同一段時間裡。

＊

みんなが**いちどに**はしりだす。

譯 大家同時跑了起來。

いちにち [4] 一天、一整天

あさおきてから、よるねるまでのあいだ。

注 指從早上起床開始一直到晚上入睡之間的時間帶。

＊

1《いち》にち、いえのなかですごす。

譯 一整天都在家裡渡過。

いちねん [2] 一年

1《いち》がつ1《いち》にちから、12《じゅうに》がつ31《さんじゅういち》にちまでのあいだ。

注 指一月一日到十二月三十一日之間的時間帶。

＊

あたらしい**1《いち》ねん**が、はじまる。

譯 新的一年就要開始了。

いちば [1] 市場

たくさんのひとがあつまって、ものをうったり、かったりするばしょ。

注 指有許多人聚集，買賣東西的地方。

＊

いちばへかいものにいく。

譯 到市場去採買。

いちばん [2] 第一

じゅんばんが、ほかのなによりもはやいこと。

注 指在順序之中，比起其他的比較對象都還要前面的意思。

＊

かけっこで、**1《いち》ばん**になった。

譯 在賽跑比賽裡得到了第一名。

いちめん [0] [2] 整面、一整片（地方）

あるばしょのぜんぶ。

注 指某個地方的全部。

＊

あたり**いちめん**に、ゆきがつもる。

譯 周遭一整片的地方都積雪了。

いちょう [0] 銀杏

きのなかまのひとつで、あきに、はがきいろくなる。

注 指樹的一種。入秋之後，葉子會變成黃色的樹。

＊

いちょうのはをひろう。

譯 撿銀杏的葉子。

いつ [1] 何時、什麼時候

じかんやひにちをきくときに、つかうことば。

注 詢問他人時間或日期時所說的用語。

＊

きみのたんじょうびは**いつ**ですか。

譯 你的生日是什麼時候？

いっか [1] 一家

ひとつのいえにすむ、かぞくぜんたいのこと。

注 指同住在一個房子裡所有家人的合稱。

いつか [1] 總有一天

はっきりとしないひやじかんをあらわすことば。

注 表示不明確的時間或日子的用語。

＊

いつか、アイドル《あいどる》になりたい。

譯 我希望有一天能成為偶像明星。

いつか 3 0 ①五日 ②五天

①つきの5《ご》ばんめのひ。
②5《ご》にちのあいだ。
注①每個月第五天的那一天。
②五個日子之間的時間帶。

＊

②あといつかで、たんじょうびだ。
譯②再過五天就是我的生日了。

②

いっこう 0 （下接否定表現）一點也…、完全無法…

まったくそうでないようす。
注完全不怎樣的樣子。

＊

いっこうにすすまない。
譯一點也前進不了。

いっしゅうかん 3 一週、一星期

⇒請參考456頁。

＊

クリスマス《くりすます》まで、あと1《いっ》しゅうかんだ。
譯再一個星期就是聖誕節了。

いっしょ 0 相同、一起

①おなじことをすること。
②ひとつにまとめること。
注①做一樣的事情。
②合而為一的意思。

＊

①おとうとといっしょにねる。
譯①跟弟弟一起睡覺。

①

いっしょう 0 一生、一輩子

うまれてからしぬまでのじかん。
注指從出生到死亡之間的時間帶。

＊

いっしょうわすれない。
譯永生難忘。

いっしょうけんめい 5 竭盡全力

ぜんぶのちからをだして、がんばるようす。
注指用盡全部的力量，奮發努力的樣子。

＊

いっしょうけんめい、れんしゅうする。
譯竭盡全力地練習。

いっしん 3 專心、集中、信念

ひとつのことだけを、かんがえているようす。
注專注在一件事上用心思考的樣子。

＊

かちたいいっしんで、れんしゅうする。
譯秉著求勝的信念加緊練習。

いっせい 0 一齊、同時

みんなそろって、なにかをするようす。
注大家聚集起來，共同做某件事的樣子。

＊

とりが、いっせいになきだす。
譯鳥兒一齊鳴叫了起來。

いっそう 0 更加地

まえよりもさらに。
注指比先前更進一步地。

＊

かぜが、いっそうつよくなる。
譯風變得更加的強勁。

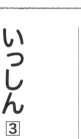

いったい 0 到底、究竟

よくわからなかったり、ふしぎにおもったりするときに、つかうことば。

注 搞不清楚狀況或是發生了難以置信的事態時的用語。

＊

いったい、なにがおこったの。

譯 到底發生了什麼事呢？

いったん 0 一次、一度

いちど。

注 一回。

＊

いったんとまって、みぎとひだりをみる。

譯 一度停了下來，看看左邊和右邊。

いつつ 2 五個

5《ご》のこと。ものをかぞえるときにつかうことば。

注 指「五」的意思。數數量時的用語。

＊

どんぐりを**いつつ**ひろった。

譯 撿了五顆橡實。

いってきます 3 我出門了

でかけるときに、いえのひとにいうことば。

注 指要外出時，對家裡的人所說的話。

＊

「**いってきます**」といって、あそびにいく。

譯 跟家裡說「我出門了」就出門去玩了。

いってらっしゃい 5 路上小心

でかけるひとをみおくるときに、いうことば。

注 這是送家人外出時所說的話。

＊

てをふって「**いってらっしゃい**」という。

譯 揮手並開口說「路上小心」。

いっとう 0 3 第一、最佳、最棒

じゅんばんが1《いち》ばんのこと。

注 指順序排在第一位的意思。

いっぱい 0 許多

かずやりょうが、たっぷりなようす。

注 指數量相當多的樣子。

＊

りんごのみが、**いっぱい**なる。

譯 長出了許多的蘋果。

いっぽう 3 一邊、其中一個

ふたつあるもののうちの、ひとつ。

注 指有一對的物品中，之間的某一個。

＊

いっぽうのくつしたが、みつからない。

譯 有一隻襪子找不到。

いつも 1 總是

どんなときも。

注 不論何時。

＊

このみせは、**いつも**ひとでいっぱいだ。

譯 這間店裡總是客滿。

いと【糸《いと》】 1 線

ぬうときにつかう、ほそくてながいもの。

注 指細長的物體，為縫製衣物時的道具。

＊

あかい**いと**でぬう。

譯 用紅線縫製。

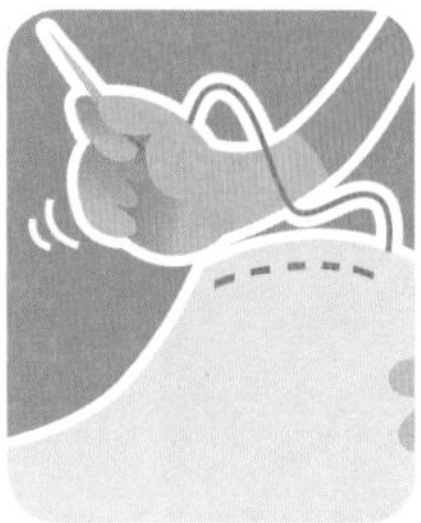

いど 1 井

ちかのみずをくむためにほった、ふかいあな。

注 為了汲取地下水所挖掘的深長洞穴。

いとこ 2 堂（表）兄弟姊妹

とうさんやかあさんのきょうだいの、こども。

注 爸爸或媽媽的兄弟姊妹所生的孩子們。

＊

ぼくには、**いとこ**が5《ご》にんいる。

譯 我有五個堂兄弟姊妹。

いなか 0 鄉下

まちからはなれていて、しぜんがおおいところ。

注 指離市鎮較遠，大幅親近自然環境的場所。

＊

いなかでむしとりをする。

譯 在鄉下抓昆蟲。

いなびかり 3 閃電

かみなりがなるときに、くもからでるひかり。

注 指打雷時從雲朵中放射出來的光線。

いぬ【犬《いぬ》】 2 dog 狗

ひとにかわれるどうぶつ。いえのばんをすることもある。

注 人類所眷養的動物。也常擔任看家（門）的角色。

⇓ 請參考458頁。

いね 1 稻子

たでそだつしょくぶつ。みは、こめになる。

注 長在田裡面的植物。其中穗實的部分即為食用的米。

＊

いねがよくそだつ。

譯 稻子長得非常好。

いねかり 2 收割稻子

たにみのったいねをかりとること。

注 將長在田裡的稻子割下採集的意思。

いねむり 3 打瞌睡

すわったまま、ねむってしまうこと。

注 坐著坐著就睡著了的狀態。

いのしし 3 野豬

ぶたににていて、きばをもつどうぶつ。やまにすむ。

注 指一種長得像豬，但是有獠牙的動物。棲息在山裡面。

⇓ 請參考458頁。

いのち 1 生命

いきていくちから。

注 指活下去的精力。

＊

いきものには、みんな**いのち**がある。

譯 全部的生物都具有生命。

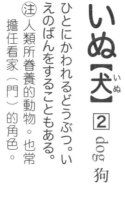

いのり 3 祈願

かみやほとけに、こころからねがうこと。

㊟指由衷地向神明或是佛祖的那份祈求。

＊

いのりのことばをいう。

㊣念祈禱文。

いのる 2 祈禱

かみやほとけに、こころからねがう。

㊟指由衷地向神明或是佛祖祈求的動作。

＊

みんなが、けんこうでいられるようにいのる。

㊣祈求大家身體健康。

いばる 2 囂張、跋扈

えらそうにしたり、つよそうにしたりする。

㊟總是擺出自己很偉大或很強力（勢）的一面。

＊

ともだちにいばる。

㊣在朋友面前跩。

いびき 3 鼾聲

ねているあいだに、いきといっしょに、はなやくちからでるおと。

㊟指睡著時，同時從鼻子或口中發出來的聲音。

いま 1 現在

ちょうど、このとき。

㊟指目前、當下的這個時刻。

＊

いま、ごはんをたべているよ。

㊣我現在正在吃飯喲！

いま 2 起居室

いえのなかで、かぞくがいつもいるへや。

㊟在房子裡，全家一起活動的那個房間（空間）。

＊

いまで、テレビ《てれび》をみる。

㊣在起居室裡看電視。

いまごろ 0 此刻、這個時候

いまのじかん。いまのきせつ。

㊟指現在的這個時間、現在的季節。

＊

あしたのいまごろは、おばあさんのいえにいるだろう。

㊣明天的這個時候，我應該在奶奶家吧！

いまに 1 就要、就快

はっきりいつかはわからないけど、ちかいうちに。

㊟指一個不明確，但是就在很接近的時間點裡。

＊

いまに、おねえさんよりおおきくなるよ。

㊣就快要長得比姊姊高囉！

いまにも 1 不久、眼看

いますぐにでも、そうなっておかしくないようす。

㊟指立刻要變成某種理所當然情況的狀態。

＊

いまにも、あめがふりだしそうだ。

㊣眼看著就要下雨了。

いままで 3 直到現到、一直以來

すぎたときから、いまのときまでのじかん。

㊟指從過往到現在為止的這段時間帶。

＊

おとうさん、**いままで**ありがとう。

譯 爸爸，一直以來感謝您了。

いみ 1 意思

ことばやしるしがあらわしていること。

注 指話語或記號所表示的含義。

*

おかあさんに、ことばの**いみ**をきく。

譯 跟媽媽問一個字的意思。

いも 2 芋頭

じゃがいもや、さつまいもなどのなかまのやさい。

注 指馬鈴薯及番薯一類的蔬菜。

*

たきびで**いも**をやく。

譯 在柴火上烤芋頭。

いもうと 4 妹妹 ⇔ あね 0 sister

姊姊

とししたの、おんなのきょうだい。

注 指父母所生，比自己年紀小的女性家人。

*

いもうととあそぶ。

譯 跟妹妹玩。

いもほり 3 4 挖芋頭

はたけでいもをほること。

注 指在旱田裡挖掘芋頭的意思。

いもむし 2 芋蟲、（無毛的）幼蟲

がやちょうのようちゅうで、けがはえていないもの。

注 指蛾或是蝴蝶等，身體上沒有毛的爬行幼蟲。

*

いもむしがはっぱをたべる。

譯 芋蟲吃樹葉。

いや 2 不想、討厭、不是吧

①したくないようす。②びっくりしたときに、でてくることば。

注 ①不想要做的樣子。②對某些事感到驚訝時，脫口而出的用語。

*

②**いや**、すごい。

譯 ②不是吧！這麼厲害！

②

いやいや 0 不要不要、感到討厭

いやだとおもいながら、しかたなく。

注 感到討厭，但又不得已屈服。

*

いやいや、びょういんへいく。

譯 很反抗地去了醫院。

いよいよ 2 終於

まえからまっていたことが、やってくるようす。

注 指從之前一直等待的事情，就要來到的意思。

*

いよいよあすは、うんどうかいだ。

譯 明天終於是運動會了。

いらっしゃいませ ⑥ 歡迎光臨

きゃくをむかえるときに、いうことば。

㊟歡迎客人來到店裡時所說的話。

＊

ようこそ、**いらっしゃいませ**。

㊫客人您好，歡迎光臨。

いらっしゃる ④（鄭重用語）在、來、去、有

「いる」「くる」「いく」「ある」のていねいないいかた。

㊟指「いる」、「くる」、「いく」、「ある」的鄭重表現。

＊

せんせいが**いらっしゃる**。

㊫老師來了。

いりぐち ⓪ 入口 ⇔ でぐち ⓪ 出口

そとからなかにはいるところ。

㊟指從外頭向裡側進入的一個開口。

＊

おばけやしきの**いりぐち**。

㊫鬼屋的入口。

いる ⓪ 要、需要

なくてはならない。

㊟指不能沒有。

＊

しょくぶつにはみずが**いる**。

㊫植物需要水。

いる ⓪ 在

いきものがそこにある。

㊟指有生命體的存在。

＊

へやのなかにむしが**いる**。

㊫在房間裡有小蟲子。

いる ①（無油）煎

ひにかけて、あぶらをつかわずにまぜる。

㊟指使其貼近火源，且不使用油、使其變焦的廚藝方法。

＊

まめを**いる**。

㊫煎豆子。

いるか ⓪ 海豚

およぎながらジャンプ《じゃんぷ》をするのがじょうずな、うみのどうぶつ。

㊟指一種擅長一邊游、一邊跳躍的海中生物。

⇓請參考460頁。

いれかえる ④③ 替換、改換

まえにあったものをなくして、べつのものにかえる。

㊟指將原本有的東西去除掉，再換成別的東西。

＊

へやのくうきを**いれかえる**。

㊫讓房間的空氣流通（替換房間的空氣）。

いれば 0 假牙

ぬけたはのあとにいれる、つくりもののは。

㊟在牙齒脫落後所裝填的人工牙齒。

＊

おじいさんが**いれば**をいれる。

㊞爺爺戴假牙。

いれもの 0 置物盒、置物箱

なにかをいれるためのもの。

㊟指用來放東西的容器。

＊

あきばこを、ハンカチ《はんかち》をしまう**いれもの**にする。

㊞將空箱子用來收納手帕。

いれる 0 放入 ⇕ **だす** 1 取出

そとからなかにうつす。

㊟指從外側向內置入的動作。

＊

れいぞうこににくを**いれる**。

㊞將肉放到冰箱裡。

いろ 2 顏色

あおやきいろなどめでみて、かんじられるもの。

㊟指藍色或黃色等，以視覺能感受到的色澤。

＊

いちばんすきな**いろ**は、ピンク《ぴんく》だ。

㊞我最喜歡的顏色是粉紅色。

いろいろ 0 各種、各式各樣

たくさんのしゅるいがあるようす。

㊟有許多不同種類的樣子。

＊

いろいろなどうぶつがいる。

㊞有各種動物。

いろえんぴつ 3 彩色鉛筆

しんにいろがついたえんぴつ。

㊟筆芯上有顏色的鉛筆。

＊

いろえんぴつでぬりえをする。

㊞用彩色鉛筆畫圖。

いろがみ 2 色紙

いろがついたかみ。

㊟表面有顏色的紙。

いわ 2 岩石

ごつごつした、おおきないし。

㊟指表面堅硬又相當大的石頭。

＊

ぞうのかたちの**いわ**。

㊞象形的岩石。

いわう 2 慶祝

めでたいことやうれしいきもちを、みんなでよろこぶ。

㊟將喜悅的事或快樂的心情大家一起慶祝。

＊

たんじょうびを**いわう**。

㊞慶祝生日。

いわし 0 沙丁魚

うみでむれをつくっておよぐさかな。

㊟在海中成群結隊游移的魚類。

⇓ 請參考467頁。

インク《いんく》 0 1 ink 墨水

ペン《ぺん》でじやえをかくときにつかう、いろのついたえき。

注 用筆寫字或畫圖時，用來沾染顏上色的液體。

*

くろの**インク**《いんく》でじをかく。

譯 沾黑色的墨水寫字。

いんさつ 0 印刷、印

かみにうつしだすこと。

注 指在紙上顯現影象的意思。

*

しゃしんを**いんさつ**する。

譯 印照片。

う ウ

うえ【上《うえ》】 0 上方、表面 ⇔ ②①した

0 下方、裡面

①たかいところ。

②もののおもて。

注 ①指高處的方位。
②指東西的外側面。

*

①**うえ**からりんごがおちてくる。

譯 ①蘋果從上方掉了下來。

①

うえき 0 栽種的樹木

つちやいれものに、うえられたき。

注 指種在土地裡或是盆栽裡的樹木。

うえる 0 種植

くさやきのねをつちにうめる。

注 將草或是樹木的種子埋到土裡的動作。

*

チューリップ《ちゅーりっぷ》のきゅうこんを**うえる**。

譯 種植鬱金香的球根。

うがい 0 漱口

くちにみずをいれて、くちのなかやのどをあらい、のまずにだすこと。

注 指含一口水在口中，清洗口腔及喉嚨再吐出的動作。

うかがう 0 （鄭重用語）拜訪、探問

「たずねる」「きく」のていねいないいかた。

注 是「たずねる」、「きく」的鄭重用語。

*

せんせいのおうちに**うかがう**。

譯 去老師家拜訪。

うかぶ 0 浮、漂浮、飄浮 ⇔ しずむ

0 沉沒

じめんからはなれたところや、みずのうえにある。

注 指飄離地面或是停留在水面上。

*

みずうみにボート《ぼーと》が**うかぶ**。

譯 小船漂浮在湖面上。

うかべる

0 使…浮、使…漂（飄）浮 ⇔ **しずめる** 0 使…沉沒

ものをじめんからはなれたところや、みずのうえにあるようにする。

注 人為地使物品飄離地面或是令其停留在水面上的動作。

*

かわにはなびらを**うかべる**。

譯 在河面上灑下花瓣（使花瓣浮在水面上）。

うかる

2 考上、考取

きめられたことがきちんとできる。

注 指著實地得到一定的資格。

*

スイミング《すいみんぐ》のテスト《てすと》に**うかる**。

譯 考過了游泳的考試。

うきぶくろ

3 （游泳圈、浮墊等）水上漂浮用品的總稱

くうきをいれて、みずにうかべるもの。

注 泛指充氣後能浮在水面上所有用品。

うく

0 浮 ⇔ **しずむ** 0 沉

みずのそこやじめんのうえに、おちないでいる。

注 指保持不沉落水底或是掉落到地面上的狀況。

*

あめんぼは、みずに**うく**。

譯 水黽浮在水面上。

うぐいす

2 日本樹鶯

はる、のやまで、きれいなこえでなくとり。

注 棲息於山野間，春天時會發出清脆啼鳴聲的鳥。

⇒ **請參考４６４頁。**

うけとめる

4 0 收、接

じぶんのところへきたものを、てやうでしっかりととる。

注 用手緊緊接下朝向自己移動（給予自己）的東西。

*

おちてきたりんごを**うけとめる**。

譯 接住掉下來的蘋果。

うけとる

0 3 接受、收下

じぶんのところへきたものを、てでとってもつ。

注 用手收下朝向自己移動（給予自己）的東西。

*

たくはいびんを**うけとる**。

譯 收下宅配貨物。

うける

2 承受、接

じぶんのほうへむかってくるものをとる。

注 抓取朝向自己而來（給予自己）的東西。

*

やきゅうのボール《ぼーる》を**うける**。

譯 接住棒球。

うごかす

3 使（物品）…移動

もののあるばしょをかえる。

注 指改變物品所在位置的動作。

*

おおきないしを**うごかす**。

譯 移動大石頭。

うごく 2 動、鬆動 ⇔ **とまる** 0 停、停止

じっとしていなかったり、ばしょがかわったりする。

注 指不牢固、會移來移去的動作。

＊

はがぐらぐらと**うごく**。

譯 牙齒鬆動，搖來搖去的。

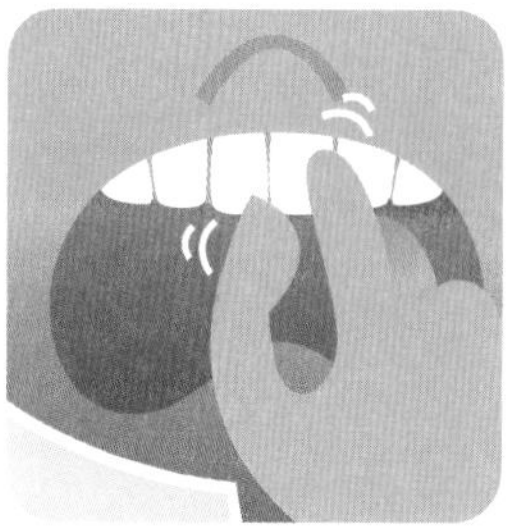

うさぎ 0 兔子

ジャンプ《じゃんぷ》がとくいな、みみのながいどうぶつ。

注 指擅長跳躍，長耳朵的動物。

⇒ 請參考458頁。

うし 0 牛

ひとにかわれるどうぶつ。にくやちちをとる。

注 指被人類所飼養的動物。肉可以吃，擠出來的奶可以喝。

⇒ 請參考459頁。

うしなう 0 失去、弄丟

もっていたものをなくしてしまう。

注 指原本帶在身上的東西不見了！

＊

どこかでさいふを**うしなう**。

譯 不知道錢包掉到哪裡去了（在哪弄丟了）！

うしろ 0 後面 ⇔ **まえ** 1 前面

じぶんのせなかがあるほう。

注 指自己的背所朝向的方向。

＊

うしろからよばれる。

譯 從後面被叫住。

うしろむき 0 背對

こちらにせなかをむけているようす。

注 指背後朝著這裡的狀態。

うず 1 漩渦

みずなどが、まんなかにむかって、すごいいきおいでまわっているところ。

注 指水流朝著中心點，強力旋轉流動的地方。

うすい 0 2 薄的、單薄的 ⇔ ①**あつい** 0 厚的 ②**こい** 1 濃的

①おもてからうらまでのあいだが、みじかいようす。

②いろやあじがよわいようす。

注 ①指從表面到背面之間的距離相當短的狀態。②指顏色或味道很微弱的狀態。

＊

①うわぎが**うすい**。

譯 ①單薄的外衣。

①

うすぎ 0 衣服穿得少

さむくても、ふくをすこししかきないこと。

注 指即使很冷，衣服也穿得很單薄的意思。

うずくまる 0 蹲坐

せなかをまるめて、ひざをかかえるようにしてしゃがむ。

注 指抱著膝蓋，讓身體呈現近圓狀的蹲姿。

＊

かくれんぼで、きのかげに**うずくまる**。

譯 玩捉迷藏時，（以環抱膝蓋的蹲姿）躲在樹蔭的底下。

うすぐもり 0 3 多雲、多雲的天氣

うすいくもが、そらぜんたいにひろがっているてんき。

注 指薄薄的雲將天空整體覆蓋住的天候。

*

うすぐもりのそらをみあげる。

譯 抬頭看著多雲的天空。

うすぐらい 4 0 微暗的

ひかりがよわくて、すこしくらいようす。

注 指光源微弱，有點陰暗的樣子。

*

うすぐらいへやにはいる。

譯 進了微暗的房間裡。

うずまき 2 漩渦狀

まんなかにむかって、ぐるぐるとまわっているかたち。

注 指繞著中心點，旁邊呈圓型旋轉的形狀。

*

うずまきのもようのなると。

譯 漩渦狀花紋的魚板。

うずまる 0 覆蓋

ものにおおわれて、まわりからみえないようになる。

注 指被東西所蓋住，從外側看不到的意思。

*

くるまがゆきに**うずまる**。

譯 車子被雪給覆蓋住了。

うすめる 0 3 稀釋、使…變淡

ほかのものをまぜて、いろやあじをうすくする。

注 指物品與其他的東西混合在一起，使得顏色或味道變得淡薄。

*

えのぐをみずで**うすめる**。

譯 用水稀釋顏料。

うずめる 0 蓋住

ものでおおって、まわりからみえないようにする。

注 用東西蓋住，使得從外側看不到的動作。

*

マフラー《まふらー》にかおを**うずめる**。

譯 用圍巾蓋住臉。

うそ 1 假的、說謊、謊言 ⇕ ほんとう 0 真的

ほんとうでないこと。

注 指並非真實的話或事物。

*

うそをつくと、はながのびるよ。

譯 說謊的話，鼻子會變長喔！

うた 2 歌、歌曲

ことばにおんがくをつけたもの。

注 指配合音樂的言語。

*

うたのれんしゅうをする。

譯 練習唱歌。

うたう 0 唱歌

おんがくにあわせて、こえをだす。

注 配合音樂，並發出聲音。

*

わたしは、**うたう**ことがすきだ。

譯 我喜歡唱歌。

うたがい 0 可疑

ほんとうかどうか、あやしいとおもうこと。

注 指不知道是真的還是假的，認為值得懷疑的事。

うたがう 0 懷疑

ほんとうかどうか、あやしいとおもう。

注 不知道是真的還是假的，覺得很可疑不相信。

＊

みんなが、しょうねんのことを**うたがう**。

譯 大家都懷疑是那位少年（做的）。

うたごえ 0 3 歌聲

うたをうたうこえ。

注 指唱歌時發出來的聲音。

うち 0 裡面、時候 ⇔ ①そと 1 外面

①もののなか。

②あるときまでのじかんのなか。

注 ①東西的內側。②到某個時間點為止的時間帶。

＊

②あかるい**うち**にでかける。

譯 ②趁天還亮著的時候出門。

②

うち 0 我家、我家裡

じぶんのいえや、いえのなか。

注 指自己的房子（家），或是房子的裡面。

＊

うちにはいぬが2《に》ひきいる。

譯 我家裡養了兩條狗。

うちあける 0 4 坦誠、傾訴

こころにおもっていることを、ぜんぶひとにはなす。

注 將心中所想的事情，全都對人說出來。

＊

なやみを**うちあける**。

譯 傾吐心中的煩惱。

うちがわ 0 內側 ⇔ そとがわ 0 外側

もののなかのほう。

注 指事物內部的那一邊。

うちこむ 0 3 熱衷

むちゅうになって、すべてのちからをだす。

注 傾盡全力，進入完全集中、沉迷的狀態。

＊

べんきょうに**うちこむ**。

譯 熱衷於學習。

うちわ 2 團扇

あおいでかぜをだすどうぐ。

注 指搧動後能產生風的用具。

＊

うちわでかおをあおぐ。

譯 用團扇對著臉搧風。

うつ 1 打、打擊

いきおいよくあてる。

注 使勁地敲。

＊

バット《ばっと》でボール《ぼーる》を**うつ**。

譯 用球棒打擊棒球。

うつ 1 擊殺、征討

てきをせめてやっつける。

注 攻打敵人並殺掉。

＊

てきをうしろからうつ。
譯 從背後擊殺敵人。

うつ ①開（槍）、射

てっぽうからたまをとばす。
注 指讓子彈從槍體中擊發出來的動作。
＊
てっぽうでまとをうつ。
譯 開槍打靶。

うっかり ③恍惚掉、不留神

きづかないあいだに、まちがえてしまうようす。
注 在沒注意到的情況下，搞錯的狀態。
＊
うっかりして、まいごになってしまう。
譯 一個不小心，就迷路了。

うつくしい ④美麗的

とてもきれいなようす。
注 指非常漂亮的狀態。
＊
けしきがうつくしい。
譯 景色優美。

うつす ②拍攝

カメラ《かめら》でしゃしんにとる。
注 用照相機拍攝照片。
＊
あかちゃんのしゃしんをうつす。
譯 拍攝嬰兒照。

うつす ②映、照

かがみやみずのうえに、すがたやかたちが、あらわれるようにする。
注 在鏡子或水面上，將身影或形體呈現出來。
＊
みずにかおをうつす。
譯 臉部映照在水面上。

うつす ②移、移開

うごかしてほかのところにおく。
注 將東西移動，改放到別的地方去。
＊
いすをとなりのへやにうつす。
譯 將椅子搬到旁邊的房間裡。

うつぶせ ⓪趴 ⇕ あおむけ ⓪仰

おなかをしたにして、よこになること。
注 肚子那面朝下躺著的狀態。
＊
うつぶせでねる。
譯 趴著睡覺。

うつむく ③⓪低著頭

したをむく。
注 將頭彎曲看著下面。
＊
はずかしくてうつむく。
譯 很害羞，一直低著頭。

うつる 2 被照入（照片裡）

しゃしんに、すがたやかたちがはいる。

注 指身影跟形體呈現在照片裡。

＊

いぬといっしょに**うつる**。

譯 跟狗狗一起合照。

うつる 2 映照著

かがみやみずのうえに、すがたやかたちがみえる。

注 指在鏡子或水面上看得到身影或形體。

＊

みずうみにふじさんが**うつる**。

譯 富士山（的倒影）映照在湖面上。

うつる 2 移轉、移入

うごいてほかのところにいく。

注 移動後，轉移到別的地方去。

＊

あたらしいいえに**うつる**。

譯 搬入新房子。

うで 2 arm 手臂

からだの、かたからてくびまでのぶぶん。

注 指身體中，肩部到手腕的之間的部分。

＊

うでをふってあるく。

譯 擺動著雙手（臂）行走。

うでぐみ 3 4 兩手交叉擺在胸前

りょうほうのうでを、むねのまえでくむこと。

注 兩手交叉擺胸前。

＊

おとうさんが**うでぐみ**をして、なにかをかんがえている。

譯 父親兩手交叉在胸前想事情。

うでずもう 3 比腕力

ふたりでてをにぎって、あいてのうでをおしたおそうとする、ちからくらべ。

注 指一種由兩個人的手相互緊握，然後使勁扳倒對手的一種遊戲。

＊

うでずもうをする。

譯 玩比腕力。

うでどけい 3 手錶

てくびにはめるとけい。

注 指能戴在手上的時鐘。

＊

おねえさんが**うでどけい**をみる。

譯 姊姊看手錶。

うとうと 1 打瞌睡

すこしのあいだ、ぐっすりではなくねむるようす。

注 指一小段時間睡著，並非深眠的意思。

＊

ほんをよみながら、**うとうと**する。

譯 看書的同時打起了瞌睡。

うどん 0 烏龍麵

こむぎこをこねてつくる、ほそながいたべもの。

注 指用麵粉揉出來細條狀的食物。

＊

うどんをたべる。

譯 吃烏龍麵。

うなぎ 0 鰻魚

からだがぬるぬるした、ほそながいさかな。かばやきにしてたべる。

注 指身體滑溜溜、細長狀的魚類。一般在蒲燒後食用。

うなずく 3 0 點頭

くびをたてにふって、わかったことをあらわす。

注 將頭垂直的向下搖擺一下，表示自己知道了的動作。

＊ せんせいのしつもんに**うなずく**。

譯 對老師的提問點頭示意。

うなる 2 呻吟

ひくいこえをながくだす。

注 指連續地發出低沉的聲音。

＊ おなかがいたくて**うなる**。

譯 肚子疼痛地不斷呻吟。

うばぐるま 3 嬰兒車

あしにタイヤ《たいや》がついた、あかんぼうをのせてうごかすもの。

指一種底部裝有車輪，可以載運嬰兒四處移動的車子。

うま 2 馬

ひとにかわれるどうぶつ。からだがおおきく、はしるのがはやい。

注 一種由人類豢養，體形大，跑得很快的動物。

⇒ 請參考459頁。

うまい 2 美味的、擅長的 ⇔ ①まずい 2 難吃的 ②へた 2 まずい 2 拙劣的

①おいしいようす。
②じょうずにできるようす。

注 ①指很好吃的樣子。②指能做得很好、很熟練的樣子。

＊ ②あのこはうたが**うまい**。

譯 ②那個孩子的歌唱得很好。

うまのり 0 3 騎馬的動作

うまにのるようなかっこうで、なにかのうえにまたがること。

注 指好像騎馬一樣，跨坐在某些東西的上面的樣子。

うまる 0 埋、掩蓋

ものがかさなって、すがたやかたちがみえなくなる。

注 指因某些東西向上堆積，致使身影及外形看不見的意思。

＊ にわがおちばで**うまる**。

譯 庭院被落葉給掩蓋住了。

うまれる 0 出生 ⇔ しぬ 0 死

かあさんのからだから、こやたまごがでてくる。

注 指孩子或卵從母體中產出的動作。

＊ おとうとが**うまれる**。

譯 弟弟出生。

うみ 1 sea 海

しおからいみずがたまっている、とてもひろいところ。

注 指有鹹味的水所形成，一個很廣大的地區。

＊ うみのいきもの。

譯 海中的生物。

うみのひ ③ （日本節日）海之日

7《しち》がつのだい3《さん》げつようび（※）。うみをたいせつにおもうひ。

㊟指七月的第三個星期一（※）。提醒保護、珍惜海洋的日本節日。

うむ ⓪ 生、產

かあさんのからだから、こやたまごをそとにだす。

㊟指母體將孩子或卵排出體外的動作。

＊

さかながたまごをうむ。

譯 魚產卵。

うめ ⓪ 梅

はるのはじめに、うすいピン《ぴん》ク《く》やしろのはなをさかせるき。

㊟指在初春時，會開出淺粉紅色或白色花朵的樹。

⇒請參考第468頁。

うめぼし ⓪ 梅干

うめのみをしおにつけてからほした、すっぱいたべもの。

㊟將梅子放在鹽巴裡醃製，酸味濃厚的食品。

うめる ⓪ 埋、埋藏

あなにいれて、うえからつちなどをかけ、そとからみえなくする。

㊟指放東西到洞穴裡，再從上方蓋上土壤等物品，使其從外頭看不到。

＊

にわに、たからばこをうめる。

譯 在庭子裡埋藏寶箱。

うやまう ③ 崇敬、尊敬

あいてをりっぱとおもい、たいせつにする。

㊟覺得對方很優秀，因此加以敬重。

＊

おとしよりをうやまう。

譯 尊敬老人。

うら ② 背面 ⇔ おもて ③ 表面

おもてではない、はんたいのほう。

㊟指與表面相反的那一面。

＊

うらをむけて、トランプ《とらんぷ》をくばる。

譯 將撲克牌反過來（背面朝上）發牌。

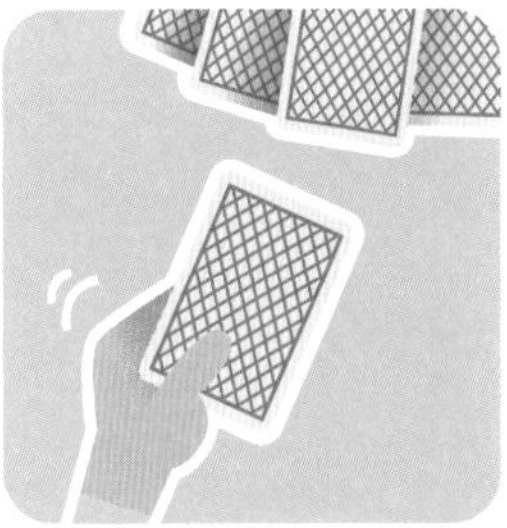

うらがえし ③ 反過來

うらがわがおもてになっていること。

㊟指背面變成正面的樣子。

うらがえす ③ 翻、翻過來

うらがわがおもてになるようにする。

㊟指將物體從背面翻到正面的動作。

＊

おこのみやきをうらがえす。

譯 將御好燒翻面。

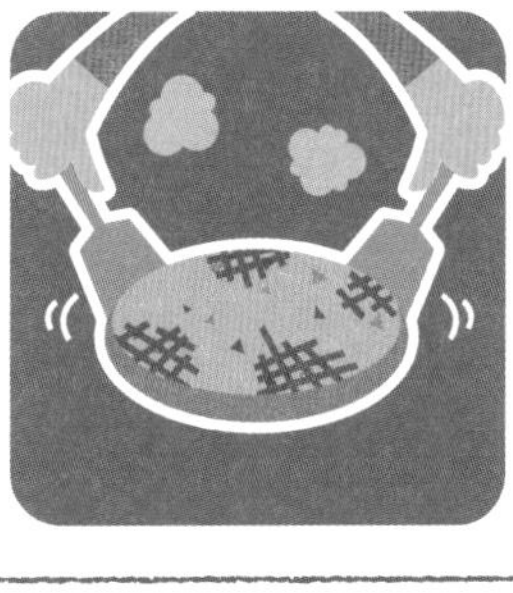

うらぐち ⓪ 後門

たてもののうらがわにある、でいりぐち。

㊟指存在於建築物的後側的出入口。

うらみ ③ 恨意、怨恨

できごとや、あいてのしたことがゆるせなくて、にくくおもうこと。

㊟對於某件事或是對方所做的事難以原諒心存憎惡的意思。

うらむ ② 恨、憎恨

できごとや、あいてのしたことがゆるせなくて、にくくおもう。

㊟對於某件事或是對方所做的事難以原諒而心存憎惡的動作。

＊

おかしをとったおとうとを**うらむ**。

譯 憎惡拿走點心的弟弟。

うらめしい 4 可恨的

できごとや、あいてのしたことがゆるせなくて、にくくおもうようす。

注 對於某件事或是對方所做的事難以原諒而心存憎惡的狀態。

＊

あめが**うらめしい**。

譯 令人不悅（可恨）的一場雨。

うらやましい 5 羨慕的

すばらしいひとをみて、そうなりたいとおもうようす。

注 看到其他優秀的人之後，也想變得跟他一樣的心理狀態。

＊

てつぼうがとくいなともだちが、**うらやましい**。

譯 好羨慕擅長拉單槓的朋友。

うらやむ 3 羨慕

すばらしいひとをみて、そうなりたいとおもう。

注 看到其他優秀的人之後，也想變得跟他一樣的心理（動詞）。

＊

せがたかいおにいさんを**うらやむ**。

譯 羨慕長得很高的哥哥。

うり 1 瓜

きゅうり、すいか、かぼちゃなどのなかまのやさい。

注 指小黃瓜、西瓜、南瓜等瓜科的蔬菜（果）。

⇒ 請參考469頁。

うりきれ 0 賣完

ものがぜんぶ、うれてなくなること。

注 指貨品全部銷售一空的狀況。

＊

のみものはぜんぶ**うりきれ**だ。

譯 飲料全部都賣光了。

うりきれる 4 賣完、賣光

ものがぜんぶ、うれてなくなる。

注 指貨品全部銷售一空。

＊

トマト《とまと》が**うりきれる**。

譯 番茄賣光了。

うる 0 賣 ⇔ かう 0 買

かねをもらって、しなものをわたす。

注 收到錢，交付貨品。

＊

ケーキ《けーき》を**うる**。

譯 賣蛋糕。

うるさい 3 吵嘈的、煩人的

おとやこえがおおきくて、とてもきになるようす。

注 指聲音大到令人非常在意的狀態。

＊

ラジオ《らじお》のおとが**うるさい**。

譯 廣播的聲音吵死人了。

うれしい [3] 開心的 ⇔ かなしい [0] [3] 悲傷的

よいことがあって、よろこぶようす。

注 因為有好事，所以相當愉悅的狀態。

*

1《いち》ばんになれてうれしい。

譯 得到第一名，令人相當地開心。

うれる [0] 熱銷、暢銷

しなものがかわれる。

注 指貨品很受歡迎，賣得很好。

*

このパン《ぱん》は、いつもよくうれる。

譯 這款麵包總是賣得很好。

うろうろ [1] 徘徊

あちこち、あるきまわるようす。

注 指四處走來走去的狀態。

*

みちにまよって、うろうろする。

譯 迷路了，一直來來回回地走來走去。

うろこ [3] [0] 鱗

さかなや、はちゅうるいのからだをおおっている、かたくてうすいもの。

注 指魚類或是爬蟲類身上覆蓋著堅硬的薄狀外殼片。

うわぎ [0] 外層衣物 ⇔ したぎ [0] 內層衣物

いちばんそとがわにきるふく。

注 指穿在最外層的衣服。

*

さむいひにうわぎをきる。

譯 在寒冷的日子裡穿上大衣。

うわさ [0] 傳聞

たくさんのひとがはなす、たしかではないはなし。

注 指由許多的人言談中，一些不確定的事情及見聞。

*

パンダ《ぱんだ》のうわさをする。

譯 談論熊貓的傳聞。

うわばき [0] 室內鞋

へやのなかではくくつ。

指在房間裡穿的鞋子。

うん [1] 嗯

かぞくやともだちに、「はい」というときにつかうことば。

注 指對家人或朋友說「是的」時的發語詞。

*

うん、わかったよ。

譯 嗯！我知道了喲！

うん [1] 運氣

よくなるかわるくなるか、じぶんではどうにもできないこと。

注 指自己也無法掌握，不知是好還是壞的一種氣數。

*

うんがいい。

譯 好運。

うんてん [0] 駕駛

のりものやきかいをうごかすこと。

注 指操作、發動交通工具或某一些機器的動作。

*

おとうさんが、くるまをうんてんする。

譯 爸爸開車。

うんてんしゅ [3] 司機

のりものやきかいをうごかすしごとをするひと。

注 指操作、發動交通工具或機器的人。

＊

バス《ばす》のうんてんしゅになりたい。

譯 我想當一名公車司機。

うんと [1] [0] 相當地、量多的

とても。たくさん。

注 指非常、很多的狀態。

＊

うんとおしゃれしてでかける。

譯 以相當時尚的姿態外出。

うんどう [0] 運動

からだをうごかすこと。

注 指讓身體活動的動作。

＊

うんどうすると、きもちがよい。

譯 運動之後，感覺很舒暢。

うんどうかい [3] 運動會

かけっこやたまいれなど、いろいろなうんどうをするかい。

注 指為了運動而舉辦，具有賽跑、投球比賽等許多運動項目的大會。

うんどうぐつ [3] 運動鞋

うんどうするときにはく、うごきやすいくつ。

注 指為了便利運動時所穿的鞋子。

うんどうじょう [0] 運動場

うんどうするばしょ。

注 指進行運動的那個場所。

え
エ

え [1] 畫

みたものやかんじたことを、いろやせんであらわしたもの。

注 指將看到的景物或是感受到的意境用顏色及線條使其呈現出來的物品。

＊

はなのえをかく。

譯 畫一幅花的畫。

え [0] 柄、柄部

てでもつためにどうぐにつけられた、ほそながいところ。

注 指為了能用手便利攜帶，而在物品上製作加工的細長部分。

＊

かさのえをにぎる。

譯 握住雨傘的柄部。

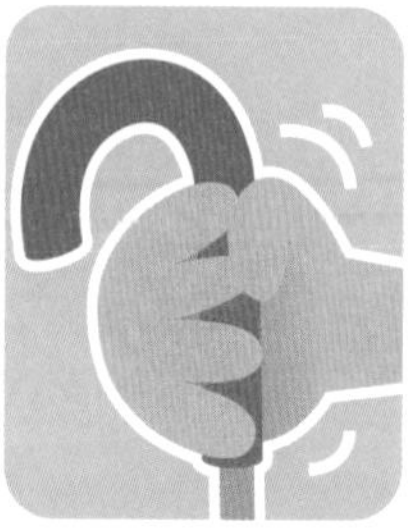

えいが [1] [0] 電影

おおきなまくにうごくえをうつして、ものがたりをみせるもの。

注 指一種將故事的內容投射在大片布幕上的影像。

＊

えいがをみにいく。

譯 去看電影。

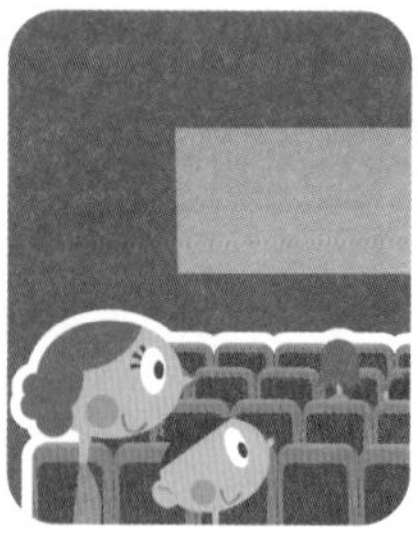

えいがかん ③ 電影院、戲院

えいがをうつしてみせるばしょ。

注 指一個放電影給大家看的地方。

えいご ⓪ English 英語

アメリカ《あめりか》やイギリス《いぎりす》などで、つかわれていることば。

注 指美國或是英國等國家在使用的語言。

＊

えいごであいさつする。

譯 用英語打招呼。

えいせい ⓪ 衛生

みのまわりをきれいにして、けんこうでいられるようにすること。

注 指將身體的周遭清理乾淨，進而保持健康。

＊

えいせいのため、てをよくあらう。

譯 經常洗手以保持衛生。

ええ ① 嗯嗯、好的

「わかりました」「そのとおりです」とへんじをするときにつかうことば。

注 指要回應對方「我知道了」、「嗯！就是那樣」等認同表示時的發語詞。

＊

ええ、いいですよ。

譯 嗯嗯，可以喔！

えがお ① 笑臉

にこにこと、わらったかお。

注 指露出微笑的表情。

＊

えがおになる。

譯 展開笑臉。

えき ① 車站

でんしゃがとまって、ひとがのったり、おりたりするところ。

注 指電車停住後，乘客上下車的地方。

＊

えきででんしゃにのる。

譯 指在車站裡搭乘電車。

えきいん ②⓪ 車站站員

えきではたらくひと。

注 指在車站裡工作的人。

＊

えきいんにでんしゃのじかんをきく。

譯 跟車站的站員詢問時間。

えくぼ ① 酒窩

わらったときにほおにできる、ちいさく、くぼんだところ。

注 指笑的時候，在兩側臉頰上出現兩個小小的向下陷的部分。

えさ ②⓪ 飼料

いきものをそだてるためにあたえるたべもの。

注 指給為了養育動物而給牠吃的食物。

＊

ねこにえさをやる。

譯 給貓咪吃飼料。

えだ ⓪ 樹枝

きのみきからわかれて、ほそくのびているところ。

注 指樹木從樹幹的部分中所延伸出來的細長部分。

＊

ことりがえだに、とまっている。

譯 小鳥停留在樹枝上。

えにっき 2 插畫日記

えとぶんをいっしょにかくにっき。

注 指用插圖跟文字一起記錄的日記。

えのぐ 0 顏料

いろをつけるときにつかうもの。

注 指上色時所使用的顏色塗料。

えはがき 2 風景明信片、圖案明信片

しゃしんやえが、ついているはがき。

注 指有一面印是照片或是繪畫的明信片。

＊

きれいなえはがき。

譯 漂亮的風景明信片。

えび 0 蝦子

からだがからでおおわれた、うみやかわにすむいきもの。

注 指棲息在大海或河川裡，身體的外側覆蓋著外殼的生物。

＊

えびには、ながいひげがある。

譯 蝦子有長著長的鬚。

エプロン《えぷろん》 1 apron 圍裙

ふくをよごさないように、ふくのうえからつけるもの。

注 指為了避免弄髒衣服而穿在前端的一件布裙。

＊

エプロン《えぷろん》をつける。

譯 穿上圍裙。

えほん 2 繪本

はなしにえがたくさんかいてあるほん。

注 指用很多的圖畫進行故事的書本。

＊

えほんをよんでもらう。

譯 請別人念繪本給我聽。

えもの 0 獵物

どうぶつが、たべていきていくためにつかまえる、いきもの。

注 指動物為了生存而去抓來吃的目標。

＊

ライオン《らいおん》がえものをつかまえる。

譯 獅子抓獵物。

えらい 2 很棒、偉大、很了不起

とてもよいことをして、りっぱなようす。

注 指做得很好、相當優秀的樣子。

＊

ちゃんとあいさつができて、えらいね。

譯 招呼打得很得體，真是很有教養（表現很好）呢！

えらぶ 2 選擇

たくさんあるなかから、いくつかをきめてとりだす。

注 指從許多個體中挑出幾個並做出要的決定。

＊

のみたいジュース《じゅーす》をえらぶ。

譯 選想喝的飲料。

えり 2 衣領

ふくの、くびのまわりのぶぶん。

注 指衣服接近脖子邊緣的部分。

＊

しろい**えり**のシャツ《しゃつ》をきる。

譯 穿白領子的襯衫。

えん【円《えん》】 1 日元

①にっぽんのかねをかぞえるときに、つかうことば。

②まる。

注 ①指計算日本的錢幣時，所使用的單位用語。

②指圓形。

＊

①50《ごじゅう》**えん**でおかしをかう。

譯 ①用五十日元買零食。

①

えん 1 緣份

ひととひととのむすびつき。

注 指人與人之間的交集與連結。

＊

「ひととの**えん**はだいじだよ」と、おじいさんがいった。

譯 爺爺說：「人與人之間的緣份是很重要的喔！」

えんがわ 0 （日式房屋的）外側走道

へやのそとがわに、いたをしいたところ。

注 指日式房間的外側，用木板鋪成的地方。

＊

えんがわでひなたぼっこをする。

譯 在外側走道上曬太陽。

エンジン《えんじん》 1 engine 引擎

のりものなどをうごかすためのきかい。

注 指讓交通工具發動的機器。

＊

くるまの**エンジン**《えんじん》をかける。

譯 發動車子的引擎。

えんそく 0 遠足

みんなで、とおくへでかけてたのしむこと。

注 指大家一起外出到遠處去玩樂的活動。

えんちょうせんせい 3 幼稚園園長

えんじやせんせいをまとめるせんせい。

注 統轄一間幼稚園裡所有的小朋友及老師的那位老師。

＊

えんちょうせんせいのはなしをきく。

譯 聽幼稚園園長講話。

えんてい 0 （幼稚園園內）庭子

ようちえんやほいくじょにあるひろば。

注 指幼稚園或是托兒所腹地裡的廣場處。

＊

えんていであそぶ。

譯 在幼稚園裡的庭子裡玩耍。

えんとつ 0 煙囪

けむりをそとにだすための、ほそながいもの。

注 指為了將煙排放出而建造的細長狀建築結構。

＊

こうじょうの**えんとつ**から、けむりがでる。

譯 從工廠的煙囪冒出煙。

えんぴつ 0 pencil 鉛筆

じやえをかくため、さきをけずってつかうどうぐ。

注 將筆頭削尖，用來寫字或是繪圖的工具。

＊

えんぴつでじをかく。

譯 用鉛筆寫字。

えんりょ 0 客氣、收斂、拒絕

ほかのひとのために、じぶんのしたいことをしないこと。

注 為了別人著想，而將自己想做的事壓抑住。

＊

えんりょして、おやつをのこす。

譯 將點心留下不吃。

お

オ

お 1 尾巴

どうぶつのしっぽ。

注 指動物尾端的細長部分。

＊

いぬがおをふる。

譯 狗搖尾巴。

おいかける 4 追趕、追逐

あとからおう。

注 指從後面追著前方人、事、物的動作。

＊

おまわりさんがどろぼうを**おいかける**。

譯 巡邏的警察追趕小偷。

おいこす 3 超越、超過

あとからきたものが、おいついてまえにでる。

注 指從後面過來的東西，向前超越到前面去。

＊

でんしゃがくるまを**おいこす**。

譯 電車超越了自用車。

おいしい 0 3 美味的、好吃的

あじがよいようす。

「うまい」よりていねいないいかた。

注 指味道很好的樣子。是比「うまい」更鄭重的說法。

＊

おいしいごはんをたべる。

譯 吃可口的飯。

おいだす 3 趕出去、驅逐

なかにいるものをそとへだす。

注 指從裡側向外逐出的動作。

＊

こどもたちをそとへ**おいだす**。

譯 將孩子們趕到外頭去。

おいつく [3] 追上、趕上

あとからおいかけてきたものが、まえのものにならぶ。

㊟指從後面趕過來的，趕上前面的並跟他平齊。

＊

ともだちに**おいつく**。

㊫趕上朋友。

おいで [0] 過來

こどもやとしたのひとを、こちらのほうによぶことば。

㊟指叫孩子或是晚輩過來時的用語。

おいはらう [4] 驅趕、驅離

じゃまなものをとおくへだす。

㊟指將擾人的人與物趕到遠方去。

＊

はえをへやから**おいはらう**。

㊫將蒼蠅趕出房間外。

おう [0] 負

じぶんのからだにうける。

㊟指承受在自己身上的動作。

＊

おおきなけがを**おう**。

㊫身負重傷。

おう [0] 追、跟 ⇔ にげる [2] 逃跑

さきにいるもののあとをついていく。

㊟緊追在前面的人後面。

＊

あかちゃんが、おかあさんを**おう**。

㊫小嬰兒緊追在媽媽的後面。

おう【王《おう》】 [1] 國王

くにをまとめる、つよいちからをもったひと。

㊟指掌控一個國家，具有強大權勢的那個人。

おうだんほどう [5] 斑馬線

ひとが、どうろをあんぜんにわたれるようにしたところ。

㊟指讓人能夠安全通過馬路的一個區域。

おうふく [0] 來回

いきとかえり。

㊟指去與回來雙程。

＊

おうふくのきっぷをかう。

㊫買來回票。

おうむ [0] 鸚鵡

ひとのことばをまねるのが、じょうずなとり。くちばしがまがり、はねがきれい。

㊟指一種喙部呈彎曲狀，羽毛色彩鮮艷，擅長模仿人類言語的鳥類。

⇒ 請參考465頁。

おえる [0] 做完、使…終結 ⇔ はじめる [0] 開始、開始做

さいごまですませる。

㊟指做到最後完成。

＊

しゅくだいを**おえる**。

㊫做完功課。

おお [1] 喔、哇

おどろいたときやすごいとおもったときに、しぜんにでることば。

㊟指受到驚嚇或是驚見感覺很厲害的人、事、物時，自然脫口而出的一個發語詞。

＊

おお、すばらしい。

㊫喔！真是不簡單！

おお [2] 大…

ふつうよりもおおきいものやようすに、つけることば。

注 指結合在其他日語單字前，用以形容比一般的程度還高時的用語。

＊

おおわらいをする。

譯 大笑。

おおあめ [3] 大雨

つよくたくさんふるあめ。

注 指程度很強、雨量很大的雨。

＊

おおあめで、そとにでられない。

譯 下了大雨，不能到外面去了。

おおい [1] [2] 多 ⇔ すくない [3] 少

かずやりょうがたくさんあるようす。

注 指數量佔大量的狀態。

＊

こっちのジュース《じゅーす》のほうがおおい。

譯 這一杯果汁的量比較多。

おおいそぎ [3] 相當急

とてもいそいでいるようす。

注 指非常急迫的狀態。

＊

おおいそぎで、いえにかえる。

譯 相當急著回家。

おおいに [1] 相當地

とても。

注 指非常地的程度。

＊

おおいにたのしむ。

譯 相當地愉快。

おおう [0] [2] 覆蓋、蓋住、摀住

うえからほかのものをかぶせる。

注 用其他的東西從表面蓋住。

＊

てでみみをおおう。

譯 用手摀住耳朵。

おおかた [0] 多數人、大體上

ほとんどのひと。ほとんどのぶぶん。

注 指幾乎所有的人。指幾乎所有的部分。

＊

おおかたはかんせいした。

譯 大體上都完成了。

おおかみ [1] wolf 狼

いぬににているが、からだとくちがおおきいどうぶつ。もりにすみ、ひとをおそうこともある。

注 指一種長得像狗，但是身體及嘴巴較大的動物。一般棲息在樹林裡，有的時候也會攻擊人類。

⇒請見459頁。

おおきい【大《おお》(きい)】[3] 大的 ⇔ ちいさい [3] 小的

かたちやたかさ、ひろさなどが、ほかよりあるようす。

注 指形體、高度或寬度等，比較之下分別更加巨大、高、寬闊的狀態。

＊

すいかのほうがおおきい。

譯 相較之下西瓜比較大。

おおきな 1 大的、巨大的

とてもおおきいようす。

注 指相當大的狀態。

＊

おおきなやま。

譯 巨大的山脈。

おおく 1 許多

かずやりょうがおおいようす。

注 指數量相當多的狀態。

＊

おおくのひとがおとずれる。

譯 有許多的人到這裡參訪。

オーケー《おーけー》 1 OK 沒問題、OK

なかのよいあいてに「いいよ」とへんじをするときの、えいごのことば。

注 對於交情較好的人說「好喲！、可以喲！」時，語言來自英語的發語詞。

＊

「オーケー《おーけー》」とこたえる。

譯 回答說：「OK」。

おおごえ 3 大聲

おおきなこえ。

注 指音量很大的聲音。

＊

おおごえでさけぶ。

譯 大聲地喊叫。

おおぜい 3 許多的人、人山人海

ひとがたくさんいること。

注 指有許多人聚集的情況。

＊

おおぜいでおうえんする。

譯 眾人一起幫忙打氣加油。

おおそうじ 3 大掃除

いつもよりていねいに、そうじをすること。

注 指比平常更加仔細的打掃。

＊

ねんまつにおおそうじをする。

譯 在年底時大掃除。

おおどおり 3 大馬路

ひとがたくさんとおる、ひろいみち。

注 指人很多，路面寬廣的大道。

オートバイ《おーとばい》 3 motorbike 機車、摩托車

エンジン《えんじん》がついた、タイヤ《たいや》がふたつののりもの。

注 指一種裝有引擎，只有兩輪設計的交通工具。

＊

おにいさんがオートバイ《おーとばい》にのる。

譯 哥哥騎機車。

オーバー 1 overcoat 厚外套

さむいときにようふくのうえにきる、あつめのながいうわぎ。

注 指天氣寒冷時穿的厚重外衣。

＊

オーバー《おーばー》をぬぐ。

譯 脫下厚外套。

おおみず ③ ① 洪水（氾濫）

おおあめで、かわやみずうみのみずがあふれること。

㊟指因為下了大雨後，河流或湖泊滿溢出來四處造成積水的樣子。

＊

みちが**おおみず**であふれる。

㊫洪水溢滿了整條馬路。

おおみそか ③ 除夕、大晦日

12《じゅうい》がつ31《さんじゅういち》にち。1《いち》ねんのさいごのひ。

㊟指12月31日那天（在日本指陽曆而非農曆）。一年中的最後一天。

おおゆき ⓪ 大雪

ゆきがたくさんふること。

㊟指大量的雪降下的意思。

おおよろこび ③ 非常愉悅、大喜

とてもよろこぶこと。

㊟指相當愉悅的狀況。

おか ⓪ 山丘

じめんが、まわりよりたかくなっているところ。

㊟指地面比周遭更加隆起的地方。

＊

おかまでハイキング《はいきんぐ》にいく。

㊫健行到山丘上。

おかえり(なさい) ⓪ 你回來啦、歡迎回來

かえってきたひとにいうことば。

㊟指跟回到家的人打招呼的用語。

＊

おとうさん、**おかえりなさい**。

㊫爸爸，您回來啦。

おかげ ⓪ 託（別人的）福

じぶんのために、ひとがたすけてくれたこと。

㊟指別人為了自己而給了協助的情況。

＊

きみの**おかげ**で、かんせいしたよ。

㊫託你的福，已經完成囉！

おかしい ③ 好笑的、奇怪的

①おもしろくて、わらいたくなるようす。

②へんだとおもうようす。

㊟①指感覺到很有趣，到了很想笑出來的樣子。

②指感覺很奇怪的樣子。

＊

①**おかしい**はなし。

㊫①很好笑的話題。

①

おかず ⓪ 菜餚、配菜

ごはんやパン《ぱん》などとあわせてたべるもの。

㊟指與米飯或是麵包等配在一起吃的餐點。

＊

ゆうごはんの**おかず**に、さかなをたべる。

㊫吃晚餐的配菜中的魚。

おがむ ② （合掌）參拜

てをあわせていのる。

㊟指將兩手合在一起祈求的樣子。

＊

じんじゃで**おがむ**。

㊫在神社參拜。

おがわ 0 小河

ちいさなかわ。

注 指細小的河流。

おき 0 隔、間隔

きまったあいだをあけるときに、つかうことば。

注 指提及一些固定的（日期、時間之間的）間距時，所使用的話語。

＊

1《いち》にちおきに、さんぽをする。

譯 每隔一天就會去散步。

おき 0 遠洋處、外海

うみやみずうみの、りくからはなれたところ。

注 指大海或湖泊中，遠離陸地的地方。

＊

おきにふねがみえる。

譯 在外海處可以看見有艘船。

おきあがる 0 4 起床

よこになっていたからだを、たてにしておきる。

注 指從睡著的狀態起身醒來。（著重強調身體立起來的動作）

＊

ベッド《べっど》からおきあがる。

譯 起床（從床上醒來）。

おきる 2 起床、醒來 ⇕ ②① ねる 0 就寢

①おきあがる。

②ねむっていたひとがめをあけて、うごきはじめる。

注 ①指起床。②指從睡著的狀況睜開眼睛，然後開始動作的意思。

＊

②まいあさ、7《しち》じにおきる。

譯 ②每天早上七點起床。

②

おく 0 放置

ものをあるばしょにのせて、うごかないようにする。

注 將物品靜止地放在某個地方。

＊

つくえのうえにほんをおく。

譯 將書放在桌子上。

おく 1 （相當）內側、深處

いりぐちからとおい、なかのほう。

注 指離入口相當遠的內部。

＊

おくのへやにあんないされる。

譯 被引導到相當內側的房間。

おくさま 1 （稱呼已婚女性）太太、您的夫人

けっこんしているおんなのひとの、ていねいないいかた。

注 指鄭重地稱呼已婚女性的用語。

おくびょう 3 膽小

すこしのことでも、すぐにこわがること。

注 指對於程度不大的小事都會感到恐懼。

＊

いもうとはおくびょうだ。

譯 妹妹很膽小。

おくりもの 0 禮物

いわいのときなどにおくるもの。

注 指在慶賀的情況下時，送出去的東西。

＊

たんじょうびの**おくりもの**。

㊟ 生日的禮物。

おくる 0 寄、寄送

ものをあいてのところにとどくようにする。

㊟ 指將物品傳送到對方那裡的動作。

＊

ともだちにはがきを**おくる**。

譯 寄明信片給朋友。

おくる 0 送、贈送

いわいやれいのきもちをつたえるために、ものをあげる。

㊟ 指在祝賀或是表達心意時，將物品給予他人的動作。

＊

あかちゃんのようふくを**おくる**。

譯 贈送嬰兒穿的衣服。

おくれ 0 延遲、拖延

きめられたじかんにまにあわないこと。

㊟ 指在應該到達的時間內沒有到達的情況。

＊

いままでの**おくれ**をとりもどそうと、みちをはしる。

譯 指為了補足已經拖延掉的時間，開始在路上用跑的。

おくれる 0 遲到、趕不上

きめられたじかんにまにあわない。

㊟ 指在應到達的時間內沒有到達的動作。

＊

バス《ばす》のじかんに**おくれる**。

譯 沒趕上公車。

おけ 1 桶子

みずをくむためのどうぐ。

㊟ 指用來汲水的容器。

＊

おけでみずをくむ。

譯 用桶子汲水。

おこす 2 弄醒、叫…起床 ⇕ ②①**ねかす** 0 哄睡、使…入睡

①よこになったものをたてる。②ねむっているひとのめをさまさせる。

㊟ ①指將橫擺的東西直立起來。②指將沉睡狀態的人弄醒。

②

おこり 3 起因

げんいんやはじまり。

㊟ 指原因及開端。

おこる 2 生氣

いやなことにがまんができなくて、かおやこえがこわくなる。

㊟ 指難以忍受一些讓人厭惡的事情，並且表情變得可怕的樣子。

＊

ぷんぷん**おこる**。

譯 勃然大怒。

おこる 2 發生

いままでなかったことがはじまる。

㊟ 指開始產生至今沒有過的事情。

＊

かじがおこる。

譯 發生火災。

おさげ 2 雙邊麻花辮

かみをふたつにわけて、みつあみにしたかみがた。

注 指將頭髮分成兩邊編打，並且逐漸向下每三束髮交互打結綁法的髮型。

＊

おさげのおんなのこ。

譯 蓄著雙邊麻花辮的女孩子。

おさまる 3 舒緩、安定、穩定

いたみやくるしみがなくなる。

注 指疼痛及內心的痛苦解消掉。

＊

おなかのいたみがおさまる。

譯 肚子的疼痛舒緩下來。

おさめる 3 平定、統理

あらそいをなくして、ひとびとをまとめる。

注 指消除紛爭，統合眾人。

＊

おうさまが、くにをおさめる。

譯 國王統治國家。

おさらい 0 複習

おそわったことがちゃんとできているか、もういちどやってみること。

注 指為了確保學到的東西有記下來，而重新再做一次。

＊

ひらがなのおさらいをする。

譯 複習平假名。

おじ 0 叔叔、伯伯、舅舅 ⇔ おば 0 姑姑、伯母、嬸嬸、阿姨

とうさんやかあさんの、おとこのきょうだい。

注 指爸爸和媽媽的兄弟。（或爸爸和媽媽的姊妹的配偶）

＊

おじにおとしだまをもらう。

譯 叔叔給了我壓歲錢。

おしあう 3 相互推擠

たがいにあいてのことをおす。

注 指互相推對方。

＊

おしあうほど、こんでいる。

譯 人多到相互推擠。

おしい 2 可惜

たいせつなものをなくしたくないとおもうこと。

注 指珍貴的物品不見後感到遺憾的想法。

＊

すてるのはおしいぬいぐるみ。

譯 丟了會很可惜的布娃娃。

おじいさん 2 grandfather 爺爺、外公 ⇔ おばあさん 2 奶奶、外婆

①とうさんやかあさんの、とうさん。

②としよりのおとこのひと。

注 ①指爸爸或媽媽的爸爸。

②指對年老男性的呼稱。

①

おしいれ 0 壁櫥

ふとんなどをいれておくところ。

㊟指（日式房間裡）放棉被等的空間。

*

おしいれのふすまをあける。

譯推開壁櫥的紙拉門。

おしえ 0

教導、教誨

おしえられたこと。

㊟指得到教育、被告知的事。

おしえる 0 告訴

じぶんがしっていることをつたえる。

㊟指將自己知道的傳達出去。

*

やおやさんまでのいきかたをおしえる。

譯告訴別人到蔬菜店該怎麼走。

おじぎ 0 行禮

あたまをさげて、あいさつをすること。

㊟指低下頭打招呼的動作。

*

きんじょのひとにおじぎする。

譯跟鄰居打招呼。

おしこむ 3 硬塞入、硬擠入

むりやりなかにいれる。

㊟指亂無秩序地強行放入。

*

ふくをたんすにおしこむ。

譯將衣服硬塞進衣櫃裡。

おじさん 0 ①叔叔、伯伯、舅舅 ②中年的男人 ⇔ おばさん 0 姑姑、阿姨

①おじ。

②おとなのおとこのひと。

㊟①意同「おじ」。②指中年左右年歲的男人。

*

②おじさんとサッカー《さっかー》をする。

譯跟叔叔一起踢足球。

②

おしつける 4 ①用力的推 ②硬推給、強加

①つよくおさえつける。

②しごとを、むりやりやらせる。

㊟①指使勁的推擠。②指將工作強迫地性交給別人。

*

②にわのそうじをおしつける。

譯將打掃庭院的工作硬推給別人。

②

おしむ 2 珍惜

たいせつなものをなくさないよう、つかわないでおく。

㊟指避免愛惜的東西耗盡（不見），於是放著捨不得用。

*

おみやげのペン《ぺん》をつかうのをおしむ。

譯捨不得使用別人送的禮物筆。

おしゃれ 2 時尚

ふくやもちもので、きれいにかざること。

㊟指衣服或是攜帶的物品，都特別裝飾得很漂亮的狀態。

おじょうさん

[2] 令千金、小姐

おんなのこや、ほかのひとのむすめを、よぶことば。

注 指稱呼一般的女孩子，或是稱呼別人的女兒時使用的用語。

おしろい

[0] 撲粉

けしょうのときに、かおにぬる、しろいこな。

注 指日本的化妝用品之一，在化妝時撲打在臉上的白色化妝粉。

おす

[0] 推、按 ⇔ **ひく** [0] 拉、拔

ちからで、ものをむこうにうごかす。

注 指用力讓東西向另外一邊移動的動作。

＊

エレベーター《えれべーたー》のボタン《ぼたん》を**おす**。

譯 按電梯的按鈕。

おす

[2] 雄、公 ⇔ **めす** [2] 雌、母

どうぶつのおとこのほう。

注 指動物中男性的個體。

＊

おすのかぶとむしには、つのがある。

譯 公獨角仙有長角。

おそい

[0] [2] ①慢的、遲的 ⇔ ②**はやい** [2] 快的

①じかんがかかるようす。

②あるじかんより、あとであるようす。

注 ①指會花很多時間的狀態。

②指會比某個時間點更晚的時間。

＊

①かたつむりは、すすむのが**おそい**。

譯 ①蝸牛爬行的很慢。

①

おそう

[0] [2] 襲擊

きゅうにせめる。

注 指突然性的攻擊。

＊

たいふうがしまを**おそう**。

譯 颱風侵襲島嶼。

おそれ

[3] 忌憚、害怕

こわいとおもって、しんぱいすること。

注 指因為覺得很怕，而擔心的狀態。

おそれる

[3] 害怕

こわいとおもって、しんぱいする。

注 指因為覺得很害怕，而擔心的心理動作。

＊

じしんを**おそれる**。

譯 擔心發生地震。

おそろしい

[4] 恐怖的

とてもこわいようす。

注 指非常可怕的樣子。

＊

おそろしいかいぶつにばける。

譯 變化成恐怖的怪物。

おそわる

[0] 教導、受教

おしえてもらう。

注 指得到他人的教育。

＊

およぎかたを**おそわる**。

譯 學到游泳的方法（受到別人教游泳的方法）。

おたまじゃくし 4 蝌蚪

かえるのこ。みずのなかをおよぐ。

注 指青蛙的幼體。棲息在水中。

おちつき 0 穩定、鎮靜、放鬆

きもちやうごきが、しずかなようす。

注 指情緒及動作，變得沉穩的狀態。

＊

おちつきがない。

譯 慌亂（不穩定）。

おちつく 0 穩定、鎮靜、放鬆

きもちやうごきが、しずかになる。

注 指情緒及動作，變得沉穩的動作。

＊

いえにかえると、**おちつく**。

譯 回到家後就放鬆下來了。

おちば 1 落葉

かれて、きからおちたは。

注 指枯死之後，從樹下落下來的葉子。

おちる 2 掉落

ものが、うえからしたへうつる。

注 指東西從上方落下的動作。

＊

さるがきから**おちる**。

譯 猴子從樹上掉下來。

おつかい 0 跑腿

たのまれたことをするために、でかけること。

注 指被別人拜託某件事情，然後外出跑一趟的意思。

＊

やおやさんへ、**おつかい**にいく。

譯 替媽媽跑一趟蔬菜店。

おっしゃる 3 （尊敬語）說

「いう」のていねいないいかた。

注 指「いう」的鄭重說法。

＊

せんせいが**おっしゃる**。

譯 老師說。

おっとせい 3 0 海狗

あしかのなかまの、うみにすむどうぶつ。

注 指一種住在海裡，屬於海獅科的動物。

⇒ 請參考460頁。

おてあらい 0 洗手間、化妝室

「トイレ《といれ》」のていねいないいかた。

注 指「トイレ」的鄭重說法。

＊

おてあらいをかしてください。

譯 請讓我借用一下化妝室。

おでき 2 表皮生成物

からだのいちぶがはれてふくらんだもの。

注 指身體的一部分腫起或突起的東西。

＊

おできができる。

譯 長出了痘子。

おでこ 2
額頭

まゆのうえから、かみがはえるところまでのぶぶん。ひたい。

㊟指眉毛以上一直到頭皮之間的這段空間。也稱為「ひたい」。

おてだま 2 （日本的遊戲）小沙包

あずきなどをいれたちいさなふくろ。それを、なげてとるあそび。

㊟將紅豆或其他細粒狀物體放入袋子裡，然後用來丟擲的遊戲。

＊

おてだまをする。

譯 玩小沙包。

おと【音《おと》】 2 （非口中發出的）聲音

みみできくことができるもの。

㊟指經由耳朵聽到的響聲。

＊

あめの**おと**がきこえる。

譯 聽到雨聲。

おとうと 4 brother 弟弟 ⇔ あに
1 哥哥

とししたの、おとこのきょうだい。

㊟指年紀比較小的手足。

＊

おとうととけんかをする。

譯 跟弟弟打架。

おどかす 0 3 驚嚇、威脅

おどろかせて、こわがらせる。

㊟指嚇別人，讓他變得害怕。

＊

おにのおめんをつけて**おどか**す。

譯 帶上日本長角怪的面具驚嚇別人。

おとぎばなし 4 民俗童話故事

こどもにきかせるための、むかしからあるはなし。

㊟指講給小孩子聽的，以往流傳的故事。

＊

おとぎばなしをよんでもらう。

譯 請人念民俗童話故事給我聽。

おとこ【男《おとこ》】 3 男人 ⇔ おんな 3
女人

にんげんで、こどもをうまないほうのひと。

㊟指人類中，無法生小孩的性別。

＊

しらない**おとこ**があらわれる。

譯 突然出現了一個陌生的男人。

おとしあな 3
（捕獸的）洞穴陷阱

どうぶつなどをおとしてつかまえるために、ほったあな。

㊟指為了要抓動物等，而挖好要讓牠們掉下去的洞穴。

おとしだま 0
壓歲錢、新年禮品

しょうがつをいわって、おとながこどもにあげる、かねやもの。

㊟指為了慶祝新年（日本為陽曆）時，大人給小孩的錢或是禮品。

おとしもの 0
5 遺失物

しらないあいだに、おとしてなくしたもの。

㊟指沒察覺的情況下，所弄丟的物品。

おとす 2 掉、掉落

ものをたかいところから、ひくいところへうつす。

注 指物品從高的地方往低的地方移動。

*

えんぴつを**おとす**。

譯 鉛筆掉了。

おととい 3 前天

きのうのまえのひ。

注 指昨天的前一天。⇒請參考457頁。

おととし 2 前年

きょねんのまえのとし。

注 指去年的前一年。

おとな 0 大人 ⇔ こども 0 小孩

からだとこころが、じゅうぶんにそだったひと。

注 指人類中，身體及心靈都十分成熟的人。

*

おとなが3《さん》にんあるいている。

譯 有三個大人走在路上。

おとなしい 4 老實的、乖乖的

おちついていてしずかなようす。

注 指很沉穩、又文靜的狀態。

*

おおきないぬは、**おとなしい**。

譯 這條大狗很乖。

おどり 0 舞蹈

おんがくやリズム《りずむ》にあわせて、からだをうごかすこと。

注 指配合聲音及旋律，並擺動身體的活動。

おどる 0 跳舞

おんがくやリズム《りずむ》にあわせて、からだをうごかす。

注 指配合聲音及弦律，並擺動身體的動作。

*

うれしくなって、**おどる**。

譯 感到開心地跳舞。

おどろかす 4 使…受到驚嚇、嚇人

おもっていないようなことをして、ひとをびっくりさせる。

注 指讓別人沒有料想到的情況下嚇一跳。

*

おかあさんを**おどろかす**。

譯 嚇媽媽。

おどろく 3 吃驚

おもってもいなかったことがおきて、びっくりする。

注 對於發生了意想不到的事而感到驚訝。

*

てじなをみて、**おどろく**。

譯 看魔術表演而感到吃驚。

おなか 0 肚子

へそのまわり。

注 指肚臍周圍的部分。

*

おなかがいたい。

譯 肚子疼。

おなじ 0 一樣、相同

あるものが、ほかのものとちがうところがなく、そっくりなようす。

注 指某樣東西與另一樣沒有不同，完全相符的狀態。

＊

おとうとと**おなじ**ふくをきる。

譯 跟弟弟穿一樣的衣服。

おに 2 日本的長角妖怪

ものがたりなどにでてくる、つのときばをもつ、ひとににたいきもの。

注 指日本的傳說裡長著長角並且有獠牙的人形妖怪。

＊

はっぴょうかいで**おに**のめんをつける。

譯 在成果展中佩戴長角妖怪的面具。

おにごっこ 3 鬼抓人

おにのやくが、ほかのひとをおいかけるあそび。

注 指由一個人當鬼，四處追著別人跑抓人的遊戲。

＊

ひろばで、**おにごっこ**をする。

譯 在廣場上玩鬼抓人。

おば 0 姑姑、伯母、嬸嬸、阿姨 ⇔ おじ 0 伯父、叔叔、舅舅

とうさんやかあさんの、おんなのきょうだい。

注 指爸爸或媽媽的姊妹。（或爸爸和媽媽的兄弟的配偶）

＊

おばのいえにいく。

譯 去姑姑家裡。

おばあさん 2 grandmother 奶奶、外婆 ⇔ おじいさん 2 爺爺、外公

①とうさんやかあさんの、かあさん。②としよりのおんなのひと。

注 ①指爸爸或媽媽的媽媽。②指對年老女性的稱呼。

①

おばけ 2 幽靈、鬼怪

ばけて、きもちわるいすがたになったもの。

注 指身體扭曲變形，樣貌令人看到發毛的靈體或怪物。

＊

おばけのはなしはこわい。

譯 鬼怪的故事很可怕。

おばさん 0 姑姑、伯母、嬸嬸、阿姨 ⇔ おじさん 0 伯父、叔叔、舅舅

①おば。②おとなのおんなのひと。

注 ①意同「おば」。②指對年紀稍長的成年女性的稱呼。

＊

①**おばさん**をてつだう。

譯 幫阿姨做事。

①

おはよう（ございます） 0 早安

あさ、ひとにあったときにいうことば。

注 指一早碰見別人時會說的問候語。

＊

「**おはようございます**」とあいさつをする。

譯 用完整的「おはようございます（早安）」這句話來問早。

編註 對熟人及晚輩通常能只說「おはよう」問候，故有此例句的說法。

おび 1 和服腰帶

きもののうえからおなかにまいてむすぶ、ほそながいぬの。

注 指穿著和服時，在肚子的部分從外層圍起來打結的細長衣帶。

＊

おびをしめる。

譯 繫上和服腰帶。

おぶさる 3 被揹、讓別人揹

ひとにせおってもらう。

㊟指由別人來揹自己。

＊

おかあさんのせなかに**おぶさる**。

譯 被媽媽揹在背上。

おぼえ 3 2 有記憶

きいたり、みたりして、わすれないこと。

㊟指聽到過、看到過，沒忘記掉的事。

おぼえる 3 記憶、記得

きいたり、みたりしたことをわすれない。

㊟指不忘掉曾經聽到過、看到過的事情的心理動作。

＊

えきまでのみちを**おぼえる**。

譯 記下了到達車站的路。

おぼれる 0 溺水

みずのなかでおよげなくて、しにそうになる。

㊟指在水中無法游動，呈現出一個快死掉的狀態。

＊

うみで**おぼれる**。

譯 在海中溺水。

おまえ 0 （稱呼平輩或晚輩說的）你

めのまえにいる、なかのよいひとやとしのしたのひとをよぶことば。

㊟指稱呼站在眼前，熟識的朋友或是晚輩時用的人的稱呼用語。

＊

おまえもこいよ。

譯 你也來吧！

おまけ 0 附贈

ものをかったときに、つけたしてくれるもの。

㊟指買東西時，另外免費加給的東西。

おまわりさん 2 警察、巡警

みんなのあんぜんをまもるために、はたらくひと。

㊟指做的是維護大家安全的工作的人。

＊

おまわりさんにあいさつをする。

譯 跟警察打招呼。

おめでとう 0 祝、恭禧

なにかをいわうときにいうことば。

㊟指在祝福他人時使用的用語。

＊

おたんじょうび、**おめでとう**。

譯 祝你生日快樂！

おもい 2 重的 ⇔ かるい 0 輕的

うごかすときに、たくさんのちからがいるようす。

㊟指在搬動時，需要花費很多力氣的狀態。

＊

おもいにもつをもつ。

譯 提很重的行李。

おもい 2 思緒、想法

こころでかんじたり、かんがえたりすること。

㊟指在心中感受並考量的東西。

おもいがけない 5 6 意想不到的

それまでおもったこともないようす。

㊟指一直以來未曾想過的樣子。

＊

おもいがけないともだちにあう。

譯 見到了一個從沒想到會見到的人。

おもいきり 0 用盡全力

もっているちからを、ぜんぶだすようす。

注 指將所擁有的力量，一點也不保留地用盡的狀態。

*

ボール《ぼーる》を**おもいきり**なげる。

譯 用盡全力投球。

おもいきる 4 斷然、決意

まようことをやめて、こころにきめる。

注 指不再猶豫，在心中作出了決定。

*

かみをきることを**おもいきる**。

譯 斷然決定將頭髮剪掉。

おもいだす 4 0 想起

わすれていたことやむかしのことを、もういちどこころにうかべる。

注 指曾經忘掉的事或是以往的事，又再度地浮上心頭。

*

かっていたいぬを**おもいだす**。

譯 想起了曾經養過的狗。

おもいつく 4 0 想到

かんがえが、きゅうにわいてでてくる。

注 指有某些想法，突然浮現在腦海中。

*

いいことを**おもいつく**。

譯 想到好事（好點子）。

おもいやり 0 體諒、感同身受

あいてのことを、じぶんのことのようにかんがえるきもち。

注 指將對方的處境，當作自己的事一樣的來設想的一份心情。

おもう 2 想

こころでかんじたり、かんがえたりする。

注 指在心中感受並考量的動作。

*

えほんをよみたいと**おもう**。

譯 想要念繪本。

おもしろい 4 有趣的

おかしくてたのしいようす。

注 指讓人感到開心又好笑的狀態。

*

おもしろいはなしをきいて、わらう。

譯 聽了有趣的故事後就笑了。

おもたい 0 沉重的

おもいかんじがするようす。

注 指感受到有重量感的狀態。

*

あるきすぎて、あしが**おもたい**。

譯 走了太久，兩腿感到很沉重。

おもちゃ [2] 玩具

こどもがあそぶときにつかうもの。

㊟ 指小孩子在玩耍的時候用的東西。

＊

あたらしい**おもちゃ**をもらう。

(譯) 收到了新的玩具。

おもて [3] 外側、表面 ⇕ **うら** [2] 內側、裡面

まえやうえにきて、そとからみえるほう。

㊟ 指在前面或上方，從外面看到的那一面。

＊

ほんの**おもて**。

(譯) 書的封面。

おもな [1] 主要的

ぜんたいのなかで、おおくのぶぶんになるようす。

㊟ 指占一件事全體中，比例較重的那一個部分。

＊

きょうの**おもな**できごとを、えにっきにかく。

(譯) 將今天主要發生的事件，用插畫日記的方式寫下。

おもに [1] 主要的

ぜんたいのなかの、おおくのぶぶんであるようす。

㊟ 指占一件事全體中，比例較重的那一個部分。

＊

あさは、**おもに**パン《ぱん》をたべる。

(譯) 早餐主要是吃麵包。

おもわず [2] 不知不覺地、無意識地

そうするつもりではなかったのに、しぜんと。

㊟ 指在完全無任何特別地考量下，自然而然地就做出了某些行動。

＊

おもわずにげだした。

(譯) 無意識地就跑開了。

おや [2] [1] 咦！

ふしぎにおもったり、すこしおどろいたりしたときに、でてくることば。

㊟ 指看到了一些很不可思議的狀態、或是對某些事感到驚奇時發出的驚嘆聲。

＊

おや、これはなにかな。

(譯) 咦！這是什麼呀？

おや [2] 父母 ⇕ **こ** [0] 孩子

こやたまごをうんだもの。とうさんやかあさん。

㊟ 指生育孩子的人或動物中孵蛋的鳥獸。即爸爸和媽媽。

＊

おやがうんどうかいをみにくる。

(譯) 爸媽到運動會來看我。

おやこ [1] 親子

おやと、こ。

㊟ 指爸媽跟孩子。

＊

かるがもの**おやこ**があるく。

(譯) 花嘴鴨的親子行走著。

おやすみ(なさい) 0 晚安、祝好夢

ねるときにいうことば。
㊟指就寢之前說的話。

＊

ねるまえに「**おやすみなさい**」という。
㊣在睡覺之前說「おやすみなさい（晚安）」。

おやつ 2 點心

しょくじとしょくじのあいだにたべる、かるいたべもの。
㊟在正餐與正餐之間吃的簡便零食。

＊

まいにち3《さん》じに、**おやつ**をたべる。
㊣每天三點的時候吃點心。

おやゆび 0 姆指

ゆびのなかで、いちばんはしのふといゆび。
㊟指手指頭中，最末端，最粗的那一根手指。

＊

おやゆびをたてて、ポーズ《ぽーず》をきめる。
㊣豎起姆指擺姿勢。

およぐ 2 游、游泳

からだをうごかして、みずのなかをすすむ。
㊟指擺動身體，並在水中前進的動作。

＊

いるかが**およぐ**。
㊣海豚游泳。

およそ 0 大要、大致

ほとんど。だいたい。
㊟指幾乎、大概的意思。

＊

せが、**およそ**おなじだ。
㊣身體大致同高。

おり 2 籠子

どうぶつなどをにがさないようにいれておくへや。
㊟指為了不讓動物等逃脫，而將牠們關進去的一個房間。

＊

とらが、**おり**のなかをうろうろあるく。
㊣老虎在籠子內來回走動。

おり 2 折

おること。
㊟指彎折的意思。

＊

アイロン《あいろん》で、ズボン《ずぼん》に**おり**めをつける。
㊣用熨斗在褲子上燙出折痕。

おりがみ 0 2 折紙

かみをおって、いろいろなもののかたちをつくるあそび。また、そのかみのこと。
㊟指用紙張折出各種不同形狀物品的遊戲。此外，也可指用來折的那些紙。

＊

おりがみであそぶ。
㊣玩折紙。

おりたたみ 0 折疊物

いくつかにおってたたんで、ちいさくするもの。
㊟指經過幾度折疊後，變的較小的物品。

おりる 2 下（樓梯、交通工具等）

⇔ ①**あがる** 0 上（樓梯等）②**のる** 0 搭乘（交通工具）

①うえからしたのほうへいく。
②のりものからそとへでる。
㊟①指從上方向下方移動。
②指離開交通工具。

＊

①1《いっ》かいに**おりる**。
㊣①往下到一樓去。

①

オリンピック《おりんぴっく》 4
Olympic Games 奥運

4《よ》ねんに1《いち》どひらかれる、スポーツ《すぽーつ》のかい。

注 指每四年舉辦一次的運動大會。

おる 1 有、在

「いる」のふるいことば。

注 指「いる（有、在）」較為古語的說法。

*

むかしむかし、やまにおおおとこがおったそうな。

譯 據說在好久好久以前，在山裡曾經住一個巨人。

おる 1 折

たいらなものをまげて、かさねる。

注 指將平狀的物品彎曲重疊的動作。

*

てがみを**おる**。

譯 折信紙。

おる 1 織

いとをたてとよこにくみあわせて、ぬのにする。

注 指將線以直向及縱向地相互交疊用以做成布的動作。

*

つるがぬのを**おる**。

譯 白鶴織布。

オルガン《おるがん》 0
organ 風琴

くうきのちからでおとをならす、けんばんのついたがっき。

注 指附有琴鍵，並利用空氣的力量其使發出聲音的樂器。

おれる 2 折斷

まがってふたつにわかれる。

注 指東西在彎曲後分裂成兩段的狀態。

*

いろえんぴつが**おれる**。

譯 彩色鉛筆斷掉了。

オレンジ《おれんじ》 2 orange 柳橙

だいだいいろをした、みかんににたくだもの。

注 指外表為橙色，長得很像橘子的水果。

⇩ 請參考472頁。

おろす 2 拿下來、使…下來 ⇔ あげる 0 抬高、向上移

うえからしたへうつす。

注 指將物品從上面向下面移動。

*

たなからものを**おろす**。

譯 從櫃子上拿東西下來。

おわり 0 結尾 ⇔ はじめ 0 開始

おわること。さいご。

注 指結束、最後的意思。

*

れつの**おわり**にならぶ。

譯 排在隊伍的最後。

おわる 0 結束 ⇔ はじまる 0 開始

つづきがなく、しまいになる。

注 指後面不再有接續的事物而終結了。

＊

えいががおわる。

譯 電影播完了。

おん 1 恩、恩惠

ひとがじぶんのためにしてくれた、ありがたいこと。

注 指別人替自己所做出，一切值得感謝的幫助。

＊

せんせいのおんは、わすれない。

譯 永遠銘記醫生的恩惠。

おんがく 1 音樂

うたったり、がっきをつかったりして、おとをたのしむこと。

注 指歌唱的話，或是使用樂器後所產生的悅耳聲音。

＊

おんがくをきくのがすきだ。

譯 我喜歡聽音樂。

おんがくしつ 0 音樂室

おんがくのべんきょうや、えんそうをするへや。

注 指練習音樂或是演奏音樂的房間。

おんしつ 0 溫室

やさいやはなをさむさからまもるために、なかをあたたかくしたたてもの。

注 指為了保護蔬菜或花卉不受寒氣侵害，讓裡側能保持溫暖的培養空間。

おんせん 0 溫泉

じめんのしたからわきでるゆをいれたふろ。

注 指一個積蓄地下冒出來的熱水，可以泡澡的地方。

＊

おんせんであたたまる。

譯 在溫泉中變暖了。

おんど 1 溫度

あたたかさやつめたさが、どのくらいかをあらわすもの。

注 指用來界定到底有多熱還是有多冷的一項指標。

＊

おんどをはかる。

譯 測量溫度。

おんな【女《おんな》】 3 女性 ⇔ おとこ 3 男性

にんげんで、こどもをうむほうのひと。

注 指人類中，可以生孩子的性別。

＊

おんなのトイレ《といれ》にはいる。

譯 進入女廁。

おんぶ 1 揹揹

せおうこと。せおわれること。

注 指揹的動作。也指被揹的動作。

＊

いもうとをおんぶする。

譯 揹妹妹。

か
カ

か ⓪ 蚊子

なつのむし。めすは、ひとやどうぶつのちをすう。

㊟指一種夏天出現的蟲。母蚊會吸食人或是動物的血液。

が ⓪ 蛾

よるにとびまわる、ちょうのなかまのむし。

㊟指一種夜間會四處飛舞，跟蝴蝶同樣屬於鱗翅目的蟲。

*

まどにががとまる。

㊣蛾停在窗戶上。

かあさん ① mother 媽媽 ⇕ とうさん ① 爸爸

おんなのおやをよぶときにつかうことば。

㊟指子女對雙親中的女性的稱呼。

カーテン《かーてん》 ① curtain 窗簾

ひかりやおとがでたり、はいったりしないように、まどのうちがわにつるすぬの。

㊟指加裝在窗戶內側的掛布，具有阻擋光線照入及隔音的功能。

*

カーテン《かーてん》をしめる。

㊣拉上窗簾。

カード《かーど》 ① card 卡片

あついかみを、ちいさくしかくにきったもの。

㊟指被裁剪成小張四角形的厚紙片。

*

カード《かーど》においわいのことばをかく。

㊣在卡片上寫上祝福的話。

カーネーション《かーねーしょん》 ③ carnation 康乃馨

はるからなつにさく、あかやしろ、ピンク《ぴんく》のはな。

㊟指一種顏色有紅色、白色及粉紅色，春天到夏天之間盛開的花朵。

⇒ 請參考第468頁。

かい ① 會、會議

たくさんのひとが、おなじことをするために、あつまること。

㊟指許多的人，為了統合意見及看法，而聚在一起的樣子。

*

おはなしのかいをひらく。

㊣召開討論會議。

かい【貝《かい》】 ① 貝殼

かたいからにつつまれた、みずのなかにすむいきもの。

㊟指被硬殼包覆，棲息在水中的一種生物。

*

うみでかいをみつける。

㊣在海中發現貝殼。

かい ① 回（數）、次（數）

かいすうをかぞえるときにつけることば。

㊟指為了計算次數時，而使用的單位詞。

＊

このほんは、3《さん》かいよんだことがある。

㊞這本書我讀過了3次。

かい ① …樓、樓層

たてもののなかで、どのたかさかをあらわすときにつけることば。

㊟指在建築物裡，為了表示高度時使用的單位詞。

＊

4《よん》かいがいえだ。

㊞我家在4樓。

かいがん ⓪ 海岸

うみとりくのさかいめ。

㊟指大海與陸地的交接處。

＊

かいがんにそってあるく。

㊞沿著海岸邊行走。

かいこ ① 蠶

かいこがのようちゅう。くちからいとをだしてまゆをつくる。

㊟指蠶蛾的幼蟲。會從口中吐絲作繭。

がいこく ⓪ 外國

たいわんではない、よそのくに。

㊟指除了自己國家（台灣）之外的別的國家。

＊

がいこくのしゃしんをみる。

㊞看外國的照片。

かいさつぐち ⓪ 剪票口

でんしゃにのるときにとおる、えきのでいりぐち。

㊟指搭電車時會經過的車站出入口。

かいしゃ ⓪ 公司

ひとがあつまってはたらいているところ。

㊟指有許多人聚集在裡面工作的場所。

＊

かいしゃではたらく。

㊞在公司裡工作。

かいじょう ⓪ 會場

あつまりやかいが、ひらかれるばしょ。

㊟指人們聚集，或是會議召開的地方。

かいすいよく ③ 海邊遊玩

うみでおよいだり、あそんだりすること。

㊟指在海邊游泳或是玩樂的行為。

かいだん ⓪ 階梯、樓梯

のぼったり、おりたりするためのだんだん。

㊟指為了向上或向下移動而鋪設的建築。

＊

かいだんで2《に》かいにあがる。

㊞走樓梯爬上2樓。

かいちゅうでんとう ⑤ 手電筒

てでもって、くらいところをてらすどうぐ。

㊟指一種拿在手上，將暗處照亮的工具。

＊

かいちゅうでんとうで、あなのなかをてらす。

㊞用手電筒照亮洞穴裡面。

がいとう

0 外套

さむいときにふくのうえにきる、ながめのうわぎ。

㊟指冷的時候，穿在衣服外較長的外衣。

さむいのでがいとうをきる。

＊

㊞因為很冷，所以穿上外套。

かいもの

0 買東西

ものをかうこと。

㊟指買下物品的意思。

おねえさんとかいものにいく。

＊

㊞跟姊姊一起去買東西。

かう

0 買 ⇕ うる 0 賣

かねをわたして、しなものをもらう。

㊟指將錢交給對方，然後拿取商品的行為。

おかしをかう。

＊

㊞買零食（點心）。

かう

1 飼養

えさをあげたり、せわをしたりして、いきものをそだてる。

㊟指給動物吃飼料，並給予照顧的意思。

うさぎをかう。

＊

㊞飼養兔子。

かえす

1 還、歸還

もとのばしょや、もっていたひとにもどす。

㊟指將東西交回其原本屬於的場所，或是原持有人的動作。

かりたほんをかえす。

＊

㊞歸還借來的書。

かえって

1 反而、相反

おもっていることと、はんたいのことがおきてしまうようす。

㊟指發生的事情跟原本想的正好反過來的樣子。

＊

こっちはかえってとおまわりだ。

㊞走這裡反而繞遠路。

かえり

3 回程 ⇕ いき 0 去程

もといたばしょにもどること。

㊟指回到原本的地方的意思。

かえりはタクシー《たくしー》にのる。

＊

㊞回程搭乘計程車。

かえりみち

3 回去的道路

かえるときにとおるみち。

㊟指回去時所經過的道路。

かえる

0 變化

いままでとちがうようすにする。

㊟指改變成與現在完全不同的狀態。

かみがたをかえる。

＊

㊞改變髮型。

かえる 1 回、回去

もといたばしょにもどる。

㊟指回到原來的地方。

＊

いえに**かえる**。

譯 回家。

かえる 1 孵化

たまごがわれて、ようちゅうやひななどがでてくる。

㊟指卵破開後幼蟲爬出來、或是蛋破開後雛鳥跑出來等動作。

＊

ひよこが**かえる**。

譯 孵化出小雞。

かえる 0 frog 青蛙

みずのなかをおよぐことも、りくではねることもできる、いきもの。

㊟指一種會在水中游泳或是在陸地上跳躍的生物。

＊

たんぼで**かえる**がないている。

譯 青蛙在田裡叫。

かお 0 face 臉

めやはな、くちがあるところ。

㊟指有眼睛、鼻子、嘴巴等器官的身體部分。

⇓ 請參考455頁。

＊

かおをあらう。

譯 洗臉。

かおいろ 0 臉色

かおのいろやぐあい。

㊟指臉的顏色或狀況。

＊

かおいろがわるい。

譯 臉色不佳。

がか 0 畫家

えをかくことをしごとにしているひと。

㊟指將畫畫當成工作的人。

＊

がかが、えをかく。

譯 畫家作畫。

かかえる 0 夾抱著

うでとからだで、しっかりとはさんでもつ。

㊟指用手臂跟身體緊緊夾住的動作。

＊

かばんをわきに**かかえる**。

譯 將包包夾抱在腋下。

かかし 0 稲草人

とりがこないように、たやはたけにたてるにんぎょう。

㊟指安插在田或是旱田裡的人偶，主要用來防止鳥類接近。

＊

おもしろい**かかし**。

譯 有趣的稲草人。

かかと 0 腳跟

あしのうらの、うしろのあたり。

㊟指腳底的後方部分。

かがみ 3 鏡子

かおやすがたをうつしてみるどうぐ。

㊟指一種能照出身體及臉部的物品。

＊

かがみのまえにたつ。

譯 站在鏡子的前面。

かがむ 0 蹲

ひざやこしをまげて、からだをひくくする。

注 指將膝蓋及背彎曲，身體壓低的狀態。

＊

きづかれないようにかがむ。

譯 蹲著避免被人發現。

かがめる 0 蹲下、彎下

ひざやこしをまげて、からだがひくくなるようにする。

注 指將膝蓋及背彎曲，身體壓低的動作。

＊

こしをかがめる。

譯 彎下腰。

かがやく 3 光輝閃爍

あかるく、きらきらとひかる。

注 指很耀眼，會閃閃發亮的狀態。

＊

ほしがかがやく。

譯 星星閃爍。

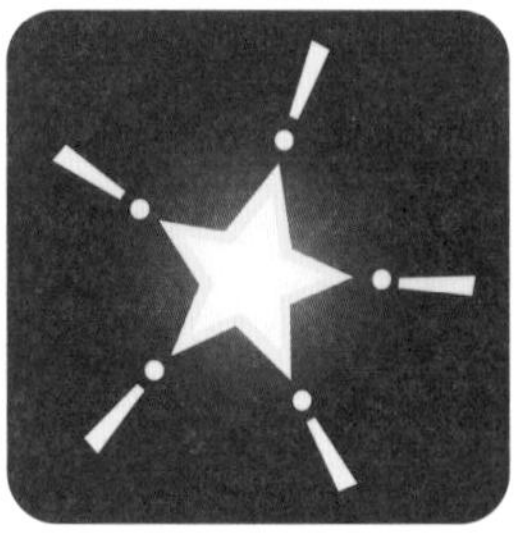

かかり 1 相關人員

きまったしごとをするひと。

注 指負責固定工作的人。

＊

あんないのかかり。

譯 接待人員。

かかる 2 掛、卡

ひっかかってぶらさがる。

注 指人或物卡住或懸掛住。

＊

きのえだにたこがかかる。

譯 風箏卡在樹枝上。

かき 0 persimmon 柿子

あきにみをつける、オレンジ《おれんじ》いろのくだもの。

注 指有橘色的外觀，在秋天時結實的一種水果。

⇒ 請參考473頁。

かぎ 2 鎖、鑰匙

ド《ど》ア《あ》やひきだしにかけて、あけられないようにするもの。

注 指設置在門或是抽屜上，使其無法開啟的設計。

＊

かぎをあける。

譯 開鎖。

かきかた 3 寫法

じをかくほうほうやじゅんばん。

注 指寫字的方法或寫字的順序。

＊

おかあさんから、かきかたをならう。

譯 從媽媽那學字的寫法。

かきこむ [3][0] 寫入

きめられたところにじをかく。

注 指將字寫在固定的地方。

＊

しかくのなかになまえを**かきこむ**。

譯 在四方形的格子裡寫入名字。

かきぞめ [0] （新春）第一次寫毛筆字

あたらしいとしのはじめに、ふででじをかくこと。

注 指日本在新年開始時，第一次寫毛筆字的習俗活動。

＊

おしょうがつに**かきぞめ**をする。

譯 新年第一次揮毫。

かきとり [0] 練寫

れんしゅうのために、もじをかきうつすこと。

注 指為了達到練習的目的，抄寫文字的動作。

＊

かんじの**かきとり**をする。

譯 練寫漢字。

かきとる [3][0] 抄寫

もじをかきうつす。

注 指將文字照著寫出。

＊

こくばんのかんじを**かきとる**。

譯 抄寫黑板上的漢字。

かきね [2][3] 圍籬

いえやにわのまわりにつくるかこい。

注 指設在住家或庭院四周圍的圍欄。

＊

たけで**かきね**をつくる。

譯 用竹子做圍籬。

かきまわす [0][4] 攪、攪拌

てやぼうなどで、なかのものをうごかしてまぜる。

注 指用手或棒子等道具，使某個容器裡的物品移動混在一起的動作。

＊

なべのなかを**かきまわす**。

譯 攪拌鍋子裡的東西。

かぎり [1][3] 侷限

じかんやかずなどのくぎり。

注 指時間或是數量等的一個段落點。

かぎる [2] 限、限制

じかんやかずなどのくぎりをきめる。

注 指設有時間或是數量等的一個段落點的狀態。

＊

ここにはいれるのは、こどもに**かぎる**。

譯 這裡限孩童進入。

かく [0][2] 寫、畫

えやもじであらわす。

注 指用圖畫或是文字呈現出來的動作。

＊

クレヨン《くれよん》で、えを**かく**。

譯 用蠟筆畫圖。

かく [1] 搔、抓（癢）

つめやゆびのさきでこする。

注 指用指甲或指尖摩擦的動作。

＊

せなかを**かく**。
㊟抓背。

かく ①②角

ふたつのまっすぐなせんがぶつかってできるかど。
㊟指由兩條直線相交結合出來的一個尖狀部分。

*

さんかくけいには、**かく**がみっつある。
譯三角形共有三個角。

かぐ ⓪嗅、聞

はなですって、においをかんじる。
㊟指用鼻子吸入並感受味道的動作。

*

ばらのにおいを**かぐ**。
譯聞玫瑰花的花香。

がく ⓪②畫框、相框

えやしゃしんをいれてかざるためのわく。
㊟指放入圖畫或照片，用來裝飾的框架。

*

えを**がく**にいれる。
譯將一幅畫放入畫框裡。

がくげいかい ③（小學生的）學習成果發表會

れんしゅうしてきたうたやげきなどを、はっぴょうするかい。
㊟指將歌唱或戲劇的練習成果公開表演的展演會。

*

がくげいかいで、げきにでる。
譯在學習成果發表會中參與戲劇演出。

かくご ①②覺悟

わるいことがおこりそうなときに、こころのじゅんびをしておくこと。
㊟指面對即將發生的壞事時，先做好心理準備。

*

かくごをきめる。
譯做好心理準備（覺悟）。
編註「かくごをきめる」為慣用句。

がくしゃ ⓪學者

けんきゅうをしごとにしているひと。
㊟指將研究當作工作的人。

がくしゅう ⓪學習

べんきょうすること。
㊟指用功讀書的意思。

*

まいにちの**がくしゅう**がだいじだ。
譯每天的學習都很重要。

かくす ②藏起、隱瞞

ものをうごかしたり、おおったりして、ひとからみえないようにする。
㊟指為了不讓他人看到，而將人、事、物移動或覆蓋起來的動作。

*

りょうてを**かくす**。
譯將兩手藏起來。

がくせい ⓪學生

がっこうにかよっているひと。
㊟指到學校去上課的人。

*

おねえさんは**がくせい**だ。
譯姊姊是學生。

か

かくせいき ③ 擴音器

こえやおとをおおきくするきかい。

㊟指一種能將聲音放大的機器。

がくたい ⓪ 樂隊

がっきをえんそうするひとたちのあつまり。

㊟指為了演奏樂器而聚在一起的一群人。

がくねん ⓪ 年級、學年

4《し》がつから3《さん》がつまでの、がっこうでの1《いち》ねんかん。

㊟指在日本的學校裡，從4月到隔年3月的這一整年之間的範圍。

がくもん ② 求學、學問

いろいろなことをしるために、べんきょうすること。

㊟指為了了解各式各樣的學問而學習的意思。

＊すきながくもんはなんですか。

㊟你喜歡哪一門的學問？

かぐや ① 家具店

たんすやつくえなどをうっているみせ。

㊟指販賣衣櫥或桌子等家具的商店。

＊かぐやさんで、つくえをえらぶ。

譯 在家具店裡挑選桌子。

かくれる ③ 隱藏 ⇔ あらわれる ④ 出現

ひとにみられないようにする。

㊟指躲起來，不讓人發現。

＊きのかげに**かくれる**。

譯 躲在樹蔭處。

かくれんぼ ③ 捉迷藏

かくれているひとを、おにがさがすあそび。

㊟指一種由一個人當鬼，將躲起來的人找出來的遊戲。

かけ ⓪ 尚未、還沒（完成的部分）

まだとちゅうのようす。

㊟指還沒有完成的狀態。

＊よみ**かけ**のほん。

譯 尚未念完的書。

編註 通常只接在名詞化的動詞後面，表動作尚未完成。

かげ ① 陰影、陰暗處

ものにかくれて、みえにくいところ。

㊟指被東西遮住，難以看清楚的地方。

＊つきが、くもの**かげ**にかくれる。

譯 月亮被雲的陰影給遮蓋住了。

かげ ① 影子

ものにひかりがあたると、ひかりとはんたいがわにできる、くらいところ。

㊟指人、物照射在光線下時，會在與光線相反處映照出的黑色區塊。

がけ 0 懸崖

じめんからかべのようにまっすぐにたっている、やまやきし。

注 指山裡或岸邊，從地面向上延伸，像牆壁一樣的地方。

かけあし 2 飛奔

はしること。

注 指用跑的前進。

＊

かけあしでむかう。

譯 用跑（飛奔）的前往。

かげえ 2 手影

かみやてで、どうぶつなどのかげをつくるあそび。

注 指用頭髮或是手，比出動物等形狀的影子的遊戲。

＊

きつねの**かげえ**をつくる。

譯 用手影比出狐狸的形狀。

かけごえ 3 呼（喊）聲

あいずをおくったり、おうえんしたりするためにだすこえ。

注 指為了發出暗號，或是聲援他人時所發出的聲音。

＊

みんなで**かけごえ**をそろえる。

譯 大家一起發出呼喊聲。

かけざん 2 乗法

ふたついじょうのすうじを、かけあわせるけいさん。

注 指將兩個以上的數字相乘的一種數學計算方法。

＊

かけざんをする。

譯 乘法演算。

かけだす 3 0 ①開始跑 ②跑出去

①はしりはじめる。②はしってそとにでる。

注 ①指從靜止動作開始跑起來。②指向著外面跑出去。

＊

②あわてて**かけだす**。

譯 慌忙地向外跑出去。

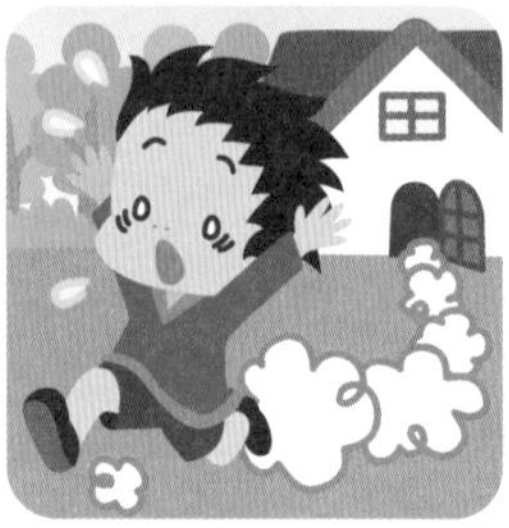

②

かけつける 0 4 急忙跑過去

おおいそぎでそのばしょへいく。

注 指急急忙忙地用跑的去（目的地）。

＊

やくそくのばしょに**かけつける**。

譯 急急忙忙地跑向約定的地點。

かけっこ 2 賽跑

はしって、だれがいちばんはやいかをきめるきょうそう。

注 指一種透過跑步來決定誰跑最快的比賽。

＊

かけっこで1《いっ》とうになった。

譯 在賽跑比賽裡拿到第一名。

かげふみ 2 踩影子

あいてのかげをふみあうあそび。

注 指一種相互踩對方影子的遊戲。

＊

こうえんで**かげふみ**をしてあそぶ。

譯 在公園裡玩踩影子遊戲。

かけまわる 0 4 跑來跑去

あちこち、はしりまわる。

注 指一下這裡、一下那裡地來回四處跑的意思。

＊

こどもたちが、こうえんを**かけまわる**。

譯 孩子們在公園裡跑來跑去。

かけら ⓪ 碎屑、碎片

かけたりわれたりしたものの、ちいさなぶぶん。

注 指物品破損或破掉後所產生的零星部分。

＊

せんべいの**かけら**をたべる。

譯 吃仙貝的屑屑。

かける ② 奔馳、快跑

はやくはしる。

注 指快速奔跑。

＊

うまがそうげんを**かける**。

譯 馬兒奔馳在草原上。

かける ② 掛

でっぱりなどにぶらさげる。

注 指將物品懸吊在突出物上的動作。

＊

うわぎを**かける**。

譯 懸掛外衣。

かげる ② 變得陰暗

ものがじゃまをして、ひかりがあたらなくなる。

注 指光線因為受到物體的阻擋，無法通過的狀態。

＊

くもがでて、ひが**かげる**。

譯 太陽被雲擋住了（而變得陰暗）。

かげろう ②⓪ 水氣昇起的熱感搖曳現象

はるやなつのはれたひに、じめんのちかくがゆらゆらしてみえること。

注 指在春天或夏天晴朗的日子裡，在貼近地面之處會看到有像是火焰狀搖擺的光折射現象。

かげん ⓪ 恰好的程度

ちょうどよいぐあいにすること。

注 指調整到剛剛好的狀態。

＊

おふろのおんどを**かげん**する。

譯 將浴缸的水溫調整到恰好的溫度。

かご ⓪ 籃子

たけやほそながいものをあんでつくった、いれもの。

注 指一種用竹子或是細長物體編製出來的置物容器。

＊

かごいっぱいのみかん。

譯 裝滿籃子的橘子。

かこい ⓪ 圍籬、圍欄

まわりをかこむもの。

注 指將四周圍起來的設計。

＊

いぬが、**かこい**のなかをはしる。

譯 狗狗在圍欄裡奔跑。

かこう ⓪ 圍、圍起

まわりをものでとりまいて、あんぜんにする。

注 指將四周用物品圍起，以確保安全的動作。

＊

しろをへいで**かこう**。

譯 將城堡用圍牆圍起。

かこむ 0 圍、圍住、包圍

ものやひとのまわりを、ぐるりとつつむようにならぶ。

㊟指把某物或人的附近排列般地包起來的動作。

＊

てきがしろをかこむ。

㊢敵人包圍住城堡。

かさ 1 雨傘

あめやひがあたらないようにするためのもの。

㊟指可以遮擋住雨水或陽光的用具。

＊

あかいかさをさす。

㊢撐紅色的雨傘。

かさかさ 1 乾巴巴的、（乾燥物摩擦的聲音）卡沙卡沙聲

かわいたものどうしが、かるくふれあうようすやおと。

㊟指乾燥的東西相互輕輕觸碰時的樣子或聲音。

＊

このはがかさかさなる。

㊢樹的葉子卡沙卡沙的摩擦作響。

がさがさ 1 乾巴巴的、（乾燥物摩擦的聲音）卡沙卡沙聲

かわいたものどうしが、しっかりとふれあうようすやおと。「かさかさ」より、すこしさわがしい。

㊟指乾燥的東西相互摩擦時的樣子或聲音。是比「かさかさ」更加強調的用語。

かざぐるま 3 風車

かぜがあたると、はねがくるくるまわるおもちゃ。

㊟指一種被風吹之後，扇葉會轉動的玩具。

かさなる 0 重疊

もののうえに、おなじしゅるいのべつのものがのる。

㊟指在某物之上，又有同一種物品覆蓋的狀態。

＊

はなびらがかさなる。

㊢花瓣重疊。

かさねる 0 疊、疊上

もののうえに、おなじしゅるいのべつのものをのせる。

㊟指在某東西上面，又再將同一種東西堆上的動作。

＊

ホットケーキ《ほっとけーき》をかさねる。

㊢疊上鬆餅。

かざり 0 裝飾品

きれいにみえるようにつけるもの。

㊟指為了看起來更漂亮而加上的東西。

＊

かみにかざりをつける。

㊢在頭上加上裝飾品。

かざる 0 裝飾

きれいにみえるようにものをおく。

注 指為了看起來更漂亮而擺飾物品的動作。

＊

クリスマスツリー《くりすますつりー》を**かざる**。

譯 裝飾聖誕樹。

かし 1 甜點

おやつにたべるあまいもの。

注 指點心裡，屬於甜味的食品。

＊

お**かし**をうつわにもる。

譯 將甜點盛在容器裡。

かじ 1 火災

たてものや、やまなどがもえること。

注 指建築物或是山上燒起來的狀態。

＊

やまで**かじ**がおきる。

譯 山上發生火災。

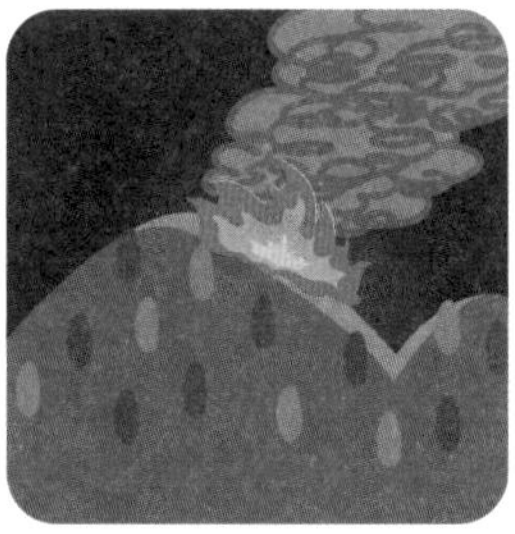

かしげる 3 傾斜

かたむける。

注 指歪斜的動作。

＊

くびを**かしげる**。

譯 歪頭（把頭歪一邊）。

かしこい 3 聰明的

あたまがよく、りこうなようす。

注 指頭腦很好，很伶悧的樣子。

＊

チンパンジー《ちんぱんじー》は、**かしこい**どうぶつだ。

譯 黑猩猩是種很聰明的動物。

かしゅ 1 歌手

うたをうたうひと。

注 指唱歌的人。

＊

すきな**かしゅ**はだれですか。

譯 你喜歡的歌手是誰呢？

かじる 2 啃（咬）

かたいものを、はですこしずつかむ。

注 指用牙齒一口一口慢慢地咬堅硬東西的動作。

＊

りすが、きのみを**かじる**。

譯 松鼠啃果實。

かしわもち 3 日本柏餅

あんをもちではさみ、かしわのはでつつんだかし。

注 指用柏葉包覆，麻糬內夾紅豆餡的日本甜點。

かす 0 借（出）⇔ かりる 0 借（入）

じぶんのものを、すこしのあいだあいてにつかわせる。

注 指讓別人短時間使用自己物品。

＊

ともだちに、ほんを**かす**。

譯 借書給朋友。

かず 1 數、數量

ものがいくつあるかをあらわすことば。

注 指用來表示東西有多少個的計算詞。

＊

かずをかぞえる。
譯 數數。
⇒請參考452頁。

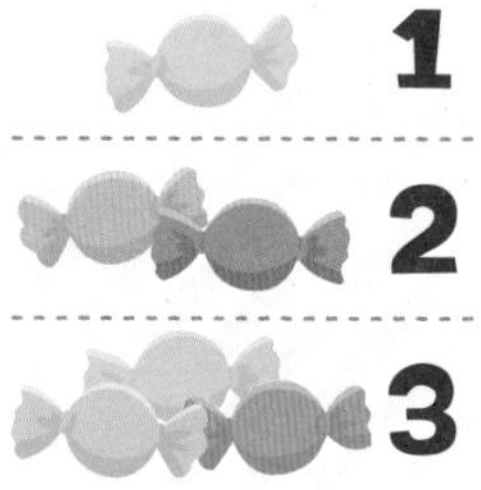

ガス《がす》 1 gas 瓦斯

くうきのようにかたちのないもの。エネルギー《えねるぎー》のひとつ。
注 指形態類似空氣的東西。是能源的一種。

＊

ガス《がす》のせんをしめる。
譯 栓緊瓦斯開關。

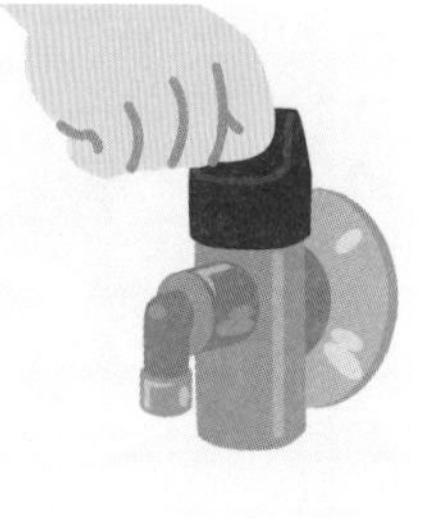

カスタネット《かすたねっと》 4 castanets 響板

2《に》まいのいたをたたきあわせて、おとをならすがっき。
注 指一種用兩片板子相互敲擊發出聲響的簡單樂器。

＊

カスタネット《かすたねっと》をたたく。
譯 敲響板。

カステラ《かすてら》 0 sponge cake 蜂蜜蛋糕

こむぎこに、たまごやさとうなどをまぜて、むしやきにしたかし。
注 指一種用蛋、砂糖跟麵粉混合後烘烤的甜點。

＊

おきゃくさんに、カステラ《かすてら》をだす。
譯 端出蜂蜜蛋糕給客人享用。

かすみ 0 晚霞、煙霞

くうきのなかにでる、しろい、もやもやとしたもの。
注 指空氣中瀰漫著的一層白色朦朧不清的氣體。

＊

かすみがかかって、まえがみえにくい。
譯 因為籠罩著煙霞，所以前面看不太清楚。

かすむ 0 模糊

ぼやけてよくみえなくなる。
注 指變得不清楚，無法看見前方的狀態。

＊

めがかすむ。
譯 模糊看不清楚。

かぜ 0 風

くうきのうごきやながれ。
注 指空氣的移動及流動。

＊

つよいかぜがふく。
譯 強風吹拂。

かぜ 0 感冒

ねつやせき、はなみずなどがでるびょうき。
注 指一種會發燒、咳嗽及流鼻水的疾病。

＊

かぜをひいて、ようちえんをやすむ。
譯 感冒了所以請假沒去幼稚園。

かぜぐすり 3 感冒藥

かぜをなおすくすり。
注 指用來治療感冒的藥品。

かぞえる 3 數（數量）

かずがいくつか、しらべる。
注 指計算數量有多少的動作。

＊

みかんのかずを**かぞえる**。
譯 數橘子的數量。

かぞく 1 家人

おなじいえにくらす、おややきょうだい。
注 指一起生活在同一個屋簷下的雙親或是兄弟姊妹。

＊

かぞくのしゃしんをとる。
譯 家人一起合照。

ガソリン《がそりん》 0 gasoline 汽油

じどうしゃがうごくのにひつようなエネルギー《えねるぎー》。
注 指車子要啟動時必須要有的一種能源。

＊

ガソリン《がそりん》がまんたんだ。
譯 汽油滿格。

ガソリンスタンド《がそりんすたんど》 6 gas station 加油站

ガソリン《がそりん》をうっているばしょ。
注 指賣汽油的地方。

かた 2 人士、先生、女士

「ひと」のていねいないいかた。
注 指鄭重對「人」的稱呼詞。

＊

やさしい**かた**ですね。
譯 是位很親切的人（女）士吧！

かた 1 shoulder 肩、肩膀

うでがついているところからくびまでのぶぶん。
注 指身體上從手臂到頸子連接的部分。

＊

おじいさんの**かた**をたたく。
譯 幫爺爺捶背。
編註 日文概念裡是捶肩。

かたい 0 2 硬的 ⇔ やわらかい 4 軟的

ちからをくわえても、かんたんに、かたちがかわらないようす。
注 指就算是用力，也無法輕易破壞其形體的狀態。

＊

りんごは**かたい**。
譯 蘋果很硬。

かたかた 1 扣嘍扣嘍聲

かるくてかたいものどうしが、かるくぶつかりあってでるおと。
注 指輕而堅硬的物體相互輕輕碰撞後，所產生的聲音。

＊

はこをふると**かたかた**なる。
譯 搖搖盒子後，裡面發出了扣嘍扣嘍的聲響。

がたがた 1 抗抗聲

おもくてかたいものどうしが、ぶつかりあってでるおと。
注 指重而堅硬的物體相互碰撞後，所產生的聲音。

＊

ドア《どあ》がかぜで**がたがた**なる。
譯 門在風吹之下，發出「抗抗～」的重擊聲。

かたかな 3 片假名

がいこくのものや、ことばなどをかくときにつかう、にっぽんのもじ。

注 指日本書寫文字中的一種，一般是使用於外國的事物或外來語等的應用上。

⇒請參考450頁。

かたがわ [0]

單側、單邊、單方 ⇔ **りょうがわ** [0] 兩側、雙邊、雙方

ふたつあるうちの、ひとつのがわ。

注 指兩邊之中的其中一邊。

＊

みちの**かたがわ**がとおれない。

譯 道路單邊無法通行。

かたき [3]

仇敵

しかえししたいとおもうあいて。

注 指想要報仇的對象。

＊

おやの**かたき**をたおす。

譯 打倒父母的敵人。

かたち [0]

形狀

みたり、さわったりしてわかる、もののかっこう。

注 指看到或摸到後便可了解東西的外形樣貌。

＊

ほしの**かたち**をかく。

譯 畫星星的形狀。

かたづく [3]

整理好、收拾好

もとどおりにきれいになる。

注 指現場恢復成原本潔淨的狀態。

＊

こどものへやが**かたづく**。

譯 孩子的房間整理乾淨。

かたづける [4]

整理、收拾

もとのばしょにきちんとしまう。

注 指將東西完整放回原本的地方的動作。

＊

クレヨン《くれよん》を**かたづける**。

譯 收拾蠟筆。

かたつむり

[3] 蝸牛

うずまきのかたちのからをせおった、りくにすむかい。

注 指一種揹著旋渦狀的殼，棲息在陸地上的貝類生物。

＊

かたつむりがつのをだす。

譯 蝸牛把觸角伸出來。

かたて [0]

單手 ⇔ **りょうて** [0] 雙手

みぎかひだりの、どちらかのて。

注 僅指右手或左手。

＊

かたてをあげて、しんごうをわたる。

譯 舉起一隻手過紅綠燈。

かたな [3] [2]

刀

むかしのひとがたたかいでつかった、きるどうぐ。

注 指古時候的人在打仗時，用來刺殺敵人的武器。

＊

さむらいが**かたな**をぬく。

譯 武士拔刀。

かたほう [2]

單側、單邊、單方 ⇔ **りょうほう** [3] [0] 兩側、雙邊、雙方

ふたつあるうちの、ひとつのほう。

注 指兩個之中的某一個。

＊

かたほうのてぶくろをはずす。

譯 脫下一隻手套（脫下單邊的手套）。

かたまり 0 塊、塊狀

あつまったり、くっついたりして、ひとつにまとまっているもの。

㊟指聚合、黏合成一大個物體狀的東西。

＊

みっつのかたまりにわける。

譯分成三塊。

かたまる 0 變硬

やわらかいものがかたくなる。

㊟指軟的東西變堅硬。

＊

ねんどがかたまる。

譯黏土變硬。

かたむき 0 4

傾、傾斜

ななめになっていること。

㊟指歪斜的樣子。

かたむく 3 傾斜

ななめになる。

㊟指變成歪斜。

＊

ふねがかたむく。

譯船身變得傾斜。

かたむける 4 弄斜

ななめにする。

㊟指人為地使其變成歪斜的動作。

＊

じょうろをかたむける。

譯將澆花器斜擺。

かためる 0 弄硬、使…變硬

やわらかいものをかたくする。

㊟指將軟的東西變硬的動作。

＊

れいとうこでみずをかためる。

譯將水放在冰箱裡結凍（使其變硬）。

かだん 0 花壇

くさやはなをうえるところ。

㊟指種植草及花的地方。

＊

かだんのはなにみずをやる。

譯澆花壇裡的花。

かち 2 贏

かつこと。

㊟指勝利了。

＊

はやくついたひとがかちだ。

譯最早到達的人就算贏。

かちかち 0 硬梆梆

とてもかたいようす。

㊟指非常堅硬的樣子。

＊

バナナ《ばなな》がかちかちにこおる。

譯香蕉凍得硬梆梆的。

かちゃかちゃ 1 鏘郎鏘郎聲

かたいものがぶつかりあってでるおと。

㊟指堅硬的物體相互碰撞時所發出的聲音。

＊

おもちゃをかちゃかちゃいじる。

譯擺弄玩具，發出鏘郎鏘郎的聲響。

がちょう 0 鵝

ひとにかわれていて、みずべにくらすとり。

注 指一種由人類飼養，生活在水邊的鳥類。

⇒ 請參考465頁。

かつ 1 贏、勝利 ⇔ まける 0 輸、失敗

あいてをまけにする。

注 指讓對方輸掉。

＊

じゃんけんで**かつ**。

譯 猜拳猜贏了。

がつ 0 月、月份

つきをあらわすときにつけることば。

注 指表現出幾「月」時的單位用語。

＊

きょうから10《じゅう》**がつ**だ。

譯 今天開始是十月了。

かつお 0 柴魚

あたたかいうみで、むれをつくっておよぐさかな。

注 指一種成群結隊棲息在暖洋中的魚類。

⇒ 請參考467頁。

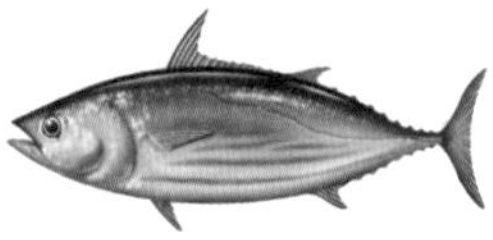

がっかり 3 失望、垂頭喪氣

おもうようにならなくて、げんきがなくなるようす。

注 指結果與預想的不同，因此顯得無精打采的樣子。

＊

かけっこでまけて**がっかり**する。

譯 在賽跑時輸掉了，所以一付垂頭喪氣的樣子。

がっき 0 學期

がっこうの1《いち》ねんを、いくつかにわけたもの。

注 指將學校的一年分成好幾段的分界單位詞。

＊

2《に》**がっき**がはじまる。

譯 第2學期開始了。

がっき 0 樂器

おとをだして、おんがくをえんそうするどうぐ。

注 指可以發出聲音，演奏音樂的器具。

＊

ピアノ《ぴあの》はおおきな**がっき**だ。

譯 鋼琴是一種體型巨大的樂器。

かつぐ 2 扛、肩負

かたにのせる。

注 指將東西放在肩上的動作。

＊

おおきなにもつを**かつぐ**。

譯 將巨大的行李扛在肩上。

かっこう 0 樣子、裝扮

すがたやようす。

注 指外表或樣貌。

＊

おかしな**かっこう**のひと。

譯 一個裝扮很奇怪的人。

がっこう【学校《がっこう》】 0 學校

ひとがあつまって、べんきょうをおそわるところ。

注 指人們群聚，接受教育的地方。

＊

おねえさんは、がっこうへいく。

譯 姊姊去學校。

がっしょう 0 合唱

おなじうたを、みんなでそろえてうたうこと。

注 指同一首歌，大家一起唱的意思。

カッター《かったー》 1 cutter 美工刀

ものをきるどうぐ。

注 指一種用來切割的工具。

＊

カッター《かったー》でかみをきる。

譯 用美工刀割紙。

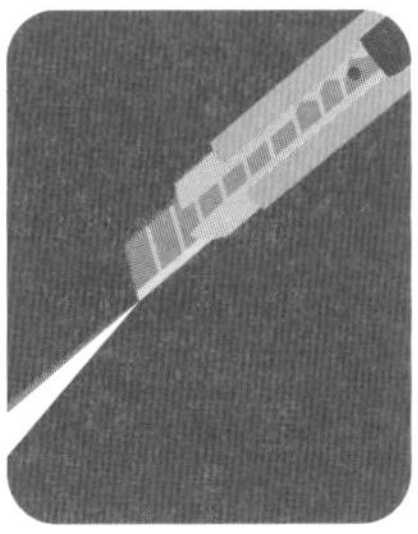

かって 0 任意、隨便

ひとのことをかんがえないで、じぶんのすきなようにすること。

注 指完全不替他人設想，只憑藉自己的喜好行事的意思。

＊

かってにたべる。

譯 任意吃（別人的東西）。

かっぱ 0 河童

あたまにさらがあり、かわなどにすむといわれる、はなしのなかのいきもの。

注 指日本傳說中一種頭上有盤子，棲息在河川等水邊的生物。

かっぱつ 0 活潑

いきいきとして、げんきがよいようす。

注 指蓬勃有朝氣的樣子。

＊

かっぱつにうごく。

譯 活潑好動。

かど 1 角

もののはしの、とがっているところ。

注 指物品側邊尖端處的部分。

＊

かどをあわせて、たたむ。

譯 按角對齊後再折。

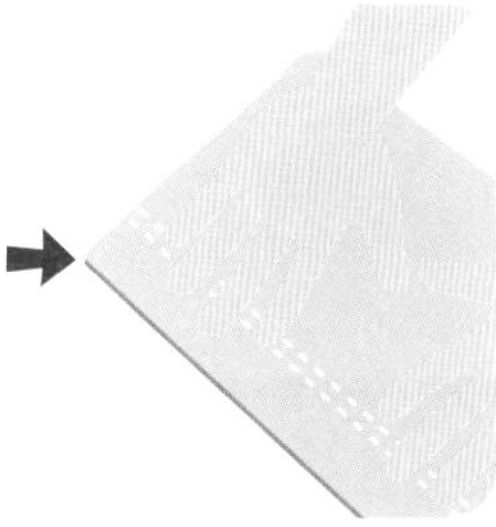

かどまつ 2 0 門松

あたらしいとしをいわうために、いえのいりぐちにたてる、まつのかざり。

注 指日本為了慶祝新年時擺飾在家門前的松樹裝飾品。

かな 0 假名 ⇒ ひらがな 3 平假名

かなう 2 願望實現

ねがっていたことがほんとうになる。

注 指心裡祈求的事情成真。

＊

ねがいごとがかなう。

譯 心願實現。

かなえる 3 實現

ねがっていることをほんとうにする。

注 指將心裡想的願望成真。

＊

ゆめをかなえるために、れんしゅうする。

譯 為了實現夢想而練習。

か

かなしい
0 3 悲傷的 ⇔ うれしい 3 開心的

つらくて、なきたいきもちになるようす。

注 指感到難過、想哭的樣子。

*

はながかれて、**かなしい**。

譯 花枯死了，很悲傷。

かなしみ
0 3 哀傷 ⇔ よろこび 0 3 4 愉悅

つらくて、なきたいきもち。

注 指情緒上難過想哭。

かなしむ
3 哀傷 ⇔ よろこぶ 3 愉悅、期待

つらくて、なきたいきもちになる。

注 指情緒上感到難過，變成想哭的心情。

*

よくないしらせをきいて、**かなしむ**。

譯 聽到不好的消息，感到哀傷。

かなづち
3 4 鐵槌

てつでできた、くぎをうつためのどうぐ。

注 指用來敲釘子的鐵製工具。

*

かなづちでくぎをうつ。

譯 用鐵槌敲釘子。

かならず
0 一定

どんなことがあっても、ぜったいに。

注 指無論發生了什麼事也必須的意思。

*

でかけるときは、**かならず**かぎをかける。

譯 外出時，門一定要上鎖。

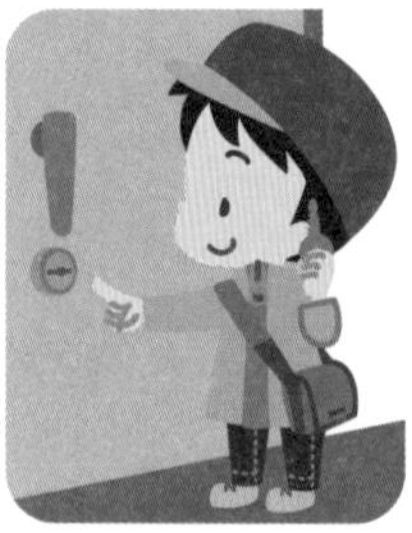

かなり
1 相當地

ふつうよりもずっと。

注 指程度比一般的更上面。

*

このほんは、**かなり**むずかしい。

譯 這本書相當地難懂。

カナリア《かなりあ》
0 canary 金絲雀

すずめくらいのおおきさのことり。はねはきいろのものがおおい。おすのなきごえは、うつくしい。

注 指一種體形跟麻雀差不多的小鳥。翅膀有大部分是黃色。其中雄鳥的鳥鳴聲非常的清脆好聽。

⇒ 請參考464頁。

かに
0 螃蟹

かたいからにつつまれた、みずにすむいきもの。2《に》ほんのはさみをもつ。

注 指一種棲息在水中，覆有硬殼的生物。身上具有兩隻蟹螯。

⇒ 請參考467頁。

かね
0 鐘、吊鐘

きんぞくをつるし、たたいておとをだすもの。

注 指一種吊起的大金屬，敲擊之後會產生聲響。

*

おてらの**かね**のおとがきこえる。

譯 聽得到寺廟吊鐘的聲響。

かね 0 銭、金銭

しなものをかうときにつかうもの。

注 指一種購買商品所使用的貨幣。

＊

さいふからお**かね**をだす。

譯 從錢包裡拿出錢。

かねもち 3 富人、有錢人

かねをたくさんもっているひと。

注 指相當富有的人。

＊

ジャック《じゃっく》は**かねもち**になった。

譯 傑克變成了有錢人。

かば 1 河馬

おおきなからだとくちをもつどうぶつ。かわやぬまにすむ。

注 指一種體形跟嘴巴都很大的動物。棲息在河川或沼澤裡。

⇒請參考462頁。

かばう 2 保護、包庇

たすけて、まもってあげる。

注 指救助、守護的動作。

＊

いじめられているかめを**かばう**。

譯 保護被欺負的烏龜。

かばん 0 bag 包包、手提包

にもつをいれてもちあるくための、いれもの。

注 指一種可以放入行李隨身攜帶的袋子。

＊

もちものを**かばん**にいれる。

譯 將隨身物品放入手提包裡。

かび 0 霉

ふるくなったたべものなどにつく、とてもちいさないきもの。

注 指一種會出現在放太久的食物等物品上的微生物。

＊

もちに**かび**がはえる。

譯 麻糬長霉了。

かびん 0 花瓶

はなをいれて、かざるびん。

注 指一種將花插進去，主要做為擺飾用的瓶子。

＊

かびんにはなをさす。

譯 插花在花瓶裡。

かぶ 1 ①樹墩 ②根部

①きをきったあとにのこったぶぶん。
②きやくさの、ねのついたぶぶん。

注 ①指樹在切斷之後，所殘留下來的部分。
②指樹木或草連結根鬚的部分。

＊

②ばらの**かぶ**をうえる。

譯 ②種植玫瑰（的根部）。

②

かぶ 0 蕪菁

たまのかたちをした、ねをたべるやさい。

注 指一種可食用球狀根部的蔬菜。

⇒請參考470頁。

がぶがぶ 1 咕嚕咕嚕地

のみものをいきおいよく、たくさんのむようす。

注 指豪飲飲料的樣子。

＊

ぎゅうにゅうをがぶがぶのむ。

譯 他咕嚕咕嚕地喝了牛奶。

かぶせる 3 戴上（帽類）

うえからおおうように、ものをのせる。

注 指從上方向下地蓋上物品。

＊

ぼうしをかぶせる。

譯 戴上帽子。

かぶと 1 頭盔

あたまをまもるためにかぶる、かたいもの。

注 指為了保護頭部而戴上的堅硬護具。

かぶとむし 3 獨角仙

なつにでてくるむし。おすにはおおきなつのがある。

注 指一種夏天時會看到的昆蟲。雄蟲的頭上會有一隻大大的角。

⇒ 請參考466頁。

かぶる 2 ①戴 ②淋、沐

①あたまのうえにのせる。

②あたまからあびる。

注 ①將物體蓋放在頭上。②指從頭上向下注入的狀態。

＊

①ぼうさいずきんをかぶる。

譯 ①戴防災頭巾。

①

かべ 0 牆、牆壁

たてもののそとがわをかこんだり、なかのへやをわけるもの。

注 指從外頭圍起，或是區隔內部房間隔局的部分。

＊

かべにとけいをかける。

譯 在牆壁上掛上時鐘。

かぼちゃ 0 pumpkin 南瓜

かたいかわのなかに、きいろいみがつまったやさい。

注 指一種外殼堅硬，內側有黃色果肉的蔬菜。

⇒ 請參考469頁。

かま 0 釜鍋

ひにかけて、ごはんをたくのにつかうどうぐ。

注 指一種可以點火加熱用來炊米飯的容器。

＊

かまのごはんがたきあがる。

譯 釜鍋裡的飯已經炊熟了。

かま 1 鐮刀

くさをかるのにつかうどうぐ。

注 指一種割草用的工具。

＊

かまで、いねをかる。

譯 用鐮刀割稻。

かまう 2 干擾、多事、理會

きにしたり、はなしかけたりする。

注 指一種在意對方、和對方搭話加以干涉。

＊

かまうのはやめてくれ。

譯 不要干擾我。

かまきり 1 螳螂

かまのようなまえあしをもつ、みどりいろのむし。

注 指一種具有鐮刀狀前腿的綠色昆蟲。

⇒ 請參考466頁。

かまぼこ 0 （紅白）魚板

さかなのみをすりつぶしたものからつくる、たべもの。

㊟指將魚肉磨碎後再製作出來的食品。

＊

あかとしろのかまぼこ。

㊢紅色和白色的魚板。

がまん 1 忍、忍耐

おもうようにいかなくても、がんばってたえること。

㊟指與所想、所希望的雖然不一樣，但一直努力承受的狀態。

＊

ほしいけどがまんする。

㊢雖然心裡很想要，但是還是忍下來了。

かみ 1 上、上方

じゅんばんやいちが、うえのもの。

㊟指順序或是位置中，居於上側的部分。

＊

かわかみへとあるく。

㊢向著河川的上游走去。

かみ 1 神、神明

にんげんにはない、おおきなちからをもつといわれているもの。

㊟指一種不在人世裡，但人們認為擁有巨大力量的神祇。

＊

かみにいのる。

㊢向神明祈願。

かみ 2 紙

えやじをかいたり、ものをつつんだりする、うすいもの。

㊟指一種用來畫圖、寫字或包裝物品的薄平狀物品。

＊

かみでプレゼント《ぷれぜんと》をつつむ。

㊢用紙包裝禮物。

かみ 2 hair 頭髮

あたまにはえているけ。

㊟指長在頭上面的毛髮。

＊

かみをむすぶ。

㊢綁頭髮。

かみくず 3 紙屑

いらなくなったかみきれ。

㊟指不需要的紙片。

＊

かみくずをごみばこにいれる。

㊢將紙屑丟進垃圾筒裡。

かみしばい 3 連環畫劇

ものがたりのえをかいて、じゅんにみせながら、よんできかせるもの。

㊟指先準備好有故事情節的繪圖紙，然後依序按圖說劇情的一種日本的說故事方式。

＊

かみしばいがはじまる。

㊢開始演連環畫劇。

かみつく 0 3 咬住

はでつよくくいつく。

㊟指用牙齒緊緊咬上去的狀態。

＊

おおかみがえものにかみつく。

㊢狼咬住獵物。

かみなり 3 4 thunder 閃電

てんきのわるいときに、そらがゴロゴロ《ごろごろ》なったり、ひかったりすること。

㊟指天氣不好時，天空會咚咚作響，並不時發出閃光的現象。

＊

かみなりがなる。

㊢打雷閃電。

かみのけ [3] 頭髮 ⇒ かみ [2] 頭髮

かむ [0] 擤

はなからいきをはいて、はなみずをそとにだして、ふきとる。

㊟指從鼻子吐出空氣，將鼻水排出擦拭的動作。

はなをかむ。＊

㊢擤鼻子。

かむ [1] 咬、咀嚼

はをうごかして、たべものをくだいたり、つぶしたりする。

㊟指運用牙齒，將食物搗碎的動作。

たべものをよくかむ。＊

㊢用力地咀嚼食物。

かめ [1] 烏龜

せなかにかたいこうらをもつ、うみやいけにすむいきもの。

㊟指一種背上有硬殼，一般棲息在大海或是湖水中的生物。

かめがこうらのなかにかくれる。＊

㊢烏龜縮進龜殼裡。

カメラ《かめら》 [1] camera 相機

しゃしんやビデオ《びでお》をとるきかい。

㊟指一種可以拍攝照片或影片的機器。

あたらしいカメラ《かめら》。＊

㊢全新的相機。

かも [1] 野鴨

いけやかわにすむとり。ふゆに、にっぽんにやってくる。

㊟指一種棲息池塘或河川裡的水鳥。冬季時會遷移到日本。

かもにえさをあげる。＊

㊢餵野鴨吃飼料。

かもつれっしゃ [4] 貨物列車

にもつだけをのせて、はこぶれっしゃ。

㊟指只用來載運貨物的列車。

かもつれっしゃが、はしをわたる。＊

㊢貨物列車開過了橋。

かもめ [0] 海鷗

うみにすむ、はとよりすこしおおきいとり。みずにもぐってさかなをとる。ふゆに、にっぽんにやってくる。

㊟指一種體形比鴿子大一點，棲息在海邊的鳥類。會潛到水裡去抓魚來吃。冬季時會遷移到日本。

⇒ 請參考465頁。

がやがや [1] 鬧哄哄地、吵鬧狀

たくさんのひとがいちどにしゃべって、さわがしいようす。

㊟指許多人同時在講話，現場吵鬧的狀態。

がやがやさわぐ。＊

㊢鬧哄哄地吵鬧著。

か

かゆ 0 粥、稀飯

みずをおくして、こめをやわらかくたいたもの。

注 指將米飯熬到稀水狀的食物。

*

びょうきのひとにお**かゆ**をだす。

譯 拿稀飯給病人吃。

かゆい 2 癢的

むずむずして、かきたくなるようす。

注 指讓人感到很不舒服，一直很想抓的狀態。

*

あたまが**かゆい**。

譯 頭很癢。

かよう 2 0 通學、通勤

きまったじかんに、きまったばしょへいってかえる。

注 指於固定的時間內來回固定場所的動作。

*

がっこうに**かよう**。

譯 通學去學校。

がようし 2 畫紙

えをかくための、あつめのかみ。

注 指為了繪畫用而製作的厚紙張。

かようび 2 Tuesday 星期二

げつようびのつぎのひ。

注 指星期一之後隔一天的日子。

*

かようびは、サッカー《さっかー》にいく。

譯 星期二要去踢足球。

から 2 空的

なかに、なにもはいっていないこと。

注 指裡面什麼都沒有的狀態。

*

コップ《こっぷ》が**から**になる。

譯 杯子空了。

から 2 殼

なかのものをつつむ、かたいかわ。

注 指包覆住內層物的堅硬外皮。

*

たまごの**から**をわる。

譯 敲破蛋殼。

からい 2 辣的 ⇔ あまい 0 甜的

したがひりひりするようなあじがするようす。

注 指讓人的舌頭感覺到刺刺麻麻的狀態。

*

わさびは**からい**。

譯 山葵（哇沙比）好辣。

からかう 3 戲弄、嘲弄

わざとあいてをこまらせたり、いやがらせたりして、おもしろがる。

注 指故意讓對方感到困擾或是厭惡還當作有趣的行為。

*

いもうとを**からかう**。

譯 戲弄妹妹。

からす 1 烏鴉

あたまのよい、くろいとり。ひとのいえのちかくにすむ。

注 指一種很聰明的黑色鳥類。棲息在貼近人類生活圈的地方。

⇓ 請參考464頁。

ガラス《がらす》 0 glass 玻璃

まどやコップ《こっぷ》をつくるのにつかう、かたくてとうめいなもの。

注 指用來製作窗戶或是杯子等物品所使用的透明堅硬物質。

*

ガラス《がらす》をわる。

譯 打破玻璃。

からだ 0 身體

⇓ 請參考454頁。

からっぽ 0 空空地

なかみがなにもないようす。

注 指沒有內容物的樣子。

*

へやが**からっぽ**だ。

譯 房間內空空如也。

からまる 3 糾結住

ほそいものがまきつきあう。

注 指細長的物品相互糾纏在一起。

*

けいとが**からまる**。

譯 毛線糾結住。

からむ 2 纏繞住

まわりにまきつく。

注 指環繞糾纏住周圍。

*

あさがおのつるがぼうに**からむ**。

譯 牽牛花的藤蔓纏繞住棒子。

かりる 0 借（入）⇕ かす 0 借（出）

ひとのものを、すこしのあいだつかわせてもらう。

注 指經過別人同意後，將對方的東西暫時拿來使用的動作。

*

ともだちからほんを**かりる**。

譯 從朋友那裡借書來看。

かる 0 理（髮）、修剪

はえているものをみじかくきりとる。

注 指將生長出來的東西給切除的動作。

*

かみのけを**かる**。

譯 理髮。

がる 0 感受到

そうかんじる。そのようなようすをみせる。

注 指有某種感覺，並表現出該感覺的樣子。

*

いぬがさびし**がる**。

譯 狗感受到寂寞。

かるい 0 輕的 ⇕ おもい 0 重的

すこしのちからでうごかすことができるようす。

注 指只需要花一點點力氣就能夠使其移動的樣子。

*

かるいにもつをはこぶ。

譯 搬運輕的行李。

カルタ《かるた》 [1] card
牌、日本花牌

えやことばがかいてあるカード《かーど》。

注 指有繪畫或文字的卡片。

*

カルタ《かるた》であそぶ。

譯 玩日本花牌。

かれい [1] 鰈魚

からだがひらたくて、おもにりょうめがみぎがわにあるさかな。

注 指一種身形扁平、雙眼在右側的魚類。

*

うみのそこを**かれい**がおよぐ。

譯 鰈魚在海底游泳。

かれる [0] 枯、乾枯

くさばなやきが、しんでしまう。

注 指花草樹木死掉的狀態。

*

にわのはなが、**かれる**。

譯 庭子裡的花都枯死了。

カレンダー《かれんだー》 [2] calendar 月曆

ひにちやようびがかいてあるもの。

注 指上面有記載日期及星期幾的物品。

かわ【川《かわ》】 [2] river 河、河川、河流

やまからうみへむかう、みずのながれ。

注 指從山中向著海的方向移動的水流。

*

かわでみずあそびをする。

譯 在河裡玩水。

かわ [2] 皮

もののそとがわにある、うすいもの。

注 指物體外側的細薄外層。

*

ぎょうざのぐを、**かわ**でつつむ。

譯 用煎餃皮包餡。

がわ [0] 側、邊

ふたつのもののうちのひとつのほう。

注 指兩邊之中的某一邊。

*

おとうさんの**がわ**にすわる。

譯 坐在爸爸這一邊。

かわいい [3] 可愛的

①たいせつにしたいとおもう。
②ちいさくてあいらしい。

注 ①指內心裡相當珍愛的。②指看起來小小的，很讓人憐愛的樣子。

*

②いもうとのては**かわいい**。

譯 ②妹妹的手很可愛。

②

かわいがる [4] 疼愛

かわいいとかんじて、たいせつにする。

注 指因為可愛而珍惜。

*

ねこを**かわいがる**。

譯 疼愛貓咪。

かわいそう [4] 可憐的

あいてのつらいようすから、すくってあげたいとおもうきもち。

注 指看到對方痛苦的樣子，而感到很想幫助的心情。

*

かわいそうないぬ。

譯 可憐的小狗。

かわかす 3 弄乾

みずけをとって、しめっていないようにする。

㊟指除去水份，使其變成不潮溼。

＊

ドライヤー《どらいやー》でかみを**かわかす**。

㊟譯用吹風機吹乾頭髮。

かわかぜ 2

0 河上吹的風

かわのうえをふくかぜ。かわからふいてくるかぜ。

㊟指河流的上方吹拂的風。或指從河流那裡吹過來的風。

かわく 2 乾 ⇕ しめる 0 溼

ぬれたところやしめっているところがなくなる。

㊟指溼掉的部分或是潮溼的部分完全消失。

＊

シーツ《しーつ》が**かわく**。

譯床單曬乾了。

かわら

0 瓦片

ねんどをたいらにして、きってやいたもの。

㊟指用黏土切平，經過窯燒製作的物品。

＊

おばあさんのいえのやねには、**かわら**がのっている。

譯奶奶家的屋頂上覆蓋著瓦片。

かわり 0 替代

あるひとやものにかわる、べつのひとやもの。

㊟指將某人或某物改成其他的（人或物）。

＊

かわりのせんせいがやってくる。

譯替代的老師來了。

かわりばんこ 4 輪流、輪替

⇓ かわるがわる 4 輪流、輪替

かわる 0 更換

いままでのものがなくなって、べつのものになる。

㊟指原本進行中的人或物就此中止，改由其他的（人或物）接手。

＊

うんてんしゅが**かわる**。

譯司機換人。

かわる 0 變換

すがたやようすが、まえとちがうものになる。

㊟指狀態或樣子變得與先前不一樣。

＊

しんごうがあかからあおに**かわる**。

譯紅綠燈從紅燈變成綠燈。

かわるがわる 4 輪流、輪替

じゅんに、いれかわりながらするようす。

㊟指依序交替做事的樣子。

＊

かわるがわるうたう。

譯輪流唱歌。

かん 0 罐子

たべものやのみものをいれる、きんぞくでつくったいれもの。

㊟指放食品或是飲料用的金屬容器。

＊

クッキー《くっきー》の**かん**をあける。

譯打開放餅乾的鐵罐。

かんがえ 3 想法、看法

かんがえてきめたことや、わかったこと。

注 指透過思考決定的事情或是了解到的事情。

*

よいかんがえがうかんだ。

譯 有個不錯的想法浮上心頭。

かんがえこむ 5 0 沈思、苦思

なやみながらじっくりかんがえる。

注 指仔細地思考煩惱的事。

*

じっとかんがえこむ。

譯 靜靜地沉思。

かんがえる 4 3 思考

あたまをはたらかせて、いろいろなことをおもう。

注 指用腦想著許多的事情。

*

おかあさんへのプレゼント《ぷれぜんと》をかんがえる。

譯 思考該送什麼給媽媽。

カンガルー《かんがるー》 3 kangaroo 袋鼠

あかんぼうをおなかのふくろでそだてる、どうぶつ。ジャンプ《じゃんぷ》がとくい。

注 指一種把孩子放在肚子上的袋子養育，跳躍能力極佳的動物。

⇒ 請參考461頁。

かんかん 0 （陽光）刺眼地

ひがつよく、てりつけるようす。

注 指陽光很強地照射的樣子。

*

たいようがかんかんとてる。

譯 陽光刺眼地照射著。

かんごし 3 護理師

いしゃのてつだいや、びょうきのひとのせわをするひと。

注 指協助醫生及照顧病人的人。

*

かんごしさんがちゅうしゃをする。

譯 護理師打針。

かんさつ 0 觀察

じっくりとみること。

注 指仔細地看的意思。

*

あさがおのせいちょうをかんさつする。

譯 觀察牽牛花的成長過程。

かんじ 0 感覺

からだやこころでかんじること。

注 指用身體或內心去感受的意思。

*

このふくそうは、かんじがよい。

譯 這件衣服的感覺不錯。

かんじ 0 漢字

にっぽんやちゅうごくのことばをかくときに、つかうもじ。

注 指書寫日本或是中國的用語時，所使用的文字。

*

かんじをかく。

譯 寫漢字。

がんじつ 0 元旦

1《いち》がつ1《いち》にち。1《いち》ねんのさいしょのひ。

注 指一月一日，即一年之中開始的第一天。

かんしゃ 1 感謝

ありがとうとおもうきもち。

注 指一份想要表達謝意的心情。

*

てつだってくれたひとに、**かんしゃする**。
譯 感謝幫忙的人。

かんじょう ③ 計算、（消費時）結帳

かずをかぞえること。
注 指計算數量的意思。

＊

おつりを**かんじょうする**。
譯 計算零錢。

かんじる ⓪ 感覺

こころにおもったり、からだでわかったりする。
注 指內心裡所想，或是身體有所感受的抽象動作。

＊

ボールがあたって、いたいと**かんじる**。
譯 因為被球打中而感到疼痛。

かんしん ⓪ 欽佩、佩服

とてもりっぱとおもうこと。
注 指認為相當地棒、優秀的意思。

＊

がんばりに**かんしんする**。
譯 欽佩那份努力。

かんじん ⓪ 重要的

とてもたいせつなこと。
注 指非常珍貴的意思。

かんせい ⓪ 完成

ぜんぶできあがること。
注 指全部做完的意思。

かんそう ⓪ 感想

なにかをして、かんじたことや、おもったこと。
注 指做了些什麼之後，所感受到或想到的想法。

＊

ほんをよんだ**かんそう**をかく。
譯 寫書籍的讀後感想文。

かんだんけい ⓪③ 溫度計

へやそとのおんどをはかるどうぐ。
注 指可以測量室內及室外溫度的工具。

かんづめ ③④ 罐頭

たべものがながもちするようにかんにいれて、ふたをしたもの。
注 指為了長期保存食品而放入並加蓋的罐子。

＊

もものかんづめをあける。
譯 打開桃子罐頭。

がんばる ③ 努力、加油

いっしょうけんめいやること。
注 指竭盡全力去做。

＊

すいえいを**がんばる**。
譯 努力地游泳。

かんばん ⓪ 招牌

みせのなまえやしらせを、みんながわかるように、おおきくかいたもの。
注 指店家為了讓客人知道自己的店名或是店內的相關訊息，而寫上大字的牌子。

＊

かんばんをみる。
譯看招牌。

かんべん 1 原諒、饒

まちがいやしっぱいをゆるすこと。
注指不追究錯誤及失敗的意思。

かんむり 0 皇冠、冠

あたまにのせる、りっぱなかざり。
注指戴在頭上，象徵相當偉大的裝飾物。
*
おうさまのあたまに、**かんむり**をのせる。
譯在國王頭上戴王冠。

き キ

き【気】《き》 0 ①空氣 ②精神

①くうき。
②きもちやかんじ。
注①即指空氣。
②指人的感受、感覺。
*
②やる**き**がでる。
譯充滿鬥志（想做的感覺）。

②

き 1 tree 樹

かたいみきをもったしょくぶつ。
注指具有堅硬枝幹的植物。
*
きにのぼる。
譯爬樹。

きいきい 1 吱吱聲

ものがつよくこすれてでるおと。
注指物體強力摩擦後所產生的聲響。
*
じてんしゃのブレーキ《ぶれーき》が**きいきい**いう。
譯腳踏車的剎車「吱吱」地作響。

ぎいぎい 1 嘎嘎聲

ものがつよくゆっくりとこすれて、でるおと。
注指物體慢速地強力摩擦後所產生的聲響。
*
ドア《どあ》が**ぎいぎい**なる。
譯門發出了「嘎嘎」的聲響。

きいろ 0 yellow 黃色

いろのなまえ。しんごうのまんなかのいろ。
注指顏色的名稱。紅綠燈裡中間位置的顏色。

きいろい 0 黃色的

きいろであるようす。
注指黃色的樣子。
*
きいろいかさをさす。
譯撐著黃色的雨傘。

キウイ《きうい》 1 kiwi fruit 奇異果

そとにこまかいけがあり、なかにはちいさなたねがたくさんある、くだもの。

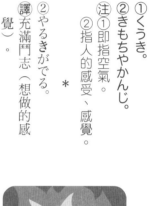

注 指外側有細毛，內部有許多細小種子的水果。
⇒ 請參考472頁。

きえる 0 消失

みえていたものが、みえなくなる。

注 指看得到的東西變得看不到的狀態。

＊

あかりがきえる。

譯 燈光熄滅（燈光消失）。

きかい 2 機器

でんきなどのちからでうごいて、しごとをするしくみ。

注 指透過電力等能源驅動，進行工作的裝置。

＊

きかいをうごかす。

譯 起動機器。

きがえる 3 換衣服

いまきているふくをぬいで、べつのふくをきる。

注 指把穿著的衣服脫掉，改穿其他衣服的動作。

＊

たいそうぎにきがえる。

譯 換體育服。

きかんしゃ 2 蒸汽火車頭

れっしゃをひっぱって、せんろをはしるくるま。

注 指後面拖著列車箱，依著鐵軌向前急駛的車子。

ききつける 4 聽到

おとやこえをきいてきづく。

注 指聽聲音而有所察覺的動作。

＊

さけびごえをききつける。

譯 聽到尖叫聲。

ききゅう 0 熱氣球

くうきよりかるいガス《がす》をいれて、そらにたかくあげるふくろ。

注 指灌入比空氣輕的瓦斯，使其能飛上天空的氣球。

＊

ききゅうにのる。

譯 搭乘熱氣球。

きく 0 敏銳、機靈、靈敏

とてもはたらきがすぐれている。

注 指機能上相當優秀的狀態。

＊

いぬは、よくはながきく。

譯 狗的鼻子相當地靈敏。

きく 0 聽

おとやこえをみみでかんじる。

注 指用耳朵感受聲音的動作。

＊

おはなしをきく。

譯 聽故事。

きく 2 0 菊花

あきにさくはな。しろやきいろのはなをさかせる。

注 指一種在秋天盛開的花。顏色分別有白色及黃色。

⇒ 請參考468頁。

きけん 0 危險的 ⇔ あんぜん 0 安全的

あぶないこと。

注 指不安全的狀態。

＊

くらいみちはきけんだ。

譯 在漆黑的地方行走是很危險的。

きげん 0 （表露於外的）情緒

かおやたいどにあらわれる、きもちのようす。

注 指心情展現在臉上或是態度上的樣子。

きこう 0 氣候

そのちいきの、てんきやきおんのようす。

注 指某地區的天氣及溫度的樣子。

＊

さわやかなきこう。

譯 舒爽的氣候。

きこえる 0 聽得到

みみに、おとやこえがはいってくる。

注 指聲音傳入耳朵。

＊

でんしゃのおとがきこえる。

譯 聽到了火車的汽笛聲。

ぎざぎざ 0 4 鋸齒狀

のこぎりのはのようなかたちのこと。

注 指像鋸子的鋸齒形狀的樣子。

＊

きょうりゅうのせなかをぎざぎざにかく。

譯 在恐龍的背部畫上鉅齒狀的線條。

きざむ 0 剁、刻

きってこまかくする。

注 指將東西切細。

＊

やさいをきざむ。

譯 將蔬菜剁碎。

きし 2 岸

うみやかわとのさかいめになっている、りくのぶぶん。

注 指大海或河川交界的陸地部分。

＊

ふねをきしによせる。

譯 將船停靠在岸邊。

きじ 0 雉雞

にっぽんのとり。おすは、きれいないろのはねとながいおをもつ。

注 指一種日本的鳥。雄鳥會有漂亮的羽毛及長長的尾巴。

⇒ 請參考465頁。

ぎしぎし 1 疵疵聲

かたいものどうしがつよくこすれあって、でるおと。

注 指堅硬的物體在強力摩擦之下所產生的聲響。

＊

ゆかが**ぎしぎし**なる。

譯 地板疵疵作響。

きしゃ 2 蒸汽火車

きかんしゃにひかれて、せんろのうえをはしるのりもの。

注 指被火車頭所拖行，依著鐵軌向前急駛的交通工具。

＊

きしゃがはしる。

譯 火車急駛。

きず 0 傷口

きったりぶつけたりして、ひふをいためたところ。

注 指割到或是碰撞後，在皮膚上疼痛的地方。

＊

ころんで**きず**ができる。

譯 跌倒後受傷了。

きずく 2 建、建築

いしやつちをかためながら、つみあげてつくる。

注 指將石頭或土壤固定，層層往上堆高的動作。

＊

しろを**きずく**。

譯 建築城堡。

きせつ 2 1 季節

1《いち》ねんを、あたたかさをもとによっつにわけた、はる、なつ、あき、ふゆのこと。

注 指一年中，以溫暖度為基準，分成春、夏、秋、冬四個時節的一種表現。

＊

きせつがかわる。

譯 季節變換。

きせる 0 使…穿上

ふくなどをからだにつけてあげる。

注 指在別人的身上添加衣物。

＊

あかちゃんにふくを**きせる**。

譯 幫寶寶穿上衣服。

きせん 0 輪船

エンジン《えんじん》のちからでうごく、おおがたのふね。

注 指引擎動力驅動的大型船隻。

きそく 2 1 規則

まもらなければいけないきまり。

注 指必需遵守的規定。

＊

きそくをまもる。

譯 遵守規則。

きた 0 2 北、北邊

たいようがでるほうをむいたときのひだりのほう。

注 指面向著日出時，左邊那一面。

＊

きたからふくかぜはつめたい。

譯 從北邊吹來的風相當地冷。

ギター《ぎたー》 1 guitar 吉他

6《ろっ》ぽんのげんをゆびではじいて、おとをだすがっき。

注 指一種用手指撥動發出聲響，有六條弦的樂器。

＊

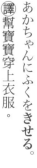

ギター《ぎたー》をひきながらうたう。
譯 邊彈吉他邊唱歌。

きたかぜ 0 北風

きたからふいてくる、つめたいかぜ。
注 指從北方吹過來寒冷的風。

きたない 3 髒的 ⇔ きれい 1 乾淨的

きれいでなく、よごれているようす。
注 指不乾淨，上面有污漬的狀態。

＊

くつが**きたない**。
譯 鞋子很髒。

きちんと 2 有規矩地、整齊地

きれいに、ただしくできているようす。
注 指做得很體面、漂亮的樣子。

＊

きちんとくつをそろえる。
譯 將鞋子整齊地擺好。

きつい 0 2 緊的 ⇔ ゆるい 2 鬆的

ちいさくて、すきまがないようす。
注 指物體過小，幾乎都沒有空隙的樣子。

＊

ぼうしが**きつい**。
譯 帽子很緊。

きづく 2 察覺到

それまでおもっていなかったことを、じぶんでみつけだす。
注 指發現到一直沒有注意到的事情。

＊

まちがいに**きづく**。
譯 察覺到有錯。

ぎっしり 3 緊、塞滿

すきまなく、いっぱいにつまっているようす。
注 指塞很多，緊密到沒有縫隙的狀態。

＊

びんにあめを**ぎっしり**いれる。
譯 將瓶子塞滿糖果。

きつつき 2 啄木鳥

ながいくちばしできをつついてあなをあけ、なかのむしをたべるとり。
注 指一種長著長長的喙，會啄開樹木抓裡面小蟲來吃的鳥類。

⇒ 請參考464頁。

きって 0 郵票

てがみをだすときに、ふうとうやはがきにはるもの。
注 指在寄出信件時，貼在信封或明信片上的小圖紙。

＊

ふうとうに**きって**をはる。
譯 在信封上貼郵票。

きっと 0 一定

まちがいなくそうなると、おもうようす。
注 指認為絕對沒有錯的樣子。

＊

あしたは**きっと**ゆきになる。
譯 明天一定會下雪。

きつね 0 fox 狐狸

やまにすむ、いぬににたどうぶつ。しっぽがながくて、ふとい。

注 指一種外形像狗，住在山裡的動物。尾巴又長又粗。

⇒請參考458頁。

きっぷ 0 票、車票

のりものにのるとき、かねをはらったしるしにもらうもの。

注 搭乘交通工具時，代表已經付費的標誌物。

＊

えきいんにきっぷをみせる。

譯 給車站的站務員看車票。

きどる 0 裝模作樣

かっこうよくみせようとする。

注 指刻意展現自己很好的一面。

＊

おにいさんがきどる。

譯 哥哥耍帥（裝模作樣的）。

きのう 2 昨天

きょうのまえのひ。

注 指「今天」的前一天。

⇒請參考457頁。

＊

きのうはうんどうかいだった。

譯 昨天是運動會。

きのこ 1 蘑菇

じめんやきにはえる、かさのようなかたちのしょくぶつ。

注 指一種生長在地面或是樹木上，傘狀的植物。

＊

きのこがはえる。

譯 長出蘑菇。

きのどく 3 4 （為他人）感到同情

あいてをかわいそうにおもうようす。

注 指為對方感到可憐的樣子。

＊

びょうきのともだちをきのどくにおもう。

譯 真同情生病的朋友。

きのぼり 2 爬樹

てやあしをつかって、きにのぼること。

注 指利用手、腳往樹上爬的狀態。

＊

さるは、きのぼりがじょうずだ。

譯 猴子很會爬樹。

きのみ 1 果實

きになるみ。

注 指樹上結的果子。

＊

さるがきのみをたべる。

譯 猴子吃果實。

きば 1 獸牙、尖牙

えものをたべるための、とがったは。

注 指為了吃獵物而長出尖狀的大牙。

＊

ライオン《らいおん》がきばをむく。

譯 獅子露出了尖牙。

きびしい 3 嚴格的

あまえたり、できなかったりすることが、すこしもゆるされないようす。

注 指完全沒有求情及容許做不好的餘地。

＊

おかあさんはしつけがきびしい。

譯 媽媽的管教很嚴格。

き

きぶん 1 （身心的）狀況

からだやこころのかんじ。

㊟指身體或心裡的感覺。

＊

きぶんがわるい。

譯身體狀況不佳。

きまり 0 規定

きめられていること。

㊟指已規範好的事。

きまる 0 決定好

どうするのか、どうなるのかがはっきりする。

㊟指早就知道應該怎麼做？或是會演變成怎樣的結果。

＊

ゆうしょうがきまる。

譯勝負已定。

きみ 0 （熟人的）你

なかのよいひとをよぶときにつかうことば。

㊟指稱呼關係較好的親友時所使用的用語。

＊

きみはやさしいね。

譯你真的是很親切呢！

きみどり 2 黃綠色

いろのなまえ。きいろとみどりのあいだのいろ。

㊟指顏色的名稱。介於黃色跟綠色之間的顏色。

＊

きみどりのめがでる。

譯冒出了黃綠色的嫩芽。

きめる 0 決定

どうするのか、どうなるのかをはっきりさせる。

㊟指應該怎麼做、或是會變成怎樣的結果？清楚的做出判斷執行。

＊

どちらのみちをすすむか、きめる。

譯決定應該往哪一條路前進。

きもち 0 感受、感覺、心情

こころのようす。きぶん。

㊟指內心感覺到的狀況。字義同「きぶん」。

＊

おちゃをのむと、きもちがおちつく。

譯只要喝茶，心情就能平靜下來。

きもの 0 和服

にっぽんにむかしからあるふく。

㊟指日本從古時候便流傳至今的服裝。

＊

おしょうがつにきものをきる。

譯元旦時穿和服。

きゃく 0 客人

いえやみせをたずねてくるひと。

㊟指來家中或是來店裡探訪的人。

＊

おきゃくにあいさつをする。

譯跟客人打招呼。

キャッチボール《きゃっちぼーる》 4 catch 接球遊戯

ふたりでボール《ぼーる》をなげあうこと。

注指兩個人相互丟球及接球的遊戲。

キャベツ《きゃべつ》 1 cabbage 高麗菜

なんまいものはがかさなって、たまのようになっているやさい。

注指一種由許多片菜葉層層疊住，球狀的蔬菜。

⇒請參考471頁。

キャラメル《きゃらめる》 0 caramel 牛奶糖、焦糖

ぎゅうにゅうとさとうをよくにて、かためたかし。

注指將牛奶跟砂糖加熱煮，使其變成固體狀的甜點。

キャンプ《きゃんぷ》 1 camp 露營

やまやかわでテント《てんと》をはって、なかにとまること。

注指到山裡或是河邊搭起帳蓬並在那裡過夜的活動。

＊

かぞくでキャンプ《きゃんぷ》をする。

譯全家一起去露營。

きゅう 0 突然

①おもいもよらないくらい、すぐ。
②はやいこと。

注①指出奇不意地馬上就怎樣的狀態。②指很快速地的狀態。

＊

①きゅうにわらいだす。

譯突然笑了出來。

①

きゅう【九《きゅう》（く）】 1 nine 九

かずのなまえ。8《はち》のつぎ、10《じゅう》のまえのかず。

注指數字的名稱。位於8之後、10之前的數字。

＊

9《きゅう》ほんのえんぴつをかぞえる。

譯數九枝鉛筆。

きゅうきゅうしゃ 3 救護車

びょうきやけがのひとを、いそいでびょういんへはこぶくるま。

注指一種用來緊急載運患者或傷者到醫院的車子。

きゅうこう 0 趕往

いそいでむかうこと。

注指急著往某處的狀態。

＊

じけんのげんばにきゅうこうする。

譯趕往案發現場。

きゅうしょく 0 營養午餐

がっこうなどでだされるしょくじ。

注指學校等機關所提供的餐食。

＊

みんなできゅうしょくをたべる。

譯大家一起吃營養午餐。

ぎゅうにく 0 牛肉

うしのにく。

注指牛的肉。

＊

ぎゅうにくをかう。

譯買牛肉。

ぎゅうにゅう 0 milk 牛乳

うしのちち。のみものや、バター《ばたー》やチーズ《ちーず》のもとになる。

注 指牛的奶水。用來做成飲料、人工奶油或起司等食品。

*

まいあさ、ぎゅうにゅうをのむ。

譯 每天早上喝牛奶。

きゅうり 1 cucumber 小黃瓜

かわにとげがたくさんついた、みどりいろのほそながいやさい。

注 指綠色、外形細長條狀且表皮刺狀的蔬菜。

⇓ 請參考469頁。

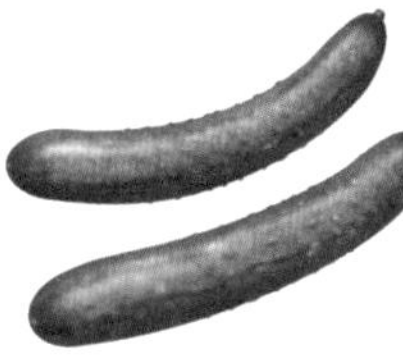

きょう 1 今天

いま、すごしているひ。

注 指當下，正在過的日子。

⇓ 請參考397頁。

*

きょうは、よいてんきだ。

譯 今天的天氣不錯。

ぎょう 1 行

①もじのならび。②ひらがなのじゅんばんの「あ・い・う・え・お」などのかたまり。

注 ①指文字的排列。②指平假名順序「あ、い、う、え、お」同一子音為一組的概念組合。

②

きょうかしょ 3 教科書、課本

がっこうのじゅぎょうでつかうほん。

注 指學校上課時要用的書。

*

こくごのきょうかしょをひらく。

譯 翻開國語課本。

ぎょうぎ 0 禮儀

まもらなければいけない、あいさつやうごきかた。

注 指規定要遵守的問候及行事。

ぎょうざ 0 煎餃、鍋貼

ひきにくややさいをうすいかわでつつんで、やいたたべもの。

注 指一種將絞肉及蔬菜用薄皮包住後煎熟的食品。

*

ぎょうざをたべる。

譯 吃煎餃。

ぎょうじ 0 3 行司

すもうのかちまけをきめるやくのひと。

注 指日本的相撲比賽中，判決勝負的裁判。

きょうしつ 0 教室

がっこうで、みんながべんきょうするへや。

注 指在學校中，大家一起念書的房間。

*

きょうしつに、はいる。

譯 進教室。

きょうそう 0 競爭、比賽

かつかまけるかをきめるたたかい。

注 指一場搶奪輸贏的爭鬥。

*

やまのてっぺんまできょうそうする。

譯 比賽誰先到山頂上。

きょうだい ① 兄弟

おなじおやからうまれたこども。

㊟指同樣父母生的孩子。

＊

きょうだいでわけあう。

㊞兄弟對分。

ぎょうれつ ⓪ 行列

たくさんのひとやものが、じゅんばんにならんでできるれつ。

㊟指許多的人或物，依序排列起來的隊伍。

＊

ありがぎょうれつをつくる。

㊞螞蟻排成一列。

きょく ⓪ ① 曲、曲子

おんがくのさくひん。

㊟指音樂的作品。

＊

げんきがでるきょく。

㊞讓人充滿活力的曲子。

きょくげい ⓪ 專業技藝

ふつうのひとにはできない、おどろくようなわざ。

㊟指一般人做不到，相當驚人的技巧。

＊

たまのりのきょくげいをみる。

㊞看人表演踩球的專業技藝。

きょねん ① 去年

ことしのまえのとし。

㊟指今年之前的一年。

＊

このチーム《ちーむ》は、きょねんゆうしょうした。

㊞這支隊伍去年得到了冠軍。

きょろきょろ ① 東張西望、環顧

なにかをさがすように、まわりをみまわすようす。

㊟指頭轉來轉去四處看，好像在找什麼的樣子。

＊

こどもがきょろきょろする。

㊞小孩在東張西望。

ぎょろり ② ③ 狠狠地瞪一眼

おおきくめをうごかして、にらむようす。

㊟指將眼睛張大，然後瞪的樣子。

＊

ぎょろりとこちらをみる。

㊞朝這裡瞪了一眼。

きらい ⓪ 討厭 ⇔ すき ② 喜歡

いやとおもうようす。

㊟指覺得很不喜歡的狀態。

＊

わたしはにんじんがきらいだ。

㊞我討厭吃紅蘿蔔。

きらう ⓪ 討厭 ⇔ すく ② 喜歡

いやとおもう。

㊟表示不喜歡的動作。

＊

べんきょうをきらう。

㊞討厭讀書。

きらきら 1 閃亮地

ひかりが、かがやいているようす。

(注)指光芒閃爍的樣子。

＊

ほしが**きらきら**している。

(譯)星星閃閃發亮。

ぎらぎら 1 光亮地

ひかりが、つよくかがやいているようす。

(注)指光線強烈照耀的樣子。

＊

たいようが**ぎらぎら**ひかる。

(譯)陽光刺眼般（非常光亮）地照射。

きり 1

錐子

ちいさなあなをあけるための、さきのとがったどうぐ。

(注)指一種頂部尖銳，用來鑽細小孔洞的工具。

＊

きりでいたにあなをあける。

(譯)用錐子在木板上打洞。

きり 0 霧

くうきにちいさなみずのつぶがうかんで、けむりのようにしろくみえるもの。

(注)指空氣中挾帶著細小的水珠，看起來整片像煙一樣的現象。

＊

きりでみえない。

(譯)霧氣重的看不清楚。

きり 2 段落

おわりになる、きれめ。

(注)指一個作為中止的分界點。

＊

きりのいいところでおわらせる。

(譯)在適當的一個段落處結束！

きりかぶ 2 0

（植物的）殘株、樹樁

くさやきをきったあとにのこる、ねもとのぶぶん。

(注)指草木被切斷後所殘留下來根部的部分。

＊

きりかぶにすわる。

(譯)坐在樹樁上。

ぎりぎり 0 極限

それいじょうのこりがない、さいごのところ。

(注)指程度上完全沒有餘地、最後的部分。

＊

ぎりぎりでまにあった。

(譯)在最後一刻趕上了。

きりぎりす 3 螽斯

ながいひげをもつ、ばったににたむし。

(注)指一種長相像蝗蟲，長著長鬚的昆蟲。

⇒請參考466頁。

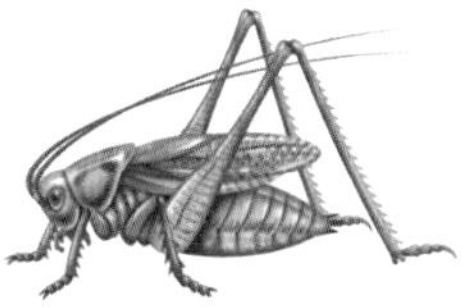

きりくち 2 切口、切面

きったところ。

(注)指切開的部分。

＊

すいかの**きりくち**は、あかい。

(譯)西瓜的切面是紅色的。

きりぬく 0 3 切下、剪下

ほしいぶぶんだけを、きってぬきとる。

注 指只將想要的部分剪或切下來的動作。

*

はさみでしゃしんを**きりぬく**。

譯 用剪刀將照片剪下。

きりん 0 giraffe 長頸鹿

ながいくびをのばして、たかいところのくさをたべるどうぶつ。

注 指一種長著長長的頸子，吃高處的草的動物。

⇒ 請參考461頁。

きる 1 切、剪

どうぐでものをわけたり、きずをつけたりする。

注 指用工具將物品分裂開、或製造出傷痕、痕跡的動作。

*

はさみでかみを**きる**。

譯 用剪刀剪紙。

きる 0 穿 ⇔ ぬぐ 0 脫

からだにつける。

注 指將東西套在身體上的動作。

*

シャツ《しゃつ》を**きる**。

譯 穿襯衫。

きれ 2 布片

ぬのをきったもの。

注 指把布切開的部分。

*

あまった**きれ**でハンカチ《はんかち》をつくる。

譯 用剩餘的布片做手帕。

きれい 1 乾淨的、漂亮的 ⇔ きたない 3 髒的

みたかんじがうつくしいようす。よごれていないようす。

注 指看起來的感覺很美。沒有任何髒污的樣子。

*

けしきが**きれい**だ。

譯 景色優美。

きれる 2 斷、斷掉

ものがわかれたり、きずがついたりする。

注 指物品被分成兩半，或是產生裂痕。

*

いとが**きれる**。

譯 線斷掉了。

キロ《きろ》 1 kilo 公里、公斤

ながさやおもさを、あらわすときにつけることば。

注 指表示長度（公里）或重量（公斤）時用的單位用語。

きろく 0 紀錄

あとにのこすために、けっかなどをかいておくこと。

注 指為了留做後續使用，而將結果記下來的意思。

*

よい**きろく**がだせた。

譯 達到極佳的紀錄。

きん 1 gold 金

きいろっぽくかがやくきんぞく。

注 指偏向黃色，會閃閃發光的金屬。

*

きんのおのをもらう。
譯 得到金的斧頭。

ぎん 1 silver 銀

しろっぽくかがやくきんぞく。
注 指偏向白色，會閃閃發光的金屬。
＊
ぎんのフォーク《ふぉーく》。
譯 銀叉子。

きんいろ 0 金色

いろのなまえ。きいろっぽくかがやくいろ。
注 指顏色的名稱。偏向黃色，會閃閃發光的顏色。
＊
きんいろのかみのけがゆれる。
譯 金色的頭髮飄逸著。

ぎんいろ 0 銀色

いろのなまえ。しろっぽくかがやくいろ。
注 指顏色的名稱。偏向白色，會閃閃發光的顏色。
＊
ぎんいろのメダル《めだる》をかける。
譯 戴上銀色的勳章。

きんぎょ 1 金魚

みてたのしむための、うつくしいさかな。
注 指做為觀賞用的美麗魚種。

⇒請參考467頁。

ぎんこう 0 銀行

かねをあずかったり、かしたりするところ。
注 指可以存錢，或是借錢給人的地方。
＊
ぎんこうにたちよる。
譯 去銀行一趟。

きんじょ 1 鄰近處、鄰居

ちかくのばしょ。
注 指附近的場所。
＊
きんじょのこうえんにいく。
譯 到鄰近的公園去。

きんようび 3 Friday 星期五

もくようびのつぎのひ。
注 指星期四的下一個日子。
＊
いつもきんようびに、えいごをならう。
譯 一直是在星期五學習英語。

く
ク

く 1 九 ⇒ きゅう 1 九

ぐあい 0 健康狀況

わるいところがなく、きちんとうごいているかどうかのようす。
注 指是否舒服，能不能好好地活動的狀況。
＊

からだのぐあいがよくない。
譯 身體的健康狀況不佳。

くい ①　地樁

じめんにうちこんで、めじるしやささえにするぼう。
注 指被打入到地面下，用作標記或是支撐用的棒子。

＊

うまをくいにつなぐ。
譯 將馬栓在地樁上。

くいしんぼう ③　貪吃鬼

たべることがだいすきなひと。
注 指很愛吃的人。

＊

あのこはくいしんぼうだ。
譯 那個孩子是貪吃鬼。

クイズ《くいず》 ①　quiz　益智遊戲、猜謎

もんだいをだしたり、こたえたりするあそび。
注 指出題及答題的遊戲。

くう ①　（比較粗俗的用法）吃

「たべる」の、すこしらんぼうないいかた。
注 指「たべる（吃）」語感較粗魯的說法。

＊

めしをくう。
譯 吃飯。

くうき ①　空氣

まわりにあって、いきものがすっている、めにみえないもの。
注 指存在於週遭環境中，生物們所吸入但看不見的氣體。

＊

くうきがつめたい。
譯 冷空氣。

ぐうぐう ⓪ ③　睡覺打鼾貌

いびきをかいてねているようす。
注 指睡著時一邊打鼾的樣子。

＊

おとうさんがぐうぐうねている。
譯 爸爸邊睡邊打鼾。

くがつ ①　September　九月

1《いち》ねんの9《きゅう》ばんめのつき。
注 指一年之中，第九順位的月份。

＊

9《く》がつのまんげつはきれいだ。
譯 九月時的滿月相當漂亮。

くき ②　莖

しょくぶつのはなやはがついている、ほそながいところ。
注 指植物的花或葉上所連接的細長的部分。

くぎ ⓪　釘子

いたなどをとめるのにつかう、さきがとがった、ちいさなぼう。
注 指一端呈尖狀，主要用於釘在板子等物體上的小型棒狀物。

＊

くぎをうつ。
譯 釘釘子。

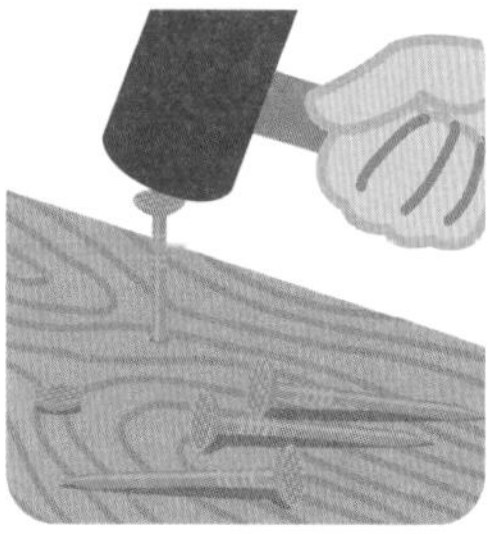

くぎぬき ③ ⓪　拔釘器

うちつけられたくぎをぬくためのどうぐ。
注 指一種可以拔除釘著的釘子的工具。

くぎる 2 隔開

きれめをつけて、わける。

注 指建立起一個屏障加以分隔的動作。

*

へやをふたつに**くぎる**。

譯 將房間分隔成兩個空間。

くくる 0 束起、捆起

ひもなどでまいてまとめる。

注 指用繩狀物將物體纏繞後綁起來的動作。

*

ゴム《ごむ》でかみを**くくる**。

譯 用橡皮筋將頭髮束起來。

くぐる 2 鑽過、穿過

もののしたやなかを、からだをまげてとおりぬける。

注 指將身體捲縮，然後從物體的下方或中間通過的動作。

*

おとうさんのあしのあいだを**くぐる**。

譯 鑽過爸爸腳下的空隙。

くさ【草《くさ》】 2 grass 草

くきやはが、やわらかいしょくぶつ。

注 指一種莖葉都很軟的植物。

*

にわに**くさ**がたくさんはえる。

譯 庭中長滿了許多草。

くさい 2 臭的

いやなにおいがするようす。

注 指充滿了讓人討厭的味道。

*

おならは**くさい**。

譯 放屁很臭。

くさとり 3 4 拔草

にわやはたけの、いらないくさをとること。

注 指將旱田或庭子裡多餘的草拔除的意思。

*

にわの**くさとり**をてつだう。

譯 幫忙拔庭院裡的草。

くさむら 0 草叢

くさがたくさんはえているところ。

注 指草大量茂盛的地方。

くさり 0 3 鍊子

ちいさなきんぞくのわをつなぎあわせて、ながくしたもの。

注 指用小金屬環連接成長條狀的物品。

*

くさりでつなぐ。

譯 用鍊子繫著。

くさる 2 腐壞

たべものがふるくなっていたむ。

注 指食物放久後腐敗的狀態。

*

とうふが**くさる**。

譯 豆腐腐壞了。

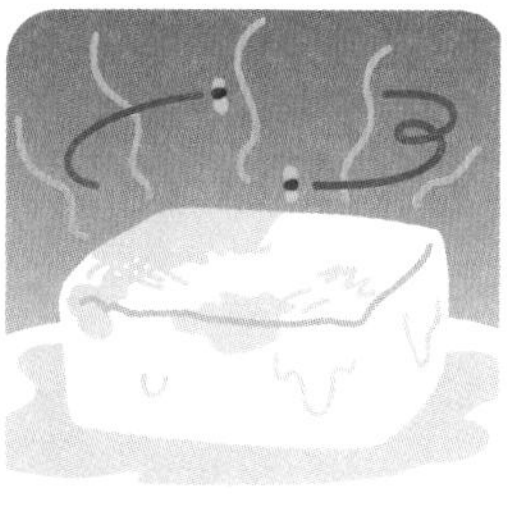

くし 2 梳子

かみをとかすどうぐ。

注 指用來梳理頭髮的用品。

*

くしでかみをとかす。
譯 用梳子梳開頭髮。

くじ 1 籤

たくさんのなかからひとつをえらんで、あたりやはずれをきめるもの。

注 指從許多個同樣的物品中選出一個，決定有沒有抽中。

＊

くじをひく。
譯 抽籤。

くじゃく 0 孔雀

もりにすむおおきなとり。おすは、ひろげるときれいなはねをもつ。

注 指一種棲息在森林裡的大型鳥類。雄鳥在開屏時會展露出漂亮的羽毛。

⇒ 請參考465頁。

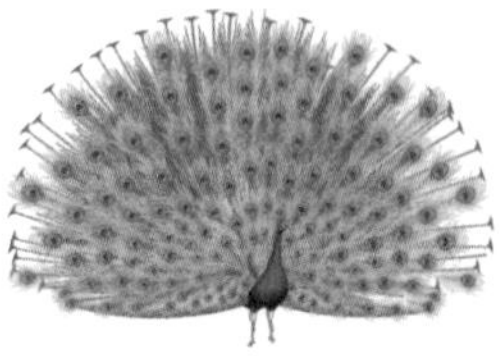

くしゃくしゃ 0 皺巴巴地

ぬのやかみがしわだらけのようす。

注 指布料或是紙張上充滿了皺褶，不平整的樣子。

＊

てがみがくしゃくしゃだ。
譯 信紙皺巴巴地。

くしゃみ 2 打噴嚏

はながむずむずして、いきをだすこと。

注 指鼻子感到癢癢地，而產生噴氣的反射動作。

＊

くしゃみをする。
譯 打噴嚏。

くじら 0 鯨魚

うみでくらす、せかいでいちばんおおきなどうぶつ。

注 指世界上體型最大，棲息在海裡的一種生物。

⇒ 請參考460頁。

くしん 2 1 下苦功

うまくいくように、あれこれくふうをしてがんばること。

注 指為了順利完成，而下了很多功夫的意思。

＊

くしんしてかんせいさせる。
譯 下了苦功完成製作。

くず 1 屑

くだけたり、やぶれたりして、のこったかけら。

注 指物體碎掉或崩掉時，所產生的碎塊。

＊

パン《ぱん》のくずがちらかっている。
譯 麵包屑散得到處都是。

くすくす 2 1 竊笑貌

ちいさなこえで、わらっているようす。

注 指發出極小聲笑聲的樣子。

＊

おんなのこたちがくすくすわらう。
譯 女孩子們偷偷地竊笑。

ぐずぐず 1 慢吞吞地

うごきがのろいようす。

注 指動作很遲鈍的樣子。

＊

ぐずぐずしていると、おくれるよ。

譯 慢吞吞的話會遲到喔！

くすぐったい 5 0 被搔癢而想笑貌

むずむずして、わらいたくなるようす。

注 指因為身體很癢，而想要笑出來的樣子。

＊

わきのしたをさわられると、くすぐったい。

譯 腋下被搔癢，癢得想要笑出來。

くすぐる 0 搔癢

そっとさわったり、なでたりして、わらいたいきもちにさせる。

注 指輕輕地觸碰、撫摸，進而產生想要笑的動作。

＊

あしのうらをくすぐる。

譯 搔癢腳底。

くずす 2 破壞、拆除

まとまっていたものを、ばらばらにこわす。

注 指將一個完整的東西，弄成散狀的動作。

＊

すなのしろをくずす。

譯 破壞沙堡。

くすり 0 藥

びょうきやけがをなおすために、のんだり、からだにぬったりするもの。

注 指為了治療疾病或是外傷，使用的口服錠劑或外擦膏狀物。

＊

くすりをのむ。

譯 吃藥。

くすりや 0 藥局

くすりをうっているみせ。

注 指賣藥的商店。

＊

かぜぐすりをかいにくすりやさんにいく。

譯 去藥局買感冒藥。

くすりゆび 3 無名指

なかゆびと、こゆびのあいだのゆび。

注 指中指跟小指中間的指頭。

＊

くすりゆびに、ゆびわをする。

譯 在無名指上戴戒指。

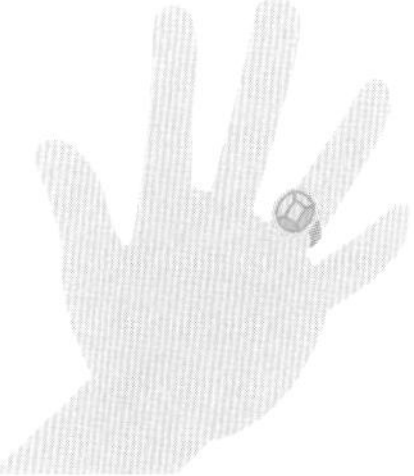

くずれる 3 崩塌

まとまっていたものが、ばらばらにこわれる。

注 指一個完整的物體，損壞後分裂成很多塊的狀態。

＊

がけがくずれる。

譯 懸崖崩塌。

くせ 2 習慣、癖好

きづかないうちに、いつもしてしまうこと。

注 指不知不覺中，總是會做出來的行為。

＊

かみのけをさわる**くせ**がある。

譯 有摸頭髮的習慣。

くだ 1 管子

まんなかにあながあいた、ほそながいもの。

注 指中間是空心的，細長的物體。

＊

しょくぶつのくきは、**くだ**になっている。

譯 植物的莖是管狀的。

くだく 2 弄碎

かたまっているものにちからをくわえて、こまかくする。

注 指施力使硬物變成碎屑狀的動作。

＊

せんべいを、はで**くだく**。

譯 用牙齒將仙貝咬碎。

くだける 3 碎掉

かたまっているものが、ほかのものとぶつかってこまかくなる。

注 指堅硬的物體和其它的物體相互碰撞後，變成碎塊。

＊

こおりが**くだける**。

譯 冰塊碎掉。

くださる 3 （尊敬語）給、給予

「あたえる」「くれる」のていねいないいかた。

注 指「あたえる」與「くれる」的尊敬說法。

＊

せんせいが、ほんを**くださる**。

譯 老師給我書。

くたびれる 4 筋疲力盡

つかれてげんきがなくなる。

注 指疲累而失去活力的狀態。

＊

はしりまわって**くたびれる**。

譯 跑來跑去後筋疲力盡。

くだもの 2 水果

たべることができる、きやくさのみ。

注 指長在樹上或草上可以吃的果實。

⇓ 請參考472頁。

＊

みせにたくさんの**くだもの**がならぶ。

譯 商店裡陳列著各式各樣的水果。

くだものや 0 水果店

くだものをうっているみせ。

注 指賣水果的店家。

＊

くだものやさんでりんごをかう。

譯 在水果店裡買蘋果。

くだり 0 下、下降 ⇔ のぼり 0 上、上昇

たかいところから、ひくいところへおりること。

注 指從高處向低處移動的意思。

＊

くだりのボタン《ぼたん》をおす。

譯 按往下的按鈕。

くだる 0 下、下降 ⇔ のぼる 0 上、上昇

たかいところから、ひくいところへおりる。

注 指從高處向低處移動的動作。

＊

ふねでかわを**くだる**。

譯 搭船向下游移動（向下移動）。

くち【口《くち》】0 mouth 口、嘴巴

こえをだしたり、ものをたべたり、のんだりするところ。

注 指身體上用來開口講話、飲食的部位。

＊

くちをおおきくあけてたべる。

譯 張大嘴巴吃。

くちばし 0 喙

ながくてかたい、とりのくち。

注 指鳥類又長又硬的嘴巴。

＊

くちばしでさかなをくわえる。

譯 鳥用喙銜著魚。

くちびる 0 嘴唇

くちのまわりの、うえとしたにわかれている、やわらかいぶぶん。

注 指嘴巴周圍，分為上片及下片的柔軟部分。

＊

くちびるをとじる。

譯 閉上嘴唇。

くちぶえ 0 3 口哨

くちびるをすぼめていきをふきだし、おとをだす。

注 指將嘴巴嘟起，然後吐氣發出聲音的意思。

＊

くちぶえをふきながらあるく。

譯 邊走邊吹口哨。

くちべに 0 口紅

くちびるに、いろをつけるためにぬるもの。

注 指一種可以在嘴唇上塗上顏色的化妝品。

＊

おねえさんが**くちべに**をぬる。

譯 姊姊塗口紅。

ぐちゃぐちゃ 0 稀巴爛狀、爛泥狀

しめって、やわらかくなっているようす。

注 指物體在濕掉後，變成鬆軟的狀態。

＊

あめでじめんが**ぐちゃぐちゃ**だ。

譯 下了雨後，道路變得爛泥狀。

くつ 2 shoes 鞋子

あしにはく、ふたつでひとくみのはきもの。

注 指兩隻為一雙，穿在腳上的用品。

＊

あたらしい**くつ**をはく。

譯 穿新鞋子。

クッキー《くっきー》

[1] cookie 餅乾

こむぎこにバター《ばたー》やたまご、さとうなどをまぜてやいたかし。

注 指用人工奶油、雞蛋、砂糖等與麵粉和在一起烘培的甜點。

くつした

[2] [4] 襪子

あしにじかにはく、ぬのなどでできたやわらかいもの。

注 指用布料等質地製作，直接穿在腳上的貼身衣物。

＊ くつしたをはく。

譯 穿襪子。

ぐっすり

[3] 熟睡貌

よくねむっているようす。

注 指睡得很沉的狀態。

＊ ベッド《べっど》でぐっすりねむる。

譯 在床上熟睡。

くっつく

[3] 緊黏著

すきまなくぴったりとつく。

注 指毫無空隙緊緊貼合。

＊ こおりがくっつく。

譯 冰塊緊黏著。

くっつける

[4] 使…緊黏著、使…緊貼合

すきまなくぴったりとつける。

注 指將物體毫無空隙緊緊貼合的動作。

＊ せなかとせなかをくっつける。

譯 背與背緊緊相靠。

ぐっと

[0] [1] 用力貌

ちからをいれるようす。

注 指施力的樣子。

＊ なきたいのをぐっとがまんする。

譯 盡力忍住不哭泣。

くつみがき

[3] 擦鞋

くつをきれいにすること。

注 指把鞋子擦亮擦乾淨的意思。

＊ おてつだいでくつみがきをする。

譯 幫忙擦鞋。

くつや

[2] 鞋店

くつをうっているみせ。

注 指販賣鞋子的商家。

＊ くつやさんでながぐつをかう。

譯 在鞋店裡買長統靴。

くに

[0] 國家

せかいのなかのあるばしょと、そこにすむひとのまとまり。

注 指世界上的某個地方，及生活在那裡的人的團體。

＊ にっぽんはちいさなくにだ。

譯 日本是個小國家。

ぐにゃぐにゃ

[1] 軟軟地

やわらかくて、かんたんにかたちがかわるようす。

注 指柔軟狀，能輕易改變形狀的樣子。

＊

こんにゃくは、ぐにゃぐにゃしている。

譯 蒟蒻呈現軟軟的樣子。

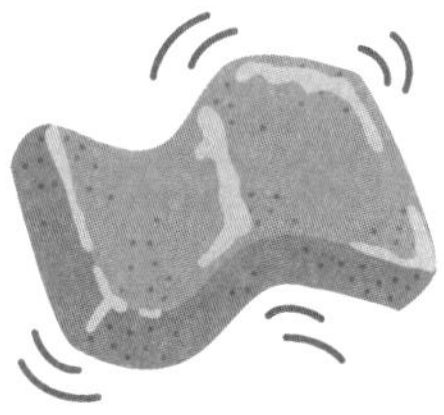

くねくね 1 蜿蜒狀

まがっているところがいくつもあるようす。

注 指呈現出好幾個彎曲形狀的樣子。

＊

くねくねしたみち。

譯 蜿蜒的道路。

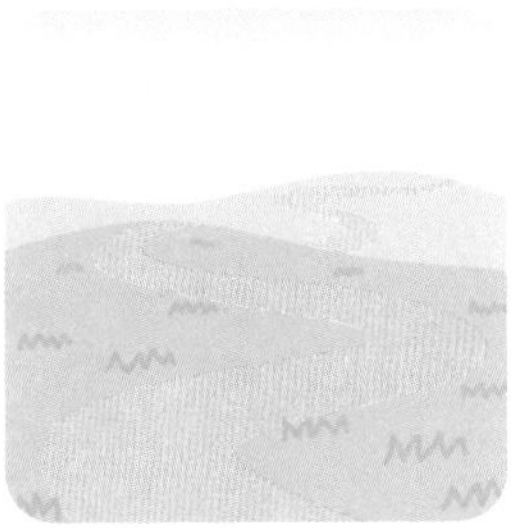

くばる 2 分配、發

それぞれにわたす。

注 指交付東西給每個人的動作。

＊

あめをくばる。

譯 發糖果。

くび 0 neck 頸子、脖子

あたまとからだをつないでいる、ほそいぶぶん。

注 指身體上連接頭跟身體的細長部分。

＊

くびをのばす。

譯 伸長脖子。

くびかざり 3 項鍊

ほうせきやきんぞくをつないで、くびにかけるようにしたかざり。

注 指掛在脖子上，上頭鑲有寶石或金屬的裝飾品。

＊

おかあさんがくびかざりをつける。

譯 媽媽戴項鍊。

くびわ 0 項圈

ペット《ぺっと》のくびにつけるわ。

注 指裝在寵物脖子上的環狀物。

＊

いぬにくびわをつける。

譯 把狗戴上項圈。

くふう 0 下功夫

よいほうほうを、あれこれかんがえること。

注 指左思右想地考量出最好的方法。

＊

かざりつけをくふうする。

譯 在裝飾上下功夫。

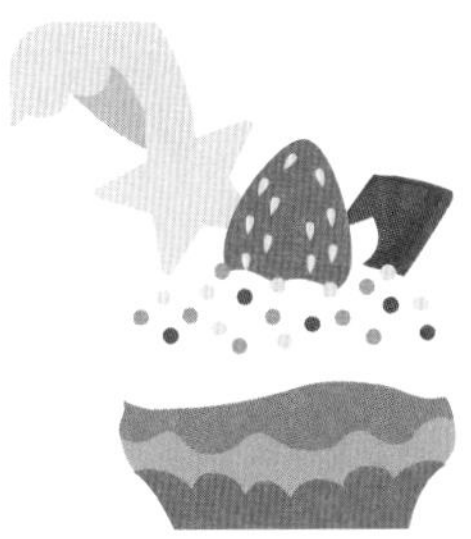

くべつ 1 區別

ほかのものとのちがいをはっきりさせて、わけること。

注 指明確地與其他物品依據差別做出不同區隔的意思。

＊

よいこととわるいことをくべつする。

譯 區別出好的行為跟壞的行為。

くま 2 1 bear 熊

やまやもりにすむ、おおきくてちからのつよいどうぶつ。

注 指一種棲息在山裡或森林裡，體形碩大、強壯的動物。

⇒ 請參考459頁。

くまで 0 3 耙子

くまのてのようなかたちのつめをもった、ものをあつめるどうぐ。

注 指一種外型像熊爪狀，用來匯集東西的工具。

＊くまでおちばをあつめる。

譯 用耙子耙落葉。

くみ 2 組、隊

いっしょになにかをするひとのまとまり。

注 指一起做某件事的人構成的團體。

＊ふたつのくみにわかれて、きょうそうする。

譯 分成兩組競爭。

くみあい 0 組合、團隊

おなじしごとをするひとたちがたすけあうための、グループ《ぐるーぷ》。

注 指為了同樣目標而相互幫助的團體。

＊くみあいのひとと、そうだんする。

譯 和團隊的人商量。

くみたてる 4 0 組合

いろいろなものをくみあわせて、まとまったかたちにする。

注 指將許多不同的東西拚湊在一起，最後完成一個整體形狀的動作。

＊ロボット《ろぼっと》をくみたてる。

譯 組合機器人。

くむ 1 交疊

ほそながいものをかさねてまきつける。

注 指將細長的東西交錯疊上的意思。

＊あしをくむ。

譯 蹺二郎腿（交差疊上腳）。

くむ 0 汲（水）

すくってとる。

注 指撈起的動作。

＊バケツ《ばけつ》にみずをくむ。

譯 拿水桶汲水。

くも 0 cloud 雲

こまかいみずのつぶでできていて、そらにういて、しろくみえるもの。

注 指飄在天空上，由細小的水珠所聚集成的白色凝聚體。

＊しろいくもがうかぶ。

譯 白雲漂浮著。

くも 1 蜘蛛

からだからいとをだしてすをつくる、8《はっ》ぽんのあしをもついきもの。

注 指會用身體吐絲結網，具有八隻腳的生物。

⇒請參考466頁。

くもり 3 cloudy 陰天

そらにくもがひろがって、たいようがみえないてんき。

注 指天空佈滿著雲，看不到太陽的天氣。

＊きょうもくもりだ。

譯 今天也是陰天。

くもる 2 變陰天

はれていたそらにくもがでてくる。

注 指晴朗的天空被雲覆蓋。

*

とつぜん、そらがくもる。

譯 突然間天空變陰了。

くやしい 3 不甘心的、懊悔的

じぶんのしっぱいやまけを、とてもざんねんにおもうようす。

注 指對於自己的失敗，感到非常的遺憾的狀態。

*

しあいにまけてくやしい。

譯 輸掉比賽感到非常地不甘心。

くらい 0 陰暗的 ⇔ あかるい 0 3 明亮的

ひかりがすくなくて、まわりがよくみえないようす。

注 指光線薄弱，四週都看不太到的樣子。

*

おしいれのなかはくらい。

譯 壁櫥裡很陰暗。

くらい 0 大約

だいたいのりょうやおおきさをあらわすことば。

注 指表示大致的量及大小的用語。

*

あと10《じっ》ぷんくらいで、いえにかえる。

譯 走路的話，大約十分鐘左右能回到家。

ぐらぐら 1 鬆動貌、搖搖晃晃貌

しっかりととまっていなくて、ゆれているようす。

注 指不牢固，會搖動的狀態。

*

はがぐらぐらする。

譯 牙齒鬆動。

くらげ 0 水母

やわらかく、すきとおったかさのようなかたちをした、うみのいきもの。

注 指一種棲息在海底裡透明傘狀的軟體生物。

⇒ 請參考467頁。

くらし 0 生活

まいにちのせいかつのようす。

注 指每天的作息起居的狀況。

くらす 0 生活、過日子

まいにちをすごす。

注 指度過每一天。

*

がいこくでくらす。

譯 在外國生活。

クラス《くらす》 1 class 班級

がっこうなどでわけられたくみ。

注 指在學校等機構裡區分出來的組別單位。

グラフ《ぐらふ》 1 graph 圖表

かずやおおきさを、てんやせんなどをつかったかたちで、あらわしたもの。

注 指用點或線等方式將數量及大小呈現出來的表格。

くらべる 0 比對、調查

ふたつのものをならべて、おなじところやちがうところをみつける。

注 指將兩個東西排放在一起，然後找出相同處或不同處的動作。

*

おとうとと、せをくらべる。
㊟跟弟弟比身高。

グラム《ぐらむ》 ① gram 公克

おもさをあらわすときにつけることば。
㊟指一種表示重量時的用語。

＊

1《いち》えんだまは1グラム《いちぐらむ》だ。
㊟日幣一元的硬幣重一公克。

くり ② 栗子

あきにみのる、とげにつつまれているきのみ。
㊟指一種外殼長刺，在秋天成熟的果實。

⇒請參考473頁。

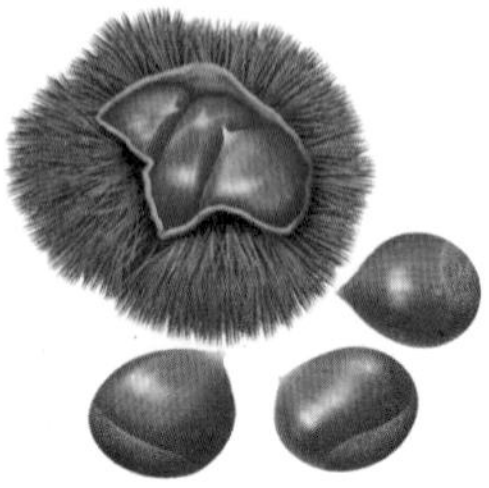

クリーニング《くりーにんぐ》 ④ ② cleaning 清洗

クリーニング《くりーにんぐ》やでするせんたく。
㊟指在洗衣店裡做的洗滌。

＊

ドレス《どれす》をクリーニング《くりーにんぐ》する。
㊟洗禮服。

クリーム《くりーむ》 ② cream 奶油

ぎゅうにゅうやたまごからつくる、どろりとしたたべもの。
㊟指用牛奶或是雞蛋製作出來的黏稠狀食品。

くりかえす ③ ⓪ 重覆

おなじことをなんどもする。
㊟指一樣的事情重來好幾次。

＊

おてほんをきいてくりかえす。
㊟聽範例重唱。

クリスマス《くりすます》 ③ Christmas 聖誕節

12《じゅに》がつ25《にじゅうご》にち、キリスト《きりすと》のたんじょうをいわうひ。
㊟指十二月二十五日，慶祝耶穌誕辰的日子。

＊

クリスマス《くりすます》のパーティー《ぱーてぃー》をする。
㊟舉辦聖誕派對。

くる ① 來 ⇕ いく ⓪ 去

むこうからこちらにむかってちかづく。
㊟指從遠處越來越接近的動作。

＊

バス《ばす》がくる。
㊟公車來了。

くるう ② 失常、異常

ふつうのようすではなくなる。
㊟指失去平常應該有的樣子。

＊

とけいがくるう。
㊟時鐘不準（失常）。

グループ《ぐるーぷ》 2 group 團體

いっしょになにかをするひとのまとまり。
注指做同一件事的群眾。

くるくる 1 ①旋轉貌 ②捲上好幾層貌

①かるく、はやくなんかいもまわるようす。
②かるく、はやくなんじゅうにもまくようす。
注①指輕快轉動好幾圈的樣子。
②指輕快地捲上好幾層的樣子。

①

ぐるぐる 1 ①環繞狀 ②纏繞狀

①はやくなんかいもまわるようす。②はやくなんじゅうにもまくようす。
注①指快速地迴旋好幾圈的意思。
②指快速地捲上好幾層的樣子。

＊

②ぐるぐるまく。
譯②纏上好幾層。

②

くるしい 3 痛苦的、難過的

がまんができないほどいたかったり、つらかったりするようす。
注指很痛或很辛苦，到了無法忍耐的狀態。

＊

いきがくるしい。
譯喘不過氣（喘氣很痛苦）。

くるしみ 0 3 痛苦、難過

がまんができないほどいたかったり、つらかったりすること。
注指很痛或很辛苦，到了無法忍耐的狀態。

くるしむ 3 痛苦、難過

がまんができないほどのいたさやつらさをかんじる。
注指感受到難以忍受的疼痛及艱辛。

＊

びょうきにくるしむ。
譯因生病感到很難過。

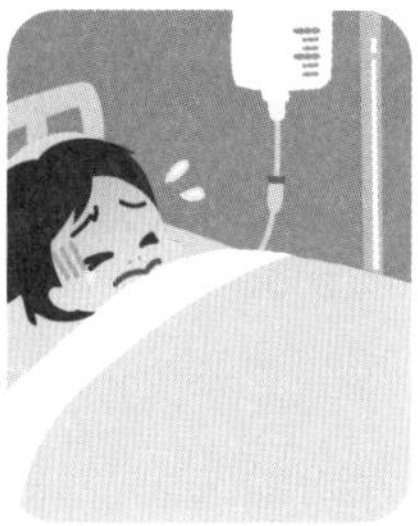

くるま【車《くるま》】 0 車子

タイヤ《たいや》がまわってすすむのりもの。
注指靠車輪轉動，向前移動的交通工具。

＊

おむかえのくるまがくる。
譯接送的車子來了。

くるみ 0 3 核桃

かたいからにつつまれたきのみ。かしやりょうりにつかわれる。
注指一種用在甜點或菜餚裡的果實。外表有硬殼包覆著。

＊

くるみのからをわる。
譯敲破核桃的殼。

くるり 2 3 回轉

すばやくそのばでまわるようす。
注指快速的轉身的意思。

＊

くるりとうしろをむく。
譯朝向後方回轉。

くれ 0 年末

1《いち》ねんがおわるころ。
注指一年要結束的時期。

＊

くれにおおそうじをする。
譯年末大掃除。

グレープフルーツ《ぐれーぷふるーつ》 6 grapefruit 葡萄柚

みかんのなかまのくだもの。みかんよりもおおきくてきいろい。

注 指跟橘子一樣芸香科的水果。比橘子大一點，外型呈現黃色。

⇒ 請參考472頁。

クレヨン《くれよん》 2 crayon 蠟筆

えをかいたり、いろをぬったりする、ほそながいもの。

注 指一種用來畫圖或著色等細長的文具。

＊

クレヨン《くれよん》でいろをぬる。

譯 用蠟筆著色。

くれる 0 ①日落 ②接近年尾

①たいようがしずんでくらくなる。

②1《いち》ねんがおわる。

注 ①指太陽西下，天色變暗。
②指一年將結束。

＊

①ひがくれる。

譯 ①日落。

①

くれる 0 給、給予

ほかのひとがじぶんにものをあたえる。

注 指他人交付東西給自己的動作。

＊

サンタクロース《さんたくろーす》がプレゼント《ぷれぜんと》をくれる。

譯 聖誕老人給我禮物。

くろ 1 black 黑色

いろのなまえ。すみやからすのいろ。

注 指顏色的名稱。如墨水或烏鴉身上的顏色。

＊

しまうまのからだは、くろとしろのしまもようだ。

譯 斑馬的身體，是黑色跟白色的條紋結合而成的。

くろい 2 黑色的

くろいろであるようす。いろがこいようす。

注 指黑色，顏色很深的狀態。

＊

おとうさんが、くろいふくをきる。

譯 爸爸穿黑色的衣服。

くろう 1 歷盡辛勞、下了苦功

うまくいくように、たいへんなことでもがんばること。

注 指為了讓事情進行的更加順利，下了許多的功夫。

＊

およげるようになるまで、くろうした。

譯 為了能學會游泳，歷盡了千辛萬苦。

くわ 1 鋤頭

はたけをたがやすのにつかうどうぐ。

注 指在旱田裡工作時，用來耕作的農具。

くわえる 0 3 加入、添入

あたらしくほかのものをたして、あわせる。

注 指加入其他的東西並加以混合。

＊

たまごをくわえる。

譯 加入雞蛋。

くわえる 0 3 銜、叼

くちびるやはで、かるくはさむ。

注 指用嘴脣或是牙齒輕輕地夾住的動作。

*

いぬがボール《ぼーる》をくわえる。

譯 狗銜著球。

くわがた(むし) 4 鍬形蟲

からだがひらたいむし。おすは、2《に》ほんのつののようなあごをもつ。

注 指一種身體扁平的蟲。雄蟲的額頭呈現兩隻角的形狀。

⇒請參考466頁。

くわしい 3 詳細的、清楚的

いろいろなことをしっているようす。

注 指很了解各式各樣的事。

*

ぼくはどうぶつにくわしい。

譯 我很了解動物。

くわわる 0 3 加入

なかまにはいる。

注 指參與成為同伴的一員的動作。

*

おにごっこにくわわる。

譯 加入玩鬼抓人的遊戲。

くん 1 （對熟悉同輩或晚輩的稱呼）…君

ともだちをよぶときに、なまえのあとにつけることば。

注 指在稱呼朋友時，加在對方名字下方的用語。

*

○○くん、あそぼうよ。

譯 ○○君，一起玩吧！

ぐんぐん 1 迅速進行貌

はやくすすんでいるようす。

注 指（事情）快速地進行的樣子。

*

たけのこがぐんぐんのびる。

譯 竹筍長得很快。

ぐんじん 0 軍人

ぶきをもってたたかうひと。

注 指拿著武器戰鬥的人。

け ケ

け 0 毛、毛髮

ひとやどうぶつのからだにはえている、ほそいいとのようなもの。

注 指人和動物的身體上會長出的細長如線的物體。

*

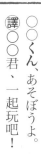

かみのけをきる。
譯 剪頭髮。

げい [1] 技藝、才藝

れんしゅうしておぼえるわざ。
注 指經過練習後學習到的技能。

＊

たくさんのげいができるひとが、うらやましい。
譯 我很羨慕多才多藝的人。

けいこ [1] 練習（才藝）

おんがくやスポーツ《すぽーつ》などをならうこと。
注 指學習音樂或是運動等的項目。

＊

ピアノ《ぴあの》のおけいこにかよう。
譯 去上鋼琴班（去鋼琴班練習）。

けいさつ [0] ①警察 ②警察局、警署

①ひとやまちのあんぜんをまもること。
②けいさつしょ。
注 ①指維護人們及街上安全的團體及機關。
②廣義也指「警察局」。

＊

②けいさつからパトカー《ぱとかー》がでていく。
譯 巡邏車從警局出勤了。

②

けいさつかん [4] [3] 警官 ⇓
おまわりさん [2] 警官

けいさつしょ [5] [0] 警察局、警署

おまわりさんがはたらくところ。
注 指警官們工作的地方。

＊

けいさつしょのまえに、おまわりさんがたっている。
譯 警察局的前面站著警察。

けいさん [0] 計算

かずやりょうをかぞえること。
注 指數數量的意思。

＊

あめのかずをけいさんする。
譯 計算糖果的數量。

けいじばん [0] 佈告欄、公告欄

しらせなどをはるかんばん。
注 指貼上各項通知等的板子。

＊

けいじばんにあんないをはる。
譯 公告欄上有貼著通知。

けいと [0] 毛線

ひつじなどのけでつくったいと。あみものなどにつかう。
注 用羊等動物的毛所做成的線。用於編織等用途。

＊

けいとでぼうしをあむ。
譯 用毛線編帽子。

けいろうのひ [6] 敬老之日

9《く》がつのだい3《さん》げつようび。としよりをたいせつにおもうひ。
注 指日本尊敬老人的節日，日期是每年九月的第三個星期一。

ケーキ《けーき》 [1] cake 蛋糕

クリーム《くりーむ》やくだものなどでかざられた、かし。
注 指一種用奶油跟水果等食材裝飾的甜點。

＊

クリスマス《くりすます》のケーキ《けーき》をつくる。
譯 作耶誕蛋糕。

ケーキ《けーき》や 0 蛋糕店

ケーキ《けーき》やかしをうっているみせ。
注 指販賣蛋糕或甜點的店家。

*

おおきくなったら、ケーキ《けーき》やさんになりたい。
譯 長大以後，我想要開蛋糕店裡賣蛋糕。

ゲーム《げーむ》 1 game 遊戲

かちまけをきめるあそび。
注 指有分輸、贏的玩樂。

*

カード《かーど》でゲーム《げーむ》をする。
譯 用紙牌玩遊戲。

けが 0 受傷

からだにきずをつくること。
注 指身體上出現傷痕的意思。

*

あしにけがをする。
譯 腳受傷了。

けがわ 0 毛皮

けがついたままの、どうぶつのかわ。
注 指含著獸毛的動物皮。

げき 1 戲劇、舞台劇

ぶたいのうえで、やくのひとがはなしをみせること。
注 指演員們站在舞台上，說台詞給觀眾們看的表演。

*

シンデレラ《しんでれら》のげきをはっぴょうする。
譯 演灰姑娘的舞台劇。

げこう 0 放學 ⇔ とうこう 0 上學

がっこうからかえること。
注 指從學校回家的意思。

けさ 1 今天早上、今晨

きょうのあさ。
注 指今天的早上。

*

けさは、はやおきした。
譯 今天早上很早起床。

けしき 1 景色

やまやうみなどがみえる、しぜんのようす。
注 指可以看見山、海等大自然的景觀。

*

うつくしいけしきをながめる。
譯 眺望美麗的景色。

けしゴム《ごむ》 0 eraser 橡皮擦

えんぴつでかいたものを、こすってけすもの。
注 指可以擦拭掉鉛筆寫出或是畫出的圖或字的文具。

*

けしゴム《ごむ》でせんをけす。
譯 用橡皮擦擦掉線。

けしょう 2 化妝

かおにかざりやいろをつけて、きれいにみえるようにすること。

注 指為了看起來更漂亮，在臉上打扮或是上色等動作。

けす 0 消掉、關掉（電器）

みえているものをみえないようにする。

注 指讓看得到的東西變成看不到的動作。

＊

でんきをけす。

譯 關燈。

けずる 0 削

もののそとがわのぶぶんを、うすくとる。

注 指將物體的外側部位削薄的動作。

＊

いろえんぴつをけずる

譯 削彩色鉛筆。

げた 0 木屐

きでできた、にっぽんにむかしからあるはきもの。

注 指一種用木頭製作，日本自古便穿著流傳至今的鞋子。

＊

げたをはいてあるく。

譯 穿著木屐行走。

けっこう 0 3 相當地（接正面用語）

おもったよりもよいようす。

注 指結果比想像中的還要好的狀態。

＊

けっこうよいてんがとれた。

譯 得到相當好的分數。

けっして 0 絕對（後接否定用語）

どんなことがあっても。

注 不論發生了什麼事都不會怎樣的意思。

＊

けっしてあきらめない。

譯 絕對不放棄。

けっしん 1 決意

はっきりときめること。

注 指清楚地決定好的意思。

＊

まいにちれんしゅうするとけっしんする。

譯 我決意要每天練習。

けっせき 0 缺席、沒到、請假

がっこうやようちえんをやすむこと。

注 指沒去學校或是幼稚園的意思。

＊

かぜで、がっこうをけっせきする。

譯 因為感冒了，所以沒去上學。

げつようび 3 Monday 星期一

にちようびのつぎのひ。

注 指星期日的下一天。

＊

げつようびには、たいそうがある。

譯 星期一要做體操。

けとばす 0 3 踢飛

あしのさきをつよくものにあてて、いきおいよくうちゅうにうつす。

注 指用腳尖的地方用力踢東西，其使瞬間強力地飛到天空的動作。

＊ いしころをけとばす。

譯 踢飛石頭。

けむい 0 2 薰人的、嗆人的

けむりがめやはなにはいって、くるしいようす。

注 指因為煙冒進了眼睛或鼻子裡，而感到不舒服的狀態。

＊ たきびがけむい。

譯 營火很嗆人。

けむし 0 3 毛毛蟲

からだじゅうにけがはえている、ちょうやがのようちゅう。

注 指蝴蝶或蛾等的幼蟲，身上長滿了毛。

けむり 0 煙、煙霧

ものがもえるときにでて、うえへのぼるこまかいつぶ。

注 指燃燒物品時，會向上浮的微粒。

＊ さんまをやいてけむりがでる。

譯 在烤秋刀魚時冒出煙。

けむる 0 煙霧瀰漫

けむりがたくさんでて、あたりがくもる。

注 指煙霧大量產生，並將周遭整個籠罩住。

＊ やまがけむる。

譯 山上煙霧瀰漫。

けもの 0 野獸

からだじゅうにけがはえた、4《よん》ほんのあしであるくどうぶつ。

注 指身上長滿了毛，用四腳走路的動物。

ける 1 踢

あしのさきをつよくものにあてる。

注 指用腳尖用力地撞擊物品的動作。

＊ ボール《ぼーる》をける。

譯 踢球。

けれど(も) 1 （較無敬意的）雖然、但是

まえとちがうことをいうときにつかうことば。

注 指在形容與前述有所不同時的轉接詞用語。

＊ まけた。けれども、たのしかった。

譯 輸掉了，但是還是很開心。

けわしい 3 險峻的

さかなどがきゅうで、すすむのがむずかしいようす。

注 指坡道等地形陡峭，致使前進不易的狀態。

＊ けわしいやまみちをすすむ。

譯 在險峻的山路裡行進。

けん 1 間、棟、幢

たてもののかずをかぞえるときにつけることば。

注 指計算建築物時的量詞。

＊ びょういんは、2《に》けんめです。

譯 第二間是醫院。

けん 1 劍

むかしのひとがたたかいでつかった、きるどうぐ。

注 指古時候的人在戰爭時，用來砍殺敵人的武器。

けんか 0 打架、爭吵

たがいのわるくちをいったり、なぐりあったりしてあらそうこと。

注 指因為爭論而罵對方、毆打的狀態。

＊

けんかをする。

譯 打架。

けんがく 0 參觀學習、見習

めのまえでみて、べんきょうすること。

注 指站在實際的現場觀看，並從中學習的意思。

＊

こうじょうをけんがくする。

譯 在工廠裡參觀學習。

げんかん 1 （日式房屋的）玄關

たてものをでたり、はいったりするときにとおる、おもてのでいりぐち。

注 指進出日式建築物時會通過的一個往外側的出入口。

＊

げんかんでおきゃくをむかえる。

譯 在玄關處迎接客人。

げんき 1 ①有活力、有精神 ②健康

①やるきがいっぱいで、なにかをするようす。
②からだにわるいところがないこと。

注 ①指充滿幹勁地做某些事的狀態。②指身體上沒有什麼不適的狀態。

＊

①げんきにあそぶ。

譯 ①充滿活力地玩。

①

けんきゅう 0 研究

よくかんがえたり、くわしくしらべたりして、もっとよくしること。

注 指細心思量並詳細地查證，藉以了解更多的動作。

げんこつ 0 拳頭

つよくにぎったて。

注 指將手用力緊握的狀態。

けんしょう 0 獎品

もんだいにせいかいするともらえるプレゼント《ぷれぜんと》。

注 指答對問題時所得到的禮物。

けんだま 0 （日本的傳統玩具）劍球

あなのあいたたまにいとをつけ、ぼうにむすびつけたおもちゃ。

注 指在一個球上打一個小孔並繫上線繩，然後將這個球甩到棒子上刺入的一種日本玩具。

けんとう 3 預想、估計

どうなるかをおおまかにおもいえがくこと。

注 指將事情的發展先大略地作出一套想像的意思。

＊

けんとうがはずれる。

譯 跟預想的不一樣。

けんどう 1 劍道

たけでできたかたなでうちあうスポーツ《すぽーつ》。

注 指用竹子做的木劍相互打擊的一種運動。

＊

けんどうのしあいにでる。

譯 出席劍道比賽。

けんばんハーモニカ《はーもにか》 5 口風琴

ピアノ《ぴあの》のようなけんばんにいきをふきこんで、おとをだすがっき。

注 指與鋼琴有相同琴鍵，並藉由嘴巴對著吹嘴吹氣使其發生聲音的樂器。

けんぶつ ⓪ 參觀

ものやひとをみてたのしむこと。

㊟指開心地去看物品或是人的行為。

＊

とうきょうをけんぶつする。

㊢參觀東京。

こ
コ

こ ① 顆、個

もののかずをかぞえるときにつけることば。

㊟指計算物品數量時的用語。

＊

5《ご》このりんご。

㊢五顆蘋果。

こ【子《こ》】 ⓪ 孩子 ⇔ おや ② 父母、雙親

おやからうまれたもの。

㊟指由爸媽媽所生出來的小生命。

＊

かえるのこは、おたまじゃくしだ。

㊢青蛙的孩子（幼體）是蝌蚪。

ご ⓪ 尊重的表現

ものをていねいにいうときに、さいしょにつけることば。

㊟指日文中鄭重地提及談論的事物時，開頭加上的用語。

＊

ごよういはよろしいですか。

㊢您準備好了嗎？

編註 這句的準備在日語中更客氣。

ご【五《ご》】 ① five 五

かずのなまえ。4《よん》のつぎ、6《ろく》のまえのかず。

㊟指數字的名稱。指在四之後，六之前的數字。

＊

5《ご》ひきのこねこがうまれる。

㊢五隻小貓出生。

コアラ《こあら》 ① koala 無尾熊

ユーカリ《ゆーかり》のはをたべて、きのうえでくらすどうぶつ。

㊟指一種棲息在樹上，專吃尤加利樹葉的動物。

⇒ 請參考461頁。

こい ① 濃厚的 ⇔ うすい ⓪ ② 淡薄的

いろやあじがはっきりしているようす。

㊟指顏色或是味道相當地顯著的狀態。

＊

こいピンク《ぴんく》のシャツ《しゃつ》をきる。

㊢穿了件大粉紅色的襯衫。

こい ① 鯉魚

くちのよこにひげがはえた、かわやいけにくらすさかな。

㊟指一種棲息在河流或池塘裡，嘴邊長了鬚的魚類。

＊

こいがおよぐ。

㊢鯉魚游泳。

こいのぼり ③ （日本的）鯉魚旗

こどものひにそとにたてる、こいのかたちのかざり。

㊟指日本的兒童節（男兒節）時，家家戶戶擺在戶外的鯉魚形狀裝飾品。

こう ⓪ ① 這樣

このように。

㊟指就是這個樣子地。

＊

ともだちが**こう**いった。

㊫朋友是這樣講的。

ごう ① …號

きまったときにだされるざっしなどの、じゅんばんをあらわすことば。

㊟指用於按一定順序出刊的雜誌等，標示序號的用語。

こうえん ⓪ 公園

あそんだり、やすんだりできる、みんなのためのおおきなにわ。

㊟指一個為了眾人所開設，可以在裡面玩耍及休息的大型庭院。

＊

こうえんであそぶ。

㊫在公園裡玩耍。

こうかい ① 後悔

あとで、まちがいやしっぱいをざんねんにおもうこと。

㊟指在事情過去後，對於自己的錯誤或失敗而感到遺憾的心情。

＊

けんかしたことを**こうかい**する。

㊫對於爭吵一事相當地後悔。

こうこく ⓪ 廣告

テレビ《てれび》やしんぶんなどにのせて、たくさんのひとにしらせるもの。

㊟指一種播映在電視上或是刊載在報紙上，為了讓大家知道的宣傳表現。

＊

しんぶん**こうこく**。

㊫報紙廣告。

こうさく ⓪ 製作

どうぐをつかって、かんたんなものをつくること。

㊟指用工具做出簡單物品的動作。

こうさてん ⓪ ③ 十字路口

どうろとどうろがであうところ。

㊟指道路與道路相互交錯的地方。

＊

こうさてんをわたる。

㊫通過十字路口。

こうさん ⓪ 投降

たたかいにまけて、あいてのいうことをきくこと。

㊟指在戰鬥中輸掉，並聽從對手指示的意思。

こうじ ① 施工

たてものやどうろをつくったり、なおしたりすること。

㊟指建築物或是道路的鋪蓋或修整的動作。

＊

どうろの**こうじ**をしている。

㊫正在道路施工。

こうしゃ ① 校舍

がっこうのたてもの。

㊟指學校裡的建築物。

こ

こうじょう ③ 工廠

きかいをつかって、たくさんのものをつくるところ。

㊟指操作機械，製造出大量產品的地方。

＊ あめをつくるこうじょう。

譯 糖果製造工廠。

ごうじょう ⓪ ③ 頑固

じぶんのかんがえを、かえようとしないこと。

㊟指完全不改自我想法的狀態。

こうすい ⓪ 香水

よいかおりのするみず。

㊟指充滿芳香氣味的水。

こうちょうせんせい ⑤ （日本的高中以下的）校長

がっこうのせいとやせんせいを、まとめるせんせい。

㊟指管理全校師生的那位師長。

こうつう ⓪ 交通

ひとやのりものが、いったり、きたりすること。

㊟指人或交通工具相互往來的一種狀態。

＊ くるまのこうつうのりょうがおおい。

譯 車流量大（車的交通量大）。

こうてい ⓪ 校園

がっこうのなかにあるにわ。

㊟指學校裡的庭園。

こうどう ⓪ 禮堂

がっこうなどで、たくさんのひとがあつまってはなしをきくばしょ。

㊟指學校的相關機構裡，許多人集合在裡面聽演講的場所。

こうばん ⓪ 派出所

まちのなかにあって、おまわりさんがいるところ。

㊟指日本的街道上，有警官派駐值勤的地方。

＊ こうばんで、みちをおしえてもらう。

譯 在派出所裡問路。

こうもり ① 蝙蝠

とりのようにとぶどうぶつ。よるにうごき、さかさまにぶらさがってやすむ。

㊟指一種像鳥一樣會飛的動物。夜行性，平時都會採倒吊的姿勢休息。

こうもん ⓪ 校門

がっこうのもん。

㊟指學校的門。

ごうれい ⓪ 口令

たくさんのひとがどうじにうごけるように、おおきなこえでだすあいず。

㊟指為了讓許多的人同時動作而大聲地發出的一個號令。

こえ ① （人或動物的）聲音

ひとやどうぶつがのどからだすおと。

㊟指人類或是動物從喉嚨發出來的聲響。

＊ どきどきしてこえがふるえる。

譯 因為緊張的關係，發出來的聲音都顫抖了。

こえる ⓪ 肥胖

からだがふとる。

㊟指身體變臃腫。

＊

ぶたがこえる。

譯 豬變胖。

こえる 0 越過

うえをとおって、むこうがわへいく。

注 指物體從上方通過，跑到對側的動作。

＊

ボール《ぼーる》がへいをこえる。

譯 球飛過（越過）了圍牆。

コーヒー《こーひー》 3 coffee 咖啡

コーヒーのきのたねからつくる、にがいのみもの。

注 指用咖啡豆製作出來的苦味飲料。

＊

おかあさんがコーヒー《こーひー》をいれる。

譯 媽媽泡咖啡。

こおり 0 冰塊

みずがひえてかたまったもの。

注 指水變冷後結塊後的狀態。

＊

こおりでひやす。

譯 用冰塊冷卻。

こおる 0 結冰

みずなどがひえてかたまる。

注 指水等液體在冷卻後結成塊狀。

＊

みずたまりがこおる。

譯 積水都結冰了。

こおろぎ 1 蟋蟀

あきごろ、くさむらなどにすむむし。おすがなく。

注 指秋季時，棲息在草叢等處的昆蟲。雄蟲會鳴叫。

⇓ 請參考466頁。

こかげ 0 樹蔭

きのしたの、ひかげになっているところ。

注 指樹下，日光曬不到的地方。

＊

あついのでこかげですずむ。

譯 因為很熱，所以在樹蔭下乘涼。

こがす 2 烤焦、燒焦

ひやねつでやいてくろくする。

注 指因為火源或是熱度，使物體變黑的動作。

＊

めだまやきをこがす。

譯 把荷包蛋燒焦了。

こがた 0 小型

おおきさがちいさいこと。

注 指尺寸較小的樣子。

＊

こがたのひこうきがとぶ。

譯 小型的飛機飛在天上。

ごがつ 1 May 五月

1《いち》ねんの5《ご》ばんめのつき。

注 指一年之中，順序第五的月份。

＊

5《ご》がつにこいのぼりをたてる。

譯 在五月時立起鯉魚旗。

こ

こがらし 2 初冬的寒風

ふゆのはじめにきたからふく、つめたいかぜ。

注 指入冬時從北面吹過來的冷風。

＊ こがらしがふいて、このはがちる。

譯 初冬的寒風吹起了，樹葉都掉光了。

ごきぶり 0 蟑螂

ひとのいえにすみつく、くろくてつやのあるむし。

注 指一種棲息在人類的生活環境裡，色澤黑且油亮的昆蟲。

こぐ 1 划、盪（鞦韆）

てやあしをつかって、のりものをうごかす。

注 用手或腳使乘坐物移動的動作。

＊ ブランコ《ぶらんこ》をこぐ。

譯 盪鞦韆。

こくご 0 國語、國文（在日本是指日語）

にほんごをよんだり、かいたりするべんきょうのこと。

注 在日本，指用功讀寫日語的學科。

＊ こくごのしゅくだいをする。

譯 寫國語作業。

こくばん 0 黑板

きょうしつにある、じやえをかくためのおおきないた。

注 指放在教室裡，一塊可以寫字或畫圖的大型板子。

＊ こくばんに、じをかく。

譯 在黑板上寫字。

ごくろうさま 2 （慰勞他人時說的話）你辛苦了

はたらいたひとやがんばったひとに、ありがとうのきもちをつたえることば。

注 指針對於辛苦工作或是費盡苦心的人傳達感謝的用語。

＊ ごくろうさま。

譯 你辛苦了。

こけ 2 青苔

しめったところで、いしやきにへばりつくようにはえる、ちいさなしょくぶつ。

注 指在潮溼處的石頭或木頭上會長出緊黏著的微小植物。

こげる 2 烤焦、燒焦

やけてくろくなる。

注 指食物因為烤的關係，變成焦黑的狀態。

＊ にくがこげる。

譯 肉烤焦了。

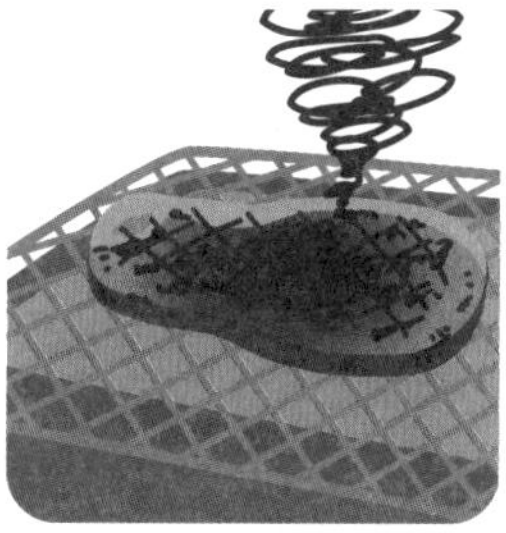

ここ 0 這裡

じぶんが、いるばしょ。

注 指自己所在的地方。

＊ ここまでおいで。

譯 到這裡來。

ごご 1 下午 ⇔ ごぜん 1 上午

ひるの12《じゅうに》じから、よなかの12《じゅうに》じまでのじかん。

注 指從中午12點開始到午夜12點之間的時間帶。

＊ いつもごごにさんぽする。

譯 我總是在下午散步。

こごえる 0 凍、凍僵

さむくて、からだがよくうごかなくなる。
注 指因為寒冷，身體變得無法自由行動。

＊ さむさで**こごえる**。
譯 冷到凍僵。

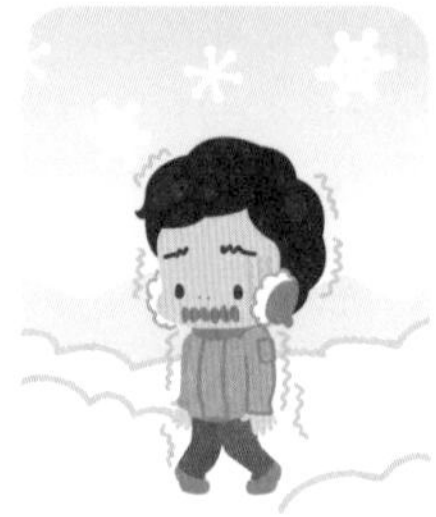

こごと 0 怨言、碎碎唸

きにいらないことを、あいてにぶつぶついうこと。
注 指看不順眼的事情向對方碎唸的意思。

ここのか 4 ①九日（號） ②九天

①つきの9《きゅう》ばんめのひ。②9《く》にちのあいだ。
注 ①指每月第9個順位的日子。②指九個日子之間的時間帶。

＊ ②**ここのか**まえにかったたまご。
譯 這是九天前買的雞蛋。

ここのつ 2 九個

9《きゅう》のこと。もののかずをかぞえるときにつかうことば。
注 指9的意思。用來數數時的數量詞用語。

＊ まめを**ここのつ**たべる。
譯 吃了九顆豆子。

こころ 3 2 心、內心

いろいろなことをかんじたり、おもったりするきもち。
注 指感受、思想各類事物的心情。

＊ **こころ**をこめておれいをする。
譯 以誠摯的心表達謝意。

こころがけ 0 留心、留意

ふだんからきをつかったり、きをつけたりしていること。
注 指自平時就相當地注意、小心的意思。

＊ ふだんの**こころがけ**がよい。
譯 平時相當地留意。

こころぼそい 5 膽怯的、害怕的

たよるものがなくて、しんぱいなようす。
注 指沒有人可以依靠，感到很擔心的樣子。

＊ しっているひとがいないと、**こころぼそい**。
譯 四周看不到認識的人，心裡就會很害怕。

こころもち 0 5 心情、感覺

こころのようす。
注 指內心裡的感受。

＊ おふろにはいって、いい**こころもち**だ。
譯 去泡澡後，感覺真是不錯。

ございます 4 （鄭重表現）是、有

「ある」のていねいないいかた。
注 指「ある」較為鄭重的說法。

＊ ぜんぶで90《きゅうじゅう》えんで**ございます**。
譯 全部總共是九十日元。

こし 0 腰

せなかとしりのあいだの、まげることができるところ。
注 指身體上位於背部與臀部之間，能夠彎曲的部分。

＊

こしをいためる。
譯腰痛。

こしかけ 3 4 椅子、凳子

すわることができるだい。
注指可以坐的一個小台子。

こしかける 4 坐下

いすやだいのうえにすわる。
注指坐在椅子上或台子上的動作。

＊
こしかけてやすむ。
譯坐下來休息。

ごしごし 1 用力搓貌

ちからをいれて、ものをこするようす。
注指相當地用力磨擦物品的樣子。

＊
ごしごしみがく。
譯用力地擦。

こしらえる 0 製造、做

ものをつくりあげる。
注指將物品製作完成。

＊
いすをこしらえる。
譯製作椅子。

こす 0 越過

うえをとおって、むこうがわへいく。
注指從上方通過，到另外一邊。

＊
やまをふたつこす。
譯越過兩個山頭。

こす 0 1 過濾、瀝掉

こまかいすきまをとおして、かすやごみなどをとりのぞく。
注指透過細小的間隔，將食渣或垃圾過濾出來動作。

＊
ふきんでスープ《すーぷ》をこす。
譯用抹布過濾湯品裡的雜質。

コスモス《こすもす》 1 cosmos 波斯菊

きくのなかまのはな。あきに、しろやピンク《ぴんく》のはながさく。
注是一種菊科的花。秋天的時候會開白色或粉紅色的花朵。

⇒ 請參考468頁。

こする 1 磨擦、揉

ものにぴったりとくっつけてうごかす。
注指貼近物體並加以搓揉的意思。

＊
ねむたくて、めをこする。
譯因為很想睡，所以揉眼睛。

ごぜん 1 上午 ⇔ ごご 1 下午

よなかの12《じゅうに》じから、ひるの12《じゅうに》じまでのじかん。
注指晚上十二點開始到中午十二點之間的時間帶。

＊
まいにち、ごぜん7《しち》じにおきる。
譯每天都在上午七點起床。

こそ 0 強調前述詞彙的用語

ことばのあとにつけて、そのことばをつよくつたえるようす。

注 指接續在用語的後方，將該用語加以強調的意思。

*

こんどこそまけないぞ。

譯 我這次一定不會輸的喔！

編註 使用「こそ」時，會更加地強調「這次一定」的語感。

こそこそ 1 偷偷地、悄悄地

きづかれないように、そっとなにかをするようす。

注 指為了不被發現，而悄悄地進行某事的樣子。

*

こそこそはなしをする。

譯 偷偷地交談。

ごそごそ 1 （硬物相互碰撞的）空隆空隆聲、（在容器裡）翻來翻去貌

ごつごつしたものが、ふれあうおとやようす。

注 指硬物或是表面凹凸不平的物體相互碰撞時所發出的聲音或指樣子。

*

かばんのなかをごそごそさがす。

譯 在包包裡翻來翻去找東西。

こたえ 2 ①回應 ②回答

①へんじ。

②きかれたことやもんだいにこたえること。

注 ①回覆。②針對別人的話或問題的回應。

*

①なんどよんでもこたえがない。

譯 ①怎麼叫他都沒有回應。

①

こたえる 3 2 ①回應 ②回答、解答

①へんじをする。

②もんだいをとく。

注 ①指回覆的動作。②指解開問題。

*

①げんきよくこたえる。

譯 ①充滿活力的回應。

①

こたつ 0 被爐

つくえにふとんをかけて、そのなかにあしをいれて、あたたまるどうぐ。

注 指日本特有的一種取暖裝備。以棉被覆蓋住桌子週遭，腳可以伸到桌子下取暖。

*

こたつであたたまる。

譯 用被爐取暖。

こだま 0 （聲音）迴響

こえやおとが、やまなどにはねかえってきこえること。

注 指聲音在山野間產生回聲的狀態。

*

やまでこえがこだまする。

譯 聲音在山上迴響。

こちこち 0 硬綁綁地

かたくなっているようす。

注 指變得很硬的樣子。

*

もちがこちこちになる。

譯 麻糬變得硬綁綁的。

編註 圖案是日本過年時吃的「鏡餅」。

ごちそう 0 （指菜餚的代稱）美味、大餐

とくべつおいしくて、りっぱなりょうり。

注 指特別好吃、可口的菜餚。

*

クリスマス《くりすます》のごちそうをたべる。
譯 吃聖誕節大餐。

ごちそうさま

0 6 我吃飽了、承蒙招待

しょくじがおわったときにいうことば。

注 指在用完餐後說的話。

＊

てをあわせて「ごちそうさま」という。

譯 合起掌說「我吃飽了」。

こちら

0 （較尊重的用語）這裡、這邊

じぶんがいるばしょや、そのちかくをさすことば。

注 指接近自己所在的位置旁的用語。

＊

こちらのせきへどうぞ。

譯 請您坐在這邊的位置上。

こづかい

1 零用錢

じぶんですきなようにつかえるかね。

注 指可以隨自己高興運用的金錢。

＊

おこづかいでおもちゃをかう。

譯 用零用錢買玩具。

こっき

0 國旗

くにのしるしがついた、はた。

注 指印有象徵國家標誌的旗子。

＊

にっぽんのこっきは、ひのまるだ。

譯 日本的國旗是日之丸旗。

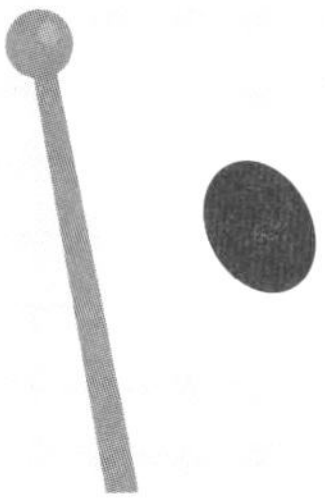

コック《こっく》

1 cook （西式料理的）廚師

りょうりをつくるしごとをしているひと。

注 指以做料理為工作的人。

こっけい

0 滑稽

おもしろくておかしいようす。

注 指既有趣又好笑的樣子。

＊

こっけいなうごきをする。

譯 做出滑稽的動作。

こつこつ

1 孜孜不倦地、努力地

あきらめずに、がんばりつづけるようす。

注 指不放棄，不停地持續努力做著某事的樣子。

＊

こつこつれんしゅうする。

譯 孜孜不倦地練習。

こっそり

3 偷偷地

きづかれないように、なにかをするようす。

注 指想辦法不被發現做某事的樣子。

＊

こっそりへやにはいる。

譯 偷偷溜進房間。

こっち

3 這裡、這邊 ⇒ こちら 0

這裡、這邊

こづつみ

2 小包裹

かみなどでつつんである、ちいさなにもつ。

注 指用紙類等包裝住的小件包裹。

＊

こづつみをうけとる。

譯 收小包裹。

コップ《こっぷ》 0 cup 杯子

のみものをのむときにつかういれもの。

㊟指喝飲料時所使用的容器。

＊

コップ《こっぷ》にぎゅうにゅうをいれる。

㊟將牛奶倒入杯子裡。

こつん 2 扣扣聲、輕輕敲打貌

ちいさくてかたいものが、かるくぶつかるおとやようす。

㊟指體積小而堅硬的東西輕輕碰撞時發出的聲音或樣子。

＊

こつんとたたく。

譯輕輕地敲打。

こと 2 事、事情

いろいろなことがらやできごと。

㊟指各式各樣的事件或突發狀況。

＊

とんでもないことがおきた。

譯出大事了！

こと 1 古箏

ほそながいきのはこのうえにげんがはってあり、はじいておとをだすがっき。

㊟指一種細長的木盒上裝有琴弦的樂器。用撥動的方法演奏出聲音。

ことこと 1 ①扣囉扣囉聲、輕輕撞擊貌 ②噗囉噗囉聲、食物在沸水中滾動貌

①かたくてかるいものがふれあってだすおとやようす。

②にえるおとやようす。

㊟①指輕而堅硬的物體相互觸碰時發出的聲音或是樣子。

②指沸水煮滾時發出的聲音或是樣子。

②

ことし 0 今年

いま、すごしているとし。

㊟指眼下生活的這一年。

＊

ことしはトマト《とまと》がたくさんとれた。

譯今年採收了許多的番茄。

ことば 3 話語、用語

おもっていることを、こえやもじであらわしたもの。

㊟指用聲音或文字呈現內心的想法。

＊

がいこくのことばをべんきょうする。

譯學習外國的語言。

こども 0 孩童、孩子 ⇔ おとな 0 成人、大人

としがわかくて、おとなになるまえのひと。

㊟指年紀很輕，還沒長大成人的人。

＊

こどもはあそぶことがだいすきだ。

譯孩子最喜歡玩耍了。

こどものひ 5 （日本）兒童節、男兒節

5《ご》がつ5《ご》にち。こどものしあわせをねがっていわうひ。

㊟指日本5月5日，祈願孩童幸福的節日。

＊

こどものひにかぶとをかざる。

譯兒童節時以頭盔裝飾。

ことり 0 小鳥

ちいさなとり。

注 指小隻的鳥。

ことりがなく。

譯 小鳥鳴叫。

ことわる 3 拒絕

たのまれたことやさそわれたことに、「いいえ」とへんじをする。

注 指當被人拜託或是邀請時，回答「不要」的動作。

*

あそびのさそいをことわる。

譯 拒絕跟別人出去玩。

こな 1 粉

こまかいつぶのあつまり。

注 指細小的顆粒聚集體。

*

こなのようなこまかいゆきがふる。

譯 降下了粉狀般的雪。

こなごな 0 粉末狀

こなのようにこまかくなるようす。

注 指變成像粉一樣細小的樣子。

*

コップ《こっぷ》がこなごなになる。

譯 玻璃杯碎得像粉末狀一樣。

こなゆき 2 粉狀的雪

こなのようにこまかくて、さらさらしたゆき。

注 指像粉狀一樣細微、乾燥狀的雪。

こねる 2 攪和

こなどにみずをいれて、かきまぜる。ねばりのあるものをかきまぜる。

注 指將粉等物體加入水或攪拌。或指攪拌有黏性物體的動作。

*

ひきにくをこねる。

譯 攪和絞肉。

この 0 這

すぐちかくのものをさすときにつかうことば。

注 指指示附近物品的指示代名詞。

*

このほんはおもしろいよ。

譯 這本書相當地有趣。

このあいだ 5 0 前一陣子

すこしまえのひ。

注 指不久前的日子。

*

このあいだ、プール《ぷーる》にいった。

譯 前一陣子，我去了泳池。

このごろ 0 這一陣子、最近

すこしまえのひからきょうまで。

注 指從不久前的日子一直到今天為止。

*

このごろ、からだのちょうしがわるい。

譯 最近，身體的狀況不太好。

ごはん 1 飯

こめをたいたもの。

(注)指用米煮熟後的食物。

*

ごはんがたける。

(譯)炊飯。

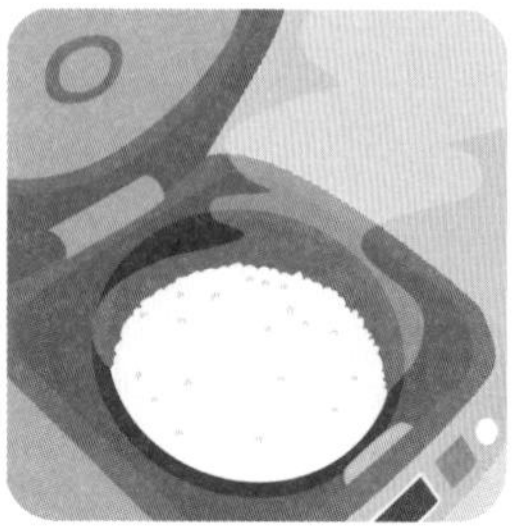

こびと 0 小矮人

ものがたりにでてくる、からだがちいさいにんげん。

(注)指童話故事裡，身體相當矮小的人類。

こぶ 2 腫包

ものにつよくぶつけたときに、からだにできるふくらみ。

(注)指身體強力撞擊到物體後，所產生的腫塊。

*

こぶができる。

(譯)腫了一包。

ごぼう 0 牛蒡

ほそながいねっこをたべるやさい。

(注)指一種食用其細長根部的蔬菜。

⇒請參考470頁。

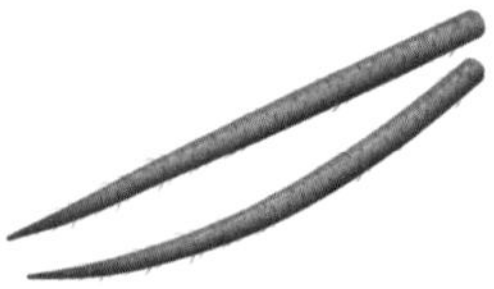

こぼす 2 打翻、使…溢出

あふれたり、たおしたりして、なかのものをそとにおとす。

(注)指滿出來，或是弄倒容器時，內容物溢到外頭的動作。

*

ジュース《じゅーす》をこぼす。

(譯)打翻果汁。

こぼれる 3 溢出

あふれたり、たおれたりして、なかのものがそとにおちる。

(注)指滿出來，或是容器傾倒時，內容物溢到外頭的狀態。

*

すながこぼれる。

(譯)沙子溢出來了。

こま 1 0 陀螺

てやひもをつかって、まわしてあそぶおもちゃ。

(注)指用手或繩子使其轉動的玩具。

*

てでこまをまわす。

(譯)用手轉陀螺。

ごま 0 芝蔴

しろやくろ、ちゃいろをした、つぶのような、たべられるしょくぶつのたね。

(注)指粒狀的食用植物種子，分別有白色、黑色及茶色的外觀。

こまかい 3 細微的、細小的

ひとつひとつが、とてもちいさいようす。

(注)指一個個都非常小的樣子。

*

もじがこまかい。

(譯)細小的文字。

ごまかす 3 欺瞞、糊弄

しっぱいやわるいことを、ほかのひとにきづかれないようにする。

(注)指為了不讓他人發現自己犯下的錯誤或是做的壞事，而做的出掩蓋動作。

*

テスト《てすと》のてんをごまかす。
譯 欺瞞考試的成績。

こまる 2 感到困擾

どうしたらよいのか、わからなくなる。
注 指陷入不知道該怎麼做的狀態。

＊

えいごではなしかけられてこまる。
譯 被別人用英語搭話，不知道該怎麼辦才好（感到困擾）。

ごみ 2 垃圾

やくにたたなくなってすてるもの。
注 指因為沒有用而被丟棄掉的物品。

＊

ごみをひろう。
譯 撿垃圾。

こむ 1 擁擠 ⇕ すく 0 稀疏（某空間裡的人、物數量不多）

ひとやものがいっぱいつまっている。
注 指人群或是物品塞滿滿的樣子。

＊

レストラン《れすとらん》がこむ。
譯 餐廳客滿（人滿擁擠）。

ゴム《ごむ》 1 rubber 橡膠

のびたり、ちぢんだりするもの。タイヤ《たいや》やながぐつのざいりょうになる。
注 指一種鬆緊可伸縮的物質。常作為車輪或是長統靴等物品的材料使用。

＊

ゴム《ごむ》でまとめる。
譯 用橡皮筋整束綁起來。（此例句延伸做橡皮筋使用。）

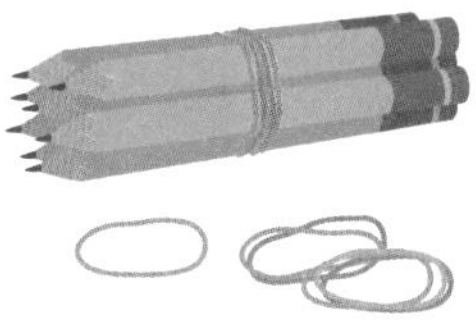

こむぎ 0 2 小麥

いねのなかまのしょくぶつ。たねをこなにして、こむぎこにする。
注 指一種與稻米同屬禾本科的植物。一般會將其種子磨成粉狀，製作成麵粉食用。

＊

こむぎのみがなる。
譯 小麥的果實成熟。

ゴム《ごむ》とび 3 跳橡皮筋

うたにあわせて、ゴム《ごむ》のひもをあしにひっかけたり、とんだりするあそび。
注 指一種配合著唱歌，將腳一下伸入橡皮筋繩裡、一下跳出的一種遊戲。

＊

ゴム《ごむ》とびをする。
譯 玩跳橡皮筋。

こめ 2 米

いねのみの、からをとったもの。
注 指脫殼後的稻米。

＊

いなかからこめをおくってもらう。
譯 從鄉下寄了米過來。

こめる ２ 裝填

なかにつめる。

㊟指將物品往內側填塞。

＊

てっぽうにたまをこめる。

譯 裝填子彈到長槍裡。

ごめんください ０ 對不起，打擾了

ひとのいえにはいるときや、かえるときにいうことば。

㊟指要進入別人的家裡、或是離開的時候所說的問候用語。

＊

ごめんください。

譯 對不起，打擾了。

ごめん(なさい) ０ 對不起

あやまるときにいうことば。

㊟指在道歉時所說的用語。

＊

まどをわってしまって、ごめんなさい。

譯 對不起，我把窗戶給打破了。

こもりうた ３ 搖籃曲

こどもをねかせるときにうたううた。

㊟指為了哄孩子入睡而唱的歌曲。

＊

こもりうたをききながらねむる。

譯 聽著搖籃曲入睡。

こや ２ ０ 小屋

かんたんにできている、ちいさなたてもの。

㊟指簡單製作的小房子。

＊

いぬのこやをつくる。

譯 製做狗的小屋。

こやし ３ 肥料

しょくぶつがよくそだつためにはたけにまく、えいようがあるもの。

㊟指為了讓植物成長茁壯而在田裡所灑下的養分。

＊

なまごみは、こやしになる。

譯 將廚餘做為肥料應用。

こゆき ０ 小雪

すこしふるゆき。

㊟指微微的降雪。

＊

こゆきがちらつく。

譯 飄落了一陣小雪。

こゆび ０ 小指

おやゆびとはんたいがわのはしの、ちいさいゆび。

㊟指長得較小，與拇指相反位置的手指。

＊

こゆびをからませてやくそくをする。

譯 用小指打勾勾作為約定。

こよみ ３ ０ 月曆 ⇒ カレンダー《かれんだー》 ２ 月曆

こら １ 喂

ひとをしかったり、ちゅういしたりするときにいうことば。

㊟指在責罵他人或是警告他人時的發語詞。

＊

こら、まちなさい。

譯 喂！不要跑！

こらえる ２ 忍耐

がまんする。

㊟指抑制住、容忍。

＊

いたみをこらえる。
譯 忍住疼痛。

ごらん 0 （尊重用語）看、過目

「みなさい」のていねいないいかた。
注 指「みなさい」的尊重表現用法。

＊

まどのそとをごらん。
譯 請看窗外的彩虹。（這句話有較禮貌的語感）

ゴリラ《ごりら》 1 gorilla 大金剛

さるのなかまの、ちからがつよい、おおきなどうぶつ。
注 指一種力量大、體型壯碩的靈長目的動物。
⇒ 請參考462頁。

ゴルフ《ごるふ》 1 golf 高爾夫球

しばのうえでボール《ぼーる》をクラブ《くらぶ》でうって、とおくのあなにいれるスポーツ《すぽーつ》。
注 指一種在草坪上揮桿打擊，把球打到遠處洞裡的運動。

＊

ゴルフ《ごるふ》をする。
譯 打高爾夫球。

これ 0 這個

めのまえのものをさすことば。
注 指表示眼前物品的用語。

＊

これはいくらですか。
譯 請問這個要多少錢呢？

ころ 1 時候

あるときのまえやあともいれた、だいたいのじかんをさすことば。
注 指某個時間點前後，大致的一個時間帶的用語。

＊

さくらがさくころ、しょうがくせいだ。
譯 差不多在櫻花綻放的時候，我就是小學生了。

ころがす 0 使…滾動

ものをまわしながらうごかす。
注 指轉動物體，使其動起來。

＊

さいころをころがす。
譯 擲骰子。

ころがる 0 滾動

ものがまわりながらうごく。
注 指物體一邊旋轉一邊移動。

＊

おむすびがさかをころがる。
譯 御飯團從坡道上滾下來。

ころころ 1 輕物滾動貌、輕物滾動時發出的聲音

かるくてちいさいものが、ころがるようすやおと。

注指重量輕的小型物體滾動時發出的聲音、或是樣子。

＊

ボール《ぼーる》がころころころがる。

譯球扣囉扣囉地滾動。

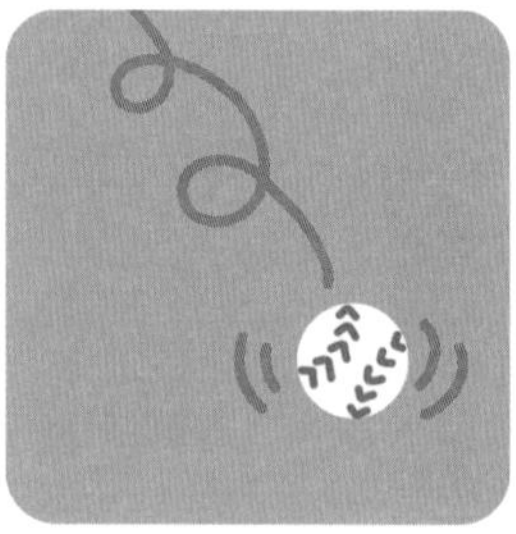

ごろごろ 1 重物滾動貌、重物滾動時發出的聲音

おおきくておもたいものが、ころがるようすやおと。

注指重量重的大型物體滾動時發出的聲音、或是樣子。

＊

いわがごろごろころがる。

譯岩石空隆空隆地滾動。

ころす 0 打死、殺

いきものをしぬようにする。

注指奪取生物的性命的動作。

＊

はえをころす。

譯打死蒼蠅。

ころぶ 0 跌倒

あしをすべらせたり、つまずいたりしてたおれる。

注指因為滑倒或是腳被物體絆到而倒下。

＊

ゆきみちですべってころぶ。

譯在積雪的道路上滑倒。

ころり 2 3 輕物掉落貌、輕物掉落時發出的聲音

ちいさくてかるいものが、ころがったり、おちたりするようすやおと。

注指重量輕的小型物體滾下來或掉下來時所發出的聲音、或是樣子。

＊

まつぼっくりがころりとおちる。

譯松果扣囉一聲地掉下來。

こわい 2 可怕的

よくないことがおこりそうで、にげたいきもちになるようす。

注指好像要發生不好的事，讓人想逃離現場的樣子。

＊

かみなりがこわい。

譯打雷很可怕。

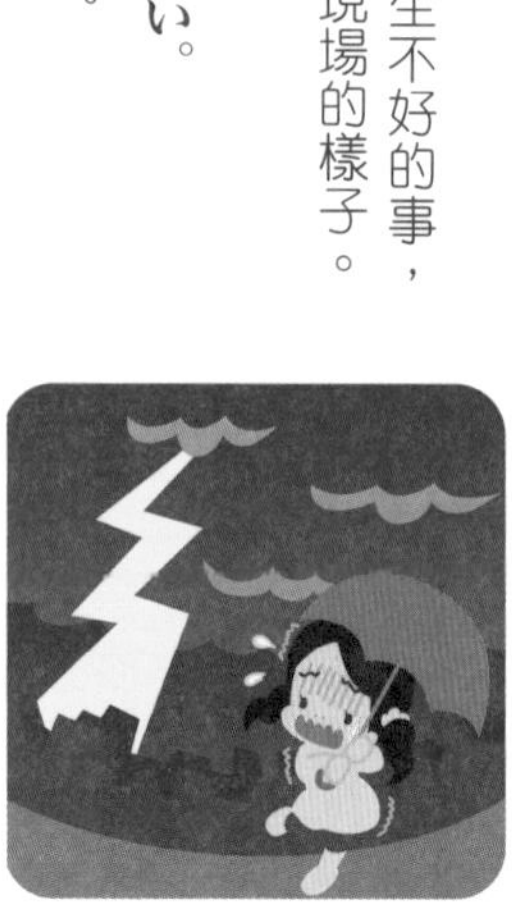

こわす 2 弄壞、打壞

くずしたり、きずつけたりして、つかえなくする。

注指使東西破損或是整個破壞，無法再使用的動作。

＊

おにいさんのおもちゃをこわす。

譯把哥哥的玩具打壞了。

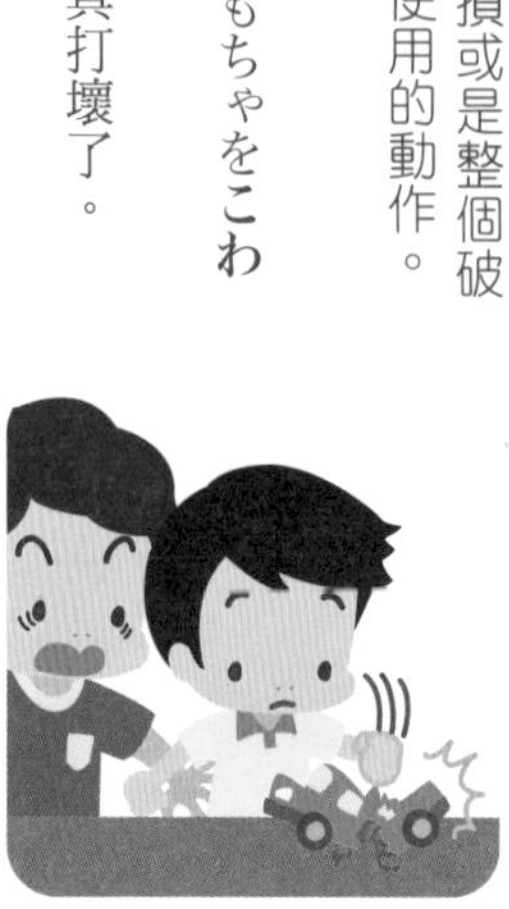

こわれる 3 壞掉

くずれたり、きずついたりしてつかえなくなる。

注指東西破損或是整個損壞，無法再使用的狀態。

＊

とけいがこわれる。

譯時鐘壞掉了。

コンクリート《こんくりーと》 4 concrete 混凝土

つちやすなどをまぜあわせて、かたくしたもの。どうろやかべのざいりょう。

注 指一種混入土壤或是沙等物質再固體化的東西。一般作為道路或是牆壁使用的材料。

こんげつ 0 這個月

いまのつき。

注 指當下的月份。

*

こんげつのおこづかいをもらう。

譯 得到這個月的零用錢。

こんしゅう 0 這週、這星期、這禮拜

いまのしゅう。

注 指當下的一週。

*

こんしゅうのうちにしゅくだいをおわらせる。

譯 要在這週內完成功課。

コンセント《こんせんと》 1 3 outlet 插座

きかいをつないで、でんきをながすためのあな。

注 指為了讓電流能夠流通到機器上而設的一種孔座。

*

そうじきを**コンセント**《こんせんと》につなぐ。

譯 將吸塵器的電線插到插座上。

こんちゅう 0 昆蟲

からだがあたま、むね、はらにわかれていて、むねに6《ろっ》ぽんのあしがつるむし。

注 指身體分為頭部、胸部、腹部等三個部分，其中胸部連著六隻腳的蟲類。

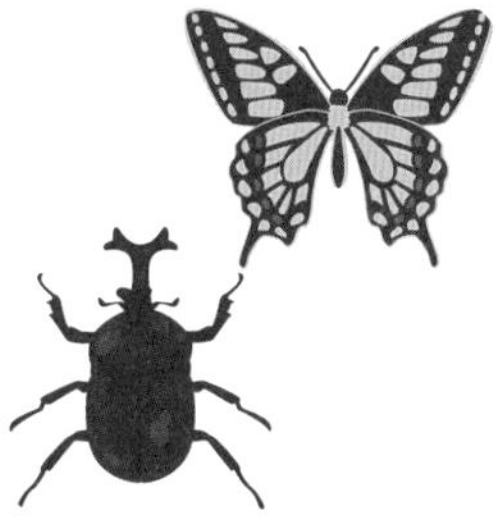

こんど 1 這次、下次

すぐつぎのとき。

注 指馬上就要來臨的時間點。

*

こんどのどようびは、えんそくだ。

譯 這個星期六要去遠足。

こんな 0 這樣地、這麼地

このような。

注 指像這個樣子的。

*

こんなたのしいえいがは、はじめてだ。

譯 頭一次看到這麼有趣的電影。

こんにちは 5 你好、午安

ひるまに、ひととあったときにいうことば。

注 指白天的時間內，與人相遇時的問候用語。

*

せんせい、**こんにちは**。

譯 老師，您好！

こんばん 1 今晚

きょうのよる。

注 指今天晚上。

*

こんばんはあつくるしくなりそうだ。

譯 看來今晚真的是會熱死人了。

こんばんは 5 晩安

よるに、ひととあったときにいうことば。

注 指晚上的時間內，與人相遇時的問候用語。

＊

おばさん、**こんばんは**。

譯 阿姨，晚安。

コンビニエンスストア《こんびにえんすすとあ》 9 convenience store 便利商店

ながいじかんあいていて、いろいろなしなものをうっている、ちいさなみせ。

注 指長時間營業，賣各式各樣商品的小店。

こんや 1 今夜

きょうのよる。

注 指今天的深夜。

＊

こんやはまんげつだ。

譯 今夜是滿月。

こんろ 1 瓦斯爐

ガス《がす》やでんきのちからでねつをだし、りょうりにつかわれるどうぐ。

注 指利用瓦斯或電能加熱，用於烹調的廚具。

＊

こんろでカレー《かれー》をにこむ。

譯 用瓦斯爐燉咖哩。

さ サ

さあ [1] 那麼

あいてになにかをよびかけるときに、つかうことば。

㊟指想要提示他人一起做某事時的用語。

＊

さあ、たべよう。

㊖那麼，我們開動吧！

サーカス《さーかす》 [1] circus 雜耍表演、馬戲表演

ふつうのひとやどうぶつには、できないようなわざをみせるもの。

㊟指一般的人或是動物無法達到的高科技表演。

＊

きのうサーカス《さーかす》をみた。

㊖昨天去看了馬戲表演。

さい [1] 歳

としをかぞえるときにつけることば。

㊟指計算年紀時的量詞。

＊

ぼくは4《よん》さいだ。

㊖我四歲了。

さい [1] 犀牛

はなのうえにつのがある、おおきなどうぶつ。

㊟指鼻子上有長角的一種大型動物。

＊

さいのつのはおおきい。

㊖犀牛的角非常的大。

さいく [0] [3] 手工藝、手工藝品

てさきをつかってこまかいものをつくること。つくったもの。

㊟指用手做出精緻製品的意思。或指其製成的物品。

＊

かみざいくのにんぎょう。

㊖日本人偶的紙造手工藝品。

さいご [1] 最後 ⇔ さいしょ [0] 最初、最先

いちばんあと。

㊟指最後面的順位。

＊

れつのさいごにならぶ。

㊖排在最後一個。

さいころ [3] [4] 骰子

むっつのめんがある、ちいさなましかくの、はこがたのもの。

㊟指一種小型四方型、擁有六個面的小器具。

さいしょ [0] 最初、最先 ⇔ さいご [1] 最後

いちばんはじめ。

㊟指最前面的順位。

＊

れつのさいしょにならぶ。

譯 排在最前面。

さいちゅう 1 正當…的時候

なにかをしている、そのとき。

注 指正在進行某事當下的時間點。

＊

ごはんのさいちゅう。

譯 正在吃飯。

さいふ 0 皮包、錢包

かねをいれるための、ぬのやかわでつくったいれもの。

注 指用布或是皮革製作，用來放錢的小包包。

＊

さいふにおこづかいをいれる。

譯 將零錢放進皮包裡。

さいほう 0 裁縫

ぬのをきり、ぬって、ふくなどをつくること。

注 指將布料剪裁、縫合，製作成衣服等物品的意思。

＊

おかあさんがさいほうをする。

譯 媽媽在製作、修補衣物（做裁縫）。

ざいもく 0 木材

たてものやどうぐをつくるときに、つかうき。

注 指為了建造建築物或是製作器具時，所使用的木頭。

＊

ざいもくでいぬごやをつくる。

譯 用木材製作狗屋。

ざいりょう 3 材料

ものをつくるときに、もとになるもの。

注 指製作物品時，所需要的原料。

＊

こうさくのためのざいりょうをあつめる。

譯 為了製作物品，先蒐集材料

サイレン《さいれん》 1 siren 警報器

なにかをしらせるために、おおきなおとをだすもの。

注 指為了要通知某些訊息時，而發出巨大聲響的物品。

＊

パトカー《ぱとかー》のサイレン《さいれん》がきこえる。

譯 聽到了巡邏車的警報器發出的聲音。

さいわい 0 幸運

しあわせであること。

注 指很棒、很好運的意思。

＊

ふこうちゅうのさいわい。

譯 不幸中的大幸。

サイン《さいん》 1 sign ①信號 ②簽名

①なにかのあいずやしるし。
②じぶんのなまえをかくこと。

注 ①指某些事物的標記或暗號。②指寫下自己名字的動作。

＊

①ピースサイン《ぴーすさいん》をする。

譯 比出V字符號。

編註 日文「ピースサイン」是一個固定的單字，即V字手勢。

①

さえずる [3] 鳥囀、鳥啼

ことりがなく。

注 指小鳥鳴叫。

＊

かごのことりが**さえずる**。

譯 籠中的小鳥在鳴叫。

さお [2] 竿子、桿子

きなどでできた、ながいぼう。

注 指用木頭等材料做成的長棒子。

＊

ものほし**ざお**。

譯 曬衣桿。

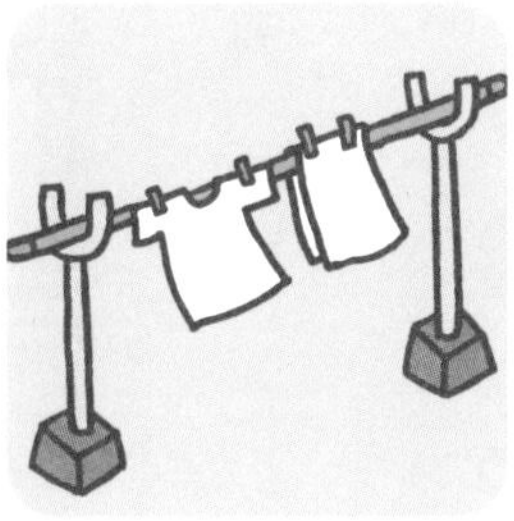

さか [2] [1] 坡道

ななめになっているみち。

注 指傾斜的道路。

＊

さかをのぼっていえにかえる。

譯 走上斜坡回家。

さかさま [0] 顛倒

もののいちなどが、はんたいになっていること。

注 指物體的位置、狀態等反過來的樣子。

＊

かべのえが**さかさま**だ。

譯 牆壁上的畫顛倒過來了。

さがす [0] 找、找尋

ものやひとをみつけようとする。

注 指想發現人或是東西的動作。

＊

なくしたおもちゃを**さがす**。

譯 找尋不見的玩具。

さかずき [0] [4] （日本式的）酒碗

さけをいれてのむ、ちいさないれもの。

注 指喝酒時用來裝酒的小型容器。

＊

おとうさんが**さかずき**でさけをのむ。

譯 爸爸用酒碗喝酒。

さかだち [0] 倒立

りょうてをじめんにつけて、からだをささえ、さかさまにたつこと。

注 指用兩手撐在地面上，身體挺直腳朝上的狀態。

＊

さかだちであるく。

譯 倒立走路。

さかな [0] fish 魚

みずのなかにすむいきもの。えらで、いきをする。

注 指一種棲息在水中，用鰓呼吸的生物。

⇒請參考467頁。

＊

かわで**さかな**をつる。

譯 在河邊釣魚。

さかなや [0] 魚店、魚販

たべるためのさかなをうるみせ。

注 指販賣食用魚的店家。

さかや [0] 賣酒店、酒行

さけをうるみせ。

注 指販賣酒的商店。

さかり [0] [3] 全盛時期

いきおいがいちばんつよいとき。

注 指氣勢最強盛的時候。

さがる 2 ①下降、②下降、下跌

⇔ ②①**あがる** 0 ①向上移動、②攀昇

①うえからしたのほうへいく。
②おんど、にんき、ねだんなどがひくくなる。
注①指從上方向下方移動。
②指溫度、人氣及價格等向下降的狀態。

*

②きおんが**さがる**。
譯②氣溫下降。

②

さかん 0 興盛、盛興、旺盛

いきおいやげんきがよいようす。
注指氣勢或是精神極佳的樣子。

*

ぼくのまちは、サッカー《さっかー》が**さかん**だ。
譯在我住的城鎮裡，足球相當地興盛。

さき【先《さき》】0 ①前端 ②先 ⇔ ②**あと** 1 後

①つきでたところ。
②じゅんばんがまえのこと。
注①指突出的部分。
②指順序上在前面的部分。

*

①**さき**のとがったぼう。
譯前端尖銳的棒子。

①

さきほど 0 剛剛 ⇓ **さっき** 1 剛才

さく 0 開（花）

はなのつぼみがひらく。
注指花的花蕾綻放。

*

あさがおのはなが**さく**。
譯牽牛花開了。

さく 1 撕開、使…裂開

てなどでやぶって、ふたつにわける。
注指用手或其他方法，使一項物品破裂成兩半的動作。

*

かみを**さく**。
譯撕開紙張。

さく 2 柵欄

きやぼうをたてて、ならべてつくったかこい。
注指將樹木或棒子立起並排列所建立起來的圍籬。

さくぶん 0 作文

ぶんしょうをつくること。そのぶんしょうのこと。
注指寫作文章的意思。或是指那篇寫作完成的文章。

*

ペット《ぺっと》のことを**さくぶん**にかいた。
譯寫出主題為寵物的作文。

さくもつ 2 農作物

たやはたけでつくる、こめややさいなどのこと。
注指從田地中種植出來的收成物。例如稻米或是蔬菜等等。

*

さくもつをそだてる。
譯種植農作物。

さくや 2 昨夜

きのうのよる。
注指昨天晚上。

さくら 0 櫻花樹

はるに、しろやピンク《ぴんく》のはながさくき。

注 指一種在春天時會開出白色或是粉紅色花朵的樹。

*

さくらのはながさく。

譯 櫻花開了。

さくらんぼ 0 cherry 櫻桃

さくらのみ。

注 指櫻花樹的果實。

⇒請參考472頁。

編註 櫻桃和櫻花同屬薔薇科，此種食用櫻桃非觀賞用櫻花的果實。

さぐる 0 2 找、摸索（出）

てやあしでさわって、めにみえないものをさがす。

注 指用手或腳去觸碰，找出眼睛所看不到的東西。

*

すなやまのなかのいしをさぐる。

譯 摸索出沙丘裡的石頭。

さけ 0 （日本）清酒、含酒精成份的飲料

こめやむぎなどからつくった、おとなののみもの。

注 指日本成人在喝的飲品。主要用稻米或小麥釀造而成。

*

おとうさんがおさけをのむ。

譯 爸爸在喝清酒。

さけ 1 鮭魚

きたのうみのさかな。あきに、かわをのぼって、たまごをうむ。

注 指一種棲息在北方海域的魚類。秋季時，會洄游到河裡產卵

⇒請參考467頁。

さけび 3 呼喊、喊叫

おおきなこえをあげること。

注 指用力發出很大的聲音的樣子。

さけびごえ 4 呼喊聲、喊叫聲

おおきくさけんだこえ。

注 指很用力發出很大聲的聲音。

*

となりからさけびごえがきこえる。

譯 從隔壁傳出了喊叫聲。

さけぶ 2 喊叫、呼叫

おおきなこえをあげる。

注 指用很大的聲音呼喊。

*

「あかぐみ、がんばれ」とさけぶ。

譯 大聲喊叫出「紅隊、加油！」。

さける 2 裂開

きれたり、やぶれたりして、ふたつにわかれる。

注 指斷掉或破掉，分成兩段的狀態。

*

スカート《すかーと》のすそがさける。

譯 裙子的下襬裂開。

さげる [2] ①使…下降 ②降低 ⇕ ②①あげる [0] ①使…上昇 ②增加、提昇

①うえからしたへうつす。②ていどをひくくする。

注①指使物體從上方向下移動。
②指使程度降低的動作。

①あいさつであたまをさげる。

＊

譯①低頭打招呼。

①

ささ [0] 細竹

ほそく、ちいさい、たけのこと。

注指一種又細又小的竹子。

ささえる [0] [3] 支撐、扶持

てやぼうなどをつかって、たおれたり、おちたりしないようにする。

注指為了不讓東西倒落，而用手或是棒子等物體撐住。

じてんしゃのうしろをささえる。

＊

譯扶住腳踏車的後方。

ささやく [3] [0] 呢喃、說悄悄話

ちいさなこえではなす。

注指用很小聲的聲音交談。

おとうさんのみみもとでささやく。

＊

譯在爸爸的耳邊說悄悄話。

ささる [2] 刺著、刺到

さきのとがったものが、なかにはいってくる。

注指尖刺狀的物品插進某物裡面。

ゆびにとげがささる。

＊

譯手指被尖刺刺著。

さじ [1] [2] 匙、小湯匙

みずやこなどをすくう、ちいさなどうぐ。スプーン《すぷーん》。

注指用來撈水或是盛粉狀物等的小型工具。也等於「スプーン」。

さじでさとうをすくう。

＊

譯用小湯匙盛砂糖。

さしあげる [0] [4]（謙讓語）獻給

「あたえる」を、めうえのひとにいうときにつかうことば。

注指對長輩說話時，代替「あたえる（給）」的用語。

このえほんをさしあげます。

＊

譯這本繪本獻給您。

ざしき [3] 榻榻米房

たたみがしいてあるへや。

注指內部鋪設有榻榻米的房間。

おじいさんがざしきにはいる。

＊

譯爺爺走進榻榻米房。

さしず [1] 指示

ほかのひとにいいつけて、やらせること。

注指交代給其他人，要求完成的指令。

せんせいがさしずしたとおりに、ならぶ。

＊

譯已經如老師所指示的排好了。

さしだす [3] [0] 提出、伸出

すっとまえのほうにうつす。

注指將物品向著眼前的方向推出。

＊

てがみを**さし**だす。

譯 交付（伸出）信件。

さす 1 照射

まっすぐにひかりがあたる。

注 指光線直接曬到。

＊

まどからひかりが**さす**。

譯 陽光從窗外照射進來。

さす 1 釘上、刺上、插上

さきのとがったものを、なかにつきいれる。

注 指用前端尖銳的物品刺入的動作。

＊

しゃしんをピン《ぴん》で**さす**。

譯 將照片用大頭釘釘上。

さす 1 指

ゆびなどで、ほうこうやものをしめす。

注 指用手指或其他物品，表示方向或是物品時的動作。

＊

「あっちへいこう」とゆびを**さす**。

譯 指出手指並說「去那邊吧！」。

さすが 0 果然

おもっていたとおりに、すばらしいようす。

注 指像自己想的一樣優秀的樣子。

＊

しんかんせんは、**さすが**にはやい。

譯 新幹線果然很快速。

さする 0 2 搓揉

てのひらでかるくなでる。

注 指用手掌輕輕撫摸的動作。

＊

おなかを**さする**。

譯 搓揉肚子。

ざせき 0 座位

すわるところ。

注 指坐的地方。

＊

バス《ばす》の**ざせき**を、おばあさんにゆずる。

譯 將公車的座位讓給老婆婆坐。

さそう 0 邀、邀約、邀請

いっしょになにかをしようと、あいてにいう。

注 指勸誘對方一起作某些事時的動作。

＊

かくれんぼに、ともだちを**さそう**。

譯 邀朋友一起來玩捉迷藏。

さつ 0 …本、…冊

ほんをかぞえるときにつけることば。

注 指計算書籍時用的量詞。

＊

えほんを1《いっ》**さつ**かりる。

譯 借閱一本繪本。

さつ 0 鈔票、紙鈔

かみのかねのこと。
注 指用紙做的錢幣。
＊
せんえんさつ。
譯 千元大鈔。

サッカー《さっかー》

1 soccer 足球

おもにあしをつかって、ボール《ぼーる》をあいてのゴール《ごーる》にいれて、てんすうをあらそうスポーツ《すぽーつ》。
注 指主要用腳踢球，將球射進對方的球門，以得分數比較輸贏的一項運動。

さっき 1 剛才

すこしまえのこと。
注 指稍早的時候。
＊
さっき、いえにかえってきた。
譯 剛才回到了家裡。

さっさと 1 馬上、快速地

ぐずぐずしないで、すぐにするようす。
注 指不慢吞吞地，馬上行動的樣子。
＊
さっさとおもちゃをかたづけなさい。
譯 快給我把玩具收拾好。

ざっし 0 雜誌

いろいろなぶんやしゃしん、えなどがのっていて、きまったひにうられるほん。
注 指一種刊載各式各樣的文章、照片、圖畫等內容，然後在固定的日子上市販售的書籍。
＊
ざっしをよむ。
譯 閱讀雜誌。

さっそく 0 立刻、馬上、很快地

じかんをおかないですぐにするようす。
注 指絲毫不耽擱，火速地進行的樣子。
＊
じゅんびがすんだら、さっそくでかけよう。
譯 準備好之後，馬上就出發。

さっと 1 0 咻的一聲貌、瞬間貌

うごきなどがすばやいようす。
注 指行動、動作相當神速的樣子。
＊
ねこがさっとかくれる。
譯 貓咪咻的一聲就不見蹤影。

ざっと 0 粗略地、大致上地

おおざっぱなようす。
注 指只是大概地的樣子。
＊
あめのかずをざっとかぞえる。
譯 粗略地算了一下糖果的數量。

さっぱり 3 ①一點而也不… ②清爽地

①すこしも。
②さわやかできもちがよいようす。
注 ①指完全也不…的狀態。
②指很舒爽，心情很好的樣子。
＊

①おとうとが、どこにいるのか、**さっぱり**わからない。

譯①完全沒有頭緒弟弟人在哪裡。

①

さつまいも 0 地瓜

あまいいも。おおきくなったねをたべる。

注指一種甜的薯類。主要是食用其粗大的根部。

⇒請參考470頁。

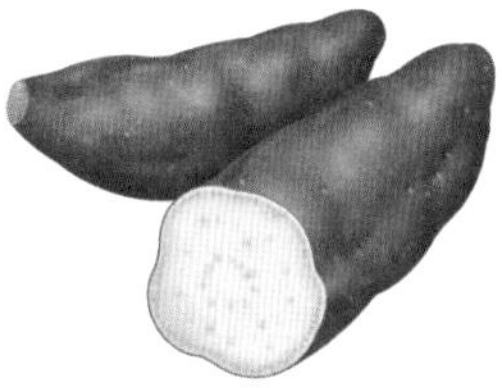

さて 1 那麼

べつのはなしにかわるときにつかうことば。

注指要轉換話題時，提示他人的發語詞。

＊

さて、なにをしてあそぼうか。

譯那麼，我們來玩什麼好呢？

さとう 2 sugar 砂糖

たべものに、あまいあじをつけるもの。

注指一種能幫食品調製出甜味的調味品。

＊

ぎゅうにゅうに**さとう**をいれる。

譯在牛奶裡加入砂糖。

さなぎ 0 蛹

むしがようちゅうからおとなになるまえの、かたいまくでおおわれたもの。

注指昆蟲在幼蟲要變化成成蟲前，被包覆住的硬膜。

さば 0 鯖魚

うみにすむさかな。せはあおみどりいろで、しまもようがある。

注指一種棲息在海裡的魚。具有條紋狀且青綠色的背部。

＊

さばをやく。

譯烤鯖魚。

さばく 0 沙漠

すなやいしで、ひろくおおわれているところ。

注指一片大規模被沙及石頭所覆蓋住的地方。

＊

さばくでは、あめがほとんどふらない。

譯在沙漠地區，幾乎不太下雨。

さび 2 鏽

てつに、みずやくうきがあたってできるもの。

注指鐵因為接觸到水或是空氣，而生成的氧化物。

＊

じてんしゃに**さび**がつく。

譯腳踏車上生鏽了。

さびしい 3 寂寞的

なんとなくかなしいきもちになるようす。

注指一種莫名產生傷感情緒的狀態。

＊

えきでおばあさんとわかれて、**さびしい**。

譯在車站與奶奶分離之後，感覺相當地寂寞。

さびる 2 生鏽

てつに、みずやくうきがあたって、おもてのめんのいろがかわる。

注指鐵的表面因為接觸到水或是空氣，於是顏色因而改變的樣子。

＊

さ

ふるいあきかんが**さびる**。
譯舊的空罐生鏽了。

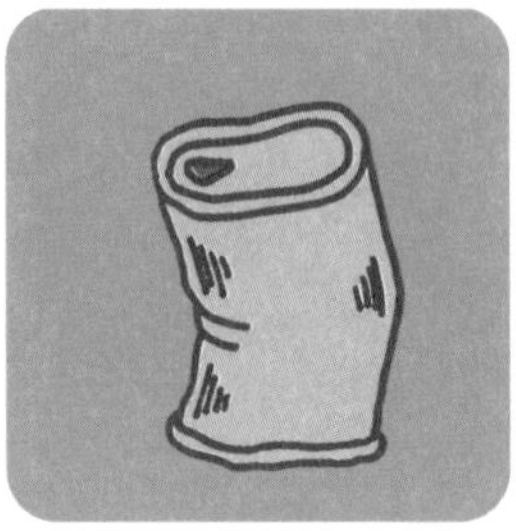

ざぶざぶ ① 大量流水貌、強力沖水的聲音

たくさんのみずをつかうときのおとやようす。
注指使用大量的水時的聲音或是樣子。

*

ざぶざぶとみずをいれる。
譯水量涮涮作響地流入容器裡。

ざぶとん ② 座墊

すわるときにしりのしたにしく、ちいさなふとん。
注指坐下時，墊在臀部下方的小型棉被。

*

ざぶとんのうえにせいざしてすわる。
譯跪坐在座墊上。

さま ② 樣子

ようす。
注指呈現的模樣。

*

にじがやまにかかる**さま**は、きれいだ。
譯彩虹跨在山間的樣子，真是漂亮。

さまざま ② 各式各樣

いろいろ、たくさんあるようす。
注指具有形形色色，多種樣態的樣子。

*

さまざまなおてだまのなかから、ひとつだけえらぶ。
譯從各式各樣的小沙包中，選一個出來。

さます ② 使…變涼

あついものをつめたくする。ひやす。
注指將熱的東西弄涼的動作。同義詞為「ひやす」。

*

あついおちゃを**さます**。
譯將熱茶吹涼。

さます ② 使…清醒

ねむるのをやめて、おきる。
注指停止睡眠，清醒過來的動作。

*

めざましどけいで、めを**さます**。
譯設定鬧鐘讓自己清醒過來。

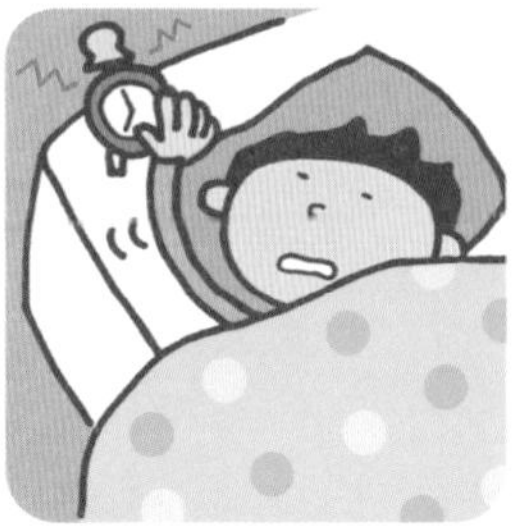

さむい ② 寒冷的 ⇕ あつい ② 熱的

まわりのおんどがひくく、からだがつめたくかんじるようす。
注指週遭的溫度低，身體感覺寒涼的樣子。

*

きょうは**さむい**。
譯今天很冷。

さむらい ⓪ 武士

むかし、たたかいにひつようなことをみにつけて、てきとたたかったひと。
注指日本的古時候，全副武裝與敵方戰鬥的人。

さめ ⓪ 鯊魚

うみにすむ、おおきなさかな。するどいはをもつ。
注指棲息在海裡，體型極大的魚類。口中長有尖銳的牙齒。

*

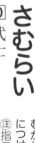

すいぞくかんで、**さめ**をみる。
譯 在水族館裡看鯊魚。

さめる 2 變涼、涼掉

あついものが、つめたくなる。

注 指熱的東西，變成冷掉的狀態。

＊

みそしるが**さめる**。
譯 味噌湯涼掉了。

さめる 2 醒過來 ⇕ ねむる 0 睡覺

ねむるのがおわって、おきる。

注 指結束睡眠並清醒的動作。

＊

まわりがあかるくなって、めが**さめる**。
譯 天亮了，清醒過來。

さようなら 4 5 再見

ひととわかれるときにいうことば。

注 指與他人道別時的問候用語。

＊

さようなら。また、あした。
譯 再見了！明天見。

さら 0 盤子

たべものをのせる、ひらたくて、あさいいれもの。

注 指一種用來裝食物的扁平狀的容器。

＊

さらにめだまやきをのせる。
譯 將荷包蛋盛到盤子上。

さらう 0 清除（堵塞物）、疏通

かわやいけなどのそこにたまった、どろやごみをとりのぞく。

注 指清掉淤積在河裡、池裡淤泥或垃圾的動作。

＊

みぞにたまったごみを**さらう**。
譯 清除水溝裡淤積的垃圾。

さらさら 1 （液體）流動順暢貌

みずなどがとまることなく、ながれているようす。

注 指水等液體的流動完全沒有停滯的樣子。

＊

さらさらとながれるおがわ。
譯 水流暢通的河川。

ざらざら 0 粗糙感

こまかいでこぼこがあって、さわったかんじがなめらかでないようす。

注 指物體面具有許多細微的凹凸不平處，摸起來很不光滑的狀態。

＊

かべが**ざらざら**している。
譯 牆壁摸起來很粗糙。

サラダ《さらだ》 1 salad 生菜沙拉

なまのやさいなどに、あじをつけてたべるたべもの。

注 指將生鮮的蔬菜沾上調味醬吃的食品。

＊

あさごはんに、**サラダ**《さらだ》をたべる。
譯 早餐吃生菜沙拉。

さる 1 monkey 猴子

にんげんににた、かしこいどうぶつ。きのぼりがうまく、むれでくらす。

㊟指一種擅長爬樹，群居生活，人類相似且聰明的動物。

ざる 2 篩子

ほそいたけやきんぞくなどであんだ、いれもの。

㊟指一種用細竹子或是金屬等材料所編織的容器。

さわがしい 4 吵鬧的、喧嘩的

おとやこえがおおきくて、うるさいようす。

㊟指聲音相當地大而感到吵雜的樣子。

＊

くるまのおとがさわがしい。

㊣車聲相當地吵雜。

さわぎ 1 喧鬧

ひとがさわぎたてること。さわがしいこと。

㊟指人大吵大鬧的狀態。亦指相當地吵雜。

さわぐ 2 喧鬧、吵鬧

おおきなこえをだしたり、おとをたてたりして、うるさくする。

㊟指發出了相當大的聲音，令現場變得吵雜的動作。

＊

みんなでさわぐ。

㊣大家一起喧鬧。

ざわざわ 1 吵雜貌

こえやおとがかさなって、さわがしいようす。

㊟指聲音交疊在一起，相當地吵雜的樣子。

＊

バス《ばす》のなかが、ざわざわしている。

㊣公車裡鬧成一片。

さわる 0 觸摸、摸

ものなどに、てをそっとくっつける。

㊟指用手輕輕地貼在物體上的動作。

＊

あかちゃんのほおにさわる。

㊣觸摸嬰兒的臉頰。

さん【三《さん》】 0 three 三

かずのなまえ。2《に》のつぎ、4《よん》のまえのかず。

㊟指數字的名稱。位於二之後，在四之前的數字。

＊

あめを3《さん》こもらう。

㊣收到三顆糖果。

さんかく 1 triangle 三角形

みっつのかどがあるかたち。

㊟指具有三個角的形狀。

＊

さんかくのつみきであそぶ。

㊣玩三角形的積木。

さんがつ 1 March 三月

1《いち》ねんの3《さん》ばんめのつき。

㊟指一年之中，第三個順序的月份。

＊

3《さん》がつに、こうえんのさくらがさいた。

㊣公園裡的櫻花樹在三月時開花。

サングラス《さんぐらす》 [3] sunglasses 太陽眼鏡

たいようのひかりなどから、めをまもるための、いろのついためがね。

注 指可以避免陽光直射等，具有有色鏡片能保護眼睛功能的有色眼鏡。

さんざん [3] [0] 很慘貌、倒霉貌

ひどいめにあうようす。

注 指遭遇到很不好的事的樣子。

*

はちにさされ、いぬにかまれ、きょうは**さんざん**だ。

譯 被蜜蜂叮又被狗咬，今天真的是有夠倒霉。

さんすう [3] 算數

かずやかたちなどのべんきょうのこと。

注 指學習數字或是形狀等的學問。

さんせい [0] 贊成 ⇔ はんたい [0] 反對

ほかのひととおなじかんがえであること。

注 指與其他的人擁有相同想法的意思。

*

おにごっこに**さんせい**する。

譯 贊成玩鬼抓人的遊戲。

サンタクロース《さんたくろーす》 [5] Santa Claus 聖誕老人

クリスマス《くりすます》のまえのひのよるに、こどもたちにおくりものをくばるおじいさん。

注 指聖誕節的前一夜，會跑來送小朋友禮物的老爺爺。

サンダル《さんだる》 [0] [1] sandal 涼鞋

ひもやベルト《べると》であしにとめたり、つまさきにひっかけてはくもの。

注 指用鞋面上的繩子或帶子固定住腳、或是勾住腳尖的一種鞋類。

*

サンダル《さんだる》をはく。

譯 穿涼鞋。

サンドイッチ《さんどいっち》 [4] sandwich 三明治

パン《ぱん》のあいだに、やさいやハム《はむ》などをはさんだたべもの。

注 指麵包之間的夾縫裡，夾著蔬菜及火腿等的食品。

ざんねん [3] 遺憾的

おもったとおりにならず、くやしいきもちになること。

注 指事情的發展不如自己想像中的一樣，因而感到不甘心的狀態。

*

おとうとにまけて**ざんねん**だ。

譯 很遺憾，輸給了弟弟。

さんぽ [0] 散步

なにかをしようとしないで、ぶらぶらとあるくこと。

注 指沒有什麼特別的目地，就是四處隨便走走的狀態。

*

こうえんを、いぬと**さんぽ**する。

譯 牽著狗在公園散步。

さんま ⓪ 秋刀魚

うみにすむさかな。かたなのかたちににている。

㊟指一種身體像日本武士刀，棲息在海中的魚類。

＊

あきにさんまがたくさんとれる。

㊢秋季的時候可以大量地捕獲到秋刀魚。

さんりんしゃ ③ 三輪車

くるまのわが、みっつついたのりもの。

㊟指一種有三個車輪的交通工具。

＊

さんりんしゃにのる。

㊢搭乘三輪車。

し シ

し【四《し（よん）》】 ① four 四

かずのなまえ。3《さん》のつぎ、5《ご》のまえのかず。

㊟指數字的名稱。在三之後，五之前的數字。

＊

4《よん》ほんのえんぴつ。

㊢四隻鉛筆。

し ① 死

いのちがなくなること。

㊟指失去生命的狀態。

＊

ペット《ぺっと》のしがかなしい。

㊢對於寵物的死感到相當悲傷。

し ⓪ 詩

かんじたことを、わかりやすいことばでかいたもの。

㊟指將感受到的，用簡單明瞭的話所寫出的文章。

＊

しをかく。

㊢作詩。

じ ① …點

じかんをいうときにつけることば。

㊟指表達時間時，接在後面的單位詞。

＊

あさ6《ろく》じにおきる。

㊢早上6點起床。

じ【字《じ》】 ① 字

ことばをあらわすためのきごう。

㊟指為了表達話語，而書寫出來的符號。

＊

おかあさんに、じをおしえてもらう。

㊢媽媽教我寫字。

しあい ⓪ 比賽

スポーツ《すぽーつ》などで、かちまけをきめること。

㊟指有比較輸贏的體育項目等。

＊

サッカー《さっかー》のしあいをする。

㊢進行足球比賽。

しあわせ [0] 幸福、幸運

おもっていたとおりになり、うれしいきもちになること。

注 指事情發展跟自己預想的一樣，而感到開心快樂的樣子。

＊

しあいにかてて、**しあわせ**だ。

譯 比賽贏了，太幸運了。

シ《し》ー《ー》ツ《つ》 [1] sheet 被單

しきぶとんや、ベッド《べっど》のうえにしくぬの。

注 指套在墊子及床鋪上方的布。

ジ《じ》ー《ー》プ《ぷ》 [1] jeep 吉普車

みちのないのやまをはしることができる、がんじょうなくるま。

注 指一種可以在荒山野嶺中行進，非常堅固的車子。

ジ《じ》ー《ー》ン《ん》ズ《ず》 [1] jeans 丹寧布

しごとやあそびのようふくにつかわれる、じょうぶな、もめんのぬの。

注 指一種堅韌的棉質布料。其製成的衣服適用於工作或是出遊。

しお [1] salt 鹽、鹽巴

たべものにしおからいあじをつけるもの。

注 指能夠幫食品添加鹹味的調味料。

＊

しおをふる。

譯 灑鹽。

しおからい [4] 鹹的

しおのあじがつよいようす。

注 指鹽巴的味道很強的樣子。

＊

しおからいやきざかな。

譯 很鹹的烤魚。

しおひがり [3] 撿貝殼

すなはまで、あさりなどのかいをとること。

注 指在日本，一種到沙灘去撿拾貝類的活動。

＊

かぞくで**しおひがり**をたのしむ。

譯 跟家人一起去撿貝殼。

しおれる [0] 枯萎

くさやはなのみずがすくなくなり、ぐったりする。

注 指花草因為缺乏水份而呈現枯死的狀態。

＊

かだんのはながしおれる。

譯 花壇裡的花枯萎了。

しか [0] [2] 鹿

やまなどにすみ、くさやきのはをたべるどうぶつ。おすにつのがある。

注 指一種棲息在山裡，吃草或是樹葉為生的動物。雄鹿頭上會長角。

⇒ 請參考458頁。

しかえし [0] 復仇

いやなことをされたあいてに、やりかえすこと。

注 指當遭受到別人不好的對待時而反擊回去的動作。

しかく [3] square 四方形

よっつのかどがあるかたち。

注 指擁有四個角的形狀。

＊

うえからみるとうふのかたちは、**しかく**だ。

㊟豆腐的形狀從上方看的話是四方形。

しかくい ⓪ ③ 四方形的

かどがよっつあるかたちをしているようす。

㊟指呈現四角形體的樣子。

＊

しかくいテーブル《てーぶる》。

譯 四方形的桌子。

しかし ② 不過、但是

まえとちがうことをいうときに、つかうことば。

㊟指表示與前段話相反時的轉折語。

＊

ねぼうした。**しかし**、まにあった。

譯 睡過頭了，不過還是趕上了。

しかた ⓪ 作法

なにかをするときのやりかた。

㊟指作某些事時所用的手段。

＊

そうじの**しかた**。

譯 打掃的作法。

しがつ ③ April 四月

1《いち》ねんの4《よん》ばんめのつき。

㊟指一年之中第四的月份。

＊

4《し》**がつ**に、にゅうえんしきがある。

譯 四月的時候，會有幼稚園的新生入園儀式。

しがみつく ④ 緊抱不放

つよくだきついて、はなれないようにする。

㊟指緊緊地抱著不肯放開的動作。

＊

せんせいに**しがみつく**。

譯 緊緊抱著老師不放。

しかめる ③ ⓪ 皺眉

いやなきもちになって、おでこやまゆのあいだにしわをつくる。

㊟指不舒服，因此額頭及眉毛之間擠出皺紋。

＊

あしがいたくて、かおを**しかめる**。

譯 因為腳很痛，整張臉都皺起來了。

しかる ⓪ ② 斥責

わるいことをしたひとに、つよいことばできをつけるようにいう。

㊟指用強烈口吻警告對方的意思。

＊

せんせいが、さわぐひとを**しかる**。

譯 老師斥責了吵鬧的人。

じかん ⓪ ①時間 ②小時

①あるときからあるときまでのながさ。②あるきまったとき。

㊟①指一個時間點到另一個時間點之間的時間長度。②指一段固定的時間帶。

＊

①きがえに**じかん**がかかる。

譯①換衣服耗費時間。

①

しき ② ① 算式

すうじときごうをつかって、けいさんのしかたなどをあらわしたもの。

注指用數字跟數學符號所呈現的計算公式。

*

たしざんの**しき**をつくる。

譯進行加法的算式。

しきりに ⓪ 頻繁地、不斷地

やすみなく、くりかえすようす。

注指沒有休止，反覆不停地發生的樣子。

*

いぬが**しきり**にほえる。

譯狗不斷地吠叫著。

しく ⓪ 鋪上

たいらに、ひろくひろげる。

注指將物體張開並平攤起來。

*

ねるまえに、ふとんを**しく**。

譯在睡之前，先把棉被鋪上。

しくしく ② ① 暗地哭泣貌

よわいかんじで、しずかになくようす。

注指程度微小，小小聲發出哭泣聲的樣子。

*

おんなのこが、**しくしく**ないている。

譯小女孩暗暗地在哭泣著。

しくじる ③ 失敗、搞砸

おもったとおりにできない。

注指事情無法如想像中的順利進行。

*

おてだまを**しくじる**。

譯玩小沙包卻沒接到。

シクラメン《しくらめん》 ③ cyclamen 仙客來

ふゆにさくはな。あかやピンク《ぴんく》などのはながさく。

注指一種冬季會開的花，會綻放出紅色或是粉紅等色澤的花朵。

⇒請參考468頁。

しげる ② 茂盛

くさやきに、はやえだがたくさんそだつ。

注指草大量生長或是樹木的枝葉大量長出。

*

あきちにくさが**しげる**。

譯空地裡的雜草茂盛。

じこく ① 時刻

ある、きまったとき。

注指一個固定的時間。

しごと ⓪ 工作

くらしでつかうかねをもらうために、はたらくこと。

注指為了賺取生活所需的錢，而進行的勞動。

*

しごとをする。
譯 工作。

しじゅう 1 從頭到尾、始終

はじめからおわりまで。
注 指從一開始到最後為止。

じしん 0 地震

じめんがきゅうにゆれて、うごくこと。
注 指地面突然開始搖動的狀態。

＊

じしんがおきる。
譯 發生地震。

しずか 1 安靜的、寧靜的

おとやこえがしないようす。
注 指沒有聲音的樣子。

＊

しずかなよる。
譯 寧靜的夜晚。

しずく 3 （滴落的）水滴

ぽたぽたとたれる、みずのつぶ。
注 指持續滴落的粒狀液體。

＊

あめのしずく。
譯 持續滴落的雨滴。

しずまる 3 安靜下來

おとやこえがしなくなる。
注 指聲音消失。

＊

かぜがしずまる。
譯 風聲停止。

しずむ 0 沉下、沉沒 ⇔ うかぶ 0 ／うく 0 浮、漂浮

ものが、みずのそこにおちていく。
注 指東西向著水底沉下去的狀態。

＊

こいしが、かわのそこにしずむ。
譯 小石頭向河底沉下去。

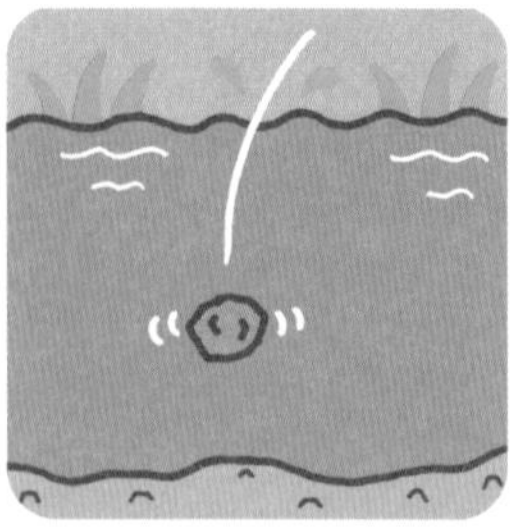

しずめる 0 使…沉入 ⇔ うかべる 0 使…浮起

みずのなかに、みえなくなるようにいれる。
注 指讓物體沉入到水裡，變成看不見的狀態。

＊

からだをうみのなかにしずめる。
譯 讓身體浸泡到（沉進）海水裡。

しずめる 0 使…安靜下來

おとやこえをださせないようにする。
注 指將聲音壓抑下來的動作。

＊

おおさわぎのこどもたちを、しずめる。
譯 讓吵鬧的孩子們安靜下來。

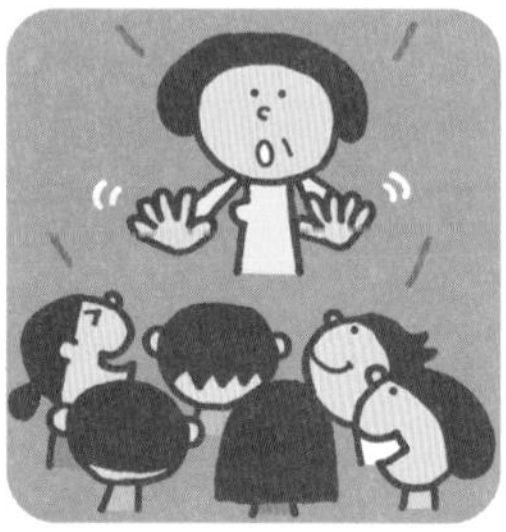

しせい 0 姿勢

なにかをするときの、からだのかっこう。
注 指當要做先什麼事的時候，身體所採取的樣態。

＊

しせいをよくして、いすにすわる。

㊟姿態端正地坐在椅子上。

しぜん 0 自然

やまやかわ、うみやもりなど、ひとがつくったものではないもの。

㊟指山脈、河流、海洋、森林等，並非人類所創造出來的東西。

*

しぜんをまもる。

譯守護自然環境。

した 0 舌頭

くちのなかにあって、あじをかんじるところ。

㊟指在嘴巴裡，用來品嘗味道的器官。

*

したでソフトクリーム《そふとくりーむ》をなめる。

譯用舌頭舔冰淇淋。

した【下《した》】 0 ①低處 ②物品的內側

⇔ ①②うえ 0 ①高處 ②物品的外側

①ひくいところ。

②もののうちがわ。

㊟①指較低的地方。

②指東西的內側。

*

①2《に》かいのまどからしたをみる。

譯①從2樓的窗戶往下看。

①

しだい

0 ー…立刻就…

そのことによってきまることを、あらわすことば。

㊟指表示隨著一件事的發展並決定接下來如何的用語。

したがう 0 3 ①跟隨 ②順從

①あとについていく。②いうとおりにする。

㊟①指跟在某人之後。

②指聽從某人所說的話。

*

②せんせいにしたがう。

譯②聽從老師說的話。

②

したぎ 0 外衣、外層衣褲 0 內衣、內層衣褲 ⇔ うわぎ

シャツ《しゃつ》やパンツ《ぱんつ》のように、はだのすぐうえにきるふく。

㊟指穿著時貼身的衣服。例如汗衫或是內褲。

*

したぎをきる。

譯穿內衣褲。

したく 0 事前準備

よういすること。

㊟指預先做必要的事。

*

ごはんのしたくをてつだう。

譯幫忙做飯前的準備。

しち【七《しち》(なな)】 2【1】 seven 七

かずのなまえ。6《ろく》のつぎ、8《はち》のまえのかず。

㊟指數字的名稱。在六之後，在八之前的數字。

*

おねえさんは7《なな》さいだ。

譯姊姊七歲。

しちがつ 4 July 七月

注 1《いち》ねんの7《なな》ばんめのつき。
指一年中，第七個順位的月份。

＊ 7《しち》がつのたなばたのひに、ひこぼしとおりひめがあう。
譯 七月的七夕那天，牛郎星與織女星會相互交會。

しちごさん 0 3 （日本的）七五三節

11《じゅういち》がつ15《じゅうご》にち。こどもがげんきにおおきくなることをいわうひ。
注 指日本在十一月十五日那天，為了保祐孩童健康成長的而慶祝的節日。

しつ 2 室

へやのこと。
注 指房間的意思。

＊ きょうしつ。
譯 教室。

しっかり 3 ①牢固地、緊緊地 ②確定的、肯定的

①かたくてうごかないようす。
②まちがいがないようす。
注 ①指相當地堅固，難以動搖的樣子。
②指相當確切無誤的樣子。

＊ ①しっかりしばる。
譯 綁緊。

①

しつけ 0 教養

きめられたことが、きちんとできるようにおしえること。
注 指將應該有的態度及禮教，紮實地給予指導教育的意思。

＊ おかあさんがしつけをする。
譯 媽媽教養孩子。

じっけん 0 實驗

かんがえたことがあっているかどうか、やってみること。
注 指因為不知道跟所預想的一不一樣，所以進行測驗的動作。

＊ じっけんをする。
譯 進行實驗。

じっさい 0 實際

ほんとうのこと。
注 指真正的狀況。

じっと 0 靜靜地、一動也不動地

うごかずにいるようす。
注 指安靜地，保持不動的狀態。

＊ おとうさんのかえりをじっとまつ。
譯 靜靜地等著爸爸回來。

じつに 2 相當地、事實上

みたり、したとおりに。ほんとうに。
注 指如看到的一模一樣。真的。

＊ じつにえがうまい。
譯 畫得相當地好。

し

しっぱい ⓪ 失敗

おもったとおりにうまくできないこと。

注 指無法像預想發展的一樣好的狀況。

*

ジャンプ《じゃんぷ》にしっぱいするねこ。

譯 一隻跳躍失敗的貓。

じつぶつ ⓪ 實體

おもちゃなどではない、ほんとうのもの。

注 指最真實的，並非玩具般的物品。

しっぽ ③ 尾巴

どうぶつのしりのところからのびているもの。

注 指動物的臀部處延長伸出的部分。

*

ねこのしっぽ。

譯 貓的尾巴。

しつもん ⓪ 疑問、提問

わからないことや、しりたいことをきくこと。

注 指針對不了解，或是想知道的事情所提出的問題。

*

おとうさんにしつもんする。

譯 向爸爸提問。

しつれい ② 失禮

ひととうまくやっていくためのきまりごとを、まもらないこと。

注 指不遵守人與人之間應該有的禮儀規範的行為。

*

あいさつをしないのはしつれいだ。

譯 不跟人家打招呼是很失禮的。

じてん ⓪ 字典、辭典

いろいろなことばをあつめて、いみやつかいかたをせつめいしたほん。

注 指一本書內匯集了許多的辭彙，並附有辭彙的意思及用法說明的書。

*

じてんでしらべるのは、たのしい。

譯 查字典是件快樂的事。

じてんしゃ ② ⓪ bicycle 腳踏車

あしでこいで、ふたつのくるまのわをまわしながらすすむ、のりもの。

注 指一種用腳踩踏驅使兩個車輪轉動運行的交通工具。

*

じてんしゃで、おみせにいく。

譯 騎腳踏車去商店。

じどうしゃ ② ⓪ car 車子

エンジン《えんじん》のちからですすむ、のりもの。

注 指一種靠發動引擎驅動的交通工具。

*

おとうさんが、じどうしゃをうんてんする。

譯 爸爸開車。

しなびる ⓪ ③ 枯萎、乾癟

なかにあるみずがすくなくなって、ちぢんで、しわができる。

注 指東西所含的水份消失，因而變得緊縮且皺巴巴的狀態。

*

ほうれんそうがしなびる。
譯 菠菜乾癟掉了。

しなもの 0 物品

いろいろなもの。
注 可泛指各式各樣的東西。
*
しなものがとどく。
譯 物品送達。

しぬ 0 死 ⇕ いきる 2／うまれる 0

活／生

いのちがなくなる。
注 指失去生命的狀態。
*
むしがしぬ。
譯 蟲死了。

しばい 0 戲劇

つくりばなしのなかで、いろいろなひとになって、きゃくにみせるもの。
注 指在創想的故事中，扮演許多的角色，並表演給觀眾看的一種表演。
*
しばいをみる。
譯 看戲。

しばふ 0 草坪

しばというくさが、そのあたりいっぱいにはえているところ。
注 指長滿一整片結縷草的地方。
*
しばふにねころぶ。
譯 躺臥在草坪上。

しばらく 2 暫時

すこしのあいだ。
注 指短暫的一段時間。
*
バス《ばす》がくるまでしばらくまつ。
譯 在公車到站之前，暫時稍等一下。

しばる 2 綁

ひもなどをまいてむすぶ。
注 指用繩子等打結的動作。
*
にもつをひもでしばる。
譯 將要帶的物品用繩子綁起來。

じびき 3 字典、辭典 ⇒ じてん 0 字典、辭典

しびれる 3 麻痺

てやあしなどがなにもかんじなくなり、うまくうごかせなくなる。
注 指手腳等失去感覺，變得無法動彈。
*
あしがしびれる。
譯 腳麻痺了。

しぶい 2 澀的

くちのなかが、しびれるようなあじがするようす。
注 指會在口中感覺麻痺的一種口感。
*

しぶいおちゃ。
譯 澀味的茶。

しぶき ③ ① 水花

ちいさいたまとなってとんで、ひろがるみず。
注 指擴散狀飛濺開的細小水珠。
＊
しぶきをうける。
譯 被水花潑濺到。

じぶん ⓪ 自己

ぼくやわたしのこと。
注 指對自我的稱呼。
＊
じぶんのえほんをよむ。
譯 讀自己的繪本書。

しぼむ ⓪ 消漏 ⇕ ふくらむ ⓪ 膨脹

ふくらんでいたものが、ちいさくなってちぢむ。
注 指膨起的東西萎縮變小。
＊
ふうせんが**しぼむ**。
譯 氣球漏氣。

しぼる ② 擰

つよくねじって、なかにあるみずをだす。
注 指用力的扭轉物體，將裡頭的水分給搾出。
＊
タオル《たおる》を**しぼる**。
譯 擰毛巾。

しま ② 島

まわりがみずでかこまれているりく。
注 指四面都被水包夾起來的陸地。
＊
ふねで**しま**にいく。
譯 搭船去一座島。

しまい ⓪ 結束

いままでつづいていたことが、おわること。
注 指一直持續的事終止了的意思。
＊
かみしばいがお**しまい**になる。
譯 連環畫劇演完了。

しまう ⓪ 收拾

ものをもとのばしょにかたづける。
注 指將東西放回到原處的動作。
＊
おもちゃを**しまう**。
譯 收拾玩具。

しまうま ⓪ 斑馬

からだじゅうに、くろとしろのしまがあるどうぶつ。
注 指身體有黑色跟白色的條紋的一種動物。
＊
どうぶつえんで**しまうま**をみる。
譯 在動物園看斑馬。

しまつ

1 ①（不好的）結局 ②始末

①あることのけっか。
②あることの、さいしょからさいご。
注①指某件事的結果（通常是不好的）。
②指某件事從頭到尾的經過。

しまった

2 糟了

おもったとおりにいかなくて、がっかりしたときにつかうことば。
注指正跟自己預想的不一樣，而感到失望時所講出的用語。

＊

あっ、しまった。
譯啊，糟了！

しまる

2 關閉 ⇕ あく 0 開著

あいていたものが、すきまなくとじる。
注指開放的物體變成緊閉。

＊

ドア《どあ》がしまる。
譯門關上了。

しまる

2 緊、牢 ⇕ ゆるむ 2 鬆

すきまやゆるみがなくなる。
注指完全沒有縫隙或鬆脫的狀態。

＊

ねじがしまる。
譯螺絲很緊。

じまん

0 自豪、炫耀

じぶんのことやものを、じぶんですごくほめること。
注指大肆宣揚自己的優點或是所擁有的物品。

＊

ロボット《ろぼっと》をじまんする。
譯炫耀自己的機器人。

しみ

0 汙漬

あぶらやしるなどがついて、できるよごれ。
注指沾到油漬或醬汁等所造成的髒汙。

しみる

0 滲、滲入

みずなどが、もののなかに、すこしずつはいりこむ。
注指水等液體，慢慢地透入物體內的動作。

＊

ソース《そーす》がズボン《ずぼん》にしみる。
譯調味醬滲入褲子裡了。

じむしょ

2 事務所

しごとをするところ。
注指工作的地方。

じめじめ

1 潮溼貌

ぬれたようなかんじがして、きもちがよくないようす。
注指四週如同弄溼了一樣，讓人感到很不舒服的感覺的狀態。

＊

へやがじめじめしている。
譯房間裡很潮溼。

しめる

2 關上 ⇕ あける 0 打開

あいていたものをとじる。
注指將開放著的物體關閉起來的動作。

＊

ドア《どあ》をしめる。
譯關上門。

しめる 2 弄緊 ⇕ ゆるめる 3 鬆開

すきまやゆるみをなくす。

注 指去除物體的空隙及寬鬆。

*

ゆるんでいたびんのふたをしめる。

譯 將鬆掉的瓶蓋旋緊。

しめる 0 溼掉 ⇕ かわく 2 乾掉

かわいていたものが、ぬれたかんじになる。

注 指乾燥的物品變得溼潤。

*

タオル《たおる》がしめる。

譯 毛巾溼掉了。

じめん 1 地面

つちのうえ。

注 指土地的上方。

*

じめんにすわる。

譯 坐在地面上。

しも 2 霜

さむいひに、つちのうえやくさなどにくっついてできる、ちいさなこおり。

注 指寒冷的日子裡，會產生附在地面或草上等處的微小結晶顆粒。

*

しもがおりる。

譯 下霜。

しもばしら 3 霜柱

さむいひに、つちのなかのみずがこおってできる、ほそいこおりのはしら。

注 指在寒冷的日子裡，土壤中的水份會凝結起成一種細長狀的冰柱。

*

しもばしらをふむ。

譯 踩霜柱。

しもやけ 0 凍傷

さむさで、てやあしのさきがあかくはれて、かゆくなること。

注 指因為寒冷，手或腳尖的地方變得紅腫會癢的狀態。

*

しもやけがかゆい。

譯 因凍傷感到很癢。

じゃあ 1 （口語）那麼 ⇓ では 1

那麼

シャープペンシル《しゃーぷぺんしる》 4 mechanical pencil 自動鉛筆

なかにあるしんを、すこしずつだしてつかうえんぴつ。

注 指一種筆管內可以放入筆芯，然後可以一點一點按壓出來寫字用的工具。

しゃかい 1 社會課

くらしのしくみなどをりかいするべんきょうのこと。

注 指為了理解生活的環境的構成而學習的課程。

*

しゃかいのべんきょうをする。

譯 上社會課。

じゃがいも 0 potato 馬鈴薯

つちのなかにできる、えいようがたくさんつまった、いも。

注 指一種生長在土壤中，相當具有營養價值的芋頭類蔬菜。

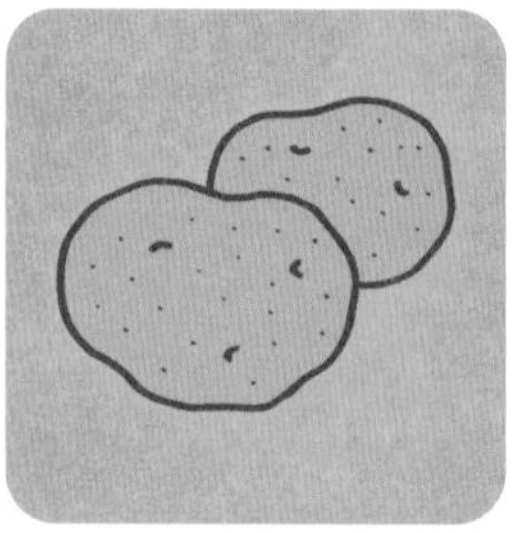

しゃがむ 0 蹲、蹲下

ひざをまげて、しりをひくくする。

注 指將膝蓋彎曲，臀部向下壓的動作。

*

はなをつむために、**しゃがむ**。

譯 為了摘花所以蹲下。

しゃく 0 惱怒、不滿

いやなきもちになって、おこること。

注 指心情變糟，感到憤怒的狀態。

*

しゃくなはなしだ。

譯 真是令人不滿的話題。

しゃしょう 0 車掌

でんしゃのなかやホーム《ほーむ》で、きゃくのせわをしたり、はっしゃのあいずをだしたりするひと。

注 指在電車站或車廂裡，負責協助旅客及傳達發車指示的人。

しゃしん 0 照片

カメラ《かめら》でうつしたもの。

注 指用照相機所照出來的圖像。

*

えんそくの**しゃしん**。

譯 去遠足時照的照片。

しゃせい 0 寫生

ひとやけしきなどを、みたままにえにすること。

注 指一種以人或是風景等景物為對象作畫的美術。

*

しゃせいのじかんにえをかく。

譯 在寫生課的時候畫畫。

シャツ《しゃつ》 1 shirt 襯衫

からだのうえのぶぶんできるふく。

注 指一種穿在上半身的衣服。

*

シャツ《しゃつ》をかう。

譯 買襯衫。

しゃどう 0 車道

ひとやくるまがとおるみちのうち、くるまだけがとおるところ。

注 指交通用路中，只有車子能通行的道路。

じゃぶじゃぶ 1 嘩拉嘩拉

みずをかきまわすようすやおと。

注 指攪動水時的樣子或指其發出的聲響。

*

じゃぶじゃぶとあらう。

譯 嘩拉嘩拉地洗著。

しゃぶる 0 吸吮

くちのなかにいれてなめる。

注 指將東西放到口裡舔的動作。

*

あめをしゃぶる。
譯含糖果（吸吮糖果）。

しゃべる ②講話、聊天

はなしをする。たくさん、はなしをする。
注指講話。談論許多話題。

＊いもうととしゃべる。
譯跟妹妹聊天。

シャボン《しゃぼん》だま ⓪ soap bubble 泡泡

せっけんをとかしたみずを、スト《す》ロー《とろー》などでふいてつくる、あわのたま。
注指用吸管等管狀物品對肥皂水吹氣所產生出來透明的飄浮物體。

＊シャボン《しゃぼん》だまをふく。
譯吹泡泡。

じゃま ⓪ 礙事者、眼中釘

うまくできないようにする、ものやひと。
注指一直造成事情無法順利進行的人或是物。

＊そうじのじゃまをする。
譯妨礙打掃。

しゃみせん ⓪ 三味線

にっぽんのがっき。ばち、というどうぐでげんをはじいて、おとをだす。
注指日本的一種樂器。撥弦時用一種稱之為「撥子」的道具接觸琴弦使其發出聲音。

＊しゃみせんをひく。
譯彈奏三味線。

ジャム《じゃむ》 ① jam 果醬

くだものとさとうをにて、つくるたべもの。
注將水果跟砂糖熬煮後，所做出來的一種食品。

じゃり ⓪ 沙石

かどがまるくなった、ちいさないし。
注指一些圓角的小石頭。

じゃれる ② 玩耍

そばにくっついてきて、はなれない。
注指緊黏在一起打鬧的狀態。

＊2ひき《に》のこいぬがじゃれる。
譯兩隻小狗玩耍在一起。

ジャングルジム《じゃんぐるじむ》 ⑤ jungle gym 方格攀爬架

てつのぼうをくみあわせてつくった、あそびどうぐ。くぐったり、のぼったりできる。

注指一種許多鐵棒構造起來的一種遊樂設施。可以在組架起來的鐵棒之間穿來穿去或是攀爬。

じゃんけん ③ 猜拳

かたてで、ぐー、ちょき、ぱーのかたちをつくり、かちまけをきめるあそび。
注指一種用單手出剪刀、石頭或布來決定輸贏的遊戲。

ジャンプ《じゃんぷ》 ① jump 跳、跳躍

じめんをけって、うえにとぶこと。
注指蹬地面，身體向上躍起的動作。

しゅう ① 週、星期

にちようびからどようびまでの、ひとまとまりのこと。
注指從星期日一直到星期六的這段期間。

＊

しゅうのまんなかは、すいようびだ。

㊟譯 一週內最中間的日子是星期三。

じゅう【十《じゅう》】 1 ten 十

かずのなまえ。9《きゅう》のつぎのかず。

㊟ 指數字的名稱。九的下一個數字。

＊

10《じゅう》をかぞえて、ふろからでる。

譯 數到十後，便從浴缸裡出來。

じゆう 2 自由、自由自在地

おもったとおりにできること。

㊟ 指可以想做什麼就做什麼的狀態。

＊

じゆうにあそぶ。

譯 自由自在地玩耍。

じゅういちがつ 6 November 十一月

1《いち》ねんの11《じゅういち》ばんめのつき。

㊟ 指一年之中排列順序為第十一的月份。

＊

11《じゅういち》がつにはいると、さむくなった。

譯 十一月開始，天氣就會變冷了。

じゅうがつ 4 October 十月

1《いち》ねんの10《じゅう》ばんめのつき。

㊟ 指一年之中排列順序為第十的月份。

＊

10《じゅう》がつにうんどうかいがある。

譯 十月的時候會舉辦運動會。

しゅうかん 0 （一）週內、（二）星期內

にちようびからどようびまでの、7《しち》にちのあいだ。

㊟ 指在星期日到星期六這七天的時間帶。

＊

てんきのしゅうかんよほうをみる。

譯 看一週內的天氣預報。

じゅうごや 0 滿月的夜晚

まるいつきがでるよるのこと。

㊟ 指月亮變成圓形的夜晚。

＊

じゅうごやのつきをみる。

譯 觀賞滿月的月亮。

しゅうてん 0 終點站

バス《ばす》やでんしゃなどが、さいごにつくところ。

㊟ 指公車或是電車等大眾運輸的最後一個抵達的地點。

＊

しゅうてんのえきでおりる。

譯 在終點站下車。

じゅうどう 1 柔道

あいてをなげたり、おさえこんだりして、かちまけをきめるスポーツ《すぽーつ》。

注 指依據摔對方或是壓倒對方的方式來決定輸贏的一項運動。

＊

じゅうどうのしあいをみる。

譯 看柔道比賽。

じゅうにがつ 5 December

十二月

1《いち》ねんの12《じゅうに》ばんめのつき。

注 指一年之中排列順序為十二的月份。

＊

12《じゅうに》がつに、クリスマス《くりすます》かいをする。

譯 在十二月時會辦耶聖慶祝會。

じゅうぶん 3 充足、足夠

ものなどがたりているようす。

注 指物品等達到足夠的狀態。

＊

じゅうぶんなかずのいすを、よういする。

譯 預先準備足夠數量的座椅。

しゅうぶんのひ 6 秋分日

おやのおやなど、ずっとまえから、ちのつながっているひとたちを、だいじにおもうひ。

注 指日本的節日，是緬懷先人及祭祖的日子。

じゅぎょう 1 上課

がっこうなどで、べんきょうをおしえること。

注 指在學校等機構裡，進行授課的行為。

＊

おにいさんががっこうで、**じゅぎょう**をうける。

譯 哥哥在學校裡上課（聽老師講課）。

しゅくだい 0 功課

いえでしてくるように、だされたもんだい。

注 指老師出給學生回家後做的一些問題及練習。

＊

おねえさんが**しゅくだい**をする。

譯 姊姊做功課。

しゅじん 1 主人、老板

いえやみせで、ちゅうしんになるひと。

注 指一個家庭或是一間店裡，最核心的那個人物。

＊

やおやの**しゅじん**。

譯 蔬菜店的老板。

しゅっぱつ 0 出發

いこうとしているところへむかって、でていくこと。

注 指朝著目標地開始前進的動作。

＊

さあ、おにがしまに**しゅっぱつ**だ。

譯 那麼，就讓我們朝著鬼島出發吧！

しゅやく [0] 主角

げきなどで、ちゅうしんとなるやく。また、そのひと。

㊟指在戲劇等表演裡，最核心的那個角色。或是指那個人。

＊

げきのしゅやくになる。

㊢我要演戲劇裡的主角。

しゅるい [1] 種類

おなじようなようすや、かたちをもつなかま。

㊟指相同樣子的東西或是具有同樣外形的物品。

＊

はなのしゅるい。

㊢花的種類。

じゅん [0] 順序

さきであるか、あとであるかの、かかわりあい。

㊟指是前面或者是後面的一種先後關係概念。

＊

ついたじゅんにならぶ。

㊢依抵達的順序排隊。

じゅんさ [0] [1] 巡警 ⇒ おまわりさん [2] 警察、巡警

じゅんじゅん [3] 依序地

つぎからつぎへと、すすんでいくようす。

㊟指一個一個地向前的樣子。

＊

じゅんじゅんにうけとる。

㊢依序地收下。

じゅんじょ [1] 順序

あるきまりのとおりにならべた、ならびかた。

㊟指在一個規矩前提下的排列。

＊

じゅんじょよくバス《ばす》にのる。

㊢依排隊順序上公車。

じゅんばん [0] 順位、順序

ならびかたをきめて、つぎつぎにそのとおりにすること。

㊟指定好排列的前後，並一個一個的進行的狀態。

＊

じゅんばんにおやつをもらう。

㊢依順序領點心。

じゅんび [1] 準備

なにかをするまえに、よういすること。

㊟指在做某些事之前，所先做的一些事前動作。

＊

いえにかえるじゅんびをする。

㊢進行回家之前的準備。

しゅんぶんのひ [6] 春分日

しぜんやいきものをたいせつにおもうひ。

㊟指日本的節日，是珍愛大自然及生物的日子。

＊

しゅんぶんのひは、まいとし、ちょっとずつちがう。

㊢春分的日子，每年的日子都不一樣。

しょう [1] 小 ⇕ だい [1] 大

ちいさいこと。

㊟指不大的意思。

＊

ジュース《じゅーす》のしょうをください。

㊢請給我小杯的果汁。

しょうかい

0 ①介紹 ②解說

①しらないひとどうしをあわせること。②しらないことをしらせること。

注①指讓不認識的人相互見面認識的動作。②指將對方不知道的事情，說明使其了解的動作。

*

①ともだちをしょうかいする。

譯①介紹朋友給大家認識。

①

しょうがくせい

3 4 小學生

しょうがっこうにかようこども。

注指到小學去上課的學生。

*

おにいさんはしょうがくせいだ。

譯哥哥是小學生。

しょうがつ

4 正月

1《いち》がつのこと。あたらしいとしをいわうつき。

注指一月的意思。在日本是祝賀新年的月份。

*

しょうがつにもちをたべる。

譯正月時吃日式年糕。

しょうがっこう

3 小學

6《ろく》さいから12《じゅうに》さいまでのこどもがかよう、がっこう。

注指在日本，六歲到十二歲之間的孩子必須去上課學習的學校。

*

おにいさんがしょうがっこうにいく。

譯哥哥去小學上課。

じょうき

1 蒸氣

ゆをわかしたときにみえる、しろいけむりのようなもの。

注指熱水沸騰後，會冒出起白色煙霧狀的氣體。

*

じょうきではしるきかんしゃ。

譯靠蒸氣行駛的蒸氣火車。

じょうぎ

1 尺 ⇓ ものさし 3 4 尺

じょうきゅう

0 （年級區分）高年級

がくねんなどがうえのこと。

注指日本學制內的分類中，較高學年等的意思。

*

2《に》ねんせいは1《いち》ねんせいのじょうきゅうだ。

譯二年級的學生比一年級的學生高一年級。

しょうじ

0 （日式房屋裡的）格狀紙推門

たてとよこにくんだきのわくに、うすいかみをはったと。

注指日本的房屋裡，一種在格子狀的木框上貼上薄紙的推門

*

しょうじにかげえをうつす。

譯在格狀紙推門上玩手影。

しょうじき

3 4 誠實、老實地

うそがないこと。

注指不說謊話的意思。

*

しょうじきにいいなさい。

譯給我老實地說出來。

しょうじょ 1 少女 ⇔ しょうねん 0 少年

としのわかいおんなのこ。

注 指年紀輕的女孩子。

*

しょうじょがはなをつむ。

譯 少女摘花。

じょうず 0 擅長的、靈巧地 ⇔ へた 2 笨拙的

うまくできること。

注 指可以做得很好的意思。

*

じょうずにえをかく。

譯 圖畫得很棒。

じょうだん 3 開玩笑、說笑

ふざけていうことばやはなし。

注 指說一些搞笑的話或事情。

*

じょうだんをいう。

譯 開玩笑。

しょうち 0 ①（了解後並）同意 ②了解

①ききいれること。
②よくしっていること。

注 ①指聽懂並接受別人的要求的意思。②指深入地明白某事的意思。

*

①おかあさんにそとあそびをしょうちしてもらう。

譯 ①媽媽同意我到外面去玩。

①

じょうとう 0 高級

なかみやようすがよいこと。

注 指內容或是外觀看起來很棒的樣子。

*

じょうとうなくつ。

譯 高級的鞋子。

しょうどく 0 消毒

くすりやねつで、ばいきんをころすこと。

注 指利用藥品或是高溫，殺除細菌的動作。

*

はちにさされたところを、しょうどくする。

譯 將被蜜蜂螫到的傷口消毒。

しょうとつ 0 衝撞

つよくぶつかること。

注 指很大力撞擊的狀態。

*

おもちゃのくるまが、かべにしょうとつする。

譯 玩具車衝撞到牆壁。

しょうにん 1 商人

ものをかって、うるしごとをしているひと。

注 指買進物品再賣出的人。

しょうねん 0 少年 ⇔ しょうじょ 1 少女

としのわかいおとこのこ。

注 指年紀輕的男孩子。

*

しょうねんがむしをとる。

譯 少年抓昆蟲。

しょうばい 1 買賣

ものをうったり、かったりすること。

注 指將物品賣出或是買入的意思。

＊

おとうさんは、さかなをうるしょうばいをしている。

譯 爸爸在做賣魚的買賣生意。

しょうぶ 1 輸贏、勝負、比高下

かちまけをきめること。

注 指分出是輸還是贏的意思。

＊

ドッジボール《どっじぼーる》でしょうぶする。

譯 玩躲避球決定勝負。

じょうぶ 0 ①健康 ②結實

①びょうきをしないで、げんきなようす。②つよくてこわれにくいようす。

注 ①指沒生病，很有活力的樣子。②指很強韌不易損壞的樣子。

①

しょうぼう 0 消防

かじをけしたり、ひろがるのをふせいだりすること。

注 指避免火災延燒並加以撲滅的意思。

しょうぼうし 3 消防員

かじをけしたり、ひろがるのをふせいだりすることを、しごとにしているひと。

注 指避免火災延燒並加以撲滅的工作人員。

しょうぼうじどうしゃ（しょうぼうしゃ） 5 （3） 消防車

かじをけすための、じどうしゃ。

注 指為了撲滅火災而準備的裝備車。

しょうぼうしょ 5 0 消防局

しょうぼうしがはたらいているところ。

注 指消防員們平常工作待命的地方。

しょうめん 3 正面

まっすぐまえのこと。

注 指正前方的位置。

＊

ぼくのいえのしょうめんに、こうえんがある。

譯 我家的正前方有一座公園。

しょうゆ 0 soy sauce 醬油

しおからいあじをつけるときにつかう、くろっぽいもの。

注 指一種要添加鹹味時，所使用的黑色醬汁。

＊

しょうゆをかける。

譯 淋上醬油。

じょおう 2 女王

おんなのおう。

注 指女性的（國）王。

しょくじ 0 用餐、餐食

たべものをたべること。また、そのたべもの。

注 指吃食物的意思。或是指那份食物。

＊

みんなでしょくじをする。

譯 大家一起用餐。

しょくどう 0 食堂

しょくじをするへや。

注 指在日本，用餐的一個空間。

＊ しょくどうで、ごはんをたべる。

譯 在食堂裡吃飯。

しょくぶつ 2 植物

くさやきなどを、まとめていうことば。

注 指草及樹木等的總稱。

＊ いぬはどうぶつ、たんぽぽはしょくぶつだ。

譯 狗是動物，薄公英是植物。

しょげる 2 0 無精打采、落寞

しかられたり、うまくいかないことがあったりして、げんきがなくなる。

注 指被罵或是遇事不順遂時，顯現出沒精神的樣子。

＊ おかあさんにしかられてしょげる。

譯 被媽媽罵了，所以一副無精打采的樣子。

じょし 1 女子 ⇔ だんし 1 男子

おんなのひと。おんなのこ。

注 指女性的人。或女孩子。

＊ じょしトイレ《といれ》に、はいる。

譯 進女廁。

しょっき 0 餐具

しょくじをするときにつかうどうぐ。

注 指用餐時所使用的工具。

しょんぼり 3 失望、落寞、洩氣

げんきがなく、さびしそうなようす。

注 指沒有精神，感到寂寞的樣子。

＊ おやにしかられて、しょんぼりする。

譯 被爸媽罵了，感到很洩氣。

しらが 3 白髮

しろくなったかみのけ。

注 指變成白色的頭髮。

しらせ 0 消息、通知

ことばやてがみなどで、ひとにおしえること。

注 指透過言語或是書信等形式所傳達他人的通知。

しらせる 0 通知

ことばやてがみなどで、ひとにおしえる。

注 指透過言語或是書信等形式告知他人的動作。

＊ いえについたことを、でんわでしらせる。

譯 用電話通知已經到家了。

しらべる ③ 調查

わからないことを、ほんをよんだり、ひとにきいたりして、わかるようにする。

㊟ 指透過查書或是詢問他人來了解不知道的事的動作。

＊

ほんで**しらべる**。

㊞ 翻書調查。

しり ② 臀部、屁股

こしのうしろの、にくがついて、ふっくらしたところ。

㊟ 指身體中，腰部的後方膨起有肉的部位。

＊

おきゃくさんに、お**しり**をむけてはいけません。

㊞ 不可以用屁股對著客人。

しりあい ⓪ 互相了解、熟人、朋友

たがいにしっていること。

㊟ 指互相了解。或指有互相了解的人。

＊

こうえんに、**しりあい**がたくさんいる。

㊞ 在公園裡有許多的熟人。

しりとり ③ 文字接龍

ことばの、さいごのおとではじまることばを、じゅんにつなげていくあそび。

㊟ 指一種用單字尾音作為下一個單字的頭音，再依序接連下去的文字遊戲。

しりもち ③ ② 屁股著地

うしろにころんで、じめんにしりをつけること。

㊟ 指跌倒時身體是向後由屁股先著地的狀態。

＊

プール《ぷーる》ですべって、**しりもち**をつく。

㊞ 在游泳池裡滑了一跤，屁股著地。

しる ⓪ 深入了解

みたり、きいたりしてわかる。

㊟ 指透過觀察或聽講後有了明確的了解。

＊

すいぞくかんで、いるかについて**しる**。

㊞ 在水族館裡，了解海豚。

しる ① 汁、汁液、湯汁

くだものなどからでる、みずのようなもの。

㊟ 指從水果中所搾取出來的液體。

＊

レモン《れもん》の**しる**。

㊞ 檸檬汁。

しるし ⓪ 記號

ほかのものとのちがいがわかるように、つけたり、かいたりするもの。

㊟ 指一種標上或寫上，用來區分與其他不一樣的符號。

＊

ペン《ぺん》で**しるし**をつける。

㊞ 用筆打上記號。

しれる ⓪ 廣為人知、紅起來

たくさんのひとがしることになる。

㊟ 指變成許多的人都知道狀況。

＊

1《いっ》とうをとり、なまえが**しれる**。

㊞ 拿到了冠軍，他便紅了起來。

し

し

しろ【白《しろ》】 1 white 白色

いろのなまえ。ゆきのようないろ。

注 指顏色的名字。像雪一樣的顏色。

＊

タオル《たおる》のいろは**しろ**だ。

譯 毛巾的顏色是白色的。

しろ 0 城堡

むかし、てきがはいってくるのをふせぐためにたてた、おおきなたてもの。

注 指日本古時候為了防衛敵人入侵所蓋的大型建築物。

＊

えんそくで**しろ**にいく。

譯 遠足去看城堡。

しろい 2 白色的

しろのいろをしているようす。

注 指呈現出白色的樣子。

＊

しろいくも。

譯 白色的雲。

じろじろ 1 打量、盯著看

おもいやりのきもちがなく、じっとみつめるようす。

注 指完全沒有同理心地一直盯著看的樣子。

＊

ころんだひとを**じろじろ**みる。

譯 盯著跌倒的人看。

しわ 0 皺褶

かみやぬの、ひふなどにできる、ほそいすじ。

注 指出現在紙面、布料或是皮膚上的細小線條。

＊

スカート《すかーと》の**しわ**。

譯 裙子上的皺褶。

しん 1 芯

もののまんなかにある、かたいところ。

注 指物體正中間堅硬的部分。

＊

えんぴつの**しん**。

譯 鉛筆的筆芯。

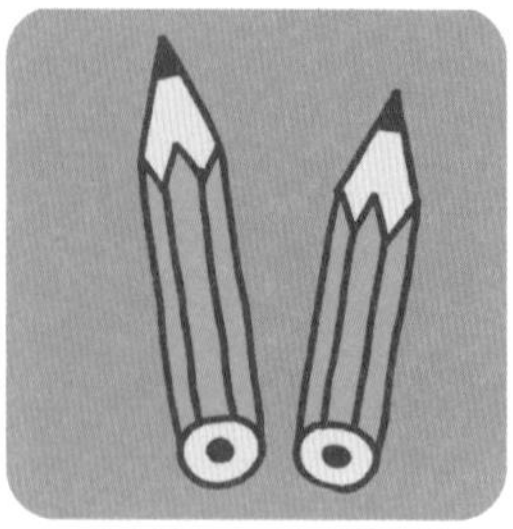

じん 1 （接續其他的名詞後）人

ひと。

注 指人。

＊

おとうさんは、おおさかうまれのかんさい**じん**だ。

譯 爸爸是大阪出身的關西人。

しんかんせん 3 新幹線

ひとをはやくはこぶために、とくべつにつくられたレール《れーる》のうえをはしるでんしゃ。

注 指為了能夠快速載運人們而特別建造出在鐵軌上急駛的電車。

しんこう 0 進行、行進

あるほうこうにむかって、すすんでいくこと。

注 指朝向某一個方向，並向前邁進的意思。

しんごう 0 紅綠燈

いろとおとで、とまれとすすめをしらせるきかい。

注 指在日本，透過顏色和聲音指示人們停下或是行進的機器。

＊

しんごうがあおになる。
譯紅綠燈變成綠燈了。

しんこきゅう 3 深呼吸

ゆっくり、いきをすったり、はいたりすること。
注指緩慢的吸氣及吐氣。
＊
おおきく**しんこきゅう**をする。
譯大大地深呼吸。

しんせつ 1 親切

やさしいきもちで、あいてになにかをしてあげること。
注指為人相當和善，願意幫別人盡心力的意思。
＊
けがをしたひとに、**しんせつ**にする。
譯對受傷的人很親切。

しんぞう 0 心臟

からだのなかにあり、からだぜんたいに、ちをおくるはたらきをするもの。
注指一個輸送血液到身體中各位部位的器官。
＊
しんぞうがどきどきする。
譯心臟噗通噗通地跳著。

しんちょう 0 身高

せのたかさ。
注指身體的高度。
＊
しんちょうがのびる。
譯身高長高。

しんねん 1 新年

あたらしいとし。としのはじめ。
注指嶄新的年份。也指一年的開始。
＊
しんねんのあいさつをする。
譯去拜年（去新年的拜訪）。

しんぱい 0 擔心⇔あんしん 0 安心

なにかがおこるのではないかと、きになること。
注指內心裡想著是否會發生事情的擔憂想法。
＊
あすのてんきが**しんぱい**だ。
譯擔心明天的天候不佳。

しんぶん 0 報紙

いろいろなできごとを、ぶんやしゃしんにして、たくさんのひとにしらせるもの。
注指將許多的事件用文章及照片構成，讓許多人知道的一種媒體。
＊
しんぶんをわたす。
譯交付報紙。

しんぼう 1 忍耐

いやなことやつらいことを、じっとがまんすること。
注指默默地忍受著各種討厭及辛苦的事。
＊
やまのうえまで、もうすこしの**しんぼう**だ。
譯再忍耐一下，只差一點就可以爬到山頂上了。

しんるい 0 親屬、親戚

かぞくいがいの、ちのつながっているひとや、けっこんでつながっているひと。
注除了家人之外，有血緣關係或是姻緣關係的人。

す ス

す 1 0 巣

とりやむしなどがすんでいるところ。

㊟指鳥類或是昆蟲所棲息的處所。

＊

とりが、すでこどもをそだてる。

㊣鳥兒在鳥巢中養育小鳥。

す 1 醋

たべものにすっぱいあじをつけるもの。

㊟指一種添加酸味用的調味料。

＊

すをつかったサラダ《さらだ》はすっぱい。

㊣加了醋的生菜沙拉好酸。

ず 0 圖、圖畫

もののかたちやようすなどを、わかりやすくかいたもの。

㊟指為了便於了解，而將物體的形體或樣貌畫出來的物品。

＊

えきまでのみちを、ずにかく。

㊣將前往車站的道路圖畫出來。

すいえい 0 swimming 游泳

およぐこと。

㊟指游泳的動作。

＊

すいえいをならう。

㊣學習游泳。

すいか 0 watermelon 西瓜

あまいあじのする、なつのくだもの。おおきなたまのかたちをしている。

㊟指一種具有甜味的夏季水果。外貌又大又圓。

⇒ 請參考473頁。

すいこむ 3 吸、吸入

くうきやみずのようなものをおおきくすって、なかにいれる。

㊟指將空氣或是水狀的液體透過強大的吸力吸進去的動作。

＊

そうじきが、ごみをすいこむ。

㊣用吸塵器吸垃圾。

すいしゃ 1 0 水車

ながれるみずのちからでくるまをまわし、べつのちからをつくりだすもの。

㊟指一種利用水力轉動，使其產生其它能量的物體。

＊

すいしゃがまわる。

㊣水車轉動。

すいすい 1 輕快移動貌

とまることなく、うごくようす。

㊟指移動完全沒有停滯的樣子。

＊

さかながすいすいとおよぐ。

㊣魚輕快地游動。

すいせん 0 水仙花

しろやきいろの、においのよいはな。はるにさく。

注 指一種外觀為白色或是黃色，並會發出芳香氣味的春季花朵。

＊

すいせんのはながさく。

譯 水仙花開花。

すいそう 0 魚缸

さかなをかうための、みずをいれるいれもの。

注 指裝入了水，用於養魚的容器。

＊

すいそうで、きんぎょをかう。

譯 用魚缸養金魚。

すいぞくかん 4 3 水族館

みずのなかにすむいきものをあつめて、たくさんのひとにみせるところ。

注 指一個養著許多水生動物，並開放給人們參觀的地方。

＊

すいぞくかんでさかなをみる。

譯 在水族館裡觀賞魚。

すいつく 3 吸住、緊吸著

すうように、ぴったりとくっつく。

注 指就好像吸著一樣，緊緊黏在一塊。

＊

あかちゃんが、おちちにすいつく。

譯 嬰兒緊吸著母親的乳房。

スイッチ《すいっち》 2 1 switch 開關

でんきをとおしたり、とめたりするときにつかうもの。

注 指可以使電流通過或是停止的一種設備。

＊

エアコン《えあこん》のスイッチ《すいっち》をいれる。

譯 打開空調。

すいとう 0 水壺

でかけるときに、のみものをいれてもっていく、いれもの。

注 指一種可以裝飲料，以便帶到外面去飲用的容器。

すいどう 0 自來水管

くらしでつかうみずを、いえまではこんでくるもの。

注 指能將生活中的必須用水運到家中的一樣設施。

＊

すいどうのみずをおふろにいれる。

譯 將自來水管中的水放入浴缸中。

ずいぶん 1 相當地

おもっていたよりも、もっと。とても。

注 指比預想的程度還要更加地高的狀況。

＊

きょうはずいぶんあつい。

譯 今天實在是相當地熱。

すいへい 0 水平

しずかなみずのめんのように、たいらなこと。

注 指像寧靜的海平面一樣平的狀態。

＊

うでをすいへいにひろげる。

譯 將兩手水平伸直。

す

すいようび 3 Wednesday 星期三

かようびのつぎのひ。

㊟指星期二的下一個日子。

＊

すいようびにしゅうじをならう。

譯在星期三要學習寫毛筆字。

すう 0 吸、吸氣 ⇔ はく 1 吐、吐氣

くうきやみずのようなものを、なかにいれる。

㊟指將空氣或是水狀的液體往內引入的動作。

＊

もりのくうきをすう。

譯吸森林裡的空氣。

すうじ 0 數字

1、2、3《いち に さん》など、かずをあらわすもじ。

㊟指一、二、三等，表示數目的文字。

⇒請參考452頁。

スーパーマーケット《すーぱーまーけっと》 5 supermarket 超市

たべものやいろいろなものを、たくさんうっている、おおきなみせ。

㊟指販賣許多食物及各種物品的大型商店。

すえ 0 末、末尾

いちばんおわり。

㊟指最終的部分。

スカート《すかーと》 2 skirt 裙子

おんなのひとのふくで、こしからしたをおおうもの。

㊟指一種從腰部往下蓋住的女性服飾。

＊

スカート《すかーと》をはく。

譯穿裙子。

すがた 1 姿態、樣態

からだのかたちや、ふくをきたときのようす。

㊟指身體的型態或是穿著看起來的樣子。

＊

すがたをかがみでみる。

譯照鏡子看外貌（樣態）。

すき 2 喜歡 ⇔ きらい 0 討厭

きもちにぴったりとあい、よいとおもうようす。

㊟指一種感受上很符合自己的喜好，感覺很好的樣子。

＊

わたしは、ままごとがすきだ。

譯我很喜歡玩扮家家酒。

すき 0 空隙、空檔

あいているじかん。

㊟指中間空出來的時間。

＊

すきをついて、ねこがにげた。

譯貓咪趁隙逃跑了。

すぎ 0 杉木

はりのようなはをもった、せのたかいき。

㊟指一種葉子針狀的高大樹木。

スキー《すきー》 2 skiing 滑雪

ほそながいいたをくつにつけて、ゆきのうえをすべるス《す》ポーツ《ぽーつ》。

㊟指一種踩著細長滑雪板，在雪上滑行的運動。

＊

スキー《すきー》であそぶ。

譯玩滑雪。

スキップ《すきっぷ》 2 skip 單腳跳

かたあしで、かわるがわる2《に》ほずつ、とぶようにしてすすむこと。

㊟指一種輪流用單腳往前跳，慢慢前進的動作。

すきとおる 3 透明

もののなかやむこうにあるものが、よくみえる。

㊟指可以看到物品的內層及其對面景物的狀態。

＊

そうじをして、ガラス《がらす》がすきとおる。

譯在清掃後，玻璃變得透明。

すきま 0 縫隙

ものとものとのあいだの、あいているところ。

㊟指物體及物體之間的空隙。

＊

うでのすきまから、ねこがにげた。

譯貓咪從手臂間的縫隙中溜掉了。

すぎる 2 經過

あるところをとおって、さきへすすむ。

㊟指通過某個地方，並向前方前進的動作。

＊

こうえんのまえをすぎて、いえにかえる。

譯經過公園的前方回家。

すく 0 空、稀疏 ⇔ **こむ** 1 擁擠、（交通）阻塞

なかにあるものがすくなくなったり、なくなったりする。

㊟指某些東西變少或是消失的狀態。

＊

ゆうがたになり、みちがすく。

譯到了晚上，道路上就變得空曠。

すく 0 清楚透明

ものをとおして、むこうにあるものがよくみえる。

㊟指透過物體，能將對面看得一清二楚的狀況。

＊

まどから、かだんがすいてみえる。

譯從窗戶那可以清楚透明地看見花圃。

すく 1 2 喜歡 ⇔ **きらう** 0 討厭

きもちにぴったりとあい、よいとおもう。

㊟指一種感受上很符合自己的喜好，而感覺到好的動作。

＊

ともだちにすかれる。

譯 朋友喜歡我。

すぐ 1 ①馬上 ②很近的

①じかんがかからないようす。
②とてもちかいようす。

注 ①指不耗費時間的樣子。
②指非常的近的樣子。

＊

①すぐに、ばんごはんですよ。

譯 馬上就可以吃晚飯囉！

①

すくう 0 撈（取）

みずやこまかいものを、てやいれものでとりだす。

注 指用手或容器將水或是細小的物品取出的動作。

＊

スプーン《すぷーん》でさとうをすくう。

譯 用湯匙撈起砂糖。

すくう 0 救

たすける。

注 指幫助的動作。

＊

おぼれそうな、こいぬをすくう。

譯 救一隻溺了水的小狗。

すくすく 2 1 茁壯地、健康地

げんきよくそだっているようす。

注 指很有活力地成長的樣子。

＊

あかちゃんがすくすくとそだつ。

譯 嬰兒健康地成長。

すくない 3 少的 ⇔ おおい 1 2 多的

かずやりょうがすこししかないようす。

注 指數量只有一點點的樣子。

＊

クッキー《くっきー》がのこりすくない。

譯 餅乾所剩不多了。

すぐれる 3 優秀

ほかとくらべてうえである。

注 形容跟其他的人或物比起來更優異的動詞。

＊

かけっこにすぐれる。

譯 在賽跑的表現上相當優秀。

スケート《すけーと》 0 2 skating 溜冰

そこに、はのついたくつをはいて、こおりのうえをすべるスポーツ《すぽーつ》。

注 指一種穿上了有刀刃的鞋子，在冰上滑行的運動項目。

＊

いけのうえでスケート《すけーと》をする。

譯 在（凍結的）池塘上方溜冰。

すごい 0 2 很棒的、厲害的、驚奇的

びっくりするほどふつうとはちがって、よいようす。

注 指與一般的不同，能做到驚人程度般的好的狀態。

＊

けんだまができるなんて、すごい。
譯 居然會玩劍玉，好厲害。

すこし [2] 些微 ⇕ たくさん [3] 許多

かずやりょうがすくないようす。
注 指數量很少的樣子。
＊
きのうより**すこし**あつい。
譯 跟昨天比起來稍微有點熱。

すごす [2] 過（時間、日子）

じかんをつかう。
注 指應用時間的動作。
＊
キャッチボール《きゃっちぼーる》をして**すごす**。
譯 玩接球的遊戲渡過時間。

すごすご [1] [3] 黯然離去貌、垂頭喪氣地離開貌

おもったとおりにできなくて、そのばからいなくなるようす。
注 指事情的變化預想的不一樣，於是從事發現場離去的樣子。
＊
すごすごとにげる。
譯 黯然地逃離。

スコップ《すこっぷ》 [2] scoop 小鏟子

つちやすなをほったり、すくったりするどうぐ。
注 指用來挖掘土壤或是沙子時用的道具。

すごろく [0]（日本的遊戲）雙六

さいころをふり、でためのかずだけ、こまをすすめるあそび。
注 指一種擲骰子，依擲出的點數讓棋子前進的遊戲。
＊
すごろくをする。
譯 玩雙六。

すし [2] [1] 壽司

すであじをつけたごはんに、さかなやかいなどをのせたり、まぜたりしたたべもの。
注 指一種食品。先將米飯用醋醃泡過，再將魚貝類等的食材混入飯裡或是擺飾上去。

すじ [1] 線、紋路

ほそながい、せんのようなもの。
注 指一種細長狀的痕跡。
＊
ズボン《ずぼん》に**すじ**をつける。
譯 將褲子燙出線條。

すす [1] [2] 煤煙

けむりのなかにまじっている、くろいこな。
注 指摻雜在煙霧中的一種黑色粒子。

すず 0 鈴噹

ふると、よいおとがするもの。

(注) 指一種在搖晃時，會聽到悅耳聲響的道具。

＊

ねこのくびに**すず**をつける。

(譯) 在貓咪的脖子上裝上鈴噹。

すすき 0 芒草

さきが、ほうきのようなかたちをしたくさ。

(注) 指穗部像掃帚狀的一種草。

すずしい 3 涼快的 ⇔ あたたかい 4 溫暖的

はだがひんやりして、きもちがよいようす。

(注) 指肌膚感到涼爽，舒服的樣子。

＊

うみのかぜが**すずしい**。

(譯) 海風很涼快。

すすみでる 4 站出來、向前移動

まえのほうへうごいていく。

(注) 指向著前面移動的動作。

＊

しゅやくになりたいと、**すすみでる**。

(譯) 自己站到前面表示想演出主角。

すすむ 0 前進

まえのほうへうごく。

(注) 指向著前方移動的動作。

＊

やまのなかのみちを**すすむ**。

(譯) 在山中的道路向前進。

すずむ 2 乘涼

すずしいかぜにあたって、すこしのあいだ、あつさをさける。

(注) 指吹著涼風，在短暫的時間裡避暑。

＊

きのしたで**すずむ**。

(譯) 在樹下乘涼。

すずむし 2 日本鈴蟲

くさむらにすむ、あきのむし。おすは、はねをこすりあわせてなく。

(注) 指棲息在草叢中的一種秋季的昆蟲。雄蟲會拍打翅膀發出鳴聲。

⇒ **請參考466頁。**

すずめ 0 麻雀

ひとのいえのちかくにすむ、せなかがちゃいろのことり。

(注) 指一種背部是咖啡色，棲息於人類生活週遭環境的小鳥。

⇒ **請參考464頁。**

すすめる 0 使…移動

まえへいくようにする。

(注) 指將物體向前移動的動作。

＊

ゆっくりとくるまを**すすめる**。

(譯) 慢慢地將車向前開。

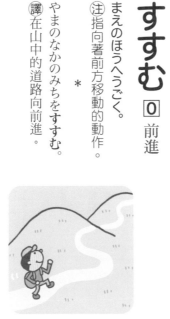

すすめる 0 勸誘、推薦

よいとおもったことを、ひとにもするようにいう。

注 指邀請他人一起來做一些的事。

＊

サッカー《さっかー》をするようにすすめる。

譯 勸誘他人一起來踢足球。

すする 0 啜、吸（麵條、湯）

そばやみずなどを、すうようにくちにいれる。

注 指將蕎麥麵條或是水等吸引入嘴裡的動作。

＊

うどんをすする。

譯 吸食烏龍麵（條）。

すそ 0 ①下襬 ②山麓

①ようふくの、したのほう。
②やまのふもと。

注 ①指衣物中，底下的部分。
②指山腳。

スタート《すたーと》 2 0 start 開始

はじめること。

注 指開始進行。

＊

「ようい、どん」でスタート《すたーと》する。

譯 聽到「預備！去！」就開始跑步。

ずつ 0 每…

おなじかずやりょうになるようにわけるときに、つけることば。

注 指為了等量分配時的接續用語。

＊

ふたつずつくばる。

譯 每兩顆分給一個人。

すっかり 3 完全

のこるものがなにもないようす。ぜんぶ。

注 指毫無殘留的樣子。與「ぜんぶ」不同。

＊

えさをすっかりたべた。

譯 飼料完全吃光了。

すっきり 3 舒爽、痛快

きもちがよくて、いやなことがなにもないようす。

注 指感覺很好，完全沒有任何不舒服的樣子。

＊

かぜがなおって、すっきりした。

譯 感冒好了，感覺非常的舒爽。

すっと 0 1 咻地一聲、很快地

うごきがはやいようす。

注 指動作很快的樣子。

＊

すっとせきをたつ。

譯 咻地一聲就從椅子上站起來。

ずっと 0 遠比…更…

くらべたとき、ちがいやさがおおきいようす。

注 指比較時，差距相當地大的樣子。

＊

おにいさんのほうが、ずっとせがたかい。

譯 哥哥的身高遠比我高很多。

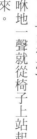

すっぱい 3 酸的

レモン《れもん》やすのようなあじがするようす。

注 指像是檸檬或醋所帶有的味道。

＊

すっぱいあめ。

譯 很酸的糖。

すてき 0 很棒的

すばらしくて、きもちがひかれるようす。

注 指相當地好，會受其吸引的樣子。

＊

すてきなくつ。

譯 很棒的鞋子。

ステッキ《すてっき》 2 stick 拐杖

つえ。

注 指支撐身體的手杖。

すてる 0 丟、丟棄 ⇔ ひろう 0 撿、撿起

いらなくなったものをてばなす。

注 指將不要的東西拋棄。

＊

ごみばこにごみをすてる。

譯 將垃圾丟入垃圾筒。

ストーブ《すとーぶ》 2 heater 暖爐

でんきやガス《がす》などをつかって、へやをあたためるどうぐ。

注 指利用電或是瓦斯等能源，使房間變得暖和的家電。

ストップ《すとっぷ》 2 stop 停止

とまること。

注 指停下來的動作。

＊

しんごうがあかになり、くるまがストップ《すとっぷ》する。

譯 變紅燈了，車子停了下來。

ストロー《すとろー》 2 straw 吸管

のみものをのむときにつかう、ほそいくだ。

注 指一種用來喝飲料時使用的細管。

＊

ストロー《すとろー》でジュース《じゅーす》をのむ。

譯 用吸管喝果汁。

すな 0 sand 沙

とてもこまかい、いしのつぶ。

注 指一種非常細小的微小石粒。

＊

すなのトンネル《とんねる》をつくる。

譯 堆沙隧道。

すなあそび 3 玩沙

こどもがすなをつかってあそぶこと。

注 指孩童用沙玩耍的意思。

＊

すなばですなあそびをする。

譯 在沙坑玩沙。

すなお 1 老實

さからったり、いやがったりしないようす。

注 指乖乖地，不做一些違逆（大人）的行為的樣子。

＊

せんせいのいうことをすなおにきく。

譯 很老實地聽老師講的話。

すなば 0 沙坑

すなあそびをするために、すなをいれたところ。

注 指為讓人玩沙而設置的一個填滿沙的沙場。

すなはま 0 沙灘

うみとりくのさかいめで、すなのある、ひろいところ。

注 指海洋及陸地之間一個充滿細沙的接壤處。

＊

すなはまで、ビーチボール《びーちぼーる》であそぶ。

譯 在沙灘上玩海灘球。

すなぼこり 3 沙塵

ほこりのように、くうきのなかをとぶすな。

注 指像灰塵一樣，飄浮在空氣中的沙粒。

＊

すなぼこりでまえがみえない。

譯 因為沙塵的關係，前面都看不清楚。

すね 2 小腿

ひざからあしくびまでのところ。

注 指膝蓋到腳踝之間的部分。

＊

ころんで**すね**にけがをする。

譯 因為跌倒小腿受了傷。

す

すねる 2 鬧彆扭

おもったとおりにならないので、ぐずぐずとさからう。

注 指由於事情無法如予想的一樣，所以故意擺出不合作的態度。

＊

あそんでもらえないので**すねる**。

譯 由於沒有人要跟我玩，所以鬧彆扭。

すばこ 1 0 人工巢箱

とりがすをつくりやすいように、きなどにおいたはこ。

注 指一種為了便利鳥類築巢而設置在樹上等處的箱子。

＊

とりが**すばこ**にもどる。

譯 小鳥回到人工巢箱裡了。

すばしこい 4 敏捷的

まわりのようすをみながら、きびきびとうごくようす。

注 指一邊觀查周邊的情況，同時矯健地移動的樣子。

＊

ねこが、**すばしこい**ねずみをおいかける。

譯 貓咪追逐著敏捷的老鼠。

すばやい 3 快速的

うごきがとてもはやいようす。

注 指動作很快的樣子。

＊

きがえるのが**すばやい**。

譯 很快就換好衣服了。

すばらしい 4 相當好的、傑出的、絕佳的

りっぱだったり、きれいだったりして、きもちがすっきりするようす。

注 指非常優秀、或是相當潔淨，感覺很舒爽的樣子。

＊

すばらしいあおぞらだ。

譯 絕佳的天候。

スピーカー《すぴーかー》 2 loudspeaker 音響、喇叭

こえやおとをおおきくするどうぐ。

注 指一種可以讓音量變大的設備。

＊

スピーカー《すぴーかー》からこえがきこえる。

譯 聽到音響傳出的聲音。

スピード《すぴーど》 0 speed 速度

ものやひとなどがうごくはやさ。

注 指物體或人等動作的快慢程度。

スプーン《すぷーん》 2 spoon 湯匙

みずやこななどをすくう、ちいさなどうぐ。さじ。

注 指用來撈取水或粉末等的小型用具。與「さじ」相同。

＊

スプーン《すぷーん》でジャム《じゃむ》をすくう。

譯 用湯匙挖果醬。

ずぶぬれ 0 全身溼透

あめなどで、からだやようふくがすっかりぬれること。

注 指因為下雨等因素，身體及衣服整個變成濡溼狀的狀態。

すべりだい 3 slide 溜滑梯

うえからすべりおりて、あそぶもの。

注 指一種能從上方向下溜的遊樂器材。

すべる 2 滑、滑行

もののうえをするするとうごく。

注 指從物體的上方滑動的動作。

＊

そりでゆきのうえをすべる。

譯 乘雪橇在雪上滑。

スポーツ《すぽーつ》 2 sport 運動項目

いろいろなうんどうをまとめていうことば。

注 指各種運動的總稱。

＊

スキー《すきー》はふゆのスポーツ《すぽーつ》だ。

譯 滑雪是冬季時的運動項目。

スポーツマン《すぽーつまん》 4 athlet 運動員

スポーツ《すぽーつ》をするひと。

注 指專職於運動項目的人。

＊

おにいさんはスポーツマン《すぽーつまん》だ。

譯 哥哥是運動員。

ズボン《ずぼん》 2 1 pants 褲子

こしからしたではく、りょうあしをべつべつにつつむようふく。

注 指一種從腰部到兩腳分別包覆住的下半身衣物。

＊

ズボン《ずぼん》をはく。

譯 穿褲子。

すまい 1 住處

すんでいるところ。

注 指居處的地方。

＊

すまいはどこですか。

譯 你住在哪裡呢（你的住處是哪裡呢）？

す

すます ② 做完

おわらせる。

注 指將做的事情給結束掉。

＊

かだんのみずやりを**すます**。

譯 停止澆花圃裡的花（做完澆花）。

すます ② 專注於

ひとつのことだけにきもちをよせる。

注 指注意力只擺在一件事情上的狀態。

＊

ちいさなものおとに、みみを**すます**。

譯 專注聽著傳出來的微小聲音。

すみ ① 角落

かこまれているもののかど。

注 指圍起之處所接合的尖角處。

＊

へやの**すみ**のごみをとる。

譯 撿起房間角落的垃圾。

すみ ② 煤炭

ものをもやすためにつかう、きからつくった、くろいかたまり。

注 指為了燃燒物品時，所使用的一種由樹木製成的黑色塊狀物。

＊

バーベキュー《ばーべきゅー》で**すみ**をつかう。

譯 用煤炭巴比Q（燒烤）。

すみ ② 墨條

ふででじやえをかくときにつかう、すをかためたもの。

注 指一種將煤炭加工成固體狀，用於毛筆寫字或作畫時使用的文具。

＊

すみでじをかく。

譯 磨墨寫毛筆字。

すみか ① 住處、棲息地

すんでいるところ。

注 指居住的地方。

＊

ことりの**すみか**。

譯 小鳥的棲息地。

すみっこ ① ② 角落 ⇒ すみ ① 角落

すみません ④ 對不起、抱歉

あやまったり、ものをたのんだりするときにつかうことば。

注 指用於謝罪或是想要開口請求他人幫助時所說的話。

＊

すみません。

譯 對不起。

すみれ ⓪ 紫花地丁

はるに、のはらやみちのほとりにさくはな。

注 指春季時，會在野原處或是路邊盛開的花。

＊

すみれのはなは、むらさきだ。

譯 紫花地丁的花顏色是紫色的。

すむ ① 居住

ずっといるところをきめて、そこでくらす。

注 指決定要一直待在某處，在那邊生活。

＊

もりのなかに**すむ**。

譯 居住在森林裡。

すむ 1 （事情）結束

すっかりおわる。

注 指（事情）完全地終止。

*

ピアノ《ぴあの》のけいこがすむ。

譯 鋼琴課結束了。

すむ 1 清澈 ⇔ にごる 2 混濁

よごれがなくなり、すきとおってみえる。

注 指髒汙消失變得清晰可見的樣子。

*

うみのみずがすんでみえる。

譯 海水看起來很清澈。

すもう 0 相撲

あいてをたおすか、どひょうのそとにだすかによって、かちまけをきめるスポーツ《すぽーつ》。

注 指將對方打倒或推出場外決定輸贏的運動。

*

すもうをとる。

譯 比相撲。

すやすや 1 安穩地（睡）

きもちよくねむっているようす。

注 指睡的很香甜的樣子。

*

あかちゃんが、すやすやとねむっている。

譯 嬰兒安穩地睡著。

すらすら 1 順暢地

なににもじゃまされないで、うまくすすむようす。

注 指没有被干擾順利進行的樣子。

*

えほんをすらすらとよむ。

譯 順暢地讀著繪本。

ずらり 2 3 成排地

ひとやものが、たくさんならぶようす。

注 指人或物大量排列的樣子。

*

りんごがずらりとならぶ。

譯 蘋果成排地排列著。

スリッパ《すりっぱ》 1 2 slippers 拖鞋

へやのなかで、あしにつっかけてはくもの。

注 指在房間内方便穿脫的鞋子。

*

スリッパ《すりっぱ》にはきかえる。

譯 換上拖鞋。

スリップ《すりっぷ》 2 slip 打滑

くるまのタイヤ《たいや》がすべること。

注 指車子的輪胎打滑的意思。

すりむく 3 擦破

つよくこすって、ひふがうすくはがれる。

注 指用力磨擦皮膚輕微破皮。

*

ころんで、てのひらをすりむく。

譯 跌倒後，手掌擦破了。

する 0 做

あることのために、からだをうごかす。

注 指為了進行某事而讓身體有所動作。

*

かくれんぼを**する**。
譯玩捉迷藏（做捉迷藏這項遊戲）。

する 1 印、印刷

もとなるえやじにインク《いんく》やえのぐをつけて、かみにあて、こすっておなじものをうつす。

注指在印版上添入印墨或是繪圖原料，接著將印版貼在紙面上，再摩擦使版上的字出現在紙上的動作。
＊
えはがきを**する**。
譯印風景明信片。

する 1 摩擦

ものとものをつよくおしつけて、うごかす。
注指將物體與物體緊貼，再來回擦動的動作。
＊
マッチ《まっち》を**する**。
譯點火柴（摩擦火柴）。

ずるい 2 狡猾的

じぶんだけによいことがあるように、ただしくないことをするようす。
注指為了便利自己，就做出不對的行為的樣子。
＊
ならんでまたないのは、**ずるい**。
譯居然不肯排隊，真是狡滑。

するする 1 輕輕滑動貌、輕快移動貌

すべるようにうごくようす。
注指像滑行一樣移動的樣子。
＊
さるが**するする**ときにのぼる。
譯猴子敏捷地爬到樹上（猴子輕快地爬到樹上）。

ずるずる 1 拖行貌

ひきずって、すこしずつうごくようす。
注指慢慢地拖拉著的樣子。
＊
ひもを**ずるずる**とひきずる。
譯拖拉著繩子。

すると 0 於是、接著

まえにつづいて、つぎのことがおこるときにつかうことば。
注指接續著前項事情，並表示接下來發生什麼事的用語。
＊
たたいた。**すると**、へんじがきこえた。
譯敲了門後，接著聽到裡面傳出來的回應聲。

するどい 3 尖銳的

さきがとがって、よくきれるようす。
注指物體的前端部相當地鋒利狀的樣子。
＊
さめのはは**するどい**。
譯鯊魚的牙齒相當地尖銳。

す

すれちがう 4 0 交錯、擦身而過

さわるくらいちかいところを、はんたいのほうこうにとおりすぎる。

注 指在幾乎會相互觸碰到的狹窄地方，與對向的移動物體交會經過。

＊

せまいみちを**すれちがう**。

譯 在狹路上擦身而過。

すれる 2 磨破

ものとものがふれあって、すりきれる。

注 指物體及物體相互接觸到，並出現擦痕。

＊

セーター《せーたー》のひじが**すれる**。

譯 毛衣的手肘部分磨破了。

すわる 0 坐、坐下 ⇔ たつ 1 站、站立

ひざをまげて、いすなどのうえにこしをおろす。

注 指彎曲膝蓋，將腰下壓在椅子等處的動作。

＊

おじさんのとなりに**すわる**。

譯 坐在叔叔的旁邊。

せ
セ

せ 1 身高

あたまのてっぺんからかかとまでのながさ。

注 指從頭頂到腳跟之間的長度。

＊

おとうさんは**せ**がたかい。

譯 爸爸的身高很高。

せいかつ 0 ①活動 ②生活

①いきいきとうごくこと。
②くらすこと。

注 ①指生氣勃勃地動著的樣子。
②指過日子的意思。

＊

①ようちえんでの**せいかつ**。

譯 ①在幼稚園裡活動。

①

せいくらべ 3 比身高

せのたかさをくらべること。

注 指相互比較身體高度的意思。

せいじか 0 政治家

そのくにのくらすひとびとのくらしを、よくするためにはたらくひと。

注 指為了讓住在那個國家的人們能夠變得更好而努力工作的人。

せいしつ 0 天性、本質

ひとやものがもとからもっている、そのひとやそのものならではのもの。

注 指人或是物體原本就具有的獨特性質。

＊

おとうとは、やさしい**せいしつ**だ。

譯 弟弟的天性非常善良。

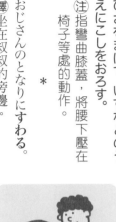

せいじんのひ ⑥ 成人日

20《にじっ》さいになったひとを、おとなとしていわうひ。1《いち》がつのだい2《に》げつようび。

注 指祝賀人滿二十歲的一個日本的節日。為每年一月的第二個星期一。

せいせき ⓪ 成績

べんきょうやしごとなどのできぐあい。

注 指學習、練習及工作等的績效。

*

やきゅうチーム《ちーむ》のせいせきがよい。

譯 棒球隊的成績很好。

ぜいたく ③④ 奢侈

ふつうより、かねをかなりたくさんつかうこと。

注 指用錢得比一般人還多的意思。

*

おうさまがぜいたくにくらす。

譯 國王的生活過得很奢侈。

せいちょう ⓪ 成長

ひとやどうぶつなどが、そだって、おおきくなること。

注 指人或是動物等發育、長大的意思。

*

あかちゃんのせいちょうは、はやい。

譯 嬰兒成長的很快。

せいと ① （高中以下的）學生

がっこうなどで、せんせいから、おしえてもらうひと。

注 指在學校等地方，接受老師教育的人。

*

すいえいをならうせいと。

譯 學習游泳的學生。

せいとん ⓪ 整理

もとのばしょにもどして、かたづけること。

注 指將物品擺回原處，加以收拾的意思。

*

じぶんのへやをせいとんする。

譯 整理自己的房間。

せいよう ① 西洋

ヨーロッパ《よーろっぱ》やアメリカ《あめりか》のくにのこと。

注 指歐洲及美洲的國家的意思。

*

せいようのりょうりをたべる。

譯 吃西洋料理。

せいり ① 整理、整頓

まとまりがなくなったものをただしくととのえ、いらないものはすてること。

注 指將散亂的東西收拾整齊，並丟棄不要的物品的意思。

*

ふくをせいりする。

譯 整理衣物。

セーフ《せーふ》 ① safe

①安全上壘 ②安全過關⇔アウト ① ①出局 ②失敗受阻

①スポーツ《すぽーつ》のルール《るーる》で、アウト《あうと》にならないこと。②ものごとがうまくいくこと。

注 ①指體育的規則中，沒有被判出局的狀態。②指事務的進展相當順利的意思。

せおう ② 背、背負

せなかにものやひとをのせる。

注 指在背上背著人或是物品。

*

せ

リュックサック《りゅっくさっく》を**せおう**。

㊟譯 背著背包。

せかい ①世界

ちきゅうにある、ぜんぶのばしょ。

注 指地球上所囊括的所有地方。

*

せかいちずをみる。

譯 看世界地圖。

せがむ ②纏住並要求、央求

むりだとおもうことをしてほしいとたのむ。

注 指死纏爛打地請求對方做自己想要的事情。

*

おかしをかってほしいと**せが**む。

譯 硬纏著媽媽央求買甜點。

せき ②咳嗽（的氣）

のどのちょうしがよくないときなどにでる、つよいいき。

注 指喉嚨的狀況不好的時候，所強力咳出來的氣。

*

ごほごほと**せき**をする。

譯 「咳…咳…咳」地咳嗽。

せき ①座位

すわるところ。

注 指坐的地方。

*

じぶんの**せき**をみつける。

譯 找自己的座位。

せきたん ③煤炭

もやしたときにでるねつをつかう、くろくて、かたいもの。

注 指一種黑色硬塊物體，能夠在燃燒時產生熱能。

*

せきたんをつかうストーブ《すとーぶ》。

譯 燃燒煤炭的火爐。

せっかく ⓪特別地

わざわざするようす。

注 指特地的意思。

*

せっかくたねをまいたのに、あめでながれた。

譯 虧我還特別地播下種子，結果一場雨就流掉了。

せっく ⓪節日

きせつがうつりかわるころなどをいわうひ。

注 指慶祝季節轉換時等重要的日子。

せっけん ⓪肥皂

あかやよごれをあらっておとすためにつかうもの。

注 指用來洗去汙垢的一種清潔用品。

*

せっけんでしっかりとてをあらう。

譯 用肥皂洗乾淨。

せっせと ①勤勞貌

やすまないで、きもちをこめてなにかをするようす。

注 指完全不休息，全神貫注做某事的樣子。

*

ありが**せっせと**、はたらく。

㊟譯 螞蟻們很勤勞地工作。

せつぶん 0 （日本的）節分

まめをまいておにをおいだし、よいことがおこるようにねがうひ。

注 指日本的一個撒豆驅鬼，求得逢凶化吉的節日。

＊

せつぶんのひにまめをまく。

譯 在節分那天撒豆子。

せつめい 0 說明

あいてによくわかるようにはなすこと。

注 指說清楚讓對方明白的意思。

＊

つかいかたの**せつめい**をきく。

譯 聽取使用方法的說明。

せなか 0 back 背、背部

むねとはらの、うしろがわのところ。

注 指胸部跟肚子後方的部位。

＊

おやがめの**せなか**に、こがめがのる。

譯 大龜的背上有一隻小龜。

せのび 1 2 踮腳、伸懶腰

つまさきでたって、せをたかくすること。

注 指將腳尖立地，讓身體變高的動作。

ぜひ 1 請務必

かならず。きっと。

注 指一定要的意思。與「かならず」「きっと」相同。

＊

ぜひ、あそびにきてください。

譯 請你務必要來玩喔！

せまい 2 狹窄的 ⇔ ひろい 2 寬廣的

ひろさやはばがちいさいようす。

注 指寬度或是幅度很狹小的樣子。

＊

せまいみちをあるく。

譯 穿過狹小的道路。

せみ 0 蟬

なつに、きなどにとまって、よくなくむし。おすがなく。

注 指一種夏天時會棲息在樹上，不停鳴叫的昆蟲。雄性才會鳴叫。

⇒請參考466頁。

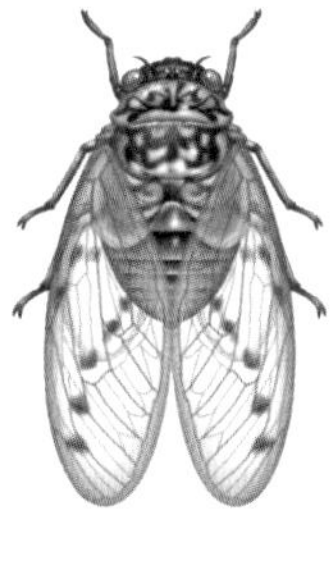

せめて 1 至少

おもったとおりではないが、それだけは。すくなくとも。

注 指雖然不要求能如期待的發展，但是祈望能達到一點期望的意思。意同「すくなくとも」。

＊

せめて、あしたははれてほしい。

譯 希望至少明天會放晴。

せめる ② 進攻 ⇔ ふせぐ ②／まもる ② 防守

こちらからたたかいをしかける。

㊟指從講話者這邊進行攻擊。

＊

ゴール《ごーる》をせめる。

㊟攻球門。

ゼリー《ぜりー》 ① jelly 果凍

くだもののしるに、さとうなどをまぜて、ひやしてかためたかし。

㊟指用果汁等混合砂糖作調味後，再冰凍起來製成的甜點。

＊

みかんのあじのゼリー《ぜりー》。

譯 橘子口味的果凍。

ゼロ《ぜろ》 ① zero 零

すうじの0《ぜろ》。なにもないこと。

㊟指數字的０。亦指什麼都沒有的意思。

セロハンテープ《せろはんてーぷ》 ⑤ scotch tape 膠帶

かたほうのめんにのりがついていて、なにかをはるのにつかうテープ《てーぷ》。

㊟指單邊的面具有黏著力，可應用於物品黏合時的膠布。

セロリ《せろり》 ① celery 西洋芹

くきをなまでたべることがおおいやさい。においがつよい。

㊟指一種莖部常常被拿來生吃的蔬菜。具有很強烈的味道。

⇒ 請參考４７０頁。

せわ ② 照顧

みのまわりの、いろいろなことをしてあげること。

㊟指對於身邊大大小小的事加以照料的意思。

＊

きんぎょのせわをする。

譯 照顧金魚。

せん【千《せん》】 ① 千、一千

かずのなまえ。100《ひゃく》の10《じゅう》ばいのかず。

㊟指數量的名稱。即數字一百的十倍。

＊

せんえんさつ。

譯 千元鈔票。

せん ① 線

ほそく、ながいすじ。

㊟指一種細長紋路。

＊

つちのうえに、せんをひく。

譯 在土地的上面畫線。

せんげつ ① 上個月

こんげつのまえのつき。

㊟指這個月之前的那個月份。

＊

せんげつ、おじいさんのいえにいった。

譯 上個月我去了爺爺的家裡。

ぜんこく 1 全國

くにじゅう。

㊟指整個國家之中。

せんしゅ 1 選手

しあいにでるために、たくさんのなかからえらばれたひと。

㊟指從許多的人中被選拔出來，參加比賽的人。

＊

サッカー《さっかー》の**せんしゅ**。

㊂足球選手。

せんしゅう 0 上週、上星期

こんしゅうのまえのしゅう。

㊟指這一週之前的那一週。

＊

せんしゅう、しおひがりにいった。

㊂上週我去了撿貝活動。

せんす 0 扇子

あおいで、かぜをおこすどうぐ。

㊟指一種搧了之後，會產生風的道具。

＊

せんすであおぐとすずしい。

㊂用扇子搧一搧就涼多了。

せんせい 3 老師

べんきょうやいろいろなことを、おしえるひと。

㊟指教導我們學習及各項道理的人。

＊

ダンス《だんす》の**せんせい**にならう。

㊂跟著舞蹈老師學習。

せんぞ 1 祖先

おおむかし、かぞくをつくった、さいしょのひと。

㊟指很久很久前，第一個建立家族的人。

＊

せんぞはぶしだった。

㊂我的祖先是（日本）武士。

せんそう 0 戰爭

くにとくにが、てっぽうなどをつかってたたかうこと。

㊟指國家與國家之間，使用火繩槍等軍事武器作戰的意思。

＊

せんそうにはんたいする。

㊂反對戰爭。

ぜんたい 0 全體 ⇕ **ぶぶん** 1 部分

あるひとまとまりのものの、すべて。

㊟指歸併在一起的整體。

＊

がようしの**ぜんたい**をつかう。

㊂使用整張畫紙（使用畫紙的全體）。

せんたく 0 洗滌（衣服）

よごれたふくなどをあらって、きれいにすること。

㊟指將髒掉的衣服洗乾淨的意思。

＊

おかあさんが**せんたく**をする。
譯 媽媽洗滌衣物。

センチ《せんち》 1 centimeter 公分

ながさをあらわすときにつけることば。センチメートル《せんちめーとる》。
注 指表示長度的單位。也等於「センチメートル」。
＊
1《いち》えんだまのながさは、2《に》**セ**《せ》**ンチ**《んち》だ。
譯 日幣一元硬幣的長度大概是兩公分。

せんちょう 2 船長

ふねではたらくひとのなかで、いちばんえらいひと。
注 指在船上工作的人當中，職位最高的那一個人。
＊
せんちょうのいうことをきく。
譯 聽船長的指令。

せんとう 0 最前面、第一順位

いちばんまえ。
注 指在最前面的順位。
＊
せんとうにならぶ。
譯 排在最前面。

ぜんぶ 1 全部

ひとつのこらず、すべて。
注 指全體，沒有一個例外的意思。
＊
ぜんぶ、わたしがつくりました。
譯 全部都是我作的菜。

せんぷうき 3 電風扇

はねをまわして、かぜをおこすきかい。
注 指一種靠轉動扇葉，吹出風的家電。
＊
せんぷうきのかぜがきもちよい。
譯 吹電風扇好舒服。

せんべい 1 仙貝、煎餅

こむぎこやこめのこなをこねて、あじをつけて、やいたかし。
注 指一種用小麥粉或是磨成粉狀的米揉捏，經過調味後再烤製的甜點。
＊
せんべいをたべる。
譯 吃仙貝。

せんめんき 3 洗臉盆

かおをあらうために、ゆやみずをいれるいれもの。
注 指一種便利洗臉使用，可以盛入熱水或冷水的容器。
＊
せんめんきのみずで、かおをあらう。
譯 用洗臉盆裡的水洗臉。

せんろ 1 鐵路

でんしゃやれっしゃがとおるみち。
注 指電車或是火車通行時使用的道路。
＊
まっすぐにのびた**せんろ**。
譯 一直線延伸的鐵路。

そ ソ

そう 0 1 沿、沿著

ながくつづいているもののそばから、はなれないようにする。

㊟指接近一長條狀的道路或河流等，順著他移動。

＊

かわにそってあるく。

㊞沿兩河走。

そう 0 …艘

ちいさいふねのかずをかぞえるときに、つけることば。

㊟指計算小船的數量時，所使用的量詞。

＊

1《いっ》そうのふね。

㊞一艘船。

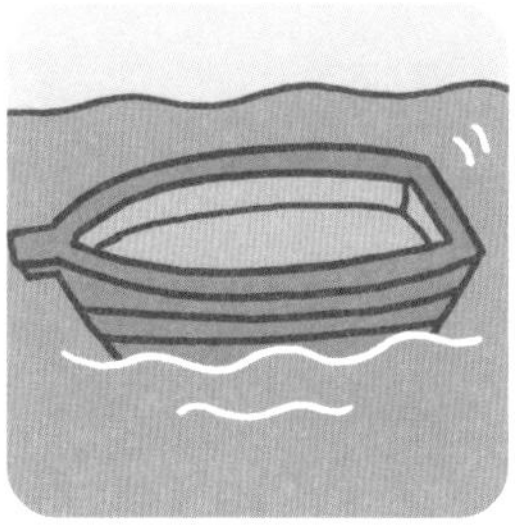

そう 1 那樣

そのように。

㊟指猶如那個狀態。

＊

そうおもいます。

㊞我是那樣想的。

ぞう 1 elephant 大象

ながいはながてのはたらきをする、とてもおおきなどうぶつ。

㊟指一種具有長鼻可取代雙手的機能，體型相當巨大的生物。

⇒請參考462頁。

ぞうきん 0 抹布

よごれたところをふいて、きれいにするためのぬの。

㊟指打掃時用來擦拭污漬的布。

そうじ 0 打掃

よごれたところをはいたり、ふいたりして、きれいにすること。

㊟指將髒掉的地方清掃、擦拭，以維持乾淨整潔的意思。

＊

へやをそうじする。

㊞打掃房間。

そうしき 0 喪禮、告別式

しんだひとを、さいごにみおくるためのしき。

㊟指去送死者最後一程的一項儀式。

＊

おじいさんのそうしきにでる。

㊞出席爺爺的喪禮。

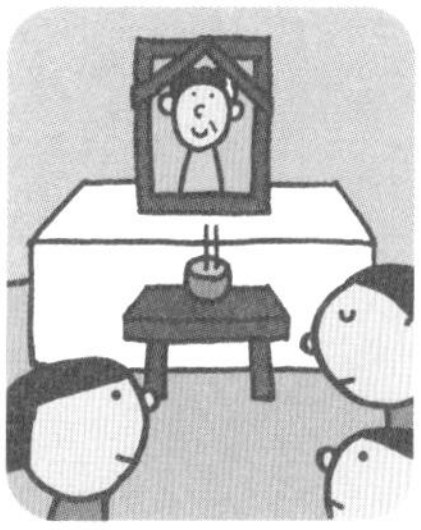

そうして 0 然後

まえにつづいておこることをあらわすことば。

㊟指表示接續前述談話表現之後發生的事的用語。

＊

ごはんをたべた。そうしてかえった。

㊞吃了飯，然後就回家了。

そうだん ⓪ 諮詢、討論

ひとのかんがえをきいたり、はなしあったりすること。

注 指聽取別人的意見，也說出自己的想法的意思。

＊

みんなでそうだんする。

譯 大家一起相互討論。

ぞうに ⓪ 日本雜煮

やさいやにくなどがはいったしるに、もちをいれたたべもの。

注 指日本的一種食品。在蔬菜肉湯裡再放入年糕的湯品。

ぞうり ⓪ 草鞋

そこのたいらなはきもの。ゆびをひっかけてはく。

注 指一種穿著時用腳趾夾住繩帶行走，底部平坦的鞋子。

＊

ぞうりをはく。

譯 穿草鞋。

そうりだいじん ④（日本的）總理大臣

くにのせいじをおこなうひとのなかで、いちばんえらいひと。

注 指日本全國施政的政治家中，最權高望重的那一個人。

そえる ⓪② 添、附上

あるもののそばに、ちょっとつけたす。

注 指在某物旁邊再加上其他物品的動作。

＊

はなたばに、カード《かーど》をそえる。

譯 在花束上再附上卡片。

ソース《そーす》 ① dressing 調味醬

りょうりをおいしくするためにかけるもの。

注 指為了讓菜餚更加地可口，而淋上的醬汁。

＊

ハンバーグ《はんばーぐ》にソース《そーす》をかける。

譯 在漢堡排上加上調味醬。

ソーセージ《そーせーじ》 ①③ sausage 香腸

うしやぶたなどのちょうに、あじをつけたにくをいれて、つくったたべもの。

注 指一種將調味過的肉填塞進牛或是豬等動物的腸裡所製作的食品。

そく ① …雙

はきものをかぞえるときにつけることば。

注 指計算襪子或鞋子時所使用的量詞。

＊

2《に》そくのうんどうぐつ。

譯 兩雙運動鞋。

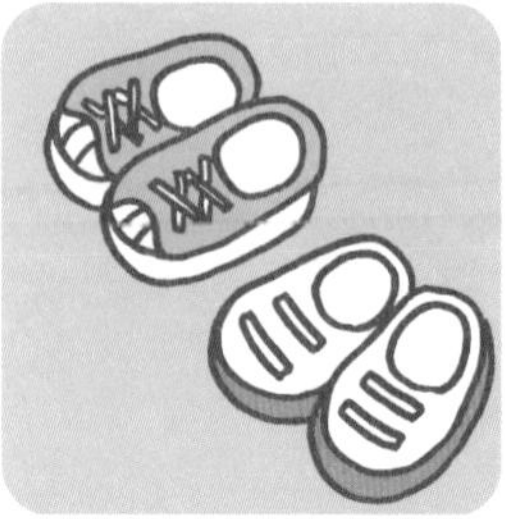

そこ ⓪ 那邊

あいてにちかいところ。

注 指離對方比較近的那一邊。

＊

そこへいきます。

譯 過去那邊。

そこ ⓪ 底、底部

いれものやくぼんだものの、いちばんひくいところ。

注 指容器或是凹陷物品等，最下面的地方。

＊

プール《ぷーる》のそこに、てをつく。

譯 手摸到游泳池的底部。

そこなう 3 毀壞、損傷、搞砸

（氣氛）

きもちやからだのちょうしをわるくする。

注 指把心情或是身體的健康狀況變不好的動作。

＊

おじいさんのきげんを**そこな**う。

譯 弄得爺爺不開心（毀壞爺爺的心情）。

そして 0 然後 ⇓ そうして 0 然後

そだつ 2 成長

いきものがおおきくなる。

注 指生物長大。

＊

ひながそだつ。

譯 小鳥成長。

そだてる 3 養育

いきもののせわをして、おおきくする。

注 指照顧有生命的活體，使其成長變大的動作。

＊

うさぎを**そだてる**。

譯 養育兔子。

そちら 0 那個、那邊的

あいてにちかいところやもの。

注 指離對方比較近的事物。

＊

そちらのてんきはどうですか。

譯 你那邊的天氣如何？

そつぎょう 0 畢業 ⇕ にゅうがく 0 入學

べんきょうがぜんぶおわって、がっこうをでていくこと。

注 指學習完成到了一個段落，從此離開那間學校的意思。

＊

しょうがっこうを**そつぎょう**する。

譯 從小學畢業。

そっくり 3 相像、一模一樣

とてもよくにているようす。

注 指相當神似的樣子。

＊

そっくりなおやこ。

譯 非常相像的父子。

そっち 3 （對平輩以下說的）那個、那邊的 ⇓ そちら 0 （較為尊敬的）那個、那邊的

そっと 0 靜靜地、輕輕地

おとがしないようにするようす。

注 指不發出聲音的樣子。

＊

そっと、ドア《どあ》をしめる。

譯 輕輕地關上了門。

ぞっと 0 毛骨悚然貌

おそろしくて、ふるえるようす。

注 指相當地恐怖，讓人全身顫抖的樣子。

＊

はなしをきいて**ぞっとする**。
譯 指聽了故事後，讓人感到毛骨悚然。

そっぽ 1 他處

注 よそのほう。
指其他的地方。
*
そっぽをむく。
譯 無視（望著他處）。
編註「そっぽをむく」是日語中的一句慣用表現。

そで 0 袖子

ふくのうでをとおすところ。
注 指衣服的結構上，覆蓋手臂的部分。
*
そでをおる。
譯 折袖子。

そと 1 外面 ⇔ なか 0 裡面

かこまれているところや、いれものからでたところ。
注 指在某一個被包覆住的範圍或是容器以外的部分。
*
そとはさむい。
譯 外面很冷。

そとがわ 0 外側 ⇔ うちがわ 0 內側

もののそとのほう。
注 指某一物體外面的部分。

そなえる 3 供奉、祭祀

かみやほとけにものをあげる。
注 指將物品奉獻給神明的動作。
*
はかのまえに、はなを**そなえる**。
譯 在墓前放上鮮花（將鮮花供奉給墓）。

そなえる 3 預防、預先防備

なにかがおこるまえに、よういしておく。
注 指在某事發生之前，而先做好的事前準備。
*
たいふうに**そなえる**。
譯 預防颱風。

その 0 那…

あいてのちかくにあるものをさすときにつかうことば。
注 指稱呼在對方身邊物品時的指示代名詞。
*
そのえほんをみせて。
譯 借我看那本繪本。

そのうち 0 短時間內、近日

あまりじかんがたたないうちに。
注 指不久後。
*
そのうち、あそびにいくね。
譯 近日內去玩好嗎？

そのまま 4 就那樣

もとのままで。
注 指原本的模樣即可。
*
そのままにしておいてください。
譯 就那樣擺著就好。

そば 1 旁側、旁邊

ちかいところ。わき。
注 指離得很近的地方。與「わき」意同。
*
こうえんの**そば**に、パン《ぱん》やさんがある。
譯 公園的旁邊有一間麵包店。

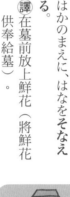

そば 1 蕎麥麵

そばのこなをねって、うすくのばし、ほそながくきったたべもの。

注 指用蕎麥粉捏揉出的細長麵條。

*

ざるにのった**そば**。

譯 放在篩子上的蕎麥麵。

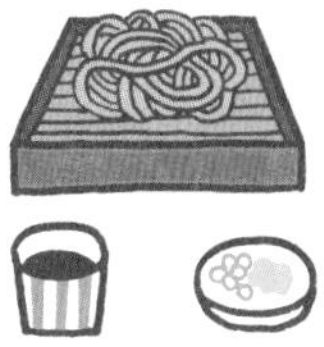

そまつ 1 草率的 ⇔ たいせつ 0 珍重的

いいかげんにあつかうようす。

注 指很隨便對待的樣子。

*

ものを**そまつ**にする。

譯 東西隨手亂丟（東西草率的擺放）。

そまる 0 染上、沾染

いろがぜんたいにしみつく。

注 指東西整體沾上某種顏色。

*

ブラウス《ぶらうす》が、コーヒー《こーひー》のいろに**そまる**。

譯 咖啡沾染上罩衫了（罩衫上沾染上咖啡的顏色了）。

そめる 0 使…染上

いろをぜんたいにしみつかせる。

注 指將東西整個沾上某種顏色的動作。

*

ぬのをあかく**そめる**。

譯 將布染成紅色。

そよかぜ 2 微風

そよそよとふく、きもちのよいかぜ。

注 指徐徐地吹拂的涼風。

そよそよ 1 徐徐地吹拂貌

かぜがきもちよく、しずかにふくようす。

注 指風輕輕地吹，相當舒適的樣子。

*

そよそよとはるのかぜがふく。

譯 春風徐徐地吹拂。

そら【空《そら》】 1 sky 天空

あたまのずっとうえにみえる、ひろく、あいているところ。

注 指位於頭頂上所能看到的整片廣闊的空間。

*

そらに、にじがかかる。

譯 一條彩虹高高地掛在天空上。

そらいろ 0 天藍色

いろのなまえ。はれたときのそらのいろ。うすい、あおいろ。

注 指顏色的名稱。指天氣晴朗時天空的顏色。淡淡的藍色。

*

そらいろのスカート《すかーと》をはく。

譯 穿天藍色的裙子。

そらす 2 彎曲、身體（向後仰）

たいらなものをうしろのほうに、まるくまげる。

注 指將平狀的物體向後方有弧度地折彎。

*

むねを**そらす**たいそう。

譯 將胸部向後仰的體操。

そり 1 雪橇

ゆきやこおりのうえをすべってすすむ、のりもの。

㊟指一種能夠在雪地或是冰地上滑行的交通工具。

＊

そりにのる。

㊖搭乘雪橇。

そる 1 彎曲

たいらなものが、まるくなってまがる。

㊟指原本平狀的物體，變成圓弧狀。

＊

きのいたが**そる**。

㊖彎曲的木板。

それ 0 那個

あいてにちかいものをさすことば。

㊟指指著離對方較近的物品的指示代名詞。

＊

それをください。

㊖請給我那個。

それから 0 然後

そのことにつづいて。そのあとに。

㊟指表示接續在某件事情之後的連接詞。意同「そのあとに」。

＊

かおをあらう。**それから**、あさごはんをたべる。

㊖洗臉，然後吃早餐。

それぞれ 2 3 各自地

ひとつ、ひとつ。ひとり、ひとり。

㊟指一個個的物品分別地…，或是每一個個的人分別地…。

＊

それぞれ、ちがうあそびをする。

㊖各自玩各自的。

それとも 3 還是

あるいは。

㊟指又或者。

＊

あそぼうか、**それとも**かえろうか。

㊖要去玩呢？還是就回家呢？

それる 2 偏離

ちがったほうにすすむ。

㊟指向著不對的方向移動過去。

＊

ボール《ぼーる》がゴール《ごーる》を**それる**。

㊖球偏離了球門。

そろい 0 3 成套的、相同的

かたちやいろなどが、おなじになること。

㊟指形狀或顏色等特徵，是一樣的狀態。

＊

そろいのふくをきる。

㊖穿著相同的服裝。

そろう 2 變得相同

かたちやいろなどがおなじになる。

㊟指形狀或顏色等特徵，變成一樣的動作。

＊

こおりのおおきさが**そろう**。

㊟凍結成的冰塊大小相同。

そろえる 3 使…變得相同

かたちやいろなどをおなじにする。

㊟指人為地將形狀或顏色等特徵，變成一樣的動作。

＊

あるくはばを**そろえる**。

㊟調整為相同的步伐。

そろそろ 1 差不多該…了、時間接近貌

そのじかんになりかかっているようす。

㊟指已經接近某個時間點的樣子。

＊

そろそろ、おとうさんがかえってくるころだ。

㊟差不多是爸爸該回來的時候了。

ぞろぞろ 1 列隊行進貌

たくさんうごいていくようす。

㊟指許多的人或動物一個接一個、絡繹不絕的樣子。

＊

ありが、**ぞろぞろ**とあるいている。

㊟螞蟻成列地向前移動。

そわそわ 1 心情不安貌

きもちがおちつかないようす。

㊟指心情上很不安穩的狀態。

＊

たんじょうかいがちかづいて、**そわそわ**する。

㊟慶生會快到了，心情七上八下的。

そん 1 虧損 ⇔ とく 0 賺到

かねやものが、へったり、なくなったりすること。

㊟指金錢減少或是物品弄丟等狀態。

＊

すてて**そん**をした。

㊟把它丟了，真是虧大了。

そんな 0 那樣的

そのような。

㊟指那個樣子的。

＊

そんなひとは、しらない。

㊟我不認識那樣的人。

そ

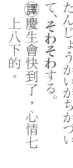

た
タ

た【田《た》】 1 田、田地

いねをそだてるとち。たんぼ。

注 指種稻米的地方。與「たんぼ」同義。

＊

たがひろがるけしき。

譯 寬闊的田地景色。

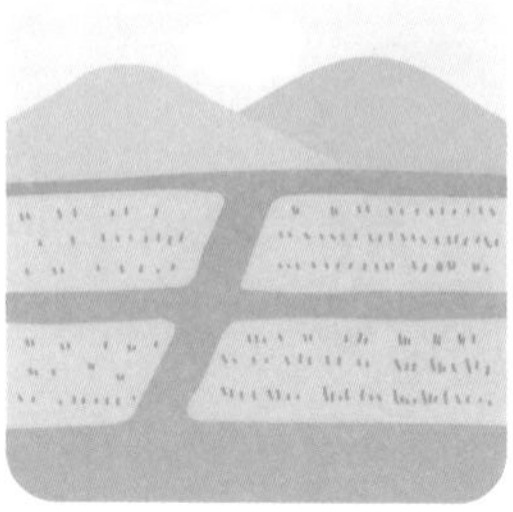

だ 1 （常體的）是

そうであるとはっきりいうときに、さいごにつけることば。

注 指日語中要表示肯定句時，加在句尾的用語。

＊

これは、ぼくのくつ**だ**。

譯 這是我的鞋子。

たい 1 （前接動詞連用形）想…

そうねがうときに、さいごにつけることば。

注 指日語中要表達欲求時，接在動詞名詞形容後方的用語。

＊

みずがのみ**たい**。

譯 我想喝水。

たい 1 鯛魚

なにかをいわうときに、たべることがおおいさかな。あかくてきれい。

注 指日本在有喜慶的場合所食用的大型魚類。魚的外型呈紅色，相當漂亮。

⇒請參考467頁。

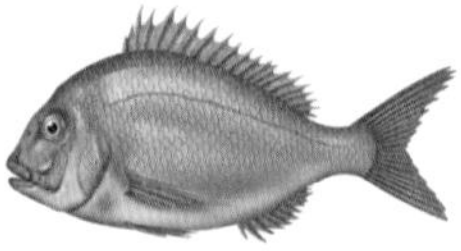

だい 0 第…

じゅんばんをあらわすときに、つけることば。

注 指日語中要表示順序的排列時，接在數字前頭的用語。

＊

5《ご》がつの**だい**2《に》にちようびは、ははのひだ。

譯 五月的第二個星期日是母親節。

だい 0 ①（形狀）大 ②（事情）嚴重 ⇔ ①しょう 1 ①小

①おおきいこと。②そのようすがおおきいことをあらわすことば。

注 ①指外形面積大的意思。②指表示程度之嚴重的意思。

＊

②**だい**しっぱいをする。

譯 ②慘痛的失敗（嚴重的失敗）。

②

だい 1 …代

あるしごとについているあいだや、そのじゅんばん。

注 指某人在於某件工作或事業的所存在的該段期間，或指其先後順序。

＊

おじいさんの**だい**からかぞえて、3《さん》**だい**め。

譯 從爺爺那一代算下來，我是第三代了。

だい ① 台子、站台

ものをのせたり、ひとがのぼったりするもの。

㊟指可以放東西，或是讓人站上去變高的物品。

＊

だいにのって、ほんをとる。

㊟站到台子上拿書。

だい ① 作品名

ものがたりやぶんにつけられたなまえ。

㊟指故事或是篇章的名稱。

＊

このものがたりの**だい**は『しらゆきひめ』です。

㊟這個故事的作品名是《白雪公主》。

たいいく ① 體育課

うんどうして、からだをじょうぶにするためのべんきょうのこと。

㊟指透過運動，讓身體變得健康的一門課程。

＊

おにいさんは、**たいいく**がすきだ。

㊟哥哥喜歡體育課。

たいいくのひ ① 體育之日

10《じゅう》がつのだい2《に》げつようび。スポーツ《すぽーつ》をたのしむひ。

㊟指日本的一個節日，在十月的第二個星期一。享受運動的日子。

＊

たいいくのひに、うんどうかいがひらかれる。

㊟在體育之日舉辦運動會。

だいいち ① ①第一 ②首先、首要

①いちばんはじめ。②いちばんたいせつなこと。

㊟①指順序第一的意思。②指最重要的事。

たいがい ⓪ 大概

ほとんどのばあい。

㊟指幾乎是那種情況的意思。

＊

にちようびは**たいがい**、いえでほんをよむ。

㊟星期日時，我大概都會在家裡念書。

たいかく ⓪ 體格

ひとのからだのおおきさ。

㊟指人身體的大小。

だいきらい ① 非常討厭 ⇔ だいすき ① 非常喜歡

とてもいやとおもうようす。

㊟指非常厭惡的樣子。

＊

うそをつくひとは**だいきらい**だ。

㊟我非常討厭說謊的人。

だいく ① 建築工人

いえなどをつくったり、なおしたりするひと。

㊟指建設或修繕房子等建築物的人。

たいくつ ⓪ 無聊

することがなくて、おもしろくないようす。

㊟指沒事能做，感到很無趣的樣子。

＊

ともだちがいないと**たいくつ**だ。

㊟朋友一旦不在，就感到很無聊。

た

たいこ 0 鼓、太鼓

どうたいにかわをはったがっき。てやばちでたたいて、おとをだす。

注 指一種骨架上包覆了皮革，用手或是鼓槌敲擊後發出聲音的樂器。

＊ **たいこ**をたたく。

譯 打鼓。

だいこん 0 Japanese radish 白蘿蔔

まっすぐで、しろくてふとい、ねをたべるやさい。

注 指一種筆直粗狀的白色蔬菜。主要是食用其根部。 ⇒ 請見470頁。

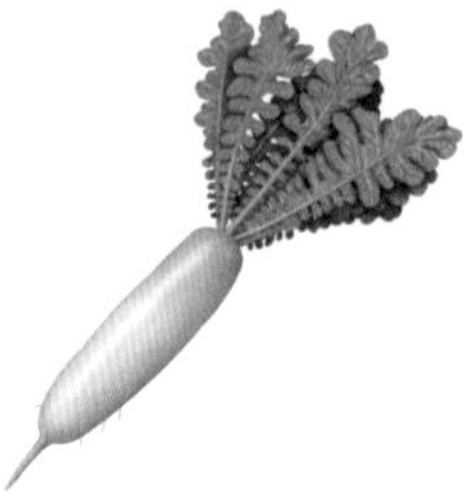

たいじ 1 0 擊退、驅除

わるいものをやっつけて、いないようにすること。

注 指對付不好的人、事、物，使其消失不再成為困擾的意思。

＊ ごきぶりを**たいじ**する。

譯 驅除蟑螂。

だいじ 1 3 重要的

なによりもたいせつなこと。

注 指與別的事比較起來更加要緊的。

＊ **だいじ**なはなしをきく。

譯 聽人說重要的事。

たいした 1 相當地

りっぱとおもうきもちを、あらわすことば。

注 指將覺得很棒的感覺表示出來的用語。

＊ **たいした**うたごえだ。

譯 相當好的歌聲。

たいしょう 1 大將、領導者

せんとうにたって、みんなをひっぱるひと。

注 指在戰鬥中，率領眾人的人。

＊ あかぐみの**たいしょう**になる。

譯 擔綱紅隊的領導者。

だいじょうぶ 3 不要緊、沒關係

しんぱいすることがないようす。

注 指不需要擔心的樣子。

＊ けがは**だいじょうぶ**ですか。

譯 你的傷勢不要緊嗎？

だいじん 1 大臣、（國家機關的）部長

みんながしあわせにくらせるくににするために、はたらくひと。

注 指為了建設更美好的國家而工作的人。

＊ そうり**だいじん**。

譯 總理大臣。

だいすき 1 非常喜歡 ⇔ だいきらい 1 非常討厭

とてもきにいっているようす。

注 指相當地中意的樣子。

＊

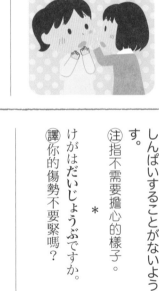

わたしは、ひまわりが**だいすき**だ。
譯我非常喜歡向日葵。

たいせつ 0 珍重的 ⇔ そまつ 1 草率的

こわしたり、なくしたりしないように、きをつけるようす。
注指為使物品不會損壞或是遺失，因此謹慎保管的樣子。

*

てがみを**たいせつ**にしまう。
譯將信件慎重地收好。

たいそう 1 相當地、程度相當高地

とてもおおきかったり、おおかったりするようす。
注指非常地大或是非常地的多的樣子。

*

たいそうおおきなももが、ながれてきた。
譯有一顆相當大的桃子流了過來。

たいそう 0 體操

からだをうごかしたり、のばしたりするうんどう。
注指活動、伸展身體的運動。

*

まいあさ、**たいそう**をする。
譯每天早上作體操。

だいたい 0 大體上、大致上

ほとんどぜんぶ。
注指幾乎全部的狀況。

*

はなしは**だいたい**わかった。
譯事情的狀況大致上我都知道了。

だいだい 3 苦橙樹

オレンジ《おれんじ》いろのみをつける、みかんのなかまのき。
注指一種屬於柑橙屬，會結柳橙色果實的樹。

たいてい 0 大體上、大致上

ほとんどのばあい。
注指幾乎全部的場合上。

*

おとうさんは、**たいてい**よる8《はち》じにかえる。
譯爸爸大致上會在八點的時候回家。

だいどころ 0 廚房

りょうりをつくるばしょ。
注指作飯、煮菜的地方。

*

だいどころで、しょっきをあらう。
譯在廚房清洗餐具。

だいなし 0 白費掉、枉費掉

だめになること。
注指被毀掉，不行了的狀態。

*

あめでえんそくが**だいなし**だ。
譯因為下雨的關係，遠足就泡湯了。

だいぶ 0 比想像中的多

おもったよりも、かなりおおいようす。
注指比預想的還要多很多的樣子。

*

しゅくだいがだいぶすすんだ。
譯功課完成的比想像中的快（多）。

たいふう 3 颱風

おおあめがふり、つよいかぜがふくてんき。
注指一種會刮強風、下豪雨的天候。

*

たいふうでかさがこわれる。
譯雨傘被颱風給吹壞了。

たいへいよう 3 太平洋

にっぽんのひがしがわにひろがる、おおきなうみ。
注指位於日本東側的遼闊海域。

*

たいへいようのむこうはアメリカ《あめりか》だ。
譯太平洋的對岸是美國。

たいへん 0 事態不妙、糟了

とてもこまってしまうようす。
注指非常地困擾的樣子。

*

くまがにげたらたいへんだ。
譯如果讓熊逃脫出來的話就糟了。

タイヤ《たいや》 0 tire 輪胎

じどうしゃや、じてんしゃなどのくるまのわにはめる、ゴム《ごむ》のわ。
注指汽車、腳踏車等交通工具等的輪子上嵌入的橡膠車胎。

たいよう 1 sun 太陽

ちきゅうをあかるく、あたたかくするおおきなもの。
注指一種溫暖地照耀著地球的巨大球體。

*

たいようがまぶしい。
譯太陽相當刺眼。

たいら 0 平坦的

でこぼこしていないようす。
注指沒有凹凸不平狀態的樣子。

*

たいらなみちをはしる。
譯跑在平坦的道路上。

たうえ 3 播種

いねのなえを、たにうえること。
注指將稻子的秋苗，種在田裡的意思。

たおす 2 弄倒、擊倒

たっているものをよこにする。
注指將直立的東西弄倒的動作。

*

びんをたおす。
譯弄倒瓶子。

タオル《たおる》 1 towel 毛巾

ぬれたからだやものをふくためのぬの。
注指用來擦乾身體或物品的布。

*

タオル《たおる》でからだをふく。
譯用毛巾來擦身體。

たおれる 3 倒下、跌倒

たっているものがよこになる。
注指直立的東西翻倒。

*

た

じてんしゃがかぜで**たおれる**。

譯 自行車被風吹倒了。

たか 0 hawk 老鷹

わしよりすこしちいさいとり。ちいさなどうぶつをたべる。

注 指一種比鵰還要小的鳥類，以捕食小型動物為生。

たかい 2 ①高的、②貴的 ⇔ ①ひくい 2 低的 ②やすい 2 便宜的

①くらべたときにうえのほうにある。

②かうのにかねがたくさんいる。

注 ①指相比之下，高度在上的狀況。
②指買東西時，價錢比較高的狀況。

＊

①せが**たかい**。

譯 ①身高很高。

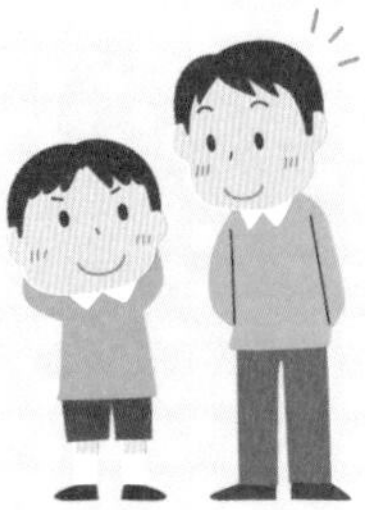

①

たがい 0 相互、互相

かかわりがあるものどうし、それぞれ。

注 指之間有關係的二者。

＊

お**たがい**にゆずりあう。

譯 相互禮讓。

たかまる 3 升高

もののようすや、おおきさがおおきくなる。

注 指事情的狀態或大小提升或變大。

＊

にんきが**たかまる**。

譯 人氣攀升。

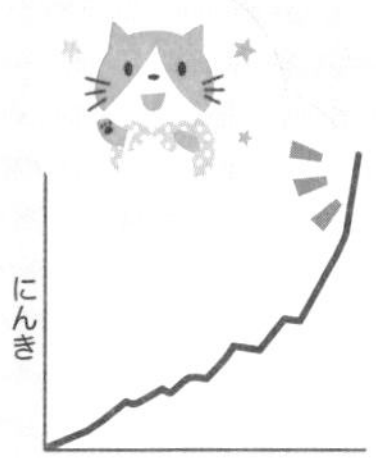

たかめる 3 使…升高

もののようすや、おおきさをおおきくする。

注 指使事情的狀態或大小提升或變大的動作。

＊

こえをだして、やるきを**たかめる**。

譯 喊出聲來，提升幹勁。

たがやす 3 耕、耕作

たやはたけのつちをほって、やわらかくする。

注 指翻鬆田地或是旱田裡的土壤的動作。

＊

はたけを**たがやす**。

譯 耕旱田。

たから 3 寶藏

とてもめずらしくてたいせつなもの。

注 指非常地珍奇的物品。

＊

たからのやまをみつける。

譯 找到寶藏山了。

だから 1 所以

まえのことがもとになって、つぎにおこることをつなぐことば。

注 指依前述的情事為依據，進而表示接下來會發生其它事情的接續詞。

＊

はみがきしなかった。**だから**、むしばになった。

譯 沒有刷牙，所以蛀牙了。

たからもの 0 5 4 寶物

とてもたいせつにしているもの。
㊟指非常地寶貝的物品。

たき 0 waterfall 瀑布

みずが、たかいところからながれおちているところ。
㊟指水流從高處落下的地方。

＊

たきがながれる。
譯瀑布流動。

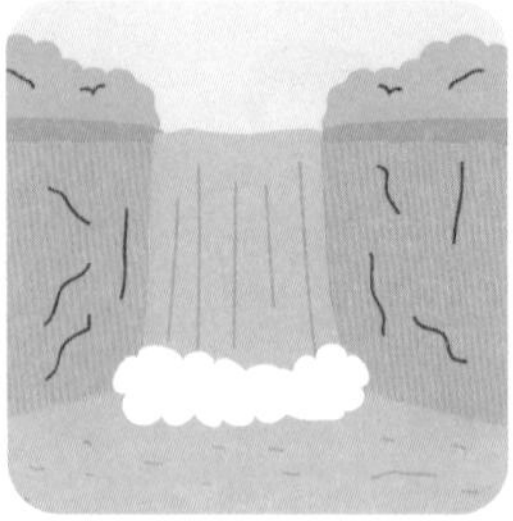

たきぎ 0 薪柴

もやすためにちいさくきった、きやきのえだ。
㊟指為了燃燒用而切成小塊的木頭或是樹枝。

たきび 0

點燃篝火

きのえだやおちばなどをあつめて、もやすこと。
㊟指用收集來的樹枝或是落葉等加以燃燒。

たく 0 炊、煮

たべものをにる。
㊟指煮食物。

＊

ごはんをたく。
譯煮飯。

だく 0 抱

うででかかえてもつ。
㊟指用手臂環抱住的動作。

＊

ぬいぐるみをだく。
譯抱住布娃娃。

たくさん 3 許多的 ⇕ すこし 2

些微的

かずやりょうがおおいようす。
㊟指數量很多的樣子。

＊

はながたくさんさく。
譯花開了很多。

タクシー《たくしー》 1 taxi 計程車

きゃくを、いきたいばしょまでのせていくくるま。
㊟指一種搭載乘客，讓乘客到他想要去的地方的車子。

＊

タクシー《たくしー》にのる。
譯搭乘計程車。

たけ 2 …丈

きているもののながさ。
㊟指衣服的長度。

たけ【竹《たけ》】 0 竹子

みきにふしのあるしょくぶつ。なかはからっぽで、まっすぐにのびる。
㊟指一種枝幹上有節、內部空心，筆直成長的植物。

＊

たけをきりたおす。
譯切斷竹子。

だけ 0 只…

そのもののほかはないようすをあらわすことば。
㊟指表示除某部分之外都不要時的用語。

＊

たべるぶんだけ、とる。
譯只取要吃的份量。

たけざいく 3 竹藝品

たけをつかってものをつくること。
㊟指用竹子編造的工藝品。

＊

たけざいくのかご。
譯竹籃（竹子編製的竹藝品）。

だけど 1 但是

まえにいったことと、はんたいのことをつなぐことば。

㊟指要表示與前述的事情相反內容的逆接用語。

けがをした。**だけど**、なかなかった。

＊

㊖受傷了，但是我沒有哭。

たけのこ 0 竹筍

はるに、つちのなかからでるたけのめ。なんまいものかわにおおわれている。

㊟指竹子於春季時從土壤裡冒出的新芽。外層被好幾層的竹筍殼包覆著。

たけやぶ 0 竹林

たけがたくさんはえているところ。

㊟指竹子大量生長的地方。

＊

たけやぶでひかるたけをみつけた。

㊖在竹林裡發現了光輝奪目的竹子。

たこ 1 章魚

8《はっ》ぽんのあしがあって、くねくねうごく、うみのいきもの。

㊟指一種棲息在海裡，具有八隻觸手，蜿蜒移動的生物。

＊

たこがあしでまきつく。

㊖章魚用觸手纏住。

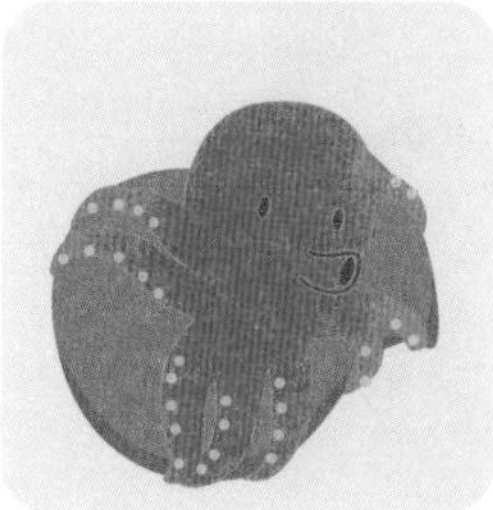

たこあげ 2 3 放風箏

たこをかぜにのせて、そらにたかくあげるあそび。

㊟指讓風箏隨風高高地飛到天空裡的遊戲。

＊

たこあげをしてあそぶ。

㊖放風箏來玩。

たしか 1 印象中是、記得是

はっきりおぼえていないが、たぶんそうであるようす。

㊟指表示沒有記得很清楚，有個大致上的印象的樣子。

＊

うめたのは、**たしか**ここだった。

㊖印象中是埋在這裡。

たしかめる 4 確認

まちがいがないかよくしらべる。

㊟指弄清楚有沒有搞錯的動作。

＊

あすのもちものを**たしかめる**。

㊖確認明天要帶的東西。

たしざん 2 加法

かずをくわえるけいさん。

㊟指增加數量的數學運算。

たす 0 補足、添加

たりないぶんをくわえる。

㊟指將不足夠的部分加入的動作。

＊

さとうを**たす**。

㊖添加砂糖。

だす 1 拿出來 ⇔ **いれる** 0 放進去

なかからそとにうつす。

㊟指將物品從裡面向外移動的動作。

＊

れいぞうこからぎゅうにゅうをだす。

譯從冰箱裡拿出牛奶來。

たすかる 3 ①幫了大忙 ②得救

①こまることがなくなる。

②あぶないようすではなくなる。

注①指困擾的事情得到排除。②指危險的事態得到解除。

＊

①きみがいてくれると**たすかる**よ。

譯①有你在我身邊真是幫了大忙了。

①

たすける 3 ①幫助 ②解救

①こまったことをてつだう。

②あぶないようすからすくう。

注①指在他人、動物困擾時予與幫助。②指將他人、動物從危機的狀態中救出來。

＊

②かめを**たすける**。

譯②解救烏龜。

②

たずねる 3 請教、詢問

わからないことをひとにきく。

注指向人問自己不知道的事的動作。

＊

おみせのひとに、ねだんを**たずねる**。

譯向店員詢問價錢。

ただ 1 免費

かねをはらわないでよいこと。

注指不用付錢的意思。

＊

こどもは、**ただ**ではいれる。

譯孩童免費入場（進入）。

ただいま 4 我回來了

そとからかえってきたときにいうことば。

注指從外頭回來時所說的問候語。

＊

「**ただいま**」というおとうさんのこえがする。

譯聽到爸爸說：「我回來了」的聲音。

たたかう 0 戰鬥、作戰

ちからなどをきそって、たがいにあらそう。

注指以力量等相互爭鬥。

＊

えさをとりあって**たたかう**。

譯為了爭飼料而打了起來（作戰）。

たたく 2 捶、拍打

てやもので、くりかえしうつ。

注指用手或是工具不停地拍擊的動作。

＊

ふとんを**たたく**。

譯拍打棉被。

ただしい【正《ただ（しい）》】3 正確的

まちがいがなく、あっているようす。

注指完全沒有錯誤，相符合的樣子。

＊

ただしいこたえをおしえる。

譯告知正確答案。

ただす 2 矯正、端正

わるいところをなおして、ただしくする。

注 指將不好的地方加以修正成好的意思。

しせいを**ただす**。*

譯 矯正姿勢。

たたみ 0 榻榻米

にっぽんふうのへやにしく、くさをあんでつくったもの。

注 指一種鋪設在日式的房間裡，用草編製的地板塊。

たたみのへやでねる。*

譯 在鋪設榻榻米的房間裡就寢。

たたむ 0 折

ちいさくおってかさねる。

注 指將物品重疊成較小。

ハンカチ《はんかち》を**たたむ**。*

譯 折手帕。

たち 0 …們

ひとがなんにんもいることをあらわすときにつけることば。

注 指要表示多數的人時，接在與人相關的名詞或代名詞後方的接尾詞。

こども**たち**がすなばであそぶ。*

譯 小孩們在沙坑玩耍。

たちどまる 0 4 停下腳步

あるくことをやめて、そこでうごかない。

注 指停止走動，留在原地不動。

なまえをよばれて**たちどまる**。*

譯 聽到人家叫了自己的名字而停下腳步。

たちまち 0 馬上、一下子

とてもみじかいじかんのあいだに。

注 指在非常短的時間裡。

* あめで、**たちまち**びしょぬれになる。

譯 因為下的關係，一下子都全身溼透了。

だちょう 0 鴕鳥

はしるのがとてもはやいが、とぶことはできないとり。とりのなかで、いちばんおおきい。

注 指一種不會飛，但是跑得相當快的鳥類。也是鳥類當中體型最大的一種。

⇒ 請參考465頁。

たつ【立《た(つ)》】 1 站、站立 ⇔ すわる 0 坐、坐下

おきあがり、からだをのばしてまっすぐになる。

注 指站起來，身體筆直伸展的動作。

ろうかに**たつ**。*

譯 在走廊罰站（站在走廊）。

たつ ① 建、建設

たてものがつくられる。

㊟指建造建築物。

たかいビル《びる》が**たつ**。 ＊

㊫立著（建設著）高樓大廈。

たつ ① （時間）經過

じかんがすぎる。

㊟指時間的流動。

あれから1《いち》ねんが**たつ**。 ＊

㊫從那之後，已經過一年了。

たっきゅう ⓪ 乒乓球

まんなかにあみをはっただいのうえで、ちいさなたまをラケット《らけっと》でうちあうスポーツ《すぽーつ》。

㊟指一種使用乒乓球拍，在中間有球網的乒乓球桌上相互拍打小球的運動項目。

たっきゅうをする。 ＊

㊫打乒乓球。

だっこ ① 抱抱

こどものことばで、「だく」こと。

㊟指「抱」的孩童用語。

にんぎょうを**だっこ**する。 ＊

㊫抱抱洋娃娃。

たっしゃ ⓪ 熟練、擅於

あることがとてもじょうずなこと。

㊟指相當地擅長某事的意思。

このこは、おしゃべりが**たっしゃ**だ。 ＊

㊫這個孩子很會（擅於）講話。

たった ⓪ 僅剩、僅存

かずやりょうがすくないことを、つよめていうことば。

㊟指強調數量不多了的用語。

たったみっつしかない。 ＊

㊫僅剩下三個了。

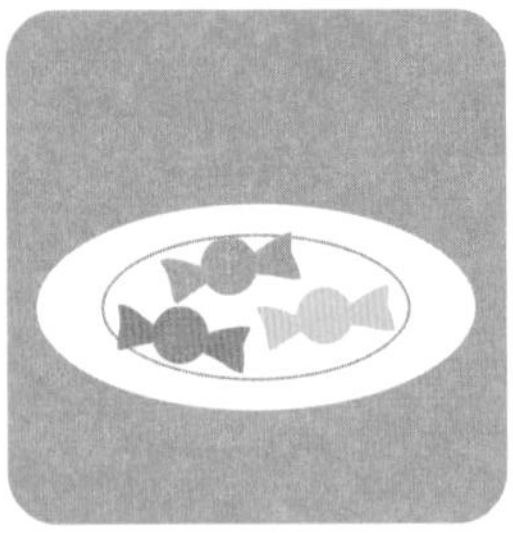

だって ① 可是

いいわけをするときにいうことば。

㊟指想要辯駁時所使用的接續用語。

だって、しらなかったんだもん。 ＊

㊫可是，人家不知道嘛！

たっぷり ③ 足夠、充滿

りょうがおおくて、いっぱいあるようす。

㊟指數量有很多很多的樣子。

クリーム《くりーむ》が**たっぷり**ついている。 ＊

㊫含有（充滿）許多的奶油。

たて ① 縱向、直的 ⇔ よこ ⓪ 橫向、橫的

うえからしたへ、まえからうしろのほうこう。

㊟指從上到下或前到後的方向。

くびを**たて**にふる。 ＊

㊫點頭（頭縱向的揮動）。

たてがみ [0] [2] 鬃毛

うまやライオン《らいおん》の、くびのうしろからせなかにかけて、はえているながいけ。

(注)指馬、獅子等，從後頸部到背上所長出來的長毛。

たてもの [2] [3] 建築物

ひとがすんだり、ものをいれたりするために、きやいしなどでつくったもの。

(注)指為了人類居住或是貯藏物品，而以石頭或木材等原料所建築起來的人造物。

たてる [2] 立起

まっすぐにたてにする。

(注)指使物品筆直站起的動作。

＊

ケーキ《けーき》にろうそくをたてる。

(譯)在蛋糕上插（立起）蠟燭。

たとえ [3] [2] 例子

わかりやすくするために、よくしっているものをつかうこと。

(注)指為了讓人好懂，於是用大家都知道的事物來做的比喻。

たとえば [2] 例如、好比說

よくしっているものをつけたすときにつかうことば。

(注)指用大家都知道的事物比喻時的用語。

＊

たとえば、おにぎりがたべたいな。

(譯)好比說御飯團好了，我好想吃呀！

たとえる [3] 比喻

わかりやすくするために、しっているものをつかっていう。

(注)指為了讓人好懂，於是利用大家都知道的事物來說明。

たな [0] 架子

ものをのせるためにおかれた、たいらないた。

(注)指為了放東西而設置的平狀板子。

＊

たなにかびんをおく。

(譯)在架子上放上花瓶。

たなばた [0] 七夕

7《しち》がつ7《しち》にち。おりひめとひこぼしが、1《いち》ねんにいちどあえるといわれているひ。

(注)指七月七日。織女星跟牛郎星一年一度相會的日子。

＊

たなばたのまつり。

(譯)七夕慶典。

たに [2] valley 山谷

やまとやまのあいだの、ほそながく、くぼんだところ。

(注)指山與山之間，地形比較細長、凹陷的地方。

＊

たにをあるく。

(譯)走在山谷中。

たぬき [1] raccoon dog 狸貓

やまなどのあなでくらすどうぶつ。めのまわりがくろい。

(注)指棲息在山地等處的洞穴中的動物。眼緣處呈現黑色的。

たね [1] 種子

くさやはなどのもとになるちいさなつぶ。

注 指能日後夠長出花草等植物的小型粒狀體。

＊

あさがおの**たね**をまく。

譯 牽牛花的種子。

たねまき [2] 播種

くさばななどのたねをまくこと。

注 指將花卉等的種子播入土中的意思。

たのしい [3] 愉快的、開心的

きもちがあかるく、うれしいようす。

注 指心情感到豁達、開心的樣子。

＊

きのぼりは**たのしい**。

譯 爬樹很開心。

たのしむ [3] 愉快、享受

すきなことをして、たのしいきもちになる。

注 指做自己喜歡的事，讓心情愉快。

＊

かいすいよくを**たのしむ**。

譯 很享受在海裡玩。

たのみ [3] [1] 請求

ひとにおねがいをすること。

注 指有事拜託他人的意思。

たのむ [2] 請求

ひとにおねがいをする。

注 指有事拜託他人的動作。

＊

おもちゃをかしてほしいと**たのむ**。

譯 我請求他把玩具借給我。

たば [1] 一束

おなじしゅるいのものを、ひとつにまとめたもの。

注 指將同種類的物品，綁起來成一捆的狀態。

＊

たきぎを**たば**にする。

譯 將薪柴綁成一束。

タ《た》バ《ば》コ《こ》 [0] tobacco 香菸

ひをつけてけむりをすうもの。

注 指點了火後，吸其燃燒出來的煙的吸食物。

＊

おとうさんが**タバコ**《たばこ》をすう。

譯 爸爸抽香菸。

たばねる [3] 捆、捆起

おなじしゅるいのものを、ひとつにまとめる。

注 指將同種類的物品，綁起來成一捆的動作。

＊

しんぶんしを**たばねる**。

譯 捆綁報紙。

たび [2] …次、…回

くりかえされるごとに。

注 指每當…的時候。

＊

れんしゅうする**たび**に、じょうずになる。

譯 每回練習時，都表現的很好。

たび 2 旅行

いえをはなれてべつのところへいき、たのしむこと。

(注)指離開家，到別的地方去開心遊玩的意思。

*

かぞくで**たび**をする。

(譯)全家一起出去旅行。

たび 1 日式和服襪子、足袋

わふくのときにはく、つまさきがふたつにわかれた、くつしたのようなもの。

(注)指穿和服時所穿的一種，腳尖部分岔成兩邊，像一般襪子的東西。

*

たびをはく。

(譯)穿日式和服襪子。

たびたび 0 每每、屢屢、常常地

おなじことがなんどもくりかえされるようす。

(注)指同樣的事情總是不停地發生的樣子。

*

かれは**たびたび**、ねぼうする。

(譯)他常常地睡過頭。

たぶん 1 大概是、想必是

たしかではないけれど、そうなるだろうとおもうようす。

(注)指一種雖然不是很確定，但八成會變成某種狀態的推斷用語。

*

たぶん、もうすぐあめはやむだろう。

(譯)雨大概是馬上就要停了吧！

たべすぎ 0 吃太多、吃太飽

ちょうどよいりょうよりも、おおくたべること。

(注)指飲食的量超過適量的程度。

*

たべすぎはよくない。

(譯)吃太飽是不好的。

たべもの 3 2 食物

たべるもの。

(注)指可以吃的東西。

*

ぼくのすきな**たべもの**は、ハン《はん》バー《ばー》グ《ぐ》だ。

(譯)我喜歡的食物是漢堡。

たべる 2 吃

たべものをくちにいれて、かんでのみこむ。

(注)指將食物擺到口中，經過咀嚼後吞入的動作。

*

さかなを**たべる**。

(譯)吃魚。

たま【玉《たま》】 2 圓形物

まるいかたちのもの。

(注)泛指形狀是圓形的東西。

*

たまをころがす。

(譯)滾動大球（圓形物）。

たまげる 3 吃驚

びっくりする。

(注)指受到驚嚇。

*

とてもおおきないぬをみて**たまげる**。

(譯)看到體型非常大的狗而感到吃驚。

た

たまご ２ ０ （魚）卵、蛋

さかなやとりなどのめすがうむ、まるいもの。

㊟指由母魚或是雌鳥的所生產出來的圓狀物。

＊ いくらは、さけの**たまご**だ。

㊫明太子即是鮭魚的卵。

たましい １ 靈魂

にんげんのなかにあって、からだやこころを、うごかすといわれているもの。

㊟指據說存在於人類的體內，驅動身體及心智的抽象物。

だます ２ 欺騙

うそをついて、あいてにほんとうのこととおもわせる。

㊟指說謊讓對方信以為真。

＊ ひとを**だます**ことは、よくない。

㊫欺騙他人是壞事。

たまねぎ ３ onion 洋蔥

つちにうまった、たまのぶぶんをたべるやさい。きるとなみだがでる。

㊟指一種埋在土裡，圓身的部分可以食用的蔬菜。切的時候會刺激眼睛使人流淚。

⇒請參考４７０頁。

たまる ０ 聚積

ひとつのばしょにあつまって、ふえていく。

㊟指東西集中在某一個地點，不斷地增加的狀況。

＊ ほこりが**たまる**。

㊫聚積灰塵。

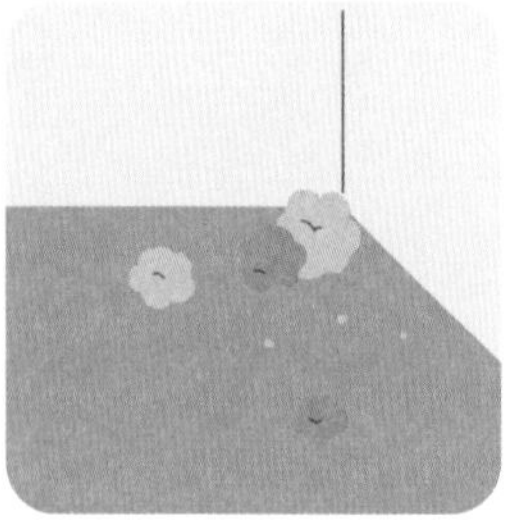

だまる ２ 沉默

なにもいわないでいる。

㊟指什麼話都不講的狀態。

＊ せんせいにしかられて**だまる**。

㊫被老師責罵，所以一句話也不講（變得沉默）。

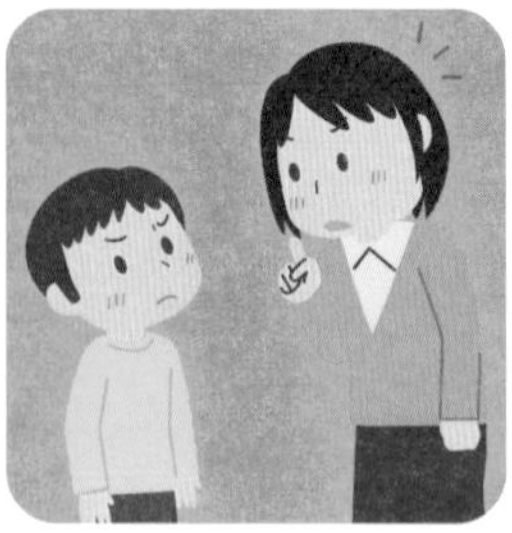

ダム《だむ》 １ dam 水庫

かわをせきとめて、みずをためておくところ。

㊟指擋住河流，藉以貯水的地方。

ため ２ 有益

やくにたつこと。

㊟指有所幫助的意思。

＊ おばあさんのはなしは、**ため**になる。

㊫奶奶說的話很有幫助。

だめ ２ ①不可以 ②不行了

①してはいけないこと。
②つかえないこと。

㊟①指不允許做的事。
②指無法再使用的了。

＊ ①なかにはいっては**だめ**だよ。

㊫①不可以進去裡面喔！

①

ためいき ３ 嘆氣

がっかりしたときや、しんぱいしたときにでる、ながいいき。

㊟指在失望、擔心時所發出的長長的氣息。

ためし 3 嘗試

どうなるかをやってみて、たしかめること。

注 指不知道結果如何，先試著做看看的意思。

ためす 2 嘗試

どうなるかをやってみて、たしかめる。

注 指不知道結果如何，先試著做的動作。

＊

ちゃんとうごくか、**ためす**。

譯 試試看會不會動。

ためる 0 貯、貯存

ひとつのばしょにあつめて、ふやす。

注 指將物品收集並存放在一個地方累積的動作。

＊

バケツ《ばけつ》にみずを**ためる**。

譯 用水桶貯水。

たより 1 消息、信 ⇒ てがみ 0 信

たらい 0 水盆

みずやゆをいれる、ひらたくてまるいいれもの。

注 指可以放入水或是熱水，平底狀的圓型容器。

＊

たらいですいかをひやす。

譯 用水盆讓西瓜變涼。

たらす 2 ①垂掛 ②（液體）滴落

①うえからぶらさげる。②みずなどを、うえからすこしずつおとす。

注 ①指物體從上往下垂的動作。②指水等液體，從上往下一點一點滑落的動作。

＊

①カーテン《かーてん》を**たらす**。

譯 ①垂掛窗簾。

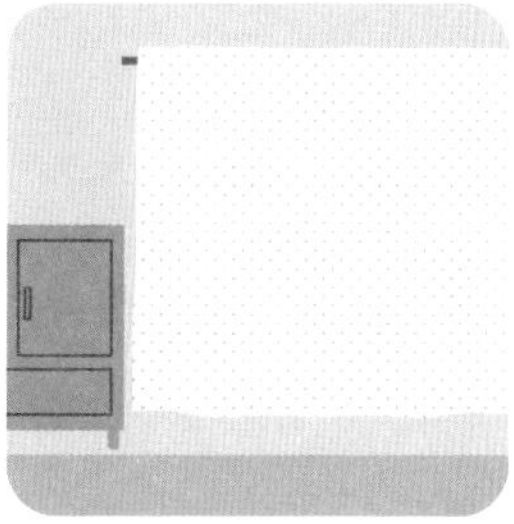

①

だらだら 1 滴滴答答地

みずのようなものが、どんどんながれでるようす。

注 指水等液體狀的東西，不斷流出的樣子。

＊

あせが**だらだら**でる。

譯 汗水滴滴答答地直流。

ダリア《だりあ》 1 dahlia 大麗菊

きくのなかまのはな。なつのおわりに、おおきくて、いろのはっきりしたはながさく。

注 指一種菊科的植物。會在夏天要結束的時候開出顏色鮮艷的大型花朵。

たりる 0 足夠

ひつようなぶんがある。

注 指有達到需要的量。

＊

ふろのゆが**たりる**。

譯 浴缸的熱水夠了。

たる 0 木桶

しょうゆやみそなどをいれる、きでつくったいれもの。

注 指用來裝醬油或是味噌等食品的木製容器。

＊

たるでつけものをつくる。

譯 用木桶醃漬物。

だるい ②⓪ （因酸痛不想動而）懶／懶的

からだのちょうしがわるくて、うごくのがむずかしいようす。

㊟指身體的狀況不佳，活動不便的樣子。

＊

つかれて、からだが**だるい**。

㊢累到身體感到懶懶的。

だるま ⓪ 不倒翁

かみをはってつくる、あかくて、まるいかたちのにんぎょう。

㊟指用紙糊成的紅色圓形人偶。

＊

だるまは、たおしてもすぐにおきあがる。

㊢就算推倒不倒翁，它也會馬上站起來喔！

だれ ① 誰

しらないひとをたずねることば。

㊟指詢問不認識的人的疑問用語。

＊

あかいぼうしのこどもは**だれ**ですか。

㊢戴著紅色帽子的小朋友是誰呀？

たれる ② ①垂掛著 ②（液體）滴落

①うえからだらりとさがる。

②みずなどが、うえからすこしずつおちる。

㊟①指物體從上往下垂。

②指水等液體，從上往下一點一點滑落。

＊

②あせが**たれる**。

㊢①流汗。

②

たわし ⓪ 鬃毛刷

わらなどをたばねてつくった、ものをあらうどうぐ。

㊟指用稻草等物品捆製，用來刷洗東西的道具。

＊

たわしでどろをおとす。

㊢用鬃毛刷刷除污泥。

たわら ③⓪ 米袋

わらなどをあんでつくった、こめをいれる、まるいかたちのふくろ。

㊟指用稻草等物品編製，用來裝米的圓形袋子。

＊

こめの**たわら**をかつぐ。

㊢將米袋扛在肩膀上。

だん ① 台階

たかさがちがっているところ。

㊟指高低落差的地方。

＊

だんがあるので、きをつけて。

㊢這裡有台階，走的時候請小心。

たんき ① 易怒

すぐにはらをたてること。

㊟指很容易就發脾氣的意思。

＊

おとうとは**たんき**だ。

㊢弟弟的個性很易怒。

タンク《たんく》 ① tank 儲槽

みずやくうきのように、かたちのないものをためておく、おおきないれもの。

㊟指容部可以貯藏水，或是空氣等無形物的大型容器。

だんご ⓪ 丸子

こなをこねてむしたり、やいたりしてつくるかし。

㊟指將粉經過揉捏後，再蒸過或烤過的甜點。

だんごむし ③ 鼠婦

さわられると、からだをまるめるむし。

㊟指一種觸摸後，就會縮成一團的昆蟲。

だんし ① 男子、小男孩 ⇔ じょし

① 女子、小女孩

おとこのひと。おとこのこ。

㊟指男人，或是男性的小孩。

＊

だんしににんきのくるまのおもちゃ。

㊞這台玩具車很受小男孩喜愛。

たんじょう ⓪ 誕生

うまれること。

㊟指出生的意思。

たんじょうび ③ 生日

うまれたひ。

㊟指出生的日子。

＊

たんじょうびのパーティー《ぱーてぃー》をする。

㊞開生日派對。

たんす ⓪ 衣櫃

ふくやどうぐをしまっておく、ひきだしやとびらのついたはこ。

㊟指設計為抽屜式或是門板式的櫃子。主要擺放衣服或是家庭生活用具。

＊

たんすにしまう。

㊞收進衣櫃裡。

ダンス《だんす》 ① dance 跳舞

おんがくにあわせておどる、せいようふうのおどり。

㊟指配合音樂的節奏跳的西洋風舞蹈。

＊

うんどうかいでダンス《だんす》をおどる。

㊞在運動會中跳舞。

だんだん ⓪ ③ 漸漸

すこしずつ。

㊟指一點一點地。

＊

だんだん、ちかづいてくる。

㊞漸漸靠近。

だんだんばたけ ⑤ 梯田

やまやおかに、かいだんのようにつくられたはたけ。

㊟指一種座落於山或山丘，像階梯狀般的田地。

たんにん ⓪ （班）導師

がっこうのクラス《くらす》をまとめる、きまったせんせい。

㊟指學校裡負責帶領一個班級的那位老師。

＊

1《いち》ねん2《に》くみのたんにん。

㊞一年二班的班導師。

タンバリン《たんばりん》 ① tambourine 鈴鼓

てにもってたたいたり、ふったりして、おとをだすがっき。

㊟指一種拿在手上敲擊或是擺動時，會發出聲音的樂器。

たんぼ ⓪ 田地 ⇓ た ① 田地

た

たんぽぽ 1 dandelion 蒲公英

はるに、きいろいはなをさかせ、わたげでたねをとばすはな。

注 指一種會春天時會開出黃色花朵，種子會隨著絨毛飄散播種的花。

⇓ 請參考468頁。

ち チ

ち 1 地

りくのぶぶん。

注 指陸地的部分。

＊

ふねをおりて**ち**にたつ。

譯 下船上陸（地）。

ち 0 blood 血、血液

いきもののからだのなかをながれている、あかいもの。

注 指生物的體內所流動的紅色液體。

＊

ゆびをきって、**ち**がでる。

譯 割到手指流血了。

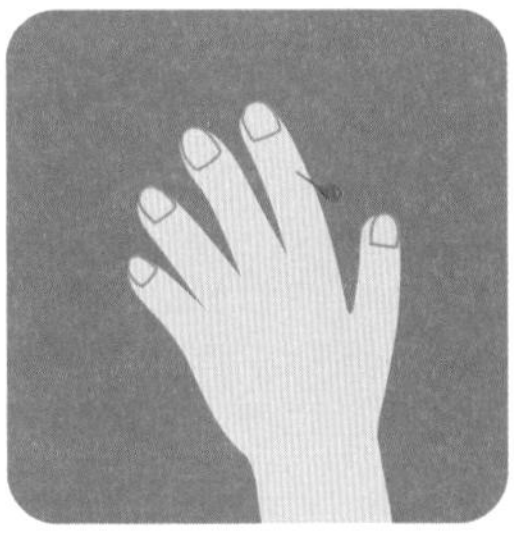

ちいさい【小《ちい（さい）》】 3 小的 ⇕ **おおきい** 3 大的

かたちやたかさ、ひろさなどが、ほかよりないようす。

注 指形狀、高度、寬度都比其他的更小的樣子。

＊

こどものふくは**ちいさい**。

譯 小孩子的衣服很小件。

チーズ《ちーず》 1 cheese 起司

ぎゅうにゅうをかためてつくるたべもの。

注 指將牛奶凝結成固體狀的食品。

＊

パン《ぱん》に、チーズ《ちーず》をはさむ。

譯 在麵包裡夾入起司。

チーター《ちーたー》 1 cheetah 獵豹

はしるのがとてもはやい、ひようにたどうぶつ。アフリカ《あふりか》やインド《いんど》などにすむ。

注 指一種跑起來非常地快的獵豹屬動物。棲息在非洲及印度等地。

⇓ 請參考463頁。

ちえ 2 智慧

やくにたつかんがえや、かんがえるちから。

注 指相當有用的想法，或有益的思考能力。

＊

おばあさんは、たくさんの**ち****え**をもっている。

譯 奶奶相當地有智慧。

ちかい 2 近的 ⇕ **とおい** 0 遠的

ふたつのあいだがみじかいようす。

注 指兩者之間的距離非常短的樣子。

＊

いえからえきは、**ちかい**。

譯 從家裡到車站非常地近。

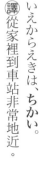

ちがい [0] 不同

おなじではないところ。

注 指不一樣的地方。

＊

あざらしとあしかのちがいは、みみにある。

譯 海豹與海獅的耳部長得不同。

ちがう [0] ①不一樣 ②不正確

①おなじではないようす。

②ただしくないようす。

注 ①指不相同的意思。

②指不對的意思。

＊

①ハンカチ《はんかち》のいろがちがう。

譯 ①手帕的顏色不一樣。

①

ちがえる [3] 使…不同

おなじでないようにする。

注 指弄得不同的動作。

＊

いくみちをちがえる。

譯 走不同的路（使原本的路線不同）。

ちかく [2] [1] 近處、附近 ⇔ とおく [3] 遠處

ふたつのあいだがみじかいところ。

注 指兩者之間距離不遠的地方。

＊

いえのちかくに、こうえんがある。

譯 在家的附近有一座公園。

ちかごろ [2] 最近

すこしまえから、いままでのじかん。

注 指不久前一直到現在的時間帶。

ちかづく [3] [0] 接近

だんだんとちかくなる。

注 指變得越來越近的狀況。

＊

ふゆがちかづく。

譯 冬天接近了。

ちかづける [4] [0] 使…接近

だんだんとちかくにうごかす。

注 指人、物體漸漸地越來越近的動作。

＊

かいちゅうでんとうをちかづける。

譯 將手電筒接近。

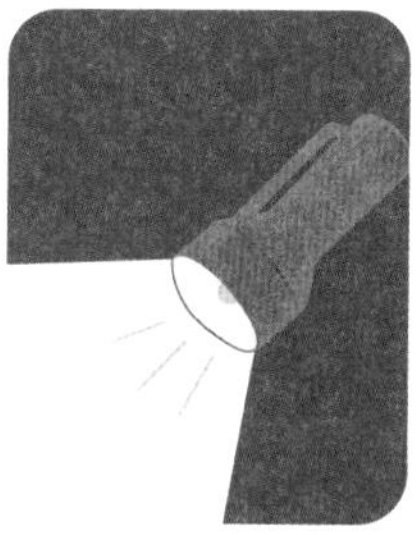

ちかてつ [0] 地鐵

じめんのしたをとおるでんしゃ。

注 指設計在地底下通行的電車。

＊

ちかてつをまつ。

譯 等地鐵。

ちかみち [2] 捷徑

いきたいばしょまで、はやくいけるみち。

注 指能夠快速到達目的地的路。

ちかよる [3] [0] 靠近、親近

ちかくにいく。

注 指接近某人、某物。

＊

ちかよるとあぶないよ。

譯 靠近會有危險喔！

ちから【力《ちから》】 3 力量、力氣

ひとやものをうごかすもとになるもの。

注 指為了要移動人及物品時所使用的根本能量。

ちからをいれてひっぱる。 *

譯 用力拉。

ちからもち 3 大力士

つよいちからをもっていること。

注 指力氣很大，或是擁有很大力氣的人。

ちきゅう 0 earth 地球

うちゅうのなかで、わたしたちがすんでいるところ。

注 指宇宙當中，我們所居住的星球。

ちきゅうはまるい。 *

譯 地球是圓的。

ちぎる 2 撕

ゆびでつまんで、ちいさくきりはなす。

注 指用手指將物體分裂成細小狀的動作。

しんぶんしをちぎる。 *

譯 撕開報紙。

ちぎれる 3 裂開

きれて、はなれる。

注 指變成分裂開來。

ふくがちぎれる。 *

譯 衣服裂開。

ちくちく 2 1 刺痛狀、刺刺的

さされるように、いたいようす。

注 指好像被針刺到一樣，感覺痛的樣子。

このセーター《せーたー》は、ちくちくする。 *

譯 這件毛衣刺刺的。

ちくわ 0 竹輪

さかなのみからつくる、まんなかにあなのあいたたべもの。

注 指一種用魚肉製作，中間有個孔的食品。

ちこく 0 遲到

きめられたじかんにおくれること。

注 指沒有在規定的時間內抵達的意思。

やくそくのじかんにちこくする。 *

譯 無法在約定的時間內抵達（在約定的時間內遲到）。

ちじょう 0 地上

じめんのうえ。

注 指地面的上方。

ちず 1 地圖

みちやたてもののあるばしょが、わかりやすくかかれたえ。

注 指一種讓人簡單了解道路及建築物所在位置的圖畫。

ちずをみてあるく。 *

譯 看著地圖走。

ちち 2 1 （我的）爸爸 ⇔ はは 1 （我的）媽媽

おとこのおや。とうさん。

注 指男性的家長。與「とうさん」同義。

＊

ちちのえをかく。

譯 畫爸爸的肖像。

ちちのひ 2 1 父親節

6《ろく》がつのだい3《さん》にちようび。とうさんに、ありがとうをつたえるひ。

注 指六月的第三個星期日。是日本的一個感謝爸爸的日子。

ちぢむ 0 縮短、縮小 ⇔ のびる 2 變寛、變高、變大

ちいさくなったり、みじかくなったりする。

注 指大小及長短緊縮。

＊

ズボン《ずぼん》がちぢむ。

譯 褲子縮短。

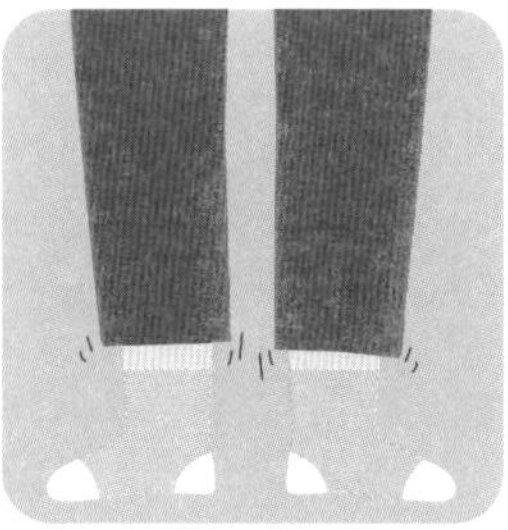

ちぢめる 0 使…縮短、使…短小 ⇔ のばす 2 使…延伸變大

ちいさくしたり、みじかくしたりする。

注 指將大小及長短緊縮的動作。

＊

からだをちぢめる。

譯 將身體緊縮。

ちっとも 3 一點也不…

まったくそうではないようす。

注 指完全不是那樣的狀態。

＊

ちっともたのしくない。

譯 一點也不開心。

ちゃ 0 茶

かわかしたちゃのはに、ゆをくわえて、つくるのみもの。

注 指將乾燥的茶葉泡入熱水中製成的飲料。

＊

おちゃをのむ。

譯 喝茶。

ちゃいろ 0 咖啡色

いろのなまえ。あかやきいろをくろっぽくしたいろ。つちのいろ。

注 指顏色的名稱。指將紅色和黃色調成偏黑的顏色。亦如土壤的顏色。

＊

ちゃいろのかばん。

譯 咖啡色的包包。

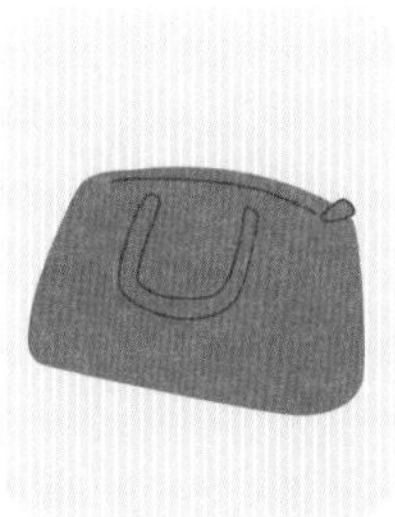

チャック《ちゃっく》 1 zipper 拉鍊

ふくやかばんなどをしめたり、あけたりするところについているどうぐ。フ《ふ》ァ《ぁ》ス《す》ナ《な》ー。

注 指衣服或包包的開口處的所裝設的一種，可以繫緊或是打開的裝置。與「ファスナー」同義。

ちゃわん 0 飯碗、茶碗

ごはんやちゃをいれる、まるくて、ふかいしょっき。

注 指一種碗的高度較高，用來盛飯的一種餐具，或指是日本人用來喝茶的圓形茶器。

＊

ごはんをちゃわんにもる。

譯 添飯到碗裡。

ちゃんと 0 好好地

きちんとしているようす。

注 指仔細地做某事的樣子。

*

ちゃんとわけてすてる。

譯 好好地分類後再丟棄。

チャンネル《ちゃんねる》 0 1 channel 頻道

テレビ《てれび》のばんぐみをえらぶすうじ。

注 指選電視節目的數字。

ちゅう 1 中

ちょうどまんなか。

注 指中等的、位於正中間的。

*

だい、ちゅう、しょうからえらぶ。

譯 從大、中、小三種尺寸中選擇。

ちゅうい 1 注意

じゅうぶんにきをつけること。

注 指相當地小心留意的意思。

*

あしもとにちゅういしてください。

譯 請注意你的腳邊。

ちゅうがえり 3 翻筋斗

からだをじめんのどこにもつけないで、まわること。

注 指在身體不接觸地面的情況下旋轉的動作。

ちゅうがくせい 3 4 中學生、國中生

ちゅうがっこうにいっているせいと。

注 指到國中去上課的學生。

*

おねえさんは、ちゅうがくせいだ。

譯 姊姊是國中生。

ちゅうがっこう 3 國中、中學

しょうがっこうのつぎに3《さん》ねんかん、いくがっこう。

注 指小學畢業後，接下來三年要去上課的學校。

*

ちゅうがっこうへいく。

譯 上（去）中學。

ちゅうしゃ 0 注射、打針

はりをさして、からだのなかにくすりをいれること。

注 指將針插入體內後，注射藥物的動作。

*

ちゅうしゃをしてもらう。

譯 幫我打針。

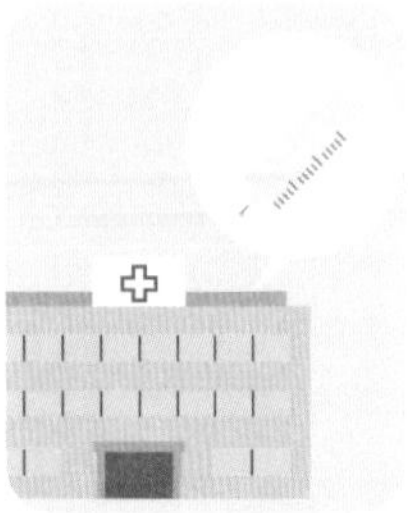

ちゅうしゃじょう 0 停車場

くるまをとめておくところ。

注 指停放車子的一個地區。

*

ちゅうしゃじょうがいっぱいだ。

譯 停車場沒車位了。

ち

ちゅうしん 0 中心

①まんなか。
②ものなどがあつまるところ。
注①正中間的部分。
②指物品等集中的地方。

＊

①りんごのちゅうしんには、たねがある。
譯①蘋果的種子位於中心處。

①

ちゅうとはんぱ 4 半途而廢

しようとしていることが、まだおわっていないようす。
注指想做的事，還沒有做到完的樣子。

＊

ちゅうとはんぱでえをかくのをやめる。
譯才畫到一半就半途而廢。

ちゅうもん 0 點（商品）、訂

（商品）

ほしいものをたのむこと。
注指買想要的東西。

＊

ピザ《ぴざ》をちゅうもんする。
譯訂披薩。

チューリップ《ちゅーりっぷ》 1 3 tulip 鬱金香

ゆりのなかまの、はるにさくはな。はなびらは6《ろく》まい。あかやしろ、きいろのはながさく。
注指一種在春天時開花的百合科植物。總共有六片花瓣。會開出紅色、白色及黃色的花朵。
⇒請參考468頁。

ちょう 0 蝴蝶

4《よん》まいのきれいなはねをもち、ひらひらとぶむし。ながいくだで、はなのみつをすう。
注指一種具有四片翅膀，輕飄飄地飛舞的昆蟲。會用細長的口器吸食花蜜。
⇒請參考466頁。

ちょうし 0 狀況

からだやきかいのようすやぐあい。
注指人的健康或機器所呈現的狀態。

＊

くるまのちょうしをみる。
譯看車子的狀況。

ちょうじょう 3 山頂

やまのいちばんたかいところ。てっぺん。
注指山最高的地方。與「てっぺん」同義。

＊

やまのちょうじょうで、おべんとうをたべる。
譯在山頂上吃便當。

ちょうだい 3 給予、給我

あいてのものをくれるようにたのむときに、つかうことば。
注指請求對方給自己東西時的用語。

＊

ひとつ、ちょうだい。
譯請給我一個。

ちょうちん
3 燈籠

あかりとしてつかう、おりたたみのできるどうぐ。なかにろうそくをいれる。

㊟指一種內部裝設蠟燭，可以折疊的照明用具。

＊ **ちょうちん**をもってあるく。

㊢拿著燈籠行走。

ちょうど
0 剛好、正好

ぴったりのようす。

㊟指很吻合的樣子。

＊ **ちょうど**5《ご》じにかえる。

㊢正好五點的時候回到家。

ちょうめん
3 筆記本 ⇒ ノート《のーと》 1

筆記本

チョーク《ちょーく》
1 chalk 粉筆

こくばんに、じやえをかくときにつかうどうぐ。

㊟指在黑板上畫圖或是寫字時用的文具。

＊ **チョーク**《ちょーく》でこくばんにじをかく。

㊢用粉筆在黑板上寫字。

ちよがみ
2 （日本的）千代紙

きれいないろやもようがついた、にっぽんのかみ。

㊟指一種紙面上繪有漂亮的顏色及花紋的日本和紙。

＊ **ちよがみ**でふうせんをおる。

㊢用千代紙折出氣球。

ちょきちょき
1 喀嚓喀嚓（剪紙聲）

はさみでものをきるようすやおと。

㊟指用剪刀剪東西時發出的聲音。

＊ かみを**ちょきちょき**きる。

㊢把紙喀嚓喀嚓地剪開。

ちょきん
0 存錢

かねをためること。

㊟指存錢的意思。

＊ おとしだまを**ちょきん**する。

㊢把壓歲錢存起來。

ちょこちょこ
1 （因坐不住而）走來走去貌

じっとしていないで、うごきまわるようす。

㊟指靜不下來，一直來回走動的樣子。

＊ こどもが、**ちょこちょこ**とあるきまわる。

㊢小孩子坐不住地走來走去。

チョコレート《ちょこれーと》
3 chocolate 巧克力

カカオ《かかお》のみからつくる、ちゃいろのあまいかし。

㊟指用可可豆作為原料所製作出的咖啡色甜點。

＊ **チョコレート**《ちょこれーと》をたべる。

㊢吃巧克力。

チョッキ《ちょっき》 0 vest 背心

そでのないふく。

㊟指沒有袖子的衣服。

＊

チョッキ《ちょっき》をきる。

㊞穿背心。

ちょっと 1 0 稍微、一點點

ほんのすこし。すくないようす。

㊟指一點點，很少的樣子。

＊

ちょっと、おかわりをください。

㊞請再稍微添一點飯給我。

ちょろちょろ 1 0 （物質、液體）微弱貌

みずがすこしでていたり、ひがすこしもえているようす。

㊟指水一點點地流出，或是指火微微地燃燒的樣子。

＊

ちょろちょろと、みずがる。

㊞水微微地流出。

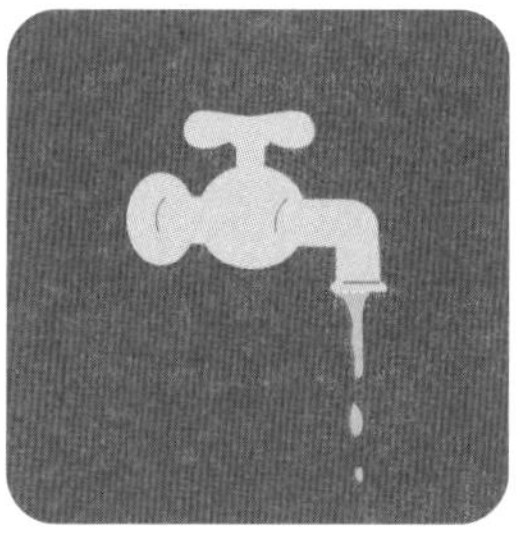

ちらかす 0 弄亂

ものをあちこちにほうりだしておく。

㊟指將物品弄得到處都是。

＊

あそんでへやをちらかす。

㊞因為玩耍把房間弄得亂七八糟。

ちらかる 0 凌亂

ものがあちこちにほうりだされている。

㊟指將東西弄得四散、亂七八糟。

＊

げんかんにくつがちらかる。

㊞擺在玄關的鞋子凌亂不堪。

ちらす 0 使…散落

こまかいものをばらばらにおとす。

㊟指將細小的東西散亂地灑落的動作。

＊

サラダ《さらだ》にパセリ《ぱせり》をちらす。

㊞在生菜沙拉上撒荷蘭芹（使荷蘭芹散落在生菜沙拉上）。

ちらちら 1 飄落狀

ちいさなかるいものが、こまかくうごきながらおちるようす。

㊟指輕薄微小的物體，慢慢的落下的樣子。

＊

ちらちらふるゆき。

㊞輕輕飄落的白雪。

ちらばる 0 散亂

まとまっていたものが、あちこちにひろがる。

㊟指原本整齊的物品，丟的四處亂七八糟。

＊

ケース《けーす》からいろえんぴつがちらばる。

㊞彩色鉛筆從鉛筆盒中散亂地掉出來。

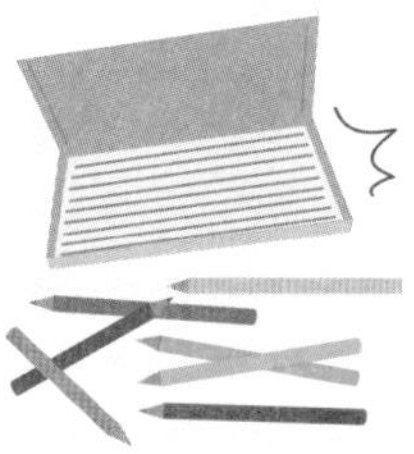

ちり 0 2 灰塵

ちいさなごみやほこり。

㊟指小的垃圾或塵埃。

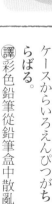

ちりがみ 0 衛生紙

はなをかむときなどにつかう、やわらかいかみ。

注 指用來擤鼻涕的柔質用紙。

＊ ポケット《ぽけっと》に**ちりがみ**をいれる。

譯 將衛生紙放入口袋裡。

ちりとり 3 4 畚箕

あつめたごみをとるどうぐ。

注 指將集中好的垃圾盛起的清掃用具。

ちる 0 凋落、落下

はやはなびらが、ばらばらにおちる。

注 指樹葉或是花瓣散落。

＊ かれはが**ちる**。

譯 枯葉凋落。

ちんどんや 0 （日本傳統的）康樂樂隊

ものをしらせるために、めだつかっこうをして、おんがくをならしながらあるくひとたち。

注 指為了要公告消息給人們，於是穿著顯眼的服飾，並以音樂敲敲打打遊行的人們。

チンパンジー《ちんぱんじー》 3 chimpanzee 黑猩猩

さるのなかまの、とてもあたまがよいどうぶつ。

注 指猴子的一種，相當聰明的生物。

つ ツ

ついたち 4 一日、一號

つきのさいしょのひ。

注 指每個月中最初的那個日子。

＊ まいつき**ついたち**に、カレンダー《かれんだー》をめくる。

譯 在每月的一號的時候翻月曆。

ついたて 0 日式紙屏風

へやのなかにおいて、へやをくぎるいた。

注 指一種放在房間裡，作為間隔用的板子。

ついで 0 方便的時間

なにかをするのに、ちょうどよいとき。

注 指要做某事，最適合的時段。

＊ **ついで**があったらあそびにおいで。

譯 有空的時候，記得來玩喲！

ついに 1 最後、終於

ながいじかん、いろいろなことがあって、さいごに。

注 指在長時間裡經歷了許多事之後最終的時刻。

＊

ついに、しあいにかった。
譯 最後終於贏得比賽。

つえ 1 柺杖

あるくときに、からだをささえるぼう。
注 指在走路時，所拿著的一根用來支撐身體的棒子。

＊

おじいさんが、**つえ**をつく。
譯 爺爺撐著柺杖。

つかい 0 跑腿

いわれたことをするために、でかけること。
注 指外出去辦別人交待的事的意思。

つかう 0 使用

ものをうごかして、やくにたてる。
注 指擺動某物品，讓該物品發揮效用的動作。

＊

スコップ《すこっぷ》を**つかう**。
譯 使用鏟子。

つかまえる 0 抓住

にげられないように、しっかりおさえる。
注 指為了預防逃脫，而緊緊抓住的動作。

＊

ばったを**つかまえる**。
譯 抓住蝗蟲。

つかまる 0 抓住

にげられないように、しっかりおさえられる。
注 指為了預防逃脫，使其被緊緊押制住。

＊

どろぼうが**つかまる**。
譯 小偷被抓住。

つかむ 2 抓

てでにぎってもつ。
注 指用手握住的動作。

＊

さかなを**つかむ**。
譯 抓魚。

つかる 0 浸、泡（澡）、浸泡

みずやゆのなかにはいる。
注 指泡進冷水或是熱水裡的狀態。

＊

おふろに**つかる**。
譯 泡熱水澡。

つかれ 3 疲勞

くたびれて、ちからがなくなること。
注 指疲倦顯得有氣無力的樣子。

＊

つかれがたまる。
譯 累積疲勞。

つかれる 3 累、疲累

くたびれて、ちからがなくなる。
注 指疲倦變得有氣無力。

＊

うんどうしたあとは**つかれる**。
譯 運動之後變得很累。

つき 2

moon ①月亮

②…月份

①よるにかがやく、まるいもの。ひによって、かたちがかわる。

②1《いち》ねんを12《じゅうに》にわけた、そのひとつ。

注①指夜晚的時候，高高掛在天上會發亮的圓形物體。依日子的不同，形狀會跟著改變。②指一年分成的十二等分，每一等分的量詞。

つぎ 2

下一個

じゅんばんがすぐあと。

注指緊接下來的那個順位。

＊

つぎのページ《ぺーじ》にすすむ。

譯翻到下一頁。

つぎ 0

補丁

ふくのやぶれたところに、ほかのぬのをつけること。

注指衣服破掉的地方，縫上其它布料遮蓋的狀況。

＊

ズボン《ずぼん》のひざに、つぎをあてる。

譯在褲子的膝蓋處縫上補丁。

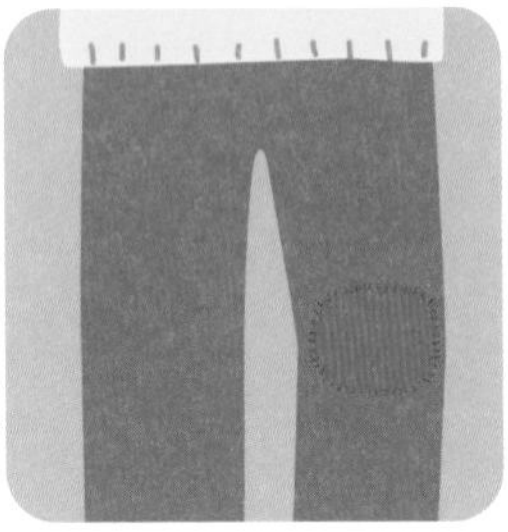

つきあたり 0

死路

それよりさきにすすめない、いきどまりのところ。

注指再往前就無法通行的地方。與「いきどまり」同義。

＊

つきあたりをみぎにまがる。

譯在死路的地方向右轉。

つきそう 3 0

陪伴、照料

せわをするために、ちかくについている。

注指為了照顧而貼近在身邊。

＊

びょうきのおばあさんに、つきそう。

譯照料生病的奶奶。

つぎつぎ 2

接二連三地、連續地

あいだがなく、つづくようす。

注指沒有空隙，一直接連下去的樣子。

＊

ありが、すからつぎつぎとでてくる。

譯螞蟻接二連三地從蟻巢中爬出來。

つきとばす 4

大力推開、推倒

つよくおして、いきおいよく、てもとからはなす。

注指用力推，使人或物猛力的離開（自己的）掌心。

＊

まえのひとをつきとばす。

譯使勁地推開前面的人。

つきひ 2

時光、歲月、日子

じかんがすぎていくこと。

注指流逝過的時間的意思。

＊

つきひがたつのははやい。

譯日子過得很快。

つきみ 3 0

賞月

つきをみてたのしむこと。

注指觀賞月亮的意思。

＊

つきみをする。

譯賞月。

つぎめ

0 接合處

ものとものとをつなぎあわせたところ。

注指物體及物體之間的連接的地方。

＊

レール《れーる》のつぎめ。

譯鐵軌的接合處。

つ

つきやぶる 4 截破、撞破

いきおいよくおして、やぶる。

注 指用很大的力氣弄破的動作。

*

ふすまをつきやぶる。

譯 撞破日式的紙推門。

つく 1 2 沾上、黏上

ぴったりくっついて、はなれなくなる。

注 指使緊緊貼合。

*

ふくにえのぐがつく。

譯 顏料沾在衣服上。

つく 1 2 （電器）開著

でんきのスイッチ《すいっち》がはいる。

注 指電器的電流開關開著。

*

あかりがつく。

譯 燈亮著（燈的開關開著）。

つく 1 2 抵達、到

そのばしょまでくる。とどく。

注 指到達到一個地點的意思。與「とどく」同義。

*

いえにつく。

譯 到家。

つく 0 1 拍（使其彈起）

うってはずませる。

注 指敲擊物體，使其彈起。

*

ボール《ぼーる》をつく。

譯 拍球。

つぐ 0 接續、繼

すぐあとにつづく。

注 指連接在後的意思。

*

ふじさんにつぐたかいやま。

譯 僅次於富士山的高山（接續在富士山之後的高山）。

つぐ 0 斟

みずなどをいれもののなかにいれる。

注 指將水等液體注入容器的動作。

*

おとうさんのコップ《こっぷ》に、ビール《びーる》をつぐ。

譯 將啤酒斟入爸爸的酒杯裡。

つぐ 0 繼承

まえのひとのしごとをつづけてする。

注 指承續前人的工作。

*

おやのみせをつぐ。

譯 繼承老爸的店。

つくえ 0 desk 桌子

ものをかいたり、ほんをよんだりするためのだい。

注 指用於書寫、念書用的家具。

*

つくえをならべる。

譯 排桌子。

つくし 0 筆頭草

はるに、どてなどにはえる、ふでのようなかたちのくさ。

㊟指一種外形像筆狀，春天時會生長在堤防等處的草。

つくりかた 4 5 製作方法

ものをつくるほうほう。

㊟指製造東西時的方法。

つくる 2 製作

かたちがあるものにする。

㊟指做出有形狀的物品的動作。

＊ねんどでぞうを**つくる**。

譯 用黏土捏出（製作）一頭大象。

つけもの 2 0 醃菜

やさいを、しおやみそなどにつけたたべもの。

㊟指一種將蔬菜放入鹽巴或是味噌裡醃製的食品。

＊**つけもの**をたべる。

譯 吃醃菜。

つける 2 鑲入、置入

ぴったりあわせて、はなれないようにする。

㊟指將物品牢固地安置上。

＊ゆきだるまに、めを**つける**。

譯 幫雪人鑲入眼睛。

つける 2 放上、裝上、穿搭上

なにかをきたり、からだのいちぶにかざったりする。

㊟指穿著某衣物，或是在身上某處加上裝飾的動作。

＊かみにリボン《りぼん》を**つける**。

譯 在頭髮上綁上蝴蝶結（緞帶）。

つごう 0 （行程的）狀況、情況

なにかをするときの、よていやようす。

㊟指在做某事時的行程或可行性。

＊きょうは、**つごう**がわるいんだ。

譯 今天不太方便。（今天的行程狀況不行）。

つたう 0 順著（物體移動）、沿著

（物體移動）

あるものからはなれないようにうごく。

㊟指倚靠著某物體移動。

＊かわを**つたって**、はしる。

譯 沿著河流跑步。

つたえる 0 傳達、告知

あるできごとを、ほかのひとにしらせる。

㊟指通知其他的人發生的事情的動作。

＊

つ

やすむことをでんわで**つたえる**。
譯 打電話告知請假一事。

つたわる ⓪ 傳、流傳

あるできごとを、ほかのひとがしるようになる。

注 指某個事件被其他的人知道。

＊

うわさが**つたわる**。
譯 謠言四處流傳。

つち ② 土、土壤

じめんをおおっている、ちゃいろくて、こまかいつぶ。

注 指一種廣為覆蓋地面的咖啡色細小顆粒。

＊

つちをほる。
譯 挖土。

つつ ②⓪ 管子、筒子

まるく、ほそながいかたちで、なかがからっぽになっているもの。

注 指一種圓形且細長，中間為空心的道具。

＊

かみをまるめて**つつ**にする。
譯 將紙捲起當作發聲筒使用。

つづき ⓪ 銜接、續集

あとにつながっているもの。

注 指接續在後面的內容。

＊

きのうの**つづき**からよみはじめる。
譯 從昨天停下來的地方開始念吧（從昨天的銜接處開始念吧）！

つつく ② 戳、捅

ほそいもののさきで、かるくなんかいもおす。

注 指用細長物的尖部，輕輕地來回地推撞。

＊

とりがきのみを**つつく**。
譯 鳥用喙戳樹上的果實。

つづく ⓪ 繼續、接連著

あとにつながる。

注 指接續在後。

＊

のぼりざかが**つづく**。
譯 接連不斷的上坡路。

つづける ⓪ 持續

やめないで、あとにつながるようにする。

注 指緊追在後，毫不放棄的動作。

＊

はしり**つづける**。
譯 持續跑步。

つっこむ ③ 戳入

いきおいよくさしいれる。

注 指很用地力插入。

＊

ぼうをあなのなかに**つっこむ**。
譯 拿棒子向著洞裡戳進去。

つ

つつじ 0 2 杜鵑

はるに、しろやピンク《ぴんく》のはなをさかせるき。

㊟指一種在春季時會開出白色或是粉紅色花朵的樹木。

つっぱる 3 抵住

ぴんとはって、ささえる。

㊟指用力一伸並撐住的動作。

＊

あかちゃんが、あしを**つっぱる**。

㊞寶寶將腳用力一伸（用力抵住）。

つつみ 3 包覆物的總稱、包裹

かみやぬのでつつんであるもの。

㊟指用紙或是布包覆住的物品。

＊

つつみをうけとる。

㊞收禮物（包裹）。

つつみがみ 3 包裝紙

ものをつつむのにつかうかみ。

㊟指包覆物品時所使用的紙。

つつむ 2 包

ものをなかにいれておおう。

㊟指將物品放進包裝裡然後做緊密覆蓋的動作。

＊

べんとうばこを**つつむ**。

㊞包住便當盒。

つとめ 3 就職

かいしゃではたらくこと。

㊟指在公司裡工作的意思。

＊

おじいさんが**つとめ**をやめる。

㊞爺爺辭職（停止就職）了。

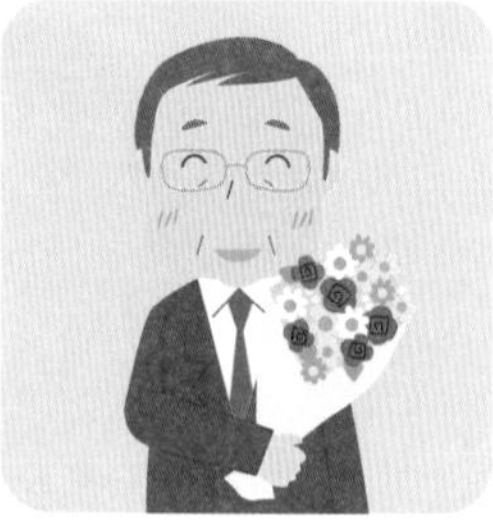

つとめる 3 努力

いっしょうけんめいにがんばる。

㊟指極為用心。

＊

しゅうじのけいこに**つとめる**。

㊞努力練習寫書法。

つとめる 3 任職

かいしゃではたらく。かいしゃのしごとをする。

㊟指在公司裡工作。

＊

おおきなかいしゃに**つとめる**。

㊞在大公司裡工作（任職於大公司）。

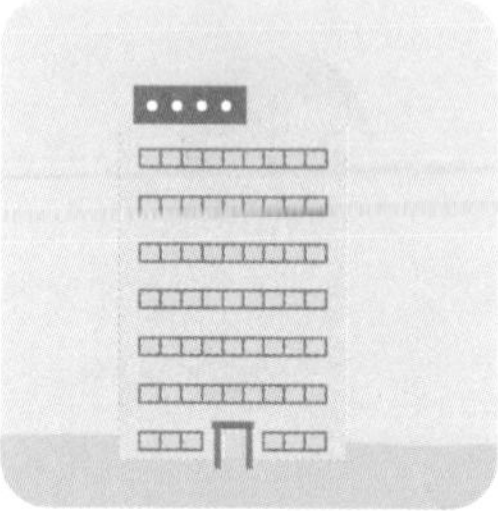

つな 1 粗繩

わらなどをあつめてつくる、ふとくてじょうぶなひも。

㊟指用稻草等物品編製而成，結實且粗大的繩索。

＊

つなのうえをわたる。

㊞踩在粗繩上行走。

つながる 0 連結、連接

はなれているものがくっついて、ひとつになる。

注 指分開的兩物連在一起。

＊

しまがはしでつながる。

譯 建造橋樑連接島嶼。

つなぐ 0 使…連接

はなれているものをひとつのまとまりにする。

注 指將分離的兩物連結在一起的動作。

＊

おかあさんと、てをつなぐ。

譯 跟媽媽牽手（跟媽媽的手連接在一起）。

つなひき 2 拔河

ふたつのチーム《ちーむ》で、つなをひきあうスポーツ《すぽーつ》。

注 指一種分成兩隊，相互拉著粗繩較勁的運動項目。

つの 2 角

どうぶつのあたまからつきでた、かたいもの。

注 指動物的頭頂上長出來的堅硬尖狀物。

つば 1 唾液、口水

くちのなかにしぜんにでる、みずのようなもの。

注 指從口中自然分泌出像水一樣的液體。

＊

せきをして、つばがとぶ。

譯 咳嗽時口水噴了出來。

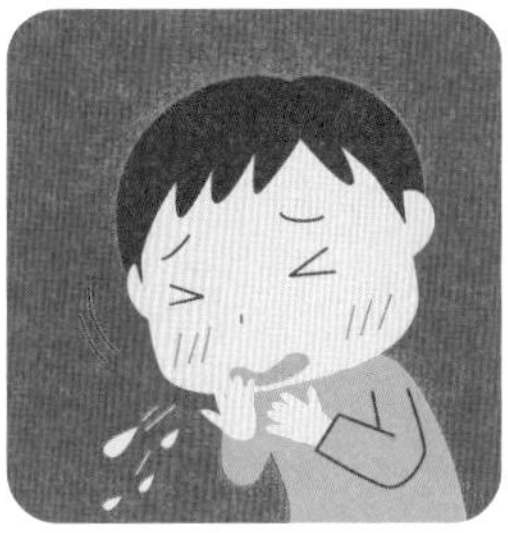

つばき 1 山茶

はるのはじめに、あかやしろのはながさくき。みからあぶらをとる。

注 指一種在初春時會開出紅色或白色花朵的樹木。可以從種子中抽取油脂。

つばさ 0 翅膀

とりやひこうきがとぶためのはね。

注 指為了飛行而長在鳥類身上或加裝在飛機機體上的雙翼。

＊

とびがつばさをひろげる。

譯 黑鳶展開翅膀。

つばめ 0 swallow 燕子

はるに、にっぽんにとんでくるとり。おがながく、ふたつにわかれている。

注 指一種春季時會飛抵日本的鳥類。尾巴很長，且分岔成兩邊的樣子。

つぶ 0 粒

ちいさくて、まるいもの。

注 指很微小的圓形狀物體。

＊

こめのつぶをひろう。

譯 撿起米粒。

つぶし 0 排遣、殺（時間）、打發（時間）

むだにすごすこと。

注 指將時間浪費掉地渡過。

＊

ひまつぶしにゲーム《げーむ》をする。

譯 玩遊戲打發時間。

つぶす 0 弄碎

つよいちからでおして、かたちをかえる。

㊟指很用力地擠壓使其變形。

＊

じゃがいもをスプーン《すぷーん》でつぶす。

㊟將馬鈴薯用湯匙弄碎。

つぶる 0 闔（眼）、閉（眼）

めをとじる。

㊟指將眼皮蓋上。

＊

かためをつぶる。

譯閉上一隻眼睛。

つぶれる 0 壓壞、潰散

つよいちからでおされて、かたちがかわる。

㊟指遭到很大力地擠壓，使得形狀變形。

＊

パン《ぱん》がつぶれる。

譯麵包被壓壞了。

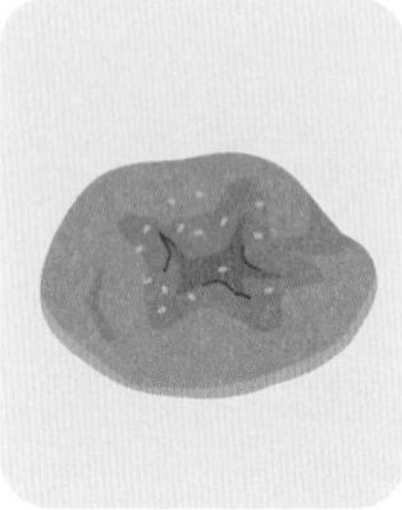

つぼ 0 壺

いりぐちがせまくて、なかがふくらんでいるいれもの。

㊟指一種壺口很小，但內部寬闊的容器。

つぼみ 3 0 花苞

はながさくまえのふくらみ。

㊟指花在開之前呈現膨脹包住的樣子。

＊

さくらのつぼみ。

譯櫻花的花苞。

つぼむ 0 窄縮

ひらいているものが、ちいさくなる。

㊟指展開的物體，變得萎縮。

＊

あさがおは、ひるにつぼむ。

譯牽牛花在白天時枯萎（窄縮）了。

つま 1 妻子

ふうふのおんなのほう。

㊟指一對夫婦中的女性成員。

＊

こちらが、わたしのつまです。

譯這位是我的妻子。

つまさき 0 toe 腳指尖

あしのゆびのさき。

㊟指腳指的前端。

つまずく 3 絆倒

あしがなにかにあたって、まえにころびそうになる。

㊟指腳因為踢到某東西，於是向前傾倒。

＊

だんにつまずく。

譯被台階絆倒。

つまみ 0 （物品的）旋鈕、把手

ゆびのさきではさんで、もつところ。

㊟指可以用指尖抓握的地方。

＊

つまみをみぎにまわす。

譯指旋鈕向右轉動。

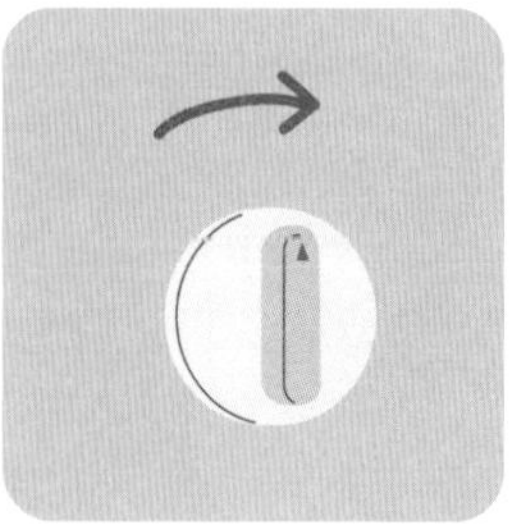

つまみぐい 0 偷吃

こっそりつまんでたべること。

注 指偷偷地抓起來吃掉的意思。

つまむ 0 捏、捏住

ゆびのさきで、はさんでもつ。

注 指用指尖夾起來壓住的動作。

*

くさくて、はなを**つまむ**。

譯 臭死了，所以把鼻子捏住。

つまらない 3 無聊的

おもしろさやたのしさがないようす。

注 指感覺到很不有趣或沒開心感的樣子。

*

おにいさんのほんは、**つまらない**。

譯 哥哥的書看起來很無聊。

つまる 2 阻塞

ものでふさがって、うまくとおらなくなる。

注 指因為物體塞住，無法順利通行。

*

いきが**つまる**。

譯 呼吸困難（阻塞）。

つみかさねる 5 累積、反覆地作

おなじことをなんどもする。

注 指不斷地做同樣的一件事。

*

れんしゅうを**つみかさねる**。

譯 反覆地練習。

つみき 0 積木

きでできた、いろいろなかたちのものを、つみかさねてあそぶおもちゃ。

注 指一種具有多種型狀的木塊，可以疊起來玩的玩具。

つむ 0 疊、疊上

ものをうえにかさねる。

注 指將物東西一層一層向上擺的動作。

*

ざぶとんを**つむ**。

譯 疊座墊。

つむ 0 摘

ゆびでつまんでとる。

注 指用手抓住後拔起的動作。

*

しろつめくさを**つむ**。

譯 摘白三葉草。

つめ 0 指甲

てあしのゆびのさきにある、かたいところ。

注 指長在手指跟腳趾尖處的堅硬部分。

*

つめをきる。

譯 剪指甲。

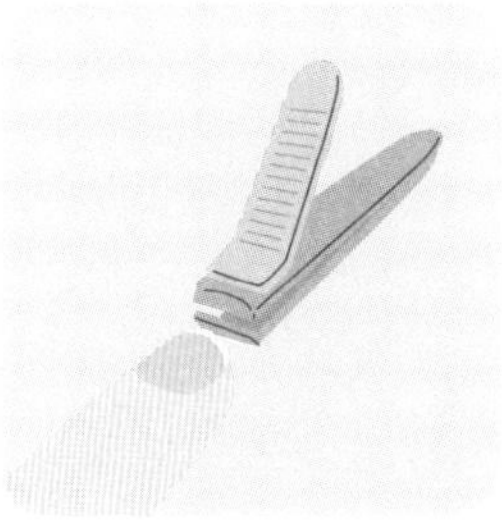

つめたい 0 3 冰涼的、冷的

⇔ あつい 2 熱的

もののおんどがひくいようす。

注 指東西的溫度很低的樣子。

*

かきごおりは**つめたい**。

譯 剉冰好冰。

つめる [2] 填塞

なかにすきまがないようにいれる。

(注)指毫不留縫隙地將物品填塞的意思。

＊

べんとうばこに、おかずをつめる。

(譯)將配菜塞入便當裡。

つもり [0] 預算、打算

なにかをしようとおもうこと。

(注)指在內心想好要做什麼。

＊

そのほんは、あしたよむつもりだ。

(譯)我打算明天念那本書。

つもる [2] [0] 積、累積、堆積

うえにかさなってたかくなる。

(注)指某物體堆在其他物體上方，變高的狀態。

＊

にわにゆきがつもる。

(譯)庭院裡積雪。

つゆ [1] [2] 露水

くうきがひえたときにできる、ちいさなみずのつぶ。

(注)指空氣變冷時會形成的微小水珠。

つゆ [0] 梅雨

6《ろく》がつから7《しち》がつころの、あめがながくふりつづくてんき。

(注)指日本在六月到七月期間，接連不斷地持續降雨的氣候。

＊

つゆにはいる。

(譯)梅雨季節到了。

つよい [2] ①（能力）強的 ②堅強的

⇔ よわい [2] ①（能力）弱的 ②柔弱的

①ちからがおおきいようす。

②きもちがしっかりしているようす。

(注)①指能力很強大的樣子。②指精神意志很強健的樣子。

＊

①このチーム《ちーむ》はつよい。

(譯)①這支隊伍很強。

①

つよまる [3] 增強

ちからがおおきくなる。

(注)指力量變強。

＊

たいふうのいきおいがつよまる。

(譯)颱風的風勢變強。

つよめる [3] 加強 ⇔ よわめる [3] 消弱

つよくする。

(注)指將力量加強。

＊

せんぷうきのかぜをつよめる。

(譯)將電風扇轉大（強）。

つらい [0] [2] 辛苦的、難過的

がまんができないくらい、くるしいようす。

(注)指程度難以忍受般地痛苦的樣子

＊

あしをけがして、あるくのもつらい。

(譯)腳受傷了，連走路都很難過。

つらら

0 冰柱

すこしずつたれるみずが、とちゅうでこおって、ぼうのようになったもの。

㊟指往下的水滴在中途凍結，變成如棒狀的東西。

つり 0 釣魚

えさをつけたいとをたらして、さかなをとること。

㊟指一種將綁在線上的魚餌放到水裡，藉此引誘魚上鉤的活動。

＊

つりのどうぐをよういする。

㊢準備釣魚用的釣具。

つりあい 0 均衡、平衡

おもさやちからなどが、おなじくらいのこと。

㊟指重量或力道等，大致上差不多的意思。

＊

つりあいをとる。

㊢維持平衡。

つりあう 3 均衡、平衡

おもさやちからなどが、おなじくらいである。

㊟指重量或力道等，大致上差不多的狀態。

＊

シーソー《しーそー》がつりあう。

㊢蹺蹺板在平衡狀態。

つりあげる 4 吊起

ひっかけてうえにもちあげる。

㊟指掛住後再往上抬的動作。

＊

クレーン《くれーん》ではしらをつりあげる。

㊢用起重機吊起柱子。

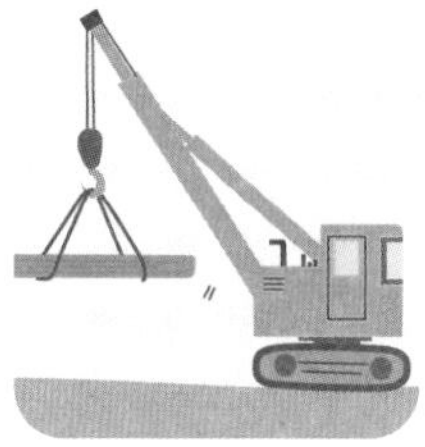

つりかわ

0 吊環

でんしゃやバス《ばす》でたっているひとが、たおれないようにつかむひも。

㊟指設置在電車或公車裡，讓站立的人不會跌倒的設備。

つる 0 吊起

ひもなどでひっぱって、おちないようにさげる。

㊟指用繩子等物體拉著，使其不會往下墜的狀態。

＊

けがをしてうでをつる。

㊢因為受傷，把手臂吊起來。

つる 0 釣

えさをつけたいとをたらして、さかなをとる。

㊟指一種將魚餌放到水裡，藉此將魚抓上來的動作。

＊

おおきなさかなをつる。

㊢釣到大魚。

つる 1 鶴

くちばし、くび、あしがほそながい、おおきなとり。みずべにあつまってすむ。

㊟指一種鳥喙、頸子及腳部都很細長，棲息在水邊群聚生活的大型鳥類。

⇒請參考465頁。

つるす 0 吊

ひもなどでつって、ぶらさげる。

㊟指用繩子等使其懸掛住的動作。

＊

ベッド《べっど》にくつしたをつるす。

㊟在床頭吊襪子。

つるつる 1 平滑貌

でこぼこがなく、よくすべるようす。

㊟指沒有凹凸不平，非常滑溜的樣子。

＊

こおりのうえは、つるつるだ。

㊟冰上很滑。

つれる 0 帶著

いっしょにいく。

㊟指一起去的意思。

＊

いもうとをこうえんにつれていく。

㊟帶妹妹去公園。

て

テ

て【手《て》】 1 hand 手

からだのてくびからさきのところ。

㊟指身體中，從手腕到指尖的部位。

⇓請參考455頁。

＊

てをつなぐ。

㊟牽手。

であう 2 遭遇、邂逅

おもっていなかったときに、ひとやどうぶつなどとあう。

㊟指在沒有預想到的情況下，遇到了一些人或是動物等。

＊

やまみちで、くまにであう。

㊟在山路中撞見了熊。

てあて 1 治療

けがやびょうきをなおすためにする、いろいろなこと。

㊟指為了治癒受傷或是疾病，而做得各種身體修復的措施。

＊

きずのてあてをする。

㊟治療外傷。

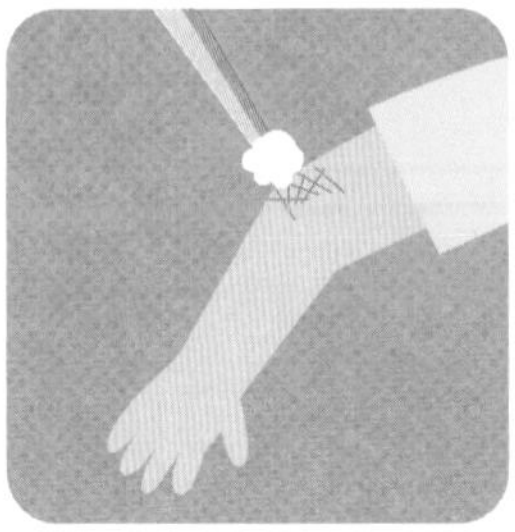

てあらい 2 ①洗手 ②洗手間

①てをあらうこと。

②トイレ《といれ》

㊟①指洗手的意思。②指廁所。

＊

①てあらいをしっかりしましょう。

①把手洗乾淨吧（洗手洗乾淨吧）！

ていでん 0 停電

おくられてくるでんきが、とまってしまうこと。

㊟指發電廠送出來的電流發生中斷的狀態。

＊

かみなりで、ていでんになる。

㊟因為打雷，造成停電。

ていねい 1 鄭重

こころがこもっていて、きちんとしているようす。

注 指打從心底很慎重，絲毫不馬虎行事的樣子。

＊

ていねいに、じをかく。

譯 很鄭重地的寫字。

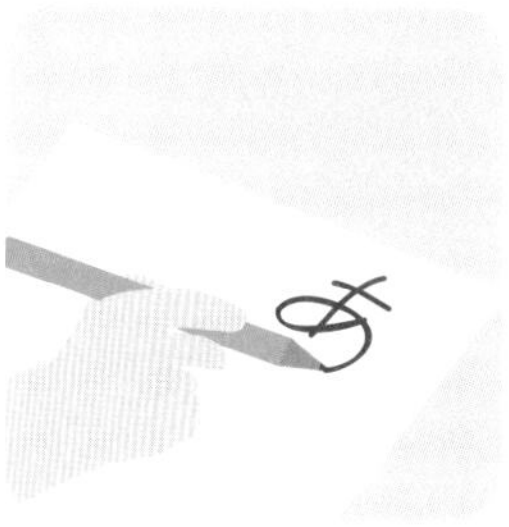

ていぼう 0 堤防

かわのみずがあふれでるのをとめるために、かわにそってつくったどて。

注 指為了不讓河水滿溢出來，而在河邊建設的一種設施。

＊

ていぼうのうえをさんぽする。

譯 在堤防上散步。

でいりぐち 3 出入口

ひとがでたり、はいったりするときにとおるところ。

注 指讓人在出入時通行的地方。

＊

でいりぐちがふたつあるえき。

譯 有兩個出入口的車站。

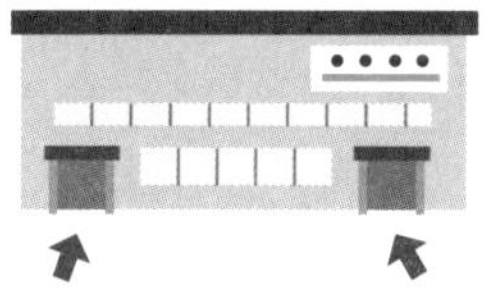

ていりゅうじょ 0 5 公車站

きゃくがのったり、おりたりするために、バス《ばす》などがとまるところ。

注 指公車會停下來搭載乘客的地方。

＊

ていりゅうじょで、バス《ばす》をまつ。

譯 在公車站等公車。

テープ《てーぷ》 1 tape 膠帶

かみなどでできた、うすくてはばがせまい、ひものようなもの。

注 指一種用紙等物品製造，細薄、寬度不寬的線繩狀文具。

＊

テープ《てーぷ》でむすぶ。

譯 用膠帶綁起來。

テーブル《てーぶる》 0 table 桌子、餐桌

しょくじをするときにつかうつくえ。

注 指用餐時所使用的桌子。

＊

テーブル《てーぶる》をふく。

譯 擦桌子。

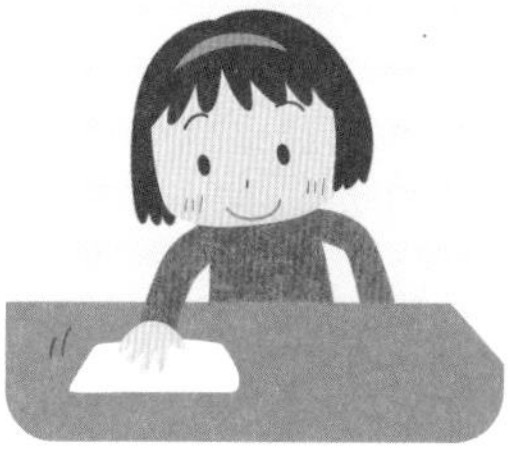

でかける 0 外出、出門

いえをでて、どこかへいく。

注 指離開家裡，到外頭去。

＊

かいものに**でかける**。

譯 外出去買東西。

てがみ 0 信

あいてにしらせたいことをかいて、おくるもの。

注 指將要告訴對方的事寫在紙上，再寄發出去的文書。

＊

ともだちに**てがみ**をかく。

譯 寫信給朋友。

てがら 3 功勞、功績

ひとのためになるような、りっぱなはたらき。

注 指為了他人所做出的重要貢獻。

てき 0 敵人 ⇔ みかた 0 同伴

きょうそうしたり、たたかったりするあいて。

注 指相互競爭或是爭鬥的對手。

＊

てきのボール《ぼーる》にあたる。

譯 被敵隊（敵人）的球打中了。

でき 0 完成狀況

できあがったもののようすやぐあい。

注 指成品的樣子或狀況。

＊

こうさくでつくったふねのできが、よい。

譯 勞作課裡做的船相當地好（勞作課裡做的船的完成狀況相當地好）。

できあがる 0 4 完成

うまくつくりおわる。

注 指順利地做成。

＊

ケーキ《けーき》ができあがる。

譯 蛋糕製作完成。

できごと 2 事件

あったこと。

注 指發生的事情。

＊

きのうのできごとを、せんせいにはなす。

譯 將昨天發生的事件跟老師說。

できる 2 ①有了、新建 ②辦得到、可以

①あたらしくあらわれる。
②なにかをするちからをもっている。

注 ①指新出現的樣子。
②指具有完成某事的力量。

＊

①いえのまえに、みせができる。

譯 ①在家的前面，新開了一家店。

①

でぐち 1 出口 ⇔ いりぐち 0 入口

なかからそとにでていくところ。

注 指從裡側向外側移動的地方。

＊

でぐちは、あちらです。

譯 出口在那一邊。

てくび 1 手腕

うでとてをつなぐところ。

注 指身體上連結手臂及手的部位。

＊

てくびにかざりをつける。

譯 在手腕上戴上裝飾品。

でこぼこ 0 凹凸不平

もりあがったり、へこんだりして、たいらでないようす。

注 指有地方隆起、有的地方下陷不平坦的樣子。

＊

でこぼこのみちをすすむ。

譯 在凹凸不平的路面上騎車。

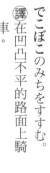

てさぐり 2 摸索

みえないものをさわって、てのかんじでしること。

注 指觸摸看不見的東西，靠手的感覺來猜測的意思。

＊

くらやみのなかを、**てさぐり**ですすむ。

譯 摸黑前進（在一片黑漆漆的環境中，靠著摸索向前進）。

てさげ 3 0 手提包

てでさげてもつところがついたかばん。

注 指有提帶的包包。

＊

かったものを**てさげ**にいれる。

譯 將買來的東西裝進手提包裡。

てじな 1 魔術

いろいろなどうぐやしかけをつかって、ふしぎなことをしてみせること。

注 指利用各種道具跟機關，做出令人吃驚的表演的一種技法。

＊

てじなにおどろく。

譯 對表演出的魔術大吃一驚。

でしゃばる 3 多管閒事

じぶんにかんけいないことなのに、くちをだしてくる。

注 指明明就不干自己的事，卻出言多事的行為。

＊

でしゃばるのはよくない。

譯 多管閒事是不太好的。

です 0 是

「だ」のていねいないいかた。

注 指「だ」的鄭重說法。

＊

ぼくはしょうがくせい**です**。

譯 我是小學生。

ですから 1 因為、所以

「だから」のていねいないいかた。

注 指「だから」的鄭重說法。

＊

きけん**ですから**、はいらないでください。

譯 因為很危險，所以請不要進入。

テスト《てすと》 1 test 測驗

できるかどうかをためすもの。

注 指為了確認是否能辦到而進行的一場考驗。

＊

すいえいの**テスト**《てすと》をうける。

譯 接受游泳測驗。

てすり 3 扶手

かいだんなどで、からだをささえるためにつけられた、さくやぼう。

注 指裝設在樓梯邊，用來攙扶身體的柵欄或是棒子。

＊

てすりにつかまる。

譯 抓住扶手。

でたらめ 0 胡來、隨便

よくかんがえないで、いいかげんにすること。

注 指不經大腦思考，就隨便亂來的意思。

＊

でたらめにかたづけをする。

譯 隨便收拾。

てちょう 0 記事本

もちはこんで、だいじなことをかいておくための、ちいさなノート《のーと》。

注 指用來記下要事及行程，可以隨身攜帶的小型筆記本。

＊

て

わすれないように、**てちょう**にかく。

㊟為了預防忘記，所以寫在記事本裡。

てつ 0 鐵

いろいろなもののざいりょうになる、かたいきんぞく。

㊟指一種堅硬的金屬，可以作為各種物品的原料。

＊

せんろは**てつ**でできている。

譯鐵路是用鐵做成的。

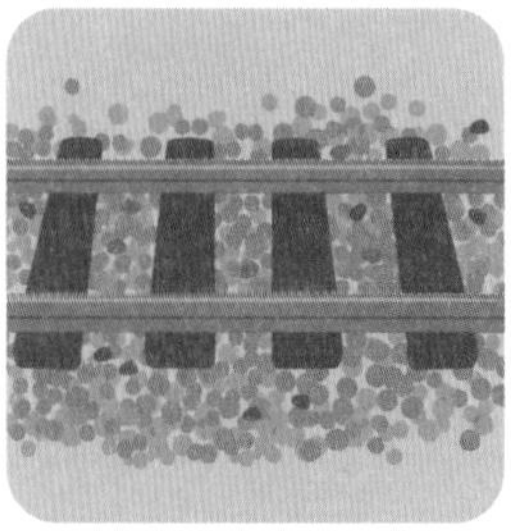

てつき 1 手的動作

てのうごかしかた。

㊟指手活動的方式。

＊

なれた**てつき**であやとりをする。

譯以熟練的手感（手的動作）玩翻花繩。

てっきょう 0 鐵橋

てつでできたはし。

㊟指用鐵搭建的橋樑。

＊

たにかかる**てっきょう**。

譯架設在山谷間的鐵橋。

てつだい 3 幫忙

ちからをかして、いっしょにしごとをすること。

㊟指出力協助的意思。

＊

おとうさんの**てつだい**をする。

譯幫爸爸的忙。

てつだう 3 幫忙

ちからをかして、いっしょにしごとをする。

㊟指出力協助的動作。

＊

せんたくを**てつだう**。

譯幫忙洗衣服。

てつどう 0 鐵道

レール《れーる》をしいてれっしゃをはしらせ、ひとやにもつをはこぶしくみ。

㊟指在鋪設鐵軌的地方上行駛列車，用來載乘客及貨物的交通設施。

＊

てつどうでたびをする。

譯進行鐵道旅行。

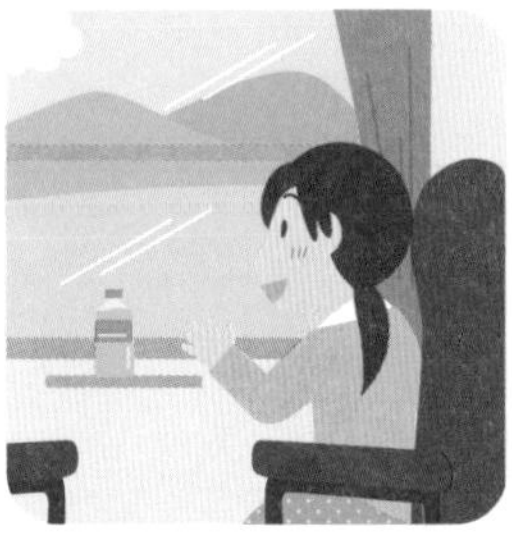

てっぺん 0 頂部

いちばんたかいところ。

㊟指最上方的部分。

＊

きの**てっぺん**にことりがいる。

譯在樹頂上有一隻小鳥。

てつぼう 0 單槓

てつのぼうにつかまってぶらさがったり、まわったりするたいそうのどうぐ。

㊟指可以讓人抓住鐵桿垂吊，或是迴轉的遊樂設施。

てっぽう 0 火繩槍、鐵砲

てつのたまを、いきおいよくとばすどうぐ。

㊟指將鐵製的子彈強力擊出的武器。

＊

てっぽうで、いのししをうつ。

譯用鐵砲開槍射野豬。

テニス《てにす》 ① tennis 網球

まんなかにはったあみをはさんで、ラケット《らけっと》でボール《ぼーる》をうちあうスポーツ《すぽーつ》。

㊟指正中間有架設網子，用網球拍相互擊球的一個運動項目。

てぬぐい ⓪ 毛巾、手帕

てやからだをふく、うすいぬの。

㊟指用來擦手或是身體的薄布。

＊

てぬぐいをくびにかける。

㊟將毛巾掛在頸子上。

てのこう ① 手背

てくびからゆびさきまでの、てをにぎったときに、そとがわになるところ。

㊟指當手緊握時，背面的外側部分。

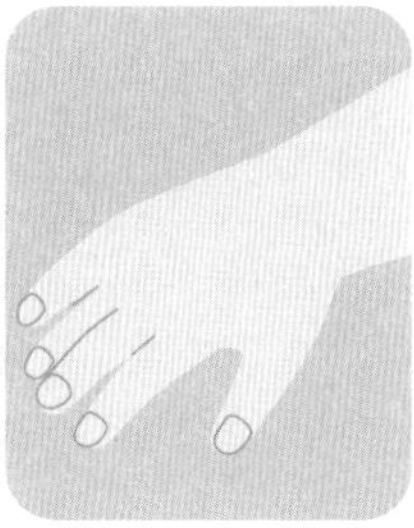

て

てのひら ② ① 手心

てくびからゆびさきまでの、てをにぎったときに、うちがわになるところ。

㊟指當手緊握時，正面的內側部分。

では ① 那麼

まえのはなしをまとめて、つぎにつなげることば。

㊟指前述的話題做出一個結論，並連接出下一句的接續用語。

＊

わかったね。では、やってみよう。

㊟懂了吧！那麼，我們就來做做看吧！

デパート《でぱーと》 ② department store 百貨公司

いろいろなものをたくさんうっている、おおきなみせ。

㊟指一種販賣各式各樣商品的大型店家。

てぶくろ ② 手套

さむいときなどに、てにはめるもの。

㊟指天氣冷的時候，用來套住手的東西。

＊

おかあさんがあんでくれたてぶくろ。

㊟媽媽親手為我編織的手套。

てほん ② 範本、榜樣

まねをするとよい、りっぱなひとやもの。

㊟指值得仿效的人、事或是值得照抄的篇章。

＊

てほんをみて、じのれんしゅうをする。

㊟看著範本練習寫字。

てまねき ② 招手

てをふって、こちらへくるようにあいずをすること。

㊟指揮揮手，送出過來這裡的暗示。

＊

てまねきをして、ともだちをよぶ。

㊟招手呼叫朋友。

でむかえ

0 迎接

でかけてむかえにいくこと。

㊟指出門去接人的意思。

＊

えきにでむかえにいく。

㊖去車站接人。

でも

1 但是

まえにいったことに、ふつうはつながらないことをつなげることば。

㊟指對於前述的話題，提出不同一般發展的轉折用語。

＊

つかれた。でも、たのしかった。

㊖累了。但是很開心。

てら

2 0 寺、寺院

ぼうさんがすんでいて、ぶっきょうの、いろいろなかいをするところ。

㊟指受佛教各種戒律所規範，出家眾們的住所。

＊

てらのかねがなる。

㊖寺院的鐘聲響起。

てらす

0 2 照

ひかりをあててあかるくする。

㊟指使燈閃起發亮的動作。

＊

ライト《らいと》でみちをてらす。

㊖用車燈照亮道路。

てる

1 照耀

たいようやつきがかがやく。

㊟指太陽或月亮發光的狀態。

＊

たいようがかんかんとてる。

㊖陽光炙熱地照耀著。

でる【出《で(る)》】

1 ①出、出去 ②出現、登場 ⇔ ①はいる 1 ①進、進入

①なかからそとへいく。
②すがたをあらわす。

㊟①指從內側向外側移動。
②指現身。

＊

①あそびばにでる。

㊖①出去玩。

①

てるてるぼうず

5 晴天娃娃

てんきがよくなるようにねがって、つるすにんぎょう。

㊟指日本的一種為了祈求放晴而垂吊起來的娃娃。

テ《て》レ《れ》ビ《び》

1 television 電視

えがうごいて、おとがなるきかい。

㊟指一種畫面會有影像，並會放出聲音的機器。

＊

テレビ《てれび》をみる。

㊖看電視。

てわけ

3 分工

しごとなどを、なんにんかでわけてすること。

㊟指工作等事情，大家分頭進行的意思。

てん【天《てん》】

1 天上

そらのうえにひろがる、ひろいところ。

㊟指天空上方的遼闊空間。

＊

てんのかみさまにおねがいする。

㊖向天上的神明祈願。

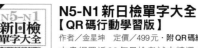

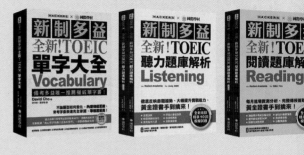

我存A股而不是台股

作者／雪球滾滾　定價／499元

如何在大陸股市長期獲利的技巧和祕訣

陸股數量眾多，財報品質相差甚遠，如何找出可以存股的好公司？本書作者利用中國獨特的政商體制，以黃金三角及6指標讓你選出有「人工護城河」的績優股，保本加賺息，一舉兩得。

專為初學者設計的股市致富系統

作者／陳卓賢　定價／399元

整合價值與趨勢的股票投資系統入門書

本書教你如何找到基本面良好的個股，然後用具體的方法決定買點、賣點。
以及操作過程中資金如何運用。

買對保險了嗎？

作者／何宗岳　定價／499元

保險局外人幫你挖出埋在保單的地雷！把錢花在刀口上，讓你買對保險真正保障未來而 不浪費一分血汗錢！

投資型保單到底幫你賺錢還是賠錢？要留心！它極有可能變成「地獄保單」！真要買投資型保單的話，作者建議你不妨這樣做——純保障壽險＋投資金融股

第一本股東會攻略

作者／張琨琳　定價／380元

參加股東會拿好禮，找好股

陌生人找你合作投資，你會接受？那你為什麼會在不參加股東會的情況下，投資某家公司的股票？本書教你有系統的大量參加股東會，利用作者精心規劃的「系統歸納評鑑表」，找到最好的投資標的。

100張圖學會期貨交易

作者／徐國華　定價／320元

經過量化分析的期貨操作手法入門

本書由什麼是期貨開始，介紹如何選用下單軟體（至少要有停損、停利、鍵盤下單、變形功能），更向讀者介紹大量的操作方法（日內波段交易、剝頭皮交易、削到爆交易法）。

最強股市技術分析實戰

作者／趙元廷、趙洛毅、蔡淑麗、陳昭綸、何育廣
定價／480元

2020～2021年短短2年，
賺進10倍以上的實例分析

16位投資人，綜合運用多種指標，搭配高槓桿，兩年獲得高倍獲利的實戰紀錄。

台股超完美風暴後的大榮景　暢銷

作者／張真卿撰寫、口述 陳永信編整
定價／480元

台股的前世、今生與未來
台股將在大跌後展開為期十年的大多頭

2023年年底前，台股將崩跌至10年線！別怕！一年半之內，又將開始10年的多頭。

周賺10%的三明治投資法　暢銷

作者／謝銘龍（彼得龍）、豹投資　定價／420元

掌握主力動向，買股有人替你撐

本書教你如何系統性的分析籌碼，在二個大量成交的價位區間之間操作，達成周賺10%的目標。

只選主流股，賣在關鍵價　熱賣

作者／黃仁慶　定價／420元

股市10倍奉還！
船長的股票關鍵價投資術

本書教你如何用系統化的方法提高勝率！

艾蜜莉會計師教你聰明節稅（2022最新法規增訂版）　最新

作者／鄭惠方　定價／320元

圖解個人所得、房地產、投資理財、遺贈稅
讓你不繳冤枉稅

本書讓你輕鬆瞭解稅法結構，掌握正確節稅訣竅。

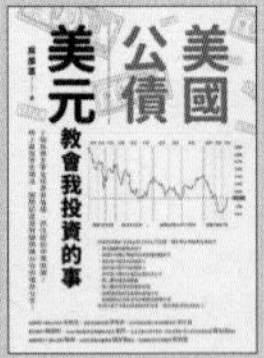

美國公債・美元教會我投資的事　話題

作者／吳盛富　定價／399元

2個指標主宰全球景氣循環，
抓住超前佈署關鍵！搭上最強資金潮流，
國際認證理財顧問賺30倍的理財分享！

你可以輕鬆的認知到無風險利率循環及景氣的變化，讓無風險利率循環不再是理論，而是生活的體認。

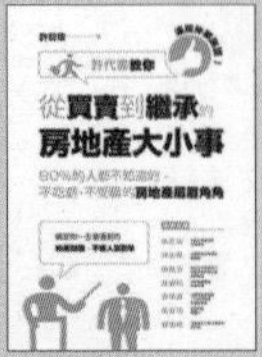

連房仲都說讚！許代書教你從買賣到繼承的房地產大小事　暢銷

作者／許哲瑝　定價／320元

讓你學會處理一般非專業人士，一生會遇到的地產交易情況。

財經傳訊　幫你一次進入「人文殿堂、完美溝通、勵志人生」新概念

好書出版・精銳盡出

台灣廣廈國際書版集團 Taiwan Mansion Cultural & Creative

BOOK GUIDE

2022 財經語言・冬季號 01

知・識・力・量・大

＊書籍定價以書本封底條碼為準

地址：中和區中山路2段359巷7號2樓
電話：02-2225-5777*310；105
傳真：02-2225-8052
E-mail：TaiwanMansion@booknews.com.tw
總代理：知遠文化事業有限公司
郵政劃撥：18788328
戶名：台灣廣廈有聲圖書有限公司

LA PRESS 語研學院　用最新的學習概念、高效學好外語

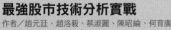

て

てん 0 點、圓點

ちいさな、まるいしるし。

㊟指小小的圓形狀標記物。

＊

めがてんになる。

㊖眼睛變成圓點狀。

てんき 1 天氣

そらのようす。

㊟指天空中的狀態。

＊

てんきがよい。

㊖天氣很好。

でんき 1 電

いろいろなものをうごかす、ちからのもと。

㊟指能夠驅動各種電器的能源。

＊

せんたくきはでんきでうごく。

㊖打開開關（開電）啟動洗衣機。

でんきや 4 電器行

でんきのちからでうごくものをうっているみせ。

㊟指專門販售電器的地方。

＊

でんきやさんでテレビ《てれび》をかう。

㊖在電器行買電視。

でんきゅう 0 電燈泡

でんきのちからでひかるもとがはいった、ガラス《がらす》のたま。

㊟指一種靠著電力做為發光能量的玻璃球。

てんきよほう 4 天氣預報

これからのてんきがどうなるかを、しらせること。

㊟指將未來的天氣動向傳達給人們的一項報導。

＊

テレビ《てれび》で、てんきよほうをみる。

㊖看電視的天氣預報。

てんごく 1 天國、天堂

かみさまやてんしがいるといわれる、とてもしあわせなせかい。

㊟指傳說中，神及天使們所居住的極樂世界。

てんし 1 天使

てんから、にんげんのせかいにおりてきたもの。

㊟指從天上降臨到人間的使者。

＊

てんしがまいおりる。

㊖天使自天上翩舞而下。

でんしゃ 0 1 電車

でんきのちからで、せんろのうえをはしるのりもの。

㊟指一種利用電力驅動，在鐵路上急駛的交通工具。

＊

でんしゃにのる。

㊖搭乘電車。

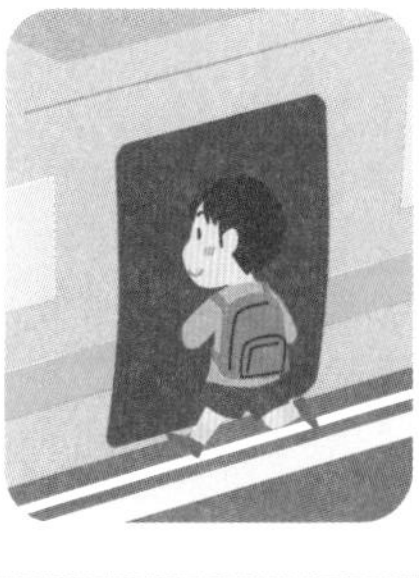

てんじょう 0 天花板

へやのうえいちめんに、いたなどがはってあるところ。

㊟指房間上方的頂端用木板等材料裝設著一整片平面的部分。

＊

くもがてんじょうをはう。

㊖蜘蛛在天花板上爬。

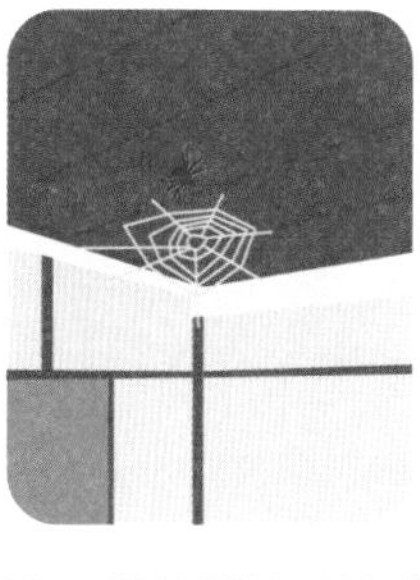

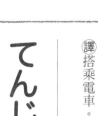

でんしんばしら

5 電線桿

でんきをおくるでんせんを、ささえてたっているぼう。

注 指支撐輸送電力的電線的柱子。

*

でんしんばしらのうらにかくれる。

譯 躲在電線桿的後面。

てんすう

3 分數

テスト《てすと》や、しあいのできぐあいをあらわすかず。

注 指表示測驗、比賽成績的數字。

*

テスト《てすと》のてんすうがよかった。

譯 測驗考得很好（測驗的分數很好）。

でんせん

0 電線

でんきをおくるための、きんぞくのせん。

注 指能傳輸電力的金屬線。

*

でんせんに、ことりがとまっている。

譯 小鳥正停在電線上。

テント《てんと》

1 tent 帳篷

ぬのやビニール《びにーる》でできた、かんたんにくみたてられるこや。

注 指用布或是塑膠製成，可以簡單搭起的小屋。

*

テント《てんと》にとまる。

譯 在帳篷裡過夜。

でんとう

0 電燈

でんきのちからでひかりをだすどうぐ。

注 指利用電力啟動照明的工具。

*

でんとうをつける。

譯 打開電燈。

てんとうむし

3 瓢蟲

ちいさくてまるく、あかやくろの、てんのもようがあるむし。

注 指一種體型小且呈圓形狀，紅色的背部摻雜黑色圓點的昆蟲。

⇒ 請參考466頁。

てんのう

3 天皇

にっぽんのおう。

注 指日本的國王。

*

てんのうのごあいさつ。

譯 日本天皇發表致詞。

てんのうたんじょうび

7 天皇紀念日

てんのうがうまれたひ。みんなでいわうため、がっこうなどはやすみになる。

注 指天皇誕生的日子。為了慶祝這一天，學校等機關通通會放假。

てんぷら

0 天婦羅、甜不辣

やさいやさかななどにころもをつけて、あぶらであげたたべもの。

注 指一種將蔬菜跟魚類等食品裹上麵衣後再油炸的食品。

*

えびのてんぷら。

譯 炸蝦天婦羅。

でんぽう

0 電報

でんきのなみをつかっておくるてがみ。

注 指利用電波傳輸的信件。

*

おいわいのでんぽうをもらう。

譯 收到賀電（致賀的電報）。

とト

てんらんかい
③ 展覽會、展場

さくひんをならべて、たくさんのひとにみてもらうところ。

㊟指一個將作品陳列，讓許多人來觀看的地方。

でんわ
⓪ 電話

でんきのなみをつかって、はなれているひととはなすことができるきかい。

㊟指一種利用電波，將聲音傳達給在遠處的人的機器。

でんわボックス《ぼっくす》
④ phone booth 電話亭

だれでもつかえるでんわきが、おかれているはこ。

㊟指一個裡頭設有電話機，大家都可進去撥打的開放性亭子。

と
⓪ 門（板）、窗（片）

でいりぐちやまどにある、あけたりとじたりするもの。

㊟指設置在出入口或是窗口可以開啟或關閉的物體。

＊

へやの**と**をしめる。

㊞關上房間的門。

ど
⓪ …度

もののおんどやかくどをあらわすときに、つけることば。

㊟指表示溫度及物體的角度時所使用的量詞。

＊

きおんは20《にじゅう》**ど**だ。

㊞氣溫是二十度。

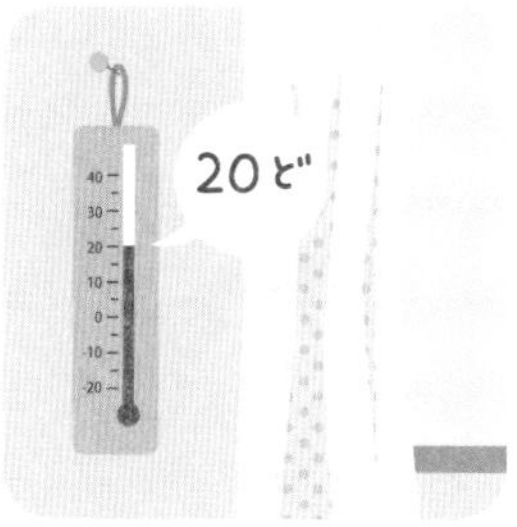

ドア《どあ》
① door 門

せいようふうのと。

㊟指洋式的門。

＊

げんかんの**ドア**《どあ》をあける。

㊞打開玄關的門。

とい
⓪ 提問

たずねること。

㊟指提出的問題。

＊

せんせいの**とい**にこたえる。

㊞回答老師的問題。

トイレ《といれ》
① bathroom 廁所

だいべん（うんち）やしょうべん（おしっこ）をするところ。

㊟指去大便（便便）或小便（噓噓）的地方。

＊

トイレ《といれ》にはいる。

㊞進廁所。

とう
⓪① 詢問

わからないことをきく。

㊟指向別人探聽不了解的事情的動作。

＊

どうしてそうなるのかを**とう**。

㊞詢問為什麼會變成那樣。

とう 0 …頭

おおきなどうぶつをかぞえるときにつけることば。

㊟ 指計算大型動物時用的量詞。

＊

うしが3《さん》**とう**いる。

譯 有三頭牛。

とう 1 塔

ほそくて、たかいたてもの。

㊟ 指外觀細長又高的建築物。

＊

とうのてっぺんにのぼる。

譯 爬到塔頂。

どう 1 如何

もののようすや、ほうほうをたずねることば。

㊟ 指詢問狀態及方法時的用語。

＊

どうしたら、はやくはしれるかな。

譯 要怎麼（如何）做，才能跑得快呢！

どう 1 胴體、身體

どうぶつのからだの、あたまやてあしいがいのところ。

㊟ 指動物的身體中，不包含頭部及手腳的部分。

どうか 1 無論如何，請務必…

なにかをねがうときに、さいしょにつけることば。

㊟ 指在做出祈求時，在最初會講的第一句話。

＊

どうか、あしたこそかてますように。

譯 無論如何，拜託明天一定要贏。

どうぐ 3 工具、道具

なにかをつくったり、したりするときにつかうもの。

㊟ 指製作某物或是做某事時使用的器具。

＊

ほうちょうは、**どうぐ**のひとつだ。

譯 菜刀是一種工具。

とうこう 0 上學 ⇔ げこう 0 放學

じゅぎょうをうけるために、がっこうにいくこと。

㊟ 指為了學習，而到學校去的意思。

＊

8《はち》じに**とうこう**する。

譯 八點上學。

どうさ 1 動作

なにかをするときのからだのうごき。

㊟ 指在進行某事時，而活動身體。

＊

にんげんのような**どうさ**をするロボット《ろぼっと》。

譯 動作像人類的機器人。

とうさん 1 father 爸爸 ⇔ かあさん 1 mather 媽媽

おとこのおやをよぶときにつかうことば。

㊟ 指要稱呼男性的家長時的稱呼用語。

＊

と

おとうさんが、かえってきた。

譯 爸爸回來了。

どうし 1 具有同樣目標及意志的人、同好

おなじなにかをもつなかま。

注 指具有某些相同性質的人。

どうして 1 為什麼、如何

わけをたずねるときにつかうことば。

注 指詢問原因時使用的用語。

＊

どうして、やくそくをやぶったのですか。

譯 為什麼你不遵守約定？說呀！

どうぞ 1 請

あいてに、ものをすすめたり、たのんだりするときにつかうことば。

注 指要招待他人，或是提出請求時的用語。

＊

おちゃをどうぞ。

譯 請用茶。

どうぞう 0 銅像

どうというきんぞくで、ひとなどのかたちをつくったもの。

注 指用一種名稱為銅的金屬打造的人形或是其他形狀的雕像。

とうだい 0 燈塔

ふねなどがあんぜんにすすめるように、うみにつよいひかりをだすたてもの。

注 指一種為了讓船舶等航行順利，而對著海面照射強光的建築物。

どうたい 0 胴體

どうぶつやものの、どうのぶぶん。

注 指動物或物體中，軀幹的部分。

＊

ひこうきの**どうたい**。

譯 飛機的機體（胴體）。

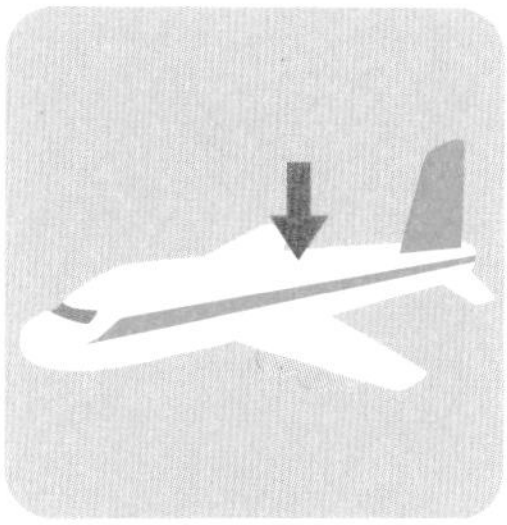

とうとう 1 終於、到頭來

いろいろなことがあって、さいごに。

注 指經歷了許多的過程後，最後的狀態。

＊

とうとう、ついた。

譯 終於到達了。

とうばん 1 輪值

じゅんばんでしごとをするときに、そのじゅんばんにあたること。

注 指輪流做事的時候，輪到的狀況。

＊

きょうは、そうじの**とうばん**だ。

譯 今天輪到我打掃。

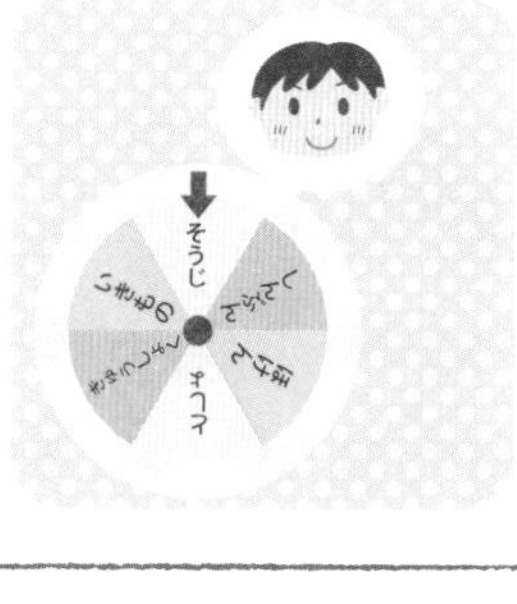

とうふ 0 3 豆腐

だいずからつくった、しろくてやわらかいたべもの。

注 指一種用黃豆渣製作的白色軟質食材。

＊

とうふをなべにいれる。

譯 將豆腐放入鍋裡。

どうぶつ 0 動物

じゆうにうごき、かんじるちからをもついきもの。

注 指身體能自由活動、有靈性的生物。

⇒ 請參考458頁。

どうぶつえん 4 zoo 動物園

いろいろなどうぶつをかっていて、ひとにみせるようにしたところ。

注 指飼養了許多的動物，並開放讓大家參觀的地方。

どうも 1 ①不知怎麼地 ②相當地

①なんとなく。

②れいのきもちをつよめる。

注 ①指難以言喩的。
②指加強感謝（或謝罪）的語氣。

＊

①**どうも**ちょうしがわるい。

譯 ①不知怎麼地，身體的狀況很差。

①

とうもろこし 3 corn 玉米

しんのまわりに、きいろいつぶがぎっしりとついている、なつのやさい。

注 指芯部的週遭，呈現緊密黃色粒狀果實的一種夏季蔬菜。

どうよう 0 童謠

こどものためにつくられたうた。

注 指創作給小朋友唱的歌謠。

＊

みんなで**どうよう**をうたう。

譯 大家一起唱童謠。

どうろ 1 道路

ひとやくるまなどがとおるみち。

注 指行人或是車子等通行用的路。

＊

どうろのはしをあるく。

譯 走在道路的路邊。

どうわ 0 童話

こどもによませたり、きかせたりするためにつくられたはなし。

注 指念讀或是說給小孩子聽而創作出來的故事。

とお 1 十

10《じゅう》のこと。ものをかぞえるときにつかうことば。

注 指「十」。計算數字時所使用的詞。

＊

めをつぶって**とお**までかぞえる。

譯 閉上眼睛數到十。

とおい 0 遠的 ⇔ ちかい 2 近的

ふたつのあいだがながいようす。

注 指兩地之間的距離很長的樣子。

＊

おばあさんのいえは**とおい**。

譯 奶奶的家很遠。

とおか [0] ①十日、十號 ②十天

①つきの10《じゅう》ばんめのひ。
②10《じゅう》にちのあいだ。
注 ①指一個月中第十個順位的日子。
②指十個日子的時間帶。

＊

②あと**とおか**でしょうがつだ。
譯 ②再十天就元旦了。

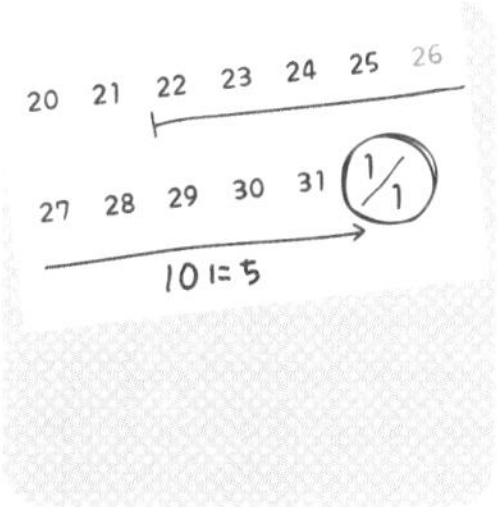

②

とおく [3] 遠處 ⇔ ちかく [2] [1] 近處

ふたつのあいだがながいところ。
注 指兩處之間的距離較長的地方。

＊

とおくに、ふじさんがみえる。
譯 遠處看得見富士山。

とおす [1] 使…通過、使…穿過

もののなかをとおって、むこうがわへだす。
注 指將穿透物體，到另一端的動作。

＊

はりのあなに、いとを**とおす**。
譯 將線穿過針孔。

トースト《とーすと》 [1] [0] toast 烤吐司

しょくパン《ぱん》をうすくきって、すこしやいたもの。
注 指白吐司片經過烘烤過後的食品。

とおせんぼ [3] 阻擋（去路）

すすもうとしているところをふさいで、とおれなくすること。
注 指將通路佔住，不讓別人通過的樣子。

＊

とおせんぼする。
譯 擋路。

とおまわり [3] 繞遠路

とおいほうのみちをえらんですすむこと。
注 指挑較遠的道路走的意思。

とおり [3] ①通行 ②道路

①ひとやくるまなどがとおること。
②どうろ。
注 ①指人或是車子經過的動作。
②指馬路。

＊

②えきまえの**とおり**にでる。
譯 ②到車站前的馬路上來。

②

とおりすぎる [5] 通過、越過

あるばしょをとおって、なにもしないでさきにいく。
注 指經過某一個地方但沒有停留。

＊

がっこうのまえを**とおりすぎる**。
譯 通過學校的前面。

とおりぬける [5] [0] 穿過、越過

なかにはいって、はんたいがわからでていく。
注 指進入某個地方，然後從另一端出來。

＊

トンネル《とんねる》を**とおりぬける**。
譯 穿過隧道。

とおる ①　通行

ひとやのりものがうごいていく。

注 指人或是交通工具在移動。

*

たくさんのくるまが**とおる**。

譯 許多的車子在路上通行。

とかい ⓪　都市、都會

たくさんのひとがあつまっている、にぎやかなまち。

注 指許多的人群聚，非常熱鬧的城鎮。

*

とかいでくらす。

譯 在都市中生活。

とかげ ⓪　蜥蜴

あたまはへびににて、4《よん》ほんのみじかいあしをもついきもの。

注 指頭長得像蛇，但是有四隻短足的生物。

とかす ②　使…溶解

かたまりをあたためたり、まぜたりして、みずのようにする。

注 指將固體的東西加溫或施力攪拌，使其液體化的動作。

*

えのぐを**とかす**。

譯 將顏料溶解。

とがらす ③　使…變尖銳

さきをほそく、するどくする。

注 指將物品弄尖變得鋒利的動作。

*

くちを**とがらす**。

譯 嘟（弄尖）起嘴巴。

とがる ②　尖銳

さきがほそく、するどくなる。

注 指使物品變尖狀且鋒利。

*

さきが**とがった**ぼう。

譯 末端尖銳的棒子。

どかん ⓪　水泥管、陶管

ねんどやコンクリート《こんくりーと》でつくった、おおきなくだ。

注 指一種用黏土或是混凝土製作的大型管子。

とき ②　…時、時候

なにかをする、そのじかんやばあい。

注 指進行某事的那個時間或是場合。

*

じしんの**とき**は、つくえのしたにもぐる。

譯 地震的時候，要躲到桌子下面去。

ときどき ⓪　常常

なんかいか、おなじことをするようす。

注 指好幾回都做一樣事情的樣子。

*

いもうとと、**ときどき**けんかする。

譯 常常跟妹妹打架。

どきどき ①　心撲通撲通地跳躍貌

おどろいたり、きんちょうしたりして、しんぞうがはやくうごくようす。

注 指嚇了一跳，或是緊張時，心臟跳得很快的樣子。

*

うたうときはいつも、**どきどき**する。
譯 唱歌的時候，內心一直撲通撲通地跳著。

とく 1 使…溶解

とかす。

注 指將固體的東西加溫或施力攪拌，使其液體化的動作。與「とかす」意思相同。

*

こむぎこをみずで**とく**。

譯 加水在麵粉裡使其溶解。

とく 1 ①解、解題 ②解、解開

①もんだいのこたえをだす。
②むすんだものなどをほどく。

注 ①指找出問題答案的動作。 ②指將綁住的東西鬆開的動作。

*

①なぞを**とく**。

譯 ①解謎。

①

とく 0 賺到 ⇔ そん 1 虧了

かねやものが、てにはいること。

注 指得到金錢或是物品的意思。

*

おまけをもらえて**とく**をした。

譯 還額外的賺到贈品。

とぐ 1 磨

はものをこすって、するどくする。

注 指磨擦具有刀刃的工具，使其變得尖銳的動作。

*

ほうちょうを**とぐ**。

譯 磨菜刀。

どく 0 退開

いままでいたばしょからうつる。

注 指從所在的位置移走的動作。

*

くるまがきたので、はしに**どく**。

譯 因為車子來了，所以退到路邊去。

どく 2 毒

からだにわるいもの。

注 指一種對身體有害的物質。

*

ふぐには**どく**がある。

譯 河豚有毒。

とくい 2 0 拿手

じょうずにできること。

注 指很擅長，能夠做得很好的意思。

*

ぼくはサッカー《さっかー》が**とくい**だ。

譯 足球是我的拿手項目。

とくする 0 賺到

かねやものがてにはいる。

注 指得到金錢或是物品的動作。

*

あさいちばんにいくと、**とくする**。

譯 一大早去就賺到了。

とくに 1 特別地

ほかのものと、はっきりとちがうようす。

注 指跟其他的東西，明顯不同的樣子。

＊ とくにチョコレート《ちょこれーと》がすきだ。

譯 特別地喜歡吃巧克力。

とくべつ 0 特別地

ふつうとはおおきくちがうようす。

注 指與一般的明顯不同的樣子。

＊ とくべつにおしえてくれた。

譯 特別地告知我。

とげ 2 刺

しょくぶつなどにある、みじかくて、とがったはりのようなもの。

注 指一種短而尖銳的物體，一般常見長在植物等物體的身上。

とけい 0 clock 時鐘

じかんをしらせてくれるきかい。

注 指一種可以顯示時間的機器。

＊ かべのとけいをみる。

譯 看牆壁上的時鐘。

とける 2 溶化、溶掉

かたまりがあたためられたり、まぜられたりして、みずのようになる。

注 指固體的東西經過加溫或是攪拌而變成液體狀。

どける 0 移開

いままであったばしょから、ものをうつす。

注 指將某物體從所在的地方移走的動作。

＊ ろうかにもつをどける。

譯 將放在走廊的貨物移開。

とこ 0 地板

ねるためのばしょ。

注 指日本人睡覺的地方。

＊ とこにつく。

譯 就寢（在地板打地鋪）。

どこ 1 哪裡

ばしょをたずねることば。

注 指詢問地點時的用語。

＊ びょういんはどこですか。

譯 請問醫院在哪裡呢？

とこのま 0 （日式房舍裡的）壁龕、凹間

たたみのへやのおくにあって、ゆかを1《いち》だんたかくしたところ。

注 指日本的房舍中，在榻榻米式房間深處的高一階的空間。

＊ とこのまにはなをかざる。

譯 日式壁龕處有插花裝飾。

とこや 0 理髮店

かみのけをきったり、ととのえたりするみせ。

注 指幫客人修整頭髮的店家。

＊ とこやさんで、かみをきってもらう。

譯 在理髮店剪頭髮。

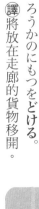

ところ 0 地方

なにかをするばしょ。

注 指做某事的場所。

＊

ひろびろとしている**ところ**。

譯 一片很遼闊的地方。

ところが 3 但卻…

まえにいったことを「しかし」のいみでつなぐことば。

注 指表達與前述事項相反展開的逆接用語。

＊

でかけた。**ところが**、やすみだった。

譯 特別跑了一趟，但是那裡卻休息。

ところで 3 對了

まったくちがうはなしをはじめるときにつかうことば。

注 指要開始說與前述完全不同的話題時的提示用語。

＊

ところで、おとうさんはおげんきですか。

譯 對了！你爸爸最近身體好嗎？

ところどころ 4 四處

いろいろなばしょ。

注 指各個不同的地方。

＊

ところどころに、よごれがついている。

譯 到處都沾滿了髒污。

とさか 3 0 雞冠

にわとりなどのあたまのうえにある、かんむりのようなもの。

注 指雞等鳥類的頭頂上的冠狀部分。

どさり 2 3 重物倒落貌、重物倒落聲

おもいものを、したにおくようすやおと。

注 指將很重的物體，放到地上時的樣子或是聲音。

＊

こめのふくろを**どさり**とおく。

譯 將米袋碰一聲地放到地上。

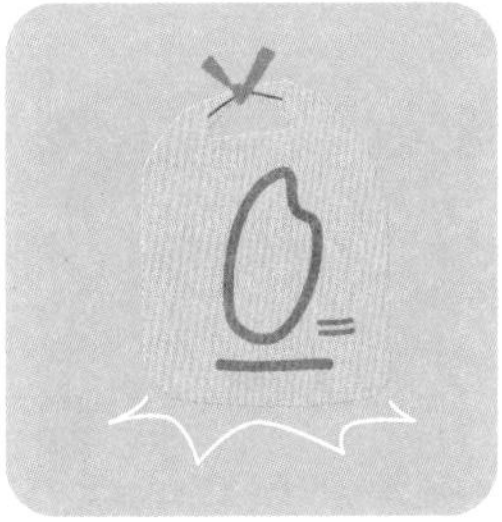

とし【年《とし》】 2 ①年 ②年紀

①1《いち》ねんのあいだ。

②うまれてからいままでのあいだ。

注 ①指十二個月之間的時間帶。②指出生到現在的時間帶。

＊

②**とし**はいくつですか。

譯 ②請問你年紀多大？

②

とじこめる 4 0 將…關入

なかにいれて、そとにでられないようにする。

注 指將某物體放入一個範圍中，使其無法離開該範圍裡的動作。

＊

ことりをかごに**とじこめる**。

譯 將小鳥關進鳥籠裡。

とじまり 2 關緊門窗

とやまどをしめて、かぎをかけること。

注 指關閉門及窗戶並上鎖的意思。

＊

いえの**とじまり**をしっかりする。

譯 確實地將家裡的門窗關緊。

どしゃぶり 0 滂沱大雨

おおつぶのあめがはげしくふること。

㊟指天上突然下起的程度很劇烈的陣雨。

どしゃぶりのあめがふる。

㊢下了一陣滂沱大雨。

どじょう 0 泥鰍

かわなどのどろのなかにすむ、ほそながいさかな。

㊟指一種棲息在河川等地的泥土中的細長魚類。

どじょうはぬるぬるしている。

㊢泥鰍摸起來滑溜溜的。

としょかん 2 圖書館

たくさんのほんなどがあって、よんだり、かりたりできるところ。

㊟指一個擺放有許多的書，可以在裡面看書，也可以借書的地方。

としょかんで、ほんをかりる。

㊢在圖書館裡借書。

としより 3 4 老人家

としをとっているひと。

㊟指年紀較大的人。

お**としより**にせきをゆずる。

㊢讓座給老人家。

とじる 2 閉上、關閉 ⇔ ひらく 2 撐開、打開

ひらいているものをしめる。

㊟指將開著的物品關閉。

めを**とじる**。

㊢閉上眼睛。

とじる 2 裝訂

ばらばらのかみなどを、ひとつにまとめる。

㊟指將散亂的紙張等，整合成一份的動作。

かみをひもで**とじる**。

㊢將紙用繩子綁成一份。

どしん 2 重物落地貌、重物落地聲

おもたいものがおちるようすやおと。

㊟指重量很重的物體掉落時撞擊的樣子或是其發出的聲響。

とだな 0 櫥櫃

なかにたながあって、とびらがついているもの。

㊟指附有門板的櫃子。

とだなにコップ《こっぷ》をしまう。

㊢將杯子收拾在櫥櫃裡。

とたん 0 （接續前面發生的動作）就…

ちょうどそのときに。

㊟指剛好在某個時候出現新的狀況。

だっこした**とたん**、なきやんだ。

㊢一抱起來就不哭了。

と

とち 0 土

じめんやつち。

注 指地面或土壤。

*

はたけの**とち**をたがやす。

譯 耕旱田的土。

とちゅう 0 途中、…的時候

なにかをしているあいだ。

注 指正在做什麼的當下。

*

さんぽの**とちゅう**で、ともだちにあう。

譯 在散步的途中，與朋友相遇。

どちら 1 哪邊、哪一個

ふたつのもののうち、ひとつをえらぶときにつかうことば。

注 指兩個物品之中，選擇一個時的用語。

*

どちらがすきですか。

譯 你喜歡哪一個呢？

とっく 0 很早之前、早就

ずっとまえ。

注 很早以前。

*

しゅくだいは、**とっく**におわっている。

譯 作業很早之前就寫完了。

どっさり 3 琳琅滿目

ものが、やまのようにたくさんあるようす。

注 指東西的品項像山一樣多的樣子。

*

おかしが**どっさり**ある。

譯 琳琅滿目的甜點。

ドッジボール《どっじぼーる》 4 dodge ball 躲避球

ふたつのくみにわかれ、おたがいにボール《ぼーる》をぶつけあうスポーツ《すぽーつ》。

注 指分成兩隊，用球相互砸對方球員的運動項目。

とつぜん 0 突然地

かんがえていなかったことが、きゅうにおこるようす。

注 指在意料之外發生事情的樣子。

*

とつぜん、おきゃくがたずねてくる。

譯 突然有客人登門造訪。

どっち 1 （常體）哪邊、哪一個 ⇒ どちら 1 （敬體）哪邊、哪一個

どっと 0 1 一同、同時地

たくさんのひとやものが、いちどになにかをするようす。

注 指許多的人或是東西，在同一個時刻做某個動作的樣子。

*

おきゃくが**どっと**わらう。

譯 觀眾們同時發笑。

どて 0 堤防

かわやうみのみずがあふれないように、つちをたかくもったところ。

注 指為了避免河川或是海水氾濫而將土堆高的一種設施。

*

どてではなをつむ。

譯 在堤防上摘花。

とても ０ 相當地

ふつうよりもおおきかったり、すごかったりするようす。

㊟指有別於一般，程度更加地大的樣子。

＊

このおはなしは、**とても**おもしろい。

㊫這個故事，實在是相當地有趣。

とどける ３ 送達

あいてのところにもっていってわたす。

㊟指將物品送到對方的所在處並交付的意思。

＊

おくりものを**とどける**。

㊫將禮物送達。

トナカイ《となかい》 ２ reindeer 麋鹿

ながいつのをもつ、しかのなかまのどうぶつ。さむいところにすみ、そりをひく。

㊟指一種擁有長角的鹿科動物。主要棲息於寒帶，負責做拉雪橇的工作。

どなた １ 哪位

「だれ」のていねいないいかた。

㊟指比「だれ（誰）」更加鄭重的說法。

＊

あちらにいるのは、**どなた**ですか。

㊫站在那邊的人是哪位呢？

となり ０ 旁邊的、鄰居

すぐよこにならんでいる、ひとやもの。

㊟指離得很近的人或是東西。

＊

となりのいえにあそびにいく。

㊫去旁邊的房子裡玩。

どなる ２ 怒吼

おおきなこえでおこる。

㊟指生氣地發出很大的聲音。

＊

おとうさんが**どなる**。

㊫爸爸怒吼。

どの １ 哪個

どれをえらぶかわからないときにつかうことば。

㊟指不知道要選什麼時的用語。

＊

どのいろにしますか。

㊫你要選哪個顏色的呢？

とのさま ０ 主公、殿下

むかしのえらいひとをよんだことば。

㊟指日本古時代用來稱呼最高位統帥的敬稱。

＊

とのさまがけらいにめいれいする。

㊫主公對家臣下命令。

とばす ０ 使…飛

とぶようにする。

㊟指讓某物高飛的動作。

＊

わたげを**とばす**。

㊫吹飛絨毛（使絨毛飛起）。

とび 1 鳶、老鷹

するどいくちばしをもったとり。ちいさいどうぶつをたべる。

注 指一種具有尖喙的鳥類。專門捕食小動物。

＊

とびがゆったりととぶ。

譯 鳶徐徐地飛翔。

とびあがる 4 跳起、跳到高處

たかいところへ、はねてあがる。

注 指向著高的地方跳上去的動作。

＊

とびあがってボール《ぼーる》をうつ。

譯 跳起來擊球。

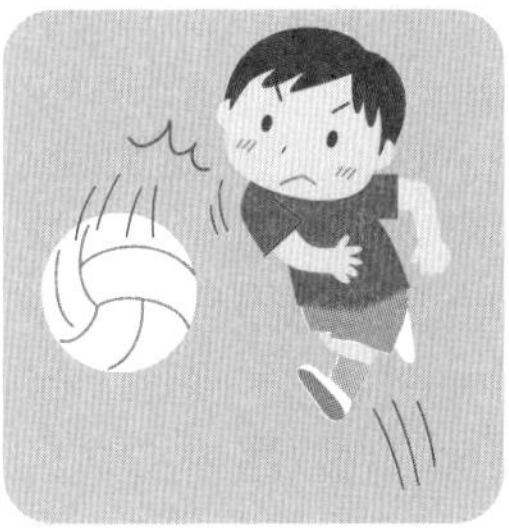

とびおりる 4 跳下來、跳落

たかいところから、いきおいよくしたにおりる。

注 指從高的地方，大力地往下跳的動作。

＊

へいからとびおりる。

譯 從圍牆上跳下來。

とびこむ 3 跳入

いきおいよくなかにはいる。

注 指用力地往某個地區跳進去。

＊

かわにとびこむ。

譯 跳入河裡。

とびだす 3 跳出、彈出

いきおいよくそとにでる。

注 指很大力地衝出外面的動作。

＊

びっくりばこのなかみがとびだす。

譯 整人箱裡的機關瞬間彈出。

とびつく 3 飛撲（抓住）

いきおいよくしがみつく。

注 指很用力的地撲上並抓牢的動作。

＊

いぬがボール《ぼーる》にとびつく。

譯 狗狗對著球飛撲。

とびばこ 0 跳箱

しかくいだいをかさねて、そのうえをとびこえる、たいそうのどうぐ。

注 指一種疊了很多個四方型台子，用來跳高用的體育設備。

＊

たかいとびばこをとぶ。

譯 跳很高的跳箱。

とびまわる 4 四處跑跑跳跳

とびはねながら、はしりまわる。

注 指跳來跳去並來回奔跑的樣子。

＊

こいぬがにわをとびまわる。

譯 小狗在庭院中四處跑跑跳跳。

どひょう 0 （日本相撲比賽的場地）土俵

すもうをとるところ。

注 指日本相撲比賽的擂台。

＊

どひょうのうえでにらみあう。

譯 在土俵上以眼神較勁。

とびら ⓪ （單扇的）門

まえにひいたり、むこうにおしたりしてひらくと。

㊟指可以向前拉開及關上的門。

＊

れいぞうこの**とびら**をあける。

㊞打開冰箱的門。

とぶ ⓪ ①飛 ②飛奔

①そらをすすむ。

②いそいでいく。

㊟①指在天空中前進。②指急忙前往。

＊

①ヘリコプター《へりこぷたー》が**とぶ**。

㊞①直昇機在飛。

①

とぶ ⓪ 跳

じめんをけって、いきおいよくうえにはねる。

㊟指一種用腳蹬地，用力地向上彈的動作。

＊

ばったがぴょんと**とぶ**。

㊞蝗蟲輕輕一跳。

どぶん ② 重物落水貌、重物落水的聲響

おもたいものが、みずのなかにおちるようすやおと。

㊟指重量很重的物體，掉落到水中的樣子或發出的聲響。

＊

うみに**どぶん**ととびこむ。

㊞「碰通～」的一聲跳進海裡。

どま ② 沒鋪設地板的室內空間

いえのなかで、ゆかにいたをはっていない、つちのところ。

㊟指在室內地上沒有鋪設任何木板、瓷磚等地板的地方。

トマト《とまと》 ① tomato 番茄

なすのなかま。あかくて、なかがやわらかい、なつのやさい。

㊟是茄科的一種。外型呈現紅色，內部柔軟的一種夏季蔬菜。

⇒請參考469頁。

とまる ③ 停止 ⇔ うごく ② 動作

うごいていたものがうごかなくなる。

㊟指會動的物體，變得靜止不動。

＊

バス《ばす》がバス《ばす》ていで**とまる**。

㊞公車停在公車亭。

とめる ⓪ 使…停止

うごいていたものをうごかなくする。

㊟指讓會動的物體，變成靜止不動的動作。

＊

タクシー《たくしー》を**とめる**。

㊞攔計程車（使計程車停止下來）。

ともだち ⓪ 朋友

いつもなかよくつきあっているひと。

㊟指一直玩在一起，感情很好的人。

＊

ともだちとあそびにいく。

㊞跟朋友去玩。

ともる 2 0 點（燃、亮）

あかりがつく。

注 指讓光線變亮的動作。

＊ ろうそくにひがともる。

譯 點燃蠟燭。

どようび 2 Saturday 星期六

きんようびのつぎのひ。

注 指星期五的下一個日子。

とら 0 tiger 老虎

きいろいからだに、くろいしまもようのあるどうぶつ。

注 指一種外型為黃色，身上有黑色條紋的動物。

⇒請參考463頁。

トライアングル《とらいあんぐる》 4 triangle 三角鐵

さんかくけいにまげたてつのぼうを、きんぞくのぼうでたたいておとをだすがっき。

注 指一種外型做成三角狀，用金屬棒敲打藉此發出聲響的樂器。

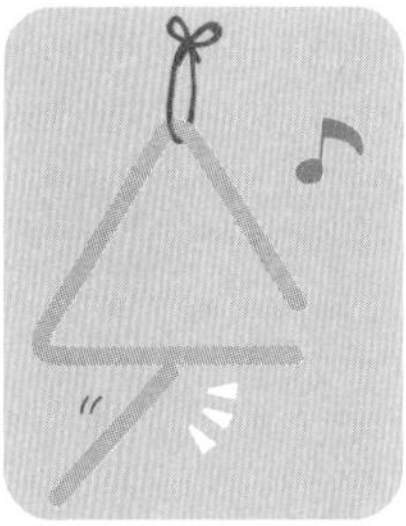

トラック《とらっく》 2 truck 卡車

たくさんのにもつをはこぶ、おおきなじどうしゃ。

注 指一種可以載運許多貨物的大型車子。

＊ トラック《とらっく》がはしる。

譯 卡車急駛。

ドラム《どらむ》 1 drum 爵士鼓

いろいろなしゅるいのたいこやシンバル《しんばる》がついているがっき。ぼうでたたいておとをだす。

注 指由各種種類的鼓及鈸組合而成，用棒子敲打後發出聲音的一組樂器。

トランク《とらんく》 2 trunk 手提箱

りょこうにつかう、おおきなかばん。ひくことができるものもある。

注 指旅行時使用的大型包包。有些款式也能夠用拖的。

トランプ《とらんぷ》 2 cards 撲克牌

ゲーム《げーむ》やてじなでつかうカード《かーど》。よっつのもようがある。

注 指一種玩遊戲或表演魔術時使用的紙牌。牌面有四種不同的花紋的牌組構成。

＊ トランプ《とらんぷ》で、てじなをする。

譯 用撲克牌變魔術。

とり 0 bird 鳥

つばさがあり、おおくはそらをとぶどうぶつ。

注 指一種有翅膀，大部分會飛到天空中的動物。

＊

⇒請參考464頁。

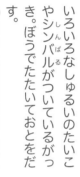

とりは、たまごからうまれる。

譯 鳥是從蛋裡孵化的。

とりあう 3 0 爭奪

たがいにとろうとしてあらそう。

注 指互相搶奪而爭吵的動作。

＊

ゲーム《げーむ》きを**とりあう**。

譯 爭奪遊戲機。

とりあげる 0 4 ①拿起 ②強取

①てにとってもちあげる。

②むりやりとる。

注 ①用手拿起的動作。

②指硬搶過來的動作。

＊

②でんわを**とりあげる**。

譯 ②將電話搶過來。

②

とりあつかい 0 操作

ものやどうぐを、てをうごかしてつかうこと。

注 指用手使用物品或是工具的意思。

とりあつかう 0 5 操作

ものやどうぐを、てをうごかしてつかう。

注 指用手使用物品或是工具的動作。

＊

きかいを**とりあつかう**。

譯 操作機器。

とりかえす 3 0 拿回、奪回

いちどとられたものを、じぶんのところにもどす。

注 指將被拿走的東西再次拿回到自己的身邊。

＊

おもちゃを**とりかえす**。

譯 拿回玩具。

とりかえる 0 4 3 替換、更換

いまあるものを、ほかのものとかえる。

注 指將現有的東西，改以其他的東西替代的動作。

＊

あかちゃんのおむつを**とりかえる**。

譯 更換嬰兒的尿布。

とりかご 0 鳥籠

なかにとりをいれてかうためのかご。

注 指為了養鳥而製作的籠子。

＊

とりを**とりかご**にいれる。

譯 將鳥放進鳥籠。

とりくむ 3 0 解決（問題）、全力投入（處理）

もんだいについて、しっかりとかんがえてがんばる。

注 指面對問題，精心思考努力解決。

＊

けんきゅうに**とりくむ**。

譯 全力投入研究。

とりけす ０ ３ 取消

いちどきめたことをなかったことにする。

㊟ 指將曾決定好的事情給取消掉的意思。

＊

きのういったことを**とりけ**す。

譯 收回（取消）昨天說過的話。

とりごや ０ 人工巢箱

なかにとりをいれてかうためのこや。

㊟ 指為了將鳥放入內部飼養而製作的小屋。

とりだす ３ ０ 拿出

なかのものを、てにとってだす。

㊟ 指將在裡面的東西用手取出來的動作。

＊

かばんからさいふを**とりだ**す。

譯 從包包裡拿出錢包。

とりつける ４ ０ 安裝

きかいやどうぐなどを、ほかのものにつける。

㊟ 指將機器或工具裝在其他物品上的動作。

＊

じてんしゃにライト《らいと》を**とりつ**ける。

譯 在腳踏車上安裝車燈。

とりもどす ４ ０ 取回

いちどはなれたものを、じぶんのところにもどす。

㊟ 指拿回曾經離開身邊的物品的動作。

＊

おとしものを**とりもど**す。

譯 取回遺失物。

とる １ 拿、取

てでつかんでもつ。

㊟ 指用抓起來的動作。

＊

はしをてに**とる**。

譯 將筷子拿在手上。

とる １ 握

てにもってつかう。

㊟ 指將東西拿在手上使用的動作。

＊

ふでを**とる**。

譯 握毛筆。

とる １ 採集

さがしてあつめる。

㊟ 指找尋並收集的動作。

＊

うみでかいを**とる**。

譯 在海邊採集貝殼。

とる １ 拍攝、照相

しゃしんやビデオ《びでお》にうつす。

㊟ 指拍照片或是攝影的動作。

＊

カメラ《かめら》で**とる**。

譯 用照相機拍照。

と

どれ
[1] 哪個

たくさんあるもののうち、ひとつをえらぶときにつかうことば。

注 指在許多的物品中，選擇某一個時的用語。

＊

どれにしようかな。

譯 選哪個好呢！

とれる
[2] 脫落

ついていたものが、はなれる。

注 指原本黏著或貼合的物品掉了的意思。

＊

かさぶたがとれる。

譯 結痂脫落。

どろ
[2] 泥、泥巴、泥土

つちにみずがまざって、やわらかくなったもの。

注 指土壤中含有水份，稀巴爛狀的土質。

＊

くつのどろをおとす。

譯 清除鞋子上沾到的泥巴。

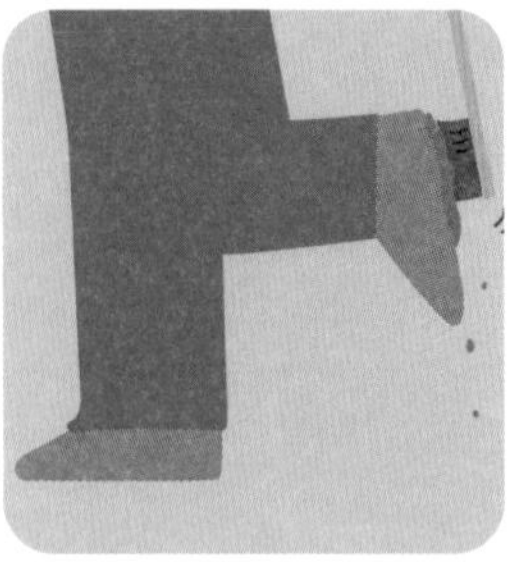

どろだらけ
[3] 到處是泥

まわりに、どろがたくさんついているようす。

注 指上上下下都被泥巴沾上的樣子。

どろどろ
[1] [0] 黏糊狀

ねばりのある、みずのようなものであるようす。

注 指具有黏性，液態狀的樣子。

＊

チョコレート《ちょこれーと》がとけて、どろどろだ。

譯 巧克力溶化了，變成黏答答的樣子。

どろぼう
[0] 小偷

ひとのものをかってにとる、わるいひと。

注 指任意竊取別人物品的壞人。

＊

どろぼうがまどからにげる。

譯 小偷從窗戶逃走了。

どんぐり
[1] [0] 橡實

つやのあるかたいからにつつまれた、きのみ。

注 指一種樹的果實。外殼堅硬，有光澤感。

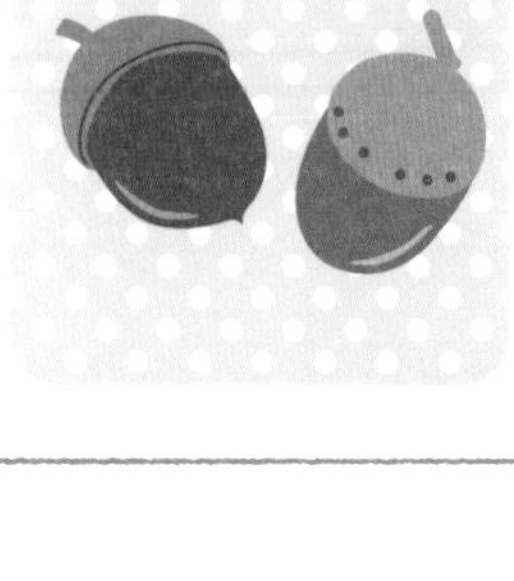

とんでもない
[5] 意料之外的

おもってもみなかったほどひどいようす。

注 指想都想不到的糟糕程度的狀況。

＊

とんでもないじかんに、でんわがなる。

譯 電話在居然在平常不會響的時間裡響了。

どんどん
[1] 順利進行地、接二連三地

いきおいよくすすむようす。

注 指狀況很順利地發展下去的樣子。

＊

ゆきのみちをどんどんあるく。

㊟ 順利地走過了積雪的道路。

どんな 1 怎麼樣

どのような。

㊟ 指哪種樣子的意思。

*

そこは、**どんな**ばしょですか。

譯 那裡是怎麼樣的地方呢？

トンネル《とんねる》 0 tunnel 隧道

やまやじめんのしたをほってつくったみち。

㊟ 指挖掘山或是地底下所建築出來的通道。

*

トンネル《とんねる》にはいる。

譯 進入隧道。

とんぼ 0 蜻蜓

ほそながいからだに、4《よん》まいのはねがついたむし。

㊟ 指一種身體細長，有四片翅膀的昆蟲。

*

とんぼがとんでいる。

譯 蜻蜓正在飛舞。

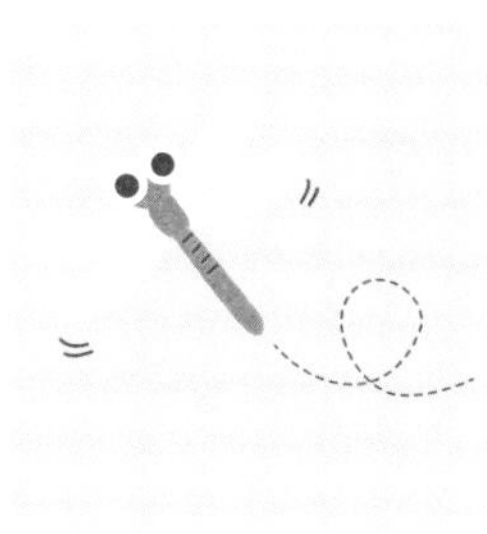

な ナ

な【名《な》】 0 名字

ひとやものについているなまえ。

注 指人、動物的名字或是物體的名稱。

＊

いぬの**な**は、たろうです。

譯 狗的名字叫做太郎。

ない 1 沒有 ⇔ ある 1 有

そこにあることをかんじることができないようす。

注 指感受不到有存在感的樣子。

＊

ハンカチ《はんかち》が**ない**。

譯 沒有手帕。

ないしょ 3 0 保密

ほかのひとにしらせないこと。

注 指不讓其他人知道的意思。

＊

ないしょのはなしをする。

譯 講悄悄話（談需要保密的事）。

ナイフ《ないふ》 1 0 knife 刀子

せいようふうの、ちいさなはもの。

注 指一種西式的刀具。

＊

ナイフ《ないふ》でかきのかわをむく。

譯 用刀子削柿子的皮。

なえ 1 幼苗

めをだしたばかりのくさやき。

注 指剛發芽的草或是樹木。

＊

やさいの**なえ**をうえる。

譯 種植蔬菜的幼苗。

なお 1 再加上、此外

ようすやぐあいがさらにつよくなるようす。

注 指樣子或是狀況更加強烈的樣子。

＊

あわてると、**なお**じかんがかかる。

譯 慌亂只會更加的浪費時間。

なおす 2 修理

こわれたり、わるくなったりしたものをもとにもどす。

注 指將損壞的物品恢復到原狀的動作。

＊

ロボット《ろぼっと》を**なおす**。

譯 修理機器人。

なおる 2 復元、痊癒

びょうきやけががよくなる。

注 指疾病或是受傷的狀況變好的意思。

＊

ゆびのけがが**なおる**。

譯 指手的傷口癒合了。

なおる 2 復元、修復

こわれたり、わるくなったりしたものがもとにもどる。
注 指損壞的物品恢復到正常的狀態下。

なか【中《なか》】 1 裡面 ⇔ そと 1 外面

かこまれているところや、いれもののうちがわ。
注 指一個四面圍起的處所或容器的內側。

＊

へやのなかにはいる。
譯 指進入房間裡面。

ながあめ 0 3 連續下雨、長雨

なんにちも、あめがつづくこと。
注 指下雨下了很長的一段時間的意思。

＊

ながあめで、そとあそびができない。
譯 因為一直在下雨，所以都不能出去玩。

ながい 2 長的 ⇔ みじかい 3 短的

ながさやじかんのはばがおおきいようす。
注 指長度或是時間的間距很大的樣子。

＊

きりんのくびはながい。
譯 長頸鹿的脖子很長。

ながぐつ 0 雨鞋、長靴

ゴム《ごむ》などでできた、ながいくつ。
注 指用橡膠所製成，很長的鞋子。

＊

ながぐつをはいてあるく。
譯 穿著長靴走路。

ながさ 1 長度

はしからはしまでのあいだのおおきさ。
注 指從一端到另一端之間的距離。

＊

しっぽのながさをくらべる。
譯 比尾巴的長度。

ながし 3 流理台、水槽

だいどころやふろばのなかで、ものをあらうばしょ。
注 指廚房或是浴室裡，可以沖水洗滌東西的地方。

＊

ながしで、てをあらう。
譯 在流理台洗手。

ながす 2 使…流、使…流動

みずなどを、ひくいほうへながれるようにする。
注 指將水等液體，使其從高往低處流動的動作。

＊

すなばのかわに、みずをながす。
譯 讓水流進砂坑的河道裡。

なかなおり 3 和好

けんかをやめて、もとどおりなかよくなること。
注 指停止爭吵，恢復到原來關係好的狀態。

なかなか 0 相當地不、不太

すぐにおもうようにいかないようす。
注 指一些事情不如預想般順利的樣子。

＊

なかなかめがでない。
譯 不太會發芽。

なかにわ 0 中庭

たてものにかこまれたなかにあるにわ。
注 指位於建築物內側的庭子。

＊

なかにわでえをかく。
譯 在中庭裡畫畫。

ながびく 3 延長、拖長

おもっていたよりも、じかんがかかる。

注 指比預想的還花了更多的時間。

やきゅうのしあいが**ながびく**。*

譯 棒球比賽進入延長賽。

なかほど 0 中間、中段

だいたいまんなかあたり。

注 指大概在正中間的那一帶。

でんしゃの**なかほど**にのる。*

譯 搭乘在電車中段的車廂。

なかま 3 同伴、夥伴

いっしょに、なにかをするひと。

注 指一同做某些事的人。

なかまをあつめる。*

譯 召集同伴。

なかまはずれ 4 非同伴、屬性不同者

なかまにいれてもらえないこと。

注 指性質上無法融入同一個圈子的狀態。

なかまはずれをさがしてね。*

譯 找出不一樣的。

なかみ 2 內容

なかにはいっているもの。

注 指內部所包含的實質或意義。

ながめる 3 眺望

とおくのほうまでみる。

注 只向遠處看的動作。

やまのてっぺんからまちを**ながめる**。*

譯 從山頂上眺望小鎮。

なかゆび 2 中指

ひとさしゆびとくすりゆびのあいだのまんなかのゆび。

注 指食指及無名指之間的那根手指。

* ての**なかゆび**はいちばんながい。

譯 手指中，中指最長。

なかよし 2 友好

なかのよいこと。なかのよいひと。

注 指友誼關係很好的意思。或指關係很好的人。

あたらしいともだちと、**なかよし**になる。*

譯 跟新朋友交情變好（變得友好）。

ながれ 3 流動

①ながれること。

②みずのようにとまらないで、おなじほうへうごいていること。

注 ①指水流。②指像水一樣不停地朝同一個方向移動的事物。

①**ながれ**がはやい。*

譯 ①水流湍急。

①

ながれる 3 流動

みずやかぜなどが、しぜんにあるほうへうごく。

注 指水流或是風等，自然的向某個方向移動的樣子。

*

かぜで、くもがながれる。
譯 起風了，白雲飄移（流動）。

なきごえ ③⓪ 哭泣聲

ひとがないているこえ。

注 指人哭的聲音。

＊

となりから、あかちゃんのなきごえがする。

譯 從隔壁傳來了嬰兒的哭聲。

なきさけぶ ④ 哭喊

さけぶように、おおきなこえをだしてなく。

注 指哭泣的時候，發出來的聲音如同喊叫般一樣的樣子。

＊

こどもがなきさけぶ。

譯 小孩哭喊著。

なく ⓪ 哭

かなしかったり、うれしかったりしてなみだをだす。

注 指感到難過或是開心感動時，流出眼淚的動作。

＊

しかられてなく。

譯 因為被責罵而哭了。

なく ⓪ 鳴叫

どうぶつやむしが、こえやおとをだす。

注 指動物或是昆蟲發出聲音的動作。

なぐさめる ④ 安慰

かなしいきもちのひとに、やさしくする。

注 指親切地安撫對待感到悲傷的人的動作。

＊

ともだちをなぐさめる。

譯 安慰朋友。

なくす ⓪ 弄丟

それまでもっていたものが、どこにあるかわからなくなる。

注 指自己原本擁有的東西不見了。

＊

けしゴム《ごむ》をなくす。

譯 弄丟橡皮擦。

なくなる ⓪ 不見

それまであったものが、どこにもみあたらなくなる。

注 指怎麼也找不到東西。

＊

おこづかいがなくなる。

譯 零用錢不見了。

なぐる ② 毆打

てやもので、つよくたたく。

注 指用手或拿東西用力敲打的動作。

＊

げんこつでなぐる。

譯 握拳毆打。

なげる ② 投、扔、擲

てでとおくにとばす。

注 指用手甩出，使東西飛到遠處的動作。

＊

いしをなげる。

譯 投石頭。

な

なさけ 1 3 人情、感情

おもいやりのある、あたたかいきもち。

注 指對人有所關懷，有溫暖情愫的意思。

なさけない 4 丟臉的、無情的、悲慘的

おもうようにいかなくて、がっかりするようす。

注 指跟預想的不一樣，感到洩氣的樣子。

＊ しっぱいばかりでなさけない。

譯 每件事都不成功，真是丟臉。

なさる 2 （する的尊敬語）做

めうえのひとがすることをていねいにいうことば。

注 指面對長輩，形容對方的行事所使用的尊敬用語。

＊ おうさまがしょくじをなさる。

譯 國王用餐。

なし 2 0 Japanese pear 梨子

なつのおわりからあきにとれる、すいぶんのおおい、あまいくだもの。

注 指一種水份含量多，吃起來很甜，在夏末到入秋後的期間採收的水果。

⇒ 請參考473頁。

なし 1 無、沒

ないこと。

注 指沒有的意思。

＊ きょうのおやつはなしです。

譯 今天沒甜點能吃。

なす 1 eggplant 茄子

なつからあきにみがなる、むらさきのかわのやさい。

注 指一種紫色外皮的蔬菜，在夏天到秋天的期間採收。

⇒ 請參考469頁。

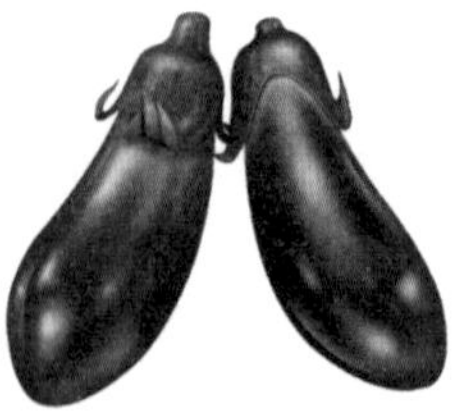

なす 1 成、結成

まとまったものをつくりあげる。

注 指形成一個群體的狀態。

＊ ペンギン《ぺんぎん》がむれをなす。

譯 企鵝成群結隊。

なぜ 1 為何、為什麼

わけをたずねるときにつかうことば。

注 指要了解原因時所使用的疑問用語。

＊ なぜトマト《とまと》はあかいのですか。

譯 為什麼番茄是紅的呢？

なぞ 0 謎、神祕

よくわからないもの。よくわからないこと。

注 指無法了解的人、事、物。

＊ なぞのおとこがあらわれる。

譯 一個神祕的男子現身。

なぞなぞ

0 謎語

ことばのなかにほかのことばをかくしておいて、そのことばをあてさせるあそび。

注 指在一段話裡面放了對另外一個用語的暗示，主要是用來讓別人猜的遊戲。

なぞる

2 描

もとからあるじやえのうえをたどって、おなじようにかく。

注 指依循著一個文字或是圖畫的線條跟著寫或畫的意思。

＊

じをなぞる。

譯 描字。

なだかい

3 有名的、知名的

たくさんのひとが、なまえをしっているようす。

注 指有許多的人都知道的樣子。

＊

せかいになだかいえをみる。

譯 觀賞世界知名的畫作。

なつ

2 summer 夏天

はるとあきのあいだのきせつ。6《ろく》がつから8《はち》がつまでのころ。

注 指春天及秋天之間的季節。一般約是在六到八月之間的時候。

＊

なつにうみにいく。

譯 夏天到海邊去。

なつかしい

4 懷念的

すぎたときのことをおもいだして、うれしくなるようす。

注 指想起一些已經過去的事，讓內心充滿喜悅的樣子。

＊

なつかしいおもちゃがでてくる。

譯 找到了很懷念的玩具。

なっとう

3 納豆

だいずをもとにしてつくった、ねばねばしてにおいのあるたべもの。

注 指一種以黃豆製作的食品。黏糊狀，且具有很濃的味道。

＊

なっとうをよくまぜる。

譯 充份攪拌納豆。

なつやすみ

3 暑假

なつのいちばんあついころ、がっこうやようちえんをながくやすむこと。

注 指夏天在最炎熱的時候，學校及幼稚園休息所放的長假。

＊

なつやすみに、いなかのおばあさんのいえにいく。

譯 暑假時要回鄉下的奶奶家。

なでる

2 撫摸

てのひらをあてて、やさしくうごかす。

注 指用手心貼在某處並溫柔的觸摸的動作。

＊

こねこをなでる。

譯 撫摸小貓。

など

1 等等

ほかにもまだあることをあらわすときにつかうことば。

注 指表示還有其他的項目，但沒有明確說出的提示用語。

＊

ピアノ《ぴあの》などのおけいこにかよう。

譯 去練習鋼琴等其他才藝。

な

なな 1 七 ⇒ しち 2 七

ななつ 2 七個

7《しち》のこと。ものをかぞえるときにつかうことば。

注 指七（樣東西）的意思。在數東西時使用的計算用語。

＊

ななつのボール《ぼーる》をあつめる。

譯 收集七顆（個）球。

ななめ 2 斜的

かたむいているようす。

注 指傾斜著的樣子。

＊

おりがみをななめにおる。

譯 將折紙斜折。

なに 1 什麼

わからないものをたずねるときにつかうことば。

注 指要詢問不了解的事物時所使用的疑問用語。

＊

そのたべものはなにですか。

譯 那個食物是什麼呢？

なにか 1 有什麼、有沒有什麼

はっきりしないものをあらわすときにつかうことば。

注 指要表示不確定的物品時所使用的疑問用語。

＊

なにかのみものをください。

譯 有什麼飲料呢？我要買。

なのか 0 ①七日 ②七天

①つきの7《なな》ばんめのひ。

②7《しち》にちのあいだ。

注 ①指一個月中，順位在第七天的日子。②指七個日子的時間帶。

＊

①7《しち》がつなのかは、たなばただ。

譯 ①七月七日是七夕。

①

なのはな 1 油菜花

はるにさく、きいろいはな。たねからは、あぶらがとれる。

注 指一種在春天時開的黃色花朵。其種子可以用來榨油。

なびく 2 飄動、漂動

かぜやみずのいきおいにのって、ゆらゆらとうごく。

注 指順著風勢或是水勢，搖來搖去的擺動。

＊

かみのけが、かぜになびく。

譯 頭髮被風吹動。

なべ 1 鍋子

たべものをにたり、ゆでたりするときにつかうどうぐ。

注 指用來煮或汆燙食物時所使用的廚具。

＊

なべでうどんをゆでる。

譯 用鍋子煮烏龍麵。

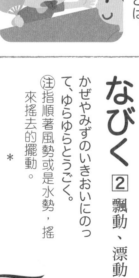

なま 1 生、生的

やいたり、ゆでたりしていない、そのままのこと。

注 指未經過煎、烤、煮過等烹調手法的食材。

＊

やさいを**なま**でたべる。

譯 生吃蔬菜。

なまいき 0 目中無人

えらそうにしたり、でしゃばったりすること。

注 指擺出一些很跩的言行，或是管別人閒事的行徑。

＊

なまいきなことをいう。

譯 說一些目中無人的話。

なまえ 0 名字

ひとやものの、それぞれについているよびかた。

注 指每個人或每樣物品的所屬的稱呼。

＊

なまえをよばれる。

譯 聽到有人叫了自己的名字。

なまける 3 偷懶、摸魚

しなければいけないことをしていない。

注 指不做一些必須該做的事。

＊

れんしゅうを**なまける**。

譯 偷懶不練習。

なまず 0 鯰魚

ぬまやかわのそこにいる、ひげのあるさかな。

注 指一種棲息在河川或沼澤地，長有鬍鬚的魚。

＊

このぬまには、おおきな**なまず**がいる。

譯 這個沼澤中，有很大條的鯰魚出沒。

なみ 2 海浪

うみのみずがたかくなったり、ひくくなったりしてゆれること。

注 指海水一下很高、一下很低的樣子。

＊

なみがたかい。

譯 大浪（海浪很高）。

なみき 0 路樹

みちのりょうがわなどに、ならべてうえてあるき。

注 指在道路的兩側等場所，並排種植的樹木。

＊

さくらの**なみき**みちをあるく。

譯 走過有櫻花樹（路樹）的路。

なみだ 1 tear 眼淚

ないたときにめからでてくる、みずのようなもの。

注 指哭泣時，從眼睛裡流出來像水的液體。

＊

なみだをふく。

譯 擦眼淚。

なみだぐむ 4 眼泛淚光

なきそうになって、めになみだをうかべる。

注 指情緒變得想哭，眼淚浮現在眼緣處的狀態。

＊

えいがをみて、**なみだぐむ**。

譯 看了電影後，都快哭出來了（眼泛淚光）。

なめる ②舐

したのさきでさわる。

注 指用舌尖觸碰的動作。

＊

あめをなめる。

譯 舔糖果。

ならう ②學習

おしえてもらう。

注 指跟著別人學。

＊

サッカー《さっかー》をならう。

譯 學習踢足球。

ならす ②使…習慣

なんかいもやって、じょうずにできるようにする。

注 指經歷過很多次後，使其變成很擅長的動作。

＊

いもうとをみずにならす。

譯 讓妹妹習慣碰水。

ならす ⓪使…鳴起

おとやこえをだす。

注 指發出聲響。

＊

サイレン《さいれん》をならす。

譯 發出警報聲。

ならぶ ⓪排、排隊

れつをつくる。

注 指排列成隊。

＊

2《に》れつにならぶ。

譯 排成兩列。

ならべる ⓪排

れつにする。

注 指把人、物整合成列的動作。

＊

カード《かーど》をならべる。

譯 排紙牌。

なる ①變成

それまでとはちがうものやようすにかわる。

注 指轉化成與原本不同的物品或樣子。

＊

おとうとがうまれて、おにいさんになる。

譯 弟弟出生，我就變成哥哥了。

なる ⓪鳴叫

おとがでる。

注 指發出聲音。

＊

おなかがなる。

譯 肚子在叫。

なるべく ⓪③儘可能

できるだけ。

注 指儘量的意思。

＊

なるべくはやくかえってきてね。

譯 儘可能早點回來喲！

なるほど ⓪ 原來如此、這樣呀

きいていたとおりだとおもうようす。

㊟指認同自己所聽到的那樣子的樣子。

＊

なるほど、よくできたにんぎょうだ。

譯 原來是精心製作的洋娃娃。

なれる ⓪ 習慣、熟練

なんかいもするうちに、じょうずになる。

㊟指經歷過很多次後，變成很擅長。

＊

ふでのもちかたに**なれる**。

譯 習慣了毛筆的握法。

なわ ② 繩子

わらやいとなどをまとめた、ふといひも。

㊟指用稻草或是繩子等所編製的粗條線狀物。

＊

みちに**なわ**をはる。

譯 在路上拉起繩子。

なわとび ③ ④ 跳繩

てでまわすなわをとんだり、はったなわをとびこえたりするあそび。

㊟指一種在自行甩動的繩子上跳躍，或是另種由兩個人各抓住繩子的一端甩動，第三人在上方跳躍的遊戲。

なんでも ⓪ ① 全部都…、無論什麼都…

どんなものでもぜんぶ。

㊟指不管什麼樣的，全數都包括的意思。

＊

おとうさんは、**なんでも**しっている。

譯 無論是什麼事爸爸都懂。

に 二

に【二《に》】 ① two 二、兩

かずのなまえ。1《いち》のつぎ、3《さん》のまえのかず。

㊟指數字的名稱。一之後，三之前的那個數字。

＊

2《に》ひきのりす。

譯 兩隻松鼠。

に ① ⓪ 貨物、行李 ⇒ にもつ ① 行李

にあう ② 合、相襯、適合

ぴったりあって、よいかんじがする。

㊟指相當地吻合，看起來很不錯的樣子。

＊

ドレス《どれす》がよく**にあう**。

譯 這件洋裝很合身（相襯）。

にいさん ① brother 哥哥 ⇔ ねえさん ① 姊姊

としうえのおとこのきょうだいを、ていねいによぶことば。

㊟指對爸媽生的年紀較大的男性親人的鄭重稱呼。

にえる 0 煮熟

ねつであたためられて、たべられるようになる。

㊟指加熱到已經可以吃的狀態。

＊

だいこんがにえる。

㊞煮熟蘿蔔。

におい 2 味道

はなでかんじることができるもの。

㊟指用鼻子能感受到一種無形物。

＊

パン《ぱん》がやけるにおい。

㊞烤麵包的味道。

におう 2 發出味道

においがする。

㊟指產生氣味的意思。

＊

うめのはながにおう。

㊞梅花發出花香味。

にがい 2 （口感）苦的

こいちゃなどをのんだときに、したにかんじるようす。

㊟指喝了濃茶等飲品後舌頭所感受到的口味。

＊

にがいくすりをのむ。

㊞喝（吃）苦藥。

にがす 2 釋放掉

つかまえていたものをはなす。

㊟指將抓到的人、生物使其恢復自由。

＊

せみをにがす。

㊞放掉（生）蟬。

にがつ 3 February 二月

1《いち》ねんの2《に》ばんめのつき。

㊟指一年之中，第二順位的月份。

＊

2《に》がつのせつぶんのひに、まめまきをする。

㊞在二月節分的那天撒豆子。

にぎやか 2 熱鬧的、繁華的

ひとがたくさんいて、おおきなおとやこえがきこえるようす。

㊟指聚集了許多的人，可以很大聲地聽到許多聲音的樣子。

＊

にぎやかなとおり。

㊞繁華的大街。

にぎる 0 握

てのゆびをまげて、ものをつかむ。

㊟指將手指彎曲，抓住東西的動作。

＊

てつぼうをにぎる。

㊞握住單槓。

にく 2 肉

どうぶつのからだの、ほねのまわりにあるぶぶん。

㊟指動物的身體上，長在骨骼旁邊的部分。

＊

にくをつかったりょうり。

㊞用肉製作的料理。

にくい [2] 憎惡的、可恨的

あいてをゆるしたくないと、おもうようす。

㊟指不肯輕饒對方的樣子。

＊

にくいてきに、しかえしする。

㊢對可恨的敵人復仇。

にくむ [2] 憎恨

あいてをゆるしたくないとおもう。

㊟指不願輕饒對方的想法。

＊

まじょが、しらゆきひめを**にくむ**。

㊢魔女憎恨著白雪公主。

にくや [2] 肉品店

りょうりするためのにくをうっているみせ。

㊟指販賣食用肉的店家。

＊

お**にくや**さんでとりにくをかう。

㊢跟肉品店的老板買雞肉。

にくらしい [4] 可惡的

いやで、にくみたくなるようす。

㊟指感到厭惡，進而憎恨的樣子。

＊

なまいきなおとうとが、**にくらしい**。

㊢目中無人的弟弟真是可惡。

にげだす [0] [3] 逃出

にげて、そのばしょからいなくなる。

㊟指從一個場所逃出。

＊

ゴリラ《ごりら》がおりから**にげだす**。

㊢大猩猩從籠子裡逃出。

にげる [2] 逃、逃跑 ⇕ おう [0] 追、追趕

つかまらないように、そのばをはなれる。

㊟指避免被抓到，而離開現場。

＊

どろぼうが**にげる**。

㊢小偷逃跑。

にごす [2] 弄混、使…混濁

にごるようにする。

㊟指將某個液體聚積處變得不清澈的動作。

＊

いけのそこをつついて**にごす**。

㊢攪動池底弄混池塘裡的水。

にこにこ [1] 微笑貌

こえをださないでわらうようす。

㊟指展露出笑容，但發不出聲音的樣子。

＊

あかちゃんが**にこにこ**する。

㊢寶寶微笑著。

にごる [2] 混濁 ⇕ すむ [1] 清澈

ほかのものがまじって、とうめいでなくなる。

㊟指摻雜著其他的物質，變得不透明。

＊

おおあめでかわのみずが**にごる**。

㊢大雨使得河川的水變得混濁。

にし 0 西、西邊

たいようがしずむほう。

㊟指太陽沉下去的方向。

＊

にしのそらのゆうやけをみる。

㊣看西邊天空上的夕陽。

にじ 0 彩虹

あめのあとにそらにでる、7《なな》いろのひかりのおび。

㊟指一個由七種顏色構成的帶狀景觀。一般是在下完雨之後，出現在天空上。

＊

そらにおおきなにじがかかる。

㊣天空上出現一輪大大的彩虹。

にじむ 2 滲、滲出

しみてひろがる。

㊟指染上液體並向外擴散的意思。

＊

シャツ《しゃつ》にあせがにじむ。

㊣襯衫被汗水沾溼了（汗水滲到襯衫上）。

にせる 0 模仿、偽裝

にるようにする。

㊟指做的讓別人看起來覺得很相似的動作。

＊

おばあさんのこえににせる。

㊣模仿奶奶的聲音。

にち 1 日

ひにちをあらわすときにつけることば。

㊟指要表示某一天使用的用語。

＊

12《じゅうに》がつ25《にじゅうご》にちはクリスマス《くりすます》だ。

㊣十二月二十五日是聖誕節。

にちようび 3 Sunday 星期日

1《いっ》しゅうのさいしょのひ。

㊟指一週裡第一天的日子。

にっき 0 日記

そのひにあったことや、おもったことをかくもの。

㊟指一個將當天所發生的事都記錄下來的冊子。

＊

まいにちにっきをつける。

㊣每天寫日記。

にっこう 1 日光

たいようのひかり。

㊟指陽光的意思。

にっこり 3 笑眯眯地

うれしそうにわらうようす。

㊟指看起來很開心地笑著的樣子。

＊

おねえさんがにっこりわらう。

㊣姊姊露出笑眯眯的表情。

にっぽん 3 日本 ⇒ 請參考474頁。

になう ②（責任）

①揹著、扛著、挑 ②扛起

①かたでささえて、にもつをもつ。
②じぶんのしごととする。
㊟①指將物品放在肩上撐著的動作。
②指接下某事作為自己的責任的狀態。

*

①おもいバッグ《ばっぐ》を**になう**。
㊫①揹著沉重的包包。

①

にもつ ① 行李、貨物

もちはこんだり、おくったりするもの。
㊟指需要搬運或運送的物品。

*

おおきな**にもつ**をはこぶ。
㊫搬運大件的貨物。

にやにや ① 竊笑貌、偷笑貌

こえをださないで、すこしだけわらうようす。
㊟指稍稍地露出笑容，但壓抑出笑聲的樣子。

*

てがみをよんで、**にやにやする**。
㊫看著信一邊竊笑。

にゅうがく ⓪ 入學 ⇔ そつぎょう ⓪ 畢業

べんきょうをおそわるために、がっこうにあたらしくはいること。
㊟指為了學習，新到一個學校去報到的意思。

*

しょうがっこうに**にゅうがく**する。
㊫小學入學。

ニュース《にゅーす》 ① news 新聞

あたらしいできごとや、めずらしいできごと。それをしらせること。
㊟指將最新發生的時事及罕見的事情通報給別人知道的節目。

*

テレビ《てれび》であさの**ニュース**《にゅーす》をみる。
㊫在電視上看晨間新聞。

にょろにょろ ①（長形生物）扭動貌

ほそながいものが、からだをまげながらすすむようす。
㊟指身體細長的生物，身體蜿蜒向前移動的樣子。

*

へびが**にょろにょろ**とはう。
㊫蛇彎曲（扭動）身體爬行。

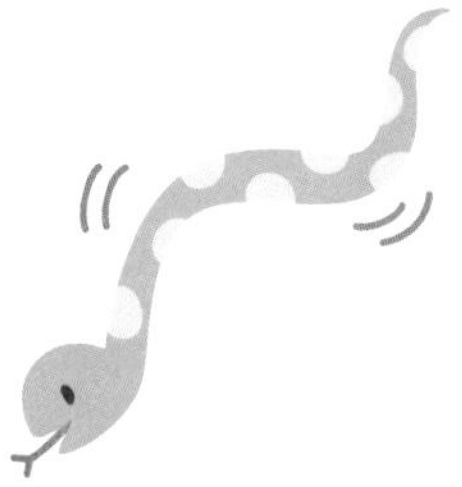

にらむ ② 瞪

こわいめでじっとみつめる。
㊟指用兇狠的眼神凝視。

*

えものをじっと**にらむ**。
㊫瞪著獵物瞧。

にらめっこ ③ 表情變化遊戲

おかしなかおをみせあって、あいてをわらわせるあそび。
㊟指用令人想笑的表情互看，想辦法讓對方笑出來的遊戲。

*

ともだちとにらめっこをする。

譯 跟朋友玩表情變化遊戲。

にる 0 相似、像

おなじようにみえる。

注 指看起來很相像。

*

ひょうしがよくにたほん。

譯 封面很相似的書。

にる 0 煮

ねつであたためて、たべられるようにする。

注 指將食材加熱，使其能夠食用的動作。

*

まめをにる。

譯 煮豆子。

にわ 0 庭院、庭子

いえのそばに、はなやきをうえたり、いけをつくったりしたところ。

注 指住家的週邊，有種花草或挖鑿池塘等的範圍處。

*

にわをはしるいぬ。

譯 狗在庭院裡奔跑。

にわかあめ 4 3 雷陣雷

きゅうにふりだして、すぐにやむあめ。

注 指突然間下起的雨，但不久後又馬上就會停止。

にわとり 0 雞

あかいとさかがあるとり。たまごもにくもたべものになる。

注 指一種擁有紅色雞冠的鳥類。其蛋及肉都可以食用。

にん 1 …人

ひとのかずをかぞえるときにつけることば。

注 指計算人的數量時所使用的量詞。

*

うちは5《ご》にんかぞくだ。

譯 我家的家庭成員共有五個人。

にんぎょう 0 洋娃娃

ひとのかたちににせてつくったおもちゃ。

注 指外觀為人形的玩具。

*

にんぎょうといっしょにねる。

譯 跟洋娃娃一起睡覺。

にんげん 0 人類 ⇒ **ひと** 0 人

にんじん 0 carrot 紅蘿蔔

オレンジ《おれんじ》いろのねのぶぶんをたべるやさい。

注 指一種食用其柳橙色根部的蔬菜。

⇒ 請參考470頁。

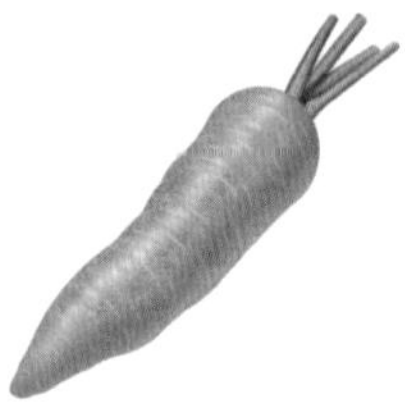

に

ぬ
ヌ

ぬいもの ③ ④
縫製

ふくやものをぬうこと。

㊟指縫衣服或物品的意思。

ぬう ① 縫
いとをとおしたはりをさして、ぬのをつなぎあわせる。

㊟指用已穿線的針縫補，使衣服接合的動作。

＊

おかあさんがふくをぬう。

譯 媽媽縫衣服。

ぬきとる ③ 拔出、拔下
ひくようにしてとりだす。

㊟指將物品拉出來的動作。

＊

ゆびわをぬきとる。

譯 拔出戒指。

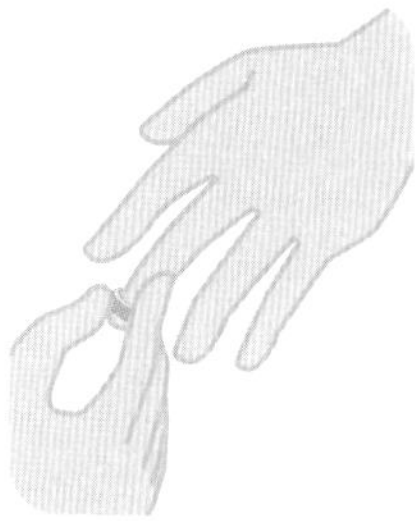

ぬく ⓪ 拔
ひくようにしてとる。

㊟指用拉的把物體拉出的動作。

＊

かぶをぬく。

譯 拔蕪菁。

ぬぐ ① 脫 ⇔ ①きる ⓪ ①穿 ②はく ⓪ ②穿（由下往上的衣物）
①きていたものをからだからとる。

②はいていたものをからだからとる。

㊟①指將上半身的衣物卸除的意思。

②指將下半身的衣物卸除的意思。

＊

①シャツ《しゃつ》をぬぐ。

譯 ①脫掉襯衫。

①

ぬけがら ⓪
（蛇）脫掉的皮、（昆蟲、甲殼動物）脫掉的殼

へびやせみなどが、かわからでたあとにのこるもの。

㊟指蛇或是蟬等動物，經過脫皮或脫殼之後所產生的身體一樣形狀的遺留物。

ぬけだす ③ 脫離、溜出
きづかれないように、しずかにでる。

㊟指在不被發現的情況下悄悄地跑掉的動作。

＊

まどからぬけだす。

譯 從窗口溜掉。

ぬける ⓪ ①掉、脫落 ②穿過
①くっついていたものが、はなれてとれる。

②なかをとおって、むこうがわへでる。

㊟①指黏著在一起的東西，在分離後掉落。

②指從中間通過，從另一端出來的意思。

①

ぬげる ② ①（上半身穿著的衣服）脫落、掉了 ②（下半身穿著的衣服）脫落、掉了

①きていたものが、からだからはなれる。
②はいていたものが、からだからはなれる。
注①指上身穿著的衣物從身上脫掉。
②指下身穿著的衣物從身上脫落掉。

②

ぬし ① ①主人 ②所有人

①いえでちゅうしんになるひと。
②それをもっているひと。
注①指一個家中的中心人物。
②指擁有該持有物的人。

ぬすむ ② 偷、偷竊、偷取

ひとのものをかってにとる。
注指任意取走他人物品的人。

＊

どろぼうがおかねを**ぬすむ**。
譯小偷偷錢。

ぬの ⓪ 布、布料

いとをおってつくった、たいらでうすいもの。
注指用線織成的薄平狀的物體。

＊

ぬのでふくろをつくる。
譯用布製作一個袋子。

ぬま ② 沼澤

みずくさやどろのおおい、あさいいけ。
注指一個廣為聚集水草及泥巴的淺層水域。

＊

かもが**ぬま**でおよぐ。
譯鴨子在沼澤上划水。

ぬらす ⓪ 弄溼

ぬれるようにする。
注指將東西弄成溼潤的狀態。

＊

タオル《たおる》を**ぬらす**。
譯弄溼毛巾。

ぬりえ ⓪ 著色畫

せんだけでかかれたえに、いろをぬるあそび。
注指一種只有畫好線條的圖畫。可以依著線條在內側著色的娛樂。

＊

クレヨン《くれよん》で**ぬりえ**をする。
譯用蠟筆著色（畫著色畫）。

ぬる ⓪ 塗

うすくひろげるように、すりつける。
注指呈薄平狀的摩擦並抹上動作。

＊

てにクリーム《くりーむ》を**ぬる**。
譯在手上塗護手霜。

ぬるい ② 溫的

あつくもつめたくもないようす。
注指水不熱也不冷的樣子。

＊

ふろのゆが**ぬるい**。
譯澡缸的水很溫暖。

ぬるぬる ① 滑溜溜地

みずっぽくて、すべるようす。
注指帶有水份感，溼溼滑滑的樣子。

＊

うなぎは**ぬるぬる**している。
譯鰻魚滑溜溜地。

ぬれる 0 溼掉

みずがついてしみこむ。

注 指沾上了水，變成溼答答的樣子。

＊

そでのさきがぬれる。

譯 袖口溼掉了。

ね
ネ

ね 1 根

くさやきが、つちのなかからみずやえいようをすいあげるぶぶん。

注 指草或樹木埋在土裡吸收水分及營養的部分。

＊

じめんのしたに、**ね**がある。

譯 根在地面的下方。

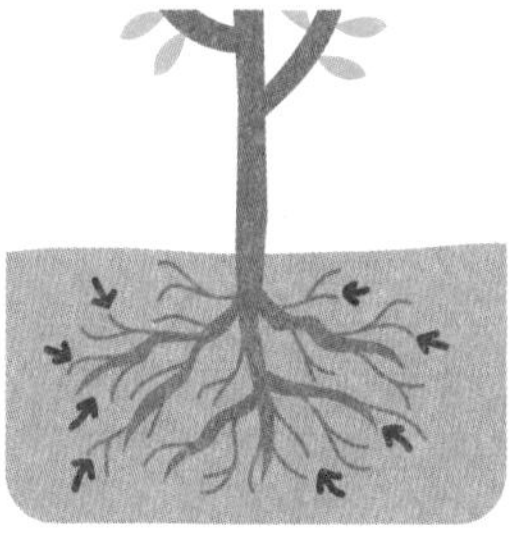

ねうち 0 價值

そのもののよさ。

注 指物品的良好度。

ねえさん 1 sister 姊姊 ⇔ にいさん 1 哥哥

としうえのおんなのきょうだいを、ていねいによぶことば。

注 指對爸媽生的年紀較大的女性親人的鄭重稱呼。

ねがい 2 願望

こうなるといいとおもうこと。

注 指心中希望所能達到的某狀態。

＊

ねがいがかなう。

譯 願望實現。

ねがう 2 祈求、願望

こうなるといいとおもう。

注 指在心中希望能夠達到的動作。

＊

はやくなおるように**ねがう**。

譯 祈求能早日康復。

ねがお 0 睡相

ねむっているときのかお。

注 指沉睡時臉的樣子。

ねかす 0 ①哄…入睡 ②使…躺下 ⇔ ①②おこす 2 弄醒

①ねるようにする。

②よこにする。

注 ①指使之入睡的動作。

②指使之躺下來的動作。

＊

①いもうとを**ねかす**。

譯 哄妹妹入睡。

①

ねぎ 1 蔥

はや、つちにうまったしろいぶぶんをたべる、ほそながいやさい。

注指一種埋在土裡的白色部分及葉子都能吃的細長蔬菜。

⇒請參考471頁。

ねこ 1 cat 貓

いえでかわれるどうぶつ。するどいつめをもち、ねずみをよくとる。

注指一種飼養在家裡，具有尖銳的爪，很擅長抓老鼠的動物。

ねごと 0 夢話

ねむりながら、しらないうちにしゃべることば。

注指在熟睡時無意識所說的話。

ねころぶ 3 躺臥

からだをよこにする。

注指讓身體躺在地上的樣子。

＊

たたみのうえに**ねころぶ**。

譯躺臥在榻榻米上。

ねじ 1 螺絲

ものをしっかりとめるためのどうぐ。

注指為了固定物品時，所使用的工具。

＊

ねじをまわしてしめる。

譯轉緊螺絲。

ねじる 2 扭轉

もののりょうはしをぎゃくのむきにまわす。

注指將物體的兩端向反方向轉動的動作。

＊

からだを**ねじる**。

譯扭轉身體

ねじれる 3 扭曲

ねじったようになる。

注指物體變成扭轉過的狀態。

＊

バッグ《ばっぐ》のひもが**ねじれる**。

譯包包的帶子變得扭曲。

ねずみ 0 mouse 老鼠

いえやはたけなどにすむ、ちいさなどうぶつ。ふえるのがはやい。

注指棲息在人的房子及旱田等地，繁殖得很快的小型動物。

ねだる 2 賴著…要求

あまえておねがいする。

注指糾纏著某人請求要物品的動作。

＊

おかしを**ねだる**。

譯賴著要求給甜點。

ねだん 0 價格

ものをかったり、うったりするときのかねのりょう。

注指買賣東西及所需要的金錢的數量。

＊

このジュース《じゅーす》の**ねだん**は100《ひゃく》えんだ。

譯這包果汁的價格是一百日元。

ね

ねつ [2] 熱度、發燒

ものやからだのあつさ。

㊟指東西或身體的熱度。

＊

かぜで**ねつ**がでる。

㊞因為感冒而發燒了。

ねっしん [1] [3] 積極、熱情

ひとつのことをいっしょうけんめいがんばること。

㊟指對於某事竭盡全力地投入的意思。

＊

ねっしんに、すいえいのれんしゅうをする。

㊞很積極的練習游泳。

ねっする [0] [3] 加溫

ものをあつくする。

㊟指將物體加熱的意思。

＊

みずを**ねっする**。

㊞將水加溫。

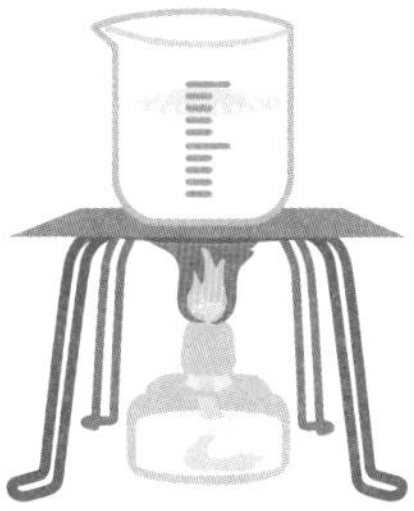

ねどこ [0] [3] 床位

ねむるためのばしょ。ふとんやベッド《べっど》。

㊟指睡覺的地方。可以指棉被裡或是床。

＊

ねどこにはいる。

㊞爬進被窩裡。

ねばねば [1] 黏糊狀

ねばりがあって、くっつきやすいようす。

㊟指具有黏性，容易附著的樣子。

＊

ねばねばするたべものは、からだによい。

㊞黏糊狀的食品有益健康。

ねばり [3] 有黏性

やわらかくて、ものによくくっつくこと。

㊟指柔軟容易附著的狀態。

＊

このもちは**ねばり**がある。

㊞這塊餅具有黏性。

ねばる [2] 發黏

やわらかくて、ものによくくっつく。

㊟指柔軟容易黏上的狀態。

＊

このねんどは**ねばる**。

㊞這塊黏土很黏。

ねびえ [0] 睡覺時著涼

ねむっているあいだに、からだがひえること。

㊟指在睡著的時候，身體受寒的意思。

ねぼう [0] 睡過頭

あさ、おそいじかんまでねていること。

㊟指早上睡到太晚的時間才醒來的意思。

＊

ねぼうする。

㊞睡過頭。

ねぼける [3] 沒睡醒、睡迷糊

おきたばかりで、ぼんやりとしている。

㊟指剛睡醒，整個人還恍恍惚惚的狀態。

＊

ねぼけてふくをはんたいにきる。

㊞沒睡醒的情況下把衣服穿反了。

ねまき [0] 睡衣

ねむるときにきるふく。

㊟指睡著時所穿的衣服。

＊

ねまきにきがえる。
譯 換穿睡衣。

ねむい [0] [2] 睏的

ねむってしまいそうなようす。
注 指變成想睡覺的樣子。

＊

いっぱいあそんだので、とても**ねむい**。
譯 玩得太累了，非常睏。

ねむる [0] 睡覺 ⇔ さめる [2] 醒來

めをとじて、からだもこころもやすませる。
注 指閉上眼睛，讓身心休息的動作。

＊

あかちゃんがベッド《べっど》で**ねむる**。
譯 小寶寶在床上睡覺。

ねらい [0] 鎖定的目標、對象

あてるばしょをねらうこと。
注 指鎖定的標的物。

ねらう [0] 鎖定、瞄準

あてたいところにあてようとする。
注 指鎖定好有所圖謀的目標的動作。

＊

まんなかのかんを**ねらう**。
譯 瞄準中間的罐子。

ねる [0] ①就寢 ②躺下 ⇔ ②①おきる [2] ①起床 ②起身

①ねむる。
②からだをよこにする。
注 ①指去睡覺的意思。
②指將身體橫躺下來。

＊

①もう**ねる**じかんだ。
譯 ①該是就寢的時間囉！

①

ねん [1] 年

としをかぞえるときにつけることば。
注 指計算每十二個月為一個單位的時間帶的量詞。

＊

4《よ》**ねん**たって、おおきくなった。
譯 經過了四年，長大了許多。

ねんがじょう [3] [0] 賀年卡

あたらしいとしをいわって、だすはがき。
注 指為了祝賀新年而寄給他人的問候明信片。

＊

ともだちから、**ねんがじょう**をもらう。
譯 朋友寄了賀年卡給我。

ねんじゅう [1] 一年之中

1《いち》ねんのあいだ、いつでも。
注 指一年的任何一個時間點的時間範圍內。

＊

あのこは、**ねんじゅう**はんそでだ。
譯 那個孩子，一整年都穿著短袖的衣服。

ねんど 1 黏土

ねばりがあるつち。
注 指有黏性的土。
＊
ねんどであそぶ。
譯 玩黏土。

の
ノ

の 1 野原 ⇒ のはら 1 野原

のうか 1 農家

のうぎょうで、せいかつをしているいえ。
注 指以務農過生活的家庭。
＊
おじいさんのいえは、**のうか**だ。
譯 爺爺家是務農的（是農家）。

のうぎょう 1 農業

やさいやこめなどをつくるしごと。
注 指以種植蔬菜跟稻米為主的行業。
＊
おじいさんのしごとは、**のうぎょう**だ。
譯 爺爺的工作是務農的（是從事農業的）。

ノート《のーと》 1 notebook ①筆記本 ②抄下

①たくさんのかみをとじた、じやえをかくためのもの。
②かきとめること。
注 ①指一種將許多紙裝訂起來，可以在上面寫字或畫圖作紀錄的冊子。②指抄錄下來的意思。
＊
①**ノート**《のーと》にじぶんのなまえをかく。
譯 ①在筆記本上寫下自己的名字。

①

のき 0 屋簷

やねのさきの、たてもののかべよりそとにでているぶぶん。
注 指從屋頂延伸出來，比建築物外牆還突出的部分。
＊
のきから、あめのしずくがおちる。
譯 雨滴從屋簷落下。

のきした 0 屋簷下

のきにおおわれたところ。
注 指被屋簷遮蓋住的下方空間。
＊
のきしたで、あめがやむのをまつ。
譯 在屋簷下等雨停。

のく 0 退開、閃開

いままでいたばしょからうつる。どく。
注 指從當下所站在的地方向其他地方移開的動作。
＊
じてんしゃがきたので、わきへ**のく**。
譯 有腳踏車過來了，所以退到一邊去。

のける 0 （將物體）移開、移除

いままであったばしょから、ものをうつす。どける。
注 指將物體從其目前所存在的地方移開。與「どける」同義。
＊
みちをふさぐいしを**のける**。
譯 指阻擋住道路的石頭移開。

のこぎり 3 4 鋸子

ぎざぎざのはがついた、きやいたなどをきるためのどうぐ。

注 指一種刀刃呈現鋸齒狀工具。主要用來鋸樹木或是板子等物品。

のこす 2 使…留下、使…殘留

いくらかはそのままにしておく。

注 指將東西少量的部分擺著不去處理的動作。

＊

ピーマン《ぴーまん》をのこす。

譯 留下青椒。

のこらず 2 3 完全不留

すこしものこるものがなく、ぜんぶ。

注 指一點點都沒有留下，全部處理掉的樣子。

＊

きゅうしょくをのこらずたべる。

譯 把營養午餐吃光光（完全不留地吃光）。

のこり 3 剩、剩的

のこったもの。

注 指剩下的部分。

＊

ゴール《ごーる》まで、のこりすこし。

譯 距離到達終點只剩一點點。

のこる 2 剩下、殘留

ぜんぶなくならないで、そこにある。

注 指部分還殘留下來的樣子。

＊

たべたあとに、かわとたねがのこる。

譯 吃完之後，剩下果皮跟種子。

のせる 0 放上、放在…上面

ものをうえにおく。

注 指將東西變在某處上方的意思。

＊

つくえのうえに、かばんをのせる。

譯 指書包放在桌子上面。

のぞく 0 窺視、偷窺

せまいすきまやあなからみる。

注 指從狹窄的縫隙或是孔洞窺看的動作。

＊

へいのあなからのぞく。

譯 從圍牆的孔洞窺視。

のぞみ 0 願望

こうなってほしいとおもっていること。

注 指希望能達到的預想狀態。

のぞむ 0 2 希望

こうなってほしいとおもう。

注 指事情的發展能像自己預想中一樣的動作。

＊

またあえることをのぞむ。

譯 希望能再見到面。

のち 2 0 之後

おわったあと。

注 指結束了以後。

＊

はれの**ち**あめ。

譯 天晴之後是雨天。

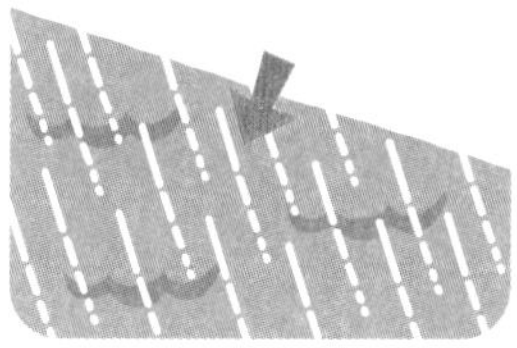

のっそり 3 遲緩

うごきがゆっくりなようす。

注 指動物很緩慢的樣子。

＊

ぞうが**のっそり**あるく。

譯 大象的行走很緩慢。

のど 1 throat 喉嚨

くちのおくから、くびのうちがわのぶぶん。

注 指口中的深處，頸部內側的部分。

＊

かぜで**のど**がいたい。

譯 感冒了，所以喉嚨痛。

のどか 1 悠閒的

しずかでのんびりしているようす。

注 指寧靜、步調慢的樣子。

＊

のどかないなか。

譯 悠閒的鄉間。

のばす 2 使…變長 ⇕ ちぢめる 0 使…變短

まっすぐにしたり、ながくしたりする。

注 指使某物直直伸長的動作。

＊

かみのけを**のばす**。

譯 將頭髮留長。

のはら 1 野原

ひろくてたいらな、くさやはながはえているばしょ。

注 指一片遼闊的，上面長滿鮮花綠草的平原。

＊

のはらで、いぬとはしりまわる。

譯 在野原上，跟狗狗跑來跑去。

のびちぢみ 0 2 伸縮

のびたり、ちぢんだりすること。

注 指伸長或縮短的意思。

のびる 2 變長 ⇕ ちぢむ 0 變得緊縮

まっすぐになったり、ながくなったりする。

注 指某物變直或是變長的狀態。

＊

ひげが**のびる**。

譯 鬍子長長。

のべる 2 敘述、表述

おもっていることをくちにだしたり、ぶんしょうにかいたりする。

注 指想心中所想的事情透過口說或是撰文的方式表達。

＊

おれいを**のべる**。

譯 表示（述）感謝。

のぼり 0 向上爬 ⇕ くだり 0
向下走

ひくいところから、たかいところへいくこと。

注 指從低的地方向高的地方移動的意思。

＊

やまにのぼる。

譯 爬山。

のみこむ 0 3 喝進、吞入

のんでのどをとおす。かまずにおなかのなかにいれる。

注 指飲用經過喉嚨的動作。或不經過咀嚼就推入肚子的動作。

＊

みずでくすりをのみこむ。

譯 喝水吞藥。

のみもの 3 2 飲料

のどがかわいたときなどにのむ、ジュース《じゅーす》やちゃなどのこと。

注 指口渴等時候會想喝的果汁或是茶品的總稱。

＊

のみものをかう。

譯 買飲料。

のむ 1 喝

のどをとおして、みずなどをからだにいれる。

注 指水等液體通過喉嚨，進入肚子的動作。

＊

むぎちゃをのむ。

譯 喝麥茶。

のり 2 glue 膠水、漿糊

ものをくっつけるときにつかう、べたべたしたもの。

注 指要將物體沾黏在一起時，所使用的粘稠狀物品。

＊

のりをぬってはる。

譯 塗上漿糊沾黏。

のり 2
海苔

かいそうをうすくのばして、かわかしたたべもの。

注 指將海草經過乾燥處理後，做成薄片狀的食品。

＊

ごはんをのりでまく。

譯 用海苔捲起飯。

のりかえ 0
轉乘

いま、のっているのりものをおりて、べつののりものにのること。

注 指離開目前所搭乘的交通運輸工具，再轉搭到別的交通工具。

＊

のりかえのえきにつく。

譯 到達轉運（乘）站。

のりかえる 4 3 轉乘

いま、のっているのりものをおりて、べつののりものにのる。

注 指離開目前所搭乘的交通運輸工具，再轉搭到別的交通工具的動作。

＊

しんかんせんにのりかえる。

譯 轉乘新幹線。

のりこむ [3] 搭乘、進入（交通工具）

のりもののなかにはいる。

㊟指進到交通工具裡面去。

＊

タクシー《たくしー》にのりこむ。

㊞進入計程車。

のりもの [0] 交通工具

ひとがのっていくもの。

㊟指搭載人的移動工具。

＊

ひこうきは、そらをとぶのりものだ。

㊞飛機是一種能飛在天上的交通工具。

のる [0] 搭乘 ⇕ おりる [2] 下（交通工具）

のりもののなかに、からだをおく。

㊟指身體進入交通工具之中。

＊

ふねにのる。

㊞搭乘船。

のろい [0] [3] 慢吞吞的

うごきやすすみぐあいがおそい。

㊟指動作很慢。

＊

たべるのがのろい。

㊞吃得好慢。

のろのろ [1] 慢吞吞的

うごきやすすみぐあいがおそいようす。

㊟指動作很慢的樣子。

＊

かめがのろのろあるく。

㊞烏龜慢吞吞的爬行。

のんき [1] 悠哉悠哉、不慌不忙

こまかいことをきにしないで、のんびりしているようす。

㊟指不在意小細節處，行事慢慢來的樣子。

＊

おねえさんはのんきだ。

㊞姊姊悠哉悠哉的。

のんびり [3] 悠閒貌

きもちがゆったりとして、きらくなようす。

㊟指心情上很悠哉，一派輕鬆的樣子。

＊

のんびりほんをよむ。

㊞悠閒地念著書。

の

は
ハ

は 0 leaf 葉子

しょくぶつのえだやくきについている、ひらたいもの。

注 指植物的枝或是莖上面長出的平片狀物體。

＊

もみじの**は**。

譯 楓葉。

は 1 teeth 牙、牙齒

たべものをかんだり、くだいたりする、くちのなかのかたいぶぶん。

注 指口中用來咀嚼或咬碎食物的器官。

＊

ねるまえに**は**をみがこう。

譯 就寢之前要刷牙。

ば 0 …隻（鳥）

とりをかぞえるときにつけることば。

注 指計算鳥類動物時所使用的量詞。

＊

とりが3《さん》**ば**、とまっている。

譯 三隻小鳥停在電線桿上。

ば 0 …場、…處

ものをおいたり、なにかをするところ。

注 指可以放東西或是做些什麼事的地方。

＊

すな**ば**であそぶ。

譯 在沙坑（場）玩耍。

ばあい 0 場合、情況

そうなったとき。

注 指在那個情形之下時。

＊

あめがふった**ばあい**、うんどうかいはえんきです。

譯 如果是下雨的情況下，運動會就要延期了。

パ《ぱ》ー《ー》テ《て》ィ《ぃ》ー《ー》 1 party 派對

あつまっておしゃべりをしたり、ごちそうをたべたりすること。

注 指一種由一群人聚集起來聊天講話、吃東西的娛樂聚會。

＊

パ《ぱ》ー《ー》テ《て》ィ《ぃ》ー《ー》にいく。

譯 去參加派對。

ハ《は》ー《ー》プ《ぷ》 1 harp 豎琴

わくにはったげんをはじいて、おとをだすがっき。

注 指一種有外框，框內裝設琴弦的樂器。用彈撥的方式發出樂聲。

＊

ハ《は》ー《ー》プ《ぷ》をならう。

譯 學習彈豎琴。

ハ《は》ー《ー》モ《も》ニ《に》カ《か》 0 harmonica 口琴

くちにくわえ、いきをはいたり、すったりしておとをだすがっき。

注 指一種銜在嘴巴上，利用吐吶或是吸氣來發出聲響的樂器。

＊

ハ《は》ー《ー》モ《も》ニ《に》カ《か》のれんしゅうをする。

譯 練習吹口琴。

はい 1 ①是、有 ②明白、了解 ⇔ ②いいえ 3 不是

①へんじをするときのことば。
②「わかった」をあらわすことば。

(注) ①指回應時發出的發語詞。②指表示「知道了」時使用的用語。

*

①「○○くん」「はい」。

(譯) ①「○○同學」「有」。

①

はい 0 灰、灰燼

ものがもえたあとにのこる、こなのようなもの。

(注) 指物品燃燒後的粉狀殘留物。

*

かみをもやすと、はいになる。

(譯) 紙在燃燒後會變成灰燼。

はい 1 …碗、…杯

ちゃわんなどのいれものにいれたものを、かぞえるときにつけることば。

(注) 指計算飯碗等容器的內容物時所使用的量詞。

*

ごはんを2《に》はいたべた。

(譯) 吃了兩碗飯。

ばい 0 倍

おなじかずをふたつあわせること。

(注) 指同樣的數量再加上一次的意思。

*

おやつをばいにしてもらう。

(譯) 給我多一倍的甜點。

はいあがる 4 爬上

はってうえにあがる。

(注) 指向上方爬行的動作。

*

がけをはいあがる。

(譯) 爬上懸崖。

はいいろ 0 gray 灰色

いろのなまえ。くろとしろをまぜてできるいろ。ねずみいろ。

(注) 指顏色的名稱。黑色跟白色混雜而成的顏色。意同「ねずみいろ」。

バ《ば》イ《い》オ《お》リ《り》ン《ん》 1 violin 小提琴

4《よん》ほんのげんをゆみでこすり、おとをだすがっき。

(注) 指一種琴身具有4條琴弦，透過拉弓的方式發出聲響的樂器。

ばいきん 2 細菌

びょうきのもとになる、ちいさないきもの。

(注) 指一種造成疾病的細小生物。

*

ばいきんがつかないように、よくあらう。

(譯) 要經常洗手，避免細菌殘留。

ハ《は》イ《い》キ《き》ン《ん》グ《ぐ》 1 hiking 健行

のはらややまを、たのしんであるくこと。

(注) 指走在野原或是山上的一種休閒娛樂。

はいしゃ 1 牙醫

はのびょうきを、なおすいしゃ。

(注) 指幫忙診治牙科疾病的醫生。

はいたつ 0 配送

てがみやしなものなどをとどけること。

㊟指幫忙寄送信件或是貨品的意思。

＊

にもつを**はいたつ**する。

㊫配送貨品。

パイナップル《ぱいなっぷる》 3 pineapple 鳳梨

あまくてすっぱい、なつによくたべる、きいろいくだもの。

㊟指一種黃色外皮，口味酸酸甜甜，在夏季常吃的水果。

バイバイ《ばいばい》 1 bye 拜拜

わかれるときにつかうことば。

㊟指跟他人分別時所說的話。

＊

バイバイ《ばいばい》。またくるね。

㊫拜拜！有空再來玩呀！

はいる【入《はい(る)》】 1 進入 ⇕ でる 1 離開

そとからなかにすすむ。

㊟指從外側向內側移動的動作。

＊

いえのなかに**はいる**。

㊫進入家中。

パイロット《ぱいろっと》 3 1 pilot 飛行員

ひこうきをうんてんするひと。

㊟指開飛機的人。

＊

パイロット《ぱいろっと》になって、せかいじゅうにいく。

㊫當上飛行員環遊世界。

はう 1 爬、爬行

からだをひくくして、てやあしをじめんにつけてすすむ。

㊟指將身體壓低，用手、腳在貼著地面前進的動作。

＊

あかんぼうが**はう**。

㊫寶寶爬行。

はえ 0 蒼蠅

いえのなかやそとをとぶむし。たべものによってくる。

㊟指在人類的房子裡或是外出沒的昆蟲。會停留在食物上面。

＊

ケーキ《けーき》に**はえ**がとまっている。

㊫有一隻蒼蠅停在蛋糕上。

はえる 2 萌生

くさやはやかみのけがのびて、そとにでてくる。

㊟指草、葉子、頭髮長出或長長的動作。

＊

かだんにくさが**はえる**。

㊫在花壇裡冒出（萌生）了雜草。

はおり 0 （日本和服的）外掛、羽織

きもののうえにきる、みじかいうわぎ。

㊟指穿著日本和服時，一件披在和服外頭的和式短上衣。

はか 2 墓、墳墓

しんだひとのからだやほねを、うめるところ。

注 指埋葬死者的大體或是骨頭的地方。

＊

お**はか**まいりにいく。

譯 去掃墓。

ばか 1 笨、笨蛋

おろかなことやひと。

注 指很愚蠢的事或是人。

＊

ばかにする。

譯 把別人當作笨蛋。

はがき 0 明信片

てがみをかく、あつくてしかくいかみ。

注 指一種用較厚的紙張做成的，可以在上面寫訊息給別人四角形卡片。

＊

はがきにあてなをかく。

譯 在明信片上寫住址。

は

ばかす 2 使…狂亂、使…感到迷惑

べつのものになって、ひとをだます。

注 指變成別的人、事、物加以欺騙他人的意思。

＊

きつねが**ばかす**。

譯 狐狸迷惑人。

ばかばかしい 5 愚蠢的、白痴的

とてもくだらないようす。

注 指非常沒有意義的樣子。

＊

ばかばかしいうわさばなし。

譯 很愚蠢的鬼故事。

はかり 3 秤

もののおもさをしらべるのにつかうどうぐ。

注 指測量重量時所使用的道具。

＊

さかなを**はかり**にのせる。

譯 將魚放在秤上面。

はかる 2 測量

おもさやたかさ、じかんをしらべる。

注 指調查確認重量、高度及時間的動作。

＊

せのたかさを**はかる**。

譯 測量身高。

はきはき 1 口齒清晰

ことばがはっきりしているようす。

注 指說話時相當清楚明白的樣子。

＊

はきはきとはなす。

譯 口齒清晰地談話。

はきもの 0 鞋類物品

くつやげたなど、あしにはくもの。

注 指鞋子或木屐等，能穿在腳上的物品的總稱。

はく 1 吐、吐吶 ⇔ すう 0 吸

いきやものを、くちやはなからそとへだす。

注 指將氣或物體從口中或是鼻子向外推出的動作。

＊

はなからいきをはく。
(譯)從鼻子吐氣。

はく 1 掃

ほうきでごみやほこりをはらいのける。
㊟指用掃把將垃圾及灰塵掃盡的意思。

＊

にわをはく。
(譯)掃庭院。

はく 0 穿（下半身的衣物）⇔ ぬぐ

1 脫

くつにあしをいれたり、ズボン《ずぼん》やスカート《すかーと》をみにつけたりする。
㊟指將腳放入鞋子裡，或是將褲子或裙子合在身上的動作。

＊

ながぐつをはく。
(譯)穿雨鞋。

はくさい 3 白菜

ねもとはしろくてあつく、ははおおきくてかさなりあっているやさい。
㊟指一種外形呈白色、根部粗大，大片的葉片層層交疊的蔬菜。
⇒ 請參考471頁。

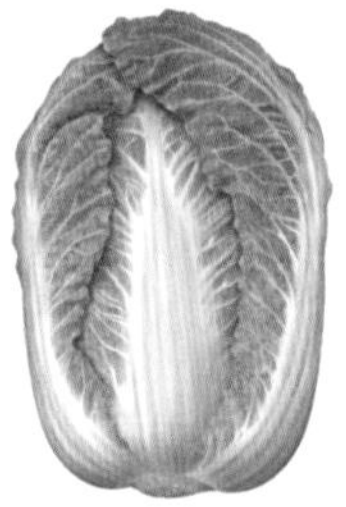

はくしゅ 1 拍手

てをうちあわせておとをだすこと。
㊟指手兩相互拍擊發出聲音的樣子。

＊

おおきなはくしゅをする。
(譯)發出熱烈的掌（拍手）聲。

はくちょう 0 swan 天鵝

くびがながく、からだがしろいとり。ふゆに、さむいところからにっぽんにやってくる。

㊟指一種體色呈現白色的長頸鳥類。冬天時會從寒冷的地區遷移到日本避寒。

ばくばく 1 0 心臟急跳貌

しんぞうのおとがおおきくはやいようす。
㊟指心跳聲變得又急又快的樣子。

＊

かいだんをかけあがると、しんぞうがばくばくいう。
(譯)爬完樓梯後，心臟跳得又急又快。

はぐれる 3 離散、走散

いっしょにいたひととはなればなれになる。
㊟指與原本在一起的人分散開來的狀態。

＊

せんせいとはぐれる。
(譯)跟老師走散了。

はけ 2 刷子

いろやのりをぬるための、けでできたどうぐ。
㊟指一種尖部用毛製作，可以用來塗顏色或是膠水的工具。

はげしい 3 激烈的、強烈的

いきおいがとてもつよいようす。

㊟指某種力道、氣勢很強的樣子。

＊

はげしいかぜがふいている。

㊟風強烈地吹拂著。

バケツ《ばけつ》 0 bucket 水桶

みずをいれてはこぶための、とってのついたいれもの。

㊟指一種有提手，可以用來搬運水的容器。

＊

バケツ《ばけつ》でみずをはこぶ。

譯用水桶提水。

はげます 3 激勵

あいてがげんきになるようにする。

㊟指幫對方打氣加油的動作。

＊

おとうとを**はげます**。

譯激勵弟弟。

はげる 2 剝落

ついていたものがとれてなくなる。

㊟指沾黏住的東西脫落掉的意思。

＊

ペンキ《ぺんき》が**はげる**。

譯油漆剝落掉了。

ばける 2 化身為…、幻化

ひとをだますために、ほかのものにすがたをかえる。

㊟指為了欺瞞他人，而變成另外一種樣貌的動作。

＊

きつねがおよめさんに**ばける**。

譯狐狸幻化成新娘。

はこ 0 箱子

ものをしまうための、かみやきでつくったいれもの。

㊟指一種為了擺放物品而用紙或木材製作出來的容器。

＊

やさいを**はこ**にいれてはこぶ。

譯將蔬菜擺在箱裡子搬運。

はごいた 2 （日本的玩具）羽子板

はねをついてあそぶための、しかくいいた。

㊟指用方型的板子交互打擊一個附有羽毛的球的日本傳統玩具。

はこぶ 0 搬運

ほかのばしょにものをもっていく。

㊟指將東西拿到另外一個地方的動作。

＊

みんなでいすを**はこぶ**。

譯大家一起搬椅子。

はさまる 3 夾著、夾住、卡住

ものとものの あいだにはいって、うごけなくなる。

㊟指卡在物體及物體間的縫隙處，動彈不得的狀態。

＊

さかなのほねがはに**はさまる**。

譯魚刺卡在牙縫裡。

はさみ 2 scissors 剪刀

ものをきるために、つかうどうぐ。

注 指一種可以剪斷物品的工具。

＊

はさみでかみをきる。

譯 用剪刀剪紙張。

はさむ 2 使…夾入

ふたつのもののあいだにおく。

注 指將物體放在兩個物品之間的動作。

＊

パン《ぱん》にレタス《れたす》をはさむ。

譯 將萵苣夾入麵包裡。

はし 0 端

まんなかからいちばんとおいぶぶん。

注 指離中心處最遠的部分。

＊

リボン《りぼん》のはしをもつ。

譯 抓住緞帶的尾端。

はし 1 筷子

たべものをはさむためにつかう、2《に》ほんのほそながいぼう。

注 指兩隻一組的細長餐具。主要的機能是用來挾東西吃。

＊

はしをじょうずにつかう。

譯 筷子用得很熟練。

はし 0 橋、橋樑

かわなどをわたるためにつくったみち。

注 指橫跨在河流等礙障物上方以便通行的道路。

＊

はしをわたっていえにかえる。

譯 過橋回家。

はじく 0 彈、彈開

①ゆびのさきではねかえす。

②よせつけないではねのける。

注 ①指用指尖大力撥動的動作。
②指物體無法靠近，被撥開或推到一邊去。

＊

②みずをはじく。

譯 ②水滴彈開。

②

はじける 3 裂開、爆開

なかみがいっぱいになって、いきおいよくとびだす。

注 指物體的在某種壓力下的承受度達到極限，因而很大力向四處飛散開來的樣子。

＊

ポップコーン《ぽっぷこーん》がはじける。

譯 爆米花爆開來。

はしご 0 梯子

たかいところへのぼるためのどうぐ。

注 指一種可以用來向高處爬的工具。

＊

へいにはしごをかける。

譯 在圍牆上架上梯子。

はじまり [0] 開始

㊟あたらしくなにかがおこること。
指新發生某些事情的意思。

はじまる [0] 開始 ⇔ **おわる** [0] 結束

㊟あたらしくなにかがおこる。
指新發生某些事情的狀態。

＊

サッカー《さっかー》のしあいが**はじまる**。

㊟足球比賽開始。

はじめ [0] 開始、起源、（書）前言

⇔ **おわり** [0] 結束、尾端、（書）後記

なにかをするときのいちばんさき。

㊟指在做某事時最初的時刻。

＊

ほんを**はじめ**からおわりまでよむ。

㊟從書的前言開始讀到後記。

はじめて [2] 第一次、初次

それまでなかったことがおこるようす。

㊟指發生或進行以往從沒經歷過的事情。

＊

はじめてじてんしゃにのれた。

㊟第一次騎腳踏車。

はじめる [0] 開始 ⇔ **おえる** [0] 結束

あたらしくなにかをおこす。

㊟指新進行某些事情的動作。

＊

しゅうじを**はじめる**。

㊟開始練習書法。

ばしゃ [1] 馬車

ひとやにもつを、うまがひいてはこぶくるま。

㊟指一種可以搭載人或貨品，用馬拉動的車子。

＊

ばしゃでおしろにいく。

㊟搭馬車去城裡。

はしゃぐ [2] 歡鬧、嬉鬧

うれしくなって、わらいながらさわぐ。

㊟指因為開心而喧鬧的意思。

＊

プレゼント《ぷれぜんと》をもらって、**はしゃぐ**。

㊟收到禮物開心地的嬉鬧。

パジャマ《ぱじゃま》 [1] pajamas 睡衣

ねるときにきる、うわぎとズボン。
㊟指就寢時所穿著的衣褲。

ばしょ [0] 場所

なにかをするところ。

㊟指進行某事的地方。

＊

いすをおく**ばしょ**。

㊟放椅子的地方（場所）。

はしら [1] 柱子、桿子

たてものをささえるためにたてたぼう。

㊟指支撐建築物用的直立棒狀物。

＊

はしらをたてる。

譯 立起柱子。

はしりだす [0] （人）開始跑、（交通工具）發動、起動

ひとやのりものがうごきだす。

注 指人或是交通工具開始動起來的意思。

*

でんしゃがはしりだす。

譯 電車起動。

はしる [2] 跑

あしをはやくうごかして、すすむ。

注 指讓腳快速移動前行的動作。

*

こうえんまではしる。

譯 跑到公園。

はず [0] 理當、理應、應該

そうなるのがあたりまえなようす。

注 指發展因當要變成某種狀態才對的樣子。

*

おかあさんがくるはずだ。

譯 媽媽應該會來才對。

バス [1] bus 公車

たくさんのひとをのせてはしる、おおきなじどうしゃ。

注 指一種搭載許多乘客的大型車子。

*

バス《ばす》にのってえきにいく。

譯 搭公車去。

はずかしい [4] 丟臉的、害羞的

てれくさくて、かくれたいようす。

注 指感到難為情，想找個地方躲起來的樣子。

*

ともだちのまえでころんではずかしい。

譯 在朋友的前面跌倒，覺得很丟臉。

バスケットボール《ばすけっとぼーる》 basketball [6] 籃球

あいてのあみに、ボール《ぼーる》をなげいれるスポーツ《すぽーつ》。

注 指一種比賽將球投入對手陣營的球籃裡的運動項目。

*

バスケットボール《ばすけっとぼーる》のしあいをみる。

譯 看籃球比賽。

はずす [2] 解開、鬆開

ついているものや、はめてあるものをとってはなす。

注 指將密合在一起的東西分開，或是戴著的東西拿下的動作。

*

ボタン《ぼたん》をはずす。

譯 解開鈕扣。

はずみ [0] 彈力、彈性

はねかえるちから。

注 指彈跳力的意思。

*

ボール《ぼーる》のはずみがわるい。
譯 球的彈性很差。

はずむ 0 彈、彈起

ぶつかったいきおいではねかえる。

注 指碰撞後大力彈跳起來的狀態。

＊

ボール《ぼーる》がはずむ。

譯 球彈起。

はずれ 0 沒中 ⇔ あたり 1 有中

おもったとおり、ねらったとおりにならないこと。

注 指跟自己料想的結果不一樣的意思。

はずれる 0 ①脫落 ②沒中 ⇔ ②あたる 0 ②有中

①かけたりはめたりしたものがとれる。
②おもったとおりにならない。

注 ①指固定好的東西掉落下來。
②指跟自己料想的結果不一樣。

①

パセリ《ぱせり》 1 parsley 荷蘭芹

はがちぢれていて、かおりがつよいやさい。

注 指一種葉部窄小，會散發濃郁香味的蔬菜。

⇒請參考471頁。

はた 2 旗子

ぼうにかみやぬのをつけて、しるしやあいずにするもの。

注 指一種在棒子上綁上紙張或是布條，可以用當記號或是暗號使用的用具。

＊

はたをつくる。

譯 製作旗子。

はだ 1 肌膚、皮膚

からだのおもてのぶぶんのこと。

注 指身體表面的部分。

＊

はだをやく。

譯 曬皮膚。

バター《ばたー》 1 butter 人造奶油、牛油

ぎゅうにゅうからとったあぶらを、かためてつくったたべもの。

注 指將牛奶中抽取出來的油脂加工成固體化的食品。

＊

トースト《とーすと》にバター《ばたー》をぬる。

譯 在烤吐司上塗人造奶油。

はだか 0 裸體

ふくをきていないからだのこと。

注 指身體上完全沒穿衣服的意思。

＊

ふろにはいるまえに、はだかになる。

譯 在泡澡之前，先把衣服脫光（先讓身體變成裸體）。

はたけ 0 旱田

たねやなえをうえ、やさいやくだものをつくるばしょ。

注 指播下種子或插入秧苗，種植蔬菜或水果的地方。

＊

はたけにみずをまく。
譯 在旱田裡灑水。

はだし 0 赤腳

あしにくつしたやくつをはいていないこと。

注 指腳沒有穿襪子或是鞋子的狀態。

＊

はだしですなはまをあるく。

譯 赤腳在沙灘上行走。

はたらき 0 工作

しごとをすること。

注 指去做事的意思。

＊

はたらきにでる。

譯 去工作。

はたらく 0 工作

しごとをする。

注 指作事。

＊

おとうさんがはたらく。

譯 爸爸在工作。

ばたん 0 用力的撞擊聲

ものがいきおいよくあたるおと。

注 指東西很用力的碰撞所發出的聲響。

＊

ばたんとドア《どあ》をしめる。

譯 關門時，很大力地「碰〜」的一聲。

ぱたん 2 輕物撞擊聲

かるいものがたおれたり、あたったりするおと。

注 指重量輕的物體倒落或碰撞到時所發出的聲響。

＊

ほんをぱたんととじる。

譯 書本「啪〜」的一聲闔上了。

はち【八《はち》】 2 eight 八

かずのなまえ。7《しち》のつぎ、9《きゅう》のまえのかず。

注 指數字的名稱。接在七後面、九前面的數字。

＊

よる、8《はち》じにねる。

譯 晚上八點就寢。

はち 2 深盤

ふかいさら。

注 指較深的盤子的意思。

＊

りょうりをはちにもる。

譯 將菜餚盛到深盤裡。

はち 0 bee 蜜蜂

4《よん》まいのはねをもち、はらがくびれたむし。

注 指一種具有四片翅膀，腹部纖細的昆蟲。

ばち 0 天遣、報應

わるいことをしたときに、かみやほとけがあたえるおしおき。

注 指做壞事時，上天或佛祖所給予的懲罰。

＊

ばちがあたる。

譯 遭到報應。

はちがつ 4 August 八月

1《いち》ねんの8《はち》ばんめのつき。

㊟指一年之中第八順位的月份。

＊

8《はち》がつはあつい。

㊟八月很熱。

ぱちぱち 1 （持續的）拍擊聲、（持續的）跑跳聲

くりかえしうったり、はねたり、はじけたりするおと。

㊟指不停地拍擊，或是跑跳所發出來的聲響。

＊

ぱちぱちとてをたたく。

㊟不斷拍手發出啪啪啪的聲音。

はちまき 2 頭巾

あたまにまく、ほそながいぬの。

㊟指一種綁在頭上的細長布條。

＊

はちまきをまく。

㊟纏上頭巾。

はちみつ 0 蜂蜜

みつばちがはなからあつめる、あまいしる。

㊟指蜜蜂從花朵裡採集到的甜味汁液。

＊

はちみつをかける。

㊟淋上蜂蜜。

ばつ 1 處罰、懲罰

わるいことをしたときにうけるおしおき。

㊟指做壞事時所需承受的處置。

＊

ばつをうける。

㊟接受處罰。

はつか 0 ①20日、20號 ②20天

①つきの20《にじゅう》ばんめのひ。

②20《にじゅう》にちのあいだ。

㊟①指一個月中第二十天的那個日子。

②指二十天內的時間帶。

＊

①1《いち》がつはつかがたんじょうびだ。

㊟①我的生日是一月二十日。

①

はっきり 3 清楚的

よくわかるようす。

㊟此指相當明確的樣子。

＊

にじがはっきりみえる。

㊟能清楚的看見彩虹。

はっけん 0 發現

ひとがしらないことをみつけること。

㊟指找出人們尚不了解的事情的動作。

＊

あたらしいほしをはっけんする。

㊟發現新的行星。

はっこう 0 發行

ほんやしんぶんをだすこと。

㊟指發售書本或是報紙的意思。

＊

こどもしんぶんを**はっこう**する。

㊢發行兒童報紙。

はっしゃ 0 發車

でんしゃやじどうしゃがうごきはじめること。

㊟指電車或汽車發動的意思。

＊

はっしゃのベル《べる》がなる。

㊢發車鈴聲響。

ばっする 0 處罰

わるいことをしたひとに、おしおきする。

㊟指對於做壞事的人做出處置的動作。

＊

わるいことをしたひとを**ばっ**する。

㊢處罰做壞事的人。

ばった 1 蝗蟲

うしろのあしがながく、よくはねるむし。くさむらやはたけにいる。

㊟指一種後腿很長，擅於跳躍，棲息在草叢或是旱田裡的昆蟲。

⇓請參考466頁。

はってん 0 發展

いきおいがひろがること

㊟指進步展開的意思。

＊

まちが**はってん**する。

㊢城鎮發展。

はつでんしょ 0

發電場

でんきをつくるところ。

㊟指產生電能的地方。

はっと 1 0 突然感受貌

きゅうにきがついて、おどろくようす。

㊟指突然感覺到什麼，顯得吃驚的樣子！

＊

はっとするほどおいしい。

㊢啊！真好吃！

バット《ばっと》 1 bat 球棒

やきゅうで、ボール《ぼーる》をうつときにつかうぼうのこと。

㊟指玩棒球的時候，用來打球的那根棒子。

＊

バット《ばっと》でボール《ぼーる》をうつ。

㊢用球棒打球。

ぱっと 1 豁然貌

きゅうにいきおいよく、なにかがおこるようす。

㊟指瞬間很明快地發了什麼事的樣子。

＊

でんきがつくと、**ぱっと**あかるくなる。

㊢一打開電燈，周遭瞬間整片（豁然地）亮了起來。

はっぴょう 0 發表

おおくのひとにしらせること。

㊟指表達給眾人知道的意思。

＊

しらべたことを**はっぴょう**する。

㊞發表調查的結果。

はつめい 0 發明

だれもつくったことのないものをつくりだすこと。

㊟指創造出前所未有的東西的動作。

＊

あたらしいどうぐを**はつめい**する。

㊞發明新的工具。

はと 1 pigeon 鴿子

あたまがちいさく、むねがでているとり。

㊟指一種頭很小，胸口向前突出的鳥類。

パトカー《ぱとかー》 3 2 patrol car 巡邏車

おまわりさんがみまわりにつかうじどうしゃ。

㊟指警察在巡邏時所開的警車。

はとば 0 碼頭

ふねにのったり、おりたりするところ。

㊟指搭船或下船的地點。

＊

ふねが**はとば**につく。

㊞船抵達碼頭。

はな【花《はな》】 2 flower 花

しょくぶつがみをつけるために、ひらくぶぶん。

㊟指植物為了要結果實而綻開的部分。

⇒請參考468頁。

＊

はながさく。

㊞開花。

はな 0 nose 鼻子

かおのまんなかにあって、いきをしたり、においをかいだりするところ。

㊟指位於臉部正中央處，用於呼吸、聞氣味的器官。

＊

はなでかぐ。

㊞用鼻子聞。

はなし 0 ①談話 ②故事

①あいてにことばでつたえること。
②ものがたり。

㊟①指用言語傳達給對方知道的意思。
②指一些舊事、傳聞。

＊

①せんせいのお**はなし**をきく。

㊞①聽老師的談話。

①

はなしあい 0 互相談論

みんなでかんがえをいいあうこと。

㊟指大家一起將想法提出來討論。

は

はなしあう ④ 互相談論

みんなでかんがえをいいあう。

㊟指大家一起將想法提出來討論的動作。

＊

かかりについて**はなしあう**。

㊞針對股長的職缺，大家互相談論。

はなしかける ⑤ 搭話、叫住

じぶんからあいてに、はなしをはじめる。

㊟指由自己主動向對方開始發話。

＊

ともだちに**はなしかける**。

㊞跟朋友搭話。

はなす ② 放開

くっついているものをべつべつにする。

㊟指將緊黏住的東西分開的動作。

＊

おもわずてを**はなす**。

㊞不知不覺的鬆開手。

はなす ② 講

あいてにことばでつたえる。

㊟指用言語傳達給對方的動作。

＊

でんわで**はなす**。

㊞講電話。

はなたば ② 花束

はなをそろえて、まとめたもの。

㊟指將花整理成一束的成品。

＊

せんせいに**はなたば**をおくる。

㊞贈送花束給老師。

はなぢ ⓪ 鼻血

はなからでるちのこと。

㊟指從鼻孔裡流出來的血。

＊

はなぢがでる。

㊞流鼻血。

バナナ《ばなな》 ① banana 香蕉

ほそながくてきいろい、あまいくだもの。あたたかいところのきになる。

㊟指一種黃色細長狀的甜味水果。其樹只生長在熱帶地區。

⇒請參考472頁。

はなび ① 煙火

もえるひの、きれいなひかりやおとをたのしむもの。

㊟指火藥燃燒後，會產生漂亮的光芒及發出聲響的觀賞物。

＊

きれいな**はなび**をみる。

㊞觀賞漂亮的煙火。

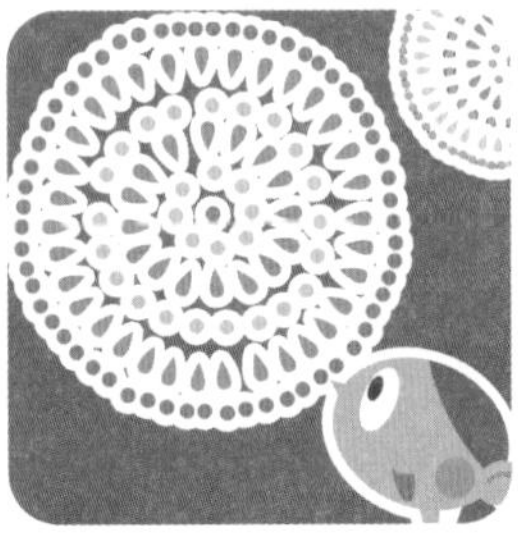

はなびら ③ 花瓣

はなのかたちをつくるうすいもの。

㊟指構成花朵的薄片部分。

＊

はなびらがちる。

㊞花瓣掉落。

はなみ ⓪ 賞花

さくらのはなをみてたのしむこと。

㊟在日本特別指觀賞櫻花的意思。

＊

お**はなみ**にいく。

㊞去賞（櫻）花。

はなや ② 花店

はなをうるみせ。

㊟指賣花的店家。

＊

お**はなや**さんでカーネーション《かーねーしょん》をかう。

㊞跟花店買康乃馨。

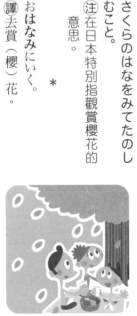

はなれる 3 ①有距離 ②遠離

①あいだがあく。②とおくなる。
注 ①指中間有空隙。②指相隔遙遠。

*

①せきがはなれる。
譯 座位被隔開（有距離）。

はね 0 （鳥）羽毛、翅膀、（飛機）機翼

とりやむしやひこうきが、そらをとぶためにつかうもの。
注 指鳥類、昆蟲或是飛機，為了在飛在天空裡所必須使用的身體構造。

*

はねをひろげて、とりがとぶ。
譯 鳥兒展開翅膀飛翔。

ばね 1 彈簧、發條

はりがねをまいて、はねかえるちからをもたせたもの。
注 指一種用彎曲的鐵絲所作出具有彈力的物品。

*

ばねがのびる。
譯 彈簧延展。

はねかえる 3 彈回、彈跳

ぶつかったいきおいで、もとのところにもどる。
注 指用力碰撞後，跳回到原處的狀態。

*

ボール《ぼーる》がかべにあたって、はねかえる。
譯 球撞擊到牆壁後，又彈回來。

はねつき 4

2 打羽子板

はごいたではねをつくあそび。
注 指用羽子板敲打附羽毛的球的日本傳統遊戲。

はねる 2 跳躍

たかくとびあがる。
注 指向高處往上跳的意思。

*

ばったがはねる。
譯 蝗蟲跳躍。

はは 1 媽媽、家母 ⇔ ちち 1 2 爸爸、家父

おんなのおや。かあさん。
注 指表述自己的女性的家長。媽媽。

*

ははのとなりにすわる。
譯 我坐在媽媽的旁邊。

はば 0 寬度、寬幅

よこのながさ。
注 指左右的長度。

*

みちのはばをはかる。
譯 測量道路的寬度。

はばとび 3 跳遠

とんだながさをきそうスポーツ《すぽーつ》。
注 指一種以跳躍距離的長短來定勝負的運動項目。

*

はばとびがとくいだ。
譯 跳遠是我最拿手的。

ははのひ 1 母親節

5《ご》がつのだい2《に》にちようび。かあさんにありがとうのきもちをあらわすひ。
注 指5月第2個星期日的日子。這一天是表示對母親的感謝之意。

はぶく ② 去除、省略

いらないものをとる。
㊟指將不要的東西挑出的動作。

＊

むだな、りんごのはをはぶく。
譯 將壞掉的蘋果拿掉（去除）。

はブラシ《ぶらし》 ② tooth brush 牙刷

はをみがくどうぐ。
㊟是一種用來刷洗牙齒的盥洗用具。

＊

はブラシ《ぶらし》にはみがきこをつける。
譯 將牙膏擠在牙刷上。

はま ② 湖濱、海濱

うみやみずうみの、みずにちかいりく。
㊟指位於海或是湖邊，與水相接的陸地。

＊

はまでかいをみつける。
譯 在海濱找到貝殼。

はまぐり ③ 蛤蜊

あさいうみのすなや、どろのなかにすむかい。くりのようなかたちをしている。
㊟指棲息在淺海的泥沙中的一種貝類。外型長得像栗子的形狀。

はまべ ⓪ ③ 湖邊、水邊

はまのあたり。
㊟指在海或湖邊的一帶。

＊

はまべを、いぬとさんぽする。
譯 跟狗狗在海邊散步。

はまる ③ 卡住、動彈不得

あなやすきまに、ぴったりとはいる。
㊟指緊密地貼合在洞穴上或縫隙裡的狀態。

＊

あなにはまる。
譯 卡在洞穴裡。

はみがき ② 刷牙

はブラシ《ぶらし》で、はのよごれをとること。
㊟指用牙刷清潔牙齒的行為。

ハムスター《はむすたー》 ① hamster 倉鼠

ねずみのなかまで、おがみじかいどうぶつ。
㊟指一種尾巴很短的嚙齒目動物。

はめる ⓪ 拼（拼圖）、戴上

ぴったりとかたちにあうようにいれる。
㊟指將形狀吻合的物體緊密置入。

＊

パズル《ぱずる》をはめる。
譯 拼拼圖。

ばめん ⓪ ① 場面

なにかがおこっている、そのばのようす。
㊟指發了某事時，那個場合呈現的樣子。

はやい【早《はや》(い)】 ② 早的 ⇔ ②①おそい ②

①遲的 ②晚的

①はじめのほうにちかいじかん。
②そのじかんになっていないようす。
㊟①指接近開始時的時間。②指還沒到某時間的樣子。

＊

①あさはやいバス《ばす》にのる。
譯 ①搭乘清晨（一早開始時）的公車。

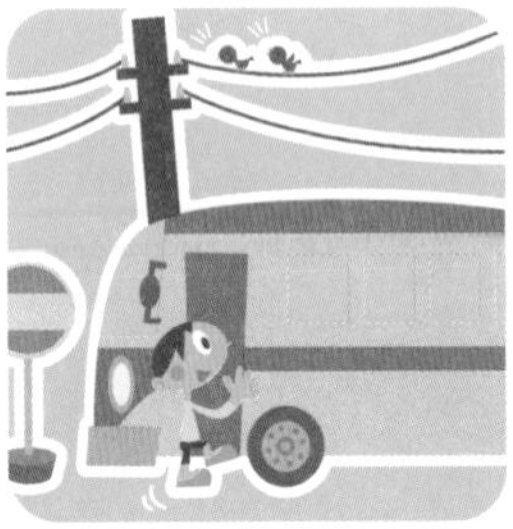
①

はやおき ③ 早起

あさ、はやいじかんにおきること。
㊟指早上很早就起床的意思。

はやく ① 很快地

じかんをかけないようす。
注 指不太費時的樣子。

＊

はやくたべる。
譯 吃得很快。

はやくち ② 講話很快

しゃべりかたがはやいこと。
注 指話說的很快速的樣子。

はやし【林《はやし》】③ ⓪ 森林

たくさんのきがはえているところ。
注 指有很多樹木群聚的地方。

＊

はやしのなかをあるく。
譯 走在森林之中。

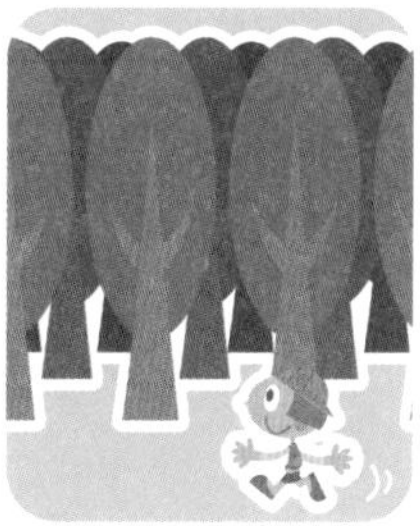

はやしたてる ⑤ （氣氛）助陣、幫忙歡呼、在一旁嘲弄

おおきなこえをだしてからかう。
注 指發出很大的聲音嘲弄。

＊

みんなで**はやしたてる**。
譯 大家在一旁幫忙歡呼。

はやす ② 使…伸長、使…留長

のばす。
注 指讓物體變長的動作。

＊

ひげを**はやす**。
譯 留長鬍子。

はやね ⓪ 早睡

よる、はやくねること。
注 指晚上很早就睡覺的意思。

はやる ② 流行

①たくさんのひとがするようになる。②びょうきがひろがる。
注 ①指某事變得許多人都在做。②指疾病廣為傳播。

＊

②はしかが**はやる**。
譯 ②流行麻疹。

②

はら ② 肚子

おなか。
注 指人體的腹部。

＊

はらがいたい。
譯 肚子痛。

ばら ⓪ 玫瑰、薔薇

はなびらがおおきい、くきにとげのあるはな。
注 指一種花瓣的葉片較大，莖部帶有細小花刺的花朵。

＊

ばらがさく。
譯 開玫瑰花。

はらい ② 付、支付

かいもののかねをだすこと。
注 指淘錢出來付帳的意思。

はらう 2 付、支付

かいもののかねをだす。

注 指淘錢出來付帳的動作。

＊ おもちゃをかっておかねをはらう。

譯 付錢買玩具。

パラシュート《ぱらしゅーと》 3 parachute 降落傘

とんでいるひこうきから、あんぜんにひとやものをおろすどうぐ。

注 指一種為了讓人或物品從飛行在天空中的飛機裡跳出來並安全降落而使用的工具。

はらっぱ 1 荒廢的空地、荒原

くさがはえているあきち。

注 指一處雜草叢生的土地。

はらはら 1 輕飄飄地

かるくてちいさなものが、つぎつぎにおちるようす。

注 指重量輕的物體，逐漸落下的樣子。

＊ はらはらとゆきがふる。

譯 雪花輕飄飄地落下。

ばらばら 0 1 散亂貌

あつまっていたものが、あちこちにちらばるようす。

注 指一個原本整合著的物體四處散落開來的狀態。

＊ パズル《ぱずる》がばらばらになる。

譯 拼圖散開。

はらまき 2 束腹帶

あたためるために、おなかにまくぬの。

注 指為了保暖，而束在腹部上的布。

はり 1 針

ぬいものをするための、ほそくてちいさなどうぐ。

注 指一種為了縫補衣物而使用的細小裁縫工具。

＊ はりでぬう。

譯 用針縫。

はりあげる 4 大聲呼喊

しゃべったり、うたったりするときに、こえをたかくつよくだす。

注 指在說話、唱歌等場合下，發出很大的聲音的動作。

＊ こえをはりあげる。

譯 大聲呼喊。

はりがね 0 鐵絲

てつをいとのようにほそながくしたもの。

注 指像線一樣細小，用鐵製成的部分。

＊ はりがねをまきつける。

譯 纏繞鐵絲。

はる 0 貼

たいらでうすいものを、ぴったりとつける。

注 指將薄平的物品，均衡地附著上去的動作。

＊ ゆかにタイル《たいる》をはる。

譯 在地上貼瓷磚。

はる ① spring 春天

ふゆとなつのあいだのきせつ。3《さん》がつから5《ご》がつまでのころ。

注 指位於冬天跟夏天之間的季節。在三月到五月之間。

＊

はるにはながさく。

譯 春天時，花朵盛開。

はるかぜ ① 春風

はるにふくあたたかいかぜ。

注 指春天吹起的暖風。

編註 日文中僅指春天的風，無其他引申意義。

はれ ② fair weather 晴天

そらがはれていること。

注 指天空相當晴朗的意思。

＊

はれのひ。

譯 晴天的日子。

バレエ《ばれえ》 ① ballet 芭蕾舞

おんがくとみぶりで、ものがたりをあらわすおどり。

注 指一種透過音樂及舞姿，述說故事的舞蹈。

＊

バレエ《ばれえ》のけいこをする。

譯 練習芭蕾舞。

バレーボール《ばれーぼーる》 ④ volleyball 排球

ネット《ねっと》をはさんでむきあい、ボール《ぼーる》をうちあうスポーツ《すぽーつ》。

注 指一種兩隊間隔著網子，比賽中將球拍打到對方那邊的運動項目。

はれぎ ③ 外出服

よそいきのふく。

注 指外出時所穿的衣服。

バレリーナ《ばれりーな》 ③ ballerina 芭蕾舞者

バレエ《ばれえ》をおどるおんなのひと。

注 指專業跳芭蕾舞的人。

＊

バレリーナ《ばれりーな》になる。

譯 成為芭蕾舞者。

はれる ② 發腫、腫起

びょうきやけがで、ひふがふくれあがる。

注 指因為生病或受傷，皮膚變得腫大的動作。

＊

むしばでかおが**はれる**。

譯 因為蛀牙所以臉腫起來了。

はれる ② 放晴

てんきがよくなる。

注 指天氣變好。

＊

あしたが**はれる**ようにいのる。

譯 祈禱明天會放晴。

はん ① 半 ⇓ はんぶん ③ 一半

はん ① 印章

そのひとのしるしとなるもの。はんこ。

注 指表某個人的一項用品。也可以稱為「はんこ」。

＊

はんをおす。

譯 蓋印章。

はん ①…班、…組

たくさんのひとを、いくつかのくみにわけたもの。

㊟指將多數的人，分成許多個小團體，用來表示每個小團體的單位名。

＊

みっつのはんをつくる。

㊕分成三組。

編註 日文的「はん（班）」不侷限用在學校單位。

ばん ⓪ 晚上

たいようがしずむころのこと。

㊟指太陽西下的時候。

＊

あさからばんまであそぶ。

㊕從早上玩到晚上。

ばん ① 順位 ⇒ じゅんばん ⓪ 順位

パン《ぱん》 ① bread 麵包

こむぎこにみずをいれて、こねてやいたたべもの。

㊟指一種將麵粉跟水和在一起，揉捏後烘製而成的食品。

＊

パン《ぱん》をやく。

㊕烘焙麵包。

ハンカチ《はんかち》 ⓪ handkerchief 手帕

あせやてをふく、ちいさなしかくいぬの。

㊟指用來擦汗或是擦手，小片的四方形布塊。

＊

ハンカチ《はんかち》をかばんにいれる。

㊕將手帕收到書包裡。

ばんぐみ ⓪ 節目

テレビ《てれび》やラジオ《らじお》の、ひとつひとつのだしもの。

㊟指電視或廣播在每個獨立時段所播放的項目。

＊

すきなばんぐみをみる。

㊕看喜歡的節目。

ばんごう ③ 號碼

じゅんばんをあらわすためのかず。

㊟指表示順序用的數字。

＊

ばんごうがかいてあるかみ。

㊕有寫著號碼的紙。

ばんごはん ① dinner 晚餐

ゆうがたやよるにたべるしょくじ。

㊟指黃昏或是晚上所吃的飯。

＊

ばんごはんをたべる。

㊕吃晚餐。

ばんざい ③ 萬歲

りょうてをうえにあげて、うれしいきもちをあらわすこと。

㊟指兩手向上高舉，表現出開心的情緒的意思。

＊

ばんざいをしてよろこぶ。

㊕開心地大呼萬歲。

パンジー《ぱんじー》 ① pansy 三色堇

すみれのなかまのはな。はるに、きいろ、むらさき、しろのはながさく。

㊟指一種堇菜科的花。春天時會開出具有黃色、紫色、白色的花。

パンダ《ぱんだ》 [1] panda 熊貓

ぜんたいは、しろく、めのまわりとみみ、てあしだけがくろいどうぶつ。ささのはをたべる。

注 指一種全身上下都是白色，只有眼睛周遭、耳朵、兩手是黑色的動物。主要以竹葉為食。

⇒請參考461頁。

はんたい [0] ①相反 ②反對 ⇔ ②さんせい [0] ②贊成

①ほかのものとぎゃくのこと。②ほかのひとのかんがえにさからうこと。

注①與其他的事務剛好反過來的意思。②指不贊成他人相法並加以否決的意思。

＊

①はんたいのみちをすすむ。

譯①走相反的路。

①

ばんち [0] （門牌、建地編號）番地

たてものやとちのばしょをしめすばんごう。

注 指日本用來指示建築物或建地的編號。

パンツ《ぱんつ》 [1] underpants 內褲

ズボン《ずぼん》やスカート《すかーと》のしたにはくもの。

注 指穿在褲子或裙子內層裡的褲子。

はんつき [1] 半個月

1《いっ》かげつのはんぶん。

注 指一個月中一半的時間帶。

バンド《ばんど》 [0] [1] band 帶子

ぬのやかわでつくったひも。

注 指用布料或是皮革製作的線繩狀物品。

ハンドル《はんどる》 [0] handle （車）方向盤、（機車、腳踏車）龍頭、（輪船）舵

のりものをうごかすために、てでにぎるところ。

注 指駕駛交通工具時，用手握住的裝置。

＊

じてんしゃのハンドル《はんどる》をにぎる。

譯 握住腳踏車的龍頭。

はんぶん [3] 半、一半

おなじおおきさに、ふたつにわけたときのひとつ。

注 指一樣大小地分成兩邊時，其中一邊的意思。

＊

ケーキ《けーき》をはんぶんにきる。

譯 把蛋糕切半。

パン《ぱん》や [1] bakery 麵包店

パン《ぱん》をうるみせ。

注 指賣麵包的店家。

＊

パン《ぱん》やさんでメロンパン《めろんぱん》をかう。

譯 在麵包店買菠蘿麵包。

は

ひ ヒ

ひ ⓪ ①太陽 ②陽光 ③一日

①たいよう。
②たいようのひかり。
③まるいちにち。

注①指晴朗時每天會從東方昇起的溫暖物體。
②指太陽照射出來的光芒。
③指一整天的時間帶。

＊

①ひのでをみる。

譯①看日出（看太陽昇起）。

①

ひ ① fire 火

ものがもえるときにだす、ねつやひかりやほのお。

注指物體燃燒時，會冒出的熱源及光芒。

＊

ろうそくにひをつける。

譯在蠟燭上點火。

ピアノ《ぴあの》 ⓪ piano 鋼琴

けんばんをゆびでたたいて、おとをだすがっき。

注指一種具有鍵盤，以手指彈奏的方式發出聲音的樂器。

＊

ピアノ《ぴあの》をひく。

譯彈鋼琴。

ピーマン《ぴーまん》 ① green pepper 青椒

みどりいろで、なかがからっぽの、すこしにがいやさい。

注指一種內部空心，外表為綠色，口感有點苦的蔬菜。

⇒請參考４６９頁。

ビール《びーる》 ① beer 啤酒

むぎからつくるさけ。

注指一種利用麥子釀造出的酒類。

＊

おとうさんがビール《びーる》をのむ。

譯爸爸喝啤酒。

ひえる ② 發冷 ⇔ あたたまる ③ 變暖

つめたくなる。さむくかんじる。

注指感覺變涼、變冷的狀況。

＊

あさとばんがひえる。

譯白天跟晚上都會變冷。

ひかげ ⓪ 樹蔭處、蔭涼處 ⇔ ひなた ⓪ 日曬處

ひのあたらないところ。

注指陽光照射不到的地方。

＊

ひかげはすずしい。

譯樹蔭下很涼爽。

ひがし ① 東、東邊

たいようがのぼるほう。

注指太陽昇起來的方向。

＊

ひがしからふくかぜ。

譯從東邊吹過來的風。

ぴかぴか ②①⓪ 光輝閃亮貌

ひかりかがやくようす。

注 指光線閃爍的樣子。

ぴかぴかのくつ。 *

譯 發亮的鞋子。

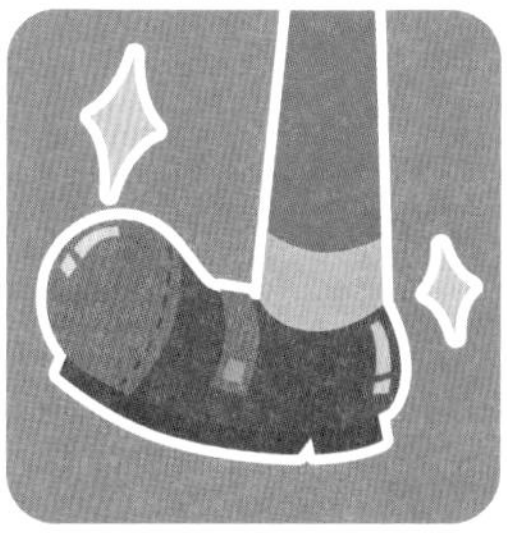

ひかり ⓪ 光線

まわりをあかるくてらすもの。

注 指可以讓周遭變亮的東西。

ひかりにむかってあるく。 *

譯 向著光線行李。

ひかる ② 閃亮、發亮

ひかりをだして、まわりをてらす。

注 指出現光線，使周遭變得光亮的狀態。

ほしがひかる。 *

譯 星星閃閃發亮。

ひがん ① （掃墓期）彼岸

はかまいりなどをするきかん。

注 指日本在進行掃墓等活動的期間。

ひき ② …匹、…隻、…條

どうぶつのかずをかぞえるときにつけることば。

注 指計算動物的數量時所使用的用語。

いぬを2《に》ひきかっている。 *

譯 養著兩隻狗。

ひきうける ④ 接受、承擔

たのまれたことをやる。

注 指承接他人的請託的動作。

てつだいをひきうける。 *

譯 接受幫助。

ひきかえす ③ 返回

とちゅうでやめて、もとのばしょへもどる。

注 指在中途停止，折回原處的動作。

えきまでひきかえす。 *

譯 返回車站。

ひきざん ② 減法

あるかずからほかのかずをひくけいさん。

注 指將一個數字減去另外一個數字的計算方法。

ひきずる ⓪ 拖行

じめんをこすってひっぱっていく。

注 指在地面上拖拉著移動的動作。

ドレス《どれす》のすそをひきずる。 *

譯 禮服的裙腳拖行著。

ひきだし ⓪ 抽屜

つくえやたんすについていて、ものをいれたり、だしたりするはこ。

注 指一種裝設在桌子或是衣櫥上，可以存放或拿出東西的箱子。

ひきだしにしまう。 *

譯 收進抽屜裡。

ひ

ひきとめる 4 挽留、留住

かえろうとするひとを、そこにいるようにさせる。

㊟指阻止別人回去，使其留在原處的動作。

ともだちをひきとめる。＊

㊞挽留朋友。

ひきぬく 3 拔、拔掉、拔除

ひっぱってぬきとる。

㊟指用力拉使其脫離的動作。

くさをひきぬく。＊

㊞拔草。

ひきょう 2 卑劣、卑鄙

ゆうきがなくてうそをいったり、ごまかしたりするようす。

㊟指擔心害怕而說謊或欺瞞的樣子。

にげるのはひきょうだ。＊

㊞落逃是很卑劣的行為。

ひきわけ 0 平手

かちまけが、きまらないまま、おわること。

㊟指勝負還沒分出就結束掉的意思。

やきゅうのしあいはひきわけだ。＊

㊞棒球比賽最後以平手收場。

ひく 0 拉 ⇔ ①おす 0 ①推

①つかんでじぶんのほうへよせる。

②じてんでことばをしらべる。

㊟①指抓住物體後，將其向自己的方向移進的動作。

②查詢字典的動作。

①

①つなをひく。＊

㊞①拉繩子。

ひく 0 彈（樂器）

てでがっきをえんそうする。

㊟指用手演奏樂器的動作。

オルガン《おるがん》をひく。＊

㊞彈風琴。

ひくい 2 低的、矮的 ⇔ たかい 2 高的

くらべたときに、したのほうにあるようす。

㊟指兩相比較時，比較不高的樣子。

せがひくい。＊

㊞身高矮。

ピクニック《ぴくにっく》 1 2 3 picnic 郊遊

たべものをもって、やまやのはらにあそびにいくこと。

㊟指帶著食物到山上或是野原玩耍的意思。

ともだちとピクニック《ぴくにっく》にいく。＊

㊞跟朋友一起去郊遊。

びくびく 1 畏懼貌

こわさやふあんでしんぱいなようす。

㊟指因為內心裡充滿了恐懼，而相當擔心的樣子。

いぬのまえを、びくびくしてとおる。＊

㊞膽顫心驚地通過狗的前面。

ひぐれ 0
傍晩

たいようがしずみ、くらくなるころ。

注 指太陽西下，天色變暗的時候。

ひげ 0 鬍子

くちやあごのまわりに、はえるけ。

注 指在嘴巴或是下巴附近長出來的毛。

＊

ひげをはやす。

譯 留鬍子。

ひこうき 2 airplane 飛機

プロペラ《ぷろぺら》やエンジン《えんじん》で、そらをとぶのりもの。

注 指利用螺旋槳及引擎，飛到天上的交通工具。

＊

ひこうきがとんでいる。

譯 飛機正飛在天空上。

ひざ 0 膝蓋

ももとすねのあいだのぶぶん。

注 指大腿跟小腿之間的部分。

＊

ひざをたててすわる。

譯 採高跪姿（立起膝蓋跪坐）。

ひさしぶり 0 5 好久不見

ながいあいだ、あわなかったあとで、そのひとにあうようす。

注 指經過了很長一段時間後又才再跟對方見到面的樣子。

＊

おばあさんにあうのはひさしぶりだ。

譯 很久沒見到奶奶了！

ひじ 2 手肘

まげたうでのそとがわにある、かたいぶぶん。

注 指手臂彎曲時，向外突出的堅硬部分。

＊

ひじをつく。

譯 用手肘靠著。

ぴしゃり 0 甩門聲

とやしょうじをつよくしめるおと。

注 指大力地關上門或日式推門時所發出的聲音。

＊

ドア《どあ》をぴしゃりとしめる。

譯 「帕〜」的一聲，很大力地甩門。

ひじょう 0 緊急

ふだんとちがう、たいへんなことがおこりそうなようす。

注 指與平時不同，發生重大事情時的樣子。

＊

ひじょうベル《べる》をならす。

譯 按下緊急求救鈴。

びしょぬれ 0
全身溼透

からだぜんたいがぬれること。

注 指全身上下都溼掉的狀況。

ビスケット《びすけっと》 0
biscuit 餅乾

こむぎこに、ぎゅうにゅう、バ《ば》タ《た》ー、さとうなどをまぜてやいたかし。

注 指將小麥、牛奶、人造奶油及沙糖等食材攪拌後焙烤出來的食品。

ピストル《ぴすとる》 pistol 手槍 0

かたでうてる、てっぽう。

㊟指一種內藏火藥，能用單手射擊的武器。

ひそひそ 2 交頭接耳貌

ひとにきこえないように、ちいさなこえではなすようす。

㊟指用微小的聲音談論，不讓他人聽到的樣子。

＊

ひそひそとはなす。

㊞跟他人咬耳朵。

ひたい 0 額頭

おでこ。

㊟指眉毛上方的部分。

＊

ひたいにあせをかく。

㊞額頭上流了汗。

ひたす 0 2 使…浸入

みずやゆのなかにものをいれる。

㊟指將物體放到水中的動作。

＊

タオル《たおる》をみずにひたす。

㊞將毛巾浸泡到水中。

ひだり【左《ひだり》】 0 左、左邊 ⇕ みぎ

0 2 右、右邊

みなみをむいたとき、ひがしにあたるほう。

㊟指向著南方時，在東邊的那個方向。

＊

ひだりにまがる。

㊞向左轉。

ひだりがわ 0 左側 ⇕ みぎがわ 0 右側

まんなかよりひだりのほう。

㊟指正面向前時，在左邊的那一側。

＊

みちのひだりがわを、くるまがとおる。

㊞車子通過道路的左側。

ひだりて 0 左手 ⇕ みぎて 0 右手

ひだりのて。

㊟指左邊的手。

＊

ひだりてで、おちゃわんをもつ。

㊞用左手拿碗。

ひたる 0 浸泡

ものがみずやゆのなかにはいる。

㊟指人、物體泡在水裡的狀態。

＊

おんせんにひたる。

㊞浸泡在溫泉裡。

ぴちぴち 2 生氣勃勃貌、水花聲

さかななどが、いきおいよくはねるようすやおと。

㊟指魚類等，充滿活力地跳躍的樣子。或其跳回水中所發出的聲響。

＊

いけのこいがぴちぴちはねる。

㊞池塘裡的鯉魚生氣勃勃地跳躍著。

ぴちゃぴちゃ 2 微弱水花彈開貌、微弱水花彈開聲

みずなどがかるくはねかえるようすやおと。

㊟指水等液體輕輕地彈開的樣子或其發出的聲響。

＊

みずたまりのみずが、ぴちゃぴちゃはねる。

譯 積水輕輕地飛濺開來。

ひっかかる 4 勾住

ものにかかってとまる。

注 指遭物品卡住移動不開的樣子。

＊

セーター《せーたー》がくぎにひっかかる。

譯 毛衣被釘子勾住。

びっくり 3 驚嚇

おもっていなかったことがおこり、おどろくこと。

注 指發生了意想不到的事，而大吃一驚的樣子。

＊

びっくりしたら、しゃっくりがとまった。

譯 受到驚嚇後，打嗝就停止了。

ひっくりかえす 5 翻、翻過來

おもてとうらをさかさまにする。うらがえす。

注 指將物品的正面及背面顛倒過來。意同「うらがえす」。

＊

トランプ《とらんぷ》をひっくりかえす。

譯 亮牌（將撲克牌翻開成正面）。

ひっくりかえる 5 翻覆、翻轉

おもてとうらがさかさまになる。

注 指正面及背面顛倒過來的狀態。

＊

ボート《ぼーと》がひっくりかえる。

譯 小艇翻覆了。

ひっこし 0 搬家

すむばしょをかえること。

注 指變更居住的場所。

ひっこす 3 搬家

すむばしょをかえる。

注 指變更居住場所的動作。

＊

いなかにひっこす。

譯 搬到鄉下去。

ひっこむ 3 縮入

でていたものが、なかにはいる。

注 指突出來的東西，向內側進入的意思。

＊

もぐらがあなにひっこむ。

譯 鼴鼠縮進地洞裡。

ひつじ 0 sheep 綿羊

うしのなかまのどうぶつ。けがやわらかく、おりものにつかわれる。

注 指一種牛科的動物。其身上長出的毛相當地柔軟，被用來當作布料使用。

ひっそり ③ 靜悄悄地

なんのおともしないようす。

㊟指什麼聲音都沒有的樣子。

＊

ひっそりとしたもり。

譯靜悄悄的森林。

ぴったり ③ ①合、貼合 ②合身

①すきまなく、くっついているようす。②よくあうようす。

㊟①指毫無縫隙，很吻合地緊緊黏著的狀態。②指穿起來很合的樣子。

＊

②このふくは、わたしにぴったりだ。

譯②這件衣服對我來說很合身。

②

ひっぱる ③ 拉、拖拉

つよくひきよせる。

㊟指用很大的力氣往身邊拉的意思。

＊

ロープ《ろーぷ》をひっぱる。

譯拉繩子。

ひと【人《ひと》】 ① 人

たってあるき、てでどうぐをつかい、ことばをもっているどうぶつ。わたしたちのこと。

㊟指一種能站著走路、用手使用器具、並有語言能溝通的動物。我們就是屬於這種物種。

＊

ひとがあつまる。

譯人群聚集。

ひどい ② 程度大的、殘酷的、過份的

はげしいようす。

㊟指程度很激烈的狀態。

＊

ひどいあつさで、げんきがない。

譯在這種酷熱之下，顯得沒有活力。

ひといき ② 小憩

すこしやすむこと。

㊟指微作休息的意思。

ひとごと ⓪ 他家的事、閒事

じぶんにかんけいないこと。

㊟指跟自己毫不相干的事。

ひとさしゆび ④ 食指

おやゆびのとなりのゆび。

㊟指大拇指旁邊的手指。

ひとちがい ③ 認錯人

べつのひとを、そのひととまちがえること。

㊟指將某個人錯認為另外一個人的意思。

ひとつ ② 一個

1《いち》のこと。ものをかぞえるときにつかうことば。

㊟指物品一件的意思。是用來計算東西時使用的數詞。

＊

まんじゅうをひとつたべる。

譯吃掉一個豆沙包。

ひ

ひととおり 0 従頭到尾
はじめからおわりまで。
注 指從一開始到結束的過程。

ひとどおり 0 5 人來人往
ひとがいったり、きたりしていること。
注 指有人來來去去的意思。

ひとびと 2 人們
たくさんのひとたち。
注 指有許多的人。
*
とおりをあるくひとびと。
譯 走過街道的人們。

ひとやすみ 2 小憩
すこしだけやすむこと。
注 指休息片刻的意思。

ひとり 2 一個人、一名
ひとのかずが1《いち》であること。
注 指計算人時，指一個人的數詞。
*
ひとりであそぶ。
譯 一個人玩。

ひとりでに 0 自行
なにもしていないのに、しぜんに。
注 指没有施加外力，自然地就…的意思。
*
そうじきがひとりでにうごきはじめる。
譯 吸塵器自己（行）動了起來。

ひな 0 雛鳥
うまれてまもない、とりのこ。
注 指剛出生没多久的小鳥。

ひなた 0 日曬處 ⇔ ひかげ 0 樹蔭處、蔭涼處
ひのあたるところ。
注 指有日光照射的地方。

ひなたぼっこ 4 曬太陽
ひのあたるところにでて、あたたまること。
注 指到有太陽的地方去感受暖度的意思。

ひなまつり 3 （日本的）女兒節
3《さん》がつ3《さん》にちににんぎょうをかざり、おんなのこのしあわせをねがうまつり。
注 指日本的節日。在3月3日時，家中有女兒的家庭會裝飾人偶，為女兒祈求幸福的節日。

ビニール《びにーる》 2 plastic 塑膠
とうめいで、みずにつよいざいりょう。
注 指一種透明且強力耐水的原料。

ひねる 2 扭、轉
ゆびでつまんでまわす。
注 指用手指抓著並旋轉的動作。
*
スイッチ《すいっち》をひねる。
譯 轉開關。

ひのこ 1 火花
もえているものからとびちる、ひのかけら。
注 指從燃燒物中飛散開來的微量的火。

ひばち 1 火盆
はいをいれてすみをもやし、くうきをあたためるどうぐ。
注 指倒入灰，並燃燒木碳使周遭變得溫暖的工具。

ひばな 1 星火
いしなどがつよくぶつかり、とびちるひ。
注 指石頭等物品強力摩擦、敲擊時，所產生的零星火花。

ひばり ⓪ 雲雀

はるに、さえずりながらそらたかくとぶとり。すずめよりすこしおおきい。

注 指春天時飛在天上鳴叫的鳥類。體型比麻雀還要大一點。

ひびき ③ 迴響

おとがひろがってつたわること。

注 指聲響廣為傳播開來的意思。

ひびく ② 迴響

おとがひろがってつたわる。

注 指聲響廣為傳播開來的狀態。

*

たいいくかんにひびくこえ。

譯 聲音迴響在體育館裡。

ひふ ① 皮膚

からだのそとがわをおおっているかわ。

注 指覆蓋在人體外側的皮。

*

ひふをやけどした。

譯 燙傷皮膚了。

ひま ⓪ 空閒

ゆとりのある、じゆうなじかん。

注 指充裕、自由的時間帶。

*

やくそくがずれてきょうはひまだ。

譯 約定改了日子，今天一整天閒閒沒事（都很空閒）。

ひまわり ② sunflower 向日葵

なつにさく、きいろいおおきなはな。たねからあぶらをとる。

注 指一種在夏天時會開出黃色、大片花朵的花。種子的部分可以榨油。

⇒ 請參考468頁。

ひも ⓪ 繩子

ものをしばるときにつかう、ほそながいもの。

注 指要綁縛物品時所使用的細長工具。

*

だんボール《ぼーる》をひもでしばる。

譯 用繩子綁住瓦楞紙板。

ひゃく【百《ひゃく》】② 百、一百

かずのなまえ。10《じゅう》の10《じゅう》ばいのかず。

注 指數字的名稱。即十的十倍的數字。

*

100《ひゃく》にんはいれるへや。

譯 可以容下一百個人的房間。

ひゃくしょう ③ ①百姓 ②農民

①いろいろなひとびとをあらわすことば。②こめややさいをつくるひと。

注 ①指表示各種人們的總稱。②指種植稻米或蔬菜的人。

*

②おひゃくしょうさんがいねかりをする。

譯 ②農民收割稻米。

ひやけ ０ 曬黑

にっこうにあたって、はだのいろがくろくなること。

㊟指受日光照射後，肌膚的顏色變黑的狀態。

＊

うんどうかいでひやけした。

㊞在運動會上曬黑了。

ひやす ２ 使…變涼、冷藏 ⇕ あたためる ３ 使…變暖、加熱

つめたくする。

㊟指使物品冷卻的動作。

＊

ゼリー《ぜりー》をひやす。

㊞冷藏果凍。

ひやひや １ 背脊發涼貌

きけんをかんじて、せなかがつめたくなるようす。

㊟指感覺有危險，背部發涼的樣子。

＊

ひやひやしながら、かくれる。

㊞躲著很害怕被找到（背脊發涼地躲著）。

ひょいと ０ ３ ①意外地 ②身輕如燕地

①おもいがけないようす。

②みがるなようす。

㊟①指突然地、意料之外的樣子。

②指身體的動作很矯健的樣子。

＊

②みずたまりをひょいととびこえる。

㊞②身輕如燕地跳過了水坑。

②

ひょう ０ 表

ものごとをひとめでわかるようにしめしたもの。

㊟指一種將事情的狀況匯整好後讓人清楚了解的公告文書。

＊

ひょうをつくる。

㊞製表。

ひょう １ 豹

きいろいからだにくろいはんてんがある、うごきのはやいどうぶつ。

㊟指一種黃色的身體上長滿黑色的斑點，移動相當迅速的動物。

びょう １ 秒

じかんをあらわすときにつけることば。1ぷん《いっ》を60こ《ろくじっ》にわけたときのひとつ。

㊟指表示時間的用語。即1分鐘裡細分60個單位，提示這每1個單位的量詞。

びょういん ０ 醫院

けがやびょうきをしたときにいくところ。

㊟指受傷或生病或會去的地方。

＊

びょういんにいく。

㊞去醫院。

びょうき ０ 生病

からだのぐあいがわるいこと。

㊟指身體的健康狀況變壞的狀態。

＊

おにいさんが、**びょうき**でがっこうをやすむ。
譯 哥哥生病了，所以沒有去上學。

ひょうし 0 3 拍子

おんがくにあわせて、てをうったり、あしをうごかしたりすること。
注 指配合音樂，用手拍打、或用腳踩地擺動。

ひょうし 0 3 封面

ほんやざっしのそとがわについているもの。
注 指書本或是雜誌最外側的那一頁。

＊

ひょうしのえをかく。
譯 畫封面的圖畫。

ひょうしぎ 3 梆子

うちあわせてならす、2《に》ほんのほそながくてしかくいき。
注 指一種兩塊長條的木頭為一組的物品，可以用來敲擊發出聲響。
編註 在日本可作為巡邏的警戒用或在劇場等發佈信號的工具。

ひょうたん 0 葫蘆

まんなかでくびれたかたちのみがなるしょくぶつ。
注 指一種果實的中段纖細的植物。

びょうにん 0 病人

からだのぐあいのわるいひと。
注 指身體健康狀況不佳的人。

ひょうばん 0 評價

ほかのひとが、よいかわるいかをかんがえてきめること。
注 指由其他人作做出好還是不好的評估判斷。

＊

おじさんは、**ひょうばん**がよい。
譯 大家對爺爺都有好評價。

びょうぶ 0 屏風

へやにたてて、しきりにするかぐ。
注 指立在房間裡，作為區隔用的家具。

＊

びょうぶをかざる。
譯 裝飾屏風。

ひよけ 0 遮陽用具

ひやけをしないようにするためのもの。
注 指用來預防曬用的物品的總稱。

＊

すなはまに、**ひよけ**のかさをたてる。
譯 在沙灘上立起遮陽傘。

ひよこ 0 小雞

にわとりのこ。
注 指雞的幼雛。

ぴよぴよ 0 幼鳥叫聲

ひなどりなどのなきごえ。
注 指幼鳥等的啼叫聲。

＊

ひよこが**ぴよぴよ**なく。
譯 小雞啾啾地叫著。

ひらがな 0 3 平假名

かんじをかんたんにあらわした、にっぽんのもじ。
注 指一種簡單表達漢字的日文文字。

⇒ 請參考448頁。

ひらき [3] 開啟

しまっているものをあけること。
㊟指關閉著的東西打開的意思。

ひらく [2] 開啟 ⇔ とじる [2] 關閉

しまっているものがあく。
㊟指關著的東西打開了。

＊

かぜでまどがひらく。
㊞窗戶被風吹開。

ひらける [0] （視野）展開

とおくまでよくみえる。
㊟指能清楚看見遠處的狀態。

＊

きりがはれて、めのまえがひらける。
㊞霧散開後，眼前開始看得清楚（視野展開）。

ひらたい [0][3] 平的

うすくてひらべったいようす。
㊟指物體呈現薄的、不高不低的樣子。

＊

ねんどをひらたくのばす。
㊞將黏土壓平。

ひらひら [0][1] 輕飄飄貌、輕舞貌

かるくてうすいものが、ゆれてうごくようす。
㊟指輕薄的物體搖曳狀移動的樣子。

＊

ちょうがひらひらととぶ。
㊞蝴蝶輕輕地飛舞。

ひらめ [0] 比目魚

めがひだりがわによっている、ひらたいさかな。
㊟指一種雙眼長在左側，身體呈扁平狀的魚。
⇒ 請參考467頁。

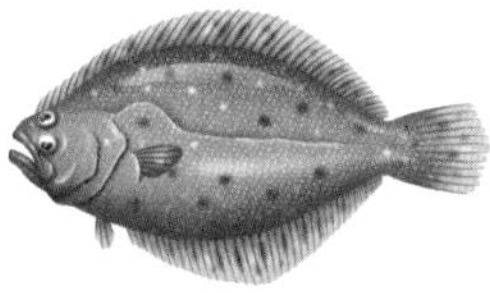

びり [1] 墊底、吊車尾

いちばんさいごになること。
㊟指在最後順位的意思。

＊

マラソン《まらそん》でびりになる。
㊞在馬拉松賽跑中墊底。

ひりひり [1] 灼熱感、辛辣感

ひふやのどがいたかったり、からくてしたがしびれたりするようす。
㊟指皮膚或喉嚨感到疼痛，或因為辣而使得舌頭有麻痺感的樣子。

＊

のどがひりひりする。
㊞喉嚨感到灼熱感。

びりびり [1] 撕裂貌

かみやぬのを、らんぼうにやぶるようす。
㊟指粗暴地將紙張或是布料弄破的樣子。

＊

ノート《のーと》をびりびりやぶる。
㊞粗暴地撕裂筆記本。

ひ

ひる 2 day 白天

あさとよるのあいだ。

注指介於早上到晚上之間的時間帶。

ひるのあいだ、いえをるすにする。*

譯在白天的時間裡外出。

ビル《びる》 1 building 大樓

コンクリート《こんくりーと》でできた、たかいたてもの。

注指用混凝土建築的高層建築物。

ひるごはん 3 lunch 午餐

ひるにたべるしょくじ。

注指在白天的時間裡吃的飯。

ひるね 0 午覺

ひるのあいだにすこしねむること。

注指在白天的時間裡稍作的睡眠。

ひるま 0 白天

ひるのあいだ。

注指早上到晚上之間的時間帶。

ひるまのうちにせんたくものをほす。*

譯趁著白天曬洗好的衣物。

ひろい 2 遼闊的 ⇕ せまい 2 狹窄的

ひろさやはばがおおきいようす。

注指廣度或是幅度很廣大的樣子。

うみはひろい。*

譯遼闊的大海。

ひろう 0 撿、撿起 ⇕ すてる 0 丟掉

おちているものをとりあげる。

注指將掉落在地上的物品拿起來的動作。

どんぐりをひろう。*

譯撿起橡實。

ひろがる 0 寬廣

ひろくなる。おおきくなる。

注指變得廣大的狀態。

うつくしいけしきがひろがる。*

譯寬廣的美景。

ひろげる 0 使…寬廣、拓寬

ひろくする。おおきくする。

注指將物體弄得更寬、更大的動作。

どうろのはばをひろげる。*

譯拓寬道路。

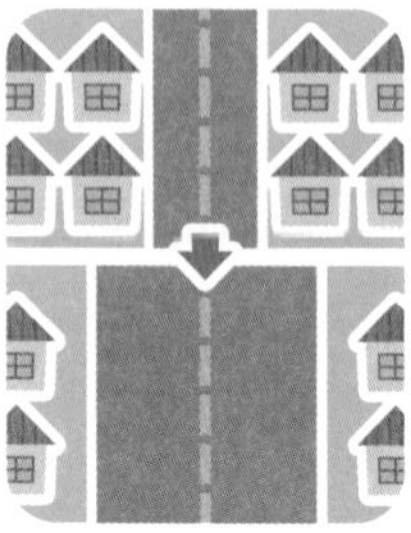

ひろば 1 廣場

たくさんのひとがあつまれるばしょ。

注指許多人群聚的地方。

びわ 1 枇杷

おおきなたねがある、だいだいいろのくだもの。

㊟指一種外表為柳橙色，種子很大的水果。

⇒ 請參考473頁。

びん 1 玻璃瓶

みずなどをいれる、ガラス《がらす》でできたいれもの。

㊟指一種可以用來裝水等液體，用玻璃製作的容器。

＊

びんにはいったぎゅうにゅうをのむ。

㊕喝玻璃瓶裡的牛奶。

ピン《ぴん》 1 pin 大頭針

ものをさしてとめるはり。

㊟指一種用來釘住物品的針型文具。

＊

しゃしんをピン《ぴん》でとめる。

㊕用大頭針釘住照片。

ピンク《ぴんく》 1 pink 粉紅色

いろのなまえ。ももいろ。もものはなのような、うすいあかいろ。

㊟指顏色的名稱。如桃子及桃花所呈現的外觀一樣，薄紅感的顏色。

＊

ピンク《ぴんく》のセーター《せーたー》をきる。

㊕穿薄紅色的背心。

びんぼう 1 貧窮

かねがなくて、せいかつがくるしいこと。

㊟指不富有，生活相當清苦。

＊

びんぼうでも、なかのよいおじいさんとおばあさん。

㊕老夫婦雖然貧窮，但是兩老的感情相當融洽。

ふ

フ

ぶ 0 厚度

あつさのどあい。

㊟指厚的程度。

＊

ぶあついほん。

㊕很厚的書。

ファスナー《ふぁすなー》 1 拉鍊 ⇒ チャック《ちゃっく》 1

拉鍊

ふい 0 突然地

おもいがけないようす。

㊟指意想不到的樣子。

＊

ふいにあらわれる。

㊕突然地出現。

フィルム《ふぃるむ》 1 film 底片

しゃしんやえいがをうつすのにつかうもの。

㊟指拍攝照片或是電影時，所用來映入影像的底板。

＊

フィルム《ふぃるむ》がない。

㊕沒有底片。

ふうせん 0 氣球

ゴム《ごむ》やかみのふくろを、くうきでふくらませたもの。

㊟指將空氣填入橡膠或是紙做成的袋子，使其膨脹的玩具。

ふうとう 0 信封

てがみやしょるいをいれるふくろ。

㊟指用來放信件或是文件的郵寄用外袋。

＊

ふうとうに、きってをはる。

譯在信封上貼上郵票。

ふうふ 1 夫婦

おっととつま。

㊟指丈夫與妻子的意思。

＊

ふうふでえいがをみにいく。

譯夫婦倆去看電影。

ぶうぶう 0 抱怨貌

もんくをいうようす。

㊟指表達出不滿的樣子。

＊

りょうりがおそいとぶうぶういう。

譯抱怨出菜太慢。

ふうりん 0 風鈴

かぜにゆれて、おとがでるすず。

㊟指被風吹動後會發出聲響的吊鈴。

プール《ぷーる》 1 swimming pool 游泳池

およぐためにみずをためてあるところ。

㊟指一個為了用來讓人游泳而大量貯水的地方。

＊

プール《ぷーる》でみずあそびをする。

譯在游泳池裡玩水。

ふえ 0 笛子

いきをふきこんでならすがっき。

㊟指一種以吹氣的方式發出聲音的樂器。

＊

みんなでふえをふく。

譯大家一起吹笛子。

ふえる 2 增加 ⇔ へる 0 減少

かずやりょうがおおくなる。

㊟指數量變多。

＊

たいふうでかわのみずがふえる。

譯因颱風來襲，河水暴漲（河水的量增加）。

フェルトペン《ふぇるとぺん》 0 4 marker 麥克筆

インク《いんく》のはいったいれものにぬのをさしこんで、じなどがかけるようにしたペン《ぺん》。

㊟指一種在筆桿內裝置棉條及墨水，可以具有寫字等功能的文具。

フォーク《ふぉーく》 1 fork 叉子

たべものをさしたり、のせたりしてくちにはこぶ、さきのわかれたどうぐ。

㊟指一種尖部呈三叉狀，用來叉食物吃的餐具。

＊

フォーク《ふぉーく》をつかう。
譯 使用叉子。

ふかい ２ 深的 ⇕ あさい ０ 淺的

おもてのめんから、そこやおくまでのながさが、ながいようす。

注 指從表面到底部之間的距離相當大的樣子。

＊

そこがふかいプール《ぷーる》。
譯 池底很深的游泳池。

ふかす ２ 吸吐（香菸的煙）

すってけむりをだす。

注 指吸入後再將煙吐出來的動作。

＊

おとうさんがたばこをふかす。
譯 爸爸（吸）吐煙。

ふかす ２ 蒸

あついゆげで、たべものをやわらかくする。

注 指利用高溫的蒸氣使食物變得鬆軟的廚藝方法。

＊

にくまんをふかす。
譯 蒸肉包。

ふかめる ３ 加深

もののどあいをふかくする。

注 指使事物的程度更加地深厚。

＊

ちしきをふかめる。
譯 加深知識。

ぶき １ 武器

たたかいにつかうどうぐ。

注 指戰鬥時所使用的攻擊性器具。

ふきだす ０ ３ 噴出

なかにたまったものが、いきおいよくそとへでる。

注 指積蓄在某處內部的物質，強力地向外衝出。

＊

おんせんがふきだす。
譯 噴出溫泉。

ふきとばす ４ 吹走、吹落

ふくいきおいで、ものをとばす。

注 指物體被強風吹斷飛走。

＊

たいふうが、かんばんをふきとばす。
譯 颱風將招牌吹走。

ふく ０ １ 吹

①くうきがうごいてとおる。
②くちをすぼめて、いきおいよくいきをだす。

注 ①指氣流向著某方向移動。②指嘟起嘴巴，用力將氣排出。

＊

①かぜがふく。
譯 ①吹起風。

①

ふ

ふく 0 擦拭

ぬのやかみで、よごれやすいぶんをとりさる。

㊟指用布或是紙張，將髒污或是水漬清除掉的動作。

＊

ろうかのゆかを**ふく**。

㊞擦走廊的地板。

ふく 2 衣服

みにつけるもの。

㊟指穿著在身上的東西。

＊

ふくをきる。

㊞穿衣服。

ふぐ 1 河豚

どくをもち、おどろくとはらをふくらませる、うみのさかな。

㊟指一種受到驚嚇時身體會膨脹，具有毒性的海水魚類。

⇒請參考467頁。

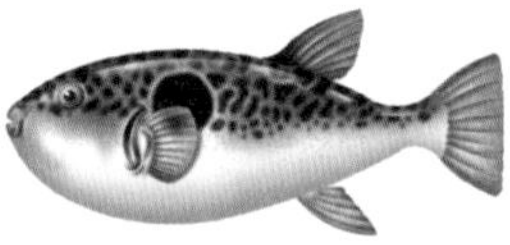

ふくそう 0 服裝

みにつけた、ふくやかざり。

㊟指穿戴在身上的衣服及裝飾品。

＊

ふくそうをきにする。

㊞重視服裝。

ふくびき 0 抽獎

（用日式抽獎機）抽獎

くじをひかせ、あたったひとにものをあげること。

㊟指抽了籤後，中的人就給獎品。

ふくむ 2 含、含著

ものをくちのなかにいれたまま、かんだり、のんだりしない。

㊟指將東西放在口中，不咬也不吞的動作。

＊

みずを**ふくむ**。

㊞含一口水。

ふくらはぎ 0 小腿肚

ひざのうらがわからあしくびのあいだのぶぶん。

㊟指從膝蓋的背面開始一直連到腳踝的部分。

＊

ふくらはぎがふとくなる。

㊞小腿肚變腫。

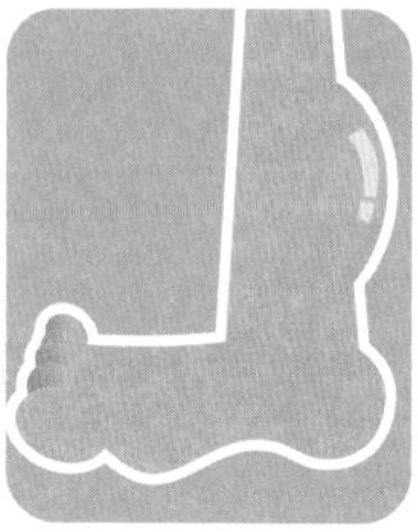

ふくらむ 0 膨大⇔しぼむ 0 萎縮

ふくれておおきくなる。

㊟指物體膨起變大的樣子。

＊

きのめが**ふくらむ**。

㊞樹芽開始膨大。

ふくれる 0 腫起、凸起

なかがいっぱいになって、そとへもりあがる。

㊟指因為內部填滿，造成向外側隆起的狀態。

＊

おなかが**ふくれる**。

㊞肚子凸起來了。

ふくろ [3] 袋子

かみやぬのでつくったいれもの。

㊟指用紙張或是布料製作的容器。

＊

やきいもをふくろにいれる。

㊢將烤地瓜放入袋子裡。

ふくろう [2] [3] 貓頭鷹

かおとめがおおきく、よるうごくとり。ねずみなどをたべる。

㊟指一種臉跟眼睛長得很大，在夜間活動的鳥類。專門捕食老鼠等小型動物為食。

ふさ [2] 垂吊狀的花或果實

はなやみがぶらさがっているもの。

㊟指花朵或果實呈垂吊狀。

ふさがる [0] 阻塞

いっぱいにつまって、とおれなくなる。

㊟指通道被障礙物填滿，無法通行。

＊

ありのすのあながふさがる。

㊢蟻穴的洞阻塞著。

ふさぐ [0] 使…阻塞、封住

ものをおいてとおれなくする。

㊟指在通道上放置物品，使人無法通行的動作。

＊

みちをふさぐ。

㊢封住道路。

ふざける [3] 開玩笑、鬧著玩

おもしろいことをいったり、さわいだりする。

㊟指說些有趣的事，作些有趣的事鬧著起哄的動作。

＊

ふざけておかあさんのまねをする。

㊢學媽媽的樣子鬧著玩。

ふし [1] （樹的）節

えだがはえたところ。

㊟指長出樹枝的部分。

＊

ふしのあるいた。

㊢有樹節紋路的板子。

ぶじ [0] 平安地、順利地

しっぱいやじこがないこと。

㊟指不失敗，也不發生意外的狀態。

＊

ぶじに、おばあさんのいえについた。

㊢平安地抵達了奶奶家。

ふしあな [0] ①（樹的）節孔 ②沒看出來

①いたなどのふしのあな。②みていながらきづかないこと。

㊟①指木板上的樹節的孔洞。②指雖然盯著看，但未察覺到之事。

ふしぎ 0 不可思議

ふつうではかんがえられないこと。

注 指用一般常理來想，無法想像到的意思。

＊

なつにゆきがふるなんて、ふしぎだ。

譯 夏天居然會下雪，太不可思議了。

ふじゆう 1 不自由

おもうとおりにならないこと。

注 指無法做想做的事。

＊

けがであるけなくて、ふじゆうだ。

譯 因為受傷無法行走，感到很不自由。

ふすま 0

和式紙推門

へやとへやをわけるための、きのわくにかみをはったもの。

注 指日式的房屋裡，為了將房間區隔開來，在房間與另一個房間之間架在木框軌道上的紙門。

ふせぐ 2 ①防禦 ②防風、防寒 ⇕ ①せめる 2 ①攻擊

①せめてこられないようにする。②かぜやさむさをさえぎる。

注 ①指抵擋住攻擊的動作。②指阻擋風或寒冷的動作。

＊

②さむさをふせぐ。

譯 防寒。

②

ふせる 2 ①趴著 ②使…背面朝上或向外

①したむきにする。②うらをむける。

注 ①指讓物體朝向下方的動作。②指將物體翻成背面展露的動作。

＊

②えほんをふせる。

譯 將繪本的書面朝下擺著。

②

ふた 0 蓋子

いれもののあいているぶぶんに、かぶせるもの。

注 指用來覆蓋在容器入口處的物品。

＊

ジャム《じゃむ》のふたをあける。

譯 打開果醬瓶的蓋子。

ふだ 0 牌子

もじやえをかいて、しるしとしてつかうもの。

注 指一片上頭寫著文字或畫有圖畫，用來做標記說明的物品。

＊

なふだになまえをかく。

譯 在名牌上寫上名字。

ぶた 0 pig 豬

ひとにかわれるどうぶつ。ふとっていて、はながおおきい。

注 指一種被人類所眷養的動物。會長得非常胖，鼻子則長得很大。

ぶたい 1 舞台

げきやおどりなどをする、すこしたかいばしょ。

注 指為了戲劇或是舞蹈等表演時使用的一處較高的表演場地。

ふたご 0 雙胞胎

いちどにうまれた、ふたりのきょうだい。

注 指一次兩個同時出生的兄弟或姊妹。

*

わたしたちは**ふたご**です。

譯 我們是雙胞胎。

ふたつ 3 兩個

2《に》のこと。ものをかぞえるときにつかうことば。

注 指「二」的意思。指計算東西時所使用的用語。

*

あめを**ふたつ**もらった。

譯 收到兩顆（個）糖果。

ふたり 3 兩個人

ひとのかずが2《に》であること。

注 指人數為兩人的意思。

*

ともだちと**ふたり**であそぶ。

譯 跟朋友兩個人一起玩。

ふだん 1 平時都

いつも。

注 指總是這樣的意思。

*

ふだん、あさはパン《ぱん》をたべる。

譯 平時早上都是吃麵包。

ふち 2 邊緣、框

もののはしやまわりをかこんでいる、わくのぶぶん。

注 指物品的一端及周遭框了起來的部分。

*

めがねの**ふち**は、あかいろだ。

譯 眼鏡的鏡框是紅色的。

ぶつ 1 打

ひとやどうぶつをたたく。

注 指敲擊他人或是動物的動作。

*

けんかしてあたまを**ぶつ**。

譯 打起架後，打了對方的頭。

ふつう 0 普通、平常

ほかのものとあまりちがいがなく、どこにでもあるようす。

注 指某物品跟其他的物品沒什麼兩樣，並不稀奇罕見的意思。

*

ふつうのかみがた。

譯 普通的髮型。

ふつか 0 ①二日、二號 ②兩天

①つきの2《に》ばんめのひ。
②2《に》にちのあいだ。

注 ①指一個月中第二順位的日子。
②指兩個日子間的時間帶。

*

①ふつかに、とこやにいく。
譯①二號那天要去理髮店。

①

ぶつかる 0 相撞、撞上

つよくあたる。

注指用力地撞上。

＊ ろうかでぶつかる。

譯在走廊上相撞。

ふっくら 2 膨鬆、膨膨地

ふくらんでいて、やわらかそうなようす。

注指膨起又鬆軟的樣子。

＊ パン《ぱん》がふっくらやけた。

譯麵包烤得相當膨鬆。

ぶつける 0 使…相撞、使…撞上

つよくあてる。

注指使物品用力地撞上的動作。

＊ つのとつのをぶつける。

譯角與角相撞。

ぶつだん 0 神壇、日式神龕

なくなったひとのいはいをおき、おがむばしょ。

注指放有往生者的牌位，並加以祭拜的地方。

ぶつぶつ 0 1 碎碎念貌

ちいさなこえでつぶやくようす。

注指用小小聲的音量喃喃自語的樣子。

＊ したをむいてぶつぶついう。

譯將頭低下碎碎念個不停。

ふで 0 毛筆

すみやえのぐをつけて、じやえをかくどうぐ。

注指可以沾墨或是原料，用來寫字或作畫的工具。

＊ ふででえをかく。

譯用毛筆畫圖。

ふでばこ 0 鉛筆盒

えんぴつやけしゴム《ごむ》などをいれるはこ。

注指可以收納鉛筆或是橡皮擦等文具的盒子或袋子。

ふと 0 1 突然地、瞬間地

かんがえていなかったことをきゅうにするようす。

注指完全沒思考，下意識地突然做出什麼事的樣子。

＊ ふとふりかえる。

譯突然回頭看。

ふとい 2 粗的 ⇔ ほそい 2 細的

もののはばやまわりのながさが、ながいようす。

注指物體的寬度或是外圍的長度很長的樣子。

＊

ふといあし。
譯 很粗的腿。

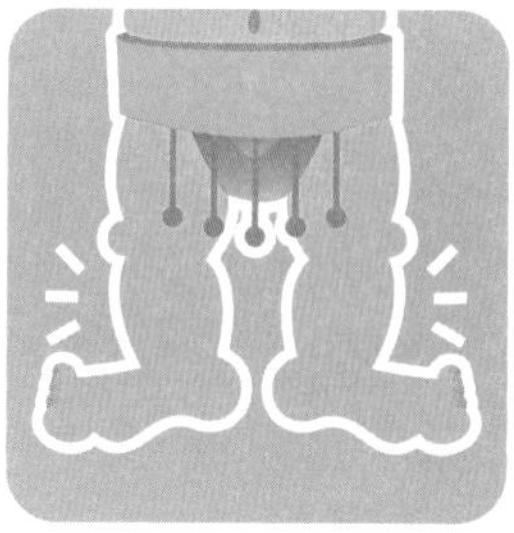

ぶどう 0 grapes 葡萄

くきに、まるいちいさなみが、ふさになってたくさんつくくだもの。

注 指一種莖部垂吊著許多小顆圓形果實的水果。

⇒請參考473頁。

ふところ 0 上腹部、懐

ふくとむねのあいだ。

注 指腹部以上，胸部以下的部位。

ふとる 2 變胖 ⇔ やせる 0 變瘦

からだにくがついて、おおきくなる。

注 指身體上的肉變多，變的很肥大。

*

おかしをたべすぎて、**ふとる**。
譯 甜點吃太多，變胖了。

ふとん 0 棉被

わたやとりのはねを、ぬのでくるんだもの。

注 指一種布套的內層塞入棉花或是羽絨的寢具。

*

ふとんをかける。
譯 蓋棉被。

ふな 0 鯽魚

かわやいけにすむ、こいににているさかな。

注 指一種棲息在河川及池塘裡，長得像鯉魚的魚類。

*

ふなには、ひげがない。
譯 鯽魚沒有鬍鬚。

ふね 1 ship 船

ひとやにもつをのせて、みずのうえをすすむのりもの。

注 指一種在水上航行，可以搭載人及貨物的交通工具。

*

ふねにのってしまにいく。
譯 搭船到島上去。

ふぶき 1 暴風雪

つよいかぜに、はげしいゆきがふること。

注 指一種隨著強風吹拂，雪花激烈四散的自然現象。

*

ふぶきのなかをあるく。
譯 走在暴風雪裡。

ぶぶん 1 部分 ⇔ ぜんたい 0 整體

いくつかにわけたもののひとつ。

注 指分成好幾個區塊中，其中一個區塊的意思。

*

さいごの**ぶぶん**をいれる。
譯 拼上最後一塊（部分）的拼圖。

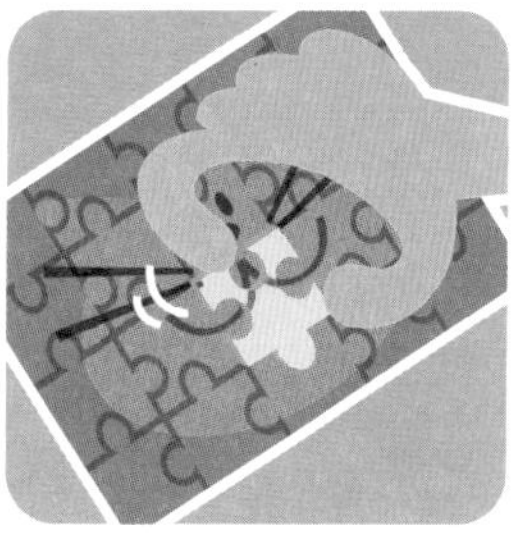

ふへい 0 表達不滿、不公平

ふまんにおもうこと。

注 指感到很不滿意的意思。

*

おやつがすくないと、**ふへい**をいう。
譯 一旦甜點的量太少了，就會抗議（表達不滿）。

ふべん 1 不方便 ⇔ べんり 1 便利

べんりでないこと。
㊟指不方便的意思。

＊

みせがとおくて、ふべんだ。
㊞店家的位置很遠，感到很不方便。

ふみきり 0 平交道

せんろとどうろがまじわるところ。
㊟指鐵路跟道路交錯的地點。

＊

きをつけながらふみきりをわたる。
㊞小心謹慎地通過平交道。

ふみだい 0 踏台

たかいところにてがとどくようにするためにのるだい。
㊟指為了能拿到高處的物品而設計的能踩高的台子。

＊

ふみだいにのって、てをあらう。
㊞踩在踏台上洗手。

ふみつぶす 4 踩碎

あしでふんでつぶす。
㊟指用腳踩的方式將物體壓碎的動作。

＊

いちごをふみつぶしてしまった。
㊞把草莓踩碎了。

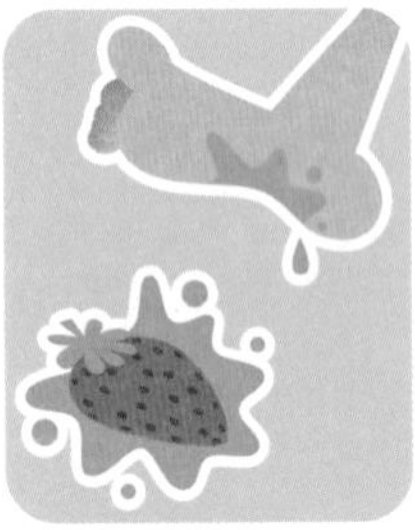

ふむ 0 踩

あしのうらで、しっかりおす。
㊟指用腳底用地力壓的動作。

＊

じてんしゃのペダル《ぺだる》をふむ。
㊞踩腳踏車的踏板。

ふもと 3 山麓

やまのしたのほう。
㊟指山腳下的地方。

ふやす 2 使…增加 ⇔ へらす 0 3 使…減少

かずやりょうなどをおおくする。
㊟指讓數量變多的動作。

＊

あそびなかまをふやす。
㊞增加一起玩的同伴。

ふゆ 2 winter 冬天

あきとはるのあいだのきせつ。12《じゅうに》がつから2《に》がつまでのころ。
㊟指秋天跟春天之間的季節。在十二月到二月之間的時候。

＊

ふゆにゆきがふる。
㊞冬天時會下雪。

ふゆごもり 3 0 （人）寒冬不外出、（動物）冬眠

さむいふゆのあいだ、いえやすにとじこもること。
㊟指在寒冬的時期裡，人只待在家裡或動物只待在巢穴裡避寒的意思。

＊

くまがふゆごもりする。
㊞熊會在冬天冬眠。

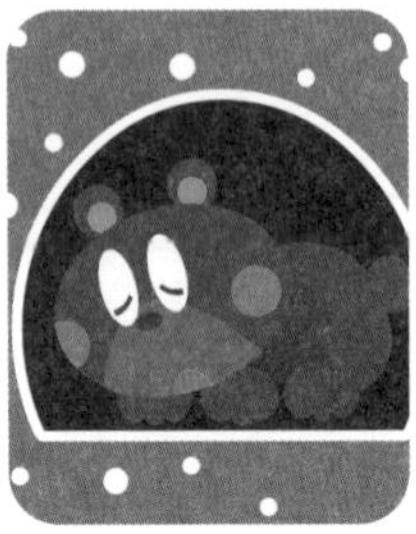

ふゆやすみ 3 寒假

ふゆのさむいあいだに、がっこうなどがやすみになること。
㊟指在寒冬的時期裡，學校等機關所放的長假。

ぶらさがる 0 4 垂吊

かたいものにつかまり、ぶらりとたれさがる。
㊟指抓著堅硬的物品，向下吊著。

＊

おとうさんのうでにぶらさがる。
譯 垂吊在爸爸的手臂上。

ぶらさげる 1 吊、吊起

ぶらりとたれさせる。
注 指讓物品向下垂吊的動作。
＊
なふだをぶらさげる。
譯 吊起名牌。

ブラシ《ぶらし》 1 brush 刷子

ものをみがいたり、よごれをとったりするためにつかうもの。
注 指一種洗刷物品，去除污漬用的清潔工具。
＊
くつをブラシ《ぶらし》でみがく。
譯 用刷子刷鞋。

プラットホーム《ぷらっとほーむ》 5 platform 月台

えきで、ひとがでんしゃにのりおりするところ。
注 指在車站裡，列車停靠讓人上下車的地方。
＊
プラットホーム《ぷらっとほーむ》からてをふる。
譯 從月台招手。

ふらふら 0 1 晃來晃去貌

ちからがはいらなくて、ゆれうごくようす。
注 指走路時一付有氣沒力，搖來搖去的樣子。
＊
ねつがたかくてふらふらする。
譯 發了高燒，所以走起路來晃來晃去的。

ぶらぶら 0 ①（呈垂吊狀）搖來搖去 ②閒晃

①ぶらさがってゆれうごくようす。
②いきさきをきめずにあるくようす。
注 ①指垂吊著的物體呈搖晃狀的擺動的樣子。②指漫無目標，四處走來走去的樣子。
＊
①あしを、ぶらぶらさせないで。
譯 ①兩腳不要在那裡搖來搖去的。

①

フラミンゴ《ふらみんご》 3 flamingo 紅鶴

からだがピンク《ぴんく》で、あしとくびがながい、おおきなとり。むれをつくってすむ。
注 指一種身體呈現粉紅色，頸子及腳都很細長的大型鳥類。一般來說，是群居型的鳥類。
⇒請參考464頁。

ふり 0 ①假裝 ②搖動

①それらしいようすのこと。
②ゆりうごかすこと。
注 ①指故意表現成某狀態。②指搖晃的狀態。
＊
①ねたふりをする。
譯 ①假裝睡著。

①

ふりあげる 4 舉起

てやてにもっているものを、いきおいよくあげる。
注 指將手或是手中握住的東西用力抬起的動作。
＊
かまをふりあげる。
譯 舉起鐮刀。

ふりかえる ③ 回頭

さっとうしろをむく。

注 指很快速向後看。

＊ ともだちのこえがきこえて**ふりかえる**。

譯 聽到朋友的聲音於是回頭看。

ふりこ ⓪ （物理）擺

つりさげたおもりが、とまらずにゆれてうごくようにしたもの。

注 指垂吊的秤砣，不停搖動的物品。

ふりだし ⓪ 出發點

ものごとのはじめ。

注 指事、物的起點。

＊ すごろくで**ふりだし**にもどる。

譯 玩雙六時回到了起點。

ふりまわす ④ 揮

てにもったものを、いきおいよくまわす。

注 指將物品拿在手上，用力地擺動。

＊ バトン《ばとん》を**ふりまわす**。

譯 揮動指揮棒。

ふりむく ③ 回頭、向後轉

かおやからだを、さっとうしろにむけてみる。

注 指頭或是身體很快速地向後轉動並看。

＊ せんせいによばれて**ふりむく**。

譯 因為聽到老師在叫，就回頭向後看。

ふる ① 下（雨、雪）

そらから、あめやゆきなどがおちてくる。

注 指從天空上，落下雨或是雪等自然物體。

＊ あめが**ふる**。

譯 下雨。

ふる ⓪ 搖（頭）

みぎやひだり、うえやしたにゆりうごかす。

注 指向上下或是左右搖擺的動作。

＊ くびを**ふる**。

譯 搖頭（頸子）。

ふるい ② 舊的、老的 ⇔ **あたらしい** ④ 新的

できたり、おこったりしてから、ながいじかんがたっているようす。

注 指某狀態形成或是某事件發生後，經過長時間後的樣子。

＊ **ふるい**ともだち。

譯 老朋友。

ふるえる ③ 顫抖、發抖

からだがこまかくゆれうごく。

注 指身體感到微微抖動。

＊

おばけのはなしをきいて、**ふるえる**。
譯聽了鬼故事之後，全身發抖。

ふるさと ②
故鄉

うまれてそだったばしょ。
注指出生及成長的地方。
＊
ふるさとにかえる。
譯返鄉。

ぶるぶる ①
顫抖、發抖

からだがこまかくゆれうごくようす。
注指身體感到微微抖動。
＊
さむくてからだが**ぶるぶるふるえる**。
譯因為很冷，所以身體不斷地發抖。

ふるほん ⓪
舊書、二手書

ふるくなったほん。
注指變舊的書籍。
＊
おとうさんが**ふるほん**をかう。
譯爸爸買二手書。

ブレーキ《ぶれーき》 ②
brake 剎車器

うごいているのりものをとめるためのもの。
注指一種能讓進行中的交通工具停下來的裝置。
＊
じてんしゃの**ブレーキ**《ぶれーき》をかけてとまる。
譯踩腳踏車的剎車器停下車子。

プレゼント《ぷれぜんと》 ②
present 禮物

ひとにものをあげたり、もらったりすること。そのもの。
注指準備物品贈送給別人，或是得到別人贈送的動作。亦指那個贈送的物品。
＊
たんじょうびに**プレゼント**《ぷれぜんと》をもらう。
譯在生日那天收到生日禮物。

ふろ ② ①
熱水澡、泡澡間

からだをあらったり、ゆにつかってあたためたりするところ。また、そのゆのこと。
注指一個用來洗淨身體，或是浸泡熱水的地方。亦指其浸泡的熱水。
＊
お**ふろ**にはいる。
譯泡熱水澡。

ふろく ⓪
贈品

ほんやざっしについてくるおまけ。
注指書本或是雜誌裡附加贈送的東西。
＊
ふろくをくみたてる。
譯將贈品組合起來。

プログラム《ぷろぐらむ》 ③
program 節目排程表

げきやほうそうで、だしものやでているひとのことをかいたもの。
注指記載戲劇或是廣播裡，所要演出的節目或是演出者內容的流程紀錄。

ふろしき 0 日式包巾

ものをつつんではこぶための、しかくいぬの。

㊟指日本的一種用來包覆物品以便運送的方形布塊。

おみやげをふろしきでつつむ。

＊

㊡用日式包巾將名產給包起來。

ブロッコリー《ぶろっこりー》 2 broccoli 綠色花椰菜

キャベツ《きゃべつ》のなかまで、はなのつぼみをたべるやさい。

㊟指一種與高麗菜同屬十字花科的蔬菜。一般主要是食用其花蕾的部分。

⇓請參考471頁。

ふろば 3 泡澡間 ⇓ ふろ 2 1 泡澡間

プロペラ《ぷろぺら》 0 propeller 螺旋槳

くるくるまわって、ふねやひこうきをすすませるはね。

㊟指一種會旋轉，藉此推動船隻或飛機航行的裝置。

ふわふわ 0 1 ①輕飄飄地 ②軟綿綿地

①うかんでしずかにながれるようす。

②やわらかく、ふくらんだようす。

㊟①指輕輕飄浮著的樣子。②指膨地又柔軟的樣子。

②ふわふわとしたふとん。

＊

㊡②軟綿綿的棉被。

②

ふわり 2 3 ①輕柔地 ②輕飄飄地

①かるくてやわらかいようす。

②かるいものがうかぶようす。

㊟①指輕質又柔軟的樣子。②指輕的物品呈飄浮狀的樣子。

②はねがふわりとじめんにおちた。

＊

㊡②羽毛輕飄飄地落到地面上。

②

ふん 1 分

じかんをあらわすときにつけることば。1《いち》じかんを60《ろくじゅっ》こにわけたときのひとつ。

㊟指表示時間的用語。即一小時裡細分六十個單位，提示這每一個單位的使用量詞。

15《じゅうご》ふんあそぶ。

＊

㊡玩十五分鐘。

ぶん 1 …的份

いくつかにわけたもののひとつ。

㊟指將東西分成好幾區塊，指該區塊的其中一個。

これはおかあさんのぶん。

＊

㊡這是媽媽的份。

ぶん【文《ぶん》】 1 句子

ことばをかいたもの。

㊟指用文字所組合起來的文書。

にっきにぶんとえをかく。

＊

㊡在日記上撰寫句子及畫插圖。

ぶんかのひ 1 文化之日

11《じゅういち》がつ3《さん》にち。へいわとぶんかをたいせつにおもうひ。

㊟指日本在十一月三日的節日。主旨是珍惜和平及文化的慶賀日。

＊

おじいさんがぶんかのひにひょうしょうをうけた。

㊟爺爺在文化之日那天接受了表彰。

ぶんしょう 1 文章

かんがえをつたえるために、ぶんをつなげたもの。

㊟指為了要表達出自己的想法，用句子所結合出來的文書。

＊

ぶんしょうをかく。

㊟寫文章。

ふんすい 0 噴水池

みずをふきあげるようにしたもの。

㊟指一種會噴出水的裝置。

ぷんと 0 扳著一張臉貌

おこってすねるようす。

㊟指生氣鬧彆扭的樣子。

＊

おもちゃをかってもらえなくて、ぷんとおこる。

㊟因為不肯買玩具給他，就扳著一張臉生悶氣。

ふんばる 3 堅持住不動

あしにちからをいれて、うごかないようにたつ。

㊟指兩腳用力撐住站著不動。

＊

せんからでないようにふんばる。

㊟為了避免被推出線外，在原地堅持住不動。

ぶんぶん 1 嗡嗡聲

むしのはねがこすれるおと。

㊟指昆蟲的翅膀摩擦時所產生的聲響。

＊

はちがぶんぶんととぶ。

㊟蜜蜂「嗡嗡嗡」地飛著。

ぷんぷん 1 ①氣味濃厚貌 ②不悅貌

①つよいにおいがするようす。

②とてもおこっているようす。

㊟①指發散出濃厚氣味的樣子。
②指相當生氣的樣子。

＊

①こうすいのにおいがぷんぷんする。

㊟①飄散著濃厚的香水味。

①

ぶんぼうぐ 3 文具

ものをかくときにつかう、いろいろなどうぐ。

㊟指寫東西時使用的各種用具。

＊

ぶんぼうぐのうりばにいく。

㊟去文具賣場。

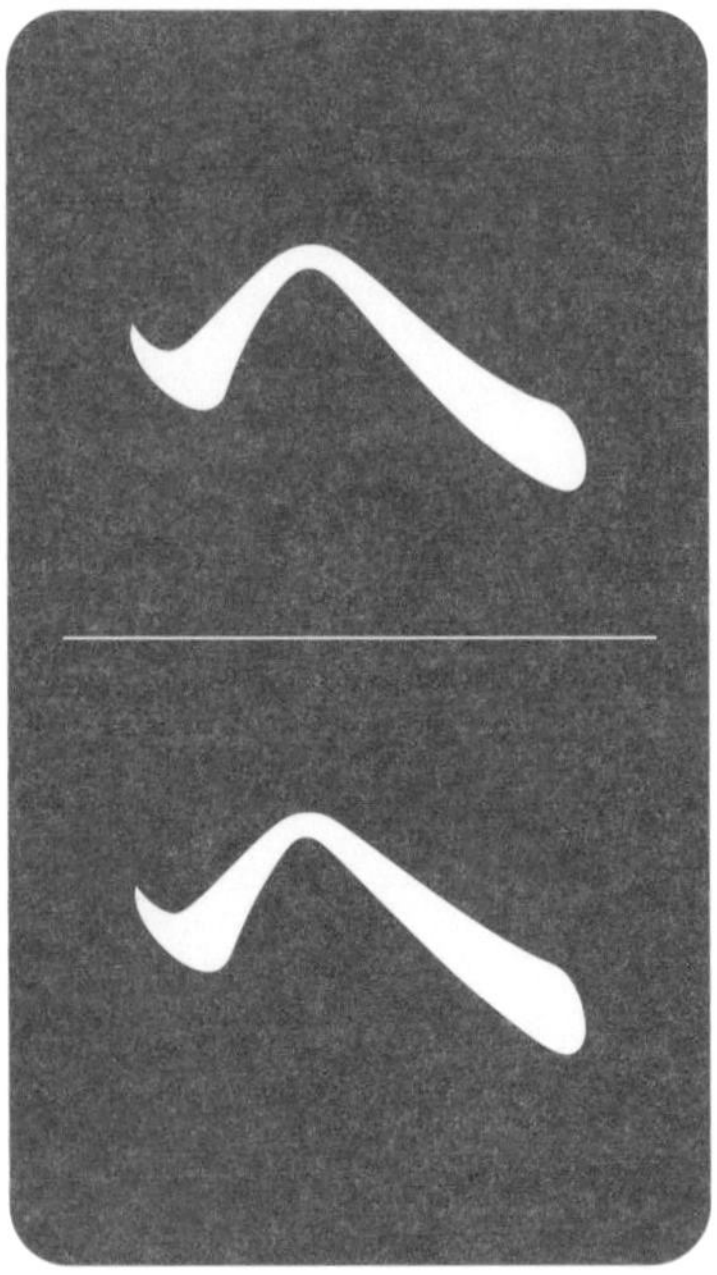

へ 1 屁

おなら。
㊟指從肛門放出來的臭氣。

へい 0 圍牆

いえやにわのまわりをかこんでいるもの。
㊟指將房子或是庭院的周遭圍起來的設施。

＊

へいをつくる。
㊟譯建造圍牆。

へいき 0 不擔心、不在乎、不要緊

いやなことがあっても、おちついているようす。
㊟指即使遇上擔心的事情，也表現很沉穩的樣子。

＊

おかあさんがいなくても**へいき**だ。
譯即使媽媽不在也不擔心。

へいたい 0 士兵、軍人

たたかいにいくひと。
㊟指為了備戰而入伍的人。

＊

おもちゃの**へいたい**であそぶ。
譯玩玩具士兵。

へいや 0 平原

ひらたくてひろいばしょ。
㊟指平坦又遼闊的地方。

＊

かんとう**へいや**は、にっぽんでいちばんひろい。
譯在日本最廣闊的平原是關東平原。

ページ《ぺーじ》 0 page 頁、頁數

ほんやノート《のーと》の、かみのかたほう。そのかずをかぞえることば。
㊟指書或是筆記本中，其中單面的一張紙。或是在計算其頁面的順序時所用的用語。

＊

3《さん》ページ《ぺーじ》をひらいてください。
譯請翻到第三頁。

ぺこぺこ 0 飢餓貌

とてもおなかがすいているようす。
㊟指肚子非常餓的樣子。

＊

おなかが**ぺこぺこ**だ。
譯肚子餓壞了。

へこむ 0 凹、凹陷

そこだけまわりよりひくくなる。
㊟指只有某個部分向內陷入。

＊

かみコップ《こっぷ》が**へこむ**。
譯紙杯凹進去了。

へそ 0 肚臍

おなかのまんなかにあるくぼみ。

㊟指肚子正中間的一個下凹處。

へた 2 笨拙的 ⇕ じょうず 3 擅長的

うまくできないこと。

㊟指沒辦法做得很好的意思。

＊

ピアノ《ぴあの》が**へた**だ。

譯 彈起鋼琴時很笨拙。

へたばる 3 精疲力竭

つかれてうごけなくなる。

㊟指相當地累，累到動不了。

＊

あそびすぎて**へたばる**。

譯 玩得太過頭，都玩到精疲力竭了。

べたべた 0 1 ①黏答答地 ②（男女）卿卿我我貌、交好貌

①ねばねばとくっつくようす。
②なかのよいことをあらわすようす。

㊟①指有黏性地的樣子。
②指表現出感情很好的樣子。

＊

①シロップ《しろっぷ》で**べたべた**している。

譯 ①因為糖漿的關係，弄得黏黏的。

①

ぺたぺた 1 碰擊平坦物貌、碰擊平坦物聲

たいらなものがつづけてなにかにあたるようすやおと。

㊟指物體碰到整片平坦處的樣子或其輕輕發出的聲響。

＊

はだしで**ぺたぺた**とあるく。

譯 光著腳丫子走著，發出「布ㄟ布ㄟ」的聲響。

べたり 2 黏緊貌

ねばねばしたものがくっつくようす。

㊟指有黏性的物品緊緊黏住的樣子。

＊

ポスター《ぽすたー》をのりで**べたり**とはりつける。

譯 用膠水將海報緊緊黏貼上。

べつ 0 別的、不一樣的

ほかとちがっているようす。

㊟指與其他的不同的樣子。

＊

きのうとは**べつ**のふくをきる。

譯 跟昨天穿不一樣的衣服。

ベッド《べっど》 1 bed 床

マット《まっと》などをしいて、よこになってねむるだい。

㊟指一個鋪上了墊子等寢具，可以躺下來睡覺的家具。

ペット《ぺっと》 [1] pet 寵物

かわいがるために、いえでかっているどうぶつ。

㊟指養在家裡細心照顧的小動物。

＊

ペット《ぺっと》のおみせ。

㊞寵物店。

べつべつ [0] 分別、各自

いっしょにしないでそれぞれにするようす。

㊟指各別分開的的樣子。

＊

べつべつのベッド《べっど》にねる。

㊞各自在不同的床上就寢。

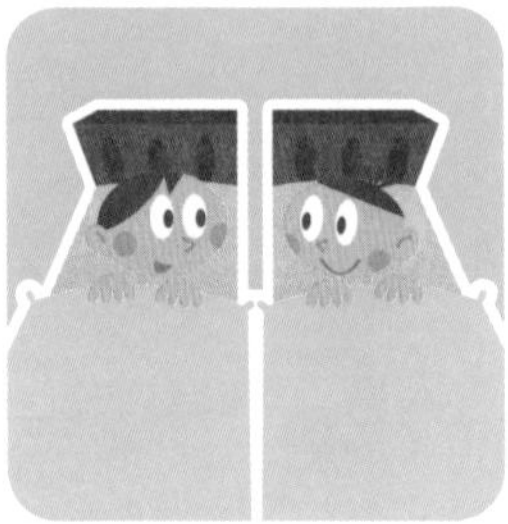

へとへと [0] 累垮貌

からだやあたまがつかれきったようす。

㊟指身體或是腦筋累到極限的樣子。

＊

ドッジボール《どっじぼーる》をして、へとへとになった。

㊞玩躲避球玩到累垮了。

へび [1] 蛇

ほそながく、にょろにょろとはってすすむいきもの。

㊟指一種身體呈細長狀，以扭動的方式爬行的生物。

＊

えだにへびがいる。

㊞有條蛇爬在樹枝上。

へや [2] 房間

いえのなかで、ちいさくくぎったばしょ。

㊟指房子裡隔間開來的小空間。

＊

じぶんのへやにもどる。

㊞回到自己的房間裡。

へらす [0] [3] 使…減少 ⇕ ふやす [2] 使…增加

かずやりょうなどをすくなくする。

㊟指將數量變少的動作。

＊

あそびのじかんをへらす。

㊞減少玩樂的時間。

べらべら [1] 嘰嘰喳喳貌

たてつづけにしゃべっているようす。

㊟指話語不間斷地一直閒聊的樣子。

＊

おかあさんたちがべらべらおしゃべりする。

㊞媽媽們嘰嘰喳喳地聊個不停。

ぺらぺら [0] [1] ①流利地 ②（紙、布料）薄平狀

①ながれるようにはなすようす。
②かみやぬのがうすいようす。

㊟①指非常流暢的說話的樣子。②指紙張或是布料很薄的樣子。

＊

①おとうさんはえいごがぺらぺらだ。

㊞①爸爸的英語很流利。

①

ベランダ《べらんだ》 [0] veranda 陽台

へやのそとにくっついてつくられた、ゆかのあるところ。

㊟指地板向外側突出的一塊室外的空間。

＊

ベランダ《べらんだ》にせんたくものをほす。
譯在陽台曬衣服。

ペリカン《ぺりかん》 0 pelican 鵜鶘

くちばしのしたに、ふくろのあるとり。あついところにすむ。

注指一種喙的下方長有一個袋子的鳥類。會棲息在氣溫較熱的地區。

⇓請參考465頁。

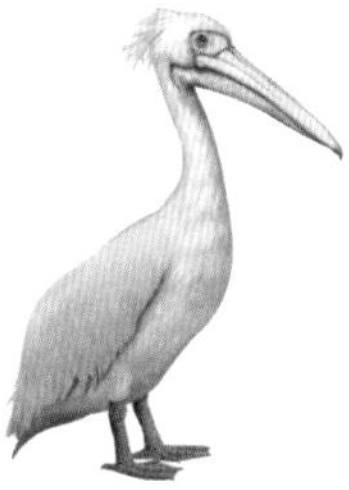

ヘリコプター《へりこぷたー》 3 helicopter 直昇機

プロペラ《ぷろぺら》のある、そらをとぶのりもの。

注指一種具有螺旋槳，可以飛在天上的交通工具。

へる 0 減少 ⇔ ふえる 2 增加

かずやりょうがすくなくなる。

注指數量縮減。

* かびんのなかの、みずがへる。
譯花瓶中的水份減少。

ベル《べる》 1 bell 鈴

しらせるためにおとをならすもの。

注指一種有通知功用，而會發出聲響的設備。

* やすみじかんのベル《べる》がなった。
譯下課時間的鈴聲響了。

ベルト《べると》 0 belt 皮帶

ズボン《ずぼん》やスカート《すかーと》がおちないようにおさえるもの。

注指一種為了固定褲子或裙子所使用的帶子。

* ベルト《べると》をしめる。
譯繫上皮帶。

ヘルメット《へるめっと》 1 helmet 安全帽

あたまをまもるための、かたいぼうし。

注指一種設計用來保護頭部的硬質帽子。

* かぞくのヘルメット《へるめっと》をよういする。
譯準備好家人用的安全帽。

ぺろぺろ 1 舔舌貌

したをうごかすようす。

注指用舌頭動來動去地觸碰物體的樣子。

* いぬがぺろぺろとかおをなめる。
譯狗狗（的舌頭動來動去地）舔主人的臉。

へん 0 …邊

だいたいのばしょをあらわすことば。

注指一個大致上的地區時的用語。

*

このへんにおかしやさんがあったはずだ。

譯 在這邊應該有一間甜點店才對！

へん 1 奇怪的

ふつうとちがうようす。

注 指跟一般的不一樣的樣子。

＊

にらめっこでへんなかおをする。

譯 在表情變化遊戲中裝出奇怪的表情。

ペン《ぺん》 1 pen 鋼筆

インク《いんく》をつけてじやえをかく、さきがとがったどうぐ。

注 指一種筆頭呈尖狀，筆內裝有墨水可以用來寫字或畫畫的文具。

＊

ペン《ぺん》でぶんをかく。

譯 用筆造句。

ペンキ《ぺんき》 0 paint 油漆

かべやいたなどにいろをぬるもの。

注 指用在牆壁或是木板等處塗色的原料。

＊

いぬごやのやねにペンキ《ぺんき》をぬる。

譯 在狗屋的屋頂上塗油漆。

べんきょう 0 學習

いろいろなことをしるために、おそわったり、ほんをよんだりすること。

注 指為了解更多的知識，去聽老師講課或自己看書。

＊

えいごのべんきょうをする。

譯 學習英語。

ペンギン《ぺんぎん》 0 penguin 企鵝

そらはとべないが、およぎがじょうずなとり。おもにさむいところにすむ。

注 指一種雖然不會飛，但是能游得很快的鳥類。主要棲息在天氣寒冷的地區。

⇒ 請參考464頁。

へんじ 0 回覆、回應

しつもんされたり、なまえをよばれたりしたときにこたえること。

注 指被人提問時，或是被叫了名字時的回話。

＊

おおきなこえでへんじをする。

譯 大聲回應。

べんじょ 3 廁所 ⇒ トイレ《といれ》 1 廁所

ベンチ《べんち》 1 bench 長椅

きやいしでできた、ながいいす。

注 指用木材或是石頭製作而成的長型座椅。

＊

こうえんのベンチ《べんち》でひとやすみする。

譯 坐在公園的長椅上休息一下。

へんてこ 0 奇怪的

かわったようす。

注 指看起來很怪異的樣子。

＊

へんてこなもじ。

譯 很奇怪的文字。

ほ
ホ

べんとう 0 便當

いえのそとでたべるためにもっていくごはん。

注 指為了在家中以外的地方吃而預先製作的盒裝餐點。

＊

こうえんでお**べんとう**をたべる。

譯 在公園吃便當。

べんり 1 便利 ⇔ ふべん 1 不便

かんたんでやくにたつようす。

注 指簡單且好用的樣子。

＊

バス《ばす》ていがちかくて**べんり**だ。

譯 公車站牌就在附近實在相當地方便。

ほ 1 穗

くきのさきに、はなやみがあつまってついたところ。

注 指植物的莖部頂端，開花結果的部位。

＊

あきかぜにゆれるいねの**ほ**。

譯 稻穗隨著秋風搖曳。

ほ 1 帆

ふねのはしらにつけて、かぜをうけてふねをすすめるおおきなぬの。

注 指一張架在船柱上的一大片布。可以承受風力，使船向前行進的設備。

＊

ほをあげる。

譯 揚帆。

ほいくじょ 4 托兒所

しょうがっこうにはいるまえのこどもをあずかって、せわをするところ。

注 指收容學齡前孩童，並加以照料的場所。

＊

おかあさんと**ほいくじょ**にいく。

譯 跟媽媽一起到托兒所去。

ほう 1 方向

むきをあらわすことば。

注 指表示朝向哪裡時的用語。

＊

うみの**ほう**にむかってあるく。

譯 向著大海的方向走去。

ぼう 0 棒子

てでもてるくらいの、きやたけなどのほそながいもの。

注 指木頭或竹子等材質的細長物體，大小約在一般的手可以抓起來的程度。

＊

ぼうをふりまわしてはいけません。

譯 不可以揮棒子。

ぼうえんきょう 0 望遠鏡

とおくのばしょやものを、おおきくみせるどうぐ。

注 指可以將遠處的東西看得道清楚的物品。

＊

ぼうえんきょうでとおくをみる。

譯 用望遠鏡觀看遠處。

ほうがく 0 方位、方角

ひがし、にし、みなみ、きたのむき。

注 指東、西、南、北的四個方向。

＊

たいようがのぼるほうがくは、ひがしです。

譯 太陽昇起的方位是在東邊。

ほうき 0 1 掃把

ごみをはいてあつめるどうぐ。

注 指用來打掃，集中垃圾的清潔工具。

＊

ほうきでおちばをあつめる。

譯 用掃把將落葉掃成一堆。

ぼうけん 0 冒險

あぶないことなどを、ゆうきをだしてすること。

注 指提起勇氣，嘗試一些危險事情。

＊

もりのなかをぼうけんする。

譯 到森林裡去冒險。

ぼうさん 1 （稱出家人）師父

ほとけにつかえるひとを、したしみをこめてよぶことば。

注 指對出家人親暱的稱呼。

ぼうし 0 帽子

あたまをまもったり、かざったりするためにかぶるもの。

注 指一種用來保護或裝飾頭部用的物品。

＊

ぼうしをかぶる。

譯 戴帽子。

ほうせき 0 寶石

かざりにつかう、きれいないし。

注 指用於裝飾的美麗石頭。

ほうそう 0 播放

テレビ《てれび》やラジオ《らじお》で、たくさんのひとにいろいろなことをみせたりきかせたりすること。

注 指傳出各種畫面給電視讓人看，或發出各種音訊給別人聽的意思。

ほうたい 0 繃帶

けがをしたところをまもるためにまく、ほそながいぬの。

注 指為了保護受傷的部分所使用細長型的布。

＊

ほうたいをまく。

譯 纏上繃帶。

ほうちょう 0 菜刀

やさいやにくなどをきるためのどうぐ。

注 指用來切蔬菜或肉時所使用的廚具。

＊

ほうちょうでたまねぎをきる。

譯 用菜刀切洋蔥。

ほうび 0 獎賞品

よいことをして、ほめられてもらえるよいもの。

注 指因為做了好事，而得到獎勵的贈品。

ほうほう 0 方法

なにかをするときのやりかた。

注 指做某些事時的做法。

＊ きっぷをかう**ほうほう**をおしえてください。

譯 請告訴我該怎麼買票（請告訴我買票的方法）。

ほうぼう 1 四處

あちこちのたくさんのばしょ。

注 指許多許多的地方。

ぼうや 1 小弟弟

ちいさなおとこのこを、かわいくおもってよぶことば。

注 指對於年紀很小的男孩子偏可愛感的稱呼方法。

ほうりこむ 4 扔進

なげてなかにいれる。

注 指用丟的丟到容器裡的動作。

＊ かみをごみばこに**ほうりこむ**。

譯 將紙扔進垃圾筒裡。

ほうる 0 扔、擲

ものをとおくへなげる。

注 指將物體向遠處丟的動作。

＊ ボール《ぼーる》を**ほうる**。

譯 扔球。

ほうれんそう 3 spinach 菠菜

はがおおきく、こいみどりいろのやさい。ねはあかい。

注 指一種葉片大，呈現深綠色的蔬菜。根部是紅色的。

⇒請參考471頁。

ほえたてる 4 狂吠、狂叫

どうぶつが、いきおいよくなく。

注 指動物很激烈地一直吠叫。

＊ しらないひとをみて、いぬが**ほえたてる**。

譯 狗一看到陌生人之後，就不停地狂吠。

ほえる 2 吠、叫

どうぶつがおおきなこえでなく。

注 指動物很大聲咆哮。

＊ おおかみが**ほえる**。

譯 狼嚎（叫）。

ほお 1 cheek 臉頰

かおのいちぶで、はなのりょうがわのやわらかいぶぶん。

注 指臉部的一部分，分別位於鼻子兩端柔軟的部分。

＊ **ほお**をふくらます。

譯 鼓起臉頰。

ほおかぶり 3 日式頭巾

あたまからかおにかけて、ぬのでつつむこと。

注 指日本的一種傳統頭巾，戴上後主要是遮蓋從頭頂部垂蓋到臉頰的部分。

ホース《ほーす》 1 hose 管子

みずやガス《がす》などをおくるための、ほそながいくだ。

注 指為了輸送水或是瓦斯等所使用的細長管狀物。

ほおずり 3 （示好）相互摩擦臉頰

かわいがるときに、ほおとほおをすりつけること。

注 指兩個人的臉頰相互摩擦，用來表示疼愛、示好的意思。

ボート《ぼーと》 1 boat 小艇

ぼうのようなどうぐでこぐ、うみやみずうみなどでのるふね。

注 指一種使用船槳划動，可以搭乘到湖中或海的小船。

*

ボート《ぼーと》でつりをする。

譯 搭小艇去釣魚。

ほおばる 3 （口中塞滿食物而）臉頰鼓起

くちのなかに、たべものをたくさんつめこむ。

注 指口中塞了許多食物的動作。

*

ケーキ《けーき》をくちいっぱいにほおばる。

譯 吃了很多的蛋糕，整個臉頰都鼓起來了。

ボール《ぼーる》 0 ball 球

ゴム《ごむ》やかわで、つくったたま。

注 指用橡膠或是皮革製作的圓形投擲物。

*

やきゅうのボール《ぼーる》をなげる。

譯 投擲棒球。

ボール《ぼーる》がみ 0 cardboard 厚紙板

わらなどでつくる、あついかみ。

注 指以稻草等為原料製作出來的厚片紙張。

ボールペン《ぼーるぺん》 4 ballpoint pen 原子筆

ペン《ぺん》さきのたまからインク《いんく》がでるしかけのペン《ぺん》。

注 指墨水會透過筆尖處滲出的筆。

ほか 0 別的（人、物、場所）

べつのひと、べつのもの、べつのばしょ。

注 指其他的人、其他的東西、其他的場所。

*

こんでいるので、ほかのみせにする。

譯 這家店客滿了，我們改去別家店。

ぽかぽか 1 暖和貌

あたたかくきもちのよいようす。

注 指環境變得溫暖，感覺很舒適的樣子。

*

ひざしがぽかぽかとあたたかい。

譯 和煦的陽光非常地溫暖。

ほがらか [2] 開朗、爽朗

あかるくはればれとしているようす。

注 指很明朗，不沉悶的樣子。

ほがらかにわらう。 *

譯 爽朗地笑。

ぽかり [2] [3] ①敲打貌 ②開孔貌

①あたまなどをつよくたたくようす。

②あながあいているようす。

注 ①指頭等部位被大力敲打的樣子。

②指開著孔洞的樣子。

①おやに**ぽかり**とたたかれる。 *

譯 ①頭被媽媽大力地打了一下。

①

ぽきぽき [1] 彎折聲

ほそくてかたいものが、おれるようなおと。

注 指硬質又細長的東西被彎折所發出的聲音。

ぽきぽきとゆびをならす。 *

譯 折手指發出「匹、匹」的聲響。

ぽきん [2] （細長又堅硬的東西）斷裂貌、斷裂聲

きなどがおれるようすやおとをあらわすことば。

注 指表示樹木等細長又堅硬折斷時的樣子，或折斷時發出的聲響。

こえだを**ぽきん**とおる。 *

譯 「卡～」的一聲把小樹枝給折斷。

ぼく [0] I 我

おとこのひとがじぶんをさすときにつかうことば。

注 指男性的自稱詞。

ぼくのゆめはパイロット《ぱいろっと》になること。 *

譯 我的夢想是想要做飛行員。

ほくろ [0] [3] 痣

ひとのひふにある、ちいさなくろいてん。

注 指長在人身體上的黑色的點。

ポケット《ぽけっと》 [2] [1] pocket 口袋

ようふくについている、ものをいれるところ。

注 指縫在衣服上，可以放東西的小袋子。

ポケット《ぽけっと》にさいふをいれる。 *

譯 將錢包放在口袋裡。

ほこり [0] 灰塵

とてもちいさく、かるいごみ。

注 指非常細小的塵土。

たなのうえの**ほこり**をとる。 *

譯 擦拭櫃子上方的灰塵。

ほころび [0] （縫合處的）裂痕、裂縫

ようふくなどの、ぬいめがきれたところ。

注 指衣物等上方的縫合處裂開的地方。

ほ

ほころびる 4 （縫合處）綻開、裂開

ようふくなどのぬののぬいめがきれる。

注 指衣物等上方的縫合處斷裂、分開。

*

ズボン《ずぼん》のすそが**ほころびる**。

譯 褲腳裂開了。

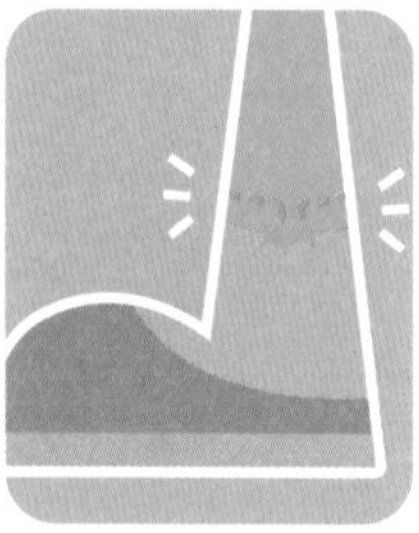

ほし 0 star 星星

はれたよるのそらに、ちいさくひかってみえるもの。

注 指晴朗的夜空裡，一顆顆微微地閃閃發光的物體。

*

ほしがたくさんみえる。

譯 看得到許多星星。

ほしい 2 想要的

じぶんのものにしたいとおもうようす。

注 指想著希望能得到什麼的意思。

*

あたらしいくつが**ほしい**。

譯 想要一雙新的鞋子。

ほす 1 曬

たいようやかぜにあててかわかす。

注 指為了讓物品變乾，將其放在太陽下或讓風吹的動作。

*

はれたひに、せんたくものを**ほす**。

譯 晴天的時候，曬洗好的衣物。

ポスター《ぽすたー》 1 poster 海報

たくさんのひとにしらせるために、えやぶんをかいたかみ。

注 指一種以宣傳為目的，紙面上有圖有文字的文宣品。

ポスト《ぽすと》 1 mailbox 郵筒

まちのなかにある、はがきやてがみをだすときにいれるはこ。

注 指立在街道上，可以投入明信片或信件的箱子。

ほ

ほそい 2 細的 ⇕ ふとい 2 粗的

もののはばやまわりのながさが、ちいさいようす。

注 指物體的寬度或是外圍的長度很短的樣子。

*

てあしが**ほそい**。

譯 手腳很細。

ほそながい 4 細長的

はばがちいさく、ながさがながいようす。

注 指寬度很短，長度很長的。

*

えんぴつは**ほそながい**。

譯 鉛筆是細長的文具。

ほそる 2 ①變瘦 ②變弱

①ほそくなる。やせる。

②いきおいがよわくなる。

注 ①指變細、變得不胖的。②指氣勢衰減。

*

①ろうそくが**ほそる**。

譯 ①蠟燭的火變弱了。

①

ほたる ①螢火蟲

みずのちかくのくさなどにすみ、しりがひかるむし。

㊟指一種棲息在水邊的草或其他植物上，尾部會發亮的昆蟲。

＊

ほたるがひかる。

㊢螢火蟲發亮。

ぼたん ①牡丹

あか、しろ、ピンク《ぴんく》などの、おおきなはなをさかせるき。

㊟指一種會開出大朵花的樹。開出來的花有紅、白、粉紅等顏色。

＊

ぼたんのはながさく。

㊢牡丹花開。

ボタン《ぼたん》 ⓪ ① button 鈕扣

ようふくのあわせたところをとめるためのもの。

㊟指為了讓衣服的接合處可以固定，在衣服上縫製的一種裝置。

＊

ボタン《ぼたん》をあなにはめる。

㊢扣上鈕扣。

ぼたんゆき ②

鵝毛大雪、大雪團

ふっくらと、おおきなかたまりでふるゆき。

㊟指天上所降下的，膨大塊狀的雪。

ホチキス《ほちきす》 ① stapler 釘書機

ほそいはりで、かさねたかみをとじるどうぐ。

㊟指用一種細針，將堆疊的紙張裝訂的文具。

＊

ホチキス《ほちきす》でメモ《めも》をとじる。

㊢將便條紙用釘書機釘起來。

ぽっかり ③ ①洞開貌 ②輕飄貌

①おおきく、あななどが、あいているようす。②かるくうかんでいるようす。

㊟①指開了很大一個洞穴等的樣子。②指輕輕地飄浮著的樣子。

①

ほったらかす ⑤置之不理、丟了就跑

なにもしないでそのままにしておく。

㊟指就那麼擺著，什麼都不處理的樣子。

＊

かばんを**ほったらかし**ていった。

㊢把書包丟了就跑出去了。

ぼっちゃん ①

少爺、令郎

よそのいえのおとこのこをよぶときのことば。

㊟指稱呼別人家的男孩子時的用語。

ほっと ⓪ ① 放心貌

きもちがおだやかになり、あんしんするようす。

㊟指感到安心，心情平穩下來的樣子。

＊

じょうずにかけて**ほっと**する。

㊢好好掛上，放心了！

ホテル《ほてる》 ① hotel 飯店

せいようふうの、ひとをとめるところ。

㊟指一種西洋風格的旅館。

＊

やまのうえの**ホテル**《ほてる》にとまる。

㊢投宿在山上的飯店。

ほ

ほど 0 2 （表示）程度

もののていどをあらわすようす。

注 指表示事物進展變化的樣子。

＊

おどろく**ほど**、きれいなゆうやけ。

譯 夕陽美到令人驚訝的程度。

ほどう 0 人行道

ひとだけがとおれるようにしたどうろ。

注 指只允許行人通行用的道路。

＊

1《いち》れつにならんで**ほどう**をあるく。

譯 排成一列穿過人行道。

ほどうきょう 0 天橋

あんぜんにどうろをわたれるように、どうろのうえにつくられたはし。

注 指一種供行人安全通過馬路的高架橋樑。

＊

ほどうきょうをわたろう。

譯 通過天橋吧！

ほどく 2 解開

むすんであったものをとく。

注 指將綁住的東西鬆開了的動作。

＊

くつのひもを**ほどく**。

譯 鞋帶鬆開。

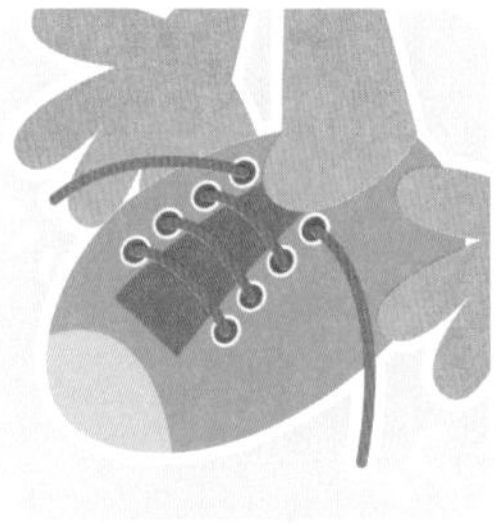

ほとけ 0 佛祖、成佛者、往生者

ぶっきょうでさとりをひらいたひとや、なくなったひと。

注 指佛教教義中，開悟得道者，或是過逝的人士。

＊

ほとけさまに、おいのりする。

譯 拜佛祖。

ほどける 3 鬆開

むすんであったものがしぜんにとける。

注 指綁住的東西自行地解開。

＊

かみのけのリボン《りぼん》が**ほどける**。

譯 繫頭髮用的緞帶鬆開了。

ほとんど 0 幾乎

すべてといってよいくらいのようす。

注 指約略是全部的程度。

＊

えにっきが**ほとんど**かけた。

譯 幾乎每天都寫了插畫日記。

ほね 2 骨頭

ひとやどうぶつのからだのなかにあって、からだをささえているかたいもの。

注 指人或是動物的體內構造中，支撐身體的硬質部分。

＊

ほねをくわえる。

譯 銜著骨頭。

ほのお 1 火焰

ものがもえるとき、ねつとひかりをだしているぶぶん。

注 指燃燒東西時，具有光和熱的產生物。

＊

キャンプファイヤー《きゃんぷふぁいやー》のほのお。

譯 營火的火焰。

ほほえむ 3 微笑

こえをださないで、にこりとわらう。

注 指微微地，不出聲地笑。

＊

せんせいがほほえむ。

譯 老師微笑著。

ほめる 2 褒獎、誇獎

なにかがよくできたひとや、よくおもえたひとに、りっぱだという。

注 指誇讚表現優異或是品性端正的人的動作。

＊

おとうとをほめる。

譯 誇獎弟弟。

ほら 1 嘿！、喂！

ほかのひとにこえをかけるときに、つかうことば。

注 指要對別人搭話時的發語詞。

＊

ほら、あのほしをみてごらん。

譯 嘿！妳看看那顆星星。

ほらあな 0 洞穴

いわやがけなどにできた、おおきなあな。

注 指在岩石或懸崖上的巨大洞窟。

＊

ほらあなにかくれる。

譯 躲藏在洞穴裡。

ほり 0 護城河

じめんをほって、みずをながしたばしょ。

注 指挖掘地面，並注入水的場所。

＊

おしろはほりでかこまれている。

譯 城堡的四面環繞著護城河。

ほる 2 挖掘

じめんにあなをあける。

注 指在地面鑿洞。

＊

トンネル《とんねる》をほる。

譯 挖掘隧道。

ぼろぼろ 0 破破爛爛貌

ぬのなどがやぶれたり、きれたりしているようす。

注 指布料等上方有破洞或裂開的樣子。

＊

ぼろぼろのふく。

譯 破破爛爛的衣服。

ほん【本《ほん》】 1 book 書

もじやえをかいたかみを、まとめてとじたもの。

注 指將寫著文字或是畫了圖的紙張，全部都匯集在一起後的結合體。

＊

はなのほんをよむ。

譯 念花卉書籍。

ほんき 0 認真的

いっしょうけんめいにとりくむきもちやようす。

注 指以不馬虎的態度加以面對的樣子。

＊

ほんきでかけっこをする。

譯 認真的投入賽跑比賽。

ほんだな [1] 書架

ほんをならべておくためのたな。

注指用來排列擺放書的架子。

ぽんと [0] [1] 輕輕敲擊貌、輕輕敲聲

ものをかるくたたいたりするおとやようす。

注指輕輕地敲擊東西所發出的聲響，或指其樣子。

＊

ぽんとせなかをたたく。

譯輕輕地拍了對方的背。

ほんとう [0] 真的⇔うそ [1] 假的

うそでないこと。

注指毫無虛假的意思。

＊

ほんとうにあったはなしをする。

譯談論一件真實發生過的事。

ほんの [0] 一點點、一些些

わずかなようす。

注指僅剩些許的樣子。

＊

のこりはほんのすこししかない。

譯只剩下一點點了。

ほんばこ [3] 書櫃

ほんをいれておくための、はこのかたちをしたかぐ。

注指用來存放書籍的櫃型家具。

＊

ほんばこのなかのほんをさがす。

譯找書櫃裡的書。

ポンプ《ぽんぷ》 [1] pump 馬達

みずやくうきなどをすいあげたり、おくりだしたりするどうぐ。

注指一種抽取水或是空氣等物質，再輸送出來的器具。

ぽんぽん [1] 打擊貌、打擊聲

つづけてものをたたくようすや、おと。

注指持續打擊物體的樣子，或其所發出的聲響。

＊

ぽんぽんとたいこをたたく。

譯打鼓發出咚咚咚的聲響。

ほんもの [0] 真品

にせたものではない、ほんとうのもの。

注指不是仿冒品。

ほんや [1] 書店

いろいろなほんやざっしをうっているみせ。

注指販賣各種書籍及雜誌的店家。

＊

ほんやさんでえほんをかう。

譯在書店購買繪本。

ぼんやり [3] 朦朧地

いろやかたちがぼやけて、はっきりしないようす。

注指顏色或形狀很模糊，看不太清楚的樣子。

＊

えんとつがぼんやりとみえる。

譯煙囪看起來很朦朧的樣子。

ま
マ

ま 0 間

①もののともののあいだ。
②じかんとじかんのあいだ。
注①指物體與物體之中的空隙。
②指時間與時間之中的空隙。

まあ 1 不管怎麼說

じゅうぶんではないが、なんとかよしとするようす。
注指沒有到很完美，但也是做得很不錯的樣子。

＊

まあ、よいでしょう。
譯不管怎麼說，這樣已經很好了。

まい 0 …片、…張

うすいものをかぞえるときにつけることば。
注指計算薄平狀物體時所使用的量詞。

＊

さらを5《ご》まいならべる。
譯排五個盤子。

まいあさ 0 每天早上

まいにちのあさ。
注指每一天的早晨。

＊

まいあさ、ぎゅうにゅうをのむ。
譯每天早上喝牛奶。

マイク《まいく》 1 microphone 麥克風

こえやおとをおおきくするためのきかい。
注指一種能夠將聲音變大的機器。

＊

せんせいがマイク《まいく》をもってはなす。
譯老師拿著麥克風講話。

まいご 1 走失的孩子

みちにまよったり、いっしょにいたひととはなれてしまったりしたこどものこと。
注指找不到路或是落單的孩子。

＊

まいごになる。
譯迷路了（變成走失的孩子了）。

まいしゅう 0 每週

どのしゅうも。
注指不管是哪一個星期。

＊

まいしゅうすいようびは、ピアノ《ぴあの》きょうしつにいく。
譯每週三我都會去練習彈鋼琴（去鋼琴教室）。

まいつき 0 每個月

どのつきも。
注指不管是哪一個月。

＊

ま

まいつき1《いっ》かい、こうえんをそうじする。

譯 每個月去公園做一次的打掃。

まいとし 0 每年

どのとしも。

注 指不管是哪一年。

＊

まいとし、さくらをみにくる。

譯 每年都來賞櫻。

まいにち 1 每天

どのひも。

注 指不管哪一天。

＊

おかあさんは、**まいにち**ごはんをつくる。

譯 媽媽每天都會作飯。

まいばん 1 0 每晚

どのよるも。

注 指不管哪一個夜晚。

＊

まいばん、ほんをよんでもらう。

譯 每晚都念故事給我聽。

まいる 1 耐不住、認輸

からだやこころがよわる。

注 指身體或心理變得衰弱。

＊

あつさに**まいる**。

譯 耐不住酷暑。

まう 0 舞動、飄動

じめんにどこもつかないで、くうきのなかをあちこちうごく。

注 指物體在空中飛來飛去，不掉落到地面的樣子。

＊

かれはが**まう**。

譯 枯葉在空中飄動。

まえ 1 前面 ⇕ うしろ 0 後面

かおやからだがむいているほう。

注 指臉跟身體所朝向的方向。

＊

おかあさんの**まえ**にすわる。

譯 坐在媽媽的前面。

まえかけ 0 3 圍裙

しごとをするときに、ふくがよごれないようにつけるもの。

注 指工作時為了保持衣服乾淨，而掛在身體前方的布。

まかす 0 擊敗、擊倒

あいてにかつ。

注 指贏對手的動作。

＊

つよいてきを**まかす**。

譯 擊倒強敵。

まかせる 3 委任、交派

そのひとをしんじて、やりたいようにやらせる。

注 指相信一個人，交待給他去執行某事的意思。

＊

ま

ごみだしをまかせる。
譯 交派倒垃圾的任務。

まがりかど 0 4 轉彎處、轉角

みちが、みぎやひだりにまがっているかどのところ。
注 指道路中，有向左轉或向右轉的地方。

まがる 0 彎曲

まっすぐでなくなる。
注 指變得不直的狀態。

＊

こしがまがる。
譯 駝背（腰彎曲）。

まきあげる 4 捲起

まいてうえにひきあげる。
注 指將物體捲曲向上拉的動作。

＊

すだれをまきあげる。
譯 捲起簾子。

まきちらす 4 0 撒滿、散布

あちこちにまいてちらす。
注 指將物品四處灑，或使消息流傳得到處都是動作。

＊

パン《ぱん》くずをまきちらす。
譯 撒滿麵包屑。

まきつく 3 纏繞、纏著

まきながらくっつく。
注 指呈卷狀的緊黏著的狀態。

＊

へびがきのぼうに、まきつく。
譯 蛇纏繞在木棒上。

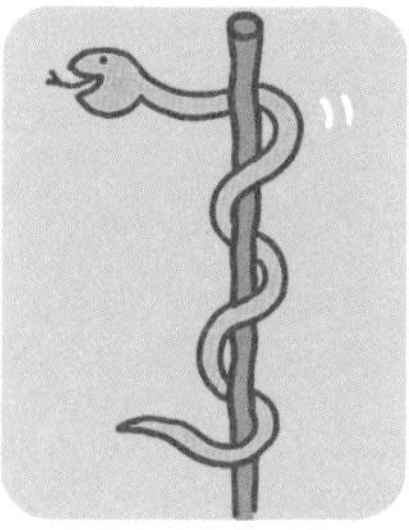

まきば 0 牧場

うしやうまなどをそだてている、ひろいところ。
注 指一個飼養牛、馬等家畜的寬廣地方。

まく 0 纏上

もののまわりに、ひものようなものをからみつける。
注 指用線狀的長型物體繞著物體捲的動作。

＊

うでにほうたいをまく。
譯 在手臂上纏上綳帶。

まく 1 撒、播（種）

たねを、つちにうめたりおとしたりする。
注 指將種子倒到土裡，或是埋進去的意思。

＊

かだんに、はなのたねをまく。
譯 在花圃裡撒下花的種子。

まく 2 幕、布幕

ぶたいやへやをくぎるために、うえからつるすおおきなぬの。
注 指為了隔開舞台或是房間所用的一大片垂吊的布。

＊

まくがおりる。
譯 布幕垂降。

まくら ① 枕頭

ねるときにあたまのしたにおくもの。

㊟指睡覺時墊在頭部下方的寢具。

＊

まくらにカバー《かばー》をかける。

㊟將枕頭裝入枕頭套裡。

まくる ⓪ 捲起

はしをまいて、うえにあげる。

㊟指將尾端捲起，向上拉的動作。

＊

そでをまくる。

㊟捲起袖子。

まくれる ③ 揭起

まくったようになる。

㊟指變成像是捲起的動作一樣的狀態。

＊

かぜでスカート《すかーと》がまくれる。

㊟風吹得裙子揭起了。

まぐろ ⓪ 黑鮪魚

あたたかいうみにすむ、あかいみのおおきなさかな。

㊟指棲息在暖洋裡，紅身的大型魚類。

⇓ 請參考467頁。

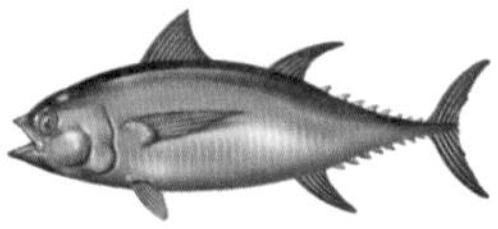

まけおしみ ⓪ 不服輸

まけたことがくやしくて、いいわけをすること。

㊟指對於失敗感到很不甘願，硬要辯解的意思。

まける ⓪ 輸 ⇕ かつ ⓪ 贏

あいてにかなわない。

㊟指敵不過對方的意思。

＊

じゃんけんでまける。

㊟猜拳猜輸。

まげる ⓪ 彎曲 ⇕ のばす ⓪ 伸直

ゆみのようにまげたり、まっすぐでないようにする。

㊟指使物體像弓一樣彎著的動作。

＊

ひざをまげる。

㊟彎曲膝蓋。

まご ② 孫子

じぶんのこどものこども。

㊟指自己的孩子再生出來的孩子。

＊

おばあさんには、まごが5《ご》にんいる。

㊟奶奶有五個孫子。

まごつく ⓪ 慌張、慌亂

どうしたらよいかわからなくて、おちつかなくなる。

㊟指變得不冷靜，不知道該如何是好的樣子。

＊

みせがなくなって、まごつく。

㊟店收掉了，真讓人不知道該怎麼辦（慌張）。

まことに 0 由衷地

こころからそうおもうようす。

注指打從心底那麼想的樣子。

＊

まことにありがとうございます。

譯由衷地感謝。

まごまご 1 慌張貌、慌亂貌

どうしたらよいかわからなくて、おちつかないようす。

注指亂了方寸，不知道該怎麼樣才好的樣子。

＊

しつもんされて**まごまご**する。

譯被問了問題後，整個人就慌亂了。

まざる 2 交雜、混雜 ⇓ **まじる** 2 交雜、混雜

まじめ 0 認真地

ふざけたきもちではなく、ほんきであるようす。

注指態度不隨便的樣子。

＊

まじめにべんきょうする。

譯認真學習。

まじる 2 交雜、混雜

ちがうしゅるいのものがいっしょになる。

注指不同種類的物品混在一起的動作。

＊

あおにあかが**まじる**と、むらさきいろになる。

譯當青色跟紅色混在一起後，就會變成紫色。

まじわる 3 交叉

ほそながいものどうしが、ひとつのところでかさなる。

注指細長的物體交疊在一起的意思。

＊

このみちは、おおきなどうろと**まじわる**。

譯這條路會與一條大路交叉在一起。

ます 2 日式量杯

みずやこめなどをはかる、はこのかたちのいれもの。

注指用來測量水或是米等，一個盒狀的容器。

＊

ますでおこめをはかる。

譯用日式量杯量米。

まず 1 首先

いちばんはじめに。

注指最先、最開始的意思。

＊

まず、てをあらいましょう。

譯首先，去洗手吧！

まずい 2 ①難吃（喝）的 ②笨拙的 ⇔ ②① **うまい** 2 ①好吃的 ②擅長的

①あじがおいしくないようす。

②じょうずにできないようす。

注①指味道嚐起來很差的樣子。

②指不擅長的樣子。

＊

①このスープ《すーぷ》は**まずい**。

譯①這道湯真難喝。

①

マスク《ますく》 1
mask 口罩

ばいきんなどがはいらないように、くちやはなをおおうもの。

㊟指為了不使口鼻接觸到細菌等物質，用來遮擋的衛生用品。

＊

マスク《ますく》をしてそうじする。

㊞戴著口罩打掃。

まずしい 3
貧窮的

かねがすくなくて、くらしにこまるようす。

㊟指沒有錢、生活困苦的樣子。

＊

まずしいけれど、みんなでなかよくくらす。

㊞雖然貧窮，但生活中大家相處得很快樂。

ますます 2
愈發、更加

まえよりももっと。

㊟指程度比先前更加深厚。

＊

ますますおおきくなった。

㊞長得愈來愈大了。

まぜる 2
混入

ちがうしゅるいのものどうしをいっしょにする。

㊟指將不同種類的物品混在一起的動作。

＊

みずとこむぎこを**まぜる**。

㊞將水和麵粉混合攪拌。

また 2
胯

りょうあしのつけねのところ。

㊟指身體上，接續兩腳的部位。

また 2
再

おなじことをもういちど。

㊟指同樣的事情又再一次的意思。

＊

またいっしょにあそぼう。

㊞下次再一起玩吧！

まだ 1
還未、還沒

いまになっても。

㊟即使到了眼下的時間點仍未怎樣的意思。

＊

まだおなかがすかない。

㊞肚子還不餓。

またがる 3
跨、跨坐

りょうあしをひらいて、もののうえにのる。

㊟指張開兩腳，坐在東西上面的狀態。

＊

じてんしゃに**またがる**。

㊞跨坐在自行車上。

またぐ 2
跨過

りょうあしをひらいて、もののうえをこえる。

㊟指張開兩腳，從物體的上方越過的動作。

＊

あきかんを**またぐ**。

㊞跨過空罐。

ま

ま

まだまだ [1] （強調）還未、還沒

「まだ」よりもつよい、いいかた。

注 指與「まだ」的意思相同，但語氣更強烈的用語。

*

まだまだあめのきせつはおわらない。

譯 雨季還是沒結束！

まだら [0] 斑駁

ちがういろがまじっていること。

注 指許多不同的顏色混在一起的意思。

まち【町《まち》】[2] 街、街道

いえやみせがたくさんあつまっている、にぎやかなところ。

注 指聚集許多房子及店家的繁華地帶。

*

まちにでかける。

譯 外出到街上去。

まちあわせる [5] [0] 會合、等候碰面

じかんとばしょをまえにきめて、ひととあう。

注 指決先定好時間跟地點，再與人碰面的意思。

*

ポスト《ぽすと》のまえで3《さん》じに**まちあわせる**。

譯 三點時在郵筒前會合。

まちがい [3] 弄錯

ただしくないこと。

注 指不正確的意思。

*

みっつの**まちがい**がある。

譯 有三題答錯（弄錯）了。

まちがう [3] 弄錯

ただしくないことになる。

注 指變成不正確的狀態。

*

みちを**まちがう**。

譯 走錯（弄錯）路。

まちがえる [4] [3] 弄錯

ただしくないことをする。

注 指做了不正確的動作。

*

かずを**まちがえる**。

譯 算錯（弄錯）數量。

まちどおしい [5] 盼望已久的

たのしみをまつじかんが、ながくかんじられるようす。

注 指期待某著事，但花了很久的時間才等到的樣子。

*

うみにいくひが**まちどおしい**。

譯 等了好久（盼望已久）才等到這個能去海邊玩的日子。

まつ [2] 等候

そのひとやそのときがくるまでのじかんをすごす。

注 指在某人或某時段來到之前，而耗掉時間的動作。

*

バス《ばす》を**まつ**。

譯 等公車。

まつ 1 松樹

はりのように、ほそくとがったはをもつき。

注 指一種樹葉呈針葉狀的樹。

＊

おしょうがつに、まつをかざる。

譯 日本新年的時候，會擺出松樹當裝飾。

まっか 3 深紅色、通紅

とてもあかいこと。

注 指顏色非常紅的意思。

＊

かおがまっかになる。

譯 變得滿臉通紅。

まっくら 3 深黑色、黑漆漆地

なにもみえないほど、とてもくらいこと。

注 指非常黑暗，伸手不見五指的狀態。

＊

えいがかんがまっくらになる。

譯 電影院裡黑漆漆的一片。

まっくろ 3 深黑色

とてもくろいこと。

注 指顏色非常黑的意思。

＊

さかながまっくろにこげる。

譯 整隻魚都烤得焦黑了。

まつげ 1 睫毛

うえとしたのまぶたにはえているけ。

注 指長在上下眼瞼處的毛。

＊

まつげのながいおんなのこ。

譯 長睫毛的女孩。

まっさいちゅう 3 最盛期、正當…中

なにかをしているとちゅうの、いちばんいきおいがあるところ。

注 指在做某事時，狀況最猛烈、氣勢最強大的時間帶。

＊

すいえいのまっさいちゅう。

譯 正當在游泳的時刻。

まっさお 3 深藍色

とてもあおいこと。

注 指顏色非常藍的意思。

＊

まっさおなうみ。

譯 深藍色的海洋。

まっさき 3 4 最一開始

いちばんはじめ。

注 指最先的那個時候。

まっしろ 3 全白色

とてもしろいこと。

注 指顏色非常白的意思。

＊

シャツ《しゃつ》をせんたくしたら、まっしろになった。

譯 襯衫在洗過之後變得亮白無瑕。

まっしろい 4 全白色

とてもしろいようす。

注 指顏色非常白的樣子。

＊

まっしろいゆきのうえをあるく。
譯 走在全白色的積雪上。

まっすぐ 3 一直線地

すこしもまがったところがないようす。
注 指完全沒有彎曲的樣子。

＊

まっすぐにならぶ。
譯 排成一直線地。

まったく 0 完全（不是）…

すこしもそうでないようす。
注 指並不是那個樣子的意思。

＊

そんなはなしはまったくきいたことがない。
譯 那件事我完全沒有聽說過。

まつたけ 0 3 松茸

あきにとれる、よいにおいのするきのこ。
注 指一種在秋天時採收，具有香味的蘑菇。

＊

まつたけをやく。
譯 烤松茸。

マ《ま》ッ《っ》チ《ち》 1 match 火柴

ちいさなきのぼうのさきをこすって、ひをつけるどうぐ。
注 指一種細小的木棒，將尖端磨擦後可以生火的工具。

＊

マッチ《まっち》をする。
譯 點火柴。

まつり 0 3 慶典、祭典

かみに、たべものやはなをおくっていのること。
注 指對神明祈福，並獻上食物或是花的活動。

＊

じんじゃのまつりにいく。
譯 去參加神社的慶典。

まつる 0 祭拜

かみに、たべものやはなをおくっていのる。
注 指對神明祈福，並獻上食物或是花的動作。

＊

かみさまをまつる。
譯 祭拜神明。

まで 0 到…

いつくじかんやばしょなどをしめすことば。
注 指談論到將抵達的時間或是場所時用的表示用語。

＊

5《ご》じまでにいえにかえる。
譯 在五點前會回家。

まと 0 標的、標靶

ボール《ぼーる》ややをあてるときの、めじるしになるところ。
注 指打球或射箭時，所瞄準的目標點或目標物。

＊

まとにボール《ぼーる》をあてる。
譯 朝向標的投球。

ま

まど ① window 窗戶

ひかりやかぜをいれるために、かべややねにあけたあな。

注 指為了讓光線或是空氣能夠流通，在牆壁或是屋頂上設計能打開的設置。

＊

まどからかぜがはいる。

譯 風從窗戶外吹了進來。

まどぐち ② （辦事）窗口

ぎんこうなどでかかりのひとがきゃくとむきあうところ。

注 指銀行等機構，為了跟辦事員互動時所設置的櫃台。

＊

まどぐちでおかねをはらう。

譯 在辦事窗口付款。

まとまる ⓪ 聚集、整合

ばらばらのものがあつまってひとつになる。

注 指將四分五裂的人、事、物統合成一個整體的狀態。

＊

みんなのかんがえがひとつに**まとまる**。

譯 將大家的想法整合起來。

まとめる ⓪ 使…聚集、使…整合

ばらばらのものをあつめて、ひとつにする。

注 指將四分五裂的人、事、物統合成一個整體的動作。

＊

いろえんぴつをケース《けーす》に**まとめる**。

譯 將彩色鉛筆收拾（聚集）在盒子裡。

まないた ⓪ ③ 砧板

たべものをきるときに、したにしくいた。

注 指切食材時，墊在下面的一塊板子。

＊

まないたのうえでにんじんをきる。

譯 在砧板上切紅蘿蔔。

まにあう ③ 來得及、趕上

きめられたじかんにおくれないですむ。

注 指在有限時間內完成的意思。

＊

やくそくのじかんに**まにあう**。

譯 在約定好的時間裡趕上。

まね ⓪ 模仿

ほかのひととおなじようにうごいたり、こえをだしたりすること。

注 指裝出跟別人一樣的動作或聲音的意思。

＊

おとうさんの**まね**をする。

譯 模仿爸爸。

まねく ② 招、招徠

きゃくとしてこちらへきてもらう。

注 指將他人以客人的身分邀請過來的動作。

＊

あたらしいいえにともだちを**まねく**。

譯 邀請朋友到新家裡來坐坐。

まねる 0 模仿

ほかのひととおなじようにうごいたり、こえをだしたりする。

注 指裝出跟別人一樣的動作或聲音的動作。

＊

おうむがおしゃべりをまねる。

譯 鸚鵡模仿人講話。

まばたき 2 眨眼

めをとじたり、ひらいたりすること。

注 指眼睛一下張開、一下閉上的樣子。

まぶしい 3 炫目的、刺眼的

ひかりがつよくて、めをあけていられないようす。

注 指光線很強烈，使得眼睛無法張開的樣子。

＊

たいようがまぶしい。

譯 陽光很刺眼。

まぶた 1 眼皮

めをとじたときに、めをおおうすいかわ。

注 指閉上眼睛的時候，蓋上眼睛的那塊皮膚。

まほう 0 魔法

ふしぎなことをするほうほう。

注 指一種能產生不可思議效果的法術。

＊

おうじさまは、まほうでかえるになった。

譯 王子因為中了魔法，變成了一隻青蛙。

まほうつかい 4 魔法師

まほうをつかえるひと。

注 指能操弄魔法的人。

ままごと 0 2 辦家家酒

おもちゃをつかって、りょうりやしょくじなどのまねをするあそび。

注 指小朋友一起用玩具模仿做菜及吃飯的一種遊戲。

まみれる 3 沾上、沾滿

からだじゅうにくっついてよごれる。

注 指渾身上下因為附著到某物而變得髒兮兮的狀態。

＊

どろにまみれる。

譯 沾滿了泥巴。

まめ 2 豆子

だいずやあずきなどの、まるいしょくぶつのたね。

注 指黃豆或是紅豆等，小粒的圓形種子。

＊

まめをたべる。

譯 吃豆子。

まめまき 2 3 （日本的傳統習俗）撒豆

せつぶんのよる「おにはそと、ふくはうち」といって、まめをまくこと。

注 指日本節分當天的晚上，一邊撒豆，一邊喊著「おにはそと、ふくはうち（長角妖怪滾出去，福氣快進來）」的傳統儀式。

まもなく 2 沒多久

もうすぐ。

注 指馬上的意思。

＊

まもなくひるごはんのじかんだ。

譯 再過沒多久就是午餐時間了。

まもる

2 ①保護、守護 ②遵守 ⇕ ①**せめる** 2 攻擊、責難 ②**やぶる** 2 不遵守

①がいをうけないようにふせぐ。
②きめられたとおりにする。
(注) ①指防護避免受害的意思。
②指依照既有的規則去做的意思。

②

まゆ

1 眉毛

まぶたのうえにはえているけ。
(注) 指眼皮上方所長出的體毛。

まゆ

1 繭

ようちゅうがさなぎになるときにつくる、しろいから。
(注) 指幼蟲在轉化為蛹時結成的白色的殼。

*

まゆからいとをとる。
(譯) 從繭中抽出絲。

まよう

2 迷惘、猶豫

どうしたらよいかわからなくなる。
(注) 指不知道該做出什麼決定才好的狀態。

*

どのふくをきるか**まよう**。
(譯) 猶豫著不知道該穿哪件衣服才好。

まよなか

2 深夜

よるのとてもおそいじかん。
(注) 指夜晚中最深沉的時間帶。

*

おにいさんは、**まよなか**までべんきょうする。
(譯) 哥哥念書念到深夜。

マラソン《まらそん》

0 marathon 馬拉松

とてもながいきょりのみちをはしるスポーツ《すぽーつ》。
(注) 指長距離路跑的一項運動。

*

おとうさんが**マラソン**《まらそん》をする。
(譯) 爸爸跑馬拉松。

まり

2 蹴鞠

あそびにつかうまるいたま。
(注) 指玩耍時用的圓球型玩具。

*

まりをつく。
(譯) 踢蹴鞠。

まる

0 circle 圓形

たまのように、かどがないかたち。
(注) 指像球一樣，沒有邊角的形狀。

*

おおきな**まる**をつけてもらう。
(譯) 別人幫我畫了一個很大的圓形。

まるい

0 2 圓的

たまのように、かどがないようす。
(注) 指像球一樣，沒有邊角的樣子。

*

まるいかたちの、テーブル《てーぶる》。
(譯) 圓形的桌子。

まるた

0 圓木

きったあと、えだとかわをとっただけのき。
(注) 指樹木砍下後，再切除掉樹枝及樹皮的樹身。

まるで 0 簡直

なにかにそっくりなようす。

注 指跟某事、物幾乎一樣的樣子。

＊

まるでほんもののようだ。

譯 簡直就像真的一樣。

まるめる 0 使…變圓

まるいかたちにする。

注 指使物品變成圓形的動作。

＊

ねこがせなかをまるめる。

譯 貓咪將身體圓形鼓起。

まわす 0 旋轉、畫圓

まるをかくようにうごかす。

注 指做出好像畫出圓形一樣的動作。

＊

うでをまわす。

譯 旋轉手臂。

まわり 0 周邊、側邊

もののそとがわをかこんだところ。

注 指東西外側框起來的部分。

＊

いけのまわりをあるく。

譯 散步在池塘邊。

まわりみち 0 3 遠路

とおまわりになるみち。

注 指會繞得更遠的路。

まわる 0 旋轉

まるをかくようにうごく。

注 指好像畫出圓形一樣的狀態。

＊

こまがまわる。

譯 陀螺旋轉。

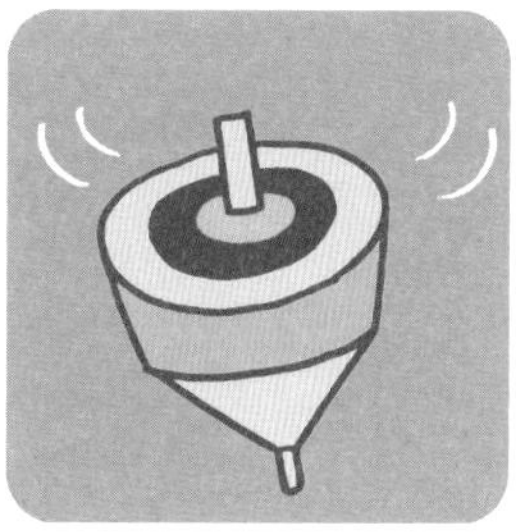

まん 1 萬

①かずのなまえ。せんの10《じゅう》ばいのかず。

②とてもおおいかず。

注 ①指數量的名稱。是一千的十倍。

②指暗示數量極大。

＊

①1《いち》まんえんさつ。

譯 ①萬元大鈔。

①

まんいん 0 客滿

これいじょう、はいれないくらい、ひとがたくさんいること。

注 指人數多到無法再容納的意思。

＊

おきゃくさんでまんいんのみせ。

譯 客人多到客滿的店家。

まんが 0 漫畫

いろいろなできごとやはなしを、えとせりふでおもしろくかいたもの。

注 指以圖畫搭配對白，展現各種劇情故事的趣味圖文書籍。

＊

まんがをよむ。

譯 看漫畫。

ま

まんげつ 1 滿月

まんまるにひかるつき。

注 指月亮呈現很圓、明亮時的狀態。

＊

まんげつをみる。

譯 觀賞滿月

マンゴー《まんごー》 1

mango 芒果

あたたかいところでとれる、きいろくてあまいくだもの。

注 指一種在熱帶生長，橘黃色的甜味水果。

＊

マンゴー《まんごー》のジュース《じゅーす》。

譯 芒果汁。

まんざい 3 （日式的）雙口相聲

ふたりぐみでおもしろいはなしをして、ひとをわらわせること。

注 指兩人搭配，以有趣的對話引人發笑的一種日式表演。

＊

まんざいをみて、おおわらいする。

譯 看日式的雙口相聲後開始大笑。

まんじゅう 3 豆沙包

こむぎこでつくったかわで、ぐをつつんでむしたたべもの。

注 指一種用麵粉製的外皮包覆內餡的甜點。在蒸過後食用。

＊

あんこのはいったまんじゅう。

譯 包了餡的豆沙包。

まんぞく 1 滿足、滿意

おもったとおりになって、とてもうれしいきもち。

注 指事情的發展與預想的一樣順利，所以非常開心的狀態。

＊

しあいにかってまんぞくだ。

譯 贏了比賽，感到很滿意。

マント《まんと》 1

cloak 披風、斗篷

かたからかける、そでのないうわぎ。

注 指一塊披在肩上，沒有袖子的布。

＊

じょおうさまのながいマント《まんと》。

譯 女王的長披風。

まんなか 0 正中間

ながさやばしょなどで、ちょうどちゅうしんになるところ。

注 指長度或是地方等，正中央的部分。

＊

へやのまんなかにテーブル《てーぶる》をおく。

譯 在房間的正中間擺放桌子。

まんねんひつ 3 鋼筆

なかにたまっているインク《いんく》で、じをかくどうぐ。

注 指一種筆桿內含墨水，可以用來寫字的文具。

＊

まんねんひつをかう。

譯 買鋼筆。

まんまる 0 3 相當圓

ほんとうにまるいようす。

注 指真的很圓的樣子。

＊

めをまんまるにひらく。

譯 睜大眼睛（將眼睛圓滾滾地張開）。

み ミ

み 0 身體、自身

からだ。じぶんのこと。

注 指人的軀體。或指「自己」的用語。

＊

きけんを**み**をもってしる。

譯 親身體驗危險。

編註 日文的「みをもって」是一個固定的表現，即「親自、親身」的意思。

み 0 果實

しょくぶつのはながさいたあとにできるもの。

注 指植物在開花後所結出可食用的部分。

＊

ももの**み**がなる。

譯 桃子成熟。

みえる 2 看得見

めで、もののかたちやいろなどがかんじられる。

注 指物體的外型或顏色等，可以用眼睛清楚感受到的狀態。

＊

まどからえんとつが**みえる**。

譯 從窗口看得見煙囪。

みおくる 0 目送

どこかにいくひとを、とちゅうまでいっしょにいっておくる。

注 指在路上望著要離去的人，作為送別的動作。

＊

おとうさんを**みおくる**。

譯 目送爸爸離開。

みおとす 0 3 看漏、漏看、沒注意到

みていたはずなのに、きづかないですぎてしまう。

注 指應該看到卻沒看到的狀態。

＊

めじるしのきを**みおとして**、とおりすぎる。

譯 沒注意到標地的那顆樹，就這樣走過去了。

みおろす 0 3 向下看

うえからしたのほうをみる。

注 指從上方向下看的動作。

＊

ビル《びる》から、したを**みおろす**。

譯 從大樓的上方向下看。

みがく 0 擦、摩、刷

こすってぴかぴかにする。

注 指透過摩擦，使物品變得閃閃發亮的動作。

＊

ゆかを**みがく**。

譯 擦地板。

みかける 0 3 看到

たまたまみる。

注 指常常看的意思。

＊

ひろばでときどき**みかける**ねこ。

譯 一隻在廣場上常常會看到的貓咪。

みかた 3 2 看法

みるほうほう。

注 指看的方法。

みかた 0 夥伴 ⇔ てき 0 敵人

いっしょにたたかったり、おうえんしたりするなかま。

注 指一同戰鬥，或聲援的同伴。

＊

みかたをおうえんする。

譯 聲援夥伴。

みかづき 0 新月

ゆみのようなかたちの、ほそいつき。

注 指月亮變化成細長弓狀時的樣子。

＊

こんやは**みかづき**だ。

譯 今天晚上是新月。

みかん 1 mandarin orange 橘子

オレンジ《おれんじ》いろの、すこしすっぱい、ふゆのくだもの。

注 指一種呈橘色、微酸口味的冬季水果。

⇒ 請參考473頁。

みき 1 樹幹

つちからはえている、きのいちばんふといぶぶん。

注 指樹木從土壤中裡長出來，最粗大的部分。

みぎ【右《みぎ》】 0 右、右邊 ⇔ ひだり 0 左、左邊

みなみをむいたとき、にしになるほう。

注 指向著南方時，在西邊的那個方向。

＊

おうだんほどうでは、**みぎ**とひだりをよくみよう。

譯 在過斑馬線的時候，先看看是否有左右來車。

みぎがわ 0 右側 ⇔ ひだりがわ 0 左側

まんなかよりみぎのほう。

注 指正面向前時，在右邊的那一側。

みぎて 0 右手 ⇔ ひだりて 0 左手

みぎのて。

注 指右邊的手。

みぐるしい 4 不堪入目的、難看的

みるだけでいやなきもちになるようす。

注 指光看就感到很不舒服的樣子。

＊

ぼさぼさのかみは**みぐるしい**。

譯 那一頭亂髮真是令人感到難看。

みこし 0 1 神轎

まつりのときに、たくさんのひとでかつぐもの。

注 指在日本的慶典時，由許多人一起抬起的轎子。

＊

みこしをかつぐ。

譯 抬神轎。

みごと 1 絕佳的、完美的

とてもすばらしいようす。

注 指相當地棒的樣子。

＊

みごとにさいたさくら。

譯 櫻花開得相當地美（完美）。

みさき 0 海角、岬角

うみやみずうみにつきだしている、りくのさきのぶぶん。

注 指在海或湖泊中突出的陸地端的部分。

＊

みさきまでくるまでいく。

譯 開車到海角處。

みじかい 3 短的 ⇔ ながい 2 長的

ながさやじかんのはばがちいさいようす。

注 指長度或是時間幅度小的樣子。

＊

とけいの**みじかい**はりが、3《さん》をさすと3《さん》じだ。

譯 時鐘的短針指到三時，就是指三點的意思。

みじたく 2 著裝

でかけるじゅんびをしてふくをきること。

注 指外出之前先穿好衣服的準備。

＊

みじたくをする。

譯 著裝。

みしりみしり 0 硬物摩擦聲

かたいものがこすれあったときにでるおとをあらわすことば。

注 指堅硬的物體相互摩擦時所產生的聲響。

＊

かいだんが、**みしりみしり**となる。

譯 樓梯發出「叩叩叩」的聲響。

みず 0 water 水

いろもあじもにおいもない、したにながれていくもの。

注 指一種無色無味，向下流動的液體。

＊

すいどうから**みず**をだす。

譯 打開自來水。

みずあび 0 4 浴水

からだにみずをかぶること。

注 指讓身體浸在水中的意思。

＊

かわで**みずあび**する。

譯 泡在河中（在河中浴水）。

みずいれ 4 3 小水桶、裝水盒

みずをいれるための、ちいさないれもの。

注 泛指可以用來裝水的小型容器。

＊

みずいれにみずをそそぐ。

譯 將水注入小水桶裡。

みずいろ 0 水藍色

いろのなまえ。うすいあおのいろ。

注 指顏色的名稱。偏淡藍的顏色。

＊

みずいろのスカート《すかーと》。

譯 水藍色的裙子。

みずうみ [3] lake 湖、湖泊

いけよりもおおきくて、じめんのへこみにみずがたまったところ。

注 指一種地面向下凹且積水的地形。面積比池塘大了很多。

*

みずうみでボート《ぼーと》にのる。

譯 在湖中划小艇。

みずかき [0] [3] 蹼

かえるやみずとりの、ゆびとゆびのあいだにひろがる、うすいまく。

注 指一種手或腳的趾（指）之間的平片狀薄膜。是青蛙或是水鳥身上才有的結構。

*

かえるが**みずかき**をつかっておよぐ。

譯 青蛙用蹼游泳。

みずぎ [0] 泳衣

およぐときにきるふく。

注 指游泳時所穿的衣服。

*

みずぎをきてうみでおよぐ。

譯 穿上泳衣到海裡去游泳。

みずたまり [0] 水坑、積水

じめんにみずがたまったところ。

注 指地面上積有大片水的地方。

*

ひろばに**みずたまり**がたくさんできた。

譯 廣場上形成了多處水坑。

みずでっぽう [3] 水槍

なかにみずをいれて、みずをとばしてあそぶおもちゃ。

注 指一種內部可以裝水，噴水來玩的玩具。

*

みずでっぽうであそぶ。

譯 用水槍玩耍。

みずとり [0] 水鳥

かわやみずうみなどのみずべにすむとり。

注 指具有棲息在河川或湖泊等水邊習性的鳥類。

*

いけにたくさんの**みずとり**がいる。

譯 在池塘邊聚集了許多的水鳥。

みずびたし [0] [3] 淹、浸水

みずにすっかりつかること。

注 指完全浸泡在水裡的意思。

*

ゆかのうえが**みずびたし**になる。

譯 地板上都淹水了。

みすぼらしい [5] [0] 寒酸的、鄙陋的

みためがとてもびんぼうそうなようす。

注 指看起來非常貧窮、殘破的樣子。

*

やまのなかの**みすぼらしい**こや。

譯 一間座落在山裡簡陋的小屋。

みずまくら [3] 水枕、冰枕

なかにこおりやみずをいれて、あたまをひやすまくら。

注 指枕頭裡可以放入冰塊跟水的枕頭。

*

みずまくらであたまをひやす。

譯 躺在冰枕上冷卻頭部。

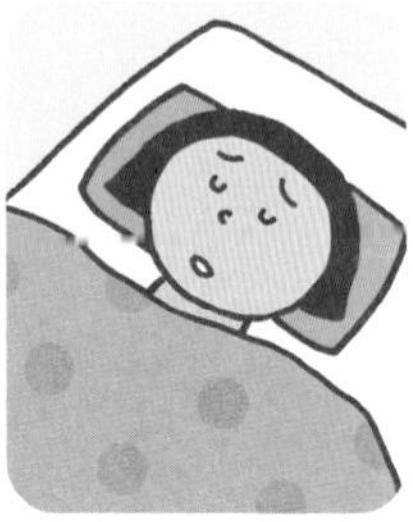

みせ [2] 店家

しなものをならべてうっているところ。

注 指陳列並兜售貨品的地方。

*

みせでようふくをえらぶ。
譯 在店裡挑選衣服。

みせばん 0
顧店、顧店者

みせにいてきゃくのあいてをすること。あいてをするひと。
注 指在店裡，看守店家並服務客人的意思。或是指看守店家的人。

みせる 1
出示、給…看

ほかのひとにみえるようにする。
注 指將事、物展露給別人看的動作。

＊

いぬがおなかを**みせる**。
譯 小狗露出肚皮。

みそ 2
味噌

だいずとしおでつくった、たべものにあじをつけるためのもの。
注 指用大豆跟鹽巴醃製，能幫食物調味的食品。

＊

みそをかう。
譯 買味噌。

みぞ 0
水溝、溝渠

みずをながすためにつくった、ほそながいくぼみ。
注 指為了讓水流動而設置的長條狀水道。

＊

みぞにボール《ぼーる》がおちる。
譯 球掉到水溝裡了。

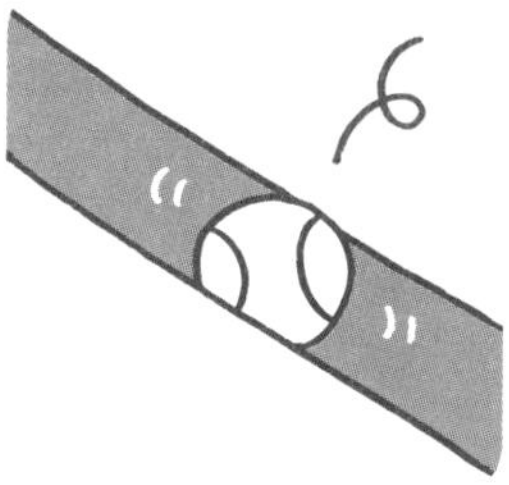

みそしる 3
味噌湯

やさいやとうふなどをにて、みそであじをつけたしる。
注 指用味噌作湯底，加入蔬菜跟豆腐等食材的湯。

みたい 0
好像

にているようす。
注 指看起來很相似的樣子。

＊

わたあめ**みたい**なくも。
譯 好像棉花糖一樣的雲朵。

みだす 2
弄亂、攪亂

きちんとしていたものをばらばらにする。
注 指將整齊的事物弄亂掉的動作。

＊

れつを**みだす**。
譯 插隊（弄亂隊伍）。

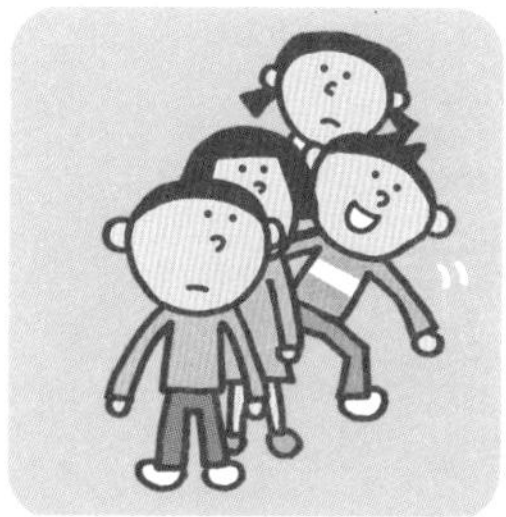

みだれる 3
凌亂、亂在一團

きちんとしていたものがばらばらになる。
注 指整齊的事物變亂的狀態。

＊

へやが**みだれる**。
譯 房間凌亂。

みち 0
道路、馬路

ひとやのりものがとおるところ。どうろ。
注 指行人或是交通工具通行的地方。亦可稱為「どうろ」。

＊

みちをわたる。
譯 過馬路。

み

みちあんない 3
帶路

みちをおしえるために、さきにたってあるくこと。

注 指走在前端，告訴別人路怎麼走的意思。

みちがえる 0 4
看錯

みたときにまちがって、べつのものだとおもってしまう。

注 指錯看成別的人、事、物的狀態。

＊

みちがえるほど、おおきくなったね。

譯 我還以為我看錯了，都長這麼大了呀！

みちくさ 0
順道去、在路上耽擱

いこうとおもうばしょに、むかうとちゅうで、べつのことをすること。

注 指沒直接去目的地，途中繞到別的地方去停留的意思。

みちじゅん 0
路線

あるばしょへいくまでにとおる、みちのじゅんばん。

注 指要前往某處時，依序行進的走法。

みつ 1
蜜

はなやきからでる、あまい、ねばねばしたしる。

注 指花或樹木分泌出來的黏稠狀甜味汁液。

みっか 0
①三日、三號 ②三天

①つきの3《さん》ばんめのひ。

②3《さん》にちのあいだ。

注 ①指一個月裡第三天的日子。

②指三個日子的時間帶。

＊

②えをしあげるのにみっかかかった。

譯 ②這幅畫花了三天才畫好。

②

みつかる 0
①找到 ②被看到

①さがしていたものがでてくる。

②ひとにしられる。

注 ①指發現正在找尋中的東西。

②指被人注意到的意思。

＊

①えほんがみつかる。

譯 ①找到繪本。

①

みつける 0
①找出 ②盯著

①みてさがしだす。

②いつもみている。

注 ①指四處看並尋找出來的動作。

②指一直看著的動作。

＊

①テーブル《てーぶる》のうえにぼうしをみつける。

譯 ①在桌子上找到帽子。

①

みっつ 3
三、三個

3《さん》のこと。ものをかぞえるときにつかうことば。

注 指「三」的意思。指計算物品時所使用的量詞。

＊

たまごをみっつわる。

譯 打（破）三顆雞蛋。

みっともない 5
不像話的、丟臉的

みためがよくない。

注 指看起來很糟糕的樣子。

＊

ないてばかりでみっともない。

譯 淨是哭個不停，丟臉死了。

みつばち [2] 蜜蜂

なかまでくらし、はなのみつをあつめるはち。

注 指一種會採集花蜜，群居性的昆蟲。

＊

みつばちがすにかえる。

譯 蜜蜂回巢。

みつめる [0] [3] 凝視

じっとみる。

注 指靜靜地看著的動作。

＊

ありを**みつめる**。

譯 凝視螞蟻。

みどり [0] [1] green 綠色

いろのなまえ。くさやはのいろ。

注 指顏色的名稱。草或是樹葉的顏色。

＊

みどりのクレヨン《くれよん》で、かえるをかく。

譯 用綠色的蠟筆畫青蛙。

みどりのひ [1] [3]（日本的節日）綠之日

しぜんをたいせつにおもうひ。5《ご》がつ4《よん》にち。

注 指日本五月四日的節日，旨在珍惜大自然的日子。

＊

みどりのひに、きのなえをうえる。

譯 在日本綠之日那天種下秧苗。

みとれる [0] 看得入迷、看到惘神

ほかのことをわすれるくらい、ずっとみていたいきもちになる。

注 指注意力放在一樣物品上，注專到把其他的事都忘掉的程度。

＊

きれいなはなに**みとれる**。

譯 看著漂亮的花，看得都入迷了。

みな [2] 大家、所有

ぜんぶのもの、ひと。

注 指全部的人、物。

＊

みなさん、うたいましょう。

譯 各位，一起合唱吧！

みなと [0] 港、海港、港口

ふねをとめて、ひとやにもつをのせたり、おろしたりするところ。

注 指一個可以停泊船隻，搭載乘客及上下貨的地方。

＊

みなとからふねがでる。

譯 船隻從港口出航。

みなみ [0] 南、南方

たいようがでるほうをむいたときの、みぎのほう。

注 指向著太陽出來的方向時，在右邊的那一方。

＊

ひこうきが**みなみ**にむかってとぶ。

譯 飛機向南飛行。

み

みなみかぜ ⓪③ 南風

㊟指從南方吹過來的溫暖的風。

みなみのほうからふく、あたたかいかぜ。

みならう ③⓪ 見習、跟著學習

みてまねをする。みておぼえる。

㊟指看了後跟著模仿的動作。或是看了後記下來的動作。

＊

おにいさんをみならって、かたづけをする。

譯 跟著哥哥學習收拾。

みなり ① 穿搭

ふくをきたようす。

㊟指穿了衣服的樣子。

みにくい ③ 難看的

みためがきれいでなくて、いやなかんじ。

㊟指看起來不是很漂亮，有點討厭的感覺。

＊

みにくいこや。

譯 很難看的小屋。

みね ② 頂峰

やまのいちばんたかいところ。

㊟指山脈最高的地方。

みのる ⓪② 結（果）、（植物）成熟

しょくぶつのみがなる。

㊟指植物結了果的狀態。

＊

みかんがみのる。

譯 橘子樹長橘子（橘樹結果）。

みはる ⓪ 監視、看守

あたりをちゅういして、じっとみている。

㊟指緊緊盯牢周遭加以警戒的動作。

＊

いりぐちでみはる。

譯 看守入口。

みぶり ① 肢體動作

かんがえやきもちを、からだのうごきでつたえること。

㊟指將想法或心情等，利用身體的動作傳達出來的意思。

＊

しずかにするように、みぶりでつたえる。

譯 指肢體動作暗示他人不要發出聲音。

みぶん ① 身分

じぶんがくらすせかいで、じぶんがいるいち。

㊟指在自己生活的世界中，所身處的地位。

みまい ⓪ 探病

びょうきやけがのひとを、たずねたりして、げんきづけること。

㊟指去探訪生了病的人，給予加油打氣的意思。

みまう ②⓪ 探病

びょうきやけがのひとをたずねたりして、げんきづける。

㊟指去探訪生了病的人，給予加油打氣的動作。

＊

けがをしたともだちをみまう。

譯 去探望受了傷的朋友。

み

みみ【耳《みみ》】 2 ear

耳朵

かおのよこにあって、おとやこえをきくところ。

注 指在臉部的兩側，具有聽取聲音的機能的器官。

みみず 0 蚯蚓

つちのなかでくらす、ひものようなかたちのいきもの。

注 指一種棲息在土壤裡，繩索狀的生物。

みゃく 0 脈、脈動

からだのなかをとおっている、ちのながれ。

注 指生物的體內輸送血液的通道。

みやげ 0 土產、伴手禮

りょこうなどにでかけたときに、かってかえるもの。

注 指出遠門去玩時，買回來送給親朋好友的見面禮。

＊

りょこうのお**みやげ**をもらう。

譯 收到別人旅行回來的伴手禮。

みやこ 0 都、都市

ひとがたくさんあつまるにぎやかなまち。

注 指人潮大量匯集的熱鬧城鎮。

＊

はなの**みやこ**。

譯 花都。

みょう 1

奇妙的、奇異的

ふつうでない、かわっているようす。

注 指不平常，很神奇、詭異的樣子。

みょうじ 0 姓氏

なまえのうえのほう。

注 指在全名前面，（日本的）一家人裡，大家都一樣的部分。

＊

わたしの**みょうじ**は、すずきです。

譯 我姓鈴木。

みる【見《み（る）》】 1 看

めでもののいろやかたちをかんじる。

注 指用眼睛來感受東西的顏色或形體等的動作。

＊

えを**みる**。

譯 看畫。

ミ《み》ル《る》ク《く》 1 milk 牛奶

うしのちち。ぎゅうにゅう。

注 指牛的奶水。亦可稱「ぎゅうにゅう」。

＊

カップ《かっぷ》に**ミルク**《みるく》をいれる。

譯 在杯子裡倒入牛奶。

みるみる 1 看著看著就、一下子就

みていてわかるほど、すこしのじかんではやくかわるようす。

注 指好像一看就懂的情況一樣，在很快的時間內就產生變化的樣子。

＊

ゆきだるまが**みるみる**とける。

譯 雪人一下子就融化掉了。

み

みわたす 0 3 遠眺、遙望、遠看

とおくまでひろくみる。

㊟指向著遼闊的遠方看的動作。

おかのうえからうみを**みわた**す。

㊟從山丘上遙望著大海。

む ム

むいか 0 ①六日、六號 ②六天

①つきの6《ろく》ばんめのひ。

②6《ろく》にちのあいだ。

㊟①指一個月中第六天的日子。②指六個日子的時間帶。

②しゅうの**むいか**はがっこうにいく。

譯一週去學校上六天的課。

むかい 0 對向、對面、相對

むきあっていること。

㊟指互相面對著的狀態。

むかいのいえは、いぬをかっている。

譯對面的房子，有養著一條狗。

むかいあう 4 面對面

たがいにまえをむいてかおをあわせる。

㊟指當面相見的意思。

テーブル《てーぶる》で**むかいあ**ってすわる。

譯在桌子兩邊對面坐下。

むかう 0 前往

あるところをめざしてすすむ。

㊟指朝向一個地方前進的意思。

どうぶつえんへ**むかう**。

譯前往動物園。

むかえ 0 接、迎接、接待、迎接的人

ひとがやってくるのをまつこと。まつひと。

㊟指等候別人過來的意思。或是指那個等候的人。

えきまで**むかえ**にきてもらう。

譯到車站去幫我接人。

むかえる 0 接、迎接、接待

ひとがやってくるのをまつ。

㊟指等候別人過來的動作。

おきゃくさんを**むかえる**。

譯迎接客人。

むかし 0 很久以前

ずっとまえのこと。

㊟指相當早之前的意思。

おばあさんが**むかし**のおもいでをはなす。

譯奶奶述說她很久以前的事。

むかしばなし 4 民間故事

むかしからつたえられてきたものがたり。

㊟指很久前以流傳下來的故事。

＊

おかあさんが、**むかしばなし**のほんをよんでくれる。

㊡媽媽讀民間故事書給我聽。

むき 1 方向、方角

ものやひとのからだがむいているほうこう。

㊟指物品或是人體所朝向的方位。

＊

つくえの**むき**をなおす。

㊡改變桌子的方向。

むぎ 1 麥

いねのなかまのしょくぶつ。

㊟指一種跟稻子一樣同屬禾本科的植物。

＊

むぎのほにみがなる。

㊡麥穗成熟了。

むぎわらぼうし 5 草帽

むぎのくきなどをあんでつくったぼうし。

㊟指用麥草的莖部等材質編織起來的帽子。

むく 0 朝向

かおやからだを、あるほうこうにうごかす。

㊟指臉部或是身體，向著某個方向偏移的動作。

＊

ほしをみるためにうえを**む**く。

㊡抬頭看星星（為了看星星，將頭朝向上方）。

むく 0 剝

そとをおおっているものをはがしてとる。

㊟指將包覆在外層的物體除去的動作。

＊

バナナ《ばなな》のかわを**むく**。

㊡剝香蕉皮。

むくむく 1 膨膨貌

にくやけがあつくて、まるくふくらんでみえるようす。

㊟指身上肉或是毛相當厚，看起來圓滾滾的樣子。

＊

むくむくしたいぬ。

㊡看來胖嘟嘟（膨膨）的小狗。

むける 0 使…朝向

ものやからだが、あるほうこうをむくようにする。

㊟指將物體或是身體，向著某方向轉動的動作。

＊

けんかしたともだちにせを**むける**。

㊡背對著（將背朝向）吵了架的朋友。

むこ 1 女婿

おやからみて、むすめのおっと。

㊟指女兒的丈夫。

むこう 2 0 對面

じぶんからみて、まえのほうのとおくのこと。

注 指從自己的角度看過去，位於前方的遠處的意思。

＊

むこうに、つきがみえる。

譯 遙遠的那一邊（對面）看得到月亮。

むし【虫《むし》】 0 insect 蟲

こんちゅうや、こんちゅうににたちいさないきもの。

注 指昆蟲，或是類似昆蟲的生物。

⇒請參考466頁。

むしあつい 4 悶熱的

かぜがなく、じとっとしてあつくるしいようす。

注 指沒有風，又潮溼又熱的樣子。

＊

こんやも**むしあつい**。

譯 今晚好悶熱。

むしば 0 蛀牙

ばいきんのせいで、あながあいたは。

注 指因為滋生細菌而造成牙齒上有蛀洞的意思。

＊

むしばをなおす。

譯 治療蛀牙。

むしめがね 3 放大鏡

ちいさいものをおおきくしてみるための、レンズ《れんず》でできたどうぐ。

注 指一種利用鏡片，可以將很小的物品變得很大的工具。

＊

むしめがねでみる。

譯 用放大鏡看。

むしゃむしゃ 1 大口大口地吃貌

いきおいよく、すこしらんぼうにたべるようす。

注 指有點粗魯的吃相。

＊

おにぎりを**むしゃむしゃ**たべる。

譯 大口大口地吃御飯團。

むしる 0 拔

はえているものをてでひきぬく。

注 指用手大力地抽出生長出來的物體。

＊

かだんのくさを**むしる**。

譯 拔起花圃裡的雜草。

むしろ 3 草蓆

しょくぶつのくきなどであんだしきもの。

注 指用植物的莖部等材質編織而成的墊子。

＊

じめんに**むしろ**をしく。

譯 在地上鋪草蓆。

むす 1 ①蒸 ②悶熱

①ゆげで、ものをあつくする。
②むしあつくかんじる。

注 ①指利用水蒸氣將物體加熱的意思。
②指感到悶熱感的意思。

＊

①まんじゅうを**むす**。

譯 蒸豆沙包。

①

むずかしい 4 0 困難的 ⇔ やさしい 0 3 簡單的

かんたんにはうまくいかないようす。

注 指無法輕易進行的樣子。

＊

いちりんしゃにのるのは、**むずかしい**。

譯 騎單輪車是很困難的。

むすこ 0 兒子 ⇔ むすめ 3 女兒

おやからみたおとこのこども。

注 指父母所生的男性孩子。

＊

ぼくは、おとうさんとおかあさんの**むすこ**です。

譯 我是爸爸媽媽的兒子。

むすび 0 打結、綁起

ひもやいとを、はなれないようにつなぎあわせること。

注 指為了避免脫落，用繩子或是線交差繫緊的意思。

むすぶ 0 打結、綁起

ひもやいとを、はなれないようにつなぎあわせる。

注 指為了避免脫落，用繩子或是線交差繫緊的動作。

＊

エプロン《えぷろん》のひもを**むすぶ**。

譯 將圍裙上的帶子打結。

むすめ 3 女兒 ⇔ むすこ 0 兒子

おやからみたおんなのこども。

注 指父母所生的女性孩子。

＊

わたしは、おとうさんとおかあさんの**むすめ**です。

譯 我是爸爸媽媽的女兒。

むだ 0 沒用、浪費

やくにたたないこと。

注 指派不上用場的意思。

＊

かみを**むだ**につかっておこられた。

譯 亂浪費紙張，所以挨罵了。

むだづかい 3 浪費

ひつようのないものをかったり、むだにつかったりすること。

注 指購買一些根本用不到的物品，或是虛耗金錢、物品的意思。

＊

みずの**むだづかい**はやめましょう。

譯 別再浪費水了吧。

むち 1 鞭子

たけやかわでできた、ほそながいぼうやひも。

注 指一種用竹子或是皮革製作的細長繩子或棒狀物。

＊

むちでうまをうつ。

譯 用鞭子鞭打馬匹。

むちゃ 1 亂來、離譜、沒道理

ふつうではかんがえられない、とんでもないこと。

注 指用一般的常識難以想像，很荒唐的狀態。

＊

ここからあるいてかえるなんて、**むちゃ**だ。

譯 從這裡開始要用走的回去，這也太離譜了。

むちゅう 0 沉迷

いっしょうけんめいになること。

注 指很專注在某事上的狀態。

＊

サッカー《さっかー》にむちゅうになる。

譯 熱衷於踢足球。

むっくり ③ 突然起身貌

とつぜんおきあがるようす。

注 指突然從平躺的狀態，垂直挺起身來。

＊

おとうさんがむっくりおきる。

譯 爸爸突然坐了起來。

むっつ ③ 六個

6《ろく》のこと。ものをかぞえるときにつかうことば。

注 指六的意思。計算物品時所使用的量詞。

＊

キャラメル《きゃらめる》をむっつもらう。

譯 拿到了六顆（個）焦糖。

むっと ⓪ 惡臭貌、悶熱貌

いやなにおいや、あついくうきで、いきがくるしくなるようす。

注 指因刺鼻的味道、或是悶熱的空氣而感到呼吸困難的樣子。

＊

そとにでたとたん、むっとする。

譯 一到外面去時，就聞到一陣惡臭。

むね ② 胸部

からだのまえがわの、うえのぶぶん。

注 指身體正面上半部的部位。

＊

むねにてをあてる。

譯 將兩手貼於胸前。

むやみ ① 胡亂

あとがどうなるかをかんがえないで、うごくようす。

注 指毫不考慮事情的後果而行事的樣子。

＊

むやみにえさをあたえてはいけない。

譯 不能衝動地餵食飼料。

むら【村《むら》】② 村子

とかいからはなれて、いえがまとまってあるところ。

注 指由許多的房子聚集而成，離都市有一段距離的地區。

＊

ふうしゃのあるむら。

譯 有風車的村子。

むらさき ② violet 紫色

いろのなまえ。あかとあおのあいだのいろ。

注 指顏色的名稱。介於紅色及青色之間的顏色。

＊

なすのえをむらさきでぬる。

譯 將畫好的茄子塗上紫色。

む

むり 1 太勉強、做不到

することがとてもむずかしいようす。

注 指某事要完成太過困難的樣子。

＊

とびこえるなんて**むり**だ。

譯 要跳過去這實在是做不到。

むりやり 0 硬…、硬著…

むずかしいことやあいてのいやがることでも、やろうとするようす。

注 指勉強做困難的，或是討厭的事情的樣子。

＊

ふとんを**むりやり**、おしこむ。

譯 將棉被硬塞進去。

むれ 2 群

おなじしゅるいのものが、たくさんあつまっていること。

注 指許多同種類的東西聚集的意思。

＊

ひつじの**むれ**。

譯 羊群。

め
メ

め 1 芽、苗

たねやえだから、はじめにでてくるもの。

注 指從種子或是樹枝中最先冒出來的部分。

＊

かだんのはなの**め**がでる。

譯 花圃裡冒出了花苗。

め【目《め》】 1 eye 眼睛

かおにあって、ものをみるところ。

注 指長在臉上，用來看東西的器官。

＊

けむりが**め**にしみる。

譯 煙霧嗆到眼睛了。

めあて 1 目標

ねらっているものやばしょ。

注 指鎖定好的物品或是場所。

めい 1 …位、…名

ひとのかずをかぞえるときにつけることば。

注 指計算人數時所使用的量詞。

＊

4《よん》**めい**のおきゃくさん。

譯 四位客人。

めいじん 3 名人

あることがとてもじょうずなひと。

注 指擅長某事而相當知名的人。

＊

おにいさんはきのぼりの**めいじん**だ。

譯 哥哥擅長爬樹是大家都知道的（哥哥是擅長爬樹的名人）。

めいめい 3 每個人、各自

ひとりひとり。

注 指每一個人。

＊

めいめいがおかずをさらにとる。

譯 每個人都把菜餚盛到盤子裡。

めいろ [1] 迷宮

わかれみちがたくさんあって、まよいやすいみち。

注 指一種岔路很多，容易搞混的地方。

＊

めいろあそびでまよう。

譯 猶豫要不要玩迷宮。

めいわく [1] 困擾

ほかのひとがしたことで、いやなおもいをすること。

注 指因為別人所做的事，使自己感到不開心、不舒服的意思。

＊

おおごえをだすのはめいわくだ。

譯 大聲喊叫會造成別人的困擾。

めうえ [0] [3] 長輩、社會地位高的人

じぶんよりも、としやみぶんがうえのひと。

注 指年紀、身分比自己高的人。

メートル《めーとる》 [0] meter 公尺

ながさをあらわすときにつけることば。1メートル《いちめーとる》は100《ひゃく》センチ《せんち》。

注 指為了表示長度時的單位。一公尺是一百公分。

＊

10メートル《じゅうめーとる》およいだ。

譯 游了十公尺。

めかくし [2] 遮住眼睛

めをものでおおって、みえないようにすること。

注 指用東西蓋住眼睛，讓人看不到的意思。

めがける [3] 瞄準

めあてにする。

注 指決定好目標的意思。

＊

ゴール《ごーる》をめがけてはしる。

譯 瞄準終點衝刺。

めかた [0] （東西的）重量

もののおもさ。

注 指物體的重量。

めがね [1] 眼鏡

はっきりとものをみるためにめにかけるどうぐ。

注 指為了更加清楚看東西戴在眼睛上的器具。

＊

めがねをかけて、こくばんをみる。

譯 戴上眼鏡看黑板。

めがみ [1] 女神

おんなのかみ。

注 指女性的神明。

＊

こうえんにめがみのぞうがたっている。

譯 在公園裡立著一尊女神像。

めくる [0] 翻（頁）

かさなっているうすいものを、はがすようにうらがえす。

注 指將疊在一起薄狀物體反轉過來的動作。

＊

えほんをめくる。

譯 翻繪本。

めざましどけい 5 開鐘

きまったじかんにおとをだして、ねているひとをおこすとけい。

注 指一種能夠透過定時設定，在固定的時間點發出聲響叫醒人的時鐘。

めし 2 飯

こめをたいたもの。「ごはん」のすこしらんぼうないいかた。

注 指米炊熟後的食品，只說「めし」時聽起來比「ごはん」粗魯一些。

*

めしをたべる。

譯 吃飯。

めしあがる 0 4 享用

めうえのひとがたべものをたべる。

注 指長輩、地位高的人吃東西的動作。

*

じょおうさまがしょくじを**めしあがる**。

譯 女王享用餐點。

めじるし 0 2 標誌

わかりやすくするために、つけるしるし。

注 指一種為了讓人一看就知道而設置的記號。

めす 2 母、雌 ⇔ おす 2 公、雄

どうぶつのおんなのほう。

注 指動物界裡，相當於人類女性的個體。

*

ライオン《らいおん》の**めす**にはたてがみがない。

譯 母獅不會長鬃毛。

めずらしい 4 珍貴的、稀奇的

ほとんどみたり、きいたりすることがないようす。

注 指幾乎沒見過、也沒聽過的樣子。

*

めずらしいさかな。

譯 很稀奇的魚。

めそめそ 1 啜泣貌

ちいさなこえで、よわよわしくなくようす。

注 指哭泣時只發出很微弱聲音的樣子。

*

いもうとが**めそめそ**なく。

譯 妹妹啜泣地哭。

めだか 0 青鱂

いけやおがわにすむ、とてもちいさなさかな。むれでおよぐ。

注 指一種棲息在日本的池塘或小河裡的極小型群居性魚類。

⇒ 請參考467頁。

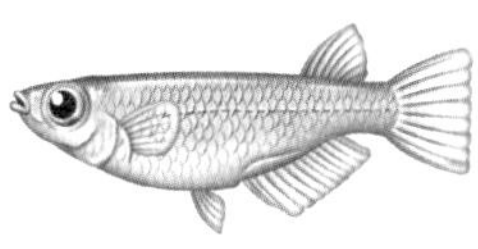

めだつ 2 醒目

ほかのものとちがうため、すぐにみつけられる。

注 指與其他的人、事、物顯著不同，馬上就能認出來的狀態。

*

おとうさんはせがたかくて**めだつ**。

譯 爸爸長得很高，所以相當醒目。

メダル《めだる》 0 medal 獎牌

ほうびやきねんにもらう、まるいきんぞくのいた。

注 指一種經過比賽奪得的圓形金屬板的獎品或是紀念品。

*

うんどうかいでメダル《めだる》をもらう。

譯在運動會上得到獎牌。

めちゃくちゃ 0 亂七八糟貌

こわれたり、でたらめだったりするようす。

注指進展不順利，或亂成一團的樣子。

めったに 1 罕見地、很少地

ほんとうにたまにしか、そうでないようす。

注指只有偶爾發生，平常不是那樣的樣子。

＊

おじいさんは**めったに**おこらない。

譯爸爸很少生氣。

めでたい 3 值得恭賀的

なにかをいわって、みんなでよろこびあうようす。

注指為了要祝賀什麼，大家一起慶祝的樣子。

＊

おばあさんが100《ひゃく》さいになって**めでたい**。

譯奶奶今年已經一百歲了，真是可喜可賀。

めまい 2 頭暈

めがくらくらして、たおれそうになること。

注指眼睛昏花，快昏到的樣子。

＊

めまいがするのでやすむ。

譯因為感到頭暈，所以請假休息。

めもり 0 3 刻度

ながさやおもさなどをはかるために、つけられたしるし。

注指為了測量長度或重量，而刻在量具上的橫線。

＊

コップ《こっぷ》の**めもり**をかぞえる。

譯數杯子上的刻度。

メロン《めろん》 1 melon 哈蜜瓜

あつくてかたいかわにおおわれているくだもの。みはあまい。

注指一種外皮又厚又硬，果肉相當甜美的水果。

⇒請參考412頁。

めん 0 面

もののそとがわの、たいらなぶぶん。

注指物品外側水平的部分。

＊

さいころには**めん**がむっつある。

譯骰子有六個面。

めんどう 3 麻煩

するのがたいへんそうなので、いやだとおもうこと。

注指因為要做起來會很累人，所以感到討厭的狀態。

＊

へやのかたづけは**めんどう**だ。

譯打掃房間很麻煩。

も モ

も 0 藻

みずのなかにはえるしょくぶつ。

注 指一種水生的植物。

もう 1 0 再

いまあるぶんにさらに。

注 指比現在的份量更加地。

＊ もう1《いっ》ぱい、ごはんをください。

譯 請再添一碗飯給我。

もうかる 3 賺錢

もうけがたくさんあってとくをする。

注 指得到許多利益，賺到了的狀態。

＊ きゅうなあめで、かさがうれて**もうかる**。

譯 突然下了場雨，雨傘大賣賺了一筆（許多錢）。

もうけ 3 （賺到的）利益、利潤

だしたぶんよりもおおいかねが、じぶんのものになること。

注 指成本以外的金錢，變成自己所得的部分。

もうける 3 賺

だしたぶんよりもおおいかねが、じぶんのものになる。

注 指成本以外的金錢，變成自己的所得。

＊ たいきんを**もうける**。

譯 賺到一大筆錢。

もうしこむ 4 0 表達訴求、請求

じぶんがしたいことをあいてにつたえる。

注 指將自己的需求表示給對方知道的意思。

＊ しあいを**もうしこむ**。

譯 請求進行比賽。

もうしでる 4 申請、請求

してほしいことやかんがえなどを、いってでる。

注 指表達出自己的想法或希望對方幫忙做某事。

＊ たすけてほしいと**もうしでる**。

譯 請求幫助。

もうしわけ 0 辯解

じぶんがしてしまったことのいいわけ。

注 指為自己所做的事辯護。

もうす 1 （謙讓語）說、提出

じぶんよりも、としやみぶんがたかいひとにいう。

注 指開口與長輩，或是比自己社會地位高的人講話的動作。

＊ おねがい**もうす**。

譯 說出請求。

もうふ 1 毛毯

あつくてやわらかいぬの。

注 指溫暖又柔軟的布料。

*

ふゆはもうふをかけてねる。

譯 冬天時蓋上毛毯就寢。

もえる 0 燃燒、燒

ひがついて、ほのおがでる。

注 指起了火，產生火焰的狀態。

*

かみがもえる。

譯 紙張燒了起來。

モーター《もーたー》 1 motor 馬達

でんきなどで、ものをうごかすちからをつくるきかい。

注 指發動電器用具等的機具。

*

モーター《もーたー》のちからですすむふね。

譯 靠馬達驅動的船隻。

もがく 2 掙扎

てあしをばたばたうごかして、くるしむ。

注 指手跟腳不停揮動，很難過的樣子。

*

おぼれそうになってもがく。

譯 好像溺水了，不停地掙扎。

もくば 0 1 木馬

きでつくったうまのおもちゃ。

注 指木製的馬形玩具。

*

もくばにのってあそぶ。

譯 騎在木馬上玩。

もくもく 1 （雲朵、煙霧）飄出貌

くもやけむりが、どんどんでてくるようす。

注 指雲或是煙霧陸陸續續地冒出來的樣子。

*

もくもくけむりがあがる。

譯 煙霧冉冉昇起。

もぐもぐ 1 吃到臉頰鼓起貌

くちのなかにたくさんのたべものをいれて、かんでいるようす。

注 指口中塞入許多的食物後再咀嚼的樣子。

*

おかしをもぐもぐたべる。

譯 吃甜點吃得整張臉都鼓起來了。

もくようび 3 Thursday 星期四

すいようびのつぎのひ。

注 指星期三的隔天。

*

もくようびは、びょういんがおやすみだ。

譯 星期四醫院公休。

もぐら 0 鼴鼠

つちのなかでくらす、ねずみににたどうぶつ。

注 指一種棲息在土裡，長得像老鼠的生物。

*

もぐらがあなからかおをだす。

譯 鼴鼠從地洞中探出頭來。

も

もぐる 2 鑽、潛入

みずのなかやすきまに、からだをぜんぶいれる。

注 指全身向著水裡游進去或是縫隙中擠進去的意思。

＊

プール《ぷーる》にもぐる。

譯 潛入游泳池。

もけい 0 模型

ほんもののかたちににせてつくったもの。

注 指仿造某些真實的物品所做出來的小型樣品。

＊

もけいのひこうきをつくる。

譯 製做模型飛機。

もし 1 如果、若

はっきりわからないことをいうときに、さいしょにつけることば。

注 指事情發展沒有很確定時，會在一開始先提示的假定用語。

＊

もしひまだったらきてね。

譯 如果有空的話，就過來坐坐吧！

もじ 1 字、文字

ことばをあらわすためのきごう。

注 指一種來表示語言的記號。

＊

もじをかくれんしゅうをする。

譯 練習寫字。

もしも 1 如果

「もし」よりもつよいいいかた。

注 指比「もし」更加地加強語氣的說法。

＊

もしもあめがふったら、うんどうかいはちゅうしです。

譯 如果下雨的話，運動會就會取消。

もしもし 1 （講電話）喂…

あいてによびかけたり、でんわではなしはじめるときにつかうことば。

注 指講電話時，在一開始招喚對方的發語詞。

＊

もしもし、○○さんですか。

譯 喂，請問你是○○先生（小姐）嗎？

もじもじ 1 羞澀不寧貌

はずかしがって、おちつかないようす。

注 指感到不好意思，又感到緊張不安的樣子。

＊

はじめてのひとにあってもじもじする。

譯 碰到第一次見面的人時，變得不知道如何是好。

もたれる 3 靠著

からだをつけてよりかかる。

注 指將身體倚靠在某物體上。

＊

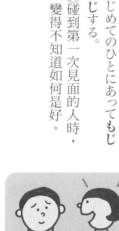

いすのせにもたれる。
譯靠在椅背上。

もち 0 年糕

こめをむしてついたたべもの。
注指一種將米蒸過後黏合在一起的食品。

＊

もちをやく。
譯烤年糕。

もち 0 持有

じぶんのものとして、もっていること。
注指自己所擁有的意思。

もちあげる 0 舉起

ものをてにもってうえにうごかす。
注指用兩手抱物體，再向上抬起的動作。

＊

はこをもちあげる。
譯舉起箱子。

もちこむ 0 3 攜入

もったまま、なかにはいる。
注指將物品帶在身上，再進入某處所的動作。

＊

リュックサック《りゅっくさっく》をバス《ばす》のせきにもちこむ。
譯帶著背包上公車，坐在座位上（將背包攜入公車的座位裡）。

もちつき 4 2 搗年糕

むしたこめをうすにいれて、きねでたたいてもちにすること。
注指將蒸好的米放到臼裡攤平，然後用杵敲打，做成年糕的意思。

もちぬし 2 持有人

そのものをもっているひと。
注指持有該項物品的人。

もちもの 2 3 持有物、要帶的東西

みにつけてもっているもの。
注指帶在身上的物品。

＊

あしたのもちものをたしかめる。
譯確認明天要帶的東西。

もつ 1 ①拿、拿著 ②持有

①てにとる。
②じぶんのものにする。
注①指拿在手上。
②指將某物收歸自己所有的動作。

＊

①クレヨン《くれよん》をもつ。
譯①拿著蠟筆。

①

もっきん 0 木琴

ながさのちがうきのいたを、ぼうでたたいておとをだすがっき。
注指一種用棒子敲打長度不一的琴板，藉此發出聲響的樂器。

もったいない 5 浪費的、不值得的

まだつかえるものがたいせつにされなくて、ざんねんにおもうようす。
注指為了不珍惜物品感到可惜的樣子。

もっと ①更、更加地

りょうやていどがおおきくなるようす。

㊟指量或程度變大的樣子。

＊

もっとおおきくなあれ。

㊎快快長大喔！

もと ①原本、前…

いまよりもまえのこと。

㊟指與現在相比是更早期的。

＊

つくえをもとのようにならべる。

㊎將桌子排回原本的樣子。

もどす ②歸還、放回

もとのばしょにかえす。

㊟指將物品擺回到原來的地方。

＊

ほんをほんだなにもどす。

㊎將書放回書架裡。

もどる ②回、回到

もとのところにかえってくる。

㊟指返回到原本的位置。

＊

じぶんのせきにもどる。

㊎回到自己的座位上。

もの ②⓪物品、東西

みたり、さわったりできる、かたちのあるすべてをまとめていうことば。

㊟指看得到、摸得到、任何有形物體的總稱。

＊

ひきだしにものをいれる。

㊎將東西放入抽屜裡。

もの ②…者

いろいろなようすのひとをあらわすことば。

㊟指表示各種人的用語。

＊

おかあさんは、はたらきものだ。

㊎媽媽是個勤勞的人（者）。

ものおき ③④置物櫃

ふだんつかわないものを、しまっておくところ。

㊟指一個用來收納不常用的物品地方。

ものがたり ③故事

あらすじのある、まとまったはなし。

㊟指一個有整體劇情內容的傳說或軼事。

＊

『こぶとりじいさん』のものがたり。

㊎《摘瘤爺爺》的故事。

ものさし ③④尺

もののながさをはかるどうぐ。

㊟指一種用來測量物體長度的道具。

ものほし ③④曬衣服、曬衣場

せんたくしたものをほして、かわかすこと。そのばしょ。

㊟指將洗好的衣物曬乾的意思。或是指那個場所。

モノレール《ものれーる》 ③monorail 單軌電車

いっぽんのレール《れーる》にそってはしるでんしゃ。

㊟指只依著一條軌道行進的電車。

＊

モノレール《ものれーる》がはしる。
譯 單軌電車行駛著。

もみじ 1 葉子染紅、紅葉

あきに、きのはがあかやきいろになること。そのは。
注 指秋天時，樹葉變紅或泛黃的現象。或指變化後的那個葉子。

もむ 0 揉、搓

てでつかんでおしたり、にぎったりする。
注 指用手又抓又壓的動作。

*

おとうさんのかたをもむ。
譯 揉爸爸的肩膀。

もめる 0 爭吵

かんがえがあわなくて、いいあいをする。
注 指因為想法不合，發生口角的狀態。

*

なにをしてあそぶかでもめる。
譯 為了該玩什麼而爭吵。

もも 0 peach 桃子

うすいかわにつつまれた、みずけのおおい、あまいくだもの。
注 指一種具有薄層外皮，水份很多的甜味水果。

⇒ 請參考473頁。

もや 1 煙霧

くうきにちいさなみずのつぶがうかんで、ぼんやりとするようす。
注 指細小的水珠浮在空氣中，看起來朦朦朧朧的樣子。

もやし 3 0 豆芽菜

まめからでたばかりのしろいめをたべるやさい。
注 指一種蔬菜。豆子萌發的白色嫩芽是主要食用部分。

⇒ 請參考471頁

もやす 0 燃燒、焚燒

ひをつけて、ほのおがでるようにする。
注 指點了火，讓火焰冒出的樣子。

*

おちばをもやす。
譯 焚燒落葉。

もよう 0 花紋

いろやかたちを、かざりとしてくみあわせたもの。
注 指一種將顏色及外形搭配，用於裝飾的圖樣。

*

わたしはみずたまもようがすきです。
譯 我喜歡圓點狀的花紋。

もらう 0 得到 ⇔ やる 0 給予

ひとからものをうけとる。
注 指從別人那裡收到東西的意思。

*

プレゼント《ぷれぜんと》をもらう。
譯 收到禮物。

もらす 2 漏出、吐出

みずやひかりなどを、すきまからすこしずつだす。

注 指讓水、光線等，從隙縫中滲出的動作。

＊

ためいきを**もらす**。

譯 發（吐）出嘆息聲。

もり【森《もり》】0 forest 森林

おおきなきが、たくさんあつまってはえているところ。

注 指一個有許多大樹聚集的地方。

＊

もりにはたくさんのどうぶつがいる。

譯 有許多的動物棲息在森林裡。

もる 1 漏

みずなどがすきまからすこしずつでる。

注 指水等液體從縫隙中一點一點地滲出的狀態。

＊

てんじょうからあめが**もる**。

譯 雨水從天花板漏下來。

もる 0 1 盛、堆

いれものいっぱいになかみをいれて、たかくつみあげる。

注 指將物體填滿容器，堆疊得很高的樣子。

＊

かごにりんごを**もる**。

譯 將水果堆入籃子裡。

もれる 2 漏出

みずやひかりなどが、すきまからすこしずつでる。

注 指水、光線等，從隙縫中滲出的狀態。

＊

カーテン《かーてん》のすきまから、ひかりが**もれる**。

譯 光線從窗簾之間的縫隙透（漏）了出來。

もん 1 （雙扇的）門

いえやしきちを、でたり、はいったりするときにとおるばしょ。

注 指進出房子或是某些用地時必須通過的地方。

＊

もんのまえで、しゃしんをとる。

譯 在門前拍照。

もんく 1 怨言

いやなきもちをあらわすときに、ひとにむかっていうことば。

注 指對於別人表達不滿的話語。

＊

おとがうるさいと**もんく**をいう。

譯 一旦太吵就去抱怨。

もんだい 0 問題

こたえをださせるためにだす、しつもん。

注 指為了讓人思索出答案而提出的提問。

＊

もんだいのこたえをかんがえる。

譯 思考問題的解答。

も

や
ヤ

や 1 箭

ゆみでとばしてつかう、さきがとがったぼう。

㊟指一種前端尖銳利用弓發射的武器。

*

やがまとにあたる。

㊢箭射中靶心。

やあ 1 哎呀、喂

おどろいたり、よびかけたりするときに、つかうことば。

㊟指吃一了驚時或是要叫住他人時的說出的發語詞。

*

やあ、おおきくなったね。

㊢哎呀！都長這麼大了耶！

やおや 0 蔬果店

やさいやくだものをうるみせ。

㊟指一種販售蔬果的店家。

*

やおやさんでたまねぎをかう。

㊢在蔬果店裡買洋蔥。

やがて 0 不久

そのうち。それほどじかんがすぎないうちに。

㊟指之後沒有經過太多時間。

*

やがて、あめはやむだろう。

㊢雨不久後就停了。

やかましい 4 吵雜的、吵死人的

おとなどがみみにひびいて、いやなかんじがするようす。

㊟指聲響迴繞在耳邊，到了惱人程度的樣子。

*

エンジン《えんじん》のおとが**やかましい**。

㊢引擎聲吵死人了。

やかん 0 茶壺

ゆをわかすどうぐ。

㊟指一種用來煮開水的廚具。

*

やかんでおゆをわかす。

㊢用茶壺煮開水。

やぎ 1 goat 山羊

ひつじににているどうぶつ。つのをもつものがおおい。おすのあごにはけがはえている。

㊟指一種與綿羊相似的動物。有許多的個體頭上都會長角。公羊的下巴會長鬍鬚。

やきゅう 0 baseball 棒球

なげたボール《ぼーる》を、バット《ばっと》でうってたたかうスポーツ《すぽーつ》。

㊟指一種在對方把球投過來時，用棒子打擊出去的運動競賽。

*

や

やきゅうのしあいでボール《ぼーる》をうつ。
譯在棒球比賽中揮棒打擊（打擊棒球）。

やく 0 烤

ひでものをもやしたり、たべられるようにする。

注指將食材用火加熱到可以吃的動作。

＊

パン《ぱん》をやく。

譯烤麵包。

やく 2 角色

げきにでるときのやくめ。

注指在戲劇中所扮演的人物。

＊

きんたろうのやくをする。

譯我演的角色是金太郎。

やくしょ 3 區公所

みんながしあわせにくらすためのしごとをするところ。

注指統轄該地區住戶們的相關事務的機構。

やくそく 0 約定

これからすることを、たがいにきめること。

注指與別人相互約好接下來要做的事。

＊

ねぼうしないとやくそくする。

譯絕對（約定好）不睡過頭。

やくだつ 3 有幫助

たすけになる。

注指變得有所助益。

＊

ヘルメット《へるめっと》は、あたまをまもるのにやくだつ。

譯戴上安全帽能夠（有助於）保護頭部。

やくにん 0 公務員、官員

みんながしあわせにくらせるようにしごとをするひと。

注指工作是處理眾人生活相關事務的人。

＊

ともだちのおとうさんは、やくにんだ。

譯朋友的爸爸是區公務員。

やくめ 3 任務

やるようにきめられたしごと。

注指被分配到應該要做的工作。

＊

あとかたづけは、ぼくのやくめだ。

譯善後的清理是我的任務。

やけど 0 燙傷、燒傷

あついものにさわって、ひふがあかくはれあがること。

注指碰到高溫的物品，皮膚變得紅腫的樣子。

＊

てをやけどする。

譯燙傷手。

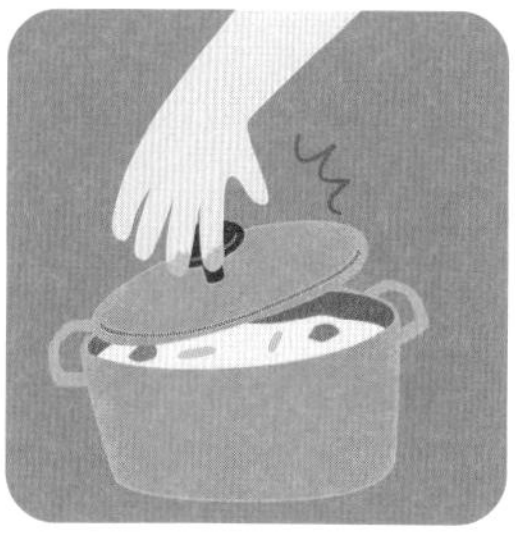

やける 0 烤熟

ひがついてもえたり、たべられるようになる。

注指食材已用火加熱到可以吃的狀態。

＊

おいもがやけた。

譯芋頭烤熟了。

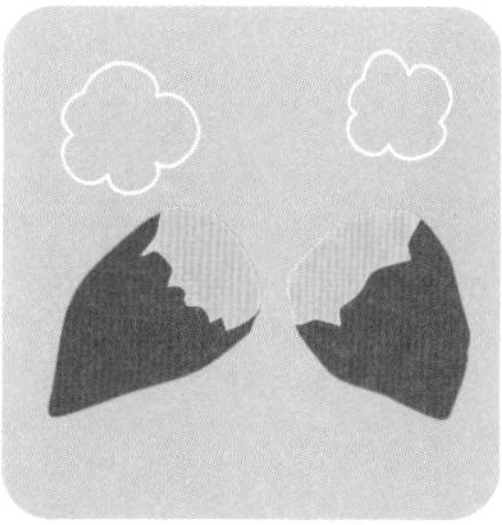

やさい 0 蔬菜

たべるためにそだてるしょくぶつ。

注 指為了食用而耕種的植物。

⇒請參考469頁。

*

いろとりどりのやさい。

譯 五顏六色的蔬菜。

やさしい 0 4 簡單的 ⇔ むずかしい 4 0 困難的

かんたんでわかりやすいようす。

注 指很容易就能了解及達成的樣子。

*

さかあがりはやさしい。

譯 吊著單槓轉圈圈是很簡單的。

やさしい 0 3 親切的

あいてを、おもいやることができるようす。

注 指對別人很體諒、關懷的樣子。

*

おじいちゃんは、やさしい。

譯 爺爺很親切。

やしき 3 ①房屋建地 ②宅邸

①いえがたっているとち。
②おおきくてりっぱないえ。

注 ①指一塊蓋有房舍的土地。
②指相當雄偉的房子。

やすい 2 便宜的 ⇔ たかい 2 昂貴的

すこしのかねでかえるようす。

注 指只要用一點點的錢就能買到的意思。

*

このおみせは、なんでもやすい。

譯 這間店賣什麼都很便宜。

やすい 2 簡單的

かんたんで、てまがかからないようす。

注 指不用花很多時間，很輕鬆就能完成的樣子。

*

いうのはやすい。

譯 說得是很簡單。

やすみ 3 休息

しごとをしないこと。ようちえんなどにいかないこと。

注 指不用工作，或是不用去幼稚園等機構上課的意思。

*

たいふうで、がっこうがやすみだ。

譯 颱風來了，所以學校放假（休息）。

やすむ【休《やす(む)》】 2 ①請假、休假 ②放鬆

①いくのをやめる。
②こころとからだをらくにする。

注 ①指不用去某處。
②指讓身心變得輕鬆。

*

①びょうきでようちえんをやすむ。

譯 ①因為生病了，所以跟幼稚園請假。

①

やせる 0 變瘦 ⇔ ふとる 2 變胖

にくがへって、からだがほそくなる。

注 指身體的肉減少，變得苗條。

＊

おかあさんが**やせた**。

譯 媽媽變瘦了。

やっつ 3 八個

8《はち》のこと。ものをかぞえるときにつかうことば。

注 指「八」的意思。計算東西時所使用的數詞。

＊

みかんを**やっつ**もたべた。

譯 吃了八顆（個）橘子。

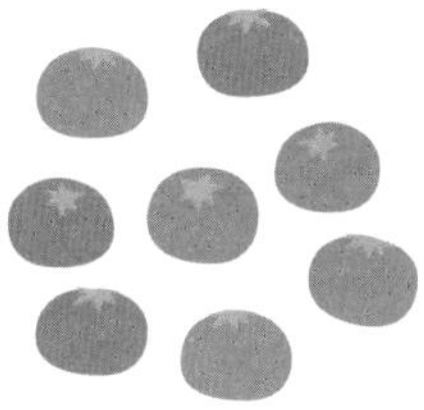

やっつける 4 打敗、打倒

あいてをうちまかす。

注 指將對手整個擊潰的意思。

＊

てきを**やっつける**。

譯 打倒敵人。

やってくる 4 前來

こちらへむかってくる。

注 指向著自己過來的意思。

＊

サンタクロース《さんたくろーす》が**やってくる**。

譯 聖誕老人來了（前來）。

やっと 0 終於

ながいじかんがたったあとに。

注 指在經過一段很長的時間後，達到另一個狀況。

＊

やっとなつやすみだ。

譯 終於到暑假了。

やとう 2 雇用

かねをはらって、ひとをつかう。

注 指付錢請人來做事。

＊

みせをてつだってくれるひとを**やとう**。

譯 雇用店員。

やなぎ 0 柳樹

えだやはがほそながく、したにたれているき。

注 指一種樹枝及葉子都很細長，呈下垂狀的樹木。

やね 1 屋頂

あめやゆきがはいらないように、いえのうえをおおっているもの。

注 指覆蓋在房子上方，可以來擋雨及在日本可以防雪的房子結構。

＊

いろいろな**やね**。

譯 各式各樣的屋頂。

やはり 2 果然

おもったとおり。

注 指跟料想的完全一樣的意思。

＊

きょうも**やはり**あめだ。

譯 今天果然下雨了。

やぶ 0 草叢、樹林、竹林

くさやきやたけが、たくさんしげっているところ。

注 指草、樹或竹子茂密的地方。

や

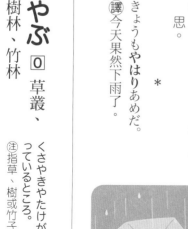

やぶく [2] 撕、撕破

かみやぬのなど、うすいものをさく。

注 指將紙張或是布料等輕薄物體扯裂的動作。

*

ふうとうをやぶく。

譯 撕開信封。

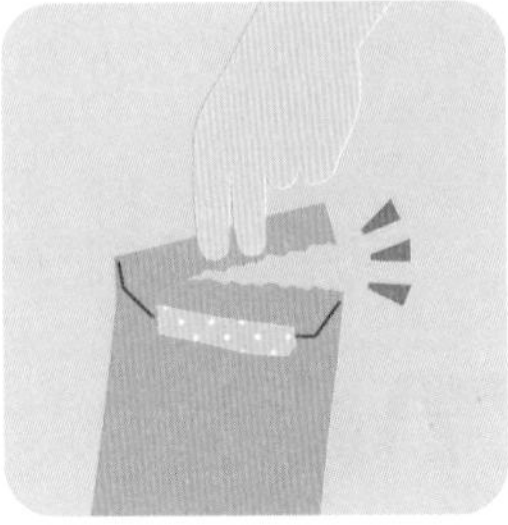

やぶける [3] 破掉

かみやぬのなど、うすいものがさける。

注 指紙張或是布料等輕薄物體出現裂口的狀態。

*

かみのふくろがやぶける。

譯 紙袋破掉了。

やぶる [2] ①弄破、撕破 ②破棄、毀（約）⇔ ②まもる [2] ②守（約）

①かみなどをさいたり、あなをあけたりする。
②やくそくをまもらない。

注 ①指將紙類等物體撕裂或是打孔的動作。
②指不遵守約定。

*

①ノート《のーと》をやぶる。

譯 ①撕破筆記本。

①

やぶれる [3] 破掉

かみやぬのなどがさけたり、あながあいたりする。

注 指紙張或是布料等輕薄物體裂開或是出現破洞的狀態。

*

ふくがやぶれる。

譯 衣服破了。

やま【山《やま》】[2] mountain 山、山脈

じめんが、とてもたかくもりあがったところ。

注 指地面高度隆起的地方。

*

ふじさんは、にっぽんでいちばんたかいやまだ。

譯 富士山是日本全國最高的山。

やまかじ [0] [3] 山林大火

やまでおきるかじ。

注 指在山上發生的火災。

やまごや [0] 山中小屋

やまにのぼるひとたちが、とまったり、やすんだりするためのこや。

注 指一種設在山中的小屋子，可以讓登山客們在屋子裡休息、暫住。

*

やまごやにとまる。

譯 在山中小屋裡過夜。

やまのぼり [3] 登山

やまにのぼること。

注 指爬山的意思。

やまびこ [0] [2] 回音

こえやおとが、やまにあたってはねかえってくること。

注 指被山脈反彈回來的聲音。

*

やまびこがかえってくる。

譯 出現回音了。

やまみち
2 山路

やまのなかにあるみち。

注 指鋪設在山中的道路。

やまもり
0 堆成小山貌

やまのようなかたちにもりあげること。

注 指將物體堆高成小山狀的樣子。

＊

ごはんをやまもりにもる。

譯 將飯添的像一座小山一樣滿。

やみ
2 黑暗

まっくらでひかりのないようす。

注 指烏漆麻黑地完全沒有光線的樣子。

やむ
0 停止

いままでつづいていたことがとまる。

注 指持續中的動作靜止下來。

＊

かぜがやむ。

譯 風停了。

やめる
0 使…停止

いままでつづけていたことを、おわりにする。

注 指使持續中的動作靜止下來。

＊

おしゃべりをやめる。

譯 停止交談。

やりなおす
4 重做

あらたに、もういちどする。

注 指重新再做。

＊

はじめからやりなおす。

譯 重新再做一次。

やる
0 ①派（員、車） ②給 ⇔ ②もらう 0 ②得到

①ひとやくるまをいかせる。

②めしたのものにあたえる。

注 ①指派出人員或是車子出去的動作。
②指將物品給予晚輩或是身分地位低的人的動作。

＊

②おとうとにおこづかいをやる。

譯 ②給弟弟零用錢。

②

やわらか
3 4 柔軟的

やわらかいようす。

注 指軟綿綿的樣子。

＊

やわらかなふとん。

譯 柔軟的棉被。

やわらかい
4 軟的 ⇔ かたい 0 2 硬的

おすと、かんたんにかたちがかわるようす。

注 指物體壓下去後很容易變形的樣子。

＊

あかちゃんのほおはやわらかい。

譯 嬰兒的臉頰軟綿綿的。

や

ゆ
ユ

ゆ 1 熱水、開水

みずにねつをくわえてあつくしたもの。

㊟指加熱後變燙的水。

＊

お**ゆ**をわかす。

㊞燒開水。

ゆう 0 1 結、扎、綁

きちんとまとめてむすぶ。

㊟指將物體整齊綁起的動作。

＊

みつあみを**ゆう**。

㊞綁麻花辮。

ゆうえんち 3 遊樂園

たのしくあそべるように、のりものやしかけがたくさんあるところ。

㊟指有許多遊樂設備，可以開心玩耍的地方。

＊

ゆうえんちであそぶ。

㊞在遊樂園裡玩耍。

ゆうがた【夕《ゆう》がた】 0 黄昏

ひがしずむころ。

㊟指太陽西下的時刻。

＊

ゆうがたまで、こうえんであそぶ。

㊞在公園玩到黃昏。

ゆうき 1 勇氣

こわがらないで、なにかをしようとするつよいきもち。

㊟指毫無畏懼、勇往直前的氣魄。

＊

ゆうきをだして、もりのなかをすすむ。

㊞拿出勇氣通過森林。

ゆうぎ 1 唱唱跳跳

こどもが、おんがくにあわせてからだをうごかすあそび。

㊟指一種小朋友們配合音樂舞動身體的遊樂。

ゆうぐれ 0 黄昏

ゆうがた。ひのくれるころ。

㊟與「ゆうがた」同義。指太陽西下的時刻。

ゆうごはん 3 dinner 晚餐

ゆうがたにたべるしょくじ。

㊟指晚上（黃昏的）吃的飯。

ゆうすずみ 3 乘涼

なつのゆうがた、そとでくつろぐこと。

㊟指夏天的黃昏時，到外頭放鬆納涼的意思。

ゆうだち 0 雷陣雨

なつのゆうがた、みじかいじかんにはげしくふるあめ。

㊟指夏天的黃昏前後，會下的一陣短暫大雨。

＊

ゆうだちにあう。

㊞碰上雷陣雨。

ゆうびん 0 郵政、郵件

てがみやこづつみなどをとどけるしごと。また、そのもの。

㊟指幫忙寄送信件或包裹等的業務。或是指該寄送品。

＊

ゆうびんをうけとる。

㊢收到郵件。

ゆうびんきょく 3 郵局

てがみやこづつみなどを、あてさきにとどけるしごとをするところ。

㊟指執行寄送信件或包裹等的業務的單位。

＊

ゆうびんきょくではがきをだす。

㊢到郵局去寄明信片。

ゆうびんや 0 郵差

てがみやこづつみなどをとどけてくれるひと。

㊟指執行寄送信件或包裹等的業務的人。

＊

ゆうびんやさんがきた。

㊢郵差先生來了。

ゆうべ 3 0 昨晚

きのうのよる。

㊟指昨天的晚上。

ゆうやけ 0 夕陽

たいようがしずむときに、にしのそらがあかくそまること。

㊟指太陽西下時，西方的天空呈現一片火紅的自然現象。

ゆうれい 1 鬼、幽靈

しんだひとが、このせかいにすがたをあらわしたもの。

㊟指死掉的人還出現在陽世裡的靈魂。

ゆか 0 地板

いえのなかで、いたやたたみをしいてある、たいらなばしょ。

㊟指房子裡以木板或是榻榻米鋪在地下，用於行走的平狀結構。

＊

ゆかのうえをねこがあるく。

㊢貓咪走在地板上。

ゆかい 1 愉快

たのしくてきもちがよいようす。

㊟指感到開心，心情很好的樣子。

＊

おじいさんのはなしは、ゆかいだ。

㊢聽爺爺講故事感到很愉快。

ゆかた 0 日式浴衣

なつにきるきもの。

㊟指日本人在夏天時所穿的輕便和服。

＊

ゆかたをきる。

㊢穿日式浴衣。

ゆがむ 0 2 歪、歪斜

もののかたちがまがったり、ねじれたりする。

㊟指物體彎曲掉或是扭轉變形的狀態。

＊

リボン《りぼん》がゆがむ。

㊢緞帶歪掉了。

ゆき [2] snow 雪

さむいときに、そらからふってくるしろくてつめたいもの。

注 指天氣寒冷時，從天空降下冰冷的白色晶體。

*

ゆきがつもる。

譯 積雪。

ゆきがっせん [3] 打雪仗

ゆきでつくったたまを、ぶつけあうあそび。

注 指用雪捏成雪球，互相丟擲的遊戲。

*

ゆきがっせんをしてあそぶ。

譯 玩打雪仗。

ゆきだるま [3] 雪人

ゆきをかためてつくっただるま。

注 指用雪堆起來的人形物體。

*

みんなで**ゆきだるま**をつくる。

譯 大家一起堆雪人。

ゆげ [1] 蒸氣

ゆがわくとでてくる、しろいけむりのようなもの。

注 指伴隨著水滾開時冒出來的白色煙霧。

*

やかんからでる**ゆげ**。

譯 蒸氣從茶壺中冒出。

ゆすぶる [0] 使…搖晃

つよくゆりうごかす。

注 指讓物體激烈搖動的動作。

*

つよいかぜが、きのえだを**ゆすぶる**。

譯 強風使樹枝搖晃。

ゆする [0] 使…搖動

ゆりうごかす。

注 指使物體搖晃產生動作。

*

かたを**ゆすって**、わらう。

譯 開心大笑（笑到讓肩膀都動起來了）。

ゆずる [0] 讓、讓給

じぶんのものを、ほかのひとにあげる。

注 指將自己的所有物送給其他人。

*

せきを**ゆずる**。

譯 讓座。

ゆだん [0] 大意、不小心

だいじょうぶだとおもって、ちゅういをしないこと。

注 指覺得很穩當，因而沒有嚴加注意。

*

ゆだんすると、まるたからおちるよ。

譯 一個不小心，就會從圓木上掉下來喲！

ゆっくり [3] 慢慢地

いそがずに、すこしずつすすむようす。

注 指不求快，一點一點地慢速進行的樣子。

*

かたつむりが**ゆっくり**すすむ。

譯 蝸牛慢慢地向前爬。

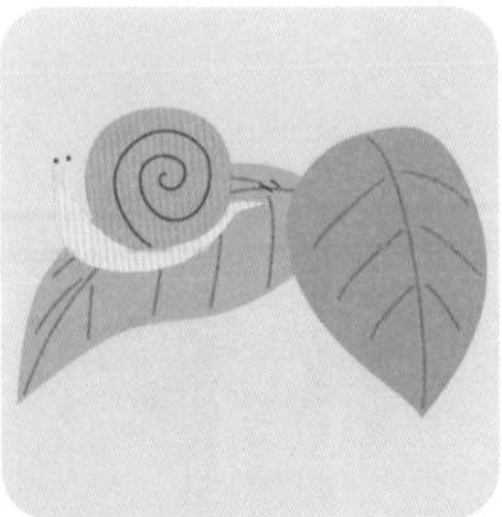

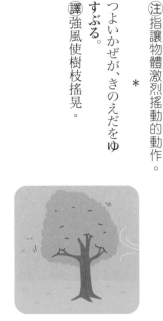

ゆでる ② 汆燙

ゆのなかにたべものをいれて、にる。

㊟指將食材放入沸水中燙煮的動作。

＊

えだまめを**ゆでる**。

㊢汆燙毛豆。

ゆび ② finger 手指、腳趾

てやあしのさきの、ほそく、5《ご》ほんにわかれたぶぶん。

㊟指人類的手或腳分別分岔開來的五根細長的部分。

＊

ゆびで、ピースサイン《ぴーすさいん》をつくる。

㊢用手指比出V字。

ゆびきり ③④ 打勾勾

じぶんのこゆびとあいてのこゆびをつないで、やくそくすること。

㊟指兩個人將小指相互勾起，代表做出約定。

ゆびさす ③ （用手指）指

ゆびでさししめす。

㊟指用手指指明某處的動作。

＊

いえのほうを**ゆびさす**。

㊢用手指指向房子那邊。

ゆびにんぎょう ③ 手指娃娃

かおとからだをふくろのようにつくり、ゆびをいれてうごかすにんぎょう。

㊟指一種有臉跟顏色的指套，可以套進手指裡擺動的娃娃。

ゆびわ ⓪ 戒指

かざりとしてゆびにはめるわ。

㊟指一種戴在手指上的裝飾用品。

＊

おもちゃの**ゆびわ**をつける。

㊢戴上玩具戒指。

ゆみ ② 弓

やをとばすどうぐ。

㊟指用來射箭的一種武器。

ゆめ ② ①夢 ②夢想

①ねむっているあいだにみる、できごと。②しょうらいのきぼう。

㊟①指睡覺時，所看見的幻像。②指未來希望達到的願望。

①

＊

①**ゆめ**をみる。

㊢①作夢。

ゆらゆら ① 搖曳狀

ゆるやかにゆれうごくようす。

㊟指緩慢搖動的樣子。

＊

このはが、かぜで**ゆらゆら**ゆれる。

㊢在風的吹拂之下，樹葉緩緩搖動。

ゆり ⓪ 百合

なつにさく、らっぱのようなかたちのはな。

㊟指一種在夏天時開花，外型長得像喇叭的花。

ゆるい ② 鬆的、寬鬆的 ⇔ きつい

⓪② 緊的

ぴったりとしまっていなくて、すきまがあるようす。

㊟指衣物沒有很合身，寬度還太大的樣子。

＊

このズボン《ずぼん》は**ゆるい**。

㊫這長褲子很寬鬆。

ゆるす ② 原諒

いたずらやしっぱいをせめない。

㊟指不再計較他人的惡作劇或失敗。

＊

あやまったら、**ゆるして**くれた。

㊫道歉之後，對方就原諒了。

ゆるむ ② 鬆、鬆弛 ⇔ しまる ②

緊、變緊

つよくはまったり、しまったりしていたものがうごくようになる。

㊟指用原本裝好、束得很緊的物體開始鬆脫的狀態。

＊

ゆかたのおびが**ゆるむ**。

㊫日式浴衣的帶子鬆掉了。

ゆるめる ③ 弄鬆 ⇔ しめる ② 弄緊

はまったり、しめたりしているちからをよわくする。

㊟指讓原本裝好、束得很緊的物體鬆動的動作。

＊

ネクタイ《ねくたい》を**ゆるめる**。

㊫鬆開領帶。

ゆれる ⓪ 搖晃

ゆらゆらとうごく。

㊟指搖動的意思。

＊

はたがかぜで**ゆれる**。

㊫旗子被風吹而搖晃。

よ
ヨ

よ ① 晚上 ⇓ よる ① 晚上

よあけ ③ 天亮

よるがおわり、あたりがあかるくなること。

㊟指夜晚結束，周遭亮起來時。

＊

よあけまえに、にわとりがなく。

㊫雞在天亮前會啼叫。

よい ① 好的 ⇓ いい ① 好的

よいしょ 1 舉起重物的發語詞

ちからをいれてものをもちあげたりするときに、いうことば。

注 指用力舉起物品時開口所說的發語詞。

＊

「**よいしょ**」と、いしをもちあげる。

譯 數著「一、二、三…」就舉起了石頭。

よう 1 暈車、暈機、暈船

のりもののゆれで、きもちがわるくなる。

注 指因為交通工具移動時的搖晃而感到噁心想吐態。

＊

バス《ばす》に**よう**。

譯 公車上暈車。

よう 1 要事

しなければならないこと。

注 指一定要做的重要事情。

＊

ようがあって、あそびにいけない。

譯 因為我有要事，所以不能去玩。

よう 1 模樣、樣子

ようすやかたち。

注 指樣子或外形。

＊

おなじ**よう**なかみがたにする。

譯 剪成相同樣子的髮型。

ようい 1 事前準備

まえもって、ひつようなものをそろえること。

注 指事先把所需要的東西都準備好的狀態。

＊

えんそくの**ようい**をする。

譯 做遠足的出發前準備。

ようか 0 ①八日 ②八天

①つきの8《はち》ばんめのひ。

②8《はち》にちのあいだ。

注 ①指一個月裡第八天的日子。
②指八個日子的時間帶。

＊

②おばあさんのいえに、**ようか**とまった。

譯 ②在奶奶家裡住了八天。

②

ようじ 0 要事

しなくてはならないこと。

注 指一定要做的事。

＊

おかあさんにたのまれた**ようじ**をすませる。

譯 去完成媽媽交待的要事。

ようじん 1 小心

きをつけること。

注 指很注意的意思。

＊

ころばないように**ようじん**する。
㊟很小心地避免跌倒。

ようす 0 様子

そとからみてわかる、ものごとのありさま。
㊟指事、物從外側看起來的狀態。

＊

まわりの**ようす**をつたえる。
譯告知他人周遭的樣子。

ようちえん 3 幼稚園

しょうがっこうにいくまえのこどもが、いろいろなことをならうところ。
㊟指學齡前的小孩子去學習各種事物的教育機構。

＊

ようちえんで、かけっこをする。
譯在幼稚園裡玩賽跑。

ようふく 0 衣服、洋裝

ズボン《ずぼん》、スカート《すかーと》、ワイシャツ《わいしゃつ》などのふく。
㊟指相對於日本人的和式穿著，長褲、裙子、襯衫等類的西式服裝的總稱。

＊

あたらしい**ようふく**をきる。
譯穿新服。

ようやく 0 終於

じかんをかけて、おもっていたようになるようす。
㊟指經過了一段時間後，事物總算達到自己理想的樣子。

＊

ようやく、さむいふゆがおわる。
譯寒冬終於結束了。

よかぜ 1 晩風

よるにふくかぜ。
㊟指在晚上吹拂的風。

よく 1 仔細地、好好地

しっかりと。
㊟指牢靠地進行。

＊

よくあらってたべる。
譯洗乾淨後再吃（仔細地洗乾淨後吃）。

よく 2 慾望

あれもこれもほしがるきもち。
㊟指什麼都想要得到的一種感受。

＊

『したきりすずめ』の、**よく**のないおじいさん。
譯《剪舌麻雀》故事裡淡泊無慾（沒慾望）的老爺爺。
編註『しきたりすずめ《剪舌麻雀》』是日本的童話故事。

よくばり 3 4 慾望很深的人

あれもこれもほしがるひと。
㊟指什麼都想要得到的人。

＊

おとうとは**よくばり**だ。
譯哥哥的慾望很深。

よ

よくばる 3 慾望深厚、很貪婪

なんでもかんでもほしがる。

注 指什麼都想要得到。

＊

よくばってたべすぎる。

譯 很貪吃全部吃過量（很貪婪地什麼都吃得很多）。

よけい 0 多餘的、不需要的

ひつようなかずよりおおく、あまってむだなようす。

注 指比需要的量更多出來的部分。

＊

よけいなものはすてる。

譯 將不需要的物品丟棄。

よける 2 避、閃避、躲避

ぶつからないようにはなれる。

注 指為了避免撞到而躲開的動作。

＊

あたらないように、ボール《ぼーる》を**よける**。

譯 閃避擲過來的球，以免被砸到。

よこ 0 橫 ⇕ たて 1 直、縱

ひだりとみぎのほうこう。

注 指左邊及右邊的方向。

＊

てを**よこ**にのばす。

譯 將手橫向伸展。

よこぎる 3 橫越、穿越

よこのほうこうにとおりすぎる。

注 指通過水平的地方。

＊

じてんしゃが、おうだんほどうを**よこぎる**。

譯 騎腳踏車橫越斑馬線。

よこす 2 寄來、送來

こちらへおくってくる。

注 指送來給自己。

＊

ともだちが、わたしにてがみを**よこす**。

譯 朋友寄信給我。

よごす 0 弄髒、弄亂

ごみをちらかしたり、てあかをつけたりしてきたなくする。

注 指將垃圾亂丟、或將手弄得髒兮兮的。

＊

テーブル《てーぶる》のうえを**よごす**。

譯 將桌面上弄髒。

よこどり 0 強取、強搶、搶走

ほかのひとのものを、むりにうばいとること。

注 指將別人的物品硬搶過來。

＊

おとうとのケーキ《けーき》を**よこどり**する。

譯 搶走弟弟的蛋糕。

よこむき 0 橫向

よこのほうをむくこと。

注 指朝向水平方向的意思。

＊

じてんしゃが**よこむき**に、たおれた。

譯 腳踏車橫向地倒落了。

よごれる 0 髒掉

みたようすがきたなくなる。

注 指看起來變得髒兮兮。

＊

どろでげんかんが**よごれる**。
㊂玄關沾滿了泥巴，髒掉了。

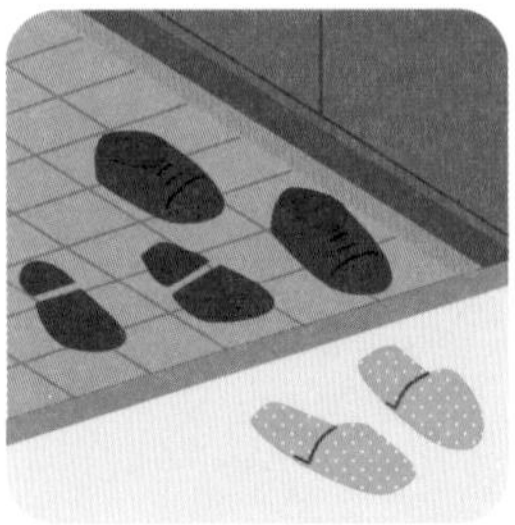

よす 1 停下、打消念頭

しないようにする。やめる。
㊟指決定不做的意思。亦可說成「やめる」。

＊

あついから、いくのは**よそう**。
譯太熱了，打消念頭不去了。

よせる 0 貼近、親近

もとのところや、おもっているところにちかづける。
㊟指從原來的所在位置，朝著心裡想的地方接近。

＊

ほおを**よせる**。
譯貼近臉頰。

よそ 2 1 他地、外地

じぶんにかんけいのないところ。べつのばしょ。
㊟指自己生疏、陌生的地方。亦指別的地方。

＊

ともだちが**よそ**のまちへひっこす。
譯朋友搬到外地去。

よそみ 2 3 往別處看

みなければならないところをみないで、べつのところをみること。
㊟指故意看別的地方，而不看應該要看的地方。

＊

よそみしてはいけない。
譯不可以往別處看。

よだれ 0 口水、唾液

くちからながれてでるつば。
㊟指從口中流出來的水。

＊

みているだけで、**よだれ**がでる。
譯看著看著，口水流下來了。

よちよち 1 搖搖晃晃貌、蹣跚貌

あぶなっかしくあるくようす。
㊟指走起路來不穩當，看起來隨時會跌倒的樣子。

＊

あかちゃんが、**よちよち**あるく。
譯小嬰兒走起路來搖搖晃晃地。

よっか 0 ①四日 ②四天

①つきの4《よん》ばんめのひ。
②4《よん》にちのあいだ。
㊟①指一個月裡第四天的日子。
②指四個日子的時間帶。

よつかど 0 十字路口

2《に》ほんのみちが、じゅうじにまじわったところ。
㊟指兩條路呈十字狀交錯的地方。

＊

よつかどをみぎにまがる。
譯在十字路口處右轉。

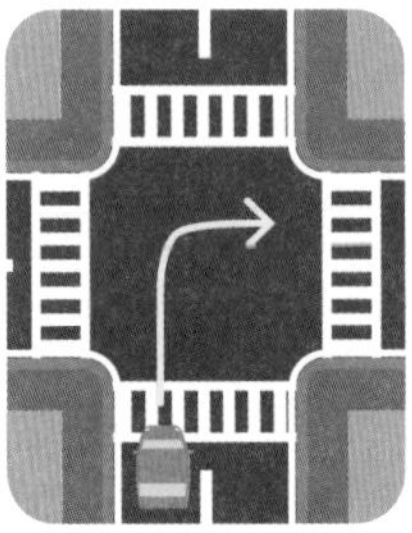

よっつ 3 四個

4《よん》のこと。もののかずをかぞえるときにつかうことば。
㊟指「四」的意思。計算物品時所使用的數詞。

＊

よっつにおる。
譯（將紙）折四折。

ヨット《よっと》 [1]

yacht 帆船

かぜをほにうけてすすむふね。

㊟指一種靠風吹動船帆向前移動的船。

*

ヨット《よっと》にのる。

㊕搭帆船。

よっぱらい [0]

爛醉的人、醉鬼

さけなどにひどくよったひと。

㊟指喝酒喝到很醉的人。

*

よっぱらいにきをつけよう。

㊕小心喝到爛醉的人吧！

よなか [3] 深夜

よるおそいじかん。

㊟指夜間很晚的時間帶。

*

よなかまでおきていてはいけません。

㊕深夜了，趕快去睡覺。

よのなか [2] 世上

おおぜいのひとがかかわりあいながら、すんでいるところ。

㊟指與許多的人發生交集的住地。

*

よのなかのひとにわらわれるよ。

㊕為世人（世上的人）所嘲笑。

よびかける [4] 叫住、呼喚

ひとにむかって、こえをかける。

㊟指對著他人出聲招喚的動作。

*

まちでともだちにあって、よびかける。

㊕在街上遇見朋友，便出聲叫住他。

よびだす [3] 叫出來

よんでそのばしょにこさせる。

㊟指連絡後，讓對方到某個地方去的意思。

*

でんわでよびだす。

㊕打電話叫出來。

よぶ [0] ①呼喊 ②叫來

①あいてにおおきなこえでいう。

②あいてにきてもらう。

㊟①指用大聲地叫對方的動作。②請對方過來一趟的動作。

*

①むこうがわのともだちをよぶ。

㊕①呼喊對面的朋友。

①

よふかし [3] [2] 熬夜

よるおそくまでおきていること。

㊟指一直到深夜都還不睡覺的意思。

*

おにいさんが、よふかしをしておこられる。

㊕哥哥熬夜很晚不睡，所以被罵了。

よぼうちゅうしゃ [4] 預防接種

びょうきにならないように、うけるちゅうしゃ。

㊟指為了避免生病，預先接種疫苗的意思。

よほど [0] 更加的、相當地

ふつうのていどをこえているようす。よっぽど。

㊟指比一般的數量又更多一些的樣子。亦可說成「よっぽど」。

*

よ

よほどおなかがすいていたんだね。
㊟譯 相當地餓了吧！

よみかた ③ ⓪ 唸法

かんじなどのもじをよむほうほう。
㊟ 指念讀漢字等文字的唸讀方式。

＊ かんじの**よみかた**をおしえてください。
譯 請教我漢字的唸法。

よみせ ⓪ 夜間攤販

よるに、みちばたなどで、ものをうるちいさなみせ。
㊟ 指晚上時才出來路邊擺攤賣東西的小販。

＊ **よみせ**でわたあめをかう。
譯 跟夜間攤販買棉花糖。

よむ ① 念、讀

もじをみて、なにがかいてあるかをしる。
㊟ 指閱讀文字，進而了解內容在寫什麼。

＊ えほんを**よむ**。
譯 讀繪本。

よめ ⓪ 媳婦、新娘

けっこんしたおんなのひと。
㊟ 指已經結婚了的女人。

よめる ② ①能念、能讀 ②了解意思

①よむことができる。
②いみがわかる。
㊟ ①指能夠閱讀的意思。
②指明白意思的意思。

＊ ①ひらがながよめる。
譯 我能念平假名。

①

より ① 比、比較

ほかのものとくらべるときにつかうことば。
㊟ 指要表示與其他物品作比較時的用語。

＊ みかん**より**バナナ《ばなな》がすきだ。
譯 比起橘子，我比較喜歡吃香蕉。

よりかかる ④ 倚靠

からだをものにくっつけてささえる。
㊟ 指將身體貼近某物體上藉以撐住的意思。

＊ かべに**よりかかる**。
譯 倚靠在牆上。

よりみち ⓪ 順道去

きめたばしょへいくついでに、ほかのばしょへいくこと。
㊟ 指要往目的地的路上，順便去別的地方的意思。

よりわける ④ ⓪ 揀選

あるきまりにしたがって、えらんでわける。
㊟ 指依循一個基準下，選出並分類。

＊ おおきないちごを**よりわける**。
譯 揀選出較大的草莓。

よる ⓪ 依據

それをひきおこすもと。
㊟ 指造成事端的緣由。

＊ ふちゅういに**よる**しっぱい。
譯 因為（依據）沒注意而導致失敗。

よ

よる 0 繞去（別的地方）

どこかにいくとちゅうで、ちがうばしょにいく。

注 指中途偏離目的地，到其他的地方去的意思。

＊

ともだちのいえに、**よる**。

譯 繞去朋友的家。

よる 1 night 晚上、夜晚

ひがしずんでから、ひのでまでのあいだ。

注 指太陽西下後，到次日再東昇之間的這段時間。

＊

よる9《く》じに、ふとんにはいる。

譯 晚上九點上床睡覺。

よろい 0 盔甲

むかし、せんそうで、からだをまもるためにみにつけたもの。

注 指古時候人們打仗時，穿在身上的護具。

よろける 0 不穩、快跌倒

あしがふらついてころびそうになる。

注 指因為腳步踩得不穩，而像要摔倒的狀態。

＊

いしにつまずいて**よろける**。

譯 被石頭絆到，身體不穩地晃了一下。

よろこび 0 3 4 喜悅 ⇔ かなしみ 0 3 悲傷

うれしいこと。

注 指開心的意思。

＊

よろこびのえがお。

譯 充滿喜悅的笑容。

よろこぶ 3 喜悅 ⇔ かなしむ 3 悲傷

うれしくおもう。

注 指感到開心。

＊

おみやげをもらって**よろこぶ**。

譯 收到別人送的伴手禮感到很開心。

よろしい 3 0 好的、可以的

「よい」のていねいないいかた。

注 指「よい」的鄭重表現。

＊

かえってもよろしいですか。

譯 請問可以回去了嗎？

よろしく 2 0 適當地敬請、麻煩

①ちょうどよいぐあいに。②ねがいやきたいをこめたいときに、つかうことば。

注 ①指在適宜的情形下。②指充滿期待、寄託時的用語。

②

よわい 2 ①弱的、②軟弱的 ⇔ ②①つよい 2 ①強的、②堅強的

①ちからがちいさいようす。②きもちがしっかりしていないようす。

注 ①指力道很小的樣子。②指內心不夠堅定的樣子。

＊

①ひざしが**よわい**。

譯 ①陽光微弱。

①

よわむし 2 膽小鬼

きがよわくてすぐにないたり、こわがったりするひと。

指內心不夠堅定，或容易害怕及哭泣的人。

よわめる 3 使…變弱 ⇕ つよめる

3 使…變強

よわくする。

注 指將事、物弱化的動作。

＊

ガス《がす》のひを**よわめる**。

譯 將瓦斯爐的火轉小（弱）。

よわる 2 變弱、衰弱

からだのちからやいきおいがなくなる。

注 指身體的力量或是氣勢轉弱。

＊

としをとると、あしやこしが**よわる**。

譯 上了年紀後，腿跟腰都變差（衰弱）了。

よん 1 四 ⇒ し 1 四

ら ラ

ライオン《らいおん》 0 lion 獅子

アフリカ《あふりか》などにすむどうぶつ。おすにはたてがみがある。けもののおうさまといわれる。

注 指一種棲息在非洲等地的動物。雄性會長鬃毛。被稱為是萬獸之王

⇒ 請參考463頁。

らいげつ 1 下個月

こんげつの、つぎのつき。

注 指從這個月往後算的一個月。

＊

らいげつ、げきのはっぴょうかいがある。

譯 下個月有戲劇公演會。

らいしゅう 0 下週、下星期

こんしゅうの、つぎのしゅう。

注 指從這一週往後算的那一週。

＊

らいしゅうからようちえんがはじまる。

譯 下週開始就要上幼稚園了。

らいねん 0 明年

ことしの、つぎのとし。

注 指從這一年往後算的那一年。

＊

らいねんには、しょうがくせいになる。

譯 明年開始就要上小學了。

らく 2 輕鬆的、舒適的

くるしいことやつらいことがないようす。

注 指完全不辛苦的樣子。

＊

せきがひろくて**らく**だ。

譯 座位很寬大，坐起來很舒適。

らくだ 0 駱駝

せなかにこぶのあるどうぶつ。さばくにすみ、ひとやものをはこぶ。

注 指一種棲息在沙漠裡，背上隆起的動物。一般被人類用來載人或貨物。

らしい 0 似乎…

そうなるだろうということをあらわすことば。

注 指表達看起來好像是某個樣子時說的用語。

*

あすはゆきがふる**らしい**。

譯 明天似乎會下雪的樣子。

ラジオ《らじお》 1 radio 收音機

ニュース《にゅーす》やおんがくなどをきくことができるきかい。

注 指可以用來收聽新聞或是音樂的家電。

*

ラジオ《らじお》をききながら、たいそうする。

譯 一邊聽收音機、一邊作體操。

ランドセル《らんどせる》 4 0 school bag（小學生的）書包

しょうがくせいが、がっこうにせおっていくかばん。

注 指小學生揹著上學用的包包。

ランプ《らんぷ》 1 lamp 油燈

あぶらがしみたしんにひをつけて、あかりとしてつかうどうぐ。

注 指在沾滿油的燈芯上點火，藉此作為照明用的工具。

らんぼう 0 粗暴的、粗魯的

たたいたり、ぶったりするようす。

注 指動粗的樣子。

*

らんぼうなことをしてはいけないよ。

譯 不可以做出粗暴的行為。

り
リ

りか 1 理科

しぜんやかがくについてならい、りかいするべんきょうのこと。

注 指自然及科學方面的學習科目。

りく 0 2 陸地

ちきゅうで、うみやみずうみではないところ。

注 指地球的地形中，海洋及湖泊以外的地區。

*

りくにすむどうぶつ。

譯 棲息在陸地上的動物。

りこう 0 伶俐的

いろいろなことをしっていて、かしこいこと。

注 指什麼都懂，相當聰明的意思。

*

りこうないぬ。

譯 伶俐的狗。

りす 1 松鼠

おながくてふとく、もりやはやしにすむ、ちいさなどうぶつ。きのみをたべる。

(注)指一種尾巴又肥又大，棲息在森林中的小型動物。主要以樹果為食。

りっぱ 0 氣派的、優秀的

どうどうとしてすばらしいようす。

(注)指看起來宏偉、又很棒的樣子。

＊

りっぱないえ。

(譯)氣派的房子。

リボン《りぼん》 1

ribbon 緞帶

かざりなどにつかう、ほそいはばのぬのやひも。

(注)指在裝飾時用的細長布條或是繩子。

りゅう 1

龍

そらをとぶ、おおきなへびのような、そうぞうのいきもの。

(注)指一種像中的生物。具有長尾巴，能飛行在天空上。

リュックサック《りゅっくさっく》 4

backpack 背包

にもつをいれてせおうバッグ《ばっぐ》。

(注)指一種能用來裝隨身物品，背的包包。

りょう 1 採集、捉捕

さかなやかいをとること。

(注)指抓魚或是採集貝類。

＊

うみにりょうにでる。

(譯)到海邊去捉捕海洋生物。

りょう 1 打獵

とりやけものをとること。

(注)指捕捉鳥類或是野獸。

＊

もりでりょうをする。

(譯)去森林裡打獵。

りょうがわ 0

兩側 ⇔ かたがわ 0 單側

りょうほうのがわ。

(注)指兩邊。

＊

りょうがわをみてください。

(譯)請看兩側。

りょうし 1 漁夫

さかなやかいをとるしごとをするひと。

(注)指靠抓魚、貝類等海洋生物維生的人。

＊

りょうしがあみでさかなをとる。

(譯)魚夫用漁網補魚。

りょうし 1 獵人

とりやけものをとるしごとをするひと。

(注)指靠捕捉鳥類或是野獸維生的人。

＊

りょうしがてっぽうでとりをうつ。

(譯)獵人開槍射鳥。

りょうしん 1 雙親

ちちとはは。

(注)指爸爸跟媽媽。

＊

りょうしんがむかえにきてくれた。

(譯)我的爸爸跟媽媽（雙親）來接我了。

り

りょうて [0] 兩手

⇔ かたて [0] 單手

みぎとひだりのりょうほうのて。

㊟指左右兩邊的手的總稱。

りょうほう [3] [0] 兩方、雙方

⇔ かたほう [2] 單方

ふたつとも。

㊟泛指兩邊的意思。

＊ てぶくろをりょうほうなくしてしまった。

譯 兩隻（兩方）手套都不見了。

りょうり [1] 煮菜、菜餚

たべものをおいしくたべられるように、てをくわえること。てをくわえたもの。

㊟指為了讓食品變得好吃，而烹調的動作。或指其加工過後的食品。

りょこう [0] 旅行

じぶんのいえをはなれて、あちこちみてまわること。

㊟指離開自己的家，四處去參觀的意思。

＊ うみややまにりょこうする。

譯 到海邊及山上去旅行。

リレー《りれー》 [0] relay 接力賽

なんにんかでつぎつぎに、きめられたきょりをうけついで、じゅんいをあらそうスポーツ《すぽーつ》。

㊟指一種由許多人組隊，一棒接一棒地完成既定賽跑距離進而決定比賽名次的運動競賽。

りんご [0] apple 蘋果

はるにしろいはながさき、あきにみになる、あまずっぱいくだもの。

㊟指一種春天時會開白色的花、秋天時會結果，酸酸甜甜的水果。

⇒ 請參考473頁。

る
ル

ルール《るーる》 [1] rule 規則

きまりのこと。

㊟指制定好的規矩。

＊ こうつうのルール《るーる》をまもる。

譯 遵守交通規則。

るす [1] 外出、沒人

でかけていて、いえにだれもいないこと。

㊟指人都到外面去，家裡沒有人的意思。

＊ ともだちのいえはるすだった。

譯 朋友的家裡沒人。

るすばん [0] 看家

いえにだれもいないあいだ、そのいえをまもること。

㊟指家中其他人都不在時，留下來看守家裡的意思。

れ
レ

れい [0] 禮物、感謝的話

ありがとうのきもちをあらわす、ことばやおくりもの。

㊟指為了表達謝意，而說的話或是送給別人的物品。

＊

しんせつにして、お**れい**をもらう。

㊟因為親切地接待，因此得到了回禮。

れい [1] zero 零

すうじの0《ぜろ》。なにもないこと。

㊟指數字的「零」。或指什麼都沒有的意思。

＊

すなのおだんごのねだんは、**れい**えんです。

㊟砂丸子的價值是零日元。

れいぞうこ [3] 冰箱

たべものなどをひやしたり、くさりにくくしたりするためのきかい。

㊟指具有幫食物降溫及保鮮功能的家電。

＊

ジュース《じゅーす》を**れいぞうこ**にいれる。

㊟將果汁放入冰箱裡。

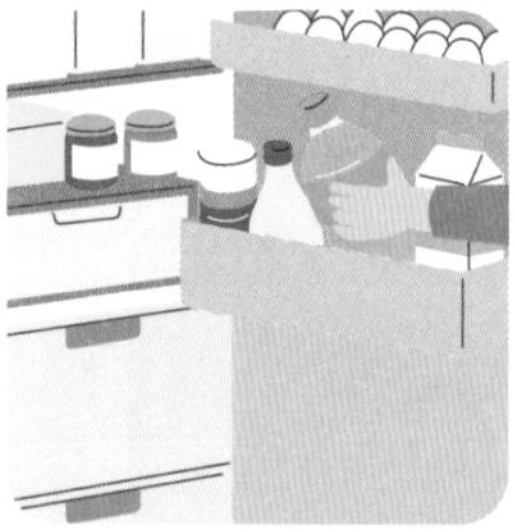

レール《れーる》 [0] rail 軌道

でんしゃやとなどのくるまがよくうごくようにしいた、てつのぼうのみち。

㊟指為了便於移動，而鋪設在電車或是拉式門窗的下方的鐵棒。

レーンコート《れーんこーと》 [4] raincoat 雨衣

あめにぬれないためにきるコート《こーと》。レインコート《れいんこーと》ともいう。

㊟指穿起來能夠防雨的衣服。亦稱為「レインコート」。

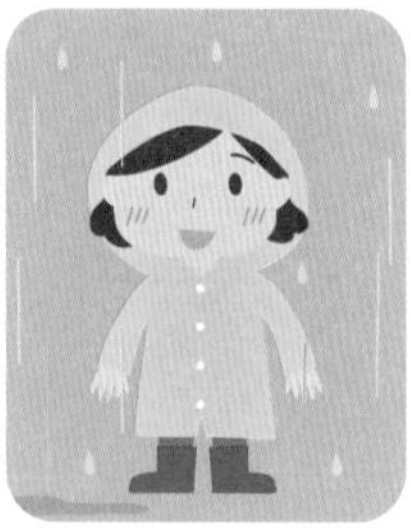

レコード《れこーど》 [2] record 唱片

うたやがっきのえんそうをきろくした、まるいいた。

㊟指一種收錄了歌唱或演奏樂的圓形板子。

＊

おとうさんのふるい**レコード**《れこーど》。

㊟爸爸的舊唱片。

レストラン《れすとらん》 [1] restaurant 餐廳

いろいろなりょうりをたべさせてくれるみせ。

㊟指準備了各種菜餚給客人吃的店家。

＊

レストラン《れすとらん》のりょうりはおいしい。

㊟餐廳的菜肴很美味。

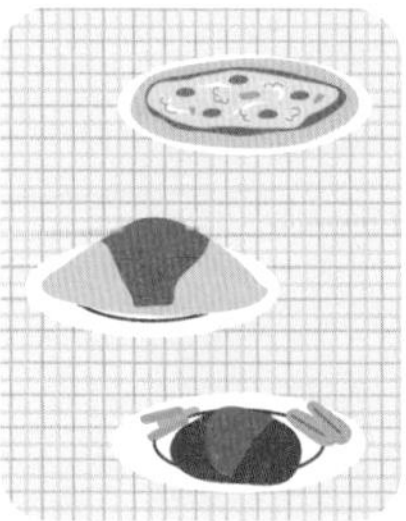

レタス《れたす》 [1] lettuce 萵苣

きくのなかまのやさい。はがかさなっていて、たまのようになっている。サラダ《さらだ》でよくつかわれる。

㊟指一種菊科的蔬菜。外型為圓球形、葉片呈包覆狀。常用來製作生菜沙拉。

⇓ 請參考471頁。

れつ ① 隊伍

つづけてながくならんだもの。

注 指人或物排成長長一列的樣子。

＊

ながいれつ。

譯 長長的隊伍。

れっしゃ 0 1 train 列車

ひとやものをはこぶために、しゃりょうをながくつないだもの。

注 指由許多的車廂連結起來，載運人或是貨物的交通工具。

レモン《れもん》 1 0 lemon 檸檬

みかんのなかまのくだもの。かわもみもきいろくて、すっぱいあじがする。

注 指一種芸香科的水果。口味極酸，外皮及果肉都呈橘黃色。

⇓ 請參考４７２頁。

れんが 1 磚頭

ねんどをやいてかたくしたもの。

注 指由黏土窯燒而成的一種建材。

＊

れんがでつくったいえ。

譯 磚頭砌成的房子。

れんげ(そう) 0 紫雲英

はる、のはらやたにさく、ピンク《ぴんく》のはな。れんげともいう。

注 指一種春天時會在野原盛開粉紅色花朵的花。亦稱為「れんげ」。

⇓ 請參考４６８頁。

れんこん 0 蓮藕

はすのねもと。つつのようなかたちで、なかにいくつかのあながあいているやさい。どろのいけやぬまでとれる。

注 指蓮花的根部。外型呈筒狀，內側具有許多的孔洞的一種蔬菜。一般可以在泥池或沼澤處採集到。

⇓ 請參考４７０頁。

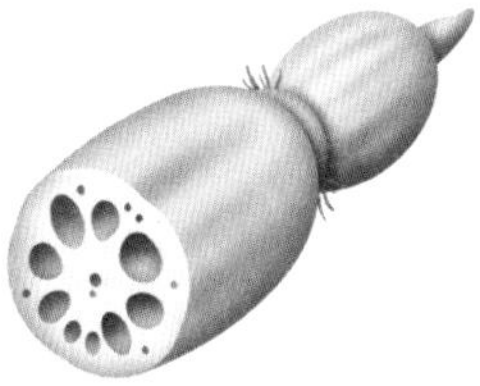

れんしゅう 0 練習

じょうずになるために、くりかえしすること。

注 指為了更熟練，而不停反覆重做的意思。

＊

まいにち、なわとびのれんしゅうをする。

譯 每天練習跳繩。

ろ

ロ

ろうか 0 走廊

たてもののなかで、へやとへやをつなぐとおりみち。

注 指建築物裡，連繫房間與房間之間的通道。

＊

ろうかをはしってはいけません。

譯 不可以在走廊上跑步。

ろうじん 0 老人

としをとったひと。としより。

㊟指上了年紀的人。亦稱為「としより」。

＊

ろうじんをたいせつにしましょう。

㊣讓我們敬愛老人吧！

ろうそく 3 4 蠟燭

ろうをかためてつくった、ひをつけてあかるくするもの。

㊟指一種蠟固化後，點火便可照明的用具。

＊

ろうそくのひをけす。

㊣吹熄蠟燭。

ろうや 3 監獄

わるいことをしたひとを、とじこめておくところ。

㊟指一個關壞人的地方。

＊

わるいことをしたら、ろうやにいれられるよ。

㊣如果你作壞事的話，會被關到監獄裡去喔！

ろく【六《ろく》】 2 six 六

かずのなまえ。5《ご》のつぎ、7《しち》のまえのかず。

㊟指數字的名稱。五之後、七之前的數字。

＊

6《ろく》ばんめのこどもは、おとこのこだった。

㊣第六個孩子是個男孩。

ろくがつ 4 June 六月

1《いち》ねんの6《ろく》ばんめのつき。

㊟指一年中第六順位的月份。

＊

6《ろく》がつは、あめがたくさんふる。

㊣六月很會下雨。

ろば 1 驢子

うまににているが、うまよりちいさい、みみのながいどうぶつ。

㊟指一種長得像馬，但是身體又比較小的長耳朵動物。

ロボット《ろぼっと》 1 2 robot 機器人

にんげんのかたちや、うごきににせてつくったきかい。

㊟指一種外型長得像人類，並會模仿人類動作的機器。

＊

ロボット《ろぼっと》があるく。

㊣機器人走路。

わ ワ

わ 0
（鳥類、兔子）…隻

とりやうさぎをかぞえるときにつけることば。

注 指計算鳥類及兔子時所用的量詞。

＊

2《に》わのうさぎ。

譯 兩隻兔子。

わ 1
圓圈

まんなかがおおきくあいている、まるいかたち。

注 指中間空心，旁邊圓環狀的意思。

わあ 1
哇～

おどろいたり、うれしかったりしたときにしぜんにでてくることば。

注 指感到驚訝，或是意外感到開心時脫口而出的發語詞。

＊

わあ、おおきい。

譯 哇～，好大！

ワ《わ》イ《い》シ《し》ャ《ゃ》ツ《つ》 0
dress shirt 襯衫

うわぎのしたにきる、えりのついたシャツ《しゃつ》。

注 指一種穿在外衣內側，有衣領的衣服。

＊

おとうさんがワイシャツ《わいしゃつ》をきる。

譯 爸爸穿襯衫。

わいわい 1
眾人喧鬧貌

ひとびとがさわいでいるようす。

注 指有許多的人發出很大的聲音、場面吵鬧的樣子。

＊

こうえんで、**わいわい**とさわぐ。

譯 公園裡大家亂哄哄地玩成一團。

わかい 2
年輕的

うまれてから、まだとしがたっていないようす。

注 指出生後還沒過很久的樣子。

＊

わかいひとが、としよりにしんせつにする。

譯 年輕人親切地對待老人。

わかす 0
煮沸

みずなどにねつをくわえて、あつくする。

注 指將水等液體的溫度加熱。

＊

なべでゆを**わかす**。

譯 用鍋子將水煮沸。

わがまま 3 4
任性

ひとのことをかんがえないで、したいようにすること。

注 指想做什麼都毫無忌憚的做，一點都不替他人著想。

＊

わがままをいう。

譯 說任性的話。

わ

わかめ [1] [2] 海帶芽

うみでとれる、ひらたいかいそう。

注 指一種在海中採集的平狀海菜

わかもの [0] 年輕人

としのわかいひと。

注 指年紀很輕的人。

＊

わかものがダンス《だんす》をおどる。

譯 年輕人跳舞。

わかる [2] 了解、知道

もののいみをただしくしる。

注 指正確明白事、物的意思。

＊

ことばのいみがわかる。

譯 了解用語的意思。

わかれ [3] 分別

いっしょにいたひとと、はなれること。

注 指跟在一起的人分開的意思。

わかれる [3] 分別

いっしょにいたひととはなれる。

注 指跟在一起的人分開的動作。

＊

みせのまえで、ともだちとわかれる。

譯 在商店的前面跟朋友分別。

わき [2] 旁邊

すぐそば。

注 指很接近的一旁。

＊

ストーブ《すとーぶ》のわきにすわる。

譯 坐在暖爐旁邊。

わきのした [3] 腋下

りょううでのつけねの、くぼんだしたがわ。

注 指肩膀和兩手臂內側連接的部位。

わく [2] 沸騰

みずがあつくなってゆになる。

注 指水變熱的狀態。

＊

ふろがわく。

譯 澡缸的水變熱（沸騰）了。

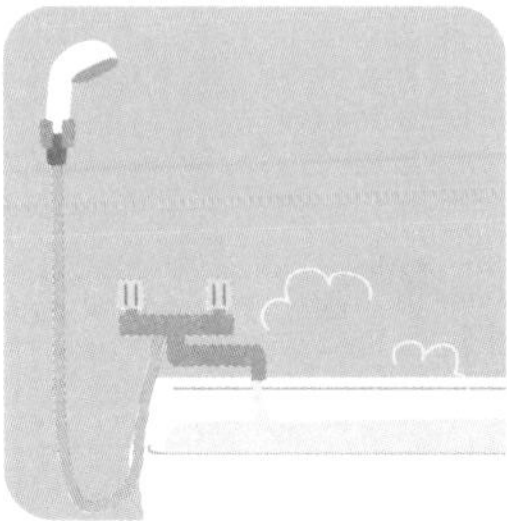

わく [0] 湧出、湧起

みずやゆが、つちのなかからふきでる。

注 指水或溫泉，從土地中噴出。

＊

おんせんがわく。

譯 湧出溫泉。

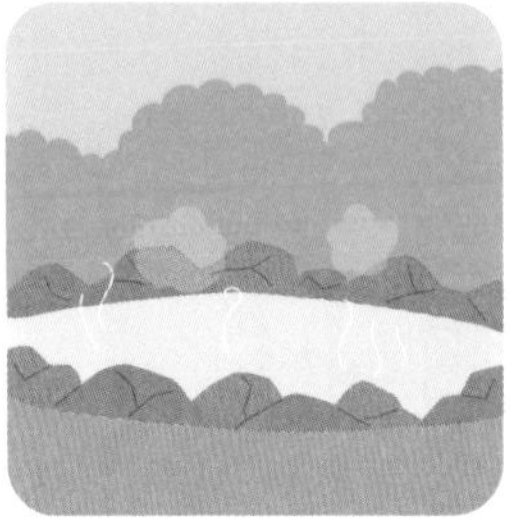

わくわく [1] 期待貌

きたいやよろこびで、こころがおちつかないようす。

注 指內心裡欣喜雀躍，希望有好事到來的樣子。

＊

もうすぐクリスマス《くりすます》でわくわくする。

譯 馬上就要過耶誕節了，好期待喔！

わけ 2 原因、道理

そうなったりゆう。

注 指形成某事、某狀態的理由。

＊

けがをした**わけ**をはなす。

譯 說明受傷的原因。

わける 2 使…分開

ひとつにまとまったものを、いくつかのべつべつのものにする。

注 指一個整體分成好幾個不同個體的動作。

＊

メロン《めろん》をよっつに**わける**。

譯 將哈蜜瓜分成四片。

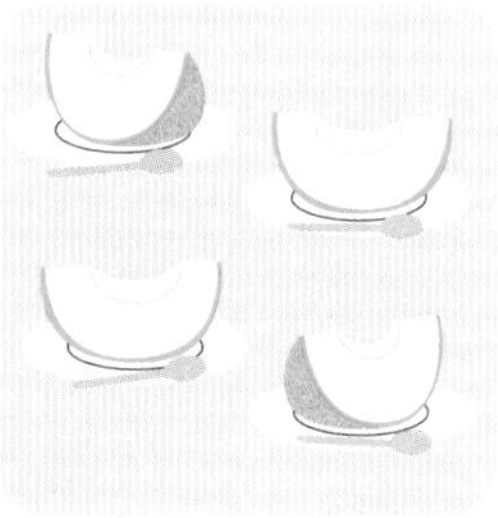

わざと 1 故意地

しなくてもよいのにかんがえてそうするようす。

注 指刻意地去做出某事的樣子。

＊

わざとぶつかる。

譯 故意去撞。

わざわざ 1 特意地

ふつうはしないようなことを、とくべつにするようす。

注 指特別去做一些平時不會做的事的樣子。

＊

わざわざむかえにきてくれた。

譯 特意跑一趟來接我。

わし 0

eagle 鵰

するどいくちばしとつめをもち、ちいさなどうぶつをたべる、おおきなとり。

注 指一種專門捕食小型動物的大型鳥類。身上長有尖銳鳥喙及爪子。

わずか 1 一些些、僅…

とてもすくないようす。ほんのすこし。

注 指非常少的樣子。亦可稱為「ほんのすこし」。

＊

おかしののこりが**わずか**になる。

譯 甜點只剩下一些些了。

わすれもの 0 忘掉的東西、遺失物

うっかりどこかにおいてきたもの。

注 指因為一個不小心，忘在某處的物品。

＊

わすれものをする。

譯 東西掉了（產生遺失物）。

わすれる 0 忘記、忘了

おぼえていたことが、おもいだせなくなる。

注 指應該記住的事，卻想不起來。

＊

かえるみちを**わすれる**。

譯 忘了回家的路。

わた 2 棉花

ふとんやクッション《くっしょん》にいれる、ふわふわしたもの。

注 指塞在棉被或是座墊裡，膨鬆狀的物品。

＊

わ

わたをいれてクッション《くっしょん》をつくる。
譯 將棉花塞到布袋裡，做成軟墊。

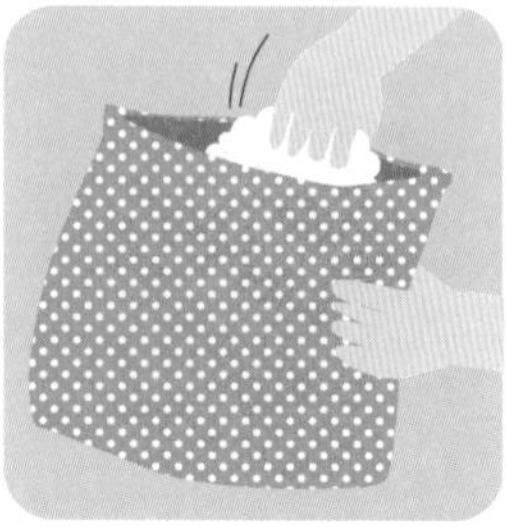

わたし 0

ー 我

じぶんのことをいうことば。
注 指稱呼自己時用的代名詞。

わたす 0

交、交給

こちらのてから、あいてのてにうつす。
注 指將物品從自己的手中，傳遞到別人手中的動作。

*

リレー《りれー》でバトン《ばとん》をわたす。
譯 在接力賽中傳遞（交出）接力棒。

わたりどり 3

候鳥

きせつによって、すむところをかえるとり。
注 指會依循季節變化，而轉換棲地的鳥類。

*

わたりどりがやってくる。
譯 候鳥飛來了。

わたる 0

渡過

いっぽうからむこうがわにいく。
注 指從某一邊到另一邊的動作。

*

とりが、かわをおよいでわたる。
譯 鳥划水渡河。

わっしょい 1

抬起重物的喊聲

おもいものをおおぜいでかつぐときのかけごえ。
注 指要把重物抬起來時所發出的聲音。

*

「わっしょい」とかけごえをかける。
譯 發出「呦～秀」等的口令。

わな 1

陷阱

どうぶつやとりをつかまえるためにつくったしかけ。
注 指為了抓動物跟鳥類而製作的裝置。

*

いのししがわなにかかる。
譯 野豬落到陷阱裡了。

わなげ 3 0

套圈圈

わをなげて、たてたぼうにかけてあそぶもの。
注 指一種將圈圈投到套竿上的遊戲。

*

わなげをしてあそぶ。
譯 玩套圈圈。

わに 1

鱷魚

かたいかわでおおわれ、するどいはをもつどうぶつ。かわやみずうみにすむ。
注 指一種身上覆蓋著厚皮，並長著利牙棲息在河川及湖泊裡的動物。

わびる 2 0

致歉

あやまる。
注 指道歉。

*

うそをついたことをわびる。
譯 為說謊一事致歉。

わ

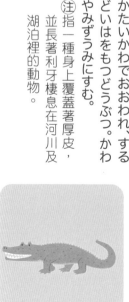

わら [1] 稲草、麥草

いねやむぎなどのくきをほしたもの。

注 指將稻子或是小麥等植物的莖部曬乾後的物體。

＊

わらでなわをあむ。

譯 用稻草編繩子。

わらい [0] 笑

たのしかったり、おかしかったりしてこえをだすこと。

注 指因為開心，或看到很有趣的事情而發出聲音。

＊

わらいがとまらない。

譯 笑不停。

わらう [0] 笑

たのしかったり、おかしかったりしてこえをだす。

注 指因為開心，或看到很有趣的事情而發出聲音的動作。

＊

まんがをよんで**わらう**。

譯 看漫畫發笑。

わり [0] ①使…破開 ②比率

①わること。②わりあい。

注 ①指將物體分開的意思。②指比例的意思。

＊

①おじいさんが、まき**わり**をする。

譯 ①爺爺在劈柴。

わりあい [0] 比例

もののとものかんけいを、かずであらわすこと。

注 指將事物之間的關係，以數字表示的意思。

＊

みっかに1《いっ》かいの**わりあい**で、パン《ぱん》をたべる。

譯 吃麵包的比例是三天吃一次。

わりこむ [3] 插隊、插入

じゅんばんをむしして、あいだにはいる。

注 指不依照次序，任意從中插入隊伍的動作。

＊

れつに**わりこむ**のは、よくないことです。

譯 插隊是不對的。

わりばし [0][3] 免洗筷

ふたつにわってつかう、きやたけでできたはし。

注 指用木頭或是竹子製作的筷子。

＊

わりばしで、そばをたべる。

譯 用免洗筷吃蕎麥麵。

わる [0] ①打破 ②分割開來

①ちからをくわえて、いくつかにわかれるようにする。
②いくつかにわける。

注 ①指施力使物體變成殘破的動作。②指將物體分成好幾段的動作。

＊

①ガラス《がらす》を**わる**。

譯 ①打破玻璃。

①

わるい [2] 壞的 ⇔ いい(よい) [1] 好的

よくないようす。ただしくないようす。

注 指不好、不正確的樣子。

＊

じゅんばんをまもらないのは**わるい**ことだ。

譯 不排隊（遵守次序）是不對（壞）的喔！

わ

わるくち ② 壞話

ひとのことをわるくいうこと。そのことば。

(注)指講別人不好的意思。或指那個內容。

＊

かげで**わるくち**をいってはいけません。

(譯)不可以在背地裡講人家的壞話。

われる ⓪ 破掉

ものがこわれて、いくつかにわかれる。

(注)指物品破損，分成好幾塊。

＊

かびんが**われる**。

(譯)花瓶破掉。

われわれ ⓪ 我們

じぶんをふくめた、なんにんものことをいういいかた。

(注)指表明包括自己在內，許多同伴等的人稱代名詞。

＊

われわれはうちゅうじんだ。

(譯)我們是外星人。

わん ⓪ 碗

しるものやたべものをいれるうつわ。

(注)指用來盛飯跟湯的餐具。

わんわん ① 小狗狗

ちいさなこどもが、いぬをよぶときのことば。

(注)指小孩子兒語般地稱呼狗的孩童用語。

＊

いもうとが、いぬを**わんわん**という。

(譯)妹妹說狗是小狗狗。

を

ヲ

「を」からはじまることばは、ありません。ぶんの、とちゅうでつかいます。

(注)在日語中，沒有「を」開頭的單字。它是個只會出現在句子中段的助詞。

編註 注意，因為語言的特性不同，「を」在轉譯成中文時往往會消失掉。

さかあがり**を**する。

(譯)拉著單槓翻轉。

たね**を**まく。

(譯)播種。

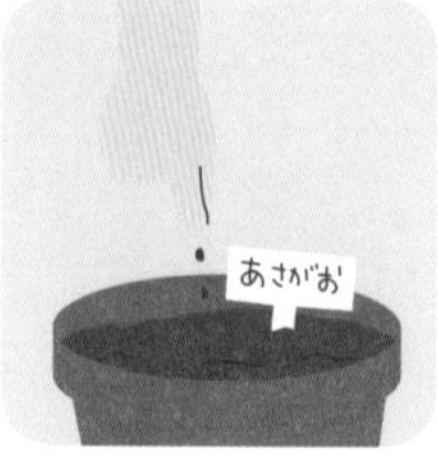

せき**を**ゆずる。

(譯)讓位

つな**を**ひく。

(譯)拉繩子。

ん
ン

「ん」からはじまることばは、ありません。

注 在日語中，沒有「ん」開頭的單字。

あかちゃん 1 嬰兒

えほん 2 繪本

かばん 0 包包

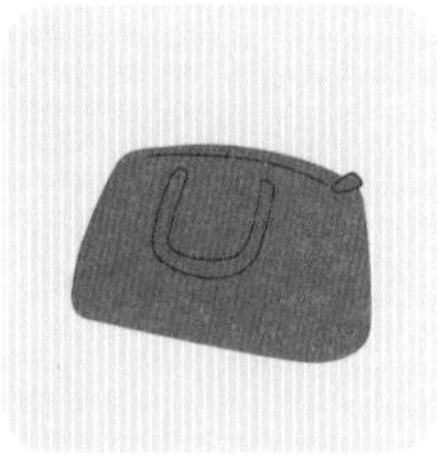

みかん 1 橘子

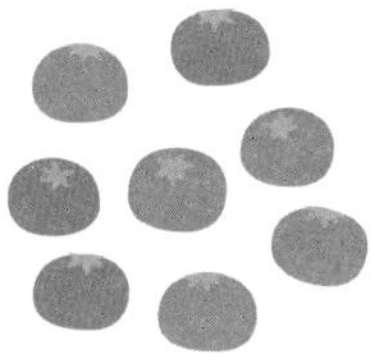

平假名50音表

跟爸爸媽媽、哥哥姊姊、弟弟妹妹一起學習念平假名吧！

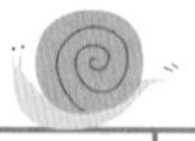

や	ま	は	な	た	さ	か	あ
	み	ひ	に	ち	し	き	い
ゆ	む	ふ	ぬ	つ	す	く	う
	め	へ	ね	て	せ	け	え
よ	も	ほ	の	と	そ	こ	お

ん	わ	ら
		り
		る
		れ
	を	ろ

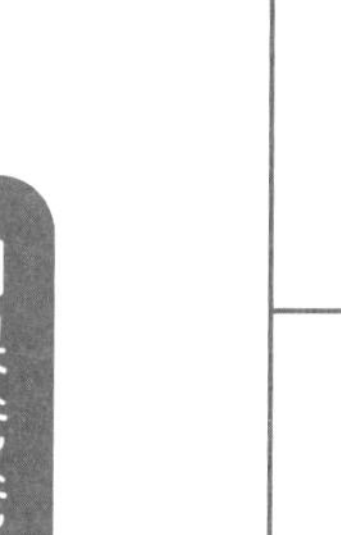

如果爸爸媽媽有幫你取日本名字，那就從這張50表中找出自己名字中的假名吧！

ぱ	ば	だ	ざ	が
ぴ	び	ぢ	じ	ぎ
ぷ	ぶ	づ	ず	ぐ
ぺ	べ	で	ぜ	げ
ぽ	ぼ	ど	ぞ	ご

りゃ	みゃ	ひゃ	にゃ	ちゃ	しゃ	きゃ
りゅ	みゅ	ひゅ	にゅ	ちゅ	しゅ	きゅ
りょ	みょ	ひょ	にょ	ちょ	しょ	きょ

ぴゃ	びゃ	じゃ	ぎゃ
ぴゅ	びゅ	じゅ	ぎゅ
ぴょ	びょ	じょ	ぎょ

片假名50音表

跟爸爸媽媽、哥哥姊姊、弟弟妹妹一起學習念片假名吧！

ヤ	マ	ハ	ナ	タ	サ	カ	ア
	ミ	ヒ	ニ	チ	シ	キ	イ
ユ	ム	フ	ヌ	ツ	ス	ク	ウ
	メ	ヘ	ネ	テ	セ	ケ	エ
ヨ	モ	ホ	ノ	ト	ソ	コ	オ

パ	バ	ダ	ザ	ガ
ピ	ビ	ヂ	ジ	ギ
プ	ブ	ヅ	ズ	グ
ペ	ベ	デ	ゼ	ゲ
ポ	ボ	ド	ゾ	ゴ

ン	ワ	ラ
		リ
		ル
		レ
	ヲ	ロ

リャ	ミャ	ヒャ	ニャ	チャ	シャ	キャ
リュ	ミュ	ヒュ	ニュ	チュ	シュ	キュ
リョ	ミョ	ヒョ	ニョ	チョ	ショ	キョ

ピャ	ビャ	ジャ	ギャ
ピュ	ビュ	ジュ	ギュ
ピョ	ビョ	ジョ	ギョ

從表格裡面找出喜自己最歡的水果名稱吧！

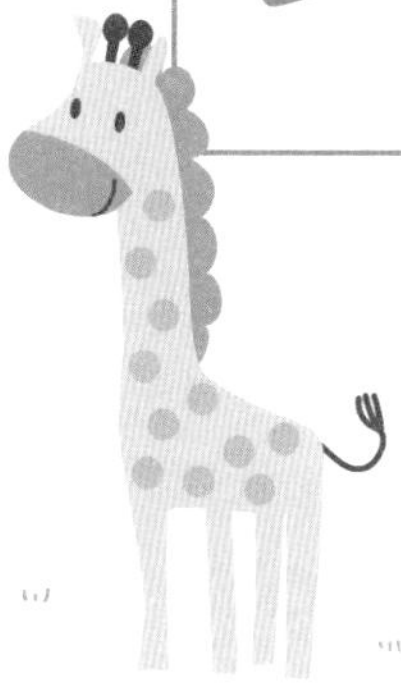

數詞（數字）

計算物品數量時所使用的用語。

れい（ゼロ《ぜろ》）	0		なにもないこと。 指什麼都沒有，空空的	
いち	1	一	★	ひとつ 一個
に	2	二	★★	ふたつ 二個
さん	3	三	★★★	みっつ 三個
し（よん）	4	四	★★★★	よっつ 四個
ご	5	五	★★★★★	いつつ 五個

ろく	しち(なな)	はち	きゅう(く)	じゅう	ひゃく	せん
6	7	8	9	10	100	1000
六	七	八	九	十	百	千
むっつ 六個	ななつ 七個	やっつ 八個	ここのつ 九個	とお 十個		

我的身體

「身體」是指從頭到腳尖，身體上所有的部位喔！

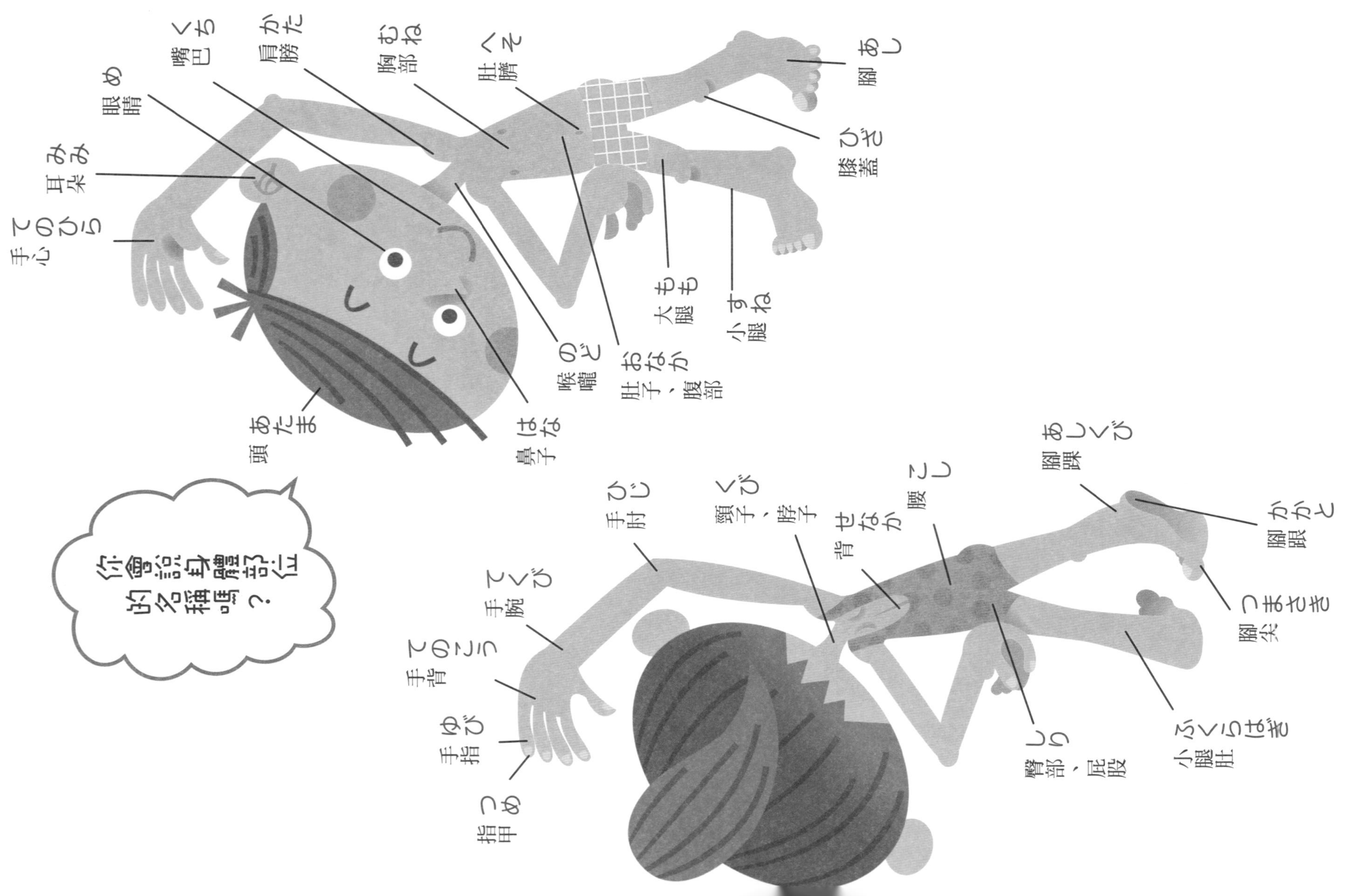

かお 臉

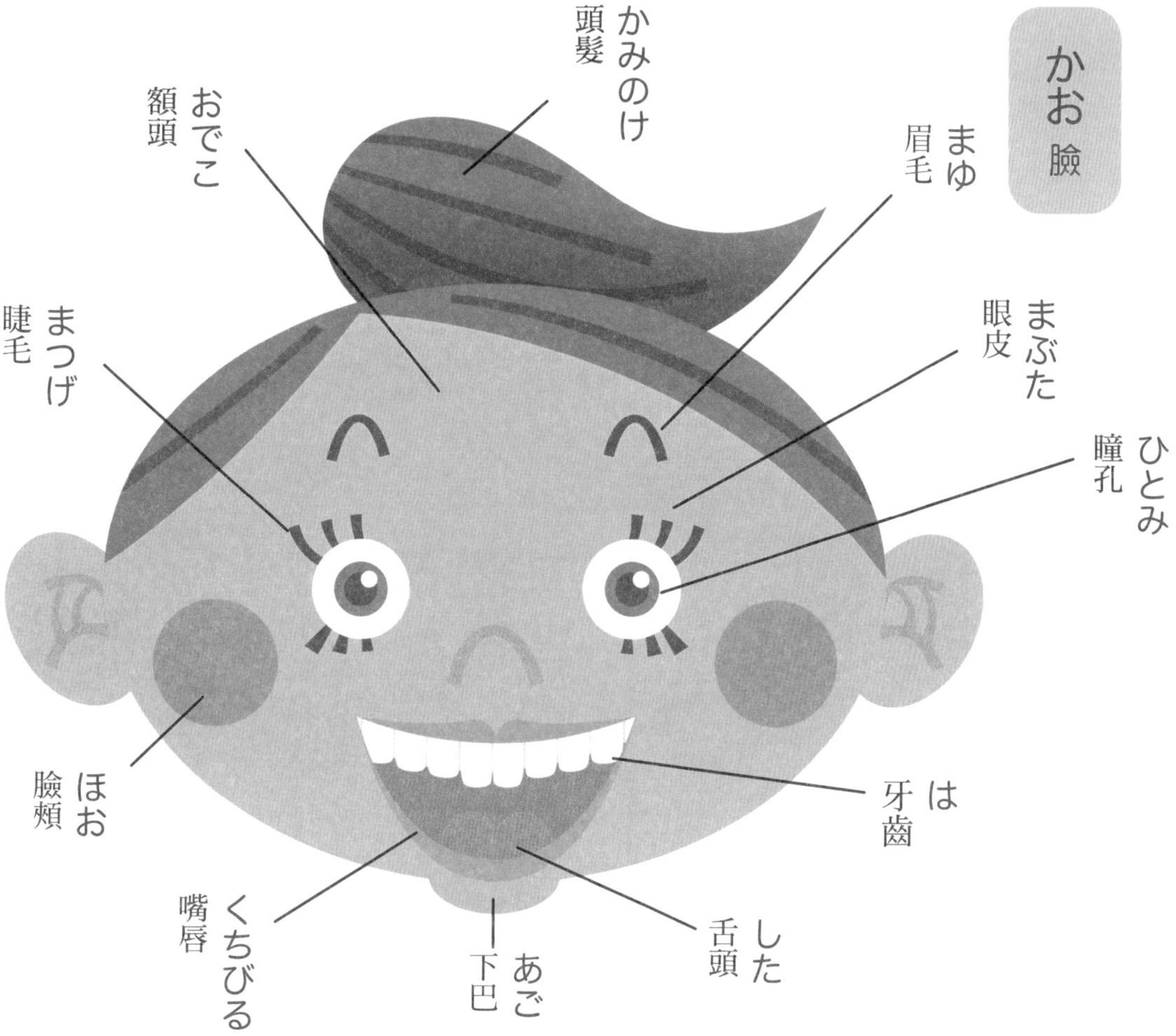
かみのけ 頭髮
おでこ 額頭
まゆ 眉毛
まつげ 睫毛
まぶた 眼皮
ひとみ 瞳孔
ほお 臉頰
は 牙齒
くちびる 嘴唇
あご 下巴
した 舌頭

て 手

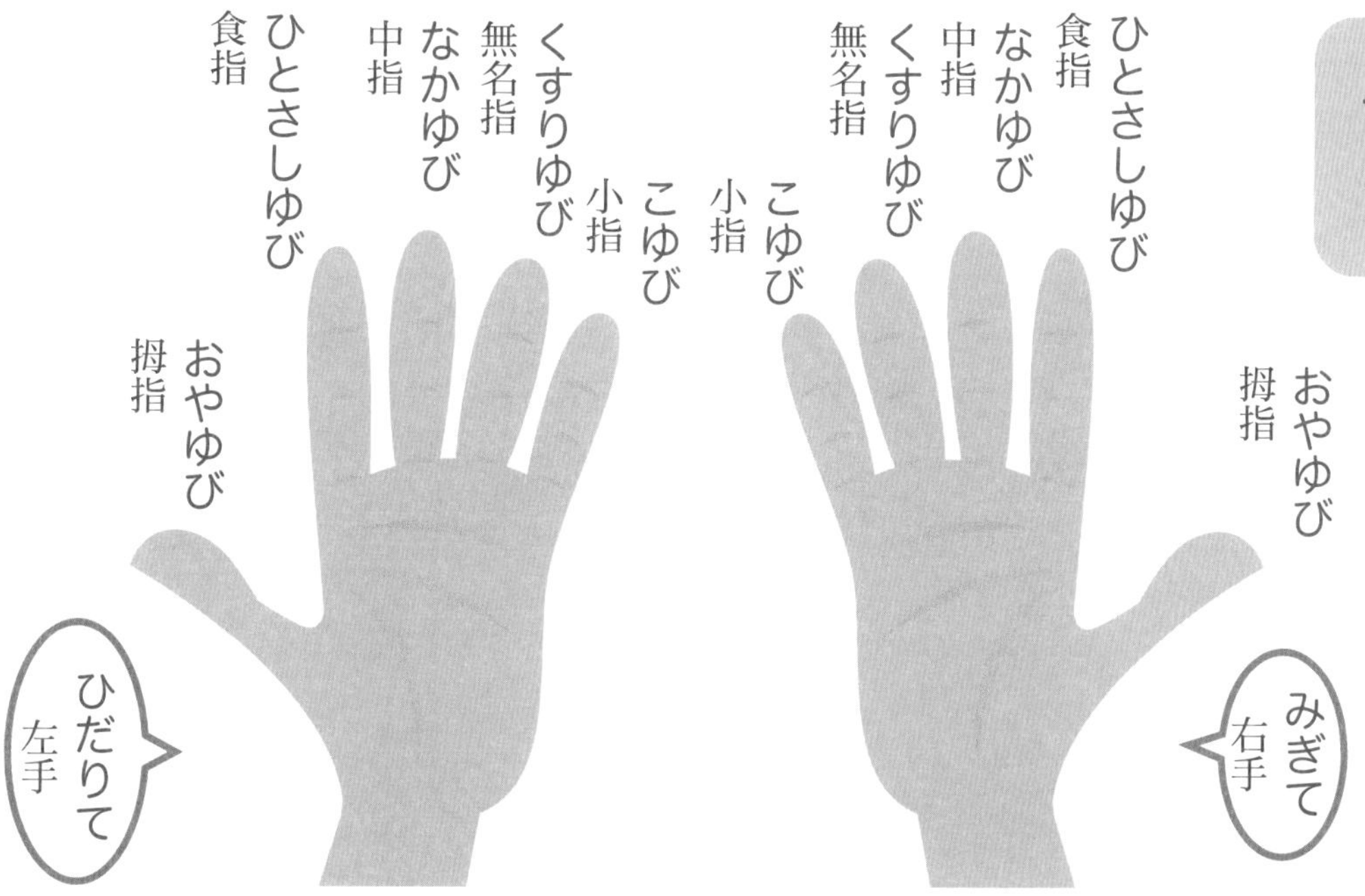
ひとさしゆび 食指
なかゆび 中指
くすりゆび 無名指
こゆび 小指
おやゆび 拇指
ひだりて 左手
こゆび 小指
くすりゆび 無名指
なかゆび 中指
ひとさしゆび 食指
おやゆび 拇指
みぎて 右手

這張圖呈現我從星期日到星期六這七天的日子喔！

木よう日 もく び 星期四	金よう日 きん び 星期五	土よう日 ど び 星期六
5 いつか 五日	6 むいか 六日	7 なのか 七日
12	13	14
19	20 はつか 二十日	21
26 あした 明天	27 あさって 後天	28

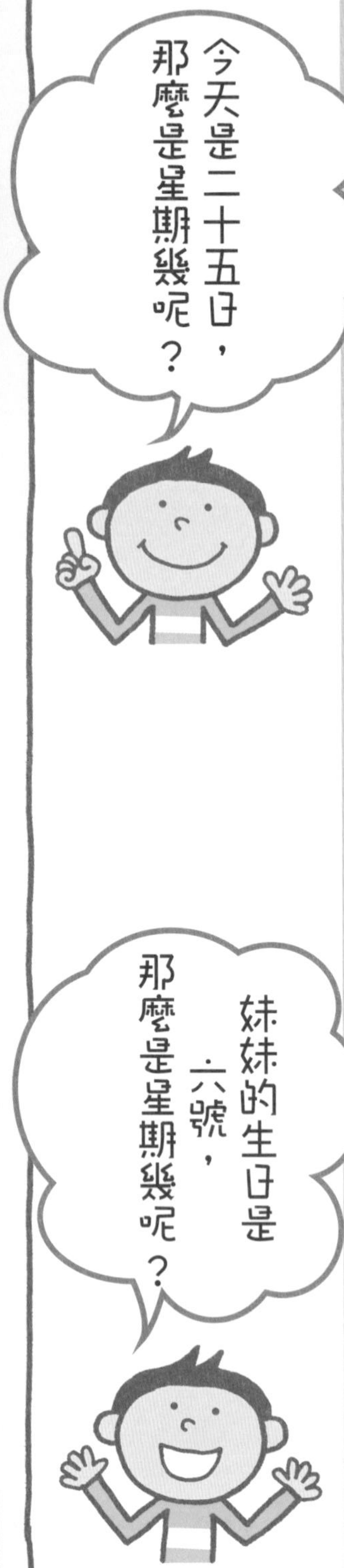

今天是二十五日，那麼是星期幾呢？
妹妹的生日是六號，那麼是星期幾呢？

※在月曆的星期算法裡，有將星期日當作一個星期第一天的、也有將星期一當作第一天的這兩種。本書是指採用星期日為首日的算法。

日《にち》よう日《び》 星期日	月《げつ》よう日《び》 星期一	火《か》よう日《び》 星期二	水《すい》よう日《び》 星期三
1 ついたち 一日	2 ふつか 二日	3 みっか 三日	4 よっか 四日
8 ようか 八日	9 ここのか 九日	10 とおか 十日	11
15	16	17	18
22	23 おととい 前天	24 きのう 昨天	25 きょう 今天
29	30	31	

同一類的單字❶ 動物

具有靈性，能自由活動的生物們。

うさぎ 兔子

いぬ 狗

しか 鹿

きつね 狐狸

いのしし 野豬

※本單元的插圖是為了讓讀者了解其特徵而有所縮放，所以與實際動物的大小可能不盡相同。

おおかみ 狼

うし 牛

くま 熊

うま 馬

あしか
海獅

おっとせい
海狗

いるか
海豚

くじら
鯨魚

コアラ《こあら》
無尾熊

カンガルー《かんがるー》
袋鼠

パンダ《ぱんだ》
熊貓

きりん
長頸鹿

かば
河馬

ゴリラ《ごりら》
大金剛

ぞう
大象

チーター《ちーたー》
獵豹

とら
老虎

ライオン《らいおん》
獅子

同一類的單字❷ 鳥類

指具有翅膀，能飛到天空中的生物。

すずめ
麻雀

うぐいす
日本樹鶯

カナリア《かなりあ》
金絲雀

からす
烏鴉

あひる
家鴨、鴨子

きつつき
啄木鳥

フラミンゴ《ふらみんご》
紅鶴

ペンギン《ぺんぎん》
企鵝

くじゃく
孔雀

おうむ
鸚鵡

きじ
雉雞

だちょう
駝鳥

かもめ
海鷗

つる
鶴

ペリカン《ぺりかん》
鵜鶘

がちょう
鵝

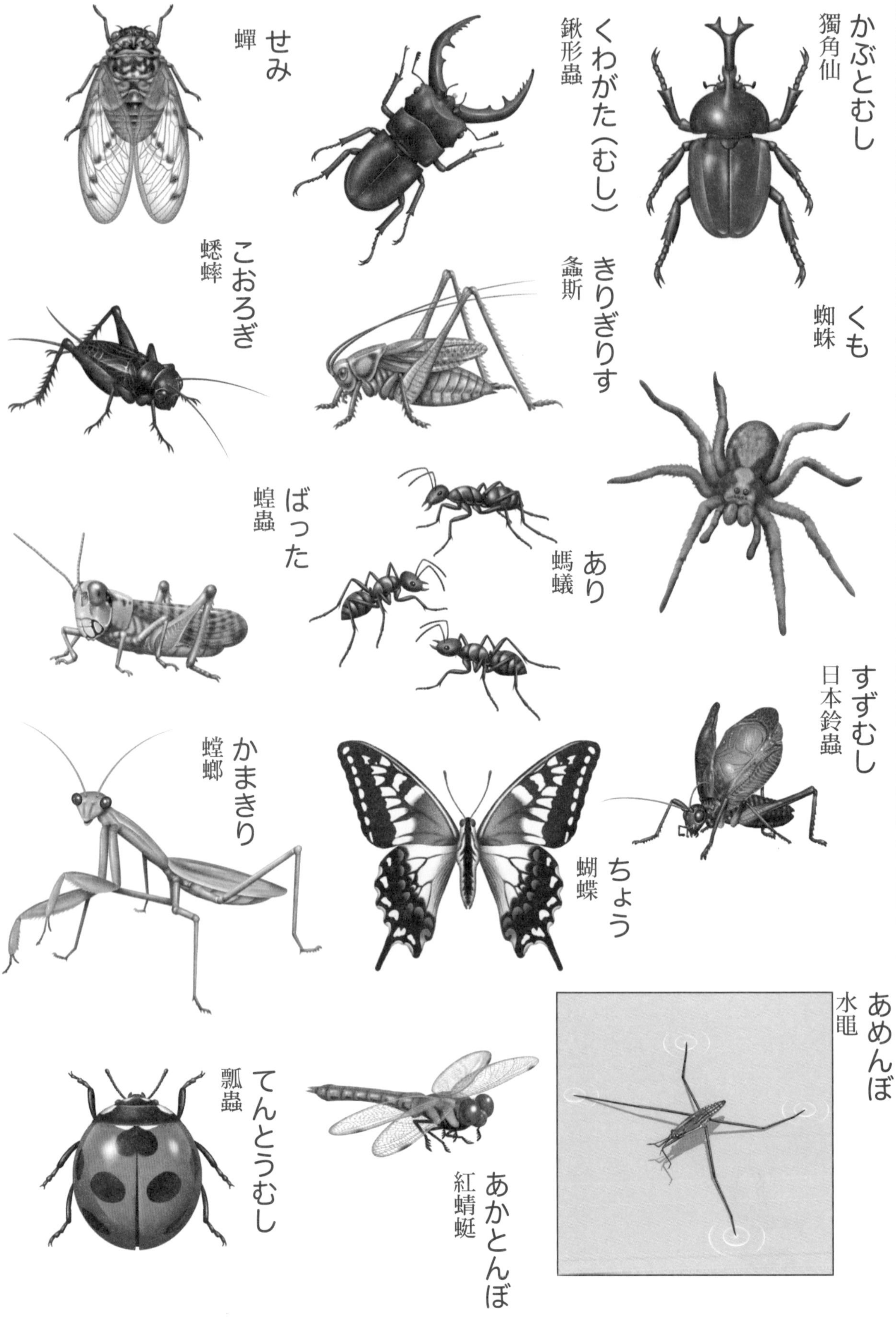

かぶとむし
獨角仙
くわがた(むし)
鍬形蟲
せみ
蟬
くも
蜘蛛
きりぎりす
螽斯
こおろぎ
蟋蟀
あり
螞蟻
ばった
蝗蟲
すずむし
日本鈴蟲
ちょう
蝴蝶
かまきり
螳螂
あめんぼ
水黽
あかとんぼ
紅蜻蜓
てんとうむし
瓢蟲

同一類的單字④ 魚類

棲息在水裡，用鰓呼吸的水生生物們的名稱怎麼說！

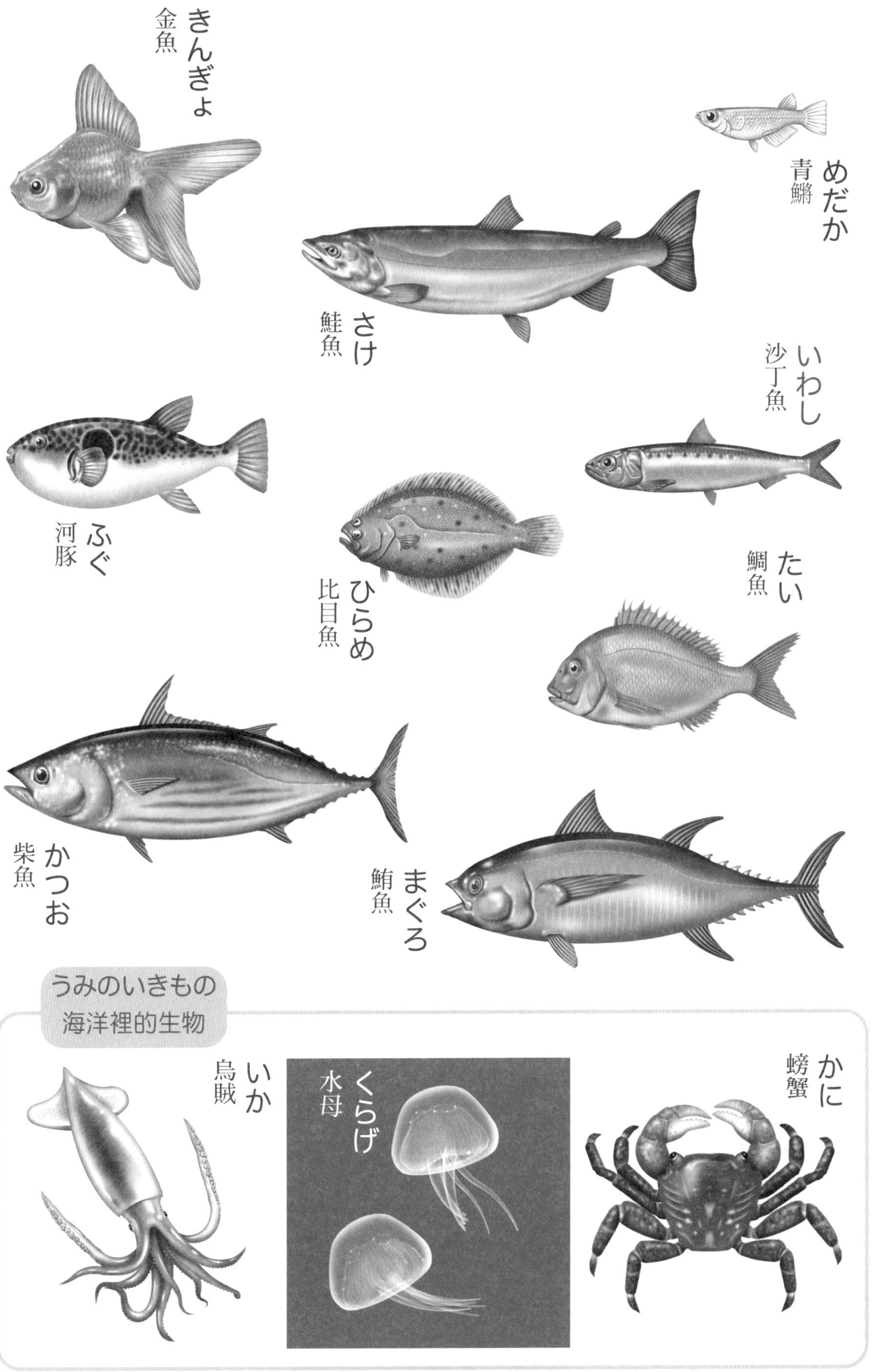

同一類的單字⑤ 花

植物們綻開的花朵名稱怎麼說！

はるのはな
春天開的花

れんげ（そう）
紫雲英

チューリップ《ちゅーりっぷ》
鬱金香

たんぽぽ
薄公英

うめ
梅花

なつのはな
夏天開的花

あさがお
牽牛花

あじさい
繡球花

ひまわり
向日葵

カーネーション《かーねーしょん》
康乃馨

あきのはな
秋天開的花

コスモス《こすもす》
波斯菊

きく
菊花

ふゆのはな
冬天開的花

シクラメン《しくらめん》
仙客來

同一類的單字⑥ 蔬菜

這些可以食用的蔬菜名稱怎麼說！

みをたべる
吃果實部分的蔬菜

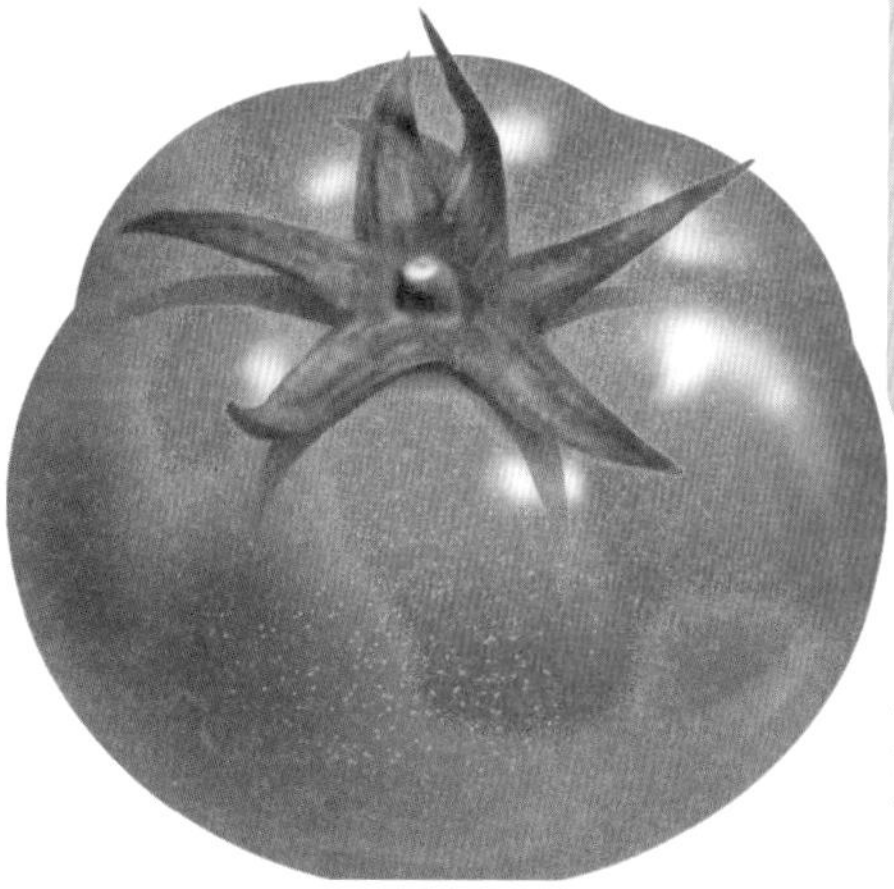

トマト《とまと》
番茄

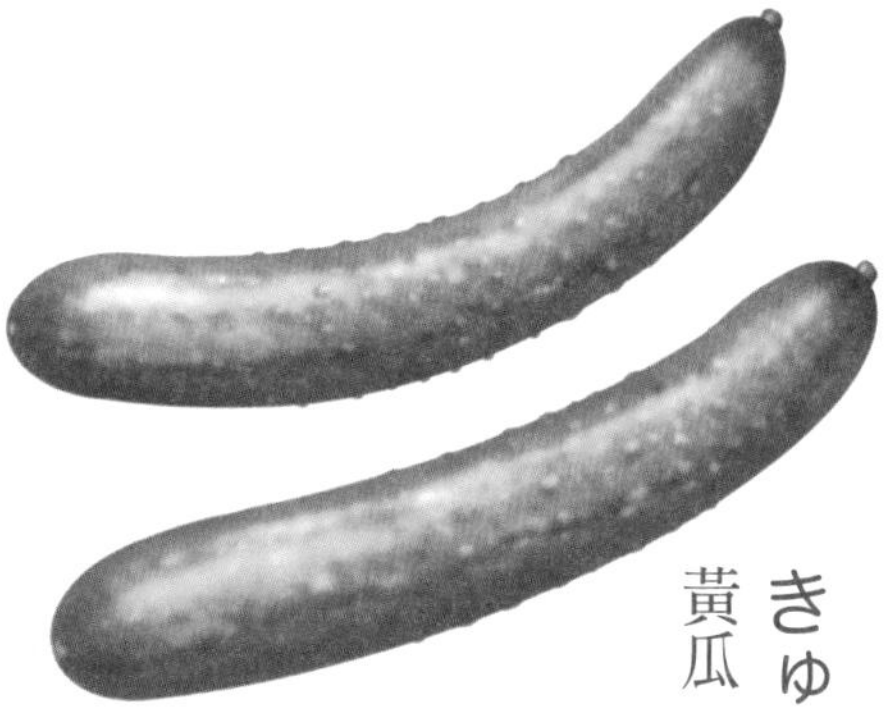

きゅうり
黄瓜

かぼちゃ
南瓜

ピーマン《ぴーまん》
青椒

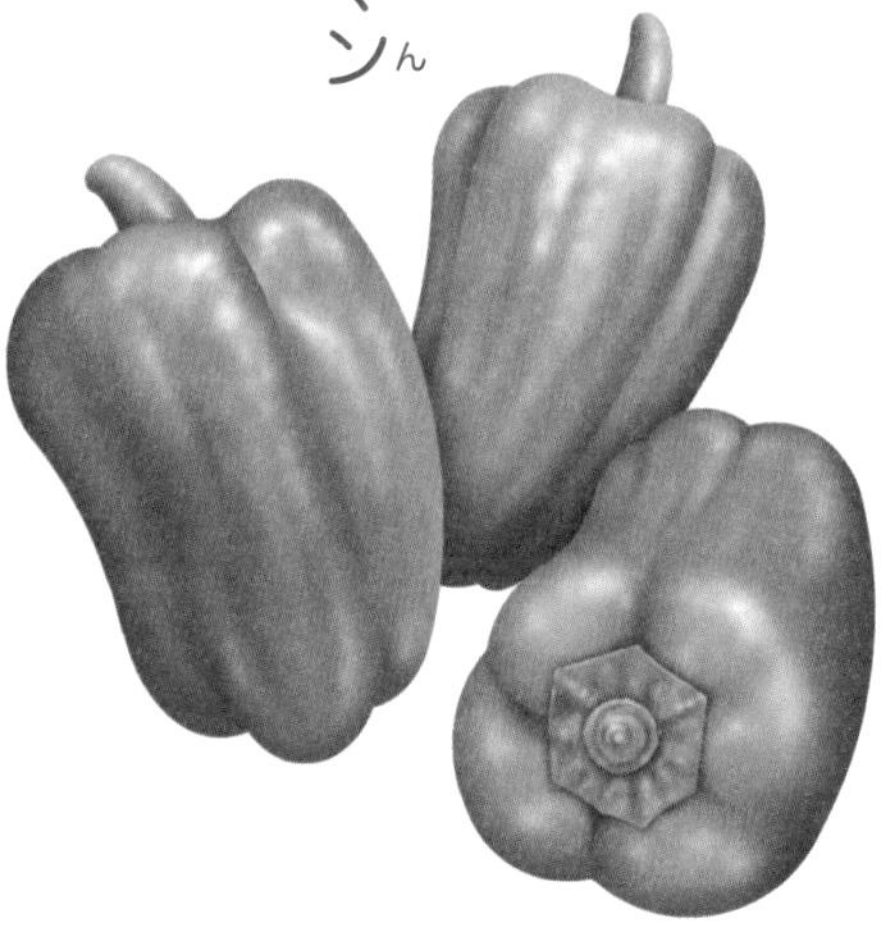

なす
茄子

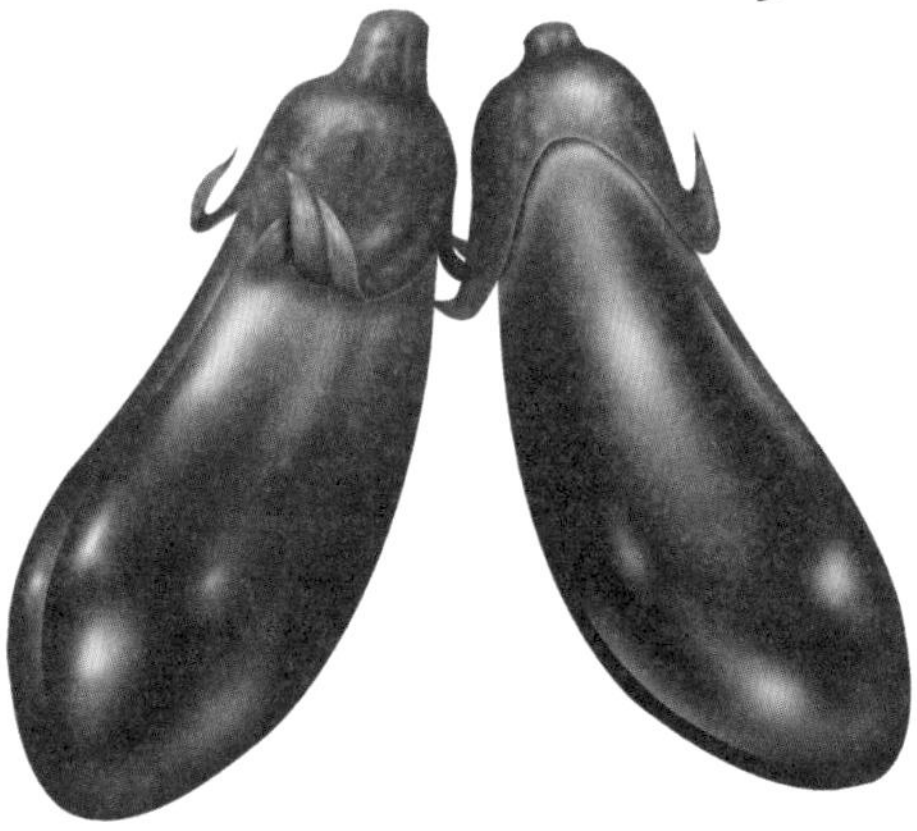

うり
瓜

くきやねをたべる
吃莖部或塊根部分的蔬菜

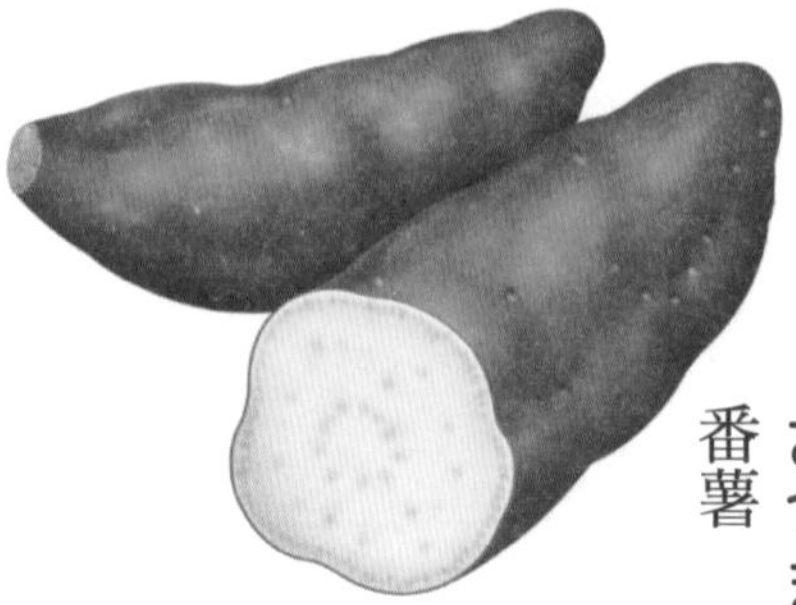

さつまいも
番薯

たまねぎ
洋蔥

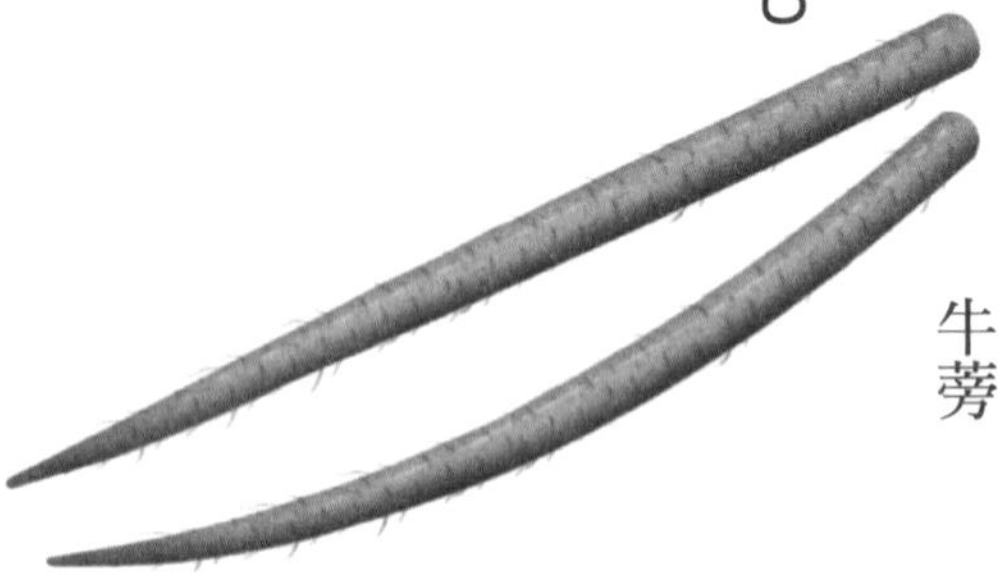

ごぼう
牛蒡

にんじん
紅蘿蔔

セロリ《せろり》
西洋芹

かぶ
蕪菁

アスパラガス《あすぱらがす》
蘆荀

れんこん
蓮藕

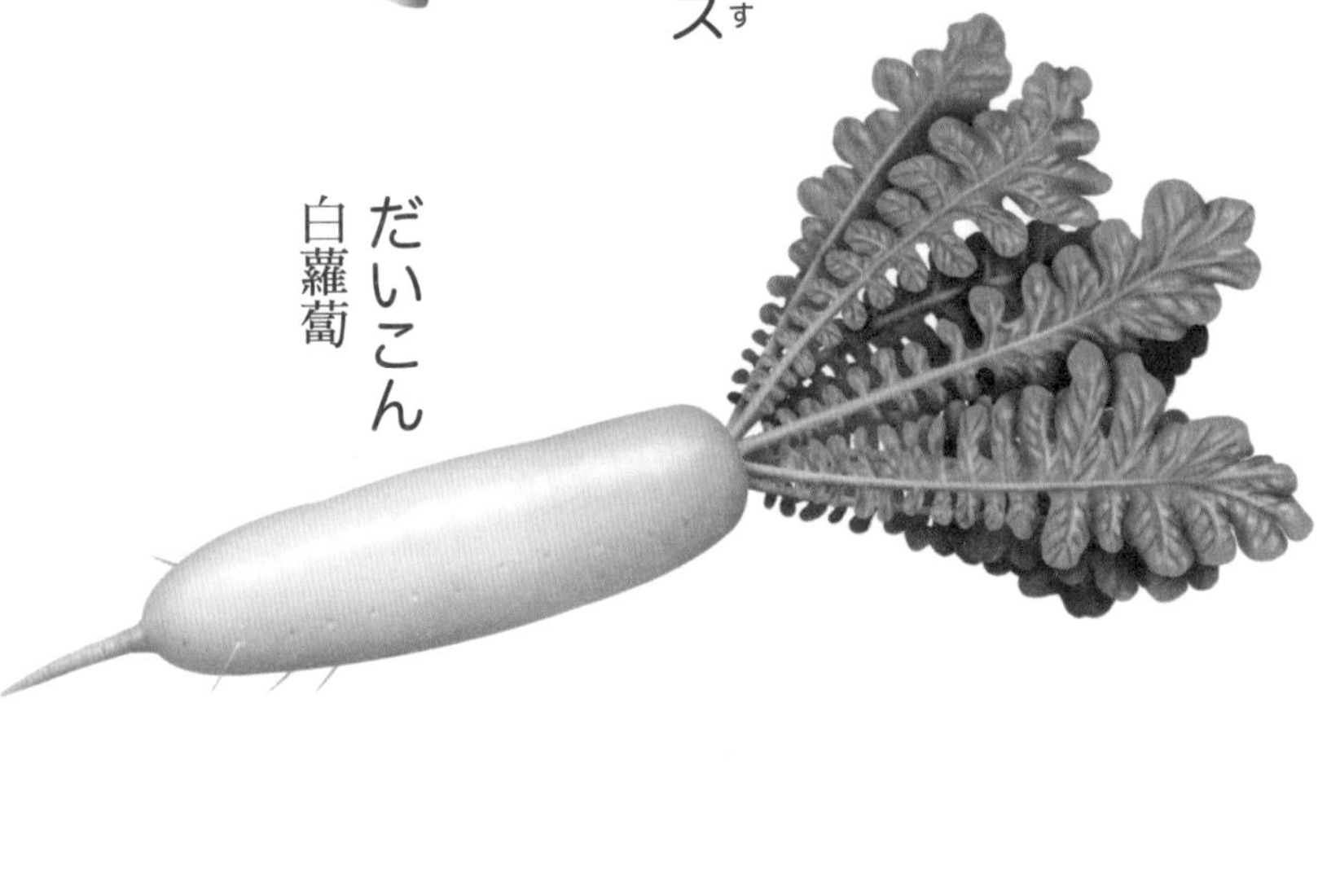

だいこん
白蘿蔔

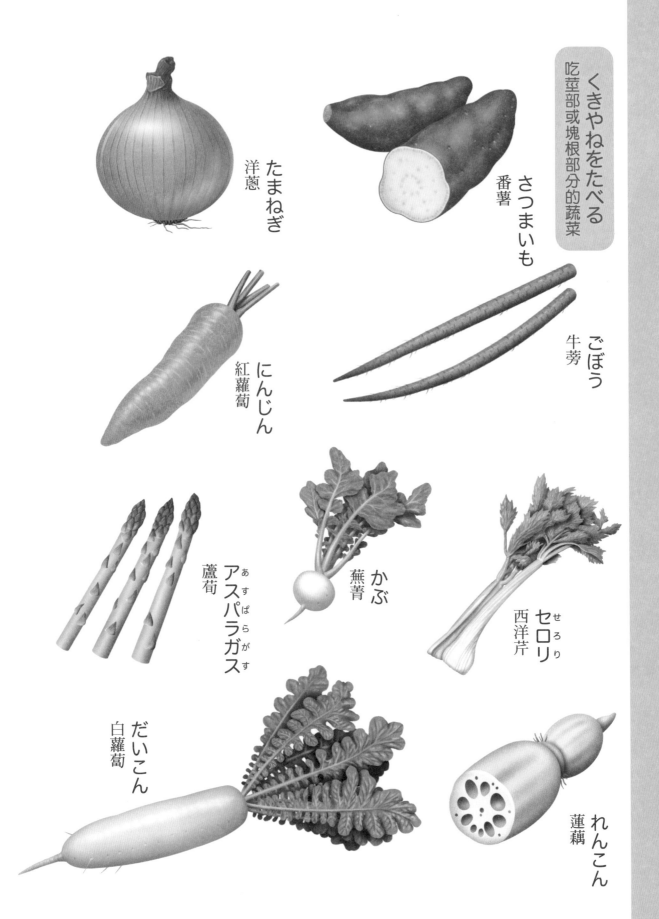

はやはな、めをたべる
吃葉片、花朵或嫩芽部分的蔬菜

キャベツ《きゃべつ》
高麗菜

ほうれんそう
菠菜

レタス《れたす》
萵苣

パセリ《ぱせり》
荷蘭芹

ねぎ
蔥

はくさい
白菜

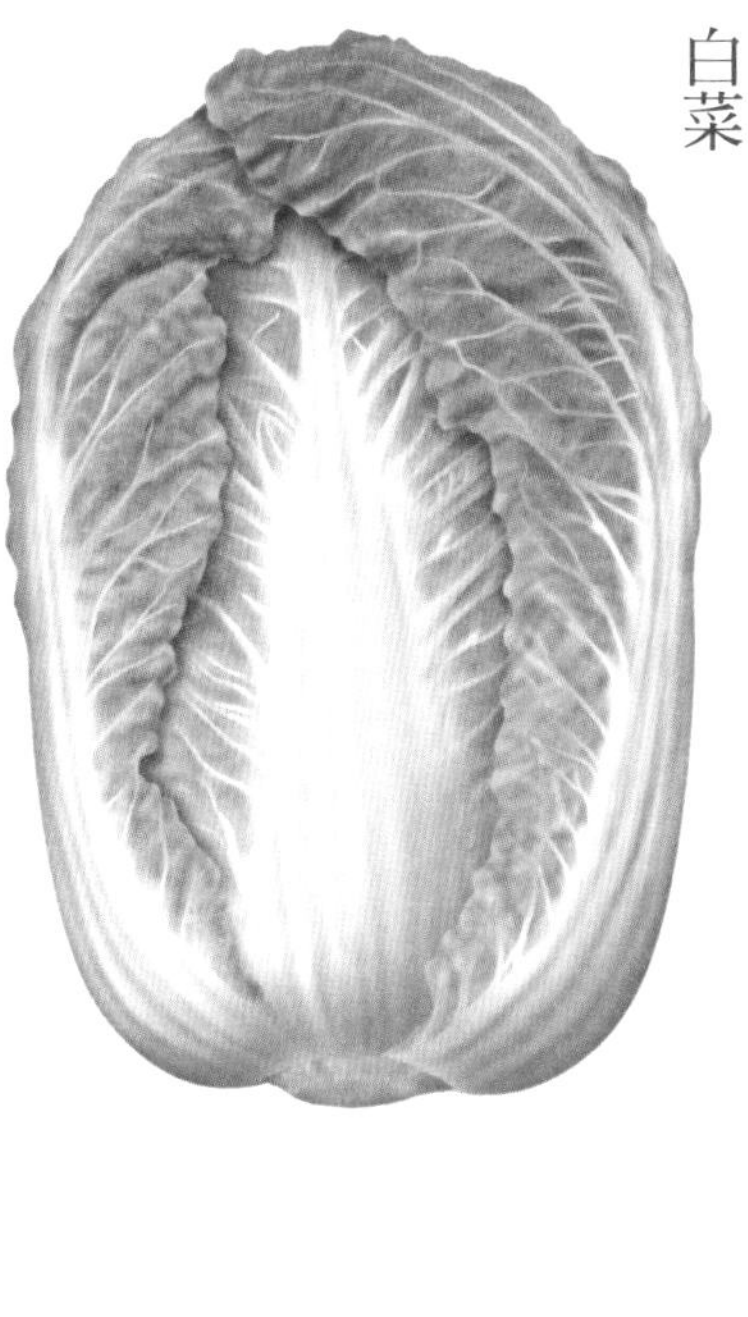

ブロッコリー《ぶろっこりー》
綠色花椰菜

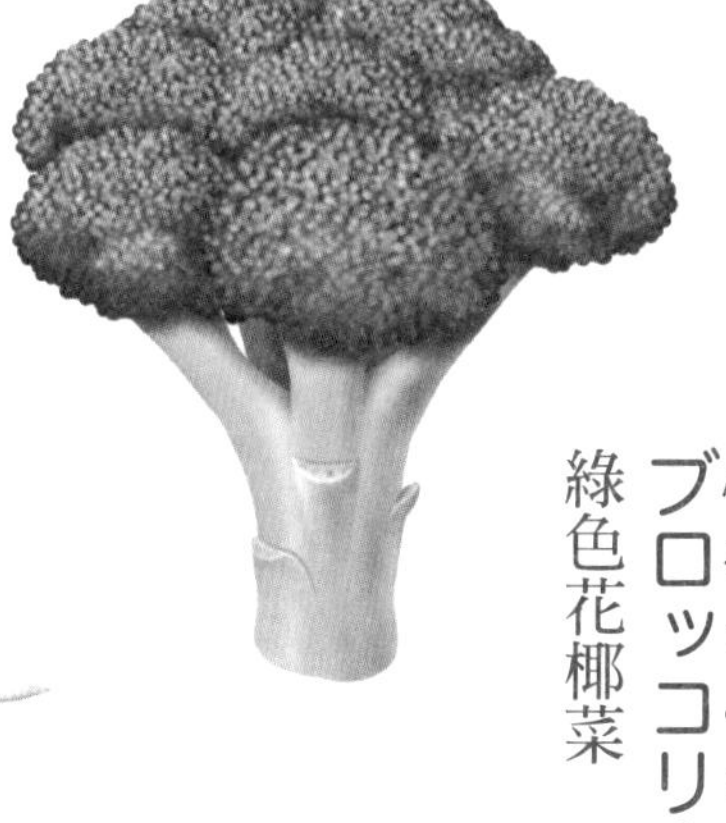

もやし
豆芽菜

同一類的單字❼ 水果

這些可以吃的水果名稱怎麼說！

えいごのなまえのくだもの
日語中用英文命名的水果

バナナ《ばなな》
香蕉

オレンジ《おれんじ》
柳橙

キウイ《きうい》
奇異果

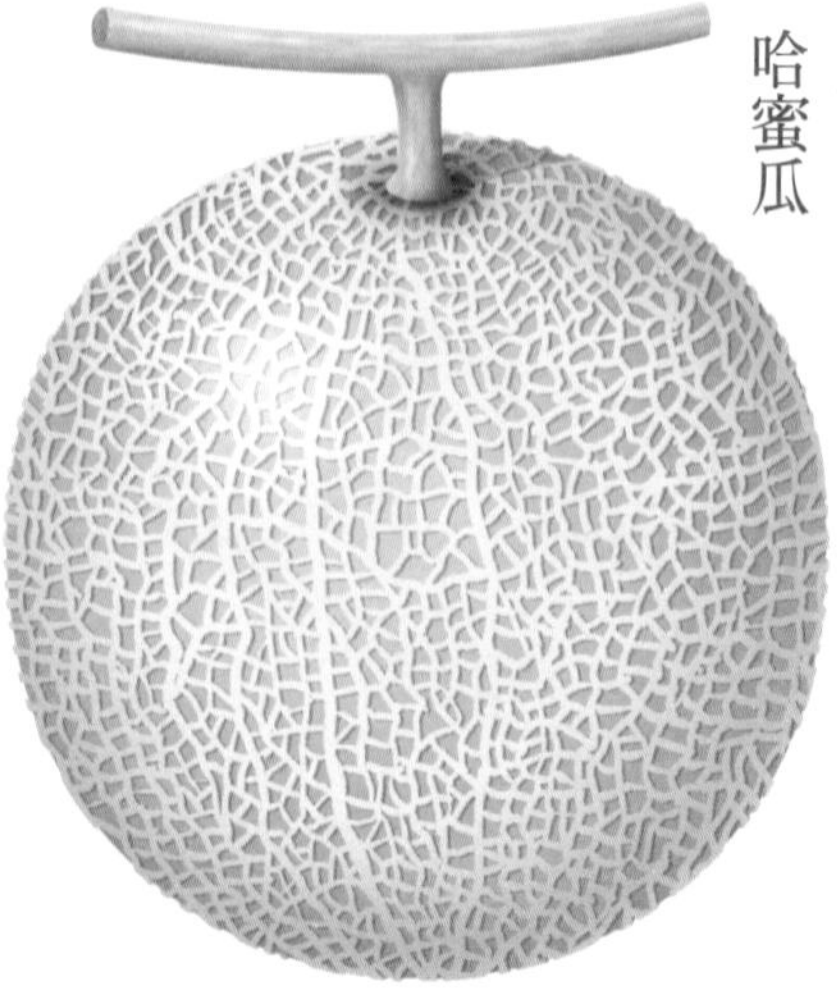

メロン《めろん》
哈蜜瓜

グレープフルーツ《ぐれーぷふるーつ》
葡萄柚

レモン《れもん》
檸檬

はるのくだもの
春天時收成的水果

いちご
草莓

さくらんぼ
櫻桃

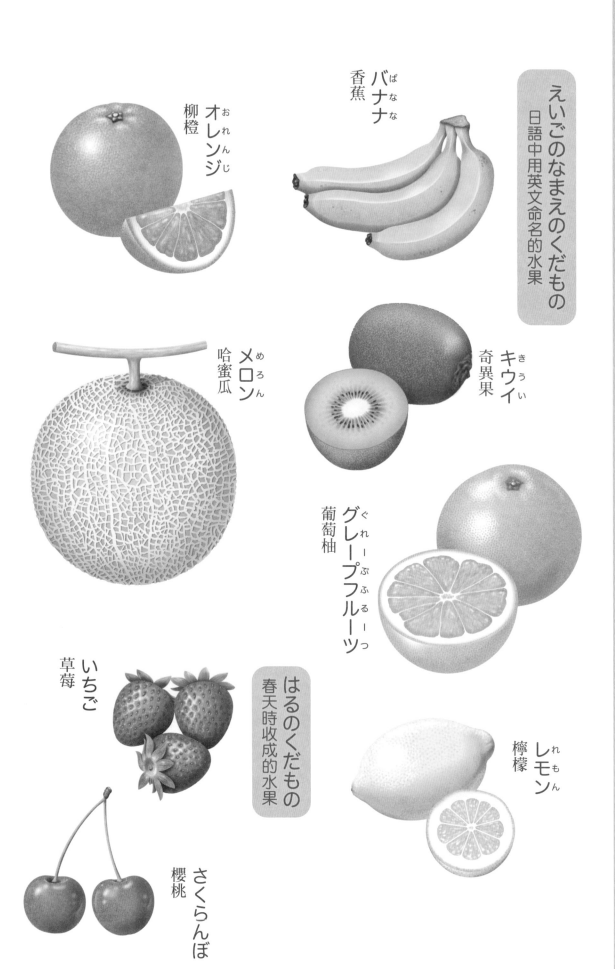

なつのくだもの
夏天時收成的水果

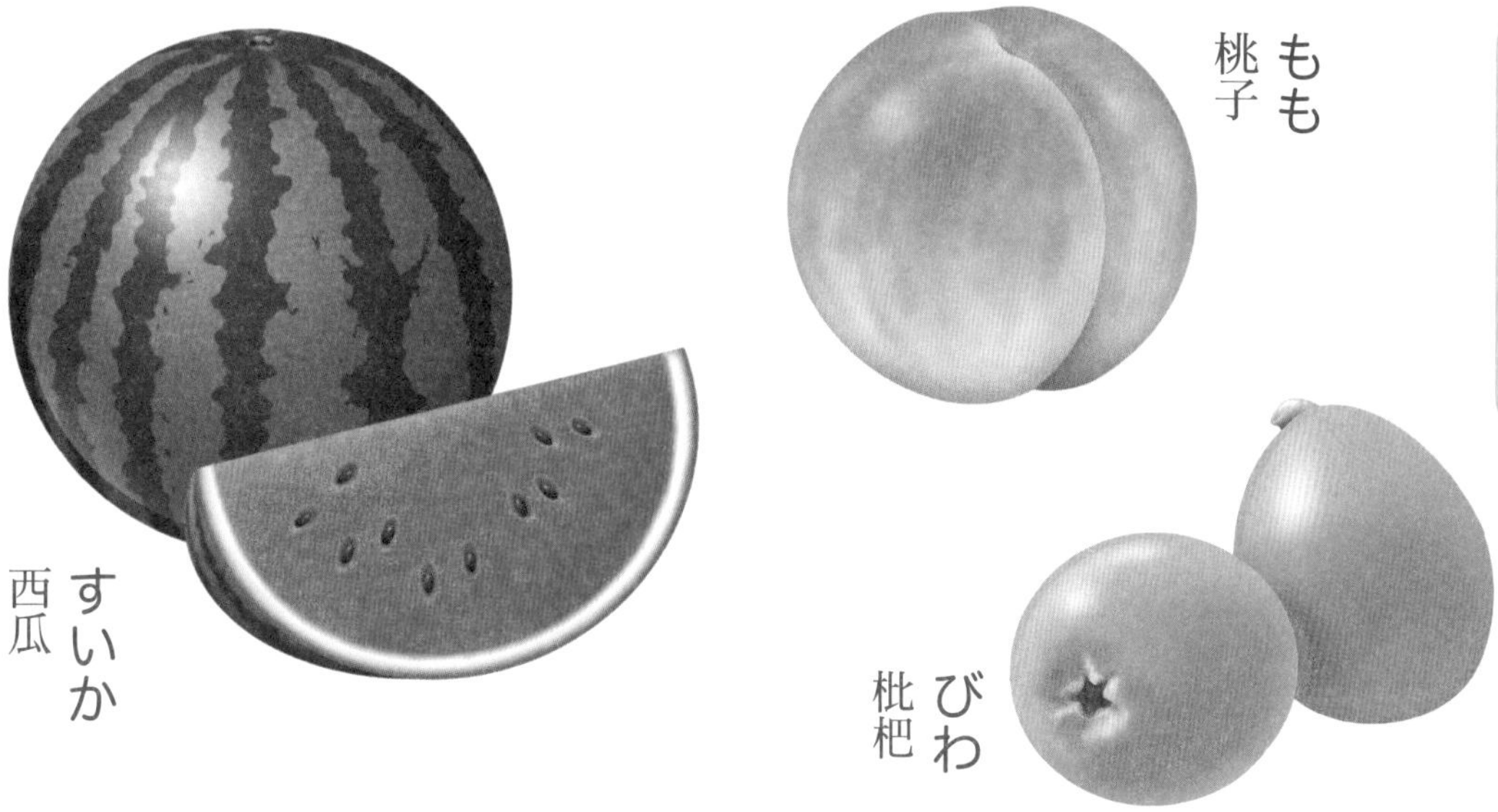

あきとふゆのくだもの
秋天及冬天時收成的水果

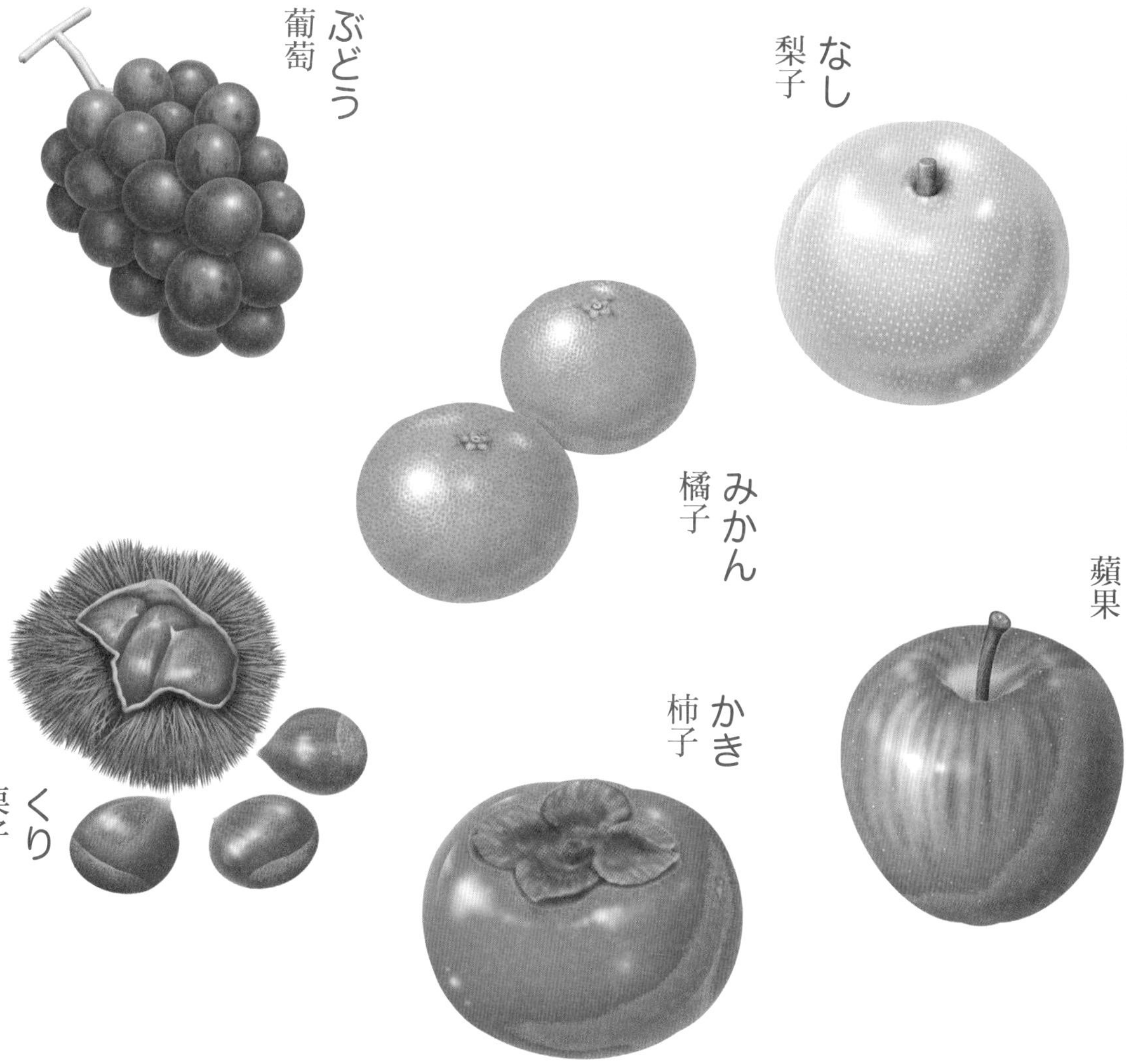

認識日本（にっぽん）

日本在日文中也稱為「にほん」。
日本有哪些縣名呢？

請跟家人一起想想❶到❹的問題並找出解答吧！

①你的親戚住在地圖上的哪裡呢？

②你的爺爺跟奶奶住在地圖上的哪裡呢？

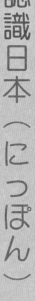

③日本的四面都是什麼呢？

④日本最高的山是哪一座呢？

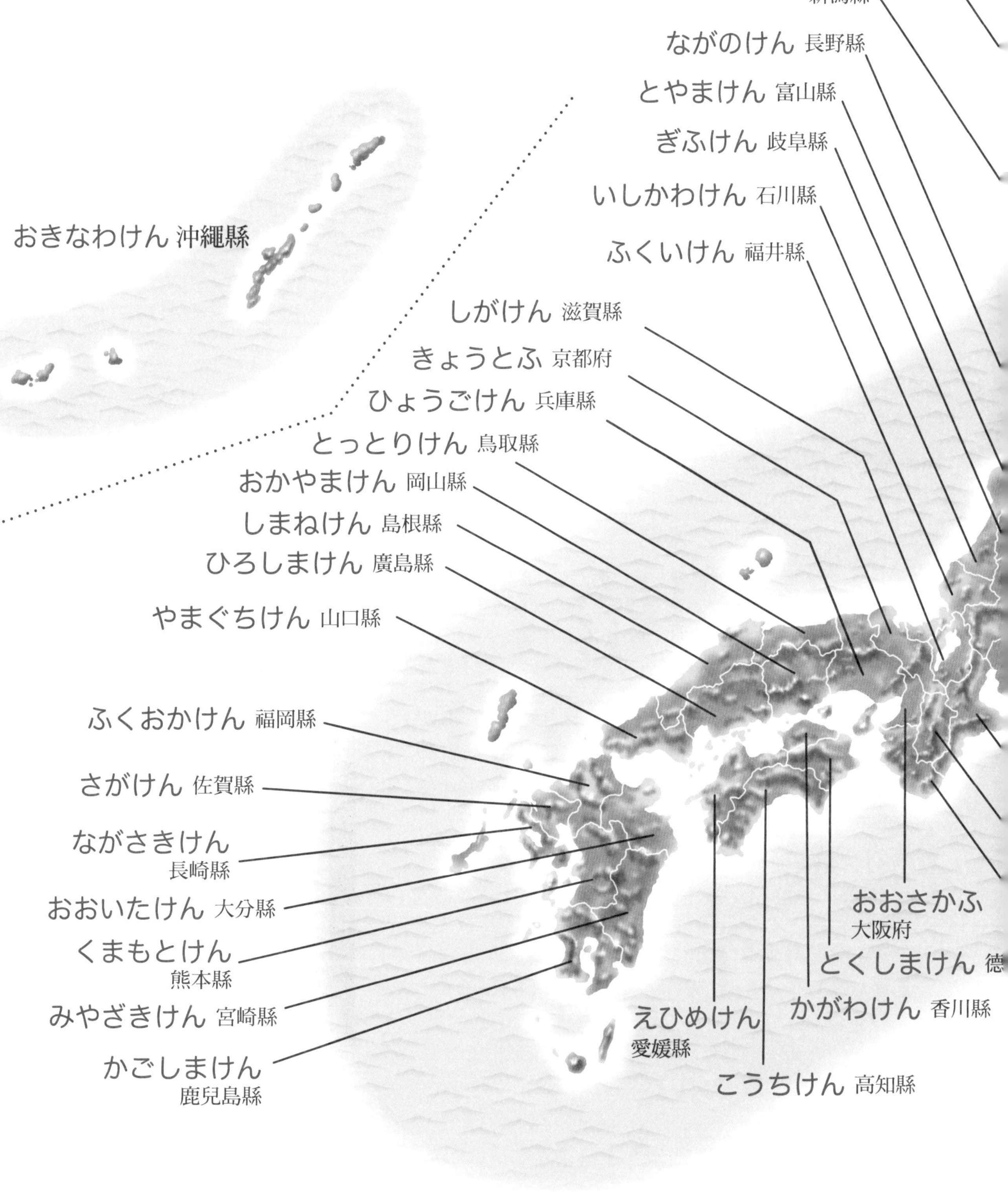

（解答）❶請爸爸媽媽指出親戚是住在哪一個縣給孩子看。❷請爸爸媽媽指出爺爺奶奶是住在哪一個縣給孩子看。❸海洋。❹富士山。

| 全新系好評暢銷佳作 |

全新開始！學日語

適合大家的日本語初級課本，50 音、單字、會話、文法、練習全備！

作者：劉世美
審定：小堀和彥
譯者：許竹瑩
出版社：國際學村
ISBN：9789864540914

全書附假名、單字、句型練習簿＋隨身會話速查手冊＋全教材 MP3，初學日語太超值！
從 50 音到單字、會話、文法、練習的全套完整課程
透過每課「核心文法」＋「核心文法練習」＋「單字記憶」＋「實戰會話」＋「練習題」，
輕鬆快速日語上手並補充日語小知識。

無論是個人自學、老師教學、當補充教材皆合適！

全新開始！學日語文法

適合大家的日本語初級文法課本，基本假名、基本詞性、全文法應用全備！

作者：藤井麻里
譯者：許竹瑩
出版社：國際學村
ISBN：9789864541058

本書內容擁有最完整的日語文法教課程，讓你學會正確的
文法並且可以輕鬆活用
初學、重新學習，都好用！

史上最完備的日文文法學習工具

附超便利隨身文法複習手冊＋全教材 MP3

台灣廣廈國際出版集團
Taiwan Mansion International Group

國家圖書館出版品預行編目（CIP）資料

【全圖解】我的第一本親子日文單字4000 / 深谷圭助監修；陳佳昀翻譯. -- 初版. -- 新北市：台灣廣廈, 2023.02
面；　公分
ISBN 978-986-454-266-6
1.CST: 日語　2.CST: 詞彙

803.12　　112000039

國際學村

【全圖解】我的第一本親子日文單字4000

監　　修／深谷圭助
譯　　者／陳佳昀
審　　定／小堀和彥・黒川太郎・秦就
編輯中心編輯長／伍峻宏・**編輯**／王文強
封面設計／曾詩涵・**內頁排版**／東豪印刷事業有限公司
製版・印刷・裝訂／東豪・弼聖・秉成

行企研發中心總監／陳冠蒨
媒體公關組／陳柔彣
綜合業務組／何欣穎
線上學習中心總監／陳冠蒨
產品企製組／顏佑婷

發 行 人／江媛珍
法 律 顧 問／第一國際法律事務所 余淑杏律師・北辰著作權事務所 蕭雄淋律師
出　　版／國際學村
發　　行／台灣廣廈有聲圖書有限公司
地址：新北市235中和區中山路二段359巷7號2樓
電話：（886）2-2225-5777・傳真：（886）2-2225-8052

代理印務・全球總經銷／知遠文化事業有限公司
地址：新北市222深坑區北深路三段155巷25號5樓
電話：（886）2-2664-8800・傳真：（886）2-2664-8801
郵 政 劃 撥／劃撥帳號：18836722
劃撥戶名：知遠文化事業有限公司（※單次購書金額未達1000元，請另付70元郵資。）

■出版日期：2023年02月
ISBN：978-986-454-266-6